大说唐丛书

隋唐演义

〔下〕

褚人获／著

山西出版集团　山西人民出版社

第五十一回

真命主南牢身陷
奇女子巧计龙飞

哲人虽有前知之术，能趋吉避凶，究竟莫逃乎数。当初郭璞与卜珝，皆精通易理。一日郭璞见珝叹道："吾弗如也，但汝终不免兵厄！"卜珝道："吾年四十一，为卿相，当受祸耳；但子亦未见能令终。"郭璞道："吾祸在江南，素营之未见免兆。"卜珝道："子勿为公吏可免。"郭璞道："吾不能免公吏，犹子不能免卿相也。后卜珝为刘聪军将，败死晋阳；而郭璞亦以公吏，为三郭所杀。故知数之既定，不但古帝王不能免，即精于易者，亦难免耳。

如今再说夏王窦建德，来到乐寿。曹后接入宫中，拜见了，便道："陛下军旅劳神，喜逆臣已诛，名分已正，从此声名高于汉、魏多矣。但隋皇泰主，尚在东都，未知陛下可曾遣臣奉表去奏闻否？"夏王道："孤已差杨世雄赍表去了。宫中彩币绫锦，宫娥彩女，均作四分，以二分赐与功臣将士，以二分酬唐、魏两家同谋灭贼之功。孤但存其国宝珍器图籍而已。"曹后道："陛下处分甚当，还有一个活宝在此，未知陛下贮之何地？"夏王道："御妻勿认孤为化及之流。孤自起兵以来，东征西讨，宇宙至广，未有一隅可为止足之地，何暇计及欢乐之事？孤所以带萧后来者，恐留在中原，又为他人所辱，故与女儿同来，自有所在安放他去。"曹后道："妾非妒妇，止不过为国家计耳；若如此，则是宗庙之福也。"

过了一宵，夏王即差凌敬送萧后等，到突厥义成公主国中去。萧后原是好动不好静的人，宵来受了曹后许多讥辱，已知他不能容物，今听见要送到义成公主那边去，心中甚喜，想道："倒是外国去混他几年好，强如在这里受别人的气。"催促凌敬起身，下了海船，一帆风直到突厥国中。凌敬遣人赍书币去报知义成公主。启民可汗因往贺高昌王麹伯雅寿，不在国中。义成公主即命王义发驼马去接萧后；又差文臣去请凌敬，到驿馆中款待。

萧后在舟中，见王义下船来叩见，正是他乡遇故知，不觉满眼流泪，问道："王义，你为何在此？"王义道："臣是外国人，受先帝深恩，何忍再事新主？故护持赵王同沙夫人在此。先帝不听臣谏，把一座江山轻轻的弄掷。今娘娘到这里来，原是至亲骨肉，尽可安身过日。公主差臣来接娘娘，快到宫中去相见。"萧后起岸，上了一匹绝好的逍遥骏马，来到宫中。义成公主同沙夫人出来，接了进去。行过礼，大家抱头大哭。萧后对沙夫人道："你们却一窝儿的到了这里，止丢了我受尽苦恼！"沙夫人道："妾等又闻娘娘仍旧正位昭阳，还指望计除逆贼，异日来宣召我们，复归故土，不想又有变中之变。"

正议时，只见薛冶儿与姜亭亭出来朝见。萧后问沙夫人道："还有几位夫人，想多在这里？"薛冶儿答道："那同出来的狄、秦、李、夏四位夫人，已削发空门，作比丘尼矣！"萧后见说，长叹了一声，又对沙夫人道："夫人既在这里，赵王怎么不见？"沙夫人道："他刚才同孩子们打围去了。"萧后道："我倒时常想念他。"沙夫人道："少刻回来，见了母后，是必分外欢喜。"一会儿摆上宴来，止不过山禽野兽，鹿脯驼珍。其时王义已为彼国侍郎，姜亭亭已封夫人，薛冶儿做了赵王保母，大家坐定，各诉衷肠。

日色已暮，只见小内侍进来报道："小王爷回来了。"萧后两年不见赵王，今见长得一表人材，身躯高伟，打了许多野兽，喊进来道："母亲，孩儿回来了。"望见里边摆了酒席，忙要退出去。沙夫人道："你大母后在这里，快过来拜见。"赵王站定了脚，薛冶儿与姜亭亭忙下来对赵王说道："此是你父皇的正宫萧娘娘，他是你的大母，自然该去拜见。"赵王见说，只得走上去，朝上两揖。萧后正开言说道："儿两年不见，不觉这等长成了。"只见赵王两揖后，如飞往外就走。沙夫人道："这该行大礼才是，怎么就走了去？"薛冶儿重新要去搀他转来。赵王道："保母，你不知当年在隋宫中，他是我的嫡母，自然该行大礼。今闻他又归许氏，母出与庙绝，母子的恩情已断；况他又是失节之妇，连这两揖，在沙氏母亲面上，不好违逆，算来已过分了。"说完，洒脱了薛保母的手，往外就走。萧后听见，不觉良心发现，放声大恸，回思炀帝旧时，何等恩情，后逢宇文化及，何等疼热；今日弄得东飘西荡，子不认母，节不成节，乐不成乐，自贻伊戚如此。越想越哭，越哭越想，好象华周杞梁之妻，要哭倒长城的一般。幸得义成公主与沙夫人等，百般劝慰。自从萧后倒息心住在义成公主处，按下不提。

再说秦王回到长安，朝见唐主。唐主说三处兵锋利害。秦王道："利害何足为惧？但刘武周与萧铣居于西北，王世充居于中央。臣竟欲差人致书，先结好世充，使不致瞻前顾后，然后进兵专攻刘、萧二处，无有不克之理。未知父皇以为是否？"唐主称善，即修书一封，着杨通、张千，到洛阳王世充处。二人领命即行。岂知王世充看了来书大怒，扯碎了书，将杨通斩于阶下，将张千割去两耳放回。张千抱头鼠窜，逃回长安，哭诉唐主。唐主大怒，自欲提兵去剿世充。秦王道："不必父皇动怒，臣儿自有调度在此：差李靖为行军大元帅，领兵十万去扼住刘武周；臣儿领一旅之师，誓必扫灭世充，回来见驾。"唐主大喜，即命秦王领兵十万，前往洛阳进发。时秦王每一出师，西府宾僚如杜如晦、袁天罡、李淳风、侯君集、姚思廉、皇甫无逸等，秦王平昔以师礼事之，故凡出兵，无不从侍帷幄，筹谟谋划。秦王命殷开山为先锋，史岳、王常为左右护卫，刘弘基为中军正使，段志玄、白显道为左右护卫。自领一军居后。长孙无忌、马三保等保卫船骑。水陆并进，来到洛阳。王世允探知，亦领军于睢水，列阵相迎。秦王屯兵于睢水之北，两军相接，当不起唐家兵精将勇,杀得世充大败进城,坚闭不出。

次日唐营排宴,犒赏三军已毕。秦王乘着酒兴,问土人:"此地何处好景,可以游玩?"土人答道:"城北十里外,有一北邙山,周围百里,古帝王之陵,忠臣烈士之墓,如星罗棋布,其中珍禽怪兽,苍松古柏,无限佳景。"秦王见说,喜道:"吾正欲到彼处射猎。"李淳风道:"臣晨起演先天一数,殿下该有百日之灾,不可开弓走马玩景;况面带青色,还是不走的是。"秦王道:"吾日夕驰骋于弓马之间,觉得气爽神怡,有何利害?"即同马三保软甲轻衣,雕弓利箭,十余骑径往北邙山来。

到了山内,秦王四顾了一回,喟然长叹道:"吾想前代之君,坐镇中华,拥百万之师,有多少英雄豪气,今止得几个石人石马相随,况荆棘丛生,狐兔为侣,宁不可叹。日后唐家天子,亦如此而已。"正嗟叹间,忽见西北上,赶出一只白鹿,冲面而来。秦王扣满弓,一箭射去,正中鹿背。那鹿带箭望西而走,秦王纵马追之,紧赶数里,转过山坡,其鹿杳然不见。秦王四下追寻,不觉骤至一处,坦然平川旷野,但见旌旗耀日,戈戟森罗,一座新城门,匾上"金墉城"三字,日光耀目。秦王道:"此非李密所居之城乎?"马三保道:"正是,殿下可急回,若彼知之,便难脱身。"不提防守城军卒看见,忙去报知魏主。李密道:"此必是李世民诱敌之计,不可追之。"程知节踊跃向前道:"主公此时不擒,更何时?"说了,手提大斧,跨青鬃马,如飞出城。秦叔宝恐知节有失,随即赶来。

时秦王正欲回骑,只见一人飞马来追,大叫道:"李世民休走!"秦王横枪立马问道:"你是何人?"知节道:"我便是程咬金,特来捉你。"秦王笑道:"谅你这贼夫,何足为惧?"知节举起双斧,直取秦王。秦王挺枪来迎。斗了三十余合,因马三保被秦叔宝接住,秦王只得败走,三保也抵敌不住,亦自逃去。知节追赶秦王,看看较近;秦王搭上箭,曳满弓,飕的一声,正射中知节盔缨。秦王见射不中,心中甚慌,纵马加鞭复走,恰值面前一座古庙,牌书"老君堂"三字。秦王心下想道:"既有此庙,何不进去躲过片时?"忙进庙门，把门关了，取一条大石条来顶撞了，把马拴在庙廊下；向着老君神像，也不及细祷，作一揖道："神圣在上，若能救吾李世民脱得此难，当重修庙宇，再塑金身。"祝告了，即往神座内躲避。那老君原是灵感的，故受一方香火；今见一个真命之主，紫微有难，岂不显圣？便刮起一阵旋风，把秦王行来的马蹄踪迹，都灭没了，又把蜘蛛絮尘，网定庙门。

程知节追赶秦王，到三叉路口，倏忽不见，四下一望，只见前面一个大树深林，丛丛茂密，便纵马加鞭，赶进林中。上了山岗，见山背后一座古庙。知节慌忙来至庙前，把门乱推，却推不开，蜘蛛网面，四下里尘灰飞絮，象久无人进来的。只得兜转马头，复上山岗。向庙中细看，吃了一惊，只见屋脊中间，一条大黄蟒蛇，盘踞其上。知节看了想道："吾闻得人说，汉刘邦斩了芒砀山的大蟒蛇，后来做了皇帝，我也是一个汉子，难道除不得此孽！"忙下岗，到庙前下了坐骑，将一块大石，撞开了庙门，往屋脊上看，却又不见。想道："孽畜必游进殿内去了。"走到殿前，只见一马系在柱上。知节道："原来李世民躲在这里！"又看梁柱上的蟒蛇，踪迹全无，瞥见神柜上帘幙摇动，恍如蛇尾现出在外。

原来秦王见有人进殿细看，如飞在柜里轻轻拔出剑来。时叔宝亦追赶进殿，见知节把神幙揭起，喝道："贼子，却躲在这里！"举起巨斧，照着秦王头上砍来。秦叔宝忽见五爪金龙现出来，抓住巨斧。叔宝知是真命之主，如飞抢上前，把双锏架住巨斧道："兄弟，你好莽撞，岂不知唐与魏原是同姓，曾有书礼往来？今若把一死的见驾，是无功而反有罪矣！"知节道："大哥，你不知吾刚才见他，是一条黄蟒蛇精，今不杀他，他会遁去。"秦叔宝微笑了一笑，轻轻扶秦王出了神柜，叫手下宽松剪了，扶出庙门。从人牵了秦王的马，程知节、秦叔宝各上了马押后，一行人带进金墉城来，那些市井小民，不知好歹，口中啧啧赞道："好一个汉子，生得秀眼浓眉，方面大耳，不知犯着何事，被两位将军解进城来。"有几个跟进城的百姓，便道："你们不要小觑他，这是一位唐家的太子，因偶然在这里过，被我两位将军获住。”众百姓道：“怪道相貌迥出寻常，原来是金枝玉叶，可惜，可惜！”秦叔宝在马上听得，却要放脱他，因众耳众目，又不便行，只得解至府门。

魏公令群刀手拿秦王至阶前，责之道：“你这个猾贼，却自来送死。汝父镇守长安，坐承大统。吾居墉城，管理万民。前已明取河南，今又想暗袭金墉，是何道理？”秦王道：“叔父暂息虎威，侄有言禀上。因洛阳王世充，杀我使臣，故侄领兵征讨，败其三军。世充坚闭不出，是以退兵千秋岭下。偶因承醉捕猎，来金墉探望叔父，不意叔父反致见疑。”魏公怒道：“你这个猾贼，吾与汝何亲，假称吾叔父！汝本恃勇轻敌而来，探吾虚实，于中取事，却以甜言哄我。”喝令武士，推出斩之。魏徵道：“主公若斩世民，非安社稷之计，金墉速于受祸矣。”密问：“何故？”魏徵道：“此人东征西荡，争入长安，与其父坐承大统，兵精粮足，手下猛将如云，谋臣如雨。彼若知我主杀其爱子，必起倾国之兵，前来复仇，忿死相拼，有何了日？”李密道：“如此说，难道竟放了他去？”魏徵道：“莫若将他监禁在此，使李渊知之，若有降书朝贡之物，放他回还，如若不从，使其子执质在此，终身不敢来侵犯，岂不是好？”魏公道：“此论甚通。”即令狱卒带入南牢。时唐主在长安，因马三保来报知此信，自要亲提人马来讨李密，以救秦王；因刘文静与李密有郎舅之亲，劝唐主修书具礼，来见李密。不意李密绝不认亲，反要把刘文静斩首，幸亏徐世勣劝免，也送入南牢去了。可怜：

青龙白虎同囚室，难免英雄相对泣。

时魏公发放已完，忽见流星马报到，奏说：“开州凯公校尉，杀了刺史傅钞，夺其印绶，会合参军徐云，结连宁陵刺史顾守雍造反，大起人马，犯我境界，说诱洪州刺史何定，献了城池。二郡人马，与凯公攻打偃师、孟津地方，诸郡百姓无守，甚是紧急。”魏公闻报大惊道：“偃师乃吾咽喉之地，屯粮之所；倘有亡失，魏之大患。孤当自率大军讨之。”即命程知节为先锋，单雄信、王伯当为左右护卫，罗士信、王当仁趱运粮草，留徐世勣、魏徵、秦琼，总护国事。亲自领兵，往开州进发。

却说秦王与刘文静，监锁南牢，虽亏秦叔宝时常馈送，不致受苦；更喜那狱官姓徐名立本，字义扶，妻亡，止携一女，名唤惠嫔，年已二九，尚未适人。那个徐义扶，虽是小官，却是见识高广，眼力颇精。他道刑名过犯，冤抑者多，所以不嫌前程渺小，志愿力行善事，利物济人。秦王初发监禁之日，那夜女儿惠嫔，梦见一条黄龙，盘踞囚室之内。惠嫔惊骇，走去偷觑，只见那龙飞来，缠绕其身，遂尔惊醒，述与义扶知道。义扶晓得秦王是个真命之主，遂要放他们两人还乡，急切间未得其便。惟每日三餐，请秦王与文静到里边精室中去款待。两人甚感他恩德。

一日，秦叔宝与魏玄成在徐懋功府中小饮，说起秦王之事。叔宝大笑起来。徐、魏两人问道："秦兄有何好笑？"叔宝道："吾想我们程兄弟，真是个蠢才。"懋功道："那见他蠢处？"叔宝道："当日在老君堂，要举斧杀死秦王之时，忽现出五爪金龙，向斧抓住，因此弟见了，忙把双锏架住，不好私放他，只得解将进京。程兄弟竟认秦王是黄蟒蛇精，必要除他，岂不是可笑？"玄成道："吾见秦王，龙姿凤眼，真命世之主。前日主公要杀他，所以力劝监禁南牢。将来数尽归唐，必至石玉俱焚，如何是好？"懋功道："吾们这几个心腹兄弟，如今趁他被难之时，先结识他，日后相逢，也好做一番事业。"叔宝不好说昔日有恩于唐主，今又救了秦王之命，只得点头道："徐大哥说得是。"玄成道："据我之见，还该趁主公未归，大家携一尊到那里去，与秦王、文静叙一叙，也见我们这几个不是盲目之人。未知二兄以为何如？"叔宝应声道："魏兄说得极是，弟正有此心。明日二兄早来同去。"

过了一宵，秦叔宝家中整治二席酒，悄悄叫人抬进南牢。比及玄成、懋功来时，日已晌午了。三人俱换了便服，大家跟了一个小厮，各坐小轿，来到南牢门首。先是小厮去报知，狱官徐立本如飞开门，接了进去。魏玄成三人叫小厮打发轿人回去，义扶引到囚室与秦王、文静相见了。秦王、文静各各拜谢深恩。懋功道："非弟辈俱属矇瞽，不识殿下英明，有屈囹圄，这也是殿下与刘兄，数该有这几日灾厄。今因主公提师讨凯公去了，因此我们进来一候，冀聆教益。”魏玄成道：“只是此地怎好坐？”秦叔宝道：“酒席已摆设在里边。”刘文静对徐懋功道：“狱官徐立本，虽官卑职小，却非寻常之人。承他朝暮殷勤奉侍，实出意外；况他才智识见，另有一种与人不同处。”一头说，众人已到里边，却是三间精室，满壁图书，尽是格言善行。三人请秦王上坐，刘文静次之，玄成、叔宝、懋功各各坐了。秦王道：“承三位先生盛意，世民有何德能，敢劳如此青盼。那狱官徐义扶，虽居击柝之职，定不久于人下者。承他日久周旋，愚意欲借花献佛，邀来一坐，未知三位先生肯屑与他同坐否？”徐世勣道：“他原是隋朝科甲出身，当日主公原教他为司马，不知甚意，自愿居刑曹监守。”魏徵道：“吾也闻他是个乐善好道有意思的人，这样世界的官儿论甚大小，快请出来。”小厮请了徐立本出来，谦让了一回，只得于末席坐下。

酒过三巡，只见徐家一小僮进来，向家主禀道：“有懿旨在外。”徐立本如飞起身出去。玄成等众人尽加惊异，俱在那里揣度。只见徐立本走来坐定，魏玄成忙问道：“宫中怎有甚懿旨到这里来？”徐义扶笑道：“不敢隐瞒，正宫王娘娘实与小女有缘，晓得小女颇识几字，素知音律，幸得禁林清赏，故此常差内侍接进宫去陪侍。前因分娩太子，进去问候，是今日弥月，叫他进去，不知还有甚事。”徐懋功道：“令媛想是有才貌的了，今年多少贵庚？”徐义扶道：“小女名唤惠嫔，年一十九岁了。”徐懋功见秦叔宝、魏玄成与秦王说起袭取河南一段，也就住口，不与义扶讲。大家诉说战阵功业之事。

正说得热闹，只见一个小厮，向魏玄成禀道：“走役来报王爷差人赍赦诏快到了。”玄成向叔宝、懋功道：“二兄陪殿下宽饮一杯，弟去了就来。”说了起身而去。文静与懋功是旧交，秦王与叔宝彼此有恩心交，四人更说得投机。忽小厮报道：“魏老爷来了。”大家起身。懋功道：“想必主公威降了凯公，复平土地，故有赦诏，为何吾兄反有忧色?”玄成就在袖中,取出诏书来道:“请二兄看便知。”前面不过凯公肉袒投降,后又喜生太子,故降赦文,除人命强盗重情外,不赦南牢李世民、刘文静二人,其余咸赦除之。懋功与叔宝读了一遍,双眉频蹙,默然不语。只听见外边人声嘈杂,魏玄成问道:“为何喧闹?”徐义扶道:“想必宫侍送小女回来。”又见那小厮出来,请义扶进去。徐懋功道:“前日秦大哥要打帐在赦内邀恩,吾度量必不能彀,为什么呢?昔日魏公待人,还有情义,近日所为,一味矜骄,恃才自用。日下赦内若肯赦二公,则前日先认了亲,不至如此相待。”叔宝道:“除此之外,却怎么商量?”秦王听见他们计议,不好意思,只得说道:“承三位先生高谊,或者吾两人灾星未退,且耐心再住在此几时,亦无不可,只是有费三位先生照拂周旋。”魏玄成道:“吾有个道理在此。”

正要说时,只见徐义扶走将出来,便缩住了口。刘文静对众人道:“义扶兄已属心交,众兄有话不妨直说。”魏玄成对刘文静道:“刘兄来看赦书上,那一条不赦南牢的‘不’字,只消添上一竖一画,改为‘本’字,主公归来,料必无疑,就有他事,这血海干系,总是我三人担待了。”秦叔宝喜道:“这却甚妙,须要就烦魏兄大笔,方写得象他亲笔一般。”时众人站在一堆儿,也有说妙的,也有不开口的。徐义扶道:“卑职倒有一计在此,未知三位大人可容卑职略参议否?”徐懋功道:“兄有良策,快些说出来。”义扶道:“以不改本,恐文义念去,有些勉强;况主公非昏暗庸愚眊眼糊涂之主,看他另写一行,下笔之时,何等慎重,今若改了本字,主公回家,必然看出,有许多不妙。莫若竟让卑职,把秦殿下与刘大夫放去。主公回来,三位大人尽推在卑职身上,虽尚可饰辞,犹难免守国防范之愆,然不至有大害了。若明改赦诏,不几视朝廷之敕书,如同儿戏乎?”众人都道:“此论不差。”魏玄成道:“义扶持论甚畅,但不知怎样个放法?”徐义扶道:“方才王娘娘宣小女进去,因太子弥月,欲草疏到主公处,奈因身子尚惮劳顿,故叫小女代为草就,要差人到孟津去。小女有心乘机奏过王娘娘,即讨此差与卑职,明日四鼓就要起身，岂不好是改敕的机会？现有懿旨，叫卑职到徐大人处拨差官兵守护狱囚的，内票在此，表章是用黄绢封固的，小女藏在里边。”袖中取内票出来。徐懋功取来一看，只见上写着：“仰兵部掌印大堂徐，速拨吏卒二十名，去守南牢监禁，待狱官徐立本公干归，即便交卸，勿得有误施行。”玄成、叔宝大喜道：“这是唐王之福，该使殿下还朝，父子重逢，君臣会合。”徐义扶道：“只是要五匹有鞍辔的好马，方才济事。”魏玄成道：“连兄只须三骑，多此二骑何用？”徐义扶道：“小女与一个小厮，亦少不得。”徐懋功道：“既如此，也该请令嫒出来见了殿下，好少刻同行。”

徐义扶忙进去，同女儿惠嫔出来。众人见时，乃是一个才要改妆不脂不粉的美秀女子。徐义扶道：“匆忙之际，总朝上三叩首就是。”众人皆要还礼，义扶再三不容，只得答以三揖。惠嫔如飞进去了。徐懋功道：“我前者会征化及，得二匹骏马，驯良之至，一匹赠与令嫒惠嫔。”秦叔宝道：“殿下的追风马，我养好在厩下，并挑选二匹送来，后会有期，我们该大家别过罢！”徐懋功道：“诸公该作速收拾，同我发兵卫下来，就到我署中来就是了。”魏、徐、秦又叮咛了一番。义扶送了三人出门，如飞进去，收拾了细软，把两套青衣小帽与秦王、文静换了。义扶又添些果菜，叫小厮扛了一坛酒，放在客座里。秦王问义扶道：“添酒增肴，是何缘故？”刘文静道：“我晓得这是义扶的作用，少刻便见。”

正说间，听得叩门声响。义扶如飞叫小厮去开门看来，却是一个老队长同十来个小兵，到义扶面前叩见了。义扶对众人道：“里边禁门，刚才徐大老爷差人到来巡察，已封好在那里了。恰好我们两个舅子，要同到孟津单将军处公干，故有现成酒肴在此，天气寒冷，酒在坛子里，你们吃了罢，只要收拾好了家伙。”说完了，徐惠嫔提了灯笼，秦王与文静负了奏章与报箱，小厮青奴挑了行李，叫一个士兵出来，关好了门进去了。徐义扶等五人，忙忙走的不多几步，只见秦叔宝家小厮迎上前来，说道：“家老爷坐在堂中，候徐爷去会。”义扶等走进叔宝署中，只见院子里系着五匹马。秦叔宝忙出来接见了,对秦王道:“我晓得殿下归心甚急,此刻也不敢尽情了。”将手指着院子里的马道:“这两匹马,是才间徐大哥叫人牵来的;这匹金串银镶的,赠与殿下,那匹绣串雕鞍的,赠与惠媄小姐。殿下的马,文静兄坐去。那二匹是我赠与义扶及管家的,多是驯良善走的脚力。”又在袖中取出书札来,对文静道:“此三件烦兄带去,一道表章是叩谢唐王的,两封书启,候李药师与柴嗣昌两兄的,代弟一一致意。”文静如飞打开包裹藏好。叔宝叫小厮快牵自己的坐骑来,要送秦王出城。秦王止住道:“承将军等许多情义,我李世民镂之心版,再不敢劳尊驾送出城,恐惹嫌疑。”叔宝洒泪道:“士为知己死,大丈夫若虑嫌疑,何事可为?”即便先上了马,众人也只得上了马,急赶出城,又叮咛了一番,然后举手相别。这叫做:

惺惺自古惜惺惺,说与庸愚总不解。

欲知后事如何,且听下回分解。

第五十二回

李世民感恩劫友母
宁夫人惑计走他乡

流光易过,天地间的事业,那有做得完的日子。游子有方,父母爱子之心,总有思不了的念头。功名到易处之地,正是富贵逼人来,取之如拾芥;若是到难处之地,事齐事楚,流离颠沛,急切间总难收煞。

却说秦王与刘文静、徐义扶、徐惠媄,四人骑马,离脱了金墉城,与秦叔宝别了,连夜趱行。秦王在路上,念叔宝的为人,因对刘文静道:“叔宝恩情备至,何等周匝。所云:‘桃花潭水深千尺,不及汪伦送我情。’此之谓也。怎得他早归于我,以慰衷怀?”刘文静道:“叔宝也巴不能要归唐,无奈魏势方炽;二则几个弟兄,多是从瓦岗寨起手,干这番事业;三则单雄信是义盟之首,誓同生死,安忍轻抛。如今彼此三人,皆有他意者,因前日翟让一诛,故众人咸起离心耳,散则犹未也。”秦王见说,不胜浩叹道:“若然,则叔宝终不能为我用矣!”徐义扶道:“殿下不必挂念,臣有一计,可使叔宝弃魏归唐。”秦王忙问道:“足下有何良策?”徐义扶道:“叔宝虽是个武弁,然天性至孝。其母太夫人,年逼桑榆,与媳张氏,俱安顿瓦岗。”秦王道:“魏家将帅俱集金墉,难道各将家眷尚在山寨里?”徐义扶道:“金墉止有魏公家眷,余皆在寨中。一个叫尤俊运,一个叫连巨真,二将管摄在那里。莫若将秦母先赚来归唐,好好供奉着,叔宝一知信息,必为徐庶之奔曹矣。”秦王道:“好便好,作何计赚来?”徐义扶道:“臣当年曾仕幽州,知总管罗艺,与秦叔宝中表之亲,极相亲爱。今年恰值秦母七十寿诞,莫若假设是罗夫人,因往泰安州进香,路经此地,接秦母到舟中去相会,一叙阔踪。秦母见说,定必欣然就道;若离了山寨,何愁他不到长安?”刘文静道:“要做,事不宜迟,回去就行。”

三人正说得入港,赶到了千秋岭来。只见后面小厮青奴,在马上喊道:“姑娘的靴子掉去了一只了!”秦王听见,如飞兜转马头,只见徐惠嫔一只窄窄金莲,早已露出。徐惠嫔虽是个倜傥女子,此时不觉面红耳赤。徐义扶道:“既掉了一只,何不连那只也除了去?”只见秦王把马加鞭耸上一辔头,向旧路寻去。未及片时,秦王提着一只靴子,向徐惠嫔笑道:“这不是卿的靴子?”徐惠嫔如飞下马来向秦王接了,穿扎停当,然后上马。自此一路上,秦王与惠嫔虽不能雨觅云踪,然侍奉宵征,早已两情缱绻,魂消默会矣。一行人晓行夜宿,不觉早到了霸陵川。秦王对刘文静道:“孤偶然出猎闲游,不意遭此大难,若非惠嫔、义扶与秦、魏、徐三位同心救援,几乎老死囹固。”刘文静道:“这也是殿下与臣数该有这百日之灾,幸遇义扶,朝夕周全。令媛弃恩施计,殿下不特得一明哲之士,兼得一闺中良佐,岂非祸兮福所倚乎?”

正说时,只见尘头起处,望见一队人马前来,乃是大唐旗号。秦王道:“难道父皇就知孤归国,预差人来迎接?”话未说完,只见袁天罡、李淳风、李靖三骑马早已飞到面前,口称:“殿下,臣等齐来接驾。”秦王道:“孤当初不听先生们之谏,致有此难,将来后车之戒,孤当谨之。”那时西府宾僚陆续来到,大家拥入潼关。秦王对徐义扶道:“贤卿与令媛,乞暂停驿馆,待孤见过父皇,然后备车驾来接令媛,方成体统。”义扶点首,忙进驿馆中安歇。秦王同众公卿进朝,见了唐帝,到宫中拜见了窦太后,骨肉相叙,如同再生,不觉涕泪横流。秦王细把被难前情,一一奏明。唐帝道:“秦叔宝、徐懋功、魏玄成这三位恩人,目下虽不能归唐,朕当镂之心版,儿亦当佩带书绅。至于义士徐立本与其女惠嫔,该速给二品冠带,并其小女凤冠霞帔,速宜来见朕。”秦王吩咐左右,在西府内点宫女四名,整顿香车,迎请徐惠嫔与其父义扶进朝。唐帝见了,甚加优礼,用义扶为上大夫之职,其女徐惠嫔,赐名徐惠妃,加一品夫人,与秦王为妃,参赞西府军机事务。

秦王又将叔宝寄来的谢表呈上。唐帝看了说道:“叔宝先年与朕陌路相逢,全家亏他救护;今吾儿又赖他保全性命,父子受恩,未知何日得他来少报万一?”秦王道:“不必父皇留念,儿自有良策,使他早日归唐。”说了,大家谢恩出朝。未及数日,秦王即差李靖、徐义扶带领雄兵二千并宫娥数名,拥护徐惠妃夫人,前往瓦岗,计赚秦母出寨。今且按下慢提。

再说魏公李密,在偃师收降了凯公,大获全胜,颁赦军民,正该班师回来,复不自谅,徇行河北部,被夏王窦建德首将王综,拒战于甘泉山下。李密被王综以流矢射中左臂,大败丧气;又接徐世勣日报,说狱官徐立本,私放秦王、刘文静归国,自谋宫中差使,不知去向。魏公看报大怒,连夜赶回金墉。魏徵、徐世勣、秦琼接见。魏公将三人大肆唾骂,道他们不行觉察,通同徇私,受贿卖放,藐视纪纲,将三人即欲斩首。亏得祖君彦、贾润甫等再三告免,权禁南牢,将来以功赎之。

再说秦母与媳张氏、孙怀玉,住在瓦岗,虽叔宝时常差人来询候,然秦母年将七十,反比不得在齐州城外,为子者朝夕定省,依依膝下,寻欢快活。奈儿子功名事大,只好付之浩叹而已。一日,只见一个小厮,进来报道:“幽州罗老爷将军,差人到寨,耑候秦夫人起居,要面见的。”秦母见说,对媳张氏道:“罗姑爷处,还是我六十岁时差人来拜寿,后数年以来,音信悬隔,今为什么又差人来,莫非又念及我七十岁的生辰么?”张氏夫人道:“是与不是,还该出去见他,就知分晓。”秦母只得同着怀玉,到堂中来,见两个差官,齐跪下去说道:“差官尉迟南、尉迟北,叩见太夫人。先有家太太私礼一副。奉上的寿仪,俟太夫人到舟中去,家太太面致。”秦母连忙叫怀玉，拖了两个差官起来，随后又是四个女使，齐整打扮，上前叩头。那差官说道："这是罗太太差来，迎请太夫人的。"秦母道："小儿秦琼，在金墉干功，不在寨中，怎好有劳台从枉顾？请尊官外厢坐。怀玉，你去烦连伯伯来奉陪。"怀玉应声去了。

秦母同四位女使，到里边来，见了张氏夫人，叫手下把罗夫人私礼抬了进来，多是奇珍异玩，足值二三千金。寨中这些兵卒，多是强盗出身，何曾看见如此礼物，见了个个目呆口哑，连尤俊达与连巨真，亦啧啧称羡道："不是罗家帅府里，也办不出这副礼来。私礼如此，不知寿仪还怎样个盛哩？"那四个女使，见过了张氏夫人的礼，又致意道："家太太多拜上，因进香经过，要请太太夫人与少爷，同到舟中去一会，方见故旧不遗，叫妾们多多致意。"张氏夫人忙叫手下安排酒筵，款待来使。婆媳两个，私相计议。秦母道："若说推却儿子不在，礼多不收，也不去会罗姑太太，这门亲就要断了；若说去，琼儿又在金墉，急切间不能去报知。"其时恰好程知节的母亲，也在房中，插口道："这样好亲戚，我们巴不能个扳图一个来往，他们却几千里路，备着厚礼来相认，却有许多疑虑？"张氏夫人道："当年怀玉父亲，犯事到幽州，亏得在姑爷手下认亲，解救回来。那十年前婆婆正六十寿诞，我记得姑太太，曾差两员银带前程的官儿，前来上寿。如此亲谊，可谓不薄矣。今若遽尔回他，只道是我们薄情，不知大体的了。"秦母道："便是事出两难。"程母道："据我见识，既是老亲，你们婆媳两个，还该同了孙儿去会一会。人生在世，千里相逢，原不是容易得的事，难道你还有七十岁活么？你们若不放胆，我只算你的老伴，去奉陪走走何如？"秦母见他们议论，已有五六分肯去相会的意思了；及见连巨真进来说道："那两个姓尉迟的差官，多是十年前在历城县来拜过寿的，说起来我还有些认得，怎么伯母就不认得了？"秦母道："当时堂中挤着许多人，我那里就认得清？既是恁说，今日天色已晚，留他们在寨中歇了，明早一同起身去就是，少不得连伯伯也要烦你护送去的。"连巨真道："这个自然。"

过了一宿，明早大家用过了朝餐，秦母、程母、张氏夫人，多是凤冠补服；跟了五六个丫环媳妇，连他们四个女使，共是十二三肩山轿。秦怀玉金冠扎额，红锦绣袍，腰悬宝剑，骑了一匹银骏马。连巨真也换了大服，跨上马，带领了三四十个兵卒，护送下山。一行人走了十来里，头里先有人去报知。只听得三声大炮，金鼓齐鸣，远望河下，泊着坐船两只，小船不计其数。秦母众人到了船旁，只见舱内四五个宫奴，拥出一个少年宫妆的美妇人出来。你道是谁？就是徐惠妃假装的。秦母与众人停住了轿，便道："这不是罗老太太，又是谁？"那差来的女使答道："这是家老爷的二夫人。"秦母见说，也不便再问。大家逊进官舱，舱口一将白显道，抢将出来观看，被秦怀玉双眉戟竖，牙眦迸裂，大喝一声。白显道一惊，自进舱里去了。李靖在船楼上望见，骇问来人道："此非叔宝之儿乎？"来人道："正是。"李靖道："年纪不大，英气足以惊人，真虎子也。"快叫人请过船来。

秦母等进舱，一个女使对着禀明道："这个是秦太太，那个是程太太，这是秦夫人张氏。"徐惠妃一一拜见过，便向秦母道："家老太太尚在前船，嘱妾先以小舟奉迎。承太太夫人们不弃降临，足见亲谊。"吩咐打发了轿马兵卒回去，后日来接。秦母道："琼儿公干金墉，多蒙太太颁赐厚仪，致承尊从枉顾，实为惶恐。"舟中酒席已摆设停当，即便敬酒安席。李靖请过秦怀玉来，与徐义扶相见了。李靖与秦怀玉说起他父亲前日寄书札来，取出来与怀玉看了。怀玉方知他是李药师，父执相逢，不胜起敬。忽听见又是三声大炮，点鼓开船。秦母在那边舟中，不见了怀玉，放心不下，忙叫人请了过来，坐在身旁。船头上鼓乐齐鸣，一帆风挂起，齐齐整队而行。连巨真见这许多光景，也觉心上疑惑，亏得夜间宿在徐义扶舟中，义扶向他备细说明，连巨真心中虽放宽了些，但嫌身心两地，只好付之无可如何。徐惠妃那夜见秦夫人们，多是端庄朴实的人，已在舟中，料难插翅飞去，只得将真情备细说与张氏夫人知道。张氏夫人忙去述与婆婆得知。秦母只晓得先前楂树岗秦琼救了李渊之事，后边南牢设计放走李世民一段，全然不知，亏得徐惠妃将前事一一提明："因秦殿下念念不忘令郎将军之德，故此叫妾与父亲陛见后即定计来请太夫人。"此时秦母与张氏夫人晓得相对说话的，不是罗二夫人，乃是秦王一位妃子，重新又见起礼来。幸喜程母因多用了几杯酒，瞌睡在桌上。秦母道："小儿愚劣，有辱殿下垂青；但是那里知我家与罗总管是中表之亲？"徐惠妃道："家父先朝曾任幽州别驾数年，罗帅府衙门中事并走差之人，无不熟识。"秦母道："怪道尉迟南兄弟，扮得这般厮像。只是如今魏邦事势未衰，吾家儿子急切间怎能个就得归唐？夫人先须差人送一个信去方好。"徐惠妃道："这个自然。但程太太跟前，万万不可说明。"

秦母众人在舟中住了两天，那日早起，只听的前哨报道："头里有贼船三四十只，相近前来。"秦怀玉正睡在那边船楼上，听见，如飞披衣起来窥探。只见李靖在舱中，唤一将进来，那将是前日扮尉迟北的。李靖在案上取一面令旗，付与中军官，递将下来。那将跪下接着，李靖坐在上面吩咐道："前哨报有贼船相近，你领兵去看来，不可杀害，好歹捆来见我。"那将应声去了。不一时，只闻得大炮震天，呐喊之声不绝。小船上兵卒，个个弓上弦刀出鞘，把甲胄收束停当。未及两个时辰，鸣金三响，早见那员武将跪下道："禀元帅爷缴令，贼船已获，头目现捆绑在船，岦候元帅爷的旨定夺。"李靖收了令箭，便问道："贼船是何旗号？"那将答道："打着是魏家旗号。"李靖双眉一蹙道："既是魏家的人，解进来。"那将应声而去。其时大小船，俱停住不行；船头上众将，排列刀斧手捆绑，明晃晃执着站立，好不威武。只见战船里，拖出一个长大汉子来。连巨真在后边船上望见，吃了一惊道："这是我家贾润甫，为什么撞在这里，却被他们拿住？"忙要去报知秦怀玉，无奈船挤人多，急切间难到那边船上去。徐义扶又不见了，只得趴在船舷上，听他们发落。

只听见李靖问道："你是那一处人，叫甚名字？"贾润甫答道："我是魏邦人，叫做贾和。"李靖道："既是魏邦人，岂不见我大唐旗号出师在此，擅敢闯入队来！我且问你：你奉李密使令，差往那里去，今从何处来？”贾润甫道：“实因王世充去秋曾向我处借粮二万斛，不意我处今秋歉收，魏公着我去索取。”李靖道：“王世充残忍褊隘之人，刻刻在那里觊觎非望，以收渔人之利；你家李密，却去济应他的粮草，何异虞之假道于晋，因以自敝乎？可知李密真一庸碌之夫！”贾润甫道：“天下扰攘，未知鹿死谁手，明公何出此言？”李靖拍案喝道：“李密手下多是一班愚庸之夫，所以前日秦王被囚于南牢，文静困辱于殿陛，我正要来问罪，你却撞来乱我军律。左右的与我拿去斩讫报来！”众军校吆喝一声，把贾润甫拥绑出来。连巨真唬得魂飞魄散，如飞要去寻秦怀玉。何知秦怀玉被徐义扶说明，反不着忙。只见中军官又叫刽子手推贾润甫转来。李靖起身亲解其缚，喝左右取冠带过来，替贾爷穿好上前相见。贾润甫拜谢道：“不才偶犯元帅虎威，重蒙格外宽宥，足见海涵。”李靖道：“适才不过试君之器量耳，弟辈仰体秦王求贤之心，何敢妄戮一人。且叫足下相会几个朋友。”

话未说完，只见徐义扶、连巨真、秦怀玉，多走到面前。贾润甫大骇，对徐义扶道：“你是放走了秦王与刘文静，该在这里的了。”对连巨真、秦怀玉道：“你们是住在瓦岗，为何却在此处？”徐义扶把始末备细说了一遍。贾润甫对徐义扶道：“你却同了秦王高飞远举来了，累及徐军师、秦大哥、魏记室，坐禁南牢。”秦怀玉听见说他父亲囚禁南牢，放声大哭，忙向李靖说道：“乞老伯借二千兵与小侄，待小侄打进金墉，救取父亲。”秦母在此船，闻知这个消息，亦差人来盘问。贾润甫道：“既是秦伯母在此，何不请过船来相见，听我说完，省得停回重新再说。”李靖便向怀玉道：“正是，贤侄去请令祖母过来，听贾兄说完。”不一时秦母走过船来，众人一一拜见了。秦母向贾润甫道：“小儿为何事逮罪南牢？”贾润甫道：“魏公降服凯公回来，闻报徐兄放去了秦王、刘文静，又迁怒于秦大哥、魏玄成、徐懋功，将他三人监禁南牢。我与罗士信再三苦谏不从，即差我往王世充处讨粮。因去秋王世充差官来要借粮四万斛，彼时我听见，如飞向魏公力止，极言不可借：“世充乏食，天绝之也，何反与之？况我家虽有预备，积储几仓，亦当未雨绸缪，要防自己饥馑。况军因粮足，今相借与彼，是藉寇兵以资盗粮也，智者恐不为此。”无如魏公总不肯听，竟许其请，开仓斛付二万斛。那开仓之日，适值甲申日，有犯甲不开仓之禁忌。嗣后巩洛各仓，仓官呈报鼠虫作耗，背生两翼，遍体鱼鳞，缘壁飞走，蜂拥而出，库中之粟，十食八九。魏公拜程知节为征猫都尉，下令国中每一户纳猫一只，赴仓交纳，无猫罚米十石。究竟鼠多于猫，未能扑灭，猫与鼠不过同眠逐队而已，鼠患终不能息。魏公正在悔恨，近又萧铣缺饷，亦统兵来要借粮五万斛，如若不允，便要尽力厮拼。因此魏公着了急，将他三人在南牢赦出，即差了秦大哥与罗士信，领兵去征萧铣；徐懋功差往黎阳；魏玄成看守洛仓。目下又值禾稼湮没，秋收绝望，因此差我向王世充处，取偿前日之粟。如今伯母既是秦王命李元帅屈驾长安，定必胜是瓦岗，待我报与秦大哥晓得了，他毕竟也就来归唐。”又对连巨真道：“巨真兄，你还该回瓦岗去，众弟兄家眷尚多在寨，独剩一个尤员外在那里，倘有疏虞，是谁之咎？我因公干急迫，伯母请便。”即向众人告辞。李靖见贾润甫人才议论，大是可人，托徐义扶说他归唐。贾润甫道：“弟因愚劣，不能择主于始；今虽时势可知，还当善事于终。若以盛衰定去留，恐非吾辈所宜，后会有期。”即便别去。李靖深加叹服，连巨真因与秦叔宝义气深重，只得回到长安，看了下落，再回瓦岗。正是：

满地霜华连白草，不易离人义气深。

欲知后事如何，且听下回分解。

第五十三回

梦周公王世充绝魏
弃徐勣李玄邃归唐

事到骑虎之势，家国所关，非真拨乱之才，一代伟人，总难立脚；何况庸碌之夫，小有才名，妄思非分，直到事败无成，才知噬脐无及。

今且不说秦母归唐。再说贾润甫别了李靖等来到洛阳，打探王世充大行操练兵马，润甫要进中军去见他。世充早知来意，偏不令润甫相见，也不发回书，叫人传话道："这里自己正在缺饷，那得讨米来清偿你家？直等我们到淮上去收了稻子，就便来当面与魏公交割。"贾润甫见他这样光景，明知他背德不肯清偿，也不等他回札，竟自回金墉来回复魏公道："世充举动，不但昧心背德，且贼志反有来攻伐之意，明公不可不预防之。"李密怒道："此贼吾亦不等其来，当自去问其罪矣。"择日兴师，点程知节、樊文超为前队，单雄信、王当仁为第二队，自与王伯当、裴仁基为马后放，望东都进发。那边王世充，早有哨马报知，心上要与李密厮拼，只虑他人马众多，急切间不能取胜，闷坐军中。忽一小卒说道："前年借粮军士回来，说李密仓粟，却被鼠耗食尽，升贾润甫补征猫都尉，宫中又有许多灾异。金墉百姓多说是僭了周公的庙基，绝了他的香火，故此周公作祟。"郑主道："只怕此言不真。"小卒道："来人尽说有此怪异，为甚说谎？"郑主笑道："若然，则吾计得矣；但必要一个伶俐的人，会得吾的意思，方为奇妙。”说了，呆看着那小卒，小卒低着头微笑不言。

到了明日，擂鼓聚将，大宴群臣，计议御敌之策。郑主问道：“李密金墉之地，还是隋朝故宫，还是他自己创造的？”张永通答道：“魏主宫室，原是周公神祠。李密谓周公庙宇当创建于鲁，此地非彼所宜，便撤去庙貌，改为宫阙。周公累次托梦于臣，臣未敢渎奏。”郑主拍案道：“怪道孤昨夜三更时分，梦见一尊冠冕神人，说：‘吾乃周文王之子姬公旦便是，蒙上界赐我为神，庙宇在金墉城内，被李密拆毁了，把基址改为宫殿，木料造了洛口仓，使我虎贲卫从，漂泊无依。今李密气数将尽，运败时衰，东郑王你替我报仇做主。’”众臣道：“神人来助，足见明公威德所致，此番魏邦土地，必归于明公矣。”郑主道：“富贵当与卿等共之，谅孤非敢独享也。”正说时，只见三四个小卒走上前来报道：“中军右哨旗丁陈龙，忽然披发跣足，若狂若痴，口中大叫道：‘我要见东郑王。’”郑主见说，笑逐颜开，对众臣道：“此卒素称诚朴，何忽有此举动？孤与卿等同去看他。”说了，齐上马，来到教场中。军师桓法嗣纵马先到演武场，只见陈龙闭着双眼，挺挺的睡在桌上，高声朗句的在那里诵大雅文王之诗曰：“文王在上，于昭于天。周虽旧邦，其命维新。”见郑主来，忽跳起身，站在桌上，朝着外边道：“东郑王请了，吾周公旦附体在此。前宵所嘱之言，何不举行？勿谓梦寐，或致遗忘。若汝等君臣同心协力，吾还要助汝阴兵三千，去败魏师，幸毋观望，火速进兵为上。吾去也！”说了，跳将下来，满厅舞蹈扬尘。此时王世充与众臣，早已齐齐跪拜道：“谨遵大王之命，我等敢不齐心讨贼，以复故宫，重修殿宇峥嵘？”大家忙起身，看那个陈龙，面色如灰，手足冰冷，直僵僵横在草地上。郑主叫人负了他回去。

自此郑家兵将，个个胸中有个周公旦了。从来行兵诡道，王世充原是个奸狡多谋之人，兼那军师桓法嗣，又是个旁门邪术之徒，恰好在乱离中，逞志求荣，杀图宝位，便有许多因邪入邪之事来凑他。郑王回朝，即便传旨军师桓法嗣，明日下演武场，点选彪形大汉三千，个个身长八尺，脚躧木橇一丈二尺，面上俱带鬼脸，身穿五色画就衣服。数日之内，演习停当。桓法嗣说："此计只宜速行，攻其无备。"郑主准奏。这不过是要收拾完一个李密，成全一个应世之主；若李密是个明智之士，见国中屡现灾异，便要安守金墉，悔改前愆，优恤臣下，犹可以为善国。无奈李密自恃才略高强，却忘了昔日死里逃生之苦，刻刻要想似汉高提着三尺剑，无敌于天下。先把一个足智多谋的军师徐世勣调去黎阳；萧铣乃癣疥之疾，又把忠勇全备的秦叔宝、罗士信差他去拒守；贾润甫屡进奇谋不听，而置之洛口；邴元真贪利忘义小人，反置之左右；只剩单雄信、程知节等一班恃勇好斗之人，自统大兵前来。未及两日，何知王世充也拥着大队人马，在路上遇哨马报知，大家离着三四十里安营驻扎。李密安营于翠屏川东山。王世充结寨于翠屏川西山，军师桓法嗣带领细作，随身兵马二三百，悄到镇东山顶，瞭望魏营，部伍整齐，如星辰累落，看去杀气冲天，果是人惊鬼哭。

桓法嗣心中暗想："吾虽练彪形高橇神兵，怎能够胜他人强马壮？"蹙着双眉，四下闲看，忽见东北方山脚下，七八个大汉，在那里采樵。桓法嗣看他们运斧弄斤，丁丁伐木，不觉怡然而笑道："吾更有计矣！"悄悄唤一家将近前来，附耳几句，自己即便上马归营。到了明日，进大营对郑主道："臣昨夜也梦见周公对臣说道：'桓法嗣听我吩咐：明日我暗引一人来助你们擒贼，你快去催主人作速进征，以决胜负。'"又附郑主耳上说了几句。郑主大喜。桓法嗣又将木排，多用红绿颜色，画成兽形，列为方城，将兵马尽藏其中。郑主坐中军大寨，看军师桓法嗣调度。只见帐下军士道："拿着了李密。"及至解进来时，见绑着的却是一群打柴的人，为首又是李密。郑主问道："是哪里拿来的？"军士答道："小人们奉令巡逻，到山坳斜径，遇着这干人，内中却有李密，小人们奋勇拿来请功。"郑主怒问，那为首喊叫冤枉道："小人是国子监助教陆德明的家人，城中乏柴，着小人来樵采，说甚李密，现有同伴可证。"巡逻的道："明是李密，假做采樵，窥探军情。"郑主又向众樵夫细问，果然是乡宦家人,差出来打柴的,郑主叫左右去了那干人的绑缚,对他们说道:"我晓得你们尽是平民,我如今正要用着你们,且问你众人里边,可有熟识北邙山幽僻路径的?"一个樵夫指道:"那个叫做满山飞金勇,那个叫做穿山甲庞元,他两个惯走山径,晓得路途。"郑主道:"妙!"先叫那象李密的前来,赏他一个中军把总;那两个金勇、庞元,赏他做了左右队长,多给衣帽战袍。又叫中军附耳,吩咐了领去。众樵夫大喜,叩谢出营,编入各队。看两边是:

纷纷战血烟云洒,胜败存亡未可知。

再说李密前队程知节,指望遇着了对头,爽利大杀一场;不意王世充的兵马,反将横木为城,寂然不动。便督军马,冲到城边,却又看见了木城上红绿兽形,即便掉转马头,逃回转来。那单雄信领着第二队,亦凑着了,叫前队架起云梯炮石,向内攻打,竟不能破。魏王在后队结寨,时将举火,传令黑夜须防贼人行动,各营务要小心,静听更筹。到了三更时分,魏营兵将耳边,只闻得四下里炮声隐隐不绝,心中惶惑。忽有巡逻夜不收,到前营来报道:"王世充木城已开,只是内中灯火俱无,人影不见,敢报老爷知道。"程知节因日间攻打了半天,正在那里心中烦躁,忽闻此报,安能忍耐!自己当先,领军马直到郑营。远远望去,只见木城大开,灯火齐举,照耀如同白日,并不见一兵在外。恼得程知节性起,把双斧高举,口中喊叫:"有胆气的随我来!"只见郑营寨中一声炮响,闪出一将,杀了十来合,败将下去。程知节趁势追赶,约十来里,又听得郑营中一个轰天大炮,四下里即便接炮连声,忽起一阵怪风,刮地里迎面吹来。

其时金鸡已报,天色已明。程知节催促军马杀将下去,只见斜刺里赶出七八队,都是面蓝发赤,巨口狼牙,五色长袍,高屐橇脚,硝磺火药烘满半天,都执着砍刀,从第二队后边杀来,个个喊道:"天兵到了,你们要命的快须投降!"单雄信兵士见了,尽皆惊惶,要兜转马头,杀奔回去;因那些战马,见了这班鬼脸长人,咆哮乱跳,反向前尽力嘶跳。单雄信只得大着胆,随着前队,往前杀去。

两队人马接着王世充许多将士，绞作一团的乱杀。程知节正在酣战之时，听得喊道："捣寨的兵，拿了李密来了！"只见一簇兵马，拥着李密，锦袍金甲，背剪在马上，喊叫不明道："快来救我，快来救我！"已被这干人拥进阵里去。程知节看见，吃了一惊，对裨将樊文超道："如今主公已没了，战也没用，散罢！"樊文超道："东天也是佛，西天也是佛，散也没处去，倒是投降。"便传主将已没，情愿投降。部下听得，一齐抛戈弃甲跪倒。程知节忆着老母，却在乱军中卸去盔甲，寂然逃走。

单雄信与王当仁在第二队，见前边一齐跪倒，不知为甚缘由，却飞报的来说："魏公已被拿去，前军已尽投降。"单雄信也是个猛夫，再不忖量李密怎样就可以拿得，心下反着了忙，对王当仁道："魏公既被他们拿去了，我们在此，杀也无益，不如我和你冲出去罢！"王当仁便道："说得有理。"喊一声，领麾下努力，杀了一里多路。无奈四围郑兵，越杀越多。单雄信回转头来一看，王当仁已不见了。单雄信正要转身去寻，不提防郑将张永通飞马到面前。雄信忙举槊相迎。岂知郑营中几十把钩镰枪齐举，把单雄信坐马拖翻。雄信无奈，亦只得领众投降。

独有魏主还领着精锐心腹之士督战，见前队散乱，忙着裴仁基前来救应，亦被郑阵中镰钩套索捉去。魏主正在惊疑之际，只见后面山上，连声发喊，二队短刃步兵，赶下山来，已在阵后乱砍。回望寨中，烟焰冲天，守寨军士，四散逃走，投崖坠石。原来王世充着樵夫引导，黑夜领这支兵，各带硝磺引火之物，乘他兵尽出战，焚他大寨。魏主平日却因自恃势盛，只道无人敢来窥伺，到处不立木栅，止设营房，所以这几百人，如入无人之境，烧了他寨，又杀将转来。此时李密要敌后军，前面王世充人马已到；要敌前军，后边步兵杀来，真是前后夹攻，腹背受敌。无可奈何，只得易服同众逃到洛口仓。贾润甫闻知，远来接见，把善言相慰道："汉高屡败，终得天下；项羽虽胜，卒遭夷灭。明公安心以图后举。"在洛口仓安歇了一夜。次日正欲与众将计议，只见程知节同了十来个小卒逃来。

魏主怒道:“我正要问你那前面是怎么样光景,以至于此?”程知节道:“头里我们被他杀退了下去,已有六七里,何知起一阵怪风,冲出无数阴兵,这还大家尽力混杀,不意他们阵里拥过一个锦袍金甲,与明公面貌无异,背剪在马上。我们军士,只认真是主帅被擒,军士都无心恋战。郑营中四下军马,如山倒海翻,裹将拢来,裨将樊文超即便领众投降。我不得已卸甲逃走到仓城。岂知邴元真已将全城归降王世充,我故又赶到这里,幸喜明公无恙,多是贼人使的诡计。”

话未说完,只见魏徵一骑来到,魏公大骇,忙问道:“为什么你亦离了金墉,莫非亦有甚事么?”魏徵道:“昨夜五更时分,有一起人马,叫喊开城。郑司马上城看时,只见灯火之下,果然是明公坐在马上。郑司马忙开城门,出来迎接,只见喝道:‘诸将不行救应’就叫手下捆缚,裴仁俨亦被擒下。我着了急,知中贼人之计,如飞着宫侍报知王娘娘同世子逃出了南门,恰好路上遇着了王当仁,交付与他送上瓦岗去了;故此我特地寻来,恰好多在这里。刚才我在路上,听见逃回兵卒说:‘王世充大队人马,又追将下来。’”正说时,只见贾润甫手下巡逻走卒来报道:“虎牢关也失了。郑家大兵只离我们洛口三十里地,我们快走罢!”此时连魏徵也没了主意。李密见王世充势大,量此洛口一隅,怎能支撑?只得同众进守河阳。河阳乃祖君彦所守地方,未及两日,巡卒又报偃师、洛口俱失。李密叹道:“谁料贼子弄这些诡计,失去这许多地方,又战失了好几员名将,这都是孤自己大意,以至于此。如今方寸已乱,教孤如何是好?”王伯当道:“为今之计,只有南阻河,北守太行,东连黎阳。徐世勣为人忠义,不以成败利钝易心,且足智多谋,堪当一面,着他同守黎阳,移兵食以资河北,虽与世充相近,末将不才,愿为死守。明公身居太行,呼吸两地,身既在此,当时部曲必然来归,力薄则拒险而守,力足则相机而战,方是妙计。”李密道:“此计甚善。”问众将,多默默不语。李密又问,众将只得说道:“前日北邙一战,人心皆惊,雄信投降,仁基、智略就缚,以致河阳疾破,仓城即降,偃师、洛口、虎牢地方,接踵而失。将无固守之志,兵无敢死之心,人情趋利,比比皆然,今明公麾下,尚有二万,恐再俄延,怕从人日散,公欲拒守,谁人相助?”

李密听了,不觉两行泪落道:“孤仗诸君戮力同心,首取洛口,又据黎阳,北抗世允,南破化及,不意今日一战,至于众叛亲离,欲守无人,欲归无地,要此七尺何为?”言罢,拔剑便欲自刎。伯当一把抱定,两泪交流道:“明公,你备经困苦,方能得成大业;今虽失利,安知不能复兴,何作此短见?”两人号哭连声,众将也齐泪下。李密哽咽了半日,才出得一声道:“罢,罢,我壮志不甘居人之下,今天丧我,无计可施,黎阳我断不去。诸君若不弃,同到关中归于唐主,诸君谅亦不失富贵。”众将齐声道:“愿随明公同归唐主。”李密对王伯当道:“将军家室,多在瓦岗,今日入关,家室日远,恐必挂念;不若将军且回。”伯当道:“昔与明公共誓生死同随,安肯今日相弃? 便分身原野,亦所甘心,何况家室哉!”这几句连同行的人都感动,没一个肯离散。独有程知节跳起身来说道:“不是兄弟无情,你们都去得,我却不敢追随。”众人道:“这是为什么?”李密道:“我晓得了,尊堂尚在瓦岗,不去也罢了。”程知节道:“不是这话,老娘在瓦岗,尤大哥与我不比别的弟兄,时刻肯照顾我母亲,我可以放心无忧。当年李世民,监禁在南牢百日,多是我程咬金陷他。”众人道:“这是公事,岂独罪你一人?”程知节道:“当日世民窥探金墉城,众臣只道他诡计,无人敢去拿他,独有我老程,不怕死赶出城外。追至老君堂,见他躲在神柜里。我认他是个蟒蛇精,一斧几乎把他砍死。幸亏秦大哥止住了,说道:‘留活的拿去见魏公。’所以他君臣两个,困陷这几时。如今的人,恩则便忘,怨则分明。我今去正中唐家的意,把咬金一刀两段,叫我老娘谁来照看? 不去,不去!”说罢,竟一恭而去了。众人道:“此时各从其志,他不去,我们是随明公去便了。”

李密恐怕耽延有变,也不待秦叔宝回来,亦不去知会徐世勣,只带部下兵有二万人西行。先差元帅府掾柳燮,赍表奏知唐帝。

唐帝久知李密才略可用，况他河南、山东，旧时部曲甚多；若收得他，即可以招来为我用，所以不胜大喜。先差将军段志玄来慰劳他，又差司法许敬宗来迎。只是李密想到当日希图作盟主，就是唐帝何等推尊，谁知一旦失利，却俯首为他臣子，心中无限不平，无限悒怏，今事到其间，不得不为人下了；率领王伯当一干人进长安，朝见唐帝。诸将拜舞毕，宣李密上殿。唐帝赐坐道："贤弟，战争劳苦，当俟吾儿世民豳州回来，与贤弟共平东都，以雪弟仇。"就传旨授李密光禄卿上柱国，赐邢国公；王伯当左武卫将军；贾润甫右武卫将军；魏徵为西府记室参军。其余将士，各各赐爵。李密等谢恩而出。唐帝又念他无家，将表妹独孤氏与他为妻。官职虽不大，恩礼可谓隆矣。正是：

忆昔为龙螭，今乃作地鼠。
屈身伍绛灌，哽咽不得语。

欲知后事如何，且听下回分解。

第五十四回

释前仇程咬金见母受恩
践死誓王伯当为友捐躯

古人云:知足不辱,苟不知足,辱亦随之。况又有个才字横于胸中,即使真正钟鸣漏尽,遇着老和尚当头棒喝,他亦不肯心死;何况尚在壮年,事在得为之际。

却说魏王李密,进长安时,还想当初曾附东都,皇泰主还授我太尉,都督内外诸军事;如今归唐,唐主毕竟不薄待我,若以我为弟,想李神通、李道玄都得封王,或者还与我一个王位,也未可知。不意爵仅光禄卿,心中甚是不平。殊不知这正是唐主爱惜他,保全他处。恐遽赐大官,在朝臣子要忌他。又因河南、山东未平,那两处部曲,要他招来,如今官爵太盛了,后来无以加他,故暂使居其位,以笼络他,折磨他锐气。李密总不想自己无容人之量,当年秦王到金墉时,何等看待;如今自己归唐,唐主何等情分。还认自己是一个顶天立地的好男子,满怀多少不甘。

居未月余,秦王在陇西征平了薛举之子薛仁杲,拔寨奏凯回朝。早有小校飞驰报捷长安。唐主宣李密入朝面谕道:“卿自来此,与世民未曾见面,朕恐世民怀念往事,不利于卿。卿可远接,以尽人臣之礼。”李密领诺。其时魏徵染病西府。李密同王伯当等二十余人,离了长安,望北而行。直至豳州,哨马报说秦王人马已近。李密问祖君彦道:“秦王有问,教我如何对答?”君彦道:“不问则已，若问时，只说圣上教臣远接，即不敢加害于明公矣。”二人正商议间，只见金鼓喧闹，炮声震地，锦衣队队，花帽鲜明，左右总管十人，剑戟排拥，戈矛耀日，前面数声喝道，一派乐官，埙篪迭奏而来。李密只道来的就是世民，忙与众官分班立候。只见马上一将，大声呼道：“吾非秦王，乃长孙无忌与刘弘基也。殿下尚在后面，汝是何人，可立待之！”是时李密心中懊恨，明知秦王故意命诸将装作王子来羞辱他；如今若待不接，恐唐王见怪；若再去接，又觉羞辱难堪。

正在悔恨之时，又见一队人马，排列而来。前面一对回避金牌，高高擎起；中间旗分五色，剑戟森严；后面吆喝之声渐逼，望见舆从耀目，凤起蛟腾。李密暗想：“是必秦王也。”忙与众将俯躬向地打躬下去。只见马上二人笑道：“吾乃马三保、白显道也，前年我们到金墉来望你，今你亦到吾长安来。若要接殿下，后面保驾帷幔里高坐的便是，可小心向前迎接。”李密听见，满面羞惭，槌胸跌脚，仰天叹道：“大丈夫不能自立，屈于人下，耻辱至此，何面目再立于天地之间？”即欲拔剑自刎。王伯当急向前夺住道：“明公何如此短见，文王囚于羑里，勾践辱于会稽，后来俱成大业。还当忍气耐性，徐图后事。”正说时，忽有人报道：“前面风卷出一面黄旗，绣着‘秦王’二字在上，今次来的必是秦王无疑。”李密无奈，只得侧立路旁。骤见一队人马到来，前导五色绣旗。甲士银鬃对对，彤弓壶矢，彩耀生光，宝驾雕鞍，辉煌眩目，力士前引，仪从后随。唐将史岳、陶武钦，依队前进；王常、邱士尹，按辔徐行。原来四将认得是李密，各各在马上举手道：“魏王休怪，俺们失礼了。”李密诸将默然无语，不觉两泪交流。王伯当再三劝慰。

又见殷开山、洛阳史，排列左右护卫，犹如天王之状。秦王冠带蟒服，高拱端坐幔中。李密看得真切，如飞向前俯伏道：“老拙有失远迎，望殿下恕责。”秦王见了李密，不觉怒发冲冠，手持雕弓，搭上一箭，兜满弓弦。唬得魏将王伯当、贾润甫、祖君彦、柳周臣诸将，俯伏在地，面如土色。李密把两手捧住其脸，战栗不已。

秦王见众人在地下打作一团儿,犹如宿犬之状,到底是人君度量,即收了箭,以弓梢指定李密道:"匹夫也有今日!本待射你一箭,以报缧拽之仇,恐连累了众人,只道我不能容物,暂饶你性命!"大喝一声而过。这都是秦王晓得李密来接,故意装这十将来羞他。

其时秦王进朝拜见了唐帝。唐帝道:"皇儿征伐费心,鞍以劳苦。"秦王道:"托赖父王洪福,诸将用命,得以凯还,擒得薛仁杲、罗宗睺等囚在槛车,专候父皇发落。"唐帝大喜,即命武士斩于市曹,悬首示众,因问秦王:"曾见李密否?"秦王答道:"臣儿曾见来。"唐帝道:"当时朕欲拒其降,因刘文静进言道:'郑与魏境接壤,二邦犹如唇齿。'今王世充灭了李密,未有虢亡而虞独存者,我处若不受其降,密必计穷,据兵而复投他国,又增一敌。劳吾心矣,乌乎可!"秦王道:"为什么有恩于臣儿的这几个人反不见?"唐帝道:"魏徵已在这里,朕知其有可用之才,将他拨在你西府办事;如今闻说他有病,故此想未有来接你。"说完,帝同秦王进宫去朝见了母后,谢恩出朝。他原是个拨乱之主,求贤若渴;况当年有恩于彼,怎不关心?一进西府,即问魏徵下榻之处。魏徵原没有病,因李密要与他同去接秦王,料必不妥,故此诈称有疾。今闻秦王来问他,如飞赶出来拜伏在地道:"臣偶抱微疴,不能远接,乞殿下恕臣之罪。"秦王一把拖住道:"先生与孤,不比他人,何须行此礼?"忙扯来坐定。魏徵道:"魏公失势来投,望殿下海涵,勿念前愆。"秦王道:"孤承先生们厚爱,日夜佩德于心,兮辛不弃,足慰生平。李密匹夫,孤顷见俯伏在地,几欲手刃之,因见众臣在内而止。然孤总不杀他,少不得有人杀他的日子。"因问:"叔宝、懋功二兄为何不来?"魏徵道:"徐懋功尚守黎阳,他是个足智多谋之士,魏公自恃才高,与他言行不合,所以他甘守其地,亦无异志。秦叔宝往征萧铣未回。魏公此来,亦未去知会他。"秦王道:"他的令堂乃郎,孤多膳养在此。"魏徵道:"他如今想必也晓得了,但是这人天性至孝,友谊亦要克全其义,单雄信已降王世充,恐还有些逗留。"秦王又问道:"那个粗莽贼子程知节,为什么不见?"魏徵道:"他因昔日开罪于殿下，故不敢来，到瓦岗拜母去了，人虽粗鲁，事母甚孝，倒是个忠直之士。昨晤徐义扶，方知程母也在此，他还不晓得，若到瓦岗，知其母消息，是必奋不顾身，入长安矣；倘来时，望殿下忘其射钩之仇而包容之。”于是秦王与魏徵朝夕谈论，甚相亲爱。

如今且说程知节到了瓦岗，却不见了母亲，忙问尤俊达。尤俊达道：“尊堂陪秦伯母婆媳两个去会亲戚，不想被秦王设计赚入长安去了。”程知节见说，笑道：“尤大哥，你又来耍我。”尤俊达道：“程老弟，我几曾说谎来？”便把当时赚去行径一一说出，又道：“当时这班人，原只要迎请秦伯母去，谁知令堂生生的要奉陪他走走，弟再三阻挡，他必不肯依，因此弟只得叫连巨真兄送去。前日连巨真在长安回来，说尊堂与秦伯母在秦王那里，甚是平安。兄如不信，到黎阳去问连巨真便知详细了。”程知节此时觉得神气沮丧，呆了半晌，喊道：“罢了，天杀的入娘贼，下这样绝户计！咱把这条性命与他罢！”过了一宿，也不辞别尤俊达，跟了两个伴当，竟进长安。可怜：

只念娘亲不惜躯，愿将遗体报亲恩。

程知节恐怕大路上有人认得，却走小路。晓行夜宿，未及一月，不觉早到长安。进了府城，就在西府左首借了下处。先叫手下人把一揭投进去，只等帅府开门。秦王知程知节到来，传令将士装束威武，排列森严，粗细鼓乐，迭奏三通。秦王升殿，诸将参见过，挨班站立。只听得头门上守门官报道：“魏犯程知节进。”里边武卫接应一声，如春雷一般。秦王坐在上面，见一个赤条条的长大汉子，背剪着，气昂昂走将进来。到了丹墀，直挺挺的立定。秦王仔细一看，认得是程知节，不觉怒气填胸，须眉直竖，击桌喝道：“你这贼子，今日也自来送死了！可记得当年孤逃在老君堂，几乎被你一斧砍死！孤今把你锅烹刀磔，方消此恨。”程知节哈哈大笑道：“咱当时但知有魏，不知有唐。大丈夫恩不忘报，怨必求明。咱若怕死，也不进长安来，要砍就砍，何须动气。快快叫咱老娘来见一面，咱就把这颗头颅，结识与你罢。”秦王道：“你这贼到这地位，还要口硬，且缓你须臾之死。军士们领他去见了他母亲，然后来受刑！”众军士不由分说，把知节拥出府门。

原来秦老夫人的下处，就在西府东首一所绝大的房子里头，与程母同居。秦母一到长安，秦王即拨一二十名妇女，进来伺候，又拨排军二十名，看守门户。不但供应日逐送进，每月还有许多币帛馈赐。秦母与程母，礼必两副。所以这两个老人家，起居安稳，甚感秦王之恩。当时众军士将程知节拥进秦母寓所，早有人进去报知。秦母与程母如飞走出堂来。程母见儿子这般行径，即上前抱头大哭，口里咿哩呜罗，不知哭许多什么，惹得众武士反笑起来；程知节焦躁道：“娘，你不要哭，儿子问你：你住在这里，身子可安稳么？可有人伺候么？”程母只是哭，那里对答的出一句，反是秦母替他说道，一到长安，秦王如何差人来伺候，每日如何供应，月月如何馈送，还要时常差妇女出来候安：“我与汝母亲，蒙他恩典，相待一体，总无厚薄。”程知节问母亲道：“娘可是这样的？”程母含着眼泪，点点头儿道：“是这样的。”又将手指身旁两个使女说道：“这两个就是秦殿下赐来服侍我的。”知节见说，便道：“娘，儿子差了，那晓得秦王这样一个好人，儿今去死在他台下，也是甘心的。娘，你不要念我了，你去伴秦伯母终了天年罢！”竟要撒开身子走出来，程母那里肯放。秦母对知节道：“你们不要忙乱，听我说：当时秦王因要我的琼儿归唐，故假作罗家来赚我，不意你母亲一团美意，陪我出寨，竟入长安；如今魏公亦已降唐，吾家琼儿谅必早晚亦至。你家母亲岂可因我出门，反作无子之母？”便对伺候的说道：“取我的大衣服出来，待老身自进西府，去见秦王，求他宽宥。”

正说时，只见一个差官，跟着三四个校尉，手里托着冠带袍服，口中喝道：“殿下有旨，恕程知节无罪，着即冠带来相见。”说完，校尉如飞将程知节绑缚去了，要替他冠带。程母见说，如飞跪在地上，对天叩首道：“愿殿下太平一统，万寿无疆。”引得众人又笑起来。程知节着了衣服，穿好了袍带，便要拜母亲与秦伯母。程母止住道：“儿且不必拜我，快进西府去叩谢秦王，这样宽恩大度的明主，你须要尽忠去报他，老身就死也瞑目的了。”知节见说，不敢违命，如飞的跟了差官，来进西府。时秦王在集贤堂，与众谋士谈兵议论；只见校卫来复命说道，秦叔宝母就要见殿下来，程知节母如何叩首谢祝。秦王笑向魏徵与刘文静道：“幸是孤先差人去赦他，若秦母到来，就不见情了。”

话未说完，那差官进来禀程知节在帅府门首候旨。秦王道：“叫他到西堂来。”西堂原是西府会宾之所。差官早引知节站在阶前伺候。只见秦王踱将出来，程知节如飞跪向前垂泪道：“臣有眼无瞳，以致当年不识英雄之主，获罪难逃。今虽蒙恩赦死，反觉生惭。”秦王自下阶来搀他起来道：“刚才试君之意耳，孤久知卿乃忠直之士，愿卿将来事唐如事魏足矣。”知节道：“臣蒙殿下豢母隆恩，敢不捐躯以报！”秦王问起知节与王世充当日征战之事，知节备细述了一遍。秦王又问：“可曾见叔宝、懋功？”知节道：“臣自战败之后，见魏公降唐，臣即往瓦岗。一闻母信，星夜至此，实未曾会着秦、徐二友。今臣感殿下鸿恩，无由以报，臣有心腹部曲一二千，尚在北邙、偃师，待臣去招徕，并偕秦、徐诸弟兄来归唐，未知殿下可容臣去否？”秦王见说，大喜道：“孤有何不容？如此足见卿之忠贞；但须朝见过了圣上，卿须奏明，看圣上旨意如何。”知节领诺。秦王即命差官，引他进朝面圣。

知节即便辞了秦王，出来朝见唐帝。唐帝见他相貌魁梧，言语爽直，即赐他为虎翼大将军，兼西府行军总管，所奏事宜，悉听秦王主裁。知节谢恩出朝，重新又到西府来，谢过了恩，忙到寓所拜见老母，并秦伯母及张氏夫人。秦怀玉也出来拜见了。一家欢聚。过了一宿，明早知节便辞别了秦王，束装起行。前日进长安时，九死一生；如今出长安，轻裘肥马，仆从随行，比前大不相同，一径往东都进发。这是：

因感新知己，来寻旧侣盟。

如今再说李密，自从被秦王羞辱之后，每日退归邢府，坐卧不安，忧形于色。左右报程知节到来，李密心上指望他来探望，访问一访问东都消息。岂料知节竟不来见。未及三四日,报说唐帝封他爵虎翼将军,又差出长安去了。李密心中气闷,忙对王伯当与同来将士道:"程知节是孤旧臣,他到了两三日,竟不来看孤一面。人情之薄,一至于此。今唐主赐了他官爵,又出长安去了,想必他此去收拾旧时兵卒,以来助唐。我们在此闷坐守死,有何出头日子?"李密诸将士,当时攻城略地,倚着金帛来得易,也用得易,自入关来,也都资用不足,各不相安。今见李密有去志,大家计议道:"徐世勣现在黎阳;张善相在伊州;叔宝、士信,想已平定萧铣,必归瓦岗;雄信诸人在洛。明公还可有为,何苦在此别人眼下讨气?"王伯当也道:"正当如此。"李密道:"还是奏知唐主,只说要往山东,收故时部曲,还是各人私走到关外取齐?"贾润甫道:"此事不妥。主上待明公甚厚。况国家姓名著在图谶,天下终当一统。明公既已委质,复生异图,盛彦师、史万宝等雄守关外,此事朝发,彼必夕至。虽或出关,兵岂暇集?一称叛逆,谁复能容?为明公计,不若安守,徐思其便,可以万全。"密怒道:"卿乃吾心腹,何言如是!不同心者,当斩而后行。"润甫泣道:"自翟司徒被戮之后,人皆为明公弃恩忘本,上下离心。今纵奔亡,谁肯复以所有之兵,拱手委公乎?柳系荷恩殊厚,故敢深言不讳,愿明公熟思之。若明公有所措身,贾柳亦何辞就戮。"密大怒,拔剑欲击之。王伯当等力劝乃止。祖君彦道:"依臣想来,不若通知了公主,潜出长安;秦王即知,差人来阻,公主在那里,谅难加害。此汉刘先生赚吴夫人归汉之计,未知明公以为何如?"

大家计议未定,李密含怒进内。独孤公主道:"大丈夫当襟怀磊落,妾见君家何多不豫之色?"李密道:"我有一言,欲与汝商酌,未知可否?"独孤公主道:"夫妇之间,有何避忌?"李密道:"吾欲背唐而行,只虑汝牵心,不忍相弃,意欲与汝同行,未知可否?"独孤公主道:"是何言欤?吾兄受汝之降,爵君上公,又念君无家,赐妾为婚,宠眷之恩,可谓贵极矣。今席尚未暖,不思报德,反有异志,苟有人心,必不至此。"李密道:"主上恩宠虽厚,汝侄辱我太甚。

今势不两立,且往山东,收拾士卒,再图后举。况妇人之身,从夫为荣。汝心不允,莫非亦有异志么?”公主见说,即唾其面道:“吾以汝为好人,尽心报国,不意如此不忠不义,此生有何倚赖?”李密见说,登时杀气满面,幸喜旁边有个宫奴,善伺人意,忙上前解说道:“驸马息怒,此亦吾家公主年轻,不知大义。古人说得好:夫唱妇随,无违夫子,以顺为正,妾妇之道也。驸马既有此言,还当熟商,徐徐而行,岂可因一言之间,有伤伉俪之情?”李密见这宫奴说这几句,把气消了一半,走出外来。祖君彦问道:“明公刚才进去,可曾与公主商酌?”李密恨道:“适间我略谈几句,不贤之妇反责我不忠背德,我几欲手刃之,故走出来。”王伯当道:“风声已漏,不好了,祸将至矣!”李密道:“计将安出?”祖君彦道:“要去大家即便起身,如再迟延,即难离长安矣!”李密见说,忙将内门封锁,叫王伯当唤齐同来诸将,收拾行装器械,共有六十余人,不等天明,竟出北门而去。门军忙来报知秦王。秦王大怒,如飞自到邢府中来看,只见内门重重封锁,忙叫人开了,见了独孤公主。公主将夜来之言,述了一遍。秦王听见,咬牙切齿,如飞奏知唐帝。唐帝亦怒,即欲遣将追擒。刘文静道:“何必动兵?只消发虎牌传谕各地方总管,若李密领众过关,必须生擒解来正法,看他逃到那里去?”唐帝称善,即发出虎牌来,星使知会各关。

且说李密与王伯当众人,带星而往,马不停蹄。不多几日,出了潼关,过了蓝田。李密对众人道:“吾们若要到伊州张善相处,须走小路便捷;若要往黎阳徐世勣处,须走大路。”贾润甫道:“前途愈加难行,据吾见识,吾们该匀两队走,一队走黎阳,一队走伊州。”李密道:“这也说得是。你与祖君彦走大路,往黎阳;吾与伯当走小路,往伊州。到了,大家差人知会便是。”因此贾润甫同祖君彦一二十人,走大路去了。

李密同王伯当三十余人,又走了几日,到了桃林县地方。桃林县县官方正治,是个贤能之士,见这些人乘夜要穿城过,心中疑惑,叫军士着实盘驳,必要检看行囊。李密手下偏将与众兵卒,原是强盗出身，野性不改，见这小小一县这般严缉，大家不甘，登时性起，拔出刀来砍杀门军，一拥进城。王伯当忙要止住，那里禁止得住？吓得县官方正治，逃入熊州去了。魏家兵将进了城，见无人阻拦，囊资久虚，爽利把仓库劫掠一空，住了一宵，然后起身。方正治一到熊州，把前事述与镇守将军史万宝知道。万宝惊惶无计，总管盛彦师道："不难，我自有策；只须数十人马，自能取他首级。"史万宝再三问时，盛彦师不肯说破。时李密以为官兵必截洛州，山路无人阻挡，骑着马领这干人缓行。恰到熊耳山南山下，一条路左旁高山，下临深溪。李密与王伯当策马先走，不顾左右。只听得一声炮响，山上树丛里箭如飞蝗，进退不能，况身上又无甲胄，山谷里溪中，又有伏兵杀出截住前后。可怜伯当急不能敌，拚命抱住李密之身，百般遮护。二人竟死于乱箭之下，被伏兵枭了首级，收了尸骸，奏捷唐帝。唐帝大喜，命将两颗首级，悬于竿首，市曹示众，携窃者夷三族。正是：

有才不善用，乃为才所使。
不及程与秦，芳名垂青史。

欲知后事如何，且听下回分解。

第五十五回

徐世勣一恸成丧礼
唐秦王亲唁服军心

人到世乱,忠贞都丧,廉耻不明,今日臣此,明日就彼,人如旅客,处处可投,身如妓女,人人可事,虽属可羞,亦所不恤。只因世乱,盗贼横行,山林畎亩,都不是安身之处。有本领的,只得出来从军作将,却不能就遇着真主;或遭威劫势逼,也便改心易向。皆因当日从这人,也只草草相依,就为他死也不见得忠贞,徒与草木同腐,不若留身有为。这也不是为臣正局,只是在英雄不可不委曲以谅其心。

如今再说唐帝,将李密与王伯当首级,悬竿号令。魏徵一见,悲恸不安,垂泪对秦王道:"为臣当忠,交友当义,未有能忠于君,而友非以义也。王伯当始与魏公为刎颈之交,继成君臣之分,不意魏公自矜已能,不从人谏,一败失势,归唐负德,死于刀锋之下。同事者一二十人,惟伯当乃能全忠尽义。臣思昔日魏公亦曾推心置腹于臣,相依三载,岂有生不能事其终,死又不能全其义乎?目今尸骸暴露荒山,魂魄凭依异地,迎风叫月,对雨悲花。臣思至此,实为寒心。臣意欲求殿下宽假一月,到熊州熊耳山去,寻取伯当与李密尸骸,以安泉壤,庶几生安死慰,皆殿下之鸿慈也。"秦王道:"孤正欲与先生朝夕谈论,岂可为此匹夫,以离左右?"魏徵道:"非此之论也。臣将来报殿下之日长,报魏之事止此而已。昔汉高与项羽鏖战数年,项羽一朝乌江自刎,汉高犹以王礼葬之,当时诸侯咸服其德。望殿下勿袭亡秦之法,而以尧舜为心,况今王法已彰,魏之将士正在徘徊观望之际,未有所属;殿下宜奏请朝廷,赦其眷属,恤其余孽。如此不特魏之将帅,倾心来归,即郑夏之士,亦望风来归矣。臣此行非独完魏之事,实助唐之计也。愿殿下察之。"秦王道:"容孤思之。"次日秦王即将魏徵之言,奏知唐帝。唐帝称善,即发赦敕一道:"凡系李密、王伯当妻孥,以及魏之逃亡将士,赦其无罪,悉从其志,地方官毋得查缉。"因此魏徵得了唐帝赦敕,即便辞了秦王,望熊州进发。

今且说徐世勣在黎阳,闻知魏公兵败,带领将士投唐,逆料魏公事唐,决不能终,必至败坏,我且死守其地,待秦叔宝回来再作区处。不多几月,叔宝与罗士信,杀退了萧铣,奏凯回来。道经黎阳,懋功早差人来接。叔宝同士信,进城去相见了懋功,懋功把魏公败北归唐一段,说了一遍。叔宝听了,跌足叹恨道:"魏公气满志昏,难道从亡诸臣,皆不知利钝,而不进言,同去投唐?"懋功道:"魏公自恃才高,臣下或言之总不肯听,将来必有事变,今兄将安归?"叔宝道:"家母处两三月没有信到,今急切要到瓦岗去。"懋功道:"弟正忘了,兄还不知么?尊堂尊嫂令郎俱被秦王赚入长安去矣。"叔宝见说,神色变道:"这是什么话来?"懋公道:"连巨真亲送了去回来的,兄去问他,便知明白。"叔宝便对士信道:"兄弟,你把兵马,且驻扎在此,我到瓦岗去走遭来。"遂跟了三四个小校,来到瓦岗寨中。尤俊达、连巨真相见了,叔宝就问:"秦王怎么样赚去老母?"连巨真道:"秦大哥,你且不要问我,且把弟带来的令堂手札,与兄看了,然后叙话。"连巨真进内去了。尤俊达把秦王命徐惠妃假作罗家夫人,来赚伯母一段,说了一半。只见连巨真取出两封书来,一封是秦母的,一封是刘文静的,多递与叔宝。叔宝接在手,先将老母的信札来看,封面上写"琼儿开拆"。叔宝见了母亲的手迹,不觉两泪交流;从头至尾,看了一遍,方才收了泪;又看了刘文静的书,问连巨真道:"兄住长安几日?"巨真道:"咱在长安住了四五日。秦王隔了一日，即差人到尊府寓中来问候，徐惠妃父女亦常差宫奴出来送东西。弟临行时，令堂老伯母再三嘱弟，说兄一回金墉，即便收拾归唐，这还是魏公未去之日。今魏公已为唐臣，兄可作速前去。”尤俊达忙将徐惠妃前日送来的礼物，交还叔宝。叔宝又问道：“程知节往何处去了？”巨真道：“他始初不肯随魏公归唐，一到瓦岗闻了母信，他就拚命连夜到长安去了。”

叔宝心中自思道：“若魏公不与诸臣投唐，我为母而去到无他说；如今魏公又在彼，我去，唐主还是独加恩于我好，还是不加恩于我好？若将我如魏臣一般看待，秦王心上又觉不安；若以我为上卿，魏公心上只道我有心归唐，故使秦王先赚母入长安。如今事出两难，且到黎阳去与懋功商量，看他如何主张。”忙别了尤俊达与连巨真，如飞又赶到黎阳，见了徐懋功与罗士信，把如何长短，说了一番。懋功道：“若论伯母在彼，吾兄该接速而行；若论事势，则又不然。魏公投唐，决不能久，诸臣在彼，谅不相安。况魏王已归，即在早晚必有变故。俟他定局之后，兄去方为万全。”叔宝见说，深以为是，忙写一封家报与母亲，又写一封回启送刘文静，叫罗士信只带二三家僮，悄悄先进长安去安慰母亲。到了次日，士信收拾行装，扮了走差的行径，别了懋功，跨上雕鞍；叔宝也骑了马，细细把话又叮咛了一番，送了二三里，然后带转马头回来。到署中，秦叔宝对徐懋功道：“懋功兄，单二哥在王世充处，决定不妥，如何是好？弟与他曾誓生死，今各投一主而事，岂不背了前盟？”懋功道：“弟与他同一体也，岂不念及？但是单二哥为人，虽四海多情，但不识时务，执而无文，直而易欺，全不肯经权用事。他以唐公杀兄之仇，日夜在心，总有苏张之舌，难挽其志。如今我们投奔，就如妇人再醮一般，一误岂堪再误？若更失计，噬脐无及矣！”叔宝点头称善，虽常要想自己私奔去看雄信，又恐反被雄信留住了，脱不得身，倒做了身心两地，因此只得耐心住在黎阳。

恰好贾润甫到来，秦、徐二人见了，惊问道：“魏公归唐何如？”润甫道：“不要说起。”把唐主赐爵赠婚一段，细细说了一遍。“至后背了公主逃走,因关津严察,魏公叫祖君彦同我走黎阳,他们走伊州。君彦遇见柳周臣,转抄出小路打听去了。刚才弟在路上,遇着单二哥家单全,他说他主人要我去一会,万不可迟。我如今且去走遭,若说得他重聚在一处,岂不是好? 魏公遣人来知会,乞说知此意。”徐、秦二人道:“我们也在这里念他,兄去一会,大家放心。”过了一宵,贾润甫起身去了。

秦叔宝因心上烦闷,拉徐懋功往郊外打猎。只见一队素车白马的人前来,叔宝定睛一看,见是魏玄成,便对懋功道:“徐大哥,玄成兄来了!”大家下马,就在草地上拜见了。叔宝握手忙问道:“兄为何如此装束?”玄成道:“兄等还不知魏公与伯当兄,俱作故人矣!”叔宝见说,呼天大恸,徐懋功也泪如泉涌。叔宝因问玄成:“魏公与伯当在何处身故的?”玄成蹙着眉道:“一言难尽。”懋功道:“旷野间岂是久谈之所,快到署中去说。”于是各各上马进城。到署中,恰好王簿等三四将来问探消息。懋功引秦魏众人,到了书室中去坐定。玄成把魏公投唐始末,直到逃到熊州,死于万箭之下,细细述了一遍。叔宝大声浩叹道:“不出懋功兄所料,如今兄为何又来?”玄成道:“弟在秦王西府,一闻魏公之变,寸心如割,因求秦王告假月余,去寻魏、王二公尸骸。秦王准假,亦要弟来敦请二兄,便奏知唐帝。蒙唐帝隆恩,恐途中有阻,赐弟赦敕一道:凡在魏诸臣,谕弟请同归唐,即便擢用。”说了,玄成在报箱中忙取出赦文一道来。徐懋功与秦叔宝看了一遍。懋功道:“众人肯去不肯去,这且慢讲;只问兄可曾到熊州去寻取李、王二人骸骨?”玄成道:“弟前日到熊州熊耳山,那山高数丈,峭壁层峦,左旁茂林,右临深涧,中有一路,止容二马。弟到此一望,了无踪迹,只得又往上边去探取。幸有一所小庵,庵内住一老僧,弟叩问之,却有一个道人认得小弟,乃是魏公亲随内丁,年纪五十有余,他当时同遇其难,天幸不死,在庵出家,晓得二公尸首所埋之处,引弟认之,却是一个小土堆,即命土人掘开。可怜二尸拌和泥中,身无寸甲,箭痕满体,一身袍服尽为血裹。英雄至此,令人酸鼻。弟速买二棺,草草入殓，权厝庵中，待会过诸兄，然后好去成礼葬埋；但是两颗首级，尚悬在长安竿首，禁人不许窃携。弟前日即欲请埋，因唐帝盛怒之下，恐反有阻寻觅尸体之举，故此止请收尸，首级还要设计求之。”懋功道：“这个在弟身上。但是如今众弟兄，如不想再做一番事业，大家去藁葬了魏公，散伙各从其志了；若有志气，还要建功立业，除秦王外无人。只是要去得好，不要如穷鸟投林，摇尾乞怜，使唐之君臣看魏之臣子，俱是庸庸碌碌之辈，如草芥一般。”

叔宝诸人齐声道：“军师说得是。”懋功道：“我即今夜治装，明早就起身往长安去；瓦岗山寨弟兄，且莫去通知他。为什么呢？一则我们此去，不知是祸是福，留此一席，以为小小退步；二则单二哥家眷，尚在寨中，单兄之意，决不肯归唐。如今众人还是带入长安去好，还是独剩他家眷在寨中好，且待我们定归后，再遣人送到王世充那里去，犹未为晚。”叔宝道：“此地作何去留？”懋功道：“此地前有世充，后有建德，魏公已亡，谅此弹丸之地，亦难死守。今烦副将军王簿，待我们起身之后，即将仓库散之小民，库饷给与军士，一应衣甲旗号，都用素缟，限在数日内，率领三千人马，星飞赶到熊州来送葬魏公，也见臣下忠义之心。”众人又齐声道：“军师处分得极是。”懋功吩咐停当，过了一宵，明早起身，又对叔宝、玄成道：“二兄作速打点，换了衣甲旗号，如飞到熊耳山来，弟先去了。”便随了三四个家童，望长安进发。叔宝连夜叫军士，尽将衣甲旗号，换了素缟，不多几日，料理停当。叔宝又吩咐王簿，将大队人马，作速前来，自与玄成亦望熊州进发。正是：

生前念知己，死后尽忠臣

却说徐懋功离了黎阳，宵行夕赶，来到长安。进城下了寓所，装了书生模样，叫家僮跟了，走到十字街来，见双竿竖起，悬挂匣中两颗头颅。徐懋功见了，心如刀割，望上拜了四拜，将手捧住双竿，放声大哭，惊动众军校，上前来拿住，拥至朝门。其时因定阳刘武周僭称皇帝，差大将宋金刚发二万人马，差先锋虎将尉迟敬德，杀奔并州而来。并州太原是齐王元吉留守，被敬德打翻了元吉手下猛将一二十员，星夜差人到长安来请救兵。唐帝差裴寂领兵一万，往太原去救援。是日秦王正在场中操练人马，唐帝见黄门官奏说有人抱竿而哭，天威大怒，叫绑进朝来。军校即便拥至驾前俯伏。唐帝问道："你是李密手下什么人？这般大胆，不遵号令，抱竿而哭？如不直言，斩讫报来。"徐世勣高声朗奏道："昔先王掩胳埋胔，仁流枯骨。东晋时王经之死，向雄哭于东市，后雄又收葬钟会之尸，文帝未有加罪。董卓既诛，蔡邕伏尸而哭，魏祖信谗加刑，卒至享国不永。此数人者，当时岂先卜其功罪，而后哭葬哉！今李密、王伯当，王诛既加，于法已备，臣感君臣之义，向竿吊哭，谅尧舜之王，亦所当容。若陛下仇枯骨而罪臣哭。将来贤者岂肯来归夫？"唐帝见说，龙颜顿转，便道："你姓甚名谁？"徐世勣道："臣姓徐名世勣。"唐帝笑道："原来是世民之恩人，你何不早说，朕日夜在这里念你们。卿请起来，衣冠朝见。"即敕旨叫军卫，把李、王二首级放下来。世勣仍旧书生打扮，俯伏丹墀。唐帝即欲以冠带爵加世勣。世勣又笑道："君思畎亩之臣，臣亦思事贤圣之君，未有事魏不忠，而事唐乃能尽节者也。今魏公尸首荫地，臣见之实为痛心。既蒙皇恩浩荡，求陛下以二首级赐臣，臣将去以礼葬之，如此不特臣徐世勣一人感戴陛下，即魏之诸将士，无不共乐尧天，来事陛下矣。"唐帝大悦，即命中书写敕旨一道，李密仍以原官品级，以礼葬之；又对徐世勣道："世民儿望卿日久，卿速去速来。"徐世勣便谢恩出朝，将二公首级，用两口小棺木盛了，载上车儿，连夜离长安，望熊州进发。未及两三日，魏徵亦来复命，说："黎阳三千人马，副将王簿已经统领到熊州熊耳山驻扎，秦琼臣已偕来，今在熊耳山营葬。臣今复命，尚要起身去同他们料理完局，然后来事陛下。"秦王应允，时罗士信到长安，见过了秦母，知叔宝已在熊州，也出长安去了。

再说程知节那日辞了秦王起身，行了几日，不意途中冒了风寒，大病起来，半月后方能行动；先差两个心腹小校，前去知会了屯扎的人马，将到瓦岗，遇见了贾润甫车儿，载了家眷，跟了几个伴当前来。知节只说魏公尚在长安，今接家小去同住，彼此忙下马来相见了。贾润甫就叫车儿住了，忙问知节："这一路来可曾听见魏公消息么？"知节道："一路来没有什么消息。"润甫道："闻得魏公与伯当在熊耳山遇难。军士说魏、徐二兄与诸将，都到熊耳山去殡葬魏公了。"知节听说，不觉泪洒征衣道："魏公迩来志气昏瞶，自取灭亡；但是兄辈临事还该切谏他，或不至死。"润甫道："说甚话来，那夜在邢府束装之时，弟以为此行必不妥，再三劝止。魏公以弟不与同心，登时变脸，反要加害于弟，幸亏伯当兄一力劝阻。"知节道："兄来曾会见懋功、叔宝么？"润甫道："弟曾到黎阳会见，因单二哥要会弟，弟即到东都会了单二哥。我劝他归唐，他必不肯，嘱弟将他家眷，同主管单全，送到王世充军前去，会见雄信兄，交割明白，方才放心转来。"知节问道："兄今投何处去？"润甫道："弟事魏无成，安望再投他处？求一山水之间，毕此余生，看兄辈奋翼鹏程耳。幸为弟致谢心交，毋以弟为念。"举手一拱，竟上马去了。知节亦跨上马，心中想道："大丈夫生此七尺之躯，非忠即孝，须做一个奇男子。吾一生感恩知己，诸弟兄中独尤员外最深，若无此人，吾老程还在班鸠店卖柴扒。他今滞迹瓦岗山寨，未有显荣，吾如今趁这样好皇帝，弄他去做几年官，也算报他一场。"打算定当，忙赶到寨中与尤俊达、连巨真、王当仁说知魏公、伯当身故，王娘娘与王夫人闻知，放声大哭。知节叫他们把仓库粮饷收拾了，各家眷都撺掇了上路，连部下兵卒，共有千余人，齐齐起行。

行了四五日，将到独杨岭，只见一起人马冲将出来。连巨真大惊，连忙叫人到后边去报知知节。知节一骑马如飞赶来，望见旗号，知是自己屯扎在那里的二千人马。原来知节生成爽直，素得军心，当初与王世充战败逃走之时，他即收拾这干人马，屯扎在此。他要看魏公投唐安稳，自己打帐寻个所在，仍复旧业，今身心事唐了，便把这干人马带去。因向众军吩咐："你们打头站进熊州，到熊耳山下驻扎。"对连巨真道："这是我的人马，不必惊疑，快趱上前去。"未及半月，已到熊州，祖君彦、柳周臣亦至，同到熊耳山下，早有许多白衣白甲的军马在此。徐懋功与秦叔宝接见了,徐懋功对尤俊达、连巨真道:“非是我们不来通知你寨中弟兄,撇了来此,因不知事体是祸是福,故此不来知会。”程知节道:“连弟这些事故,那里晓得,幸亏在路遇着贾润甫兄,送了单二哥家眷去了回来。”秦叔宝道:“单二哥家眷,润甫兄送去完聚了,妙极妙极,他如今怎么不见?”知节道:“他不肯再事他人,载下自己家小,寻山水之乐去矣。只是如今魏公家眷,与伯当兄家眷,弟都带来,未知军师作何计较?”徐懋功喜道:“魏王二公在天有灵,恰好家眷到来,尚未入土,此皆程兄之功也。叔宝兄,墓旁那三间卷棚,甚是宽敞,兄去指引他家眷安顿在内。”尤俊达与程知节站定,将四围观看,乃是山下一块平阳旷地,后边挑起一个高高土山,山后白烁烁的石砌一条带围,围前搭起绝大五间草轩,轩中用石板凿深,参差二穴。穴上停着二棺,其中拜台甬道飨堂,俱是簇新构成,石人石马,排列如生。古柏苍松,葱葱并茂,外边华表冲天,石碑巍立,四围芦席轩亭,扎成不计其数。

尤俊达看了赞叹道:“秦、徐二兄,来得这几时,亏他们筑成这所坟墓,不愧魏公半世交结英雄。”忙同连巨真到后队来,与雪儿王娘娘母子,并伯当家眷说知,叫他们俱换了孝服。魏玄成、徐懋功、秦叔宝领了众将,前来接入墓中。王娘娘与伯当夫人,抚棺大恸,墓外边又是王当仁双手摇着灵座哀号。诸将见此遗雏呱呱而泣,亦俱下泪。正在伤感之际,只见王娘娘走出墓来,朝着徐懋功、秦叔宝、魏玄成等,拜将下去。秦、魏、徐三位忙亦跪下去说道:“娘娘有话请说,不必如此。”王娘娘道:“妾今日此来,如在梦中,逢此意外之变,犹幸魏公尚未入土,得以一见,了结三生。既蒙皇恩浩荡,谅此遗孤,罪不重科,望三位将军,俯念夙昔交情,六尺之孤全赖始终护持。妾从此同归泉壤,虽死犹生。”说罢,竟将身边佩刀,向项下一刎。王当仁在旁,如飞拉住,众将上前劝慰。正在忙乱之际,墓内王伯当夫人,也向那石上触去,幸亏尤夫人与连夫人扶定,得以幸免。程知节见内外忙乱定了,向秦叔宝道:“秦大哥，弟进长安去复命，两公家眷，仗你好生照管。”魏玄成对程知节道：“兄去复命，弟有一札与徐义扶，兄可带去；如有人来吊祭，兄可作速先来报知。”知节应诺，如飞赶进长安城，见了母亲与秦伯母，即到西府去见秦王。

其时秦王因刘武周差宋金刚、尉迟敬德，杀败唐将，围了并州，齐王元吉慌了，画了尉迟敬德图像，带了妻孥，偷出北门，逃回长安。秦王正与唐帝同众大臣，在太和殿看齐王带来敬德的画像，知节进朝去见了唐帝、秦王，唐帝问道：“卿前去带了多少部曲来归唐？”知节道：“臣自己名下，只有二千步兵。瓦岗山寨有二臣，一名尤俊达，一名连明，亦有二三千甲士。徐世勣、秦琼与众将，在黎阳带来马步兵将，有四五千，共有一万多人马，今俱屯扎在熊州熊耳山，伺魏公入土后，诸将即便统众来归陛下。”唐帝大喜，问程知节道：“卿还去否？”知节道：“臣还要去送葬呢！然后即举部曲来归长安。”说了，即便辞朝出来，忙去会着了徐义扶，把魏玄成手札与他看了，书上只不过说李、王家眷如何贞烈，三军如何伤感，叫他令爱惠妃夫人，念昔日王娘娘旧谊，撺掇秦王，在朝廷面前讨一坛御祭下来，以安众心。义扶会意，即便进西府去与惠妃夫人说知。夫人常念王娘娘之情，遂与秦王说了，将魏徵与父亲的书与秦王看了。秦王便向朝廷讨下御祭，要在礼部堂中，差一员官去。秦王对众谋士道：“魏家兵卒，共有准万，今齐赴熊州。那些将士，孤晓得尽是能征惯战，若非孤自去慰吊，焉能使众军士心悦诚服？”众谋士诚恐亵尊，皆说未可。秦王道：“昔三国时，刘备与孙权共争天之，鏖战数番，孔明用计气死周瑜，孔明亲往吴郡，慰吊周郎，吴家兵将，为之感泣。今李密系隋之大臣后裔，门第既高，谋略又劲，非草泽英雄类比；只因他好为自用，不肯用人，以至一败，失志来归。今他已死，雠仇已解，孤欲去吊者，为国家计也，岂真吊李密哉！诸君何不识权变，而昧于大义耶！”众谋士齐声道：“此皆殿下宽仁大度，虑出万全。”于是秦王定了旨意，带了西府许多谋臣武士，先命徐义扶赍御祭旨意前行；惠妃夫人，亦有私吊礼仪候问王娘娘，托父亲馈送。徐义扶同程知节,连夜兼程,先往熊州来报知。魏之将士,见说唐主赐了御祭,秦王又自来吊,各各欢欣。徐懋功把执事派定,魏徵、秦琼管待西府谋臣,程知节、王当仁管待西府将士,尤俊达、连明管收来吊礼仪,王簿、柳周臣犒赏唐家兵卒。徐世勣又谕各将士,务须盔甲鲜明,旗号整齐,五里一营,十里一亭。一应各项,吩咐停当,点骑兵二十名,昼夜打探。

不多几日,秦王到了熊州,听见三声炮响,早有四五百白衣甲将士来接,手中拿了一揭,跪在地上禀道:"左哨千总苗梁,迎接千岁而过。"又行了四五里,又是许多白甲兵将,放炮递揭跪接,如此过了七八处。秦王坐在宝辇中,见那些兵马,一个个盔甲鲜明,旗带整齐,心中转道:"魏之将帅经营,可称知礼知义矣,李密无成,真为可惜。"一路缓行,离熊耳山尚有数里,忽听得轰天三声大炮,鼓角齐鸣。徐世勣、魏徵、秦琼率领许多将士,齐齐鞠躬站定,将到辇边,尽皆俯伏。秦王早已看见,忙在辇中站起身来,大声说道:"众位先生请起。"魏之将帅让辇过了,齐上马随着。一路里鼓乐引导,行伍簇拥,将到墓门,又是大炮三声。秦王停辇,众官揖进三间挂彩大卷棚内坐定。秦王问徐义扶道:"朝廷御祭过了未曾?"徐义扶道:"已过了。"秦王即起身更衣,换了暗龙纯素绫袍,腰间束了蓝田碧玉带。徐世勣等,忙到轩前,向秦王拜辞;秦王不允,必要进去一祭。众宾僚陪着拥进墓门,魏家兵将又齐齐跪下,迎进墓去。到了拜亭,秦王站定,举眼一看,见墓外供着一个金字牌位,上写:唐故光禄卿上柱国驸马邢国公李讳密之位;侧首一个牌位,上写:唐故右卫大将军王讳勇之位。左首徐世勣、魏徵、秦琼、程知节四五个将帅,俱著了麻衣衰绖还礼;右首王当仁扶着三四岁的世子启运,亦是麻衣衰绖,俯伏在地,墓内哭声震天。阴阳赞礼,秦王一头祭,一头哭,道他当初在金墉时,何等气概,何等威风,多少非望,只此结局!只见邈邈遗雏,未满三尺,墓内哭声,哀号凄惨。秦王虽是英雄,见此情景,禁不住潸然泪下。众官看见秦王如此,亦各哀号伏泣,惹得一军皆哭。秦王祭毕上辇,回至宾馆棚内更衣。徐世勣拥了世子启运，同众将上前叩谢。秦王扶起懋功等道："众先生料理完了，作速进长安，以慰朝廷悬悬之望。"徐世勣道："臣等不敢迟延，即在数日内，带领诸将前来面帝。说了如飞归墓。前西府文武宾僚，无不备纸行吊。秦王起驾，魏将仍送至十里外转来。秦王祭礼外，又发犒赏军银五千两。众军士无不踊跃欢喜。徐懋功忙叫书记，写成两道谢表，命柳周臣赍表随秦王先入长安，即择日将二柩下土安葬完了，料理起身。王娘娘与王伯当夫人，愿甘守墓，不肯随行，懋功等无奈，只得拨了三四十名军校，守在墓前，再作区处。大家统领管辖兵卒，陆续起行。

到了长安，先进西府，谒了秦王。秦王率领魏家大小臣子，朝见唐帝。徐世勣把军士花名册籍呈上，唐帝看了大喜，即授徐世勣为左武卫大将军、秦琼为右武卫大将军、罗士信为马军总管、尤俊达左三统军、连明右四统军、王簿马步总管。王簿奏道："臣不敢受职。"唐帝道："为何？"王簿道："臣此来一觐天颜，识尧舜之君；一叩谢皇恩隆故主之礼。臣冒死尚有一言上渎天听。"唐主道："朕不罪汝，快奏来。"王簿道："臣闻先生之政，敬老慈幼，罪人不孥，鳏寡孤独，时时矜恤。今故主怀德来归，蒙圣恩格外施仁，赦其过而隆其礼，以官爵之，以婚赐之，宠眷已极。不意故主李密一朝失志，自戕其命，众臣皆沐恩泽；独使孱弱之妻，几欲捐生；怀抱之孤，如同朝露。此果死者不足矜，而生者实可恤；若论子民，今则为唐家之子民也，若论伦理，岂非唐家之姻戚耶！今独孤公主尚居邢府，虽或伉俪未深，一经醮庙，即名之夫妇，岂不念彼之子，即伊之子也，忍使置之露宿野处之间，使圣神文武之君，致后世作史者，摇唇鼓舌，何以令四方仰德耶！此臣所以愿为遗民，而不愿为廷臣也。"唐帝听了大喜道："卿乃武臣，何能辨析大义若此，魏之将帅，何多能也！"即命礼部，差官迎接王氏，并伊子启运，更名启心，及王勇之妻，到邢府与独孤公主赡养守孤，加赐王簿虎翼大将军，其余祖君彦、柳周臣等，各各赐爵。王簿同众人谢恩归班。

正在封赏之时，只见有晋阳浍州文书飞马来报，说刘武周围城紧迫,危在旦夕,伏乞陛下火速拨兵救援。唐帝道:“晋阳乃中原咽喉之所,岂可有失;但急切间,少一个能将耳。”徐世勣奏道:“臣等愿竭犬马扫除武周,以报万一。”唐帝道:“朕久知卿足智多谋,有将帅之才,但恨宋金刚部下有一员将,名尉迟恭,骁勇绝伦,难以克敌。”因指壁间图像道:“此即尉迟羯奴之像也,卿等不妨视之。”秦王引徐世勣等一班众臣,齐到画像边来细看,果是身长九尺,铁脸圆睛,横唇阔口,满嘴虾须,双鼻高耸,头戴铁幞头,身穿红勒甲,手持一根竹节钢鞭,竟如黑煞天神之状。徐世勣道:“此不过一勇之丑奴,何足怪异?”秦琼对秦王道:“小卒丑奴,何堪图像,以亵大唐殿廷,乞陛下假笔与臣以涂抹之。”秦王即命左右取笔与叔宝,叔宝执笔在手,咬牙怒目,把像从上至下,尽加涂坏,俯伏奏道:“臣愿领兵三千,赶到晋阳,去灭此贼,如看不胜,愿甘法律。”唐帝大喜道:“恩卿肯去,必能奏功,朕何忧焉!”即敕徐世勣为讨虏大元帅,秦琼为讨虏大将军,王簿为正先锋,罗士信为副先锋,程知节为催粮总管,命秦王为监军大使灭虏都招讨,领唐将押后。各各辞帝,连夜领兵起行,望并州而去。正是:

若要攀龙树勋绩,还须血战上沙场。

欲知后事如何,且听下回分解。

第五十六回

啖活人朱灿兽心
代从军木兰孝父

兵法云:兵骄必败。盖骄则恃己轻人,骄则逞己失众,失众无以御人,那得不败。

隋亡时,据地称王者共有二三十处,总皆草泽奸雄,如齐人乞食番间,花子唱莲花落,止博片时饱腹,暂时变换行头,原不想做什么事业。怎如李密才干,结识得几十个豪杰,死后犹替他好好收拾。如今再说徐懋功同秦王统领许多人马,出了长安。行了几日,来到汴州。懋功对秦王道:"臣等帅师去伐刘武周,只虑王世充在后,倘有举动,急切间难以救援。臣思朱灿近为淮南杨士林所逼,穷困来归,圣上封为楚王,屯驻菊潭。殿下该差人赍书去慰劳他,兼说王世充弑隋皇泰主,擅自夺位,乞足下统一旅之师,为唐讨弑君之贼,雪天下之恨,所得郑地,唐楚共之。朱灿系贪鄙之夫,见此书必然欣允。"秦王道:"此贼性好吃人,尝与隋著作佐郎陆从典、通事舍人颜愍楚为宾客,阖家俱为所啖,凶恶异常,孤久欲击灭之,虽来归附,岂可与他和好?"懋功道:"非此之论。若朱灿肯去,殿下可分二三千人马,遥为伐郑助他,待郑楚自相践踏起来,我这里好收渔人之利;如若不肯,我发兵去剿朱灿,牵动世充之势。世充知有南患,恐首尾不能相顾,必不敢动兵西向,此假虞灭虢之计,殿下以为何如?"学士段悫道:"臣与朱灿有一面之交,待臣持书去陈说利害,叫他起兵,事必谐妥矣。”秦王道:“闻卿贪饮,恐误军机。”段悫道:“军情大事,岂同儿戏,臣去即当戒酒。”秦王道:“如此孤才放心。”段悫即赍了秦王书礼,来到菊潭。

原来朱灿在隋朝曾为亳州县吏,时与段悫为至交酒友,今闻段悫到此,如飞出来相见,分宾主坐定。朱灿道:“阔别数年有余,再不能相见,未知吾兄目下现归何处?”段悫道:“弟仕唐朝,滥叨学士之职。”朱灿道:“闻得李密被王世充杀败,带了许多将士,前去投唐,未知确否?”段悫道:“怎么不确?如今兵马将士,又增了几十万,真正国富兵强。秦王闻知王世充弑隋皇泰主自立,气愤不平,欲与大王永为结好,发兵共讨弑君之贼;如得世充宝玉财物,让君独取,土地人民与君共之。”朱灿道:“秦王既有如此美意,又承故友见谕,弟敢不如命?明日即发兵去伐郑,你们只消添助一二千人马就彀了。”吩咐手下摆酒,便问道:“兄近来的酒量,必定一发大了?”段悫道:“弟今已戒酒,有虚胜意。”朱灿道:“昔日与君连宵畅饮,今日知己相逢,岂有不饮之理。若说公事,弟已如命;若论交情,也该开怀相叙。”即便举杯坐定,美满香醪,斟在面前。大凡贪饮的人,如好色的一般,随你嫫母无盐,见了就有些动念。今段悫见此杯中之物,便觉流涎,举起酒卮一饮而尽。两人谈笑颇浓,兕觥交错,段悫忘其所戒,吃一个不肯歇手。要知朱灿当初在隋时,因炀帝开浚千里汴河,连遇饥荒之岁,日以人为食,如逢畅饮,即便两目通红。此时俱各沉酣,段悫笑对朱灿道:“大王,你当时喜欢吃人肉,今权重位尊,还常吃么?”朱灿见说,登时怒形于色,心中转道:“这狗才,我如今前非俱改,却在众人面前,揭我短处!”便道:“我如今只喜吃读书人,读书人的皮肉细腻,其味不同;况啖醉人,如吃糟猪肉。”段悫怒道:“这就放屁了!你只好吃几个小卒,读书人那得与你吃!”朱灿道:“你道我放屁,我就吃你何妨?”段悫道:“你敢吃我,你这颗头颅,不要想在项上。”朱灿大怒,唤刀斧手:“快把段悫学士杀了,蒸来与孤下酒。”

可怜词翰名流客,如同鸡犬釜中亡。

唬得跟段悫的军士，连夜逃回唐营，奏知秦王。秦王大怒，正要起兵到菊潭来灭朱灿，以报段悫之仇，恰好李靖去征林士弘，路经伊州，趁便说张善相带领二三千人马来归唐，晓得秦王统兵到此，忙同张善相进大营来相见。秦王大喜，即便将朱灿醉烹段学士之事，述了一遍。李靖道："殿下如今作何计较？"秦王道："如此逆贼，孤欲自去讨之，以雪段悫泉下之忿。"李靖道："此禽兽之徒，何劳王驾亲征。臣闻并州已失数县，浍州危在旦夕，殿下宜速去救援。菊潭朱灿，同张善相领兵去走遭，必擒此贼，来见殿下。"秦王道："若足下前去，孤何忧焉。"即拨唐将四五员，领精兵一万，加李靖征楚大将军，张善相为马步总管，白显道为先锋。秦王道："卿此去必得凯旋，当移兵于河南鸿沟界口。候孤伐了武周，即便来会，合兵去剿世充。"李靖应诺，随同张善相辞别秦王，拔寨起行。

却说刘武周，结连了突厥曷娑那可汗，乃始毕可汗之弟，袭其兄位，而为西突厥，居于北地；见武周有礼来讲好，约他去侵犯中国，曷娑那可汗即便招兵聚众。其时却弄出一个奇女子来，那女子姓花，其父名弧，字乘之，拓拔魏河北人，为千夫长；续娶一妻袁氏，中原人。因外夸移一种木兰树，培养数年，不肯开花，因其女分娩时，此树忽然开花茂盛，故其父母即名其女曰木兰。后又生一女，名又兰。一男名天郎，尚在襁褓。又兰小木兰四岁，姿色都与那木兰无异。木兰生来眉清目秀，声音洪亮，迥与孩提觉异，花乘之尚未有儿时，将他竟如儿子一般，教他开弓射箭，到了十来岁，不肯去拈针弄线，偏喜识几个字儿，讲究兵法。其时突厥募召兵丁，木兰年已十七岁，长成竟象一个汉子。北方人家，女工有限，弓马是家家备的，木兰时常骑着马，到旷野处去顽耍；父母见他长成，要替他配一个对头，木兰只是不允。

一日听见其父回来，对着妻孥说道："目下曷娑那可汗，召募军丁，我系军籍，为千夫长，恐怕免不得要去走遭。"妻子袁氏说道："你今年纪已老，怎好去当这个门户？"花乘之道："我又没有大些的儿子，可以顶补，怎样可以免得？"袁氏道："拚用几两银子，或可以求免。”花乘之道：“多是这样用了银子告退了，军丁从何处来；何况银子无处设法。”袁氏道：“不要说你年老难去冲锋破敌，就是家中这一窝儿老小，抛下怎么样过活?”花乘之道：“且到其间再处。”过了几日，军牌雪片般下来，催促花弧去点卯。乘之无奈，只得随众去答应。那晓得军情促迫，即发了行粮，限三日间即要起身，惹得一家万千忧闷。木兰心中想道：“当初战国时，吴与越交战，孙武子操练女兵，若然兵原可以女为之。吾观史书上边，有绣旗女将，隋初有锦缴夫人，皆称其杀敌捍患，血战成功。难道这些女子，俱是没有父母的，当时时势，也是逼于王事，勉强从征，反得名标青史。今我木兰之父如此高年，上无哥哥，下有弟妹，今若出门，倚靠何人？倘然战死沙场，骸骨何能载归乡里；莫若我改作男装，替他顶补前去，只要自己乖巧，定不败露，或者一二年之间，还有回乡之日，少报生身父母之恩，岂不是好。但不知我改了男人装束，可有些厮象。”忙在房中，把父亲的盔甲行头，穿扮起来。幸喜金莲不甚窄窄，靴子里裹了些脚带，行走毫无袅娜之态，便走到水缸边来，对着影儿只一照，叹道：“惭愧，照样看起来，不要说是千夫长，就是做将军也做得过。”正在那里对着影儿摹拟，不提防其母走来，看见唬了一跳，说道：“这丫头好不作怪，为甚装这个形象?”花乘之听见，亦走进来看了笑道：“这是什么缘故?”木兰道：“爹爹，木兰今日这般打扮，可充得去么?”其父道：“这个模样，怎去不得？昨日点名时，军丁共有三千几百，那里有这般相貌身躯；但可惜你……”说了半句，止不住落下几点泪来。木兰看见，亦下泪问道：“爹爹可惜什么?”花乘之道：“可惜你是个女子，若是个孩儿，做爹妈的何愁，还要想你出去干功立业，光宗耀祖哩!”木兰道：“爹妈不要愁烦，儿立主意，明日就代父亲去顶补。”父母道：“你是个女儿家，说痴呆的话。”木兰道：“闻得人说，乱离之世，多少夫人公主，改妆逃避，无人识破；儿只要自己小心谨慎，包管无人看出破绽。”袁氏抚着木兰连声说道：“使不得，那有未出闺门的黄花女儿，到千军万马里头去觅活?”木兰道：“爹妈不要固执，拚我一身，方可保全弟妹，拚我一身，可使爹妈身安，难道忠臣孝子，偏是带头巾的做得来，有志者事竟成，儿此去管教胜过那些脓包男子；只要爹妈放胆，休要啼哭，让孩儿悄然出门，不要使行伍中晓得我是个女子，料不出丑，回来惹人家笑话。"父母见他执意要去，到弄得一家中哭哭啼啼，没有个主意。

过了一宵，到东方发白，忽听见外边叩门声急，在外喊道："花老大，我们打伙儿去罢。"花乘之开门出来，却是三四个同队的兵，正要开口，只见女儿木兰，改了男装，扎扮停当，抢出来说道："我父亲年老，我顶替他去。"那些人看见笑道："花老大，我们不晓得你有这般大儿子，好一个汉子！"花乘之见了这般光景，不好说得别话，只得含着泪道："正是。"这些人道："有那样好儿子，正该替你老人家当差，让他去一刀一枪，博得个官儿回来，你一家子就荣耀了。"木兰扯父进去，拜别了父母，只说得一声："爹妈保重，好生照管弟妹，我去了。"背了包裹，拾了长枪，把手一摇，长扬的出门。花乘之只得忍着泪跟了，要送木兰到营中去；反是木兰严词厉色，催逼转来。那些邻里晓得了，多走来埋怨他父母道："你这两个老人家，好没来由！把这个大女儿干这个道路，倘有些山高水低，如何是好。"还有那没志气的妇人私议道："这大一个女儿，不思量去替他寻一个对头完娶，教他自往千万人队里，去拣可意的人儿快活，岂不是差的！"花乘之无奈，只做听不见．心上日夜忧煎。木兰出门之后，不上一年，乘之染成一病，竟呜呼哀哉了。其妻袁氏，拖着幼儿幼女，不能过活，只得改嫁同里一个姓魏的，这是后话。

今且说秦王同徐懋功，统兵与刘武周交战，已恢复了五六处郡县，现正在柏壁关，观阵秦叔宝与尉迟恭对垒，战了四五阵，不分胜负。宋金刚因尉迟恭胜不得秦叔宝，疑有私心，着人督战；尉迟恭懊恨，只得又下关来与叔宝战了百余合，杀个平手。秦王在阵前观看，甚爱惜叔宝，又舍不得尉迟，日色已暮，恐怕有失，便叫鸣金收兵，二将各归本寨。秦叔宝杀得性起，那里肯休，便叫军士，去点火把，前去夜战。秦王止之，叔宝那里肯听。只听得刘阵里一声炮响,点得火把如同白昼。敬德在阵前大叫道:“快快出来厮杀!”叔宝听见笑道:“这羯奴到有同心。”快换了马匹,出阵前对敬德说道:“我今夜若杀你不得,誓不回营。”敬德道:“我今夜若不砍你的头颅,亦不还寨。”大家放出精神,各逞武艺,又战了百余合,那个肯输。敬德笑道:“惭愧,你我的手段已见,何足为意;你敢与我斗并力法么?”叔宝道:“何为并力法?”敬德道:“昔时孟贲夏育,能生拔牛角,伍子胥能举巨鼎,项羽力可拔山;我如今与你两个,明人不做暗事,使乖不足为奇,你先受我几鞭,我亦与你打几锏,以定强弱,此为并力法。”叔宝道:“你老大的人,说孩子家的耍话,牛是畜生,鼎是铁器,山是土堆,都是死的;人的皮肉,是父母的遗体,不要说死,就是不死,岂可毁伤?宁可一刀一枪,倘有不测,也可扬名于后世。这样作耍的事,我不依你。”敬德见说,想道:“这话也说得是。不要说这一鞭两锏打得死,就是打不死,也要做了一个残疾的人。”瞥眼见侧边两块大蛮石在旁,约有一二千斤重,因对叔宝道:“两块石头,可是一样的;我与你赌:大家用兵器打,如多打一下碎的,就算他输。”叔宝道:“你的兵器多少重?”敬德道:“我的鞭一百二十余斤。”叔宝道:“我的锏一根有六十四斤,两条算来,却也重不多几斤。”敬德道:“我把你的双锏打,你把我的单鞭打,大家交换用力,若是你打输了,你归降我定阳;我若打输了,降顺你唐朝;只打三下,看谁强谁弱。”叔宝道:“就是这般。”两人齐下马来,敬德先把战袍拽起,把鞭递与叔宝。叔宝也把双锏与他。敬德怒目狰狞,用力打去,石上并无孔隙,又尽力一下,石上只陷得二三余寸深。敬德心上有些慌了,第三下用尽平生之力,打将去,只见扑通一声,此石裂开,化为两半。敬德笑道:“何如?今该你打。”叔宝也把袍袖扎起,看着蛮石对天默祷道:“苍天在上,我秦琼与胡奴在此比试,全仗唐天子洪福。秦王得以一统天下,我秦琼该在此建功,不消三下,此石即为分开。”把双手举鞭,尽力打去,石已露痕,又用力一下,石已透底分开。叔宝笑道:“何如?石尚如此,若是人此刻已为肉泥矣!你三下,我只两鞭,还算你输。”敬德道:“我的兵器狠，你的锏轻。”两人正在那里争论，只见四五个小卒捧着一坛酒、一盘牛肉，跪在面前说道：“殿下恐二位将军用力太过，献此一樽聊接神力。”敬德见了，说道：“谁要吃你家的东西，要厮杀再杀罢了！”两人换转兵器，再上马时，只听见唐阵里金声一响，叔宝只得拨转马头回寨去了。敬德亦自归营。此是秦叔宝与尉迟恭三锏换两鞭之事，实效三国时刘先主与吴大帝试剑砍石之法，何后世作者欲骇人耳目，言叔宝受三鞭，敬德换两锏，不亦谬乎！

今且不说叔宝归寨，再说敬德回营，有几个小卒高兴，把阵前赌赛之事，说与宋金刚得知。金刚怒道：“斗战危事，岂可阵前赌胜饮酒，如此戏耍！明系私通怠玩，漏泄军情。”即便奏知刘武周。武周大怒，忙叫左右：“与我把尉迟恭斩讫报来！”众将再三求免，武周便差寻相去守关，贬敬德到介休去看守粮草。徐懋功打听得知，心中甚喜。忽见沿路细作来报，“曷娑那可汗起兵来助刘武周。徐懋功即向秦王，附耳说了几句。秦王便差总管刘世让，赍金珠前往曷娑那可汗营中去，用计止之。徐懋功便点起众将，分头打柏壁关。寻相久已有心归唐，今见唐家兵多将勇，料此关不能守住，只得献关降唐。这些李密手下将士，个个要想干功，直杀得宋金刚的人马，十停去了八停，止剩二三千人败将下去。刘武周慌了，也只得移兵转北。徐懋功知尉迟敬德差往介休去护持粮草，便差罗士信与王簿，用计先往介休；自与秦王大队人马，慢慢的来追赶。

却说尉迟敬德，侥幸不杀，满面羞惭，带领一队人马离了柏壁关，遥向介休进发。行至安封地方。只见一起人夫押着粮草前来，敬德向前查点，粮计三千石，草有一万余束，车上各插小黄旗为号。时已日暮，即令守车军士将粮草团聚中间，众兵结成野营在外扎住。敬德不解衣甲，坐在营中，忽闻前途吵闹，军人报说：“有贼来劫营了！”敬得遂提鞭跨马，行不上二三里，忽然闻一声炮响，喊杀连天，敬德举头仰视，是夜月色微明，见一起人马为首一将，杀奔前来。敬德问道：“你是何处来的？”那将道：“我乃大唐徐元帅手下大将王簿,奉元帅将令,特来取你家的粮草应用。”敬德道:“泼贼,你认得我么?”王簿笑道:“我老爷怎不认得你这个杀不死的贼!”敬德大怒,忙举手中鞭,劈面砍来;王簿举枪来迎住。两个一来一往,战了五六十合,王簿只顾败将下去。敬德紧赶不放,耳边忽闻得喊声震天,往后一看,只见一派火光,上下通红,敬德撇了王簿,勒回马来一望,惟闻霹雳之声,霎时间大车小车、大束小束、三千粮米、准万稻草,被唐兵烧毁无存。原来烧粮草车的是罗士信,王簿赚了敬德去,他来放火烧毁。敬德见粮草烧尽,心中愈加烦闷,又恐王簿夺了介休城去,如飞连夜赶到介休,正遇见王簿与罗士信,又杀了一阵。他两个那里杀得过敬德,只得让他进介休城去,等待秦王与徐懋功大兵到来,把城池四面用兵围绕。

秦王使寻相进城去说敬德。敬德道:“如要我降唐,且看刘武周下落;如若死了,我方再事他人;今若来逼,惟有死战而已!”寻相无奈,只得出城,以敬德之言回覆秦王。秦王听了,心中烦闷。忽报总管刘世让回来,秦王大喜,相见了,世让把刘武周与宋金刚的首级献上。秦王又惊又喜道:“此物何处得来?”世让道:“臣奉命而行,穿过并州,中途遇见曷娑那可汗领兵屯在万峰山下,臣打听得实,即往彼营中相见,把礼物表章献上,说:“唐王要去伐郑国,讨弑隋皇泰主之罪,乞借大国之兵,同往征之。”曷娑那可汗大喜道:“我正在这里恼恨刘武周,他要求我们来杀你家唐朝,不想他自先行;所破郡县,女子玉帛,尽被他取去,使我们殿后以为救援。如今既是你家唐主,将礼物来和好,我就起兵来会,先去问了刘武周之罪,然后与你们去伐王世充便了。”事恰凑巧,臣住在他营中,未及两日,只听得说刘武周与宋金刚,被我这里人马杀败,势穷力尽,来投曷娑那可汗。曷娑那可汗大怒,用计杀了他二人,叫臣赍首级来,献与朝廷。”秦王见说,以手加额道:“此天赐我成功也!”即厚赏了刘世让。遂差寻相,将刘武周、宋金刚二颗首级,再进介休城,与敬德看了,好说他来归唐。寻相奉命进城,敬德看见了两个首级,认得是真的,号天大恸,备礼祭献,遂将首级用棺盛殓，安葬好了，遂开城降唐。秦王一见，爱敬如宾，即飞驰奏章，以报捷音。唐帝大喜，即赐尉迟恭为左府统将军，升刘世让为并州太守。其余将佐，各有升赏。正是：

山穷水未尽，石剖玉方新。

欲知后事如何，且听下回分解。

第五十七回

改书柬窦公主辞姻
割袍襟单雄信断义

人的功业是天公注定的，再勉强不得。若说做皇帝，真是穷人思食熊掌，俗子想得西施，总不自猜，随你使尽奸谋，用尽诡计，止博得一场热闹，片刻欢娱；直到钟鸣梦醒，霎时间不但瓦解冰消，抑且身首异处，徒使孽鬼啼号，怨家唾骂。

如今再说曷娑那可汗杀了刘武周、宋金刚，把两颗首级与刘世让赍了来见，秦王许他助唐伐郑，拔寨要往河南进发。因见花木兰相貌魁伟，做人伶俐，就升他做了后队马军头领。几千人马到盐刚地方，缥缈山前，冲出一队军马来。曷娑那可汗看见，差人去问："你是那里来的人马?"那将答道："吾乃夏王窦建德手下大将范愿便是。"原来窦建德因勇安公主线娘，要到华州西岳进香，差范愿领兵护驾同行；此时香已进过，转来恰逢这枝人马。当时范愿一问，知是曷娑那可汗，便道："你们是西突厥，到我中国来做什么?"曷娑那可汗道："大唐请我们来助他伐郑。"范愿听见大怒道："唐与郑俱是隋朝臣子，你们这些杀不尽的贼，守着北边的疆界罢了，为甚帮别人侵犯起来?"曷娑那可汗闻知怒道："你家窦建德是买私盐的贼子，窝着你们这班真强盗成得什么大事，还要饶舌!"范愿与手下这干将兵，真个是做强盗的，被曷娑那可汗道着了旧病，个个怒目狰狞，将曷娑那可汗的人马，一味乱砍，杀得些蛮兵，尽思夺路逃走。

曷娑那可汗正在危急之际,幸亏花木兰后队赶来。木兰看见在那里厮杀,身先士卒冲入阵中,救出曷娑那可汗,败回本阵。木兰叫本队军兵,把从人背上的穿云炮,齐齐放起。范愿见那炮打人利害,亦即退去。木兰犹自领兵追赶,不提防斜刺里无数女兵,都是一手执着团牌,一手执着砍刀,见了马兵,尽皆就地一滚,如落叶翻风,花阶蝶舞。木兰忙要叫众兵退后,那些女兵早滚到马前。木兰的坐骑,被一兵砍倒,木兰颠翻下来,夏兵挠钩套索拖去;又一长大将官见了,如飞挺枪来救,只听得弓弦一响,一个金丸把护心镜打得粉碎,忙侧身下去拾起那金丸时,亦被夏兵所获。北兵是拖翻了两个去,大家掉转马头逃去了。窦线娘带了木兰与那个将官,赶上范愿时,已日色西沉,前队已扎住行营。窦线娘亦便歇马,大家举火张灯。窦线娘心中想道:"刚才拿住这两个羯奴,留在营中不妥。"叫手下带过来。女兵听见,将木兰与那长大丑汉都拥到面前。那些女兵见木兰好一条汉子,到替他可怜,便对花木兰道:"我家公主爷军法最严,你须小心答应。"木兰只做不听见,走进帐房,只见公主坐在上面,众女兵喝道:"二囚跪下!"那丑汉睁着一双怪眼,怒目而视。线娘先把木兰一看,问道:"你那个白脸汉子,姓甚名谁?看你一貌堂堂,必非小卒终身的;你若肯降顺我朝,我提拔你做一个将官。"花木兰道:"降便降你,只是我父母都在北方,要放我回去安顿了父母,再来替你家出力。"线娘怒道:"放屁,你肯降则降,不肯降就砍了,何必饶舌!"木兰道:"我就降你,你是个女主,也不足为辱;你就砍我,我也是个女子,亦不足为荣。"线娘道:"难道你不是个男儿,到是个女子?"木兰道:"也差不多。"公主对着手下女兵道:"你们两个押他到后帐房去一验来回报。"两个女兵扯着木兰往后去了。线娘道:"你这个丑汉有何话说?"那汉道:"公主在上,我却不是女子,实是个男子,你们容我不得的;若是公主肯放了我去,或者后日见时,相报厚情。"公主听了大怒道:"这羯奴一派胡言,与我拿去砍了罢!"五六个女兵,如飞拥他转身,那汉口中喊道:“我老齐杀是不怕的,只可惜负了罗小将军之托,不曾见得孙安祖一面。”线娘听见,忙叫转来问道:“你那汉刚才讲什么?”那汉答道:“我没有讲什么。”线娘道:“我明明听见,你口中说什么罗小将军与孙安祖二人;问你那个孙安祖?”那汉道:“孙安祖只有一个,就在你家做官,那里还寻得出第二个来。”线娘便叫去了绑,赐他坐下,又问道:“足下姓甚名谁?与我家孙司马是什么相知?”那汉道:“我姓齐,号国远,是山西人,与你家主上也是相知,孙司马是好朋友。前年承他有书寄来,叫我们弟兄两个去做官,我因有事没有来会他。”

原来齐国远与李如珪两个,当时因李密杀了翟让,遂去投奔柴嗣昌。正值唐公起义之时,柴郡主就留两个人为护军校卫团练使,嗣昌又带他两个出去帮唐家夺了几处郡县。嗣昌奏知唐帝,唐帝赐他两个为护军校尉,就在鄂县驻扎。为因幽州刺史张公谨五十寿诞,与柴嗣昌昔年曾为八拜之交,故特烦国远去走遭,恰好遇见幽州总管罗公之子罗成,常到公谨署中来饮酒,遂成相知。晓得他与秦叔宝、单雄信契厚,故此写书,附与国远,烦他寄与叔宝。其时线娘见说,便道:“足下既是我家孙司马的好友,又与父皇相聚过的,我这里正缺人才,待我回去奏过父皇,就在我家做官罢了;但是你刚才说什么罗小将军是那里人?”国远道:“就是幽州总管罗艺之子。他与山东秦叔宝是中表之亲,他有什么姻事,要秦叔宝转求单雄信在内玉成,做此叫我去会他。不意撞着曷娑那可汗,被他拉来,装了马兵,与你们厮杀。”线娘听了,顿了一顿道:“没有这事,岂有人的婚姻大事,托朋友千里奔求的。”齐国远道:“我老齐一生不会说谎,现有罗小将军书札在此。”站起身来,解开战袍,胸前贴肉挂着一个招文袋,内许多油纸裹着,取出一封书递上。线娘叫左右接来一看,却用大红纸包好,上面写着两行大字:幽州帅府罗烦寄至山东齐州秦将军字叔宝开拆。线娘看罢,忙把书向自己靴子内塞了进去,对左右说道:“外巡着几个进来。”左右到帐房外去,唤四个男兵进来。线娘吩咐道:“你们点灯,送这位齐爷到前寨范帅那里去，说我旨意，叫他好好看待安顿了，不可怠慢。”又对齐国远道：“罗小将军的书暂留在此，候足下到我国会过了孙司马，然后缴还何如？”齐国远此时也没奈何，只得随了巡兵到范愿营中去了。

线娘见齐国远已去，站起身来，只见一个女兵打跪禀道：“那白脸的人，检验的真是女子，并非虚诳。”线娘道：“带进后帐房来。”坐下，问道：“你既是个女人，姓甚何名，如何从军起来？实对我说。”木兰涕泣道：“妾姓花，名木兰，因父母年高，又无兄长，膝前止有孱弱弟妹，父亲出门，无人倚赖。妾深愧男子中难得有忠臣孝子，故妾不惜此躯，改装以应王命，虽军人莫知，而自顾实所耻也，望公主原情宥之。”说罢，禁不住泪如泉涌。线娘见这般情景，心下恻然道：“若如此说，是个孝女子；不意北方强悍之地，反生此大孝之女，能干这样事，妾当拜下风矣！”请过来宾礼相见。木兰逊谢道：“公主乃金枝玉叶，妾乃裙布愚顽，既蒙宽宥，已出望外，岂敢与公主分庭抗礼。”线娘叹道：“名爵人所易得，纯孝女所难能，我自恨是个女子，不能与日月增光，不意汝具此心胸。我如今正少个闺中良友，竟与你结为姊妹，荣辱共之何如？”木兰道：“这一发不敢当。”线娘道：“我意已定，汝不必过谦，未知尊庚多少？”木兰道：“痴长十七。”线娘道：“妾叨长三年，只得占先了。”大家对天拜了四拜，两人转身，又对拜了四拜。军旅之中，没有甚大筵席，止不过用些夜膳，线娘就留木兰在自己帐房中同寝。线娘问木兰道：“贤妹曾许配良人否？”木兰摇首答道：“僻处荒隅，实难其人。妾虽承贤姐姐错爱，但恐归府时，驸马在那里，将妾置于何所？”线娘见说，双眉顿蹙，默然不语。木兰道：“姐姐标梅已过，难道尚无吉士，失过好逑？”线娘道：“后母虽贤，主持国政；父王东征西讨，料理军旅，何暇计及此事。”木兰道：“正是人世上可为之事甚多，何必屑屑拘于枕席之间。”又说了些闲话，昏昏的和衣睡去。线娘悄悄起身，在靴子里取出罗小将军的书来，心中想道：“刚才齐国远说罗郎为什么姻事，要去央烦秦叔宝，不知他属意何人，我且挑开来,看他写什么言语在上。”把小刀子轻轻的弄去封签,将书展开放在桌上,细细的玩读。前边不过通候的套语,念到后边,止不住双泪交流道:“哦,原来杨义臣死了。我说道罗郎怎不去求他,到央烦秦叔宝来。”从头至尾看完了,不胜浩叹道:“嗳,罗郎,罗郎,你却有心注意于我,不求佳偶,可知我这里事出万难;如杨老将军不死,或者父皇还肯听他说话,今杨义臣已亡,就是单二员外有书来,我父皇如何肯允。我若亲生母亲尚在,还好对他说;如今曹氏晚母虽是贤明,我做女孩儿的怎好启齿?”想到这个地位,免不得呜呜咽咽哭了一场,叹道:“罢了,这段姻缘只好结在来生了,何若为了我误男子汉的青春?我有个主意在此:当初我住在二贤庄,蒙单家爱莲小姐许多情义,我与他亦曾结为姊妹。今罗郎既要去求叔宝,莫若将他书中改了几句,竟叫叔宝去求单小姐的姻,单员外是必应允,一则报了单小姐昔日之情,二则完我之愿,岂不两全其美。”打算停当,忙叫起一个女书记来,将原书改了,誊写一个副启上,照旧封好,仍塞在靴子里头。

不觉晨鸡报晓,木兰醒来,起身梳洗;线娘将他也象自己装束。众军士都用了早膳,正要拔寨起行,只见四五匹报马飞跑到帐前来,对着公主禀道:“千岁爷有令,差小将来请公主作速回国,因王世充被唐兵杀败,差人到我家来求救,千岁即欲自去救援,因此差小将前来。”线娘道:“我晓得了,你们去罢!”便叫手下,唤昨夜送齐爷去的外巡进来。不一时,外巡唤到,线娘在靴内取出书来,又是二十两一对程仪,对外巡道:“这书与银子你赍到前寨去,送与昨夜那位齐爷,说我因国中有事,不及再晤。”外巡接书与银子,收好去了。线娘把手下女兵,调作前队,范愿做了后队,急急赶回。齐国远晓得夏国也要出兵,亦不去见孙安祖,竟投秦叔宝去了。正是:

将军休下马,各自赶前程。

今再说秦王同徐懋功灭了刘武周,降了尉迟敬德,军威甚胜。懋功对秦王道:“王世充自灭了魏公之后,得了许多地方,增了许多人马，声势非比昔日；今殿下若不除之，日后更难收拾。当先差诸将，四路先去其爪牙，收其土地，绝其粮饷，然后四方攒逼拢来，使他外无救援，内难守御，方可渐次擒灭。譬如人取巨鳌，先断其八足，虽双钳利害，何以横行哉！”秦王称善，把兵符册籍，悉付懋功。懋功便差总管史万宝，自宜阳县进兵，取龙门一带地方；将军刘德威，自太行山取河内地方；上谷公王君廓，自洛口绝王世充粮道；总管黄君汉，自河阴攻取洛城；大将屈突通、窦轨，驻扎中路埋伏，接应各处缓急；王簿同程知节、尤俊达、连巨真等，往黎阳收复故魏土地；罗士信与寻相去取千金堡并虎牢地方；臣同殿下，与叔宝、敬德进河南，向鸿沟界口与李靖会合。诸将奉了元帅将令，分头领兵去了。秦王统领一班将士进河南。其时李靖已杀败了朱灿，朱灿势孤力尽，竟把菊潭屠了，拣肥的吃了几日，数骑逃入河南投王世充去了。李靖将兵马屯住在鸿沟界口，专望秦王来进兵。

未及月余，秦王已至，彼此相见了。秦王对李靖道：“朱灿狂奴，赖卿之力，得以去除逃遁，未知世充处声势如何？”李靖道：“臣已差人细细打听，他们已晓得我大唐统兵来征伐，各处分外严备，尽遣弟兄子侄把守；魏王王弘烈守襄阳，荆王王行本守虎牢，宋王王泰守陈州，齐王王世恽守南城，楚王王世伟守宝城，越王王君度守东城，汉王王玄恕守含嘉城，鲁王王道御守曜仪城，弄得水泄不通，日夜巡警。”秦王笑道：“愚哉世充也，安有国家功业，止使一门占尽，其子弟岂尽皆贤智哉，吾立见其败矣！”遂督将士，直趋洛阳。王世充晓得了，便点二万人马，自方诸门出兵，逼着谷水扎住，与唐兵对阵。唐将营垒未立，怕他来攻击，各自惊惶。秦王平日惯以寡破众，以奇取胜，全不介意道：“贼临水结阵，是怕我兵冲突，其志已馁。”即命叔宝、敬德，冲入世充前阵，自己带领程知节、罗士信、邱行恭、段志玄，抄到世充阵背后去，数十精骑，奋力砍杀。郑将见秦王兵少，把马兵围裹拢来，史岳、王常等虽杀了几百兵卒，毕竟难出重围。正酣战时，秦王的坐骑，一个前失，把秦王掀将下来。郑阵中二将，亡命挺枪刺将进来；史岳看见，大喝一声，把一将砍倒,夺马来与秦王骑时,那一将又被王常一箭射中咽喉,颠下马来。前边敬德、叔宝合着,又混杀了三四个时辰,王世充支撑不住才退,被唐将直追到城下,斩了郑将七千多首级回兵。

次日,秦王同懋功在寨外闲玩,只见二三十百姓,多是张弓执矢,抬着网罗机械而走。秦王看见,叫手下唤这些人过来问道:"你们是往何处去的?作何勾当?"那些百姓跪下禀道:"有人传说,魏宣武陵上昨日有只凤鸟飞来,站在陵树,故此我们众猎户去拿他。"秦王道:"魏宣武陵有多少路?"猎户道:"只有一二十里地。"秦王道:"你们引我去看,若是真的,我有重赏。"徐懋功道:"不可,魏宣武陵逼近王世充后寨,倘有伏兵奈何?"秦王道:"世充两战大败,心胆俱丧,安敢出来挑战?"遂全身贯甲,引五百铁骑出寨。行至榆窠,到一个平坦战地,周围广阔,山林远照,左有飞来峰,右有瀑涧泉,幽禽怪兽,充物其中;昔黄帝遗下石室,魏宣武营造皇陵,真是胜地。秦王左顾右盼,称羡不已。正看时,听得众猎户喊道:"那飞来的不是凤鸟么?"秦王定睛一看,只见一只大鸟,后边随着七八十小禽,多站在一棵大树上。那鸟是长颈花冠,五色彩羽,日中耀目,愈觉奇异。秦王道:"这是海外的野鸾,错认他是灵凤。"众猎户正要张那网罗起来,只见内中一人,把手指道:"那边又有兵马来,不好了!"大众一哄而散。懋功如飞催促秦王转身。秦王忙取一枝箭,拽满弓,向那野鸾射去,正中其翅,带箭飞出谷口去了。

秦王纵马亦出谷口,见外边尽是郑国旗号,一将飞马前来,口中喊道:"李世民,我郑国大将燕伊来拿你了!"秦王一见,忙跑进涧去,便带住马,一箭正中燕伊咽喉,应弦而倒。秦王看那野鸾时,还在对涧树上整理羽毛。秦王见前面是断涧,后边是郑国兵马,徐懋功又落在后边,野鸾却在对岸鸣啼,如呼朋引类,只得加鞭纵马跳去,一个三四丈阔的深涧,被他跳过去了。野鸾见秦王来,又飞数十步,站在高枝上。秦王听见对岸金鼓之声鼎沸,心下着忙,对着野鸾说道:"灵鸟,灵鸟,你若是救得我难,你须向我啼叫三声。"

那鸟便向秦王连叫三声。秦王看涧旁山路崎岖，便离鞍下马，把马系在树上，随鸟进山，攀藤附葛而行。到了顶上，远望对岸一将，凶煞神一般，快马跑来。秦王认得是单雄信。后边又有一将，亦纵马赶来，乃是徐懋功。秦王正呆看时，只听得灵鸟又叫上一声，秦王忙转身想道："灵鸟不去犹鸣，此山毕竟还有出路。"就随着那飞鸟走去，只见一个石室，外边立着一僧，光彩满目，相貌端严，把手向灵鸟一招，那鸟即飞入老僧掌中，老僧便进石室去了。秦王以为奇异，忙走进石室，只见那僧盘膝而坐。秦王问道："和尚，你刚才取的那只灵鸟，拿来把了我。"那僧道："灵鸟知是君王此刻有难，从大士前飞来，你看他么？"在袖中取出来，箭犹在羽尾上，仔细一认，却变成一只白鹦鹉。那僧忙在尾上取下箭，递与秦王道："箭归还君王。"鸟向空中一掷，飞去了。秦王把箭收入壳内，知是圣僧，忙问道："孤今此难得脱去否？"那僧道："难星只在此刻，君王快躲在贫僧背后稳睡，贫僧自有法退之。"秦王依他藏好，那僧捏成印诀，口里念了几句咒语，只见他顶上放出一毫白光，就把洞门封住。

郑国单雄信熟识此地，晓得此谷为五虎谷，前涧名曰断魂涧，无有出路。单雄信见燕伊飞赶进去，恐他夺了头功，也赶进谷来，只见一匹空马，飞跑出来，燕伊早已射死在地。雄信看了大怒道："不杀此贼，以报燕伊，不为好汉。"因策马绕谷寻来，忽闻后边一骑马飞奔前来，高声叫道："单二哥勿伤吾主，徐懋功在此。"忙赶向前，扯住雄信衣襟道："单二哥别来无恙，前在魏公处，朝夕相依，多蒙教诲，深感厚谊。今日一见，弟正有要言欲商，幸勿窘迫吾主。"雄信道："昔日与君相聚一处，即为兄弟；如今各事其主，即为仇敌。誓必诛灭世民，以报先兄之灵，以尽臣子之道。"懋功道："兄不记昔日焚香设誓乎，我主即你主也，兄何不情之甚？"雄信道："此乃国家之事，非雄信所敢私。此刻弟不忍加刃于兄者，尽弟一点同契之情耳；兄何必再为饶舌？"随拔佩刀割断衣襟，加鞭复去找寻。懋功见事势危急，如飞勒马奔回，大叫诸将，主公有难。

时尉迟敬德，正在洛水湾中洗马，忽见东北角上一骑马飞奔前来。敬德定睛一看，见是懋功，听他口中喊道："主公被郑将单雄信追逼至五虎谷口，快快去救！"敬德一听说，不及披挂，忙在水中，赤身露体，跨上秃马，执鞭飞赶前去。时雄信四下一望，并无踪迹，看见涧中泥水浮沉，浊泉泛溢，又听得那玉鬃马咆哮乱嘶，只得把坐骑一提，跳过涧来各处寻觅，又无影响，只见树下玉鬃马嘶鸣。雄信也就下马，走上山顶，往石洞边看去，却是一个斑斓猛虎，蹲踞在内；见雄信来长啸一声，涧谷为之震动。雄信吃了一惊，自思道："这孩子想必被虎吃了，不知还是投在涧内死了；再到下面去看。"跨上自己的马，把秦王的马一手挽着，将到涧边，忽见山坡那边一员大将，面如浑铁，声若巨雷，大叫："勿伤吾主，尉迟敬德在此！"也跳过涧来。雄信忙放了秦王的马，举槊来刺，被敬德把身一侧，一鞭打去，正中雄信手腕；敬德将鞭搁在鞍鞒，随趁势夺雄信手中槊。雄信虽勇，当不起敬德神力，四五扯，一条槊被敬德夺去，雄信只得退逃，仍过涧去了。再说秦王横睡在石洞内和尚背后，看那和尚在座前弄神通。又见单雄信到洞门首，探望了三四回，不知为甚，再不敢进洞来，耳边只听得一片杀声。和尚合掌念声："阿弥陀佛，灾星已过，救兵已来，君王好出洞去了。"秦王起身谢道："蒙圣僧法力救孤，孤回太原，当差官来敦请去供养；但不知圣僧是何法号？"和尚道："贫僧叫做唐三藏，若说供养，自有山灵主之，但愿致治太平做一个好皇帝足矣！贫僧有偈言四句，须为牢记。"乃曰：

建业唯存德，治世宜全孝。
两好更难能，本源当推保。

说完，那和尚瞑目入定去了。秦王然后捱下山来，转过溪坡，寻着了坐骑，跨上雕鞍。只见敬德飞马前来，见了秦王，说道："好了，殿下没有受惊么？"秦王道："没有，雄信强徒呢？"敬德道："被臣夺了他的槊，逃出谷外去了。此地不是久站之所，快同臣出谷去罢。"两骑马纵过了涧溪，直至五虎谷口，遇郑将樊佑、陈智略，敬德更不打话，一鞭一个，二将多打伤下去。敬德杀开一条血路，奔出重围。只见秦叔宝、徐懋功领着诸将，正与王世充后队交战。敬德对李靖道："你保殿下回寨，我再去杀贼来。"忙又赶到郑阵中去奋勇大战。郑家兵将虽多，怎当得起叔宝、敬德两个，一条鞭，两根锏，杀了郑国许多兵将。敬德在忙中，猛抬头见一人冲天翅、蟒袍玉带的，骑在马上，在高阜处观战，便撇下众将，提鞭直奔前来。吓得王世充如飞勒马退逃，敬德同众军直追到新城，方才转来。徐懋功叫鸣金收回人马，到秦王寨中来拜贺。秦王笑道："若无敬德奋力向前，几为此贼所困。"遂以金银一箧赐敬德。自是秦王倍加信爱，敬德宠遇日隆。王世充见唐将利害，亦不敢出来对垒。

相持了数日，那日秦王正与众将商议破敌之策，见各处塘报，雪片般飞递下来；懋功与秦王翻阅，知是棠州、汴州、沮州、华州，多来归附；又有显州总管杨庆，他率领辖下二十五州县来投降；又有尉州刺史时德叡，亦率领辖下杞、夏、随、陈、许、颍、魏七州来降；王簿与程知节亦有文书来说伊州、黎阳、仓城，多已降唐，只有千金堡与虎牢，闻得罗士信与寻相急切难下；又有中路大将屈突通，在途巡缉，获着郑国细作两个，招称郑国差将，潜往乐寿，向窦建德处请兵去了。徐懋功道："郑国土地，赖天子洪福，三分已收其二；只是虎牢与千金堡系各州县咽喉之所，若二地不收，则所得亦难据守，须得臣自去走遭。"便辞了秦王，连夜带领自己精兵一千，望虎牢进发。正是：

待把干戈展经纬，只看谈笑弄兵锋。

欲知后事如何，且听下回分解。

第五十八回

窦建德谷口被擒
徐懋功草庐订约

春秋时,卞庄子刺两虎,他何曾刺得两个?当两虎相斗时,小死大伤,那死的何消刺,只刺得一个伤的;这伤的又何须多大气力对付,这真是一举两得。王世充拾亡魏之余,推心置腹,以待群雄,借其土地以强根本。秦王声势虽大,急切间亦难了事。不意世充反将要害之地,尽托膏粱子弟,弄得东破西失,自己坐在洛阳,无可奈何,只得赍了金珠,着长孙安世去求夏王窦建德,落得秦王以逸待劳,反客作主。今说徐懋功恐王簿两个不能建功,自己带领一枝人马,赶到千金堡来。岂知罗士信已用计破了,城内军民,不分老弱,把他杀个一空,懋功深为叹息。王簿亦已到得虎牢,将精兵一千,改扮了郑国旗号,夜间赚开城门,把一个王行本在睡梦中捆缚去了,早已占据了城。虎牢、洛阳险要二处,俱为唐家占住,懋功不胜之喜,对王簿道:"此地虽定,但王世充差代王琬、长孙安世去求窦建德,未知建德可允发多少兵来助他;我且将二兄之功,报知秦王,看他作何计较。"

今说长孙安世,奉了世充之命,赍了许多金帛,来到乐寿,先将宝物馈遗诸将。诸将俱已领惠,唯祭酒凌敬不肯收,大将曹旦亦差人把礼物璧还。次日,长孙安世清早来见夏王,呈上文书金帛。夏王道:"邻邦救援,本当应命;但我与唐久已修好,何又起兵端?况孤新破孟海公,凯旋未久,岂可又劳师动众?”长孙安世道:“郑与夏实唇齿之邦,唇亡而齿寒,理之必然。今夏不救郑,郑必灭亡,郑亡恐夏亦随之。”夏王道:“足下且退,容孤与诸臣熟商。”长孙安世暂且辞出。夏王与众公卿计议;夏将俱得了世充金帛,便撺掇道:“亡隋失国,天下分崩,关中归唐,河南归郑,河北归夏,共成鼎足。今唐伐郑,郑地被唐占去十之二三,倘郑力不足,必为唐破;郑破必与夏为敌,敌则恐夏亦难独支,不如今发兵救郑,内外夹攻,可以取胜;倘能胜唐,威名在我,乘机图事,郑可取则取之;合两地之兵,以乘唐兵之疲老,关中可取,天下可平。”这几句话,说得建德鼓掌称快道:“诸卿议论甚妙,但恐孤力不及耳!”凌敬道:“主公之言,恐有未妥。目今唐家以重兵围困东都,大将据住虎牢,发多少兵去对付他好;莫若我今先发大兵济河,取怀州河阳,以重兵守之,然后鸣鼓建旗,逾太行人上党,传檄郡县,进于壶口,以惊骇薄津,收取河东之地,易如拾芥,此乃上策。且有三利:唐兵俱在洛阳,国内空虚,而入师有万全,一也;拓土而得众,不费大力,二也;秦王知吾兵入境,必引兵还救,郑解围,三也。失此机会,滞疑不决,谚云:天与不敢,反受其咎。愿主公详察。”诸将道:“自来救兵如救火,若照依这样说,迂其途以取之,旷日持久,郑国急切间,何由得解?万一被唐兵破了,拿了王世充去,真个弄得唇亡齿寒,只道主公失信于天下。”建德亦不答,走进宫去,只见屏后曹后接住说道:“刚才朝中所议何事?”建德将前事述了一遍,曹后道:“众臣议论皆非,独凌祭酒之计甚善,陛下当听之。”建德道:“此迂阔之论。”曹后道:“夫自洛口道乘虚连营渐进,以取山北,因招突厥西袭关中,唐必还师,郑国不救而自解,有甚迂阔?”建德道:“孤自主裁,毋劳国后费心。”

次日早朝,长孙安世又来哀求。夏王便差曹旦为先锋、刘黑闼为行军总管,自同孙安祖为后队。起十五万人马,望虎牢进发。公主线娘因是那夜见了罗成的书,伤感成疾,便与凌敬、曹后等守国。早有细作报知秦王。诸将恐腹背受敌,深以为忧,独秦王大喜。李靖笑道："不意殿下此番出师，一箭竟射双雕。"记室郭孝恪道："洛阳破亡，只在目下，建德不量，远来相救，这是天意要殿下灭此两国，机会在此，不可轻失。"薛收道："世充剧贼，部下又是江淮敢战之士，只因缺了粮饷，所以固守孤城，坐以待毙；若放窦建德来与之相合，建德以粮济助世充，则贼势愈强，不可为矣！"李靖道："如今只宜分兵困住洛阳，殿下自领精锐，速据成皋，养威蓄锐，以逸待劳，出奇计一鼓而即可破建德；建德既破，先声夺人，世充闻之，当不战而自缚麾下矣！"秦王听了大喜道："卿所言实获我心，但此地重任，须仗将军谋画统辖。"李靖道："不须殿下费心，大约建德完局，这里赖主公之力，世充自然可擒。"秦王道妙，只带叔宝与尉迟敬德二将，其余将士，多叫屯住洛阳，统领自己玄甲兵五千，直赶到虎牢，与懋功诸将相会了。懋功道："臣知殿下必来，更同得二位将军到此，破贼在旦夕矣。"秦王道："闻得夏兵共有十万前来，未知真假？"懋功道："不要去问他多少兵，臣今夜只消三千人，吓他一个个心胆俱碎。"便向秦王耳边，说了几句。秦王鼓掌道："妙！"懋功取令箭一枝，对罗士信道："将军同副将高甑生，领一千人马，即刻起身，潜往南方鹊山埋伏。柬帖一个，付你持去，预备如法奏功。"又取令箭一枝，柬帖一个，对秦叔宝、副将梁建方道："烦二位将军领一千兵，到汜水东北上一个土山埋伏，速去预备，如法奏功。"叔宝、建方领计去了。懋功又取令箭一枝，柬帖一个，对敬德与副将白士让道："二位将军就在虎牢西角上，照依柬帖中行事；如杀到鹊山遇着了士信，不论胜败，即便杀将转来。"敬德、士让领计去了。罗士信同高甑生归寨，把柬帖拆开一看，却是每一兵士，要备小红灯一盏，马上须用铜铁响铃，听中军轰天第二炮杀出，合着火枪归阵。秦叔宝与梁建方回寨，也把柬帖拆开，只见上写道："每兵要带火球一个，小锣一面，听三个轰天大炮，即便杀出，合着火枪红灯，即便杀转。"懋功叫军士，在正南山竖起了一个高竿，叫宇文士及合二千玄甲兵守护着。

再说夏国先锋曹旦，到了虎牢，结营一二十里，每日到唐寨边来挑战，无人应敌，只道唐家晓得他们统大兵来，不敢出头；夜间虽防来劫寨，到底兵士心上觉得懈弛，那夜方解甲安睡，只听得一声大炮，喊叫震天；曹旦忙跨马赶出寨来，见无数火枪，掩着一个黑脸大汉杀来。曹旦如飞举枪来刺，那将一鞭，早打进胸膛；曹旦忙把身子一侧，火枪早着脸上，把胡子尽行烧去，败入阵中。敬德领这一千兵，东冲西突，并无人来拦阻；直杀到将近鹊山，忽闻第二个大炮，只见罗士信马上，尽是红灯响铃，好象有几千人马杀来。那夏陈第二队高雅贤，如飞领兵马来接应，当不起罗士信这条枪，如蛟龙出洞，逢着的便伤，在夏阵中各处冲杀。那高雅贤对刘黑闼道："兄看那南山上红灯，必是唐家暗号，我与你射了他，那些兵马，自然散乱了。"说罢，即便纵马前来。那刘黑闼扯满弓，射一箭去，正中红灯，落将下来；复又一灯扯上；高雅贤正要射时，只见一声大炮，无数火球，半天里飞将下来，冲出一员大将，口喊道："秦叔宝在此，叛贼看锏。"高雅贤如飞接住，被叔宝拨开枪，一锏打下马来。梁建方正欲去刺他，幸亏刘黑闼救了，退将下去。叔宝与敬德、士信会合了三千兵，竟似几万人马，东冲西砍，杀得一个落花流水。正在高兴时，唐阵上闻已鸣金，只得勒马回营。秦王同徐懋功，在寨中排了庆贺筵席，敬德与叔宝诸将归寨，检点三千人马，不曾伤失一个。秦王将羊酒银牌，分赏了将士。徐懋功道："今宵此举，不过送个信与他们，要夏兵晓得我唐朝将士的利害；只是明日这一阵，诸君各要努力干功，成败只在此举。"秦王心挂洛阳，也要决一战以见雌雄。

却说建德因前阵军马，夜来被唐兵搅扰了半夜，四鼓时候，就即传令催兵马造饭，将刘黑闼改为前队，曹旦改为中营，自板渚地方，来到牛口谷，分遣将士，北首到河，南首到鹊山，排了二十多里。建德见唐兵不动，分遣男卒三百，渡了汜水。唐将士见夏兵威盛，也有些胆怯。秦王只不动心，同徐懋功上了一个高丘，立马遥望。懋功道："这贼自山东起兵来，不过攻些小小贼寇，未逢大敌；今虽结成大阵，部伍不整，纪律不严，总属易破。"望见郑国代王琬，也自带了亲随兵马,立在阵后监战;只见代王戴了束发金冠,锦袍金甲,骑了隋炀帝向来坐骑大宛国进贡的青鬃马,在旗门后影来影去。秦王道:“这小将骑的好一匹良马!”尉迟敬德在侧说道:“殿下说此马好,待小将取来。”秦王道:“不可,不可!”敬德道:“不妨。”两只腿把马一夹,直奔进夏阵中去。旁边两个将官高甑生、梁建方,怕敬德有失,也拍马随来。代王琬按着缰,在那里看战,只听得耳朵里喝一声:“那里走!”似提小鸡一般,被敬德提过马去,这马正要走,被敬德靴尖钩住缰绳,高甑生已到,带了马一齐归阵。夏阵中见唐将在阵背后,拿了代王琬去,吃了一惊,无心恋战,慌忙退回。徐懋功大声说道:“此时不趁势杀贼,便待何时!”自把军鼓大擂,唐将白士让、杨武威、王簿、陶武钦许多精兵,一拥而进,秦王带领轻骑,同敬德、叔宝、士信过汜水,打从夏阵背后,直杀进去,扯起大唐旗号,前后夹攻。建德将士见了大惊,夏军只得且战且退。唐兵追赶了二十余里,斩了首级万余。建德急退,忙脱去朝衣朝冠,改装与将士一般打扮,好来决战;却遇着柴绍夫妻,领了一队娘子军,勇不可当。建德当先来战,早中了一枪,忙寻护驾将士,乱乱的多早逃散,要迎杀前去,又恐独力难支;倘再中一枪,可不了却性命?忽见牛口渚中,芦柴茂密,可以潜身,便提马往里一钻,那娘子军也不在意,反杀向前边去了。不提防建德身上这副金甲晃亮,动了人眼。唐军望见,知是一员将官逃在芦中,两个车骑将军白士让、杨武威纵马赶来,举浑铁槊往芦林中乱搠。窦建德在芦林中,要杀出来,身负重伤,恐厮杀不过;若在里边,又恐搠着,只得大叫道:“我便是夏王,将军若能相救,平分河北,富贵共享。”杨武威道:“只要出来,我等救你。”建德提马跳将出来,被他们一把抢来绑缚,把脚拴在马上,恰好几个从兵已至,一齐簇拥回到大寨。只见敬德提了刘黑闼的首级,王簿提了范愿的首级,罗士信活捉了郑国使臣长孙安世,都在那里献功;可怜夏国十几万雄兵,杀伤死亡,一朝散尽,只逃得一个孙安祖,带了随行二三十个小卒,奔回乐寿。

时秦王已在本寨,小校报说,拿得夏王窦建德来。众将不信,秦王亦不以为然。只见杨武威与白士让，押了建德，直至中军；众人看见，果是夏王建德。他也不跪，秦王见了笑道："我自征讨王世充，与汝何干，却越境而来，犯我兵锋?"建德也没得说，说几句诨话道："今不自来，恐烦远取。"秦王又笑了一笑，问杨、白二将："如何便拿住了他?"白士让道："到是柴郡马统率娘子军赶杀他来到牛口谷，柴郡马杀了前去，他就潜躲在芦苇中，被我们看见拿住，应了民间豆入牛口，势不能久之谣。"秦王笑了一笑，叫监在后寨。

垂衣河北尽悠游，何事横戈浪结仇？
愎谏逞强谁与救，可怜束手作俘囚。

此时建德手下被拿的，有五万余人。秦王道："杀之可惜，不如放了，任他们回转乡里。"众将恐放还又与我为敌。徐懋功道："窦建德也是草泽英雄，有众二十万，败亡至此，那一个还敢收合来与我们战？放去正使他传殿下恩威，山东河北，可不战而自下了。"诸将皆心服其言。秦王心下转道："柴绍夫妇既然统兵到此，为甚不来相会，莫非被建德余党赚去？忙差人问前队将士，有的说已往洛阳去了，秦王便不再问，因对懋功说道："我在这里，整顿军马；卿同诸将，先往洛阳，烦到乐寿，收拾了夏国图籍，安抚了郡县，火速到洛阳来会合。"懋功领命，到次日，即便带领自已人马起身，不一日到了乐寿。懋功即传令箭一枝与王簿，叫他晓谕军士：不许妄戮一人，不许搅扰百姓，违者立斩示众。乐寿城中百姓，一闻夏王的凶信，只道唐兵来，不知怎样扰害地方，岂知徐军师约法严明，抚慰黎庶，井井有条，因此市廛老幼，各各欢喜，迎于道路。懋功进城来，将府库打开，查点明白，又将仓廒尽开，召几个耆老，叫他们报名给领官粮，赈济穷黎。那五六个耆老，伏地而泣道："夏王治国，节用受人，保护赤子，时沐恩泽。今彼一旦失国，我侪小民，如丧考妣，又安忍分散其储蓄？今蒙将军到郡安抚黎民，秋毫无犯，实出望外；愿留此积蓄，以充军饷，则乐寿虽不沾其惠，亦感将军之德矣。"懋功点头称善，便将仓库照旧封好，来到建德宫中，只见朝堂一个纱帽红袍的官儿，面色如生，向西缢死在梁上，粉墙上有绝句一首道：

几年肝胆奉辛勤，一著全输事业倾。
早向泉台报知己，青山何处吊孤魂。

夏祭酒凌敬题

懋功读罢壁间之诗，不胜浩叹，忙叫军士，去备棺木殡殓。又走到内宫来，只见宫中窗牖尽开，铺设宛然，面南一个凤冠龙帔的妇人，高高的悬梁缢在那里；两旁四个宫奴，姿色平常，亦缢死在侧。懋功知是曹后，忙叫人放下，亦备棺木好好盛殓。搜索宫中，止不过十来个老宫奴。懋功想道："闻得窦建德，有个女儿，勇敢了得，为何不见？"询问宫奴，宫奴答道："前日孙安祖回来，报知父皇被擒，那夜公主同了花木兰，就不知去向了。"徐懋功对王簿道："窦建德外有良臣，内有贤助，齐家治国，颇称善全。无奈天命攸归，一朝擒灭，命也数也，人何尤焉！"当初隋炀帝传国玉玺并奇珍异宝，窦建德破了宇文化及，都往归夏国；懋功一一收拾，并图书册籍，装载停当。晓得有个左仆射齐善行，名望素著，养老致仕在家，请他出来，要他治守乐寿。齐善行辞道："善行年迈病躯，与世久违，愿将军另选贤豪，放某乐睹升平。"懋功道："眼前苦无其人，公何必苦辞？"齐善行道："仆有一人，荐于麾下，必能胜其任。"懋功道："请问何人？"善行道："此人姓名不知，人只叫他是西贝生。闻他昔年曾在魏公麾下，为参谋之职，今隐居拳石村，卖卜为活，此人大有才干，屈其佐治，必得民心。"懋功道："今屈尊驾暂为权摄，待我访西贝生来，兄即解任何如？"齐善行不得已，只得收了印信，权为料理。懋功整顿军马起行，因问土人："拳石村在何处？"土人道："过雷夏去三四里，就是拳石村。"懋功命前队王簿速速趱行。

不多几日，前队报说，已到拳石村了。懋功把兵马寻一个大寺院歇下，自己易服，扮作书生，跟了两个童子，进拳石村来。原来那村有二三百人家，是一个大市镇，到了市中，只见路上一面冲天的大招牌，上写道是：

西贝生术动王侯，卜惊神鬼，贫者来占，分文不取。

懋功问村人道："这西贝生寓在那里？"村人把手望西一指道："往西去第三家便是。"懋功见说，忙进街内，寻着第三家，只见门上有副对联，上写道：

深惭诸葛三分业，且诵文王八卦辞。

懋功知是这家，便推门进去，只见一个童子，出来说道："贵人请坐，家师就出来。"懋功坐了片时，见一个方巾阔服的人，掀帘走将出来。懋功定睛一看，不觉拍手笑道："我说是谁，原来贾兄在此！"贾润甫笑道："弟今早课中，已知军师必到此地，故谢绝了占卦的，在此相候。"大家叙礼过，润甫携着懋功的手，到里边去，在读易轩中坐定。润甫道："恭喜军师，功成名立，将来唐家佐命功勋，第一个就要算军师了。"懋功道："吾兄是旧交知己，说甚佐命功勋，不过完一生之志而已。"说了茶罢，只见里边捧出酒肴来，懋功欣然不辞，即便把盏。润甫道："军师军旅未闲，何暇到此荒村？"懋功将擒窦建德战阵之事，并齐善行荐了他去治理乐寿的话，说了一遍。润甫微笑了一笑道："弟自魏公变故，此心如同槁木死灰，久绝名利，满拟觅一山水之间，渔樵过活；不意逢一奇人，授以先天数学，奇验惊人。弟思此事，原可济人利物，何妨借此以毕余生，不意又被兄访着。"懋功道："正是兄的才识经济，弟素所佩服；但星数之学，未知何人传授，乞道其详。"润甫道："兄请饮三大觥，待弟说来，兄也要羡慕。"懋功举杯，一连饮了三觥。

润甫道："当初有个隋朝老将杨义臣，他是个胸藏韬略，学究天人的一员宿将。因隋主昏乱，不肯出仕，隐居雷夏泽中。"懋功道："这杨义臣，弟先年也曾会过，曾蒙他教益，可是他传的么？"润甫道："非也。他有个外甥女，姓袁名紫烟，隋时曾点入宫，那女子不事针凿，从幼好观天象，一应天文经纬度数，无不明晓，因此隋主将他拜为贵人；后因化及弑逆，他便用计潜逃到母舅家。本要落发为尼，因杨义臣算他尚有贵人作匹配，享禄终身。前年弟偶卜居雷泽，与杨公比邻，朝夕周旋，贱内又与袁贵人亲爱莫逆，故此传其学术。"懋功道："如今杨公在否？"润甫道："杨公已于去岁仙游矣！

袁贵人同杨公乃郎，并如夫人，俱在这里守墓。”懋功道：“墓在那里？”润甫推窗向西指道：“这茂林中，乃杨公窀穸之所，他家眷也住在里边。”懋功道：“杨公虽死，弟与他生前亦有一面，今去墓前一吊，并求贵人一见，未识可否？”润甫道：“使得。”懋功就叫手下备楮仪一副，同贾润甫步行过去。只见几亩荒丘，一抔浅土，虽然树木阴翳，难免狐兔杂沓，懋功叹道：“英雄结局，不过如此！”润甫忙过去通知了袁贵人。袁贵人就叫馨儿换了衰绖，到墓前还礼拜谢了，揖进飨堂中。懋功必要求见袁贵人，袁紫烟也是不怕人的，就是这样素妆淡服，出来拜见。懋功注目详视，见袁贵人端庄沉静，秀色可餐，毫无一点轻佻冶艳之态，不胜起敬道：“下官奉命来乐寿清理夏王宫室，昨见一个宫奴，名唤青琴，是隋帝旧宫人，云是夫人侍儿，甚称夫人才学阃范，在男子多所未见，下官意欲遣青琴仍归夫人左右，但未识可否？”袁紫烟道：“妾只道此奴落于悍卒之手，不意反在王宫；但妾亲从凋亡，茕茕一身，自顾难全，奚暇与从者谋食，有虚盛意。”说完，辞别进去。

懋功此时觉得心醉神飞，只得别了出来，对润甫道：“弟向来浪走江湖，因所志未逮，尚未谋及家室，今见此女，实称心合意，欲求兄为之执柯，未知可肯为弟玉成否？”润甫道：“此系美事，弟何必辞劳，管教成就；先到舍下去坐了，弟去即来覆命。”懋功慢慢的到润甫家中去。坐了片时，只见润甫笑嘻嘻的走来说道：“袁贵人始初必欲守志终天，被弟再四解喻，方得允从；但是要依他三件事，谅兄亦易处的。”懋功道：“那三件事？”润甫道：“第一，要守满杨公之制，方许事兄；第二，要收领杨公之子馨儿母子两口，去抚养他上达成人；第三，有个女贞庵，系隋炀帝的四院夫人，在内焚修，与袁贵人是异姓姊妹，当年杨公送四位夫人到彼出家，原许他们每年供膳，俱是杨公送去；今若连合朱陈，必须继杨公之志，以全贵人昔日结拜之情。只此三事，倘肯俯从，即是兄的人了。”懋功大喜道：“不要说此三件，就再有几件，弟亦乐从。”就叫身边男子，到前寨王将军处，取银二百两，彩缎十表里，身上解佩玉一块，递与润甫道:“军中匆匆,不及备仪,聊以二物银两,权为定偶。”润甫忙叫手下并童子携去,送与袁紫烟,说明依了三章之约。袁紫烟然后收了,将太乙混天球一个,在头上拔下连理金簪一枝,回答了润甫;同童子从人回来,付与懋功收讫。懋功道:“承兄成全弟家室,弟明日当有些微薄敬,并管辖乐寿文书,一同送来,大家共佐明君,岂不为美。”润甫道:“闲话且莫讲,请问军师,王世充破在旦夕,单二哥如何收煞?”懋功皱眉叹道:“若提起单二哥,恐有些费手。”懋功又把前雄信追赶秦王一段,说了一遍。润甫跌足道:“若如此说,单二哥有些不妥,兄与秦大哥,俱系昔年生死之交,还当竭力挽回方妙。”懋功道:“这个自然。”

正说时,天色已暮,只见许多车仗来接,懋功只得与润甫分手。明早做下署乐寿印信文书,并书帕银二百两,差官送与贾润甫,又命亲随小校两个,将小礼百金,与宫奴青琴,送归袁紫烟。二人去了回来说道:“宫奴礼金,夫人处俱已收讫。”差官又禀:“贾爷处文书礼仪,门户钳封,人影俱无,只得持回。”懋功大惊道:“难道我昨日是见鬼?”忙骑了马,自己到拳石村来看,果然铁将军把门,问其邻里,说是昨夜五更起身,一家都往天台去进香了。懋功叹道:“贾兄何不情至此?”心上疑惑,忙又到杨公墓所来,袁紫烟叫馨儿换了服色出来拜送,懋功执手叮咛了几句,然后上马登程,往洛阳进发。正是:

陌路顿成骨肉,临行无限深情。

欲知后事如何,且听下回分解。

第五十九回

狠英雄犴牢聚首
奇女子凤阁沾恩

天下事只靠得自己，如何靠得人；靠人不知他做得来做不来，有力量无力量；靠自己唯认定忠孝节义四字做去，随你凶神恶煞，铁石钢肠，也要感动起来。

如今不说徐懋功往洛阳进发，且说王世充困守洛阳孤城，被李靖将兵马围得水泄不通，在城将士，日夜巡视，个个弄得神倦力疲，兼之粮草久缺，大半要思献城投降，只有一个单雄信梗住不肯，坚守南门。

一日黄昏时候，只见金鼓喧阗，有队兵马来到城边，高声喊道："快快开城，我们是夏王差来的，勇安公主在此。"城上兵士，忙报知雄信。雄信到城隅上往外一望，见无数女兵，尽打着夏国旗号，中间拥着金装玉堆的一位公主，手持方天画戟，坐在马上。雄信道是窦建德的女儿，一面差人去报知王世充，随领着防守的禁兵来开城迎接。岂知是柴绍夫妻，统了娘子军来到洛阳关，会了李靖，假装勇安公主，赚开城门。那些女兵，个个团牌砍刀，刚进城来，早把四五个门军砍翻。郑兵喊道："不好了，贼进来了！"雄信如飞挺槊来战，逢着屈突通、殷开山，寻相一干大将，团团把雄信围住。雄信犹力敌诸将，当不起团牌女兵，忘命的滚到马前，砍翻了坐骑，可怜天挺英雄，只得束手就缚。好笑那吃人的朱灿，被李靖杀败，逃到王世充处,以为长城之靠,不意城破,亦被擒拿。柴绍夫妻忙要进宫去杀王世充,只见王世充捧了舆图国玺,背剪着步出宫来。李靖吩咐诸将,将王世充家小宗族,尽行搜缚出来,上了囚车,一面晓谕安民。正在忙乱之时,小校前来报道:"秦王已到了。"李靖同诸将并许多百姓,扶老携幼,接入城去,竟到郑王殿中。李靖同诸将上前参谒。秦王对李靖道:"孤前往虎牢时,卿许灭夏之后,郑亦随亡,不意果然。"李靖道:"王世充这贼,奸诡百出,防守甚严,幸亏柴郡主来哄开城门,世充方自绑来投献。"秦王笑对世充道:"你当初以童子待我,随你奸计多谋,怎出得我几个名将的牢笼。"王世充在囚车内答道:"罪臣久思臣服归唐,因诸将犹豫未决,又知殿下不在寨中,故此直至今日来投献,只求圣恩免死。"秦王笑了一笑,即命诸将去检点仓库,开放狱囚,自往后宫,与柴绍夫妻相见,收拾珍玩。

时窦建德与代王琬、长孙安世三个囚车,与王世充、朱灿的几个囚车,尚隔一箭之地,众军校见秦王与诸将散去,便将囚车骨碌碌的推来,聚在一处。王世充见了,扑簌簌落下泪来,叫道:"夏王,夏王,是寡人误了你了!"窦建德闭着双眼,只是不开口。旁边代王琬又叫道:"叔父,可怜怎生救我便好?"王世充看见,一发泪如泉涌道:"我若救得你,我先自救了。"指着身旁车内太子玄应道:"你不见兄弟也囚在此,我与你尚在一搭儿,不知宫中婶娘与诸姊妹,更作何状貌哩!"说了不禁大哭不止。窦建德看见这般光景,不觉厌憎起来,大声叹道:"咳,我那里晓得你们这一班脓包坯子;若早得知,我也不来救援了。大丈夫生于天地间,不能流芳百世,即当遗臭万年,何苦学那些妇人女子之行径,毫无丈夫气概!"对旁边的小校道:"你把我的车儿,扯到那边去些,省得他们饶舌,有污我耳。"那些众百姓,站在两旁看见,有的指道:"那个夏王,闻他在乐寿,极爱惜百姓,为人清正,比我们的郑王,好十万倍;那皇后更加贤明,勤劳治国;今不意为了郑王,把一个江山弄失了,岂不可惜。"众百姓多在那里指手画脚的议论不提。

且说秦叔宝随秦王回来，在第二队，见洛阳城已破，心上因记挂着单雄信，如飞抢进城来，正见王世充弟男子侄，多在囚车中，郑国廷臣累累锁在那里，未有发放，独不见雄信；查问军士，说是见过了秦王，程爷拉他往东去了。叔宝忙又寻到东街来，遇着了程知节手下一个小卒，叔宝叫住来问道："你们老爷呢？"那小卒低低道："同单二爷在土地庙里。"叔宝叫他领到庙中，只见程知节同单雄信相对，坐在一间屋里，项上带着锁链，叔宝见了，上前相抱而哭。雄信说道："秦大哥何必悲伤。弟前日闻秦王来讨郑时，弟已把生死置之度外，今为亡国俘虏，安望瓦全；但不知夏王何故败绩如此之速？"叔宝道："单二哥怎说这话？我们一干兄弟，原拟患难相从，生死相共，不意魏公、伯当先亡，其余散在四方，止我数人。昔为二国，今作一家，岂有不相顾之理；况且以兄之才力，若肯为唐建功，即是佐命之人。"叔宝又说窦建德如何战败，如何被擒；只见外边一人推门进来，雄信定睛一看，却是单全，便说道："你不在家中照顾，到此何干？莫非家中亦有人下来么？"单全道："今早五更时分，润甫贾爷到来，说是老爷的主意，将夫人小姐，立逼着起身，说要送往秦太太处去。因此小的来问老爷，晓得秦爷已到，再问个确信。"雄信对秦、程二人道："润甫兄弟，我久已不曾相会，这话是从何说起？"程知节道："贾润甫兄是个有心人。他既说要送到秦伯母处，谅无疏虞。"叔宝亦道："贾兄是个义气的人，尊嫂与令嫒，必替兄安顿妥当，且莫愁烦。"雄信对单全道："你还该赶上去，照管家眷。我这里有两个小校在此。"叔宝亦道："主管，省得你老爷牵挂，你去寻着贾爷，看个下落，这里我自然着人伺候。"说了，单全拭泪而去。早有四五个军士，捱进门来，却是秦叔宝的亲随内丁。叔宝问道："寓所寻下了么？"内丁道："就在北街沿河一个叛臣张金童家，程老爷的行李，也发在一处。今保和殿上，已在那里摆宴，只恐王爷就有旨来，传二位老爷去上席。"程知节道："我们一搭儿寓，绝妙的了！"叔宝对雄信道："此地住不得，单二哥到我那里去。"雄信道："弟今是犯人，理合在此，兄们请便。"程知节直喊起来道："什么贵人犯人，单二哥你是个豪杰，为甚把我两个当做外人看待！"忙把雄信项上链子除下来，付与小校拿着，叔宝双手挽着雄信，出了庙门，回到下处，吩咐内丁，好好伺候。

知节与叔宝到保和殿来，只见李靖在那处分拨将士，把守城门，分管街市，大悬榜文，禁止军士掳掠，违者立斩。

秦王着记室房玄龄，进中书门下省，收拾图籍制诰，萧禹、窦轨封仓库，所有金帛，嘱柴嗣昌、宇文士及，验数颁赐有功及从征将士。李靖见叔宝、知节，便道："秦王有旨，烦二位将军，明早运回洛仓余米，轸恤城中百姓。"叔宝道："洛仓粮米，只消出一晓谕，着耆老率领贫黎，到洛赈济，何必又要运回？"便吩咐书办出去写示。只见屈突通奔进来，向叔宝说道："秦将军，单雄信在何处？秦王有旨，点诸犯入狱，发兵看守，独不见了雄信。"叔宝问："旨在何处？"屈突通在袖中取出来，叔宝接过来看，上写道："段达隋国大臣，助王世充篡位弑君；朱灿残杀不辜，杀唐使命；单雄信、杨公卿、郭士衡、张金童、郭善才一干，暂将锁絷下狱，点兵看守，俟带回长安，候旨定夺。"叔宝蹙着眉头，尚未回答，程知节道："屈将军，单雄信是我们两个的好弟兄，在我们下处，不必叫他入狱中去，候到长安，交还你一个单雄信就是了。"时齐国远、李如珪、尤俊达多在那里看慰雄信，李如珪看这光景，不胜忿怒道："我们众兄弟，在这里血战成功，难道一个人也担当不起？"屈突通道："我也是奉王命来查，既是众位将军担当，我何妨用情。"说完去了，不提那夜宴享功臣之事。

到了次日，秦王先打发柴郡主统领娘子军起身，齐国远、李如珪只得匆匆别了叔宝。知节亦归鄂县去了。其时恰好徐懋功从乐寿回来，见了秦王，秦王问乐寿如何料理，懋功说："臣到乐寿时，祭酒凌敬已缢死朝堂，曹后同宫女四人，缢死宫中，其余嫔妃，不过粗蠢妇女，一二十而已；但不见了他的女儿。那老幼黎民，闻了建德被擒，无不嗟叹，臣开仓赈恤，俱不忍来领。顷见臣禁约军士，秋毫无犯，尽愿存积，以充军饷；因此远近仕宦，无不参谒臣服。臣就其中择一老成持重的齐善行权为管摄，未知可合殿下之意否？”秦王点头称善，命淮阳王道玄同宇文士及、大将屈突通，权且镇守洛阳。谕将士收拾班师。徐懋功听见单雄信在叔宝下处，忙来相会，对雄信道：“弟昨日自乐寿回来，途遇一友，说见贾润甫兄，护送二哥的宝眷在那里，想必他知秦王之命，这一干人犯，总要到长安候旨发落，润甫先将兄家眷，送到秦伯母处，亦为妥当。弟恐路上阻碍，忙拨一差官并军校二十名，发行粮三百两，叫他们赶上盘缠，众人到都，兄可放心无忧。”雄信道：“弟闻鸟之将死，其鸣也哀；人之将死，其言也善。弟今日处此地位，亦无言可善，亦难鸣可哀，承诸兄庇覆雄信家室，弟虽死犹生也。”叔宝叫人去雇一乘驴轿，安放单雄信坐了，自同秦王收拾起身。正是：

横戈顿令烽烟熄，金镫频敲唱凯回。

不一日到了长安，报马早已报知唐帝。唐帝命大臣，并西府未随的官僚，出郭迎接；只见一队队鼓吹旗枪，前面几对宣令官、旗牌官，押着王世充、窦建德、朱灿并擒来的将相大臣、宗姓子侄，暨隋家乘舆法物，都列在前面。秦王锦袍金甲，骑着敬德夺的那匹骏马，后边许多将士，全装贯甲，簇拥着进城，先到太庙里献了俘，然后入朝。唐帝御门，秦王与各将士，以次朝见。秦王即进宫去见母后。唐帝出旨：天色已晚，各将士鞍马劳顿，着光禄寺在太和殿赐宴奖赉，夏、郑、朱等囚俘，俱着大理寺收狱候旨定夺。时单雄信也不得不随行向狱中去。刑部里发了一张单儿，差十来个校尉，押着众囚犯，来到狱门首，大声喝道：“禁子们，走几个出来，照单儿点了进去。此系两国叛犯，须用心看守着。”众禁子道：“晓得。”一个个点将进去，领到了一个矮门里，却是三间不大明亮的污秽密室。雄信此时，觉得有些烦闷起来。建德看那两旁，先有一二十个披枷带锁的囚徒，也有坐的，也有卧的，多是鸠形鹄面，似人似鬼的在那里。建德此时雄心，早已消磨了一半，幸亏还遇着个单雄信，是旧知己，聚在一处，诉别离情。忽见一个彪形大汉，在门首望着里边说道：“那个是夏王，那个是单将军？”建德尚未开口，雄信此时一肚子焦躁，没好气，只道是就要叫他出去完局，便走近前来道："我就是单雄信，待怎么样？"原来那个是禁子头儿，便道："请二位爷出来。"建德同雄信只得走出来，那汉引到左首一间洁房里，里边床帐台椅，摆设停当，那汉道："方才小的在大堂上打听，见发下票子，如飞要回来照管，因徐老爷与秦老爷，传去吩咐，故些归迟。众弟兄们不知头脑，都一窝儿送到后边去。"遂指着一张有铺陈的床说道："这是王爷的。"指着一张没铺陈的床说道："这是单爷的。那铺陈秦老爷即刻差人送进来。"窦建德道："单爷是众位老爷吩咐，我却从未有好处到你，为甚承你这般照顾？"那禁子道："王爷说那里话来，三日前就有一位孙老爷来，再三叮嘱小的，蒙他赐小的东西，说如王爷发下来，他也要进来看王爷，所以预先打扫这间屋儿，在这里伺候。"建德想道："难道孙安祖逃了回去，又来不成？"忽听外边嘈嘈杂杂，六七个小校，扛进行李与一坛酒，食盒中放着肴馔，对众禁子道："这是单老爷的铺陈，并现成酒肴，众位老爷说有公干在身，不能个进来看单爷。禁子们，叫你们好生伺候着。"说完出去了。众禁子手忙脚乱，铺设安排停当。窦、单二人原是豪杰胸襟，且把大事丢开，相对谈心细酌。

且说窦后见秦王回来，心中甚喜，夜宴过已有二更时分，不觉睡去，梦一尊金身的罗汉，对窦后稽首说道："汝儿已归，我有个徒弟，承他带来，快叫他披剃了，交还与我。"说完不见了。窦后醒后，把梦中之事，述与唐帝听。唐帝道："昨晚世民回来，未曾问他详细，且等明日进朝，问他便了。"窦后辗转不寐，听更筹已交五鼓，忍耐不住，便叫内监传懿旨，宣秦王进宫。时秦王在西府梳洗过，将要进朝，见有内侍来宣，忙同进宫，朝见过了，窦后道："你把出都收两国之事，细细述与做娘的知道。"秦王就把差段悫去和朱灿，被朱灿醉烹了段悫，直至宜武陵射中野鸾，几被单雄信擒获，幸遇石室中圣僧唐三藏，施显神通，隐庇僧偈，得尉迟恭赶到救出。窦后听了，点头道："儿，怪道夜来圣僧托梦，原来有这段缘故。"秦王道："母后梦境如何？"窦后就把梦中之事，述了一遍，又道："据为母的猜详起来,囚俘里面,毕竟有个好人在内。"对秦王道:"刚才儿说那唐三藏赠的偈,录出来待我详察一详察。"秦王写了出来,大家正在那里揣摩,只见宇文昭仪走到面前,诸妃中唯此女窦后极欢喜他,见了便对昭仪说道:"正好,你是极敏慧的,必定揣摩得出。"窦后述了自己梦中之言,并秦王录出遇见圣僧赠偈四句,与昭仪看。昭仪道:"第一句是明白的,隐着夏主的名字在内;第二句想必此人也是个孝子;只有第三句,解说不出;那第四句,显而易见,没甚难解。"窦后道:"为何显而易见?"昭仪道:"娘娘姓窦,今建德也姓窦,水源木本,概而推之,如同一体,是要赦窦建德之罪也。"窦后点头称是。秦王道:"窦建德是个了得的汉子,譬如猛虎,纵之则易,缚之甚难。今邀九庙之灵,一朝为我擒获,倘若赦之,又为我患奈何?"唐帝道:"如今且不拘泥。朱灿残虐不仁,理宜斩首;提出王世充来,待朕审问他的臣下,或者有个孝子在内,也未可知的。"秦王就差校尉到狱中去,提斩犯一名朱灿立决,又提斩犯一名王世充面圣。

时建德与雄信,都睡在床上,听更筹已尽,在那里闲话,忽听见甬道内,有许多人脚步走动,到后边去敲门;一回儿又听得那屋里头的枷锁铁链,一齐震动起来。原来后牢房里的众囚徒,听见此时下来提犯,不知是那一案,那一个,俱担着干系,所以唬得个个战栗起来,把枷锁弄得叮叮当当,好似许多上阵兵马甲胄穿响。建德如飞起身,往门缝里一张,只见七八个红衣雉尾的刽子手,先赤绑着一人前来,仔细一看,却是朱灿;随后又绑着一人来,乃是王世充。德建对雄信道:"单二哥,我们也要来了,起身了罢!"雄信道:"由他。"正说时,只听得有人来叩门叫道:"单爷,家中有人在这里。"雄信见说,如飞扒起身来开门,却是单全。单全见了家主,捧住了跪在膝前大哭,雄信也忍不住落下泪来,便道:"你不须啼哭,起来问你:奶奶小姐在何处?"单全站起来,附雄信耳上说了几句,雄信点点头儿道:"我的事早已料定,你只照管奶奶与小姐,就是爱主的忠心了。我这里有各位老爷吩咐,你不须牵挂,你若在此,反乱我的心曲。”单全犹自依依不舍，只见禁子头儿推门进来，对着窦建德说道：“夏王爷，孙爷来了。”建德尚未开口，孙安祖已走到面前，大家见了，此时三个人，抱持了大哭。建德问道：“卿已回乐寿，为何又来？”安祖向建德耳边，唧唧哝哝的说了许多话，却又快活起来，建德便蹙着双眉道：“人活百年，总是要死，何苦费许多周折。卿还该同公主回去，安葬了曹后娘娘并殉难的诸柩。”安祖却不肯。

如今且不说孙安祖要守定窦建德，再说朱灿绑缚了出来，已去市曹斩首；王世充亦绑着进朝面圣。唐帝责他篡位弑君一段，世充奸猾异常，反将事体多推在臣子身上。唐帝又责负固抗拒，城破才降，世充叩头道：“臣固当诛，但秦殿下已许臣不死，还望天恩保全首领。”唐帝因秦王之意，将他贬为庶人，兄弟子侄，都安置朔方，世充谢恩出朝。唐帝又差人去拿窦建德见驾，只见黄门官前奏道：“有两个女子，绑缚衔刀，跪于朝门外，要进朝见陛下。”唐帝见说，以为奇怪，忙叫押进来。

不一时，只见两个女子，裂帛缠胸，青衣露体，两腕如玉雪白的，赤绑着，口中多衔着明晃晃的利刀一把，跪在丹墀里头。唐帝望去，虽非绝色，觉得皆有一种英秀之气，光彩撩人。唐帝便有几分矜怜之意，就叫近待：“去了那两女子口中的刀，扶他上殿来见朕。”内侍忙下去摘掉了刀，簇拥着上来，却又是两对窄窄金莲挺挺的走上殿来跪下。唐帝便问道：“你两个女子，是何处人氏？为何事这个样子来见朕？”窦线娘道：“臣妾窦氏，系叛臣窦建德之女。因妾父建德，罪犯天条，似难宽宥，妾愿以身代受典刑，故敢冒死上渎天威。”唐帝道：“窦建德岂无臣子子侄，要你这个琐琐裙钗来替他？”线娘道：“忠臣良将，俱已尽节捐躯，若说子侄，宗支衰落。妾父止生妾一人，罔极深恩，在所必报；况王世充篡位弑君，尚邀恩赦。臣妾父虽据国自守，然当年曾讨宇文化及，首为炀帝发丧；前在黎阳军旅之间，又曾以陛下御弟神通并同安公主送还，较之世充，不亦远乎？倘皇恩浩荡，准臣妾所请，赦父之罪，加之妾身，是亦国法之不弛，而隆恩之普照，则妾虽死而犹生矣！”唐帝道：“你刚才说窦建德止生得你，那一个又是你何人？”线娘未及回答，木兰便道：“臣妾姓花，名木兰，系河北花弧之女。”便将刘武周出兵，代父从军，直至与窦线娘结义一段，说将出来。唐帝见他两个言词朗朗，不胜赞叹道：“奇哉两孝女！圣僧所谓两好最难能也。”正说时，只见两个内监走来，跪下奏道：“娘娘有旨，宣殿下进宫。”秦王只得起身进宫去了。

时窦建德久已拿进朝，跪在丹墀下，听那两个女子对答，唐帝叫上来说道：“你助党为虐，本该斩首。今因你女儿甘以身代，朕体上天好生之德，何忍加诛，连你之罪，法外宥汝。”就叫侍卫去了建德的锁链绑缚，又对他说道：“朕赦便赦了你，只是你也是一个豪杰，若是朕赐你之爵，你曾南面称孤道寡，岂肯屈居人下，朕若废你为庶民，你怎肯忘却锦绣江山，免不得又希图妄想。”建德叩首道：“臣蒙陛下法外施仁，贷臣不死，已出望外，安敢又生他念？臣自被逮之后，名利之念，雪化冰消，臣今万幸再生，情愿披剃入山，焚修来世，报答皇图，不敢再入尘网矣！”唐帝见说，大喜道：“你肯做和尚，妙极，朕到替你觅了一个法师在那里，叫你去做他徒弟；但恐你此心不真耳！”窦建德叹道：“臣闻屠刀一掷，六根即净，观眼前孽镜，总是雨后空花，有甚不真？”唐帝道：“你此心既坚，替你改名巨德，着礼部给赐度牒，工部颁发衣帽，即于殿前替你剃度。”秦王自宫中出来奏道：“母后知建德肯回心向道，欢喜不胜，要两孝女进宫去一见，父皇以为可否？”唐帝就叫内侍，领两个女子进宫朝见。窦后见了，欢喜得紧，就叫宫奴把两副衣服，赐线娘与木兰穿好，又赐锦墩，叫他们坐下，问他们年齿，二人回答明白。窦后又问：“线娘，曾适人否？”线娘羞涩涩未及回答，木兰代奏道：“已许配幽州总管罗艺之子罗成。”窦后道：“罗艺归唐，屡建奇功，圣上已封他为燕郡王，赐国姓，镇守幽州；闻他一个儿子英雄了得，你若嫁他，终身有托了。你既明孝义，我也姓窦，你也姓窦，我就把你算做侄女儿，愈觉有光。”窦线娘也不敢推却，只得下去谢恩。窦后又问木兰履历,木兰一一陈奏。窦后亦深加奖叹,便吩咐内侍,取内库银二千两,彩缎百端,赠线娘为奁资;又取银一千两,彩缎四十端,赠赐木兰,为父母养老送终之费,差内监送归乡里。二女便谢恩出宫。

时窦建德刚落了发,改了僧装,身披锦绣袈裟,头戴卢僧帽,正要望帝拜辞。唐帝对建德说道:"你如今放心了。"只见二女易服出来,后边许多内侍,扛了彩缎库银,来到殿廷。内监放下礼物,将宫中懿旨,一一奏闻。二女又向唐帝谢恩。唐帝又对建德道:"不意卿女许配罗艺之子,又为娘娘侄女,孝女得此快婿,卿可免内顾矣。"建德并未知此事,只道窦后懿旨赐婚赐物,谢恩出朝。唐帝又差官一员,赏银二千两,布帛一笥,送至榆窠断魂涧内,隐灵岩中圣僧唐三藏处。建德出了朝门,只见早有一僧,挑着行李,在那里伺候。建德定睛一看,却是孙安祖。建德大骇道:"我是恐天子注意,削发避入空门,你为何也做此行径?"孙安祖道:"主公,当初好好住在二贤庄,是我孙安祖劝主公出来起义,今事不成,自然也要在一处焚修;若说盛衰易志,非世之好男子也。"建德又对线娘道:"你既以身许事罗郎,又沐娘娘隆宠,嗣为侄女,终身有赖了,自今以后,你是干你的事,我是干我的事,不必留恋着我了。"线娘必要送父到山中去,那内监道:"咱们是奉娘娘懿旨,送公主到乐寿去,和尚自有官儿们奉陪,不消公主费心。"线娘没奈何,只得同出长安,大哭一场,分路而行。

欲知后事如何,且听下回分解。

第六十回

出囹圄英雄惨戮
走天涯淑女传书

天地间是真似假，是假似真，往往有同胞兄弟，或因财帛上起见，或听妻妾挑唆，随你绝好兄弟，弄得情离心远；到是那班有义气的朋友，虽然是姓名不同，家乡各别，却到可以托妻寄子，在情谊上赛过骨肉。所以当初管鲍分金，桃园结义，千古传为美谈。

如今却说唐帝发放了窦建德，遂将王世充一干臣下段达、单雄信、杨公卿、郭士衡、张金童、郭善才，着刑部派官押赴市曹斩决。时徐懋功、秦叔宝、程知节三人晓得了旨意，知秦王已出朝堂，如飞多赶到西府来，要见秦王。秦王出来，大家参拜过了，叔宝道："末将等启上殿下：郑将单雄信，武艺出秦琼之上，尽堪驱使。前日不度天命，在宣武陵有犯大驾，今被擒拿，末将等俱与他有生死之交，立誓患难相救。今恳求殿下，开一生路，使他与末将一齐报效。"秦王道："前日宣武陵之事，臣各为主，我也不责备他；但此人心怀反覆，轻于去就，今虽投服，后必叛乱，不得不除。"程知节道："殿下若疑他后有异心，小将等情愿将三家家口保他，他如谋逆，一起连坐。"秦王道："军令已出，不可有违。"徐懋功道："殿下招降纳叛，如小将辈俱自异国得侍左右，今日杀雄信，谁复有来降者？且春生秋杀，俱是殿下，可杀则杀，可生则生，何必拘执？"秦王道："雄信必不为我用，断不可留，譬如猛虎在柙，不为驱除，待其咆哮,悔亦何及?”三将叩头哀求,恕纳还三人官诰,以赎其死。叔宝涕泣如雨,愿以身代死。秦王心中不说出,终究为宣武陵之事,不快在心,道:“诸将军所请,终是私情,我这个国法,在所不废。既是恁说,传旨段达等都赴市曹斩首号令,其单雄信尸首,听其收葬,家属免行流徙,余俱流岭外。”三人只得谢恩出府。徐懋功道:“叔宝兄,单二哥家眷是在尊府,兄作速回家,吩咐家里人,不可走漏消息,烦老伯母与尊嫂窝伴着他,省得他晓得了,寻死觅活。弟再去寻徐义扶,求他令嫒惠妃,或者有回天之力,也未可知。知节兄,你去备一桌菜,一坛酒,到狱中去,先与雄信盘桓起来,我与叔宝,就到狱中来了。”

却说单雄信在狱中,见拿了王世充等去,雄信已知自己犯了死着,只放下愁烦,由他怎样摆布;只见知节叫人扛了酒肴进来,心中早料着三四分了。知节让雄信坐了,便道:“昨晚弟同秦大哥,就要来看二哥,因不得闲,故没有来。”雄信道:“弟夜来到亏窦建德在此叙谈。”知节叹道:“弟思想起来,反不如在山东时与众兄弟时常相聚,欢呼畅饮,此身到可由得自主;如今弄得几个弟兄,七零八落,动不动朝廷的法度,好和歹皇家的律令,岂不闷人!”说了看着雄信,蓦地里落下泪来。此时雄信,早已料着五六分了,总不开口,只顾吃酒。忽见秦叔宝亦走进来说道:“程兄弟。我叫你先进来劝单二哥一杯酒,为甚反默坐在此?”雄信道:“二兄俱有公务在身,何苦又进来看弟?”叔宝道:“二哥说甚话来,人生在于世,相逢一刻,也是难的。兄的事只恨弟辈难以身代,苟可替得,何惜此生。”说了,满满的斟上一大杯酒奉与雄信。叔宝眼眶里要落下泪来,雄信早已料着七八分了。又见徐懋功喘吁吁的走进来坐下,知节对懋功道:“如何?”懋功摇摇首,忙起身敬二大杯酒与雄信。听得外边许多澌澌索索的人走出去,意中早已料着十分,便掀髯大笑道:“既承三位兄长的美情,取大碗来,补弟吃三大碗,兄们也饮三大杯。今日与兄们吃酒,明日要寻玄邃、伯当兄吃酒了!”叔宝道:“二哥说甚话来?”雄信道:“三兄不必瞒我,小弟的事,早料定犯了死着。三兄看弟,岂是个怕死的!自那日出二贤庄,首领已不望生全的了。”叔宝三人,一杯酒犹哽咽咽不下去,雄信已吃了四五碗了。此时众禁子多捱进门来,站在面前,门首又有几个红头包巾的人,在那里探望。雄信对两旁禁子道:“你们多是要伺候我的?”众禁子齐跪下道:“是。”雄信便道:“三兄去干你的事,我自干我的罢!”叔宝与懋功、知节,俱皆大恸起来。雄信止住道:“大丈夫视死如归,三兄不必作此儿女之态,贻笑于人。”叔宝叫那刽子手进来,吩咐道:“单爷不比别个,你们好好服侍他。”众刽子手齐声应道:“晓得。”懋功道:“叔宝兄,我们先到那里,叫他们铺设停当。”叔宝道:“有理。”知节道:“你二兄先去,弟同二哥来。”懋功与叔宝洒泪先出了狱门,上马来到法场;只见那段达等一干人犯,早已斩首,尸骸横地。两个卷棚,一个结彩的,一个却是不结彩的;那结彩的里边,钻出个监刑官儿来相见了。懋功叫手下,拣一个洁净的所在。叔宝叫从人去取当时在潞州雄信赠他那副铺陈,铺设在地。

时秦太夫人与媳张氏夫人,因单全走了消息,爱莲小姐在家寻死觅活,要见父亲一面。太夫人放心不下,只得同张氏夫人陪着雄信家眷前来。叔宝就安顿他们在卷棚内。只见雄信也不绑缚,携着程知节的手,大踏步前走,一边在棚内放声大哭,徐懋功捧住在法场上大哭。秦太夫人叫人去请叔宝、知节过来说道:“单员外这一个有恩有义的,不意今日到这个地位,老身意欲到他跟前去拜他一拜,也见我们虽是女流,不是忘恩负义的人。”叔宝道:“母亲年高的人,到来一送,已见情了,岂可到他跟前,见此光景?”秦母道:“你当初在潞州时,一场大病,又遭官事;若无单员外周旋,怎有今日?”知节道:“叔宝兄,既是伯母要如此,各人自尽其心。”如飞与雄信说了。秦太夫人与张氏夫人、雄信家眷,一总出来。叔宝扶了母亲,来到雄信跟道,垂泪说道:“单员外,你是个有恩有义的人,惟望你早早升天。”说了,即同张氏夫人,跪将下去,雄信也忙跪下,爱莲女儿旁边还礼。拜完了,爱莲与母亲走上前,捧住了父亲,哭得一个天昏地惨。此时不要说秦、程、徐三人大恸。连那看的百姓军校，无不坠泪。雄信道："秦大哥，烦你去请伯母与尊嫂，同贱荆小女回寓罢，省得在此乱我的方寸。"太夫人听见，忙叫四五个跟随妇女，簇拥着单夫人与爱莲小姐，生巴巴将他拉上车儿回去了。

叔宝叫众人抬过火盆来，各人身边取出佩刀，轮流把自己股上肉割下来，在火上炙熟了，递与雄信吃道："弟兄们誓同生死，今日不能相从；倘异日食言，不能照顾兄的家眷，当如此肉，为人炮炙屠割。"雄信不辞，多接来吃了。秦叔宝垂泪叫道："二哥，省得你放心不下。"叫怀玉儿子过来道："你拜了岳父。"怀玉谨遵父命，恭恭敬敬朝着单雄信拜了四拜。雄信把眼睁了几睁，哈哈大笑道："快哉，真吾婿也！吾去了，你们快动手。"便引颈受刑，众人又大哭起来。只见人丛里，钻出一人，蓬头垢面，捧着尸首大哭大喊道："老爷慢去，我单全来送老爷了！"便向腰间取出一把刀，向项下自刎，幸亏程知节看见，如飞上前夺住，不曾伤损。徐懋功道："你这个主管，何苦如此，还有许多殡葬大事，要你去做的，何必行此短见。"叔宝叫军校窝伴着他。雄信首级，秦王已许不行号令，用线缝在颈上，抬棺木来，用冠带殡葬。正着人抬至城外寺中停泊，只见魏玄成、尤俊达、连巨真、罗士信同李玄邃的儿子启心，都来送殡，王伯当的妻子也差人来送纸。大家却又是一番伤感，然后簇拥丧车，齐到城外寺中安顿好了，徐懋功发军校二十名看守，大家回寓。可怜正是：

秦王虽说得中原，曾不推恩救命根。
四海英雄谁作主？十行血泪泣孤魂。

今说窦线娘，哭别了父亲，同花木兰归到乐寿。署印刺史齐善行闻报，已知建德赦罪为僧，公主又蒙皇后认为侄女，差内监送来，到是热热闹闹，免不得出郭迎接。幸喜徐懋功单收拾了夏国图籍国宝，寝宫中叫那一二十个老宫奴封锁看守，尚未有动。窦线娘到了宫中，见了曹后的灵柩，并四个宫奴的棺木，又是一番大恸，齐善行进朝参见了，把徐懋功要他权管乐寿之事，他又荐魏公旧臣贾润甫有才，“不意懋功去访，润甫又避去，因此不得已，臣权为管摄这几时，今正好公主到来，另择良臣，实授其任，臣便告退”。窦线娘道：“徐军师是见识高广的，毕竟知卿之贤，故尔付托？况此地久已归唐，黜陟我安得而主之？卿做去便了，不必推辞。但皇后灵柩停在宫中，不是了局，卿可为我觅一善地，安葬了便好。”齐善行道：“乐寿地方，土卑地湿。闻得杨公义臣，葬于雷夏，那边高山峻岭，泥土丰厚，相去甚近，两三日可到，未知公主意下如何？”窦线娘道：“杨义臣生时，父皇实为契爱；若得彼地营葬甚妙，卿可为我访之，我这里厚价买他的便了。”线娘手下那些训练的女兵，原是个个有对头的，当其失国之时，俱四散逃去，今闻公主回来，又都来归附。线娘择其老成持重的收之，余尽遣去。

不多几日，齐善行差人到雷夏泽中，觅了一块善地。窦线娘到那里去起造一所大坟茔来，旁边又造了几带房屋，自己披麻执杖，葬了曹后，一家多迁到墓旁住了。即便做一道谢表，打发内监复旨。花木兰亦因出外日久，牵挂父母，要辞线娘回去。线娘不肯放他，因他是个孝女，不好勉强，只得差两名寡妇女兵，一个是金氏名铃，一个是吴氏名良，赠了他些盘缠，叫木兰连父母，都迁到雷夏泽中来同居。临行时线娘又将书一封，付与木兰道：“河北与幽州地方相近，此书烦贤妹寄与燕郡王之子罗郎。贤妹要他自出来，觌面见了，然后将书付他；倘若门上拒阻，有他当年赠我的没镞箭在此，带去叫他门上传达，罗郎自然出来见妹。”说罢，止不住数行珠泪。木兰道：“姊姊吩咐，妾岂敢有负尊命，是必取一个好音来回覆。”即便收拾好书信，并那枝箭，连两个女兵都改了男装起行。窦线娘直送到二三里外，又叮咛了一番，洒泪分手。

木兰等晓行夜宿，不觉已到河北地方，细认门阑，已非昔时光景。有几个老邻走来，一看是花木兰，前日改装代父从军的，便道：“花姑娘，出去了这好几时，今日才回来。”扯到家里，木兰细问老邻，方知父亲已死，母亲已改嫁姓魏的人，住在前村，务农为活。木兰听了心伤，不觉泪水如雨下，谢了邻里，如飞赶到前村。恰好其母袁氏，在井边汲水，木兰仔细一看，认得是自己母亲，忙叫道："娘，我木兰回来了。"其母把眼一擦，见果是自己女儿，忙执手拖到家里去。母亲姊妹拜见了，哭作一团。其时又兰年已十八，长成得好一个女子。其母将他父亲染病身死，以及改嫁一段，诉说了一遍。继父同天郎回来相见了，姊妹三个各诉衷肠，哭了一夜。次日木兰到父亲坟上去哭奠了。过了几日，正要收拾往幽州去，不意曷娑那可汗闻知，感木兰前日解围之功，又爱木兰的姿色差人要选入宫中去。木兰闻之，惊惶无主，夜间对又兰道："我的衷肠事，细细已与你说明。入宫之事，未知可能解脱；倘必不能，窦公主之托，我此生决不肯负。须烦贤妹象我一般，改装了往幽州走遭，停当了窦公主的姻缘，我死亦瞑目。"又兰道："我从没有出门，恐怕去不得。"木兰道："我看你这个光景，尽可去得，断不负我所托。"遂把线娘的书与箭并盘缠银五十两，交付明白。原来又兰到识得几个字，忙替他收藏好了。木兰又叫两个女兵，吩咐金铃，随又兰到幽州去。到了明日，只见许多车骑仪从到门，其母因木兰归来不多几日，哭哭啼啼，不舍他入宫去。那木兰毫无惧色，梳妆已毕，走出来对那些来人说道："狼主之命，我们民户人家，不敢有违；但要载我到父亲坟上去拜别了，然后随你入宫。"那些仪从应允，木兰上了车了，叫吴良跟了父母，俱送至坟头。木兰对了荒冢拜了四拜，大哭一场，便自刎而死。差人慌忙回去复旨，曷娑那可汗闻知，深为叹息。吴良也先回去，见窦公主不题。木兰父母把他殡殓了，就葬于父旁。

又兰见阿姐回来，指望姊妹同住，做一番事业，不想狼主要娶他去，逼他这个结局；倘或曷娑那可汗晓得他尚有妹子，也要娶起我来，难道我也学他轻生，到不如往幽州去，替窦公主干下这段姻事，或者我有出头的好日子得来，亦未可知。主意已定，悄悄的对金铃说明，收拾了包裹，不通父母得知，两个妇女竟似走差打扮，又兰写几个字，放在房中。四更时出门上路，天明落了客店，雇了牲口，一直到了幽州。又兰进城，寻了下处，问了店主人家燕郡王的衙门,又兰改了书生打扮,便同了金铃到王府门首来访问。那燕郡王做官清正,纪律严明,府门首整饬肃清,并不喧杂,凡投递文书柬帖的官吏,无不细细盘驳。金铃到底是随公主走过道路的,便与又兰商议道:“俺家公主这封书,不比寻常书札,不知里边写些什么在上,倘若混帐投下,那些官吏不知头脑,总递进去,燕郡王拆开一看,喜怒不测起来,如何是好?当初大姑娘在我那里起身时,公主原叫他把书觌面付与罗小将军,如今到此岂可胡乱投递。”又兰道:“据你说起来,怎能个见小将军之面?”金铃道:“不难,二姑娘你坐在对面茶坊里,俺在这里守一个知事的人出来托他,事方万全。”又兰到对门茶肆中坐了半晌只见金铃进来说道:“二爷,方爷来了。”又兰看那人,好似旗牌模样,忙起身来相见了坐定。又兰便问道:“亲翁上姓大名?”那人道:“学生姓方,字杏园,请问足下有何事见教?”又兰道:“话便有一句,请兄坐了。看酒来!”走堂的见说,如飞摆上酒肴。方杏园道:“亲翁有甚事,须见教明白,方好领请。”又兰一面斟酒,随即说道:“弟向年在河北,与王府小将军,曾有一面,因有一件要紧物件,寄在敝友处,今此友托弟来送还小将军,未知小将军可能一见否?”方杏园道:“小将军除非是出猎打围赴宴,王爷方放出府,不然怎能个出来相见;或者有甚书札,待弟持去,付与小将军的亲随管家,传进里边,自然旨意出来。”又兰道:“书是必要觌面送的,除非是取那信物,烦兄传递了进去,小将军便知分晓。”方杏园道:“既如此,快取出来。弟还有勾当,恐怕里面传唤。”又兰忙向金铃身边,取出那枝没镞箭,递与方杏园。方杏园接来一看,却是一个绣囊,放着枝箭在内,取出一看,见有小将军的名字在上,不敢怠慢,忙出了店门。进府去。走不多几步路,遇着公子身边一个得意的内丁叫做潘美,向他说了来因。潘美道:“你住着,候我回音。”把锦囊藏在衣襟里,到书房中。

罗公子自写书付与齐国远去寄与叔宝后,杳无音耗,心中时刻挂念,见潘美持箭进来,说了缘故,不胜骇异,便问:“如今来人在何处?”潘美道:“方旗牌说,在府前对门茶坊里,还有书要面递与公子的。”罗公子低头想了一想，便向潘美耳边说了几句。潘美出来，对方旗牌道：“公子说，叫你引那来人在东门外伺候着。公子就出来打围了。”方旗牌如飞赶到茶坊里来与又兰说了，又兰便向柜上算还了帐，三人大家站在府门首看；只见一队人马，拥出府门。公子珠冠扎额，金带紫袍，骑着高头骏马，又兰心中想道：“这一个美貌英雄，怎不教窦公主想他？”也就在道旁雇了脚力，尾在后边。罗公了原不要打围，因要见寄书人，故出城来，只在近处拣个山头占了，吩咐手下各自去纵鹰放犬，叫潘美请那一寄书人过来。公子见是一个美貌书生，忙下坐来相见，分宾主坐定。花又兰在靴子里取出书来，送与罗公子。公子接来一看，见红签上一行字道：“此信烦寄至燕郡王府中，罗小将军亲手开拆。”公子见眼前内丁甚多，不好意思，忙把书付与潘美收藏，便问：“吾兄尊姓？”又兰道：“小弟姓花，字又兰。”公子又道：“兄因甚与公主相知？”又兰答道：“与公主相知者非弟，乃先姊也。”就把曷娑那可汗起兵一段，直至与公主结义，细述出来。只见家将们多到，花又兰便缩住了口。公子问道：“尊寓今在何处？”金铃在后答道：“就在宪辕东首直街上张老二家。”公子道：“今日屈兄暂进敝府中去叙谈一宵，明早送兄归寓。”又兰再四推辞。公子道：“弟尚有许多衷曲问兄，兄不必固辞。”对潘美道：“吩咐方旗牌，叫他到花爷寓所去，说花爷已留进府中，一应行李，着店家好生看守，毋得有误。”说了，携了又兰的手起身，叫家将取一匹马与又兰骑了；潘美却同金铃骑了一匹马，大家一哄进城。到了王府中，公子叫潘美领又兰、金铃两个，到内书房去安顿好了。那内书房一共是三间，左边一间是公子的卧室；右边一间设过客的卧具在内。

公子向内宫来，罗太夫人对公子说道：“孩儿，你前日说那窦建德的女儿，到是有胆有智的。刚才你父亲说京报上，窦建德本该斩首，因其女线娘不避斧钺，愿以身代父行刑。故此朝廷将建德赦了，建德自愿削发为僧。其女线娘，太后娘娘认为侄女，又赐了许多金帛，差内监两名送还乡里，如此说起来，竟是个大孝之女。昔为敌国,今作一家。你父亲说,趁今要差官去进贺表,便道即娶他来,与你成婚,也完了我两个老夫妇身上的事。”公子道:“刚才孩儿出城打猎,正遇一个乐寿来的人,孩儿细问他,方知是窦公主烦他来要下书与我的。”罗太夫人问道:“如今人在何处?”公子说:“人便孩儿留他在外书房,书付与潘美收着。”罗太夫人遂叫左右,向潘美取书进来。母子二人当时拆开一看,却是一幅鸾笺,上写道:

阵间话别,言犹在耳;马上订盟,君岂忘心?虽寒暑屡易,盛衰转丸,而泪沾襟袖,至今如昔,始终如一也。但恨国破家亡,氤氲使已作故人,妾茕茕一身,宛如萍梗。谅郎君青年伟器,镇国令嗣,断不愿以齐大非耦,而以郐楚为匹也。云泥之别,莫问旧题,原赠附璧,非妾食言,亦盖镜之缘悭耳。衷肠托义妹备陈,临楮无任依依。

亡国难女窦氏线娘泣具

罗公子只道书中要他去成就姻眷,岂知到是绝婚的一幅书,不觉大恸起来,做出小孩子家身分,倒在罗老夫人怀里哭过不止。老夫人只生此子,把他爱过珍宝,见此光景,忙抱住了叫道:“孩儿你莫哭,那做媒的是何人?”公子带泪答道:“就是父亲的好友,义臣杨老将军,建德平昔最重他的人品,他叫孩儿去求他。几年来因四方多事,孩儿不曾去求他,那杨公又音信杳然,故此把这书来回绝孩儿,这是孩儿负他,非他负孩儿也。”说罢又哭起来。只见罗公进来问道:“为什么缘故?”老夫人把公子始初与窦线娘定婚,并今央人寄书来,细细说了一遍,就取案上的来书与罗公看了。罗公笑道:“痴儿,此事何难?目下正要差人去进朝廷的贺表,待你为父的,将你定婚始末,再附一道表章,皇后既认为侄女,决不肯令其许配庸人,天子见此表章必然欢喜,赐你为婚,哪怕此女不肯,何必预为愁泣?但不知书中所云义妹备陈,为何如今来的反是一个男子?”公子见父母如此说,心上即便喜欢,忙答道:“这个孩儿还没有问他细情。”

那夜公子治酒在花厅上，又兰把线娘之事重新说起，说到窦公主如何要代父受刑，公子惨然泪下，说到太后收进宫去，认为侄女，却又喜欢起来，说到迁居守墓，却又悲伤，直至阿姊回来，曷娑那可汗要选他入宫，自刎于墓前，公子不觉击案叹道："奇哉，贤姊木兰也！我恨不能见其生前一面耳。"直说到更余，方问大家安寝。次日，又兰等公子出来，便道："公主回书，还是付与小弟持去，还是公子到乐寿去回覆，弟今别了，好在寓中候旨。"公子道："兄说那里话，公主的来书，家严昨已看过，即日就要差官进表到都，许弟同往。兄住在此同到乐寿，烦兄作一冰人，成其美事，有何不可？"又兰道："小弟行李都在店中。"公子执着又兰的手道："行李已着人叫店家收好。"断不肯放。谁知金铃到看中意了潘美，正在力壮勇猛之时，又兰亦见公子翩翩年少，毫无赳赳之气，心中到舍割不下。金铃便道："二爷，既是大爷恁说，我去取了行李来何如？"公子道："你这管家到知事。"叫左右随了金铃去。公子与又兰时刻相对，竟话得投机。大凡大家举动，尚不能个便捷，何况王家侯府，却又要作表章，撰疏稿，委官贴差，倏忽四五日。

一夜，罗公子因起身得早，恐怕惊动了又兰，轻轻开门出去，只听得潘美和金铃在厢房内唧唧哝哝，似有欢笑之声。公子惊疑，便站定了脚，侧耳而听。听得潘美口中说道："你这样有趣，待我对大爷说明，替你家二爷讨来，做个长久夫妻。"金铃道："扯淡，我是公主差我送他阿姊到家来的，又不是他家的人，你要我跟随了你，总由我主。"潘美道："倘然我们大爷晓得你三爷是个好，只怕亦未必肯放过。"金铃道："晓得了，止不过也象我与你两个这等快活罢了。"正是隔墙须有耳，窗外岂无人？公子听得仔细，即心中转道："奇怪，难道他主仆多是女人？"忙到内宫去问了安，出来恰好撞见潘美，公子叫他到僻静所在，穷究起来，方知都是女子。公子大喜，夜间陪饮，说说笑笑，比前夜更觉有兴，指望灌醉了又兰，验其是非。当不起又兰立定主意不饮。公子自己开怀畅饮了几杯，大家起身，着从人收拾了杯盘，假装醉态，把手搭在又兰肩上道："花兄,小弟今夜醉了,要与兄同榻,弟还有心话要请教。”又兰道:“有话请兄明日赐教,弟生平不喜与人同榻。”公子笑道:“难道日后与尊嫂也要推却?”又兰亦笑道:“兄若是个女子,弟就不辞了。”公子又笑道:“若兄果是个男子,弟亦不想同榻了。”又兰听了这句话,心上吃了一惊,一回儿脸上桃花瓣瓣红映出来。公子看了,愈觉可爱,见伺候的多不在眼前,把门忙闭上,走近前捧住又兰道:“我罗成几世上修,今日得逢贤妹。”又兰双手推住了道:“兄何狂醉若此,请尊重些。”公子道:“尊使与小童都递了口供认状,卿还要赖到那里去?”又兰正色道:“君请坐了,待我说来;若说得不是,凭君所欲。”公子只得放手,两个并肩坐下。又兰道:“妾虽茅茨下贱,僻处荒隅,然愚姊妹颇明礼义,深慕志行。今日不顾羞耻,跋涉关山而来者,一来要完先姊的遗言,二来要成全窦公主与君百年姻眷,非自图欢乐也。今见郎君年少英雄,才兼文武,妾实敬爱,但男女之欲,还须以礼以正,方使神人共钦;若勒逼着一时苟合,与强梁何异?”公子听了大笑道:“卿何处学这些迂腐之谈?”从古以来,月下佳期,桑间偶合,人人以为美谈。请问卿为男子,当此佳丽在前能忍之乎?”又兰道:“大丈夫能忍人所不能忍,方为豪杰。君但知濮上桑间,此辈贪淫之徒,独不记柳下惠之坐怀,秦君昭之独宿,始终不乱,乃称厚德。妾承君不弃,援手促膝者四五日矣,妾终身断不敢更事他人,求郎君放妾到乐寿,见了窦公主一面,明白了先姊与妾身的心迹,使日后同事君家,亦有光彩。今且权忍几时,候与君同上长安,那时凭君去取何如?若今如此,决难从命。”公子见他言词侃侃,料难成事,便道:“既是贤妹如此说,小生亦不敢相犯矣。”

过了几日,罗公将表章奏疏弥封停当,便委刺史张公谨,托他照管公子,又差游击守备二人,尉迟南、尉迟北,陪伴公子上路。公子拜别了父母,即同又兰等一路带领人马,出离了幽州,往长安进发。

欲知后事如何,且听下回分解。

第六十一回

花又兰忍爱守身
窦线娘飞章弄美

世间尽有做不来的事体，独情深义至之人，不论男女，偏做得来；人到极难容忍的地位，唯情深义至之人，不论男女，偏能谨守。为什么缘故？情深好义者，明心见性，至公无私，所以守经从权，事事合宜，不似庸愚，只顾眼前，不思日后。

今说罗成同花又兰、张公谨、尉迟南、尉迟北一行人，出了幽州地方，花又兰在路上与罗公子私议道："郎君还是先到雷夏窦后墓所，还是竟到长安？"罗公子道："我意竟到长安上疏后，待旨意下来，然后到雷夏去岂不是好。"又兰道："不是这等说。窦公主是个有心人，当初与君马上定姻之时，原非易许，迨后四方多事，君无暇去寻媒践盟，彼亦未必怪君情薄。不意国破家亡，上无父母之命，下无媒妁之言，还是叫他俯就君家好，还是叫他无媒苟合好？是以写札，托先姊面达，以探君家之意，返箭以窥君家之志。以情揆之，是郎君之薄情，非公主之负心也。今漫然以御旨邀婚，是非使彼感君之恩，益增彼之怒，挟势掠情之举，不要说公主所不愿，即贱妾草茅亦所不甘也。郎君乃钟情之人，何虑不及此？"说到这个地位，罗公子止不住落下泪来，双手执住又兰的手道："然则贤卿何以教我？"又兰道："依妾愚见，今该先以吊丧为名，一以看彼之举动，一以探彼之志行。畴昔知己，几年阔别，尚思渴欲一见，何况郎君之意中人乎？倘彼言词推托，力不可回，然后以纶音加之，使彼知郎君之不得已，感君之心，是必强而后可。”公子听了说道：“贤卿之心，可谓曲尽人情矣！”即吩咐张公谨等竟向乐寿进发不提。

再说窦线娘，自从闻花木兰刎死之后，鸿稀雁绝，灯前月下，虽自偷泣，亦只付之无可如何；幸有邻居袁紫烟与杨小夫人母子时常闲话，连女贞庵中狄、秦、夏、李四位夫人，闻线娘是个大孝女子，亦因紫烟心交，也常过来叙谈，稍解岑寂。线娘又把窦太后赠的奁资，营葬费了些，剩下的多托贾润甫就在附近买了几亩祭田，叫旧时军卒耕种。家政肃清，阍人三尺之童，不敢放入。

一日与袁紫烟在室中闲话，只见一个军丁打扮，掀幕进来，袁紫烟吃了一惊，公主定睛一看，见是金铃，便道：“好呀，你回来了，为甚么花姑娘这样变故？你同何人到来？”金铃跪下去叩了一叩，起来说道：“前日吴良起身回来之时，奴妇已同花二娘一般改装了，到幽州罗小将军处，见了书札信物，悲痛不胜，就款留二姑娘进府，住在书房室中半月。幸喜罗郡王晓得公子与公主联姻，趁着差官赍表进京，便打发公子一同来，经过乐寿，刺史齐善行晓得了，接入城去，明日必到墓所来吊唁娘娘并求完姻的意思。今花二姑娘现在门首，他是个有才干的女子，公主还该优礼待他，去迎他进来，便知详细。”公主听了，三四个宫女跟了出来。金铃如飞到门首，引花又兰到草堂中；公主举眼望去，面貌装束，竟象当年罗成在马上的光景，心中老大狐疑；及至走近身前，见其眉儿曲曲，眼儿鲜鲜，方知非是，乃一个俊俏佳人。又兰见了公主，便要行礼，公主笑道：“既承贤姐姐不弃光降，请到室中换了妆，然后好相见。”就同进里边来，叫宫奴簇拥又兰到偏室中去，将一套新鲜色衣与他换了出来。公主看时，却比其姊更觉秀美，便指着袁紫烟对花又兰道：“此是隋朝袁夫人，与妾结义过的。当年木兰令姊到来，妾曾与他结为异姓姊妹，二姐姐如不弃，续令先姊之盟，闺中知己，常相聚首，未识二姐姐以为可否？”花又兰道：“公主所论，实切愿怀；但恐蒲柳之质，难与国嫫雁行。”公主道：“说甚话来！”便叫左右铺毡，袁夫人年纪居长，公主次之，又兰第三，大家拜了四拜，自后俱姊妹称呼，宫奴就请入席饮酒。线娘便道："前日吴良回来报说令姊惨变，使妾心胆俱裂，可惜好个孝义之女，捐躯成志，真古今罕有；但贤妹素昧平生，何敢又劳枉驾，去见罗郎？"又兰道："愚姊妹虽属女流，颇重然诺。先姊领姐姐之托，变出意外，妹亦遵先姊之命，安敢惮劳，有负姐姐之意。幸喜罗公子天性钟情，一见姐姐信物手书，涕泪捧读，不忍释手，花前月下，刻不忘情；所以燕郡王知他之意，趁差官赍表朝贺，并遣公子前来求亲。"线娘总是默默不语。袁紫烟道："这段姻缘，真是女中丈夫，恰配着人中龙虎；况罗郎来俯就，窦妹该速允从。"线娘笑道："且待送姐姐出阁后，愚妹自有定局。"紫烟道："是何言欤？妾若非太仆遗言，孤婺失恃，不遇徐郎再四强求，妾亦甘心守志，安敢复有他望？"线娘道："若说守志二字，实惬素怀，姊从其权，妾守其经，事无不可。"又微哂道："但可惜花二妹一片热肠，驰驱南北，付之东流而已。"

又兰听说，心中想道："看看说到我身上来了，殊不知我与罗郎，虽同床共寝两月，而此身从未沾染，此心可对天日。"便道："窦姐姐所云守志固妙，惟在难守之中而坚守之，方可云志。"又兰原是好量，因向来与罗公子共处，恐酒后被他奸污，假说天性不饮。今到此地，尽是女流，竟安心乐意，便开怀畅饮，不觉酩酊，伏在案上。紫烟即便告别归家。线娘竟叫侍女扶又兰到自己床上睡；线娘遂叫那金铃过来盘问，金铃道："小将军起初不知，后来风声有点走露，就有捉弄花姑娘的意思。听见着实哀求，花姑娘指天发誓，立志不从，听见他说：'待奴见过窦公主之后，明了心迹，公主成了花烛，然后从君之愿。'"线娘不胜浩叹道："奇哉，罗郎真君子也，又兰真义女也！我窦氏设身处地，恐未能如此。彼既以身守身让我，我当以罗郎报之，全其双美。趁罗郎本章未到，先将衷曲奏明皇后，皇后是必鉴我之心矣！"忙起身在灯下草就奏章，叫女书记写好封固，又写一札送与宇文昭仪，收拾一副大礼，进呈皇后；一副小礼，送与昭仪。当初孙安祖与线娘要救建德时，曾将金珠结交于宇文昭仪,今亦烦他转达皇后,料他必能善全。明日绝早,即将盘缠付与吴良、金铃,赍本与礼物,往京进发。那金铃因放潘美不下,晓得公子要到贾润甫处,便跑过去细细与贾润甫说明就里,并上本与皇后的话,叫润甫作速报知公子,归来即收拾与吴良上路去了。

今说罗公子到了乐寿,齐善行迎进城,接风饮酒。张公谨问齐善行窦公主消息,齐善行道:"窦公主不特才能孝行,兼之治家严肃,深有曹后之风范,今迁居雷夏墓所。平日最服的一个邻居隐士贾润甫,外庭之事,惟润甫之言是听。"张公谨见说大喜道:"润甫住在何处?"齐善行道:"就住在雷夏泽中拳石村,秦王屡次要他去做官,他不乐于仕宦,隐居于彼。"尉迟南道:"我们还是当年拜秦母的寿,寓在他家数日,极是有才情的朋友;海内英豪,多愿与他结纳。公子趁便该去拜访他。"罗公子吩咐手下,备一副吊仪,去吊杨太仆;又备一副猪羊祭礼,去祭曹皇后;随即起身,齐善行陪了,出了乐寿,往贾润甫家来。

时贾润甫因金铃来说了备细,又因窦公主央他:叫人墓前搭起两个卷棚,张幕设位,安排停当。只见一行车马来到门首,润甫接入草庐中,行礼坐定,各人叙了寒温,罗公子就把来求窦公主完姻一事说了。贾润甫道:"别的女子,可以捉摸得着,惟窦公主心灵智巧,最难测定,只据他晓得公子来求婚,连夜写成奏章,今早五更时,已打发人往长安先去上闻皇后,这种才智,岂寻常女子所能及?"罗公子见说,吃了一惊。张公谨道:"我们的本未上,他到先去了,我们该作速赶过他头里去才好。"贾润甫道:"前后总是一般,公子且去吊唁过,火速进呈未迟。"贾润甫同齐善行陪了罗公子与众人,先到杨公坟上来;杨馨儿早已站在墓旁还礼。众人吊唁后,馨儿向众人各各叩谢了,即同到曹后墓前来。见两个卷棚内,早有许多白衣从者,伺候在那里。一个老军丁跪下禀道:"家公主叫小的禀上罗爷说,皇爷在山中,无人还礼,公子远来,已见盛情,不必到墓行礼了。"罗公子道:"烦你去多多致意公主,说我连年因军事匆忙，不及来候问，今日到此，岂有不拜之礼；况自家骨肉，何必答礼?”老军丁去说了，只见塚旁小小一门，四五个宫女，扶着窦公主出来，衰绖孝服，比当年在马上时，更觉娇艳惊人，扶入幕中去了。罗公子更了衣服，到灵前拜奠了，窦公主即走出幕外一步，铺毡叩谢，泪如泉涌，罗公子亦忍不住落下泪来。拜完了，正打帐上前要说几句正经话，窦公主却掩面大恸，即转到墓边，扶入小门里去了。罗公子只得出来，卸下素服。张公谨与尉迟南、尉迟北，也要到灵前一拜，贾润甫道：“夏王又不在此，公子吊奠，公主还礼，礼之所宜；若兄等进吊，无人答礼，反觉不安。”

正说时，一个家丁走近向来禀道：“请各位爷到草堂中去用饭。”贾润甫拉众人步进草堂中来，见摆下四席酒，第一席是罗公子；第二席是张公谨、齐善行；尉迟南、尉迟北告过罗公子，坐了第三席；贾润甫与杨馨儿坐了末席。酒过三巡，有几个军丁，抬了两口鲜猪，两口肥羊，四坛老酒，赏钱三十千，跪下禀道：“公主说村酒羔羊，聊以犒从者，望公子勿以为鄙亵，给赐劳之。”罗公子笑道：“总是自己军卒，何必又费公主的心。”遂吩咐手下军卒，到内庭去谢赏；许多从者忙要到里边来，只见一个女兵走出来说道：“公主说不消了，免了罢！”罗家一个军卒笑指道：“这位大姐姐，好象前日在阵前的快嘴女兵，你可认得我么?”那女兵见说，也笑道：“老娘却不认得你这个柳树精。”大家笑了，出来领赏去分给。罗公子又吩咐手下，将银五十两赏窦家人；窦公主亦叫家人出来叩谢了。罗公子即起身向窦家人说道：“管家，烦你进去上覆公主，说我此来一为吊唁太后，二为公主的姻事，即在早晚送礼仪过来，望公主万分珍重，毋自悲伤。”家人进去了一回，出来说道：“公主说有慢各位老爷，至于婚姻大事，自有当今皇后与家皇爷主张，公主难以应命。”罗公子还要说些话出来，张公谨道：“既是彼此俱有下情上闻，此时不必提起。”贾润甫道：“佳期未远，谅亦只在月中。”罗公子心中焦躁道：“公主之意，我已晓得，此时料难相强；但是那同来的花二爷，前日原许陪伴我到长安去的，今若公主肯许相容，乞请出来，同我上路。”家人又进去对公主说，线娘向又兰道：“花妹，罗郎情极了，说妹许他同往长安，今逼勒着要贤妹去，你主意如何?”又兰道：“前言戏之耳，从权之事，侥幸只好一次，焉可尝试?”线娘道：“如今怎样回他，愚妹只好自谋，难为吾计。”又兰道：“不难。”便向妆台上写下十六字，摺成方胜，付家人道：“你与我出去，悄悄将字送与罗公子，说我多多致意公子，二姑娘是不出来的了，后会有期，望公子善自保重。”窦家人出来，如命将字付与罗公子说了，公子取开一看，上写道：

来可同来，去难同去。花香有期，慢留车骑。

罗公子看了微笑道：“既如此，我少不得再来。管家，烦你替我对公主说：花二姑娘是放他回去不得的，公主也必自保重。”即同众人出门，因日子局促，不到润甫家中去叙话，便上马赶路。窦家人忙去回覆了公主，公主亦笑而不言。恰好女贞庵秦、狄、夏、李四位夫人到来，公主忙同紫烟、又兰出来接了进去，叙了姊妹之礼，坐定，线娘道：“四位贤姐姐，今日甚风吹得到此?”秦夫人道：“春色满林，香闻数里，岂有不来道窦妹之喜，兼来拜见花家姐姐，并欲识荆新郎一面。”线娘道：“此言说着花二妹，妾恐未必然；如不信现有不语先生为证。”就拿前日的疏稿出来与四位夫人看，狄夫人道：“若如此说，花家姊姊先替窦妹为之先容矣。”线娘道：“连城之璧，至今浑然，莫要诬他。”紫烟道：“若非窦妹详述，我也不信，花妹志向真个难得。”四位夫人便扯紫烟到侧边去推问，紫烟把花又兰一路行踪，并那夜线娘探验，一一说了。李夫人道：“照依这样说，花家姐姐真守志之忍心人，窦家妹妹真闺阁中之有心人，罗家公子真钟情之中厚德长者，三人举动，使人可羡而敬。”四位夫人重新与又兰结为姊妹，欢聚一宵，明日起身，对窦公主说道：“我们去了，改日再来。”秦夫人执着花又兰的手道：“花妹得暇，千万同袁家妹妹到小庵随喜随喜。”又兰道：“是必准来奉候。”四位夫人即出门登车而去。

却说罗公子同张公谨的一行人，恐怕窦公主的本章先到了，连夜兼程进发，不上二十日，已赶到长安。罗公子叫家人先进城去，报知秦爷。秦叔宝听说罗公子与张公谨到来，忙吩咐家中整治酒席，自同儿子怀玉骑马来接。未及里许，恰好罗公子等到来，遂同至家中铺毡叙礼毕。罗公子要进去拜见秦母太夫人，叔宝便陪到房中，公子见了舅姑，拜了四拜。秦母见了甥儿，欢喜不胜，便问："姑娘与姑夫身子康健么？"又对罗公子说道："甥儿，你前日托齐国远寄书来，因你表兄军旅倥偬，尚未曾来回覆你。"叔宝道："正是前日表弟尊札，托我去求单小姐之姻，奈弟是时正与王世充对垒，世充大败投降，单二哥亦被擒获，朝廷不肯赦单兄之罪，弟念昔年与他有生死之盟，就将怀玉儿子许他为婿，与彼爱莲小姐为配，单二哥方才放心受戮。弟想姑夫声势赫赫，表弟青年矫矫，怕没有公侯大族坦腹东床，两日正欲写书奉覆，幸喜表弟到来，可以面陈心迹，恕弟之罪。"罗公子见说便道："弟何尝烦表兄去求单家小姐？"就把当年与窦公主马上定姻一段说了，又道："弟知建德昔年曾住在二贤庄年余，毕竟与单员外相好，又知单员外与表兄是心交，故托表兄鼎言，转致单员外要他玉成姻事；若说单家小姐，真风马牛不相及。"叔宝道："尊札上是要我去求单小姐的，难道我说谎？"便起身去取出罗公子的原书来，公子接来一看道："这又奇了，并非小弟笔迹。弟当时写了，当面交与齐国远的，难道他捉弄我不成？"叔宝道："不难，我去请齐国远来便知就里。"忙叫人去请齐国远、李如珪、程知节、连巨真来相会。罗公子道："齐国远在鄠县柴嗣昌那里，如何在此？"叔宝道："齐李二兄，因柴嗣昌之力，国远已升大理寺评事，如硅升做銮仪卫冠军使。"罗公子道："闻得表兄有位义弟罗士信，年少英雄，为何不见？"叔宝道："圣上差往定州去了。"正说时，家人进来报道："四位爷多请到了。"叔宝同罗公子出来相见过坐定，罗公子说起寄书一事，齐国远对罗公子道："弟与兄别后，在路恰值刘武周作乱，被他劫去冲锋，遇着窦建德的女儿，好个狠丫头，被他杀败了许多蛮兵，把我掳去。其时还有个姓花的后生，那建德的女儿问了他几句，看见他貌好，要留他做将军,他说是个女子,竟牵他到寨后去了;及叫弟上去,我只道亦有些好处,不想把弟竟要短起一截来。幸喜弟有急智,只得喊出吾兄大名,并他家有个司马孙安祖来。窦家女儿听见,忙喝手下放了绑,叫我坐了,他竟象与兄认得的光景,便问兄近日行止,并身体可好。又盘问我字寄到那里去。弟平生不肯道谎,只得实实与他说。那窦公主讨兄的书出来接去一看,那丫头想是个不识字的,仔细看了一回,呆了半晌,就塞在靴子里去了,对弟说道:'此书暂留在此,伺起身时缴还。'恰好明日,其父有信来催他起身,差人送二十两程仪并原书还弟,也还算有情的。"

罗公子忙叫家人在枕箱内,取出窦公主与花又兰寄来的原书,对验笔迹无二,方知此书是窦公主所改的。叔宝道:"这样看起来,此女子多智多能,正好与表弟为配。"张公谨道:"不特此也。"就将前日罗公子吊唁如何款待,公主又连行修本去上皇后,金铃如何报信,各各称羡。李如珪大笑道:"若如此说,窦公主是罗兄的尊阃了,刚才齐兄口里夹七夹八的乱言,岂不是唐突罗兄。"国远见说,忙上前赔礼道:"小弟实不知其中委曲,只算弟乱道,望兄勿罪。"众人鼓掌大笑。长班进来禀说:"昨日皇爷身子有些不快,不曾坐朝。"叔宝向罗公子道:"既如此,把姑夫的贺表奏章,并你们职名封付通政史,先传进去何如?"罗公子道:"悉听表兄主裁。"说罢,即入席饮酒。

今说吴良、金铃奉了窦公主之命,赍本赶到京中,忙到宇文士及家来,把礼札传进,说了来意。士及因窦线娘是皇后认过侄女,不敢怠慢,忙出来看见金铃、吴良,问明了始末根由,自己写书一封,叫家人去请一个的当的内监出来,把送皇后的大礼本章与送他妹子昭仪的小礼,一一交付明白,叫他传进宫去,送与昭仪。昭仪收了自己小礼,即袖了本章,叫宫奴捧了礼物,即到正宫来。正值唐帝龙体欠安,不曾视朝,与窦后在寝宫弈棋。昭仪上前朝见过,就把线娘启禀呈上。窦后看了仪单上皆是珍珠玩好之物,便道:"他一个单身只女,何苦又费他的心来孝顺我?"唐帝在旁说道:

“他有什么本章?”宫奴忙呈在龙案之上,展开一看,只见上写道:

题为直陈愚衷,以隆盛治事。窃惟道成男女,愿有室家;礼重婚姻,必从父母。若使睽情吴楚,赤绳来月下之缘;而抱恨潘杨,皇骏少结缡之好。浪传石上之盟,不畏桑中之约。蓬门弱质,犹畏多言;亡国孱躯,敢辱先志?臣妾窦氏,酷罹悯凶,幸沐圣恩,得延喘息。繁华梦断,谁吟麦黍之歌;枯恃情深,独饮蓼莪之泣。臣妾初心,本欲保全亲命,何意同宽斧钺,更蒙附籍天潢,此亦人生之至幸矣。但臣父奉旨弃俗,白云长往,红树凄凉,国破人离,形只影单。臣妾与罗成初为敌国,视若同仇,假令觌面怜才,尚难允从谐好;若不闻择配,骤许朱陈,情以义伸,未见其可。况臣妾初许原令求媒,蹉跎至今,伊谁之咎。曩日俨然家国,罗成尚未诚求,岂今蒲柳风霜,堪为侯门箕帚。自今以往,臣妾当束发裹足,阅历天涯,求亲将息,同修净土,臣妾幸而生,必欲与父相见,不幸而死,亦乐与母相依。时异事殊,我心匪石,不可转也。臣妾更有请者,前陛见时,义妹花木兰同蒙慈宥,木兰本代父从军,守身全孝,随臣妾归恩,即欲旋访故园。臣妾令军婢追随,嘱以空函还成旧贽,乃曷娑那可汗稔知才貌,妄拟占巢,木兰义不受辱,自刎全身,孝纯义至,可为世风。尤足异者,木兰未亡之先,恐臣妾羽化,托妹又兰如己改妆赴燕取答;而又兰一承姊命,勉与臣妾婢相依,羞颜驰往,返命之日,臣妾访军婢,知又兰曾为罗成所识,义不苟合,桃笙同处,豆蔻仍含。臣始奇而未然,继乃信而争羡,不意天壤之间,有此联璧。伏维兴朝首重人伦,此等裙衩,堪为世表。在臣妾则志不可夺,在又兰则情有可矜;况又兰与罗成连床共语,不无瓜李之嫌,援手执经,堪被桃夭之化。万祈国母兹恩,转达圣聪,旌木兰之孝义,奖又兰之芳洁,宽臣妾之罪,鉴臣妾之言。腐草之年,长与山鹿野麋,同衔雨露于不朽矣！臣妾无任瞻天仰圣，惶悚待命之至。

窦后道："窦女前日陛见时，原议许配罗成，为甚至今不娶他去?"唐帝道："想是罗艺嫌他是亡国之女，别定良缘，亦未可知。"宇文昭仪道："婚姻大事，一言为定，岂可以盛衰易心，难道叫此女终身不字？况娘娘已经认为侄女，也不玷辱了他。"窦后道："陛下该赐婚，方使此女有光。"唐帝道："窦女纯孝忠勇，朕甚嘉之；但可惜那花木兰代父从军的一个孝女，守节自刎，真堪旌表；至其妹花又兰，代姊全信，与罗成同床不乱，更为难得。"宇文昭仪道："妾闻徐世勣所定隋朝贵人袁紫烟，与窦线娘住在一处，此本做得风华得体，或出其手，亦未可知。"只见有一个掌灯的太监，手捧着许多奏章呈上，唐帝从头揭看，是罗艺的贺表，便道："刚才说罗艺要赖婚，如今已有本进呈。"忙展开来一看，只见上面写道：

题为直陈愚悃，请旨矜全事。窃惟王政以仁治为本，人道以家室为先，从古圣明治世，未有不恤四民，而使之茕独无依者也。臣艺本一介武夫，何蒙圣眷，不鄙愚忠，授以重镇，敢不竭力抚绥，是虽诸丑跳梁，幸赖天威灭尽。但前叛臣窦建德，因欲侵掠西陲，统兵犯境；臣因边寇出师，臣男成即提兵，与窦建德截杀；夏国将帅，俱以败北，独建德之女名线娘者，素称骁勇，不意一见臣男，即不以干戈相向，反愿系足赤绳，马上一言，百年已定。此果儿女私情，本不敢秽渎天德，今臣儿年已二十四矣，向因四方多事，无暇议及室家；建德已臣服归唐，超然世外，闻此女曾愿身代父刑，志行可嘉，又蒙天后宠眷特隆。而茕茕少女，待字闺中；臣男冠缨已久，而赳赳武夫，孑身阃外。臣思夫妇为伦礼所关，男女以信义为重，恐舍此女，臣男难其妇；若非臣男，此女亦不得其偶。臣系藩镇重臣，倘行止乖违，自取罪戾，姑敢冒昧上闻，伏望圣心裁定，永合良缘。臣不胜惶悚之至。

唐帝看完笑道："恰好幽州府丞张公谨与罗成到来，明日待朕亲自问他，便知备细。”只见秦王进宫来问安，唐帝将二本与秦王看了。秦王道：“建德之女，有文武之才，已是奇了；更奇在花家二女，一以全忠孝，一以全信义，木兰之守节自刎，或者是真；又兰之同床不乱，似难遽信。”唐帝道：“刚才宇文妃子说，窦女奉章，疑是徐世勣之妻袁紫烟所作，未知确否？徐既聘袁，为何尚未成婚？”秦王道：“世勣因紫烟是隋朝宫人，不便私纳，尚要题请，然后去娶。”唐帝道：“隋时十六院女子，尽是名姬，不知何故，一个也不见。”秦王道：“窦建德讨灭宇文化及，萧后多带了回去，众妃想必在彼居多。今趁罗成配合，莫若连徐世勣妻袁紫烟亦召入宫廷赐婚，就可问诸妃消息。”唐帝称然，就差宇文士及并两个老太监，奉旨召窦线娘、花又兰、袁紫烟三女到京面圣。

欲知后事如何，且听下回分解。

第六十二回

众娇娃全名全美
各公卿宜室宜家

天地间好名尚义之事，惟在女子的柔肠认得真，看得切；更在海内英豪不惜己做得出，不是这班假道学伪君子，矫情强为，被人容易窥其底里。

今说罗公子、张公谨等住在秦叔宝家，清早起身，晓得朝廷不视大朝，收拾了礼仪，打帐用了早膳，同叔宝进西府去谒见秦王。只见潘美走到跟前，对罗公子说道："朝廷昨晚传旨，差鸿胪寺正卿宇文士及并两名内监，到雷夏去特召窦公主、花二姑娘进京面圣。"罗公子道："此信恐未必确。"潘美道："刚才窦公主家金铃问到门上来，寻着小的，报知他今已起身回去通报了。"叔宝道："既如此，我们便道先到徐懋功兄处，探探消息何如？"张公谨道："弟正欲去拜他。"一行人来到懋功门首，阍人说道："已进西府去了。"众人忙到西府来，向门官报了名，把礼物传了进去。尉迟南、尉迟北他两个官卑职小，只投下一个禀揭回寓去了。见堂候官走出来说道："王爷在崇政堂，众官员请进去相见。"叔宝即领张公谨、罗公子进崇政堂来。叔宝先上台阶，只见秦王坐在胡床上，西府宾僚一二十人列坐两旁，独不见徐懋功。秦王见了叔宝，忙站起来说道："不必行礼，坐了。"叔宝道："幽州府丞张公谨，并燕郡王罗艺之子罗成，在下面要参谒殿下。"秦王便吩咐着他进来，左右出来把手一招，张公谨同罗成走上台阶，手执揭帖跪下，官儿忙在两人手里取去呈上看了。

秦王见张公谨仪表不凡，罗公子人才出众，甚加优礼，即便赐坐。张公谨同罗公子与众僚叙礼坐定，秦王对公谨道："久闻张卿才能，恨未一见，今日到此，可慰夙怀。"张公谨道："臣承燕郡王谬荐之力，殿下提拔之恩，臣有何能，敢蒙殿下盼赏。"秦王又对罗公子道："汝父功业伟然，不意卿又生得这般英奇卓荦，今更配这文武全才之女，将来事业正未可量。"罗公子道："臣本一介武夫，得荷天子与殿下宠眷，臣愚父子日夕竭忠，难报万一。"秦王道："孤昨夜在宫中览窦女奏章，做得婉转入情，但未知其详，卿为孤细细述来。"罗公子便将始末直陈了一回，秦王叹道："闺中贤女见了知己，犹彼此怜惜推让；何况豪杰英雄，一朝相遇，能不爱敬？"正说时，只见徐懋功走进来，参见了秦王，各各叙礼坐定。秦王对懋功道："佳期在即，卿好打帐做新郎了。"懋功道："昨承宇文兄差长班来叫臣去面会，方知此旨，真皇恩浩荡，因罗兄佳偶亦及臣耳！"秦王道："孤昨日在宫，父皇说：'窦女奏章，疑出自尊阃之手，'因问孤为何卿尚未成婚，孤奏说卿恐先朝宫人，不便私纳，尚要题请，故父皇趁便代卿召来完娶。"懋功如飞离坐谢道："皆赖殿下包容。"秦王就留张公谨、罗公子、懋功、叔宝到后苑，赐以便宴，按下不提。

再说花又兰在窦线娘家，时值春和景明，柳舒花放，袁紫烟叫青琴跟了，与花又兰同车到女贞庵来。贞定报知，四位夫人出来接了进去，促膝谈心。秦夫人道："我们这几个姊妹，时常聚在一块，只恐将来聚少离多，叫我们如何消遣？"袁紫烟道："花窦二妹纶音一下，势必就要起身，我却在此。"狄夫人笑道："袁妹说甚话来？徐郎见在京师，见罗郎上表求婚，徐郎非负心人，自然见猎心喜，亦必就来娶你。"花又兰道："窦家姐姐量无推敲，我却无人管束，当伴四位贤姊姊焚香灌花，消磨岁月。"夏夫人道："前日疏上，已见窦妹深心退让之意，我猜度窦妹还有推托，你却先定在正案上了。"花又兰道："为何？"夏夫人道："窦妹天性至孝，他父亲在山东时,常差人送衣服东西去问候,怎肯轻易抛撇了,随罗郎到幽州去?设有圣旨下来,他若无严父之命,必不肯苟从,还要变出许多话来。”袁紫烟道:“这话也猜度得是的。”花又兰问道:“这隐灵山从这里去,有多少路?”李夫人道:“我庵中香工张老儿是那里出身,停回妹去问他,便知端的。”过了一宵,众夫人多起身,独不见了花又兰。原来又兰听众人说,窦线娘必要父命,方肯允从,他便把几钱银子赏与香工,自己打扮走差的模样,五更起身,同香工往隐灵山去了。众夫人四下找寻,人影俱无,忙寻香工,也不见了。袁紫烟道:“是了,同你的香工到山中去见窦建德了。”李夫人道:“他这般装束,如何去得?”紫烟道:“你们不晓得他,他常对我说,我这副行头,行动带在身边的,焉知他昨日没有带来?”众人忙到内房查看,只见衣包内一副女衣并花朵云踰,多收拾在内,众人见了,各各称奇道:“不意他小小年纪,这般胆智,敢作敢为。”袁紫烟心下着了急,忙回去报知窦线娘。

再说花又兰同香工张老儿走了几日,来到隐灵山,见一个长大和尚,在那里锄地。张老儿便问道:“师父,可晓得巨德和尚可在洞中么?”那和尚放下锄头,抬头一看,便问道:“你是那里来的?”那老儿答道:“是雷夏来的。”那和尚道:“想是我家公主差来的么?”花又兰忙答道:“我们是贾润甫爷差来的,有话要见王爷。”那和尚道:“既如此,你们随我来。”原来那僧就是孙安祖,法号巨能,随他到石室中来,见后面三间大殿,两旁六七间草庐。孙安祖先进去说了,窦建德出来,俨然是一个善知识的模样。花又兰见了,忙要打一半跪下去,建德如飞上前搀住道:“不必行此礼,贾爷近况好么?烦你来有何话说?”又兰道:“家爷托赖,今因幽州燕郡王之子到雷夏来,一为吊唁曹娘娘,二为公主姻事,要来行礼娶去。公主因未曾禀明王爷,立志不肯允从,自便草疏上达当今国母去了。家爷恐公主是个孝女,倘或圣旨下来,一时不肯从权,故家爷不及写书,只叫小的持公主的本稿来呈与王爷看,求王爷的法驾,速归墓庐,吩咐一句,方得事妥。”建德接疏稿去看了一遍道:“我已出家弃俗,家中之事,公主自为主之,我何苦又去管他?"花又兰道:"公主能于九重前,犯颜进谏,归来营葬守庐,茕茕一女,可谓明于孝义矣。今婚姻大事,还须王爷主之;王爷一日不归,则公主终身一日不完。况如此孝义之女,忍使终老空闺,令彼叹红颜薄命乎?此愚贱之不可解者也!"建德见说,双眉顿蹙,便道:"既如此说,也罢,足下在这里用了素斋,先去回覆贾爷,我同小徒下山来便了。"花又兰想道:"和尚庵中,可是女子过得夜的?"便道:"饭是我们在山下店中用过,不敢有费香积。如今我们先去了,王爷作速来罢,万万不可迟误。"建德道:"当初我尚不肯轻诺,何况今日焚修戒行,怎肯打一诳语?明日就下山便了。"又兰见说,即辞别下山,赶到店中,雇了脚力,晓行夜宿,不觉又是三四日。

那日在路天色傍晚,只见蒙蒙细雨飘将下来,又兰道:"下雨了,我们赶不及客店安歇,就在这里借一个人家歇了罢。"张香工把手指道:"前面那烟起处,就是人家,我们赶上一步就是。"两人赶到村中,这村虽是荒凉,却有二三十家人户,耳边闻得小学生子读书之声。二人下了牲口,系好了,香工便推进那门里去,只见七八个蒙童,居中有一个三十左右的俊俏妇人,面南而坐,在那里教书。那妇人看见,站身来说道:"老人家进我门来,有何话说?"香工道:"我们是探亲回去的,因天雨欲借尊府权宿一宵。"那妇人道:"我们一家多是寡居,不便留客,请往别家去罢。"又兰在门外听见,心中甚喜,忙推进门来说道:"奶奶不必见拒,妾亦是女流。"那妇人见是一个标致后生,便变脸发话道:"你这个人钻进来,说甚混话,快些出去便休;不然,我叫地方来把你送到官府那边去,叫你不好意思。"

正说时,只见又走出两个娉娉的妇人来,花又兰见了,忙将靴子脱下,露出一对金莲,众妇人方信是真,便请到里面去叙礼坐定,彼此说明来历。原来这三个妇人,就是隋宫降阳院贾、迎晖院罗、和明院江三位夫人,当隋亡之时,他们三个合伴逃走出来,恰好这里遇着贾夫人的寡嫂殷氏,因此江、罗二夫人,亦附居于此。可怜当时受用繁华,今日忍着凄凉景况,江、罗以针指度日,贾夫人深通翰墨,训几个蒙童,到也无甚烦恼。今日恰逢花又兰说来,亦是同调中人,自古说:惺惺惜惶惶,一朝遇合,遂成知己。过了一宵,明早花又兰要辞别起行,三位夫人那里肯放。贾夫人笑道:"佳期未促,何欲去之速?再求屈住一两天,我们送你到女贞庵去,会一会四位夫人,亦见当年姊妹相叙之情。"又兰没奈何,只得先打发香工回庵去。

却说窦线娘因袁紫烟归来,说花又兰到隐灵山去了,心中想道:"花妹为我驰驱道路,真情实义,可谓深矣尽矣!但不知我父亲主意如何,莫要连他走往别处去了,把这担子让我一个人挑。"心中甚是狐疑。忽一日,只见吴良、金铃回来,报说:"疏礼已托鸿胪正卿宇文爷,转送昭仪,呈上窦娘娘收讫。恰好罗公子随后到来,虽尚未面圣,本章已上,朝廷即差宇文爷同两个内监来召公主与花姑娘进京见驾赐婚,故此我们先赶回来,差官只怕明后日要到了,公主也须打点打点。"窦线娘道:"前日花姑娘到庵里去拜望四位夫人,不知为甚反同香工到山中王爷那里去了?"吴良道:"倘然明日天使到来,要两位出去接旨,花姑娘不回,怎样回答他们?"又见门上进来禀道:"贾爷刚才来说,天使明后日必到雷夏,叫公主作速收拾行装,省得临期忙迫。"线娘道:"若无父命,即对天廷亦有推敲。"

正说时,又见一个女兵忙跑进来报说道:"王爷回来了。"公主见说,喜出望外,忙出去接了进来,直至内房,公主跪倒膝前,放声大哭,建德亦觉伤心泪下,便双手捧住道:"吾儿起来,亏你孝义多谋,使汝父得以放心在山焚修。今日若不为你终身大事,焉肯再入城市?你起来坐了,我还有话问你。"线娘拭了泪坐下,建德道:"前日圣上到晓得你许配罗郎,使我一时难于措词,不知此姻从何而起。"线娘将马上定姻前后情由,直陈了一遍。建德道:"这也罢了,罗艺原是先朝大将,其子罗成,年少英豪,将来袭父之职,你是一品夫人,亦不辱没你;但可惜花木兰好一个女子,前日亏他同你到京面圣,不意尽节而亡;但其妹又兰,为什么也肯替你奔驰,不知怎样个女子?”线娘道:“他已到山中来了,难道父亲没有见他?”建德道:“何尝有什么女子来? 只有贾润甫差来的一个伶俐小后生,并一个老头儿,也没有书札,止有你的上闻疏稿把与我看了,我方信是真的。”线娘道:“怪道儿的疏稿,放在减装内不见了,原来是他有心取去,改装了来见父亲。”建德道:“我说役使之人,那能有这样言词温雅,情意恳切?”线娘道:“如今他想是同父亲来了,怎么不见?”建德道:“他到山中见了我一面,就回来的,怎说不见?”线娘道:“想必他又到庵中去了。”叫金铃:“你到庵中去,快些接了花姑娘回来。”建德恐孙安祖在外面去了,忙走出来。线娘又叫人去请贾润甫来,陪父亲与孙安祖闲谈。

到了黄昏时候,只见金铃回来说道:“花姑娘与香工总没有归庵。”线娘见说,甚是愁烦。到了明日晚间,村中人喧传朝廷差官下来,要召公主去,想必明日就有官儿到村中来了。果然后日午牌时候,齐善行陪了宇文士及与两个太监,皆穿了吉服,吆吆喝喝,来到墓所。建德与孙安祖不好出去相见,躲在一室。线娘忙请贾润甫接进中堂,齐善行吩咐役从快排香案,一位老太监对着齐善行道:“齐先生,诏书上有三位夫人,还是总住在这里一块儿,还是另居?”贾润甫问道:“不知是哪三位?”那中年的太监答道:“第一名是当今娘娘认为侄女的公主窦线娘;第二名是花又兰;第三名是徐元帅的夫人袁紫烟。”贾润甫见说,心中转道:“懋功兄也是朝廷赐他完婚了。”便答道:“袁紫烟就住在间壁,不妨请过来一同开读便了。”即叫金铃去请袁夫人到来。紫烟晓得,忙打扮停当,从墓旁小门里进去,青琴替线娘除去素衣,换装好了,妇女们拥着出来。他两个住过宫中的,那些体统仪制,多是晓得的。宇文士及请圣旨出来开读了,紫烟与线娘起来,谢了官儿们。那老太监把袁紫烟仔细一看,笑道:“咱说那里有这样同名同姓的,原来就是袁贵人夫人。”袁紫烟也把两个内监一认,却是当年承奉显仁宫的老太监姓张,那一个是承值花萼楼的小太监姓李,袁紫烟道:“二位公公一向纳福,如今新皇帝是必宠眷。”张太监答道:“托赖粗安。夫人是晓得咱们两个是老实人,不会鬼混,故此新皇爷亦甚青目。今袁夫人归了徐老先,正好通家往来。”齐善行道:“老公公,那徐老先也是个四海多情的呢!”张太监笑道:“齐先儿,你不晓得咱们内官儿到人家去,好象出家的和尚道士,承这些太太们总不避忌。”李太监道:“圣旨上面有三位夫人,刚才先进去的想是娘娘认为侄女的窦公主了,怎么花夫人不见?”宇文士及道:“正是在这里,也该出来同接旨意才是。”袁紫烟只得答道:“花夫人是去望一亲戚,想必也就回来。”说完走了进去。从人摆下酒席,众官儿坐了,吃了一回酒,将要撤席,只听得外面窦家的人说道:“好了,香工回来了,花姑娘呢?”张香工道:“他还有一两日回来,我来覆声公主。”众家人道:“你这老人家好不晓事,众官府坐在这里,立等他接旨,你却说这样自在话儿。”贾润甫听见,对家人说道:“可是张香工回来了,你去叫他进来,待我问他。”从人忙去扯那香工进来。贾润甫道:“你同花姑娘出门,为何独自回来?”香工道:“前日下山转来,那日傍晚,忽遇天雨难行,借一个殷寡妇家歇宿。他家有三个女人,叫什么夫人的,死命留住,叫我先回,过两三日,他们送花姑娘归庵。”张太监见说便道:“就是这个老头子同花夫人出门的么?”从人答道:“正是。”张太监道:“你这老头子好不晓事,这是朝廷的一位钦召夫人,你却是骗他到那里去了,还在这里说这样没要紧的话。孩子们与我好生带着,待咱们同他去缉访,如找不着,那老儿就是该死。”三四个小太监,把张香工一条链子扣了出去。那老儿吓得鼻涕眼泪的哭起来。线娘见得了,便叫吴良将五钱银子,赏与香工,又将一两银子,付他做盘缠,叫吴良同香工吃了饭,作速起身,去接取花姑娘回来。张太监道:“宇文老先,你同齐先儿到县里寓中去,咱同那老儿去寻花夫人。”宇文士及道:“花夫人自然这里去接回,何劳大驾同往?”那老太监向宇文士及耳上说了几句,士及点点头儿,即同善行先别起身。张、李二太监同香工出门,线娘又把十两银子付与吴良一路盘费,各各上马而行。

且说花又兰，在殷寡妇家住了两三日，恐怕朝廷有旨意下来，心中甚是牵挂，要辞别起身；无奈三位夫人留住不放。那日正要辞了上路，只听得外面马嘶声响，乱打进来，把几个书童多已散了，贾夫人忙出来问道："你们是些什么人，这般放肆？"那香工忙走进来道："夫人，花姑娘住在这里几日，累我受了多少气，快请出来去罢！"贾夫人道："花姑娘在这里，你们好好的接他回去便了，为甚这般罗唣起来？"那二太监早已看见便道："又是不认得的，原来众夫人多在这里，妙极妙极。"贾夫人认得是张、李二太监，一时躲避不及，只得上前相见，大家诉说衷肠，贾夫人不觉垂泪悲泣。张太监道："如今几位夫人在此？"贾夫人道："单是罗夫人、江夫人连我，共姊妹三人，在此过活。"张太监道："极好的了，当今万岁爷，有密旨着咱们寻访十六院夫人。今日三位，夫人造化，恰好遇着，快快收拾，同咱们进京去罢，那二位夫人也请出来相见。"吴良在旁说道："花姑娘亦烦夫人说声，出来一同见了两位公公。"不一时江、罗二夫人同花又兰出来见了，大家叙了寒温，随即进房私议道："我们住在这里，总不了局，不如趁这颜色未衰，再去混他几年，何苦在这里，受这些凄风苦雨。"主意已定，即收拾了细软，雇了两个车儿，三位夫人并花又兰，大家别了殷寡妇同二太监登程。

行了三四日，将近雷夏，两太监带着江、罗、贾三夫人到齐善行署中去了；吴良与香工另觅车儿，跟花又兰到窦公主家收拾停当，袁紫烟安慰好了杨小夫人与馨儿，亦到公主家来。齐善行又差人来催促了起程。线娘嘱父亲与孙安祖料理家事，回山中去，叫吴良、金铃跟了，哭别出门。女贞庵四位夫人，闻知内监有江、罗、贾三夫人之事，不敢来送别，只差香工来致意。那边宇文士及与两内监并江、罗、贾三夫人，亦起身在路取齐。齐善行预备下五六乘骡轿，跟随的多是牲口，不上一月，将近长安。张公谨同罗公子、尉迟南兄弟，住在秦叔宝家，打听窦公主们到来，正要差人去接，只见徐懋功进来说道："叔宝兄，罗兄宝眷与贱眷快到了，还是弄一个公馆让他们住，还是各人竟接入自己家里？"叔宝道："窦公主当年住在单二哥家里，与儿媳爱莲小姐曾结为姊妹，今亲母单二嫂又在弟家，他们数年阔别，巴不能够相叙片时，何不同尊阃一齐接来，不过一两天，就要面圣完婚，何必又去寻什么公馆?”懋功见说，忙别了到家，即差几十名家将，一乘大轿，妇女数人，叫他们上去伺候。罗公子亦同张公谨、尉迟南、尉迟北、秦怀玉许多从人，一路去迎接。

说宇文士及同二太监载了许多妇女，到了十里长亭，只见许多轿马来迎，便叫前后车辆停住。罗公子与张公谨等上前来慰劳了一番。张公谨道：“城外难停车骑，两家家眷暂借秦叔宝兄华居，权宿一宵，明日面圣后，两家各自迎娶。”宇文士及点头唯唯。时金铃、潘美站在一边，说了许多话，金铃就请公主与又兰在骡轿里出来。线娘见罗公子远远在马上站着，好一个人品，心中转道：“惭愧我窦线娘，得配此子，也算不辱没的了。”比前推让之心，便觉相反。上了一乘大轿，花又兰也坐了一乘官轿，许多人跟随如飞的去了。徐家家将也接着了袁夫人，三四个妇女如飞上前扶出来，坐了官轿，簇拥着去了。两太监道：“那三位夫人，暂停在驿馆中，待咱们进宫覆命了，然后来请你们去。”说了，即同宇文士及入城，途遇秦王，秦王问了些说话，因王世充徙蜀，刚至定州复叛，正要面圣，便同三人进朝。晓得唐帝同窦线娘、张尹二妃、宇文昭仪，在御苑中玩花，齐到苑中，四人上前朝见了。张太监将窦线娘、袁紫烟行藏，直找寻至花又兰，却遇着隋朝的江、罗、贾三位夫人，一一奏闻。唐帝见说，喜动天颜，便问道：“那三个宫妃，年纪多少?”窦后道：“此皆亡隋之物，陛下叫他们弄来，欲何所之?”张太监见窦后话头不好，便随口答道：“当年许廷辅选他们进宫，都只十六七岁，如今算上正三旬左右，但是这三个比那几院颜色，略觉次之。”张妃笑道：“今陛下召他们来，也须造起一座西苑来，安放在里边，才得畅意。”唐帝见他们词色上面有些醋意，便改口道：“你们不消费心，朕此举非为自己，有个主意在此。”因问秦王：“在廷诸臣，那几个没有妻室的?”秦王答道：“臣儿但知魏徵、罗士信、尉迟恭、程知节皆未曾娶过妻室的。”窦后问二太监道：“窦家女儿与花又兰、袁紫烟今在那里？”张太监道：“这三个俱在秦琼家，那三个是在驿站中。”宇文昭仪道：“窦线娘既为娘娘侄女，何不先召他们三个进苑来见？”唐帝就命李太监，立召窦、花、袁三女见驾，那李太监承办去了。秦王将王世充在定州复叛奏闻，唐帝道：“逆贼负恩若此，即着彼处总管征剿。”不一时，只见李太监领着三个女子进来，俯伏阶下，朝见了唐帝，叫他们平身。线娘又走近窦后身边，要拜将下去，窦后叫宫奴搀了起来道：“刚才朝见过了，何必又要多礼？”唐帝看那三个女子，俱是端庄沉静，仪度安闲，便道：“你们三个，一是孝女，一是义女，一是才女，比众不同。”叫宫人取三个锦墩来，赐他们坐了。窦后对线娘道：“前日又承你送礼物来，我正要寻些东西来赐你，因万岁就有旨召你们到京，故此未曾。”线娘道：“鄙亵之物，何足当圣母挂齿？”窦后道：“你的孝勇，久已著名，不意奏章又如此才华。”唐帝笑道：“但是你疏上边，逊让他人，能无矫情乎？”线娘跪下奏道：“臣妾实出本怀，安敢矫情？当年罗成初次写书与秦琼，央单雄信与臣父求亲，被臣妾窥见，即将原书改荐单雄信女爱莲与罗成，不意单女已许配秦琼之子怀玉，故使罗成复寻旧盟。”唐帝道：“这也罢了，只是你说花又兰与罗成联床共席，身未沾染，恐难尽信。”线娘道：“此是何等事，敢在至尊前乱道，惟望万岁娘娘命官人验之，便明二人心迹矣。”窦后道：“这也不难。”就对宫奴说道：“取我的辨玉珠来。”

不一时宫奴取到，窦后叫花又兰近身，将圆溜溜光灿灿的一件东西，向又兰眉间熨了三四熨；又兰眉毛紧结，无一毫散乱。窦后叹道：“真闺女也！”唐帝对花又兰叹道：“你这妮子，到是个忍心人，幸亏罗成是君子，若他人恐难瓦全，今以两佳人归之，亦不枉矣。”又兰见说，如飞走下来谢恩，惹得窦后、秦王与众宫人多笑起来。唐帝又对袁紫烟道：“袁妃子擅天人之学，今归徐卿，阃内阃外，皆可为国家之一助。”因差张太监速到驿中，宣隋宫三妃子；又差内监速召魏徵、徐世勣、尉迟恭、程知节进苑；又差李内监去宣罗成、秦琼，并伊子怀玉媳单爱莲见驾；又吩咐礼部官，速备花红十三付，鼓乐六班。吩咐毕，唐帝即同秦王到偏殿坐下，只见魏徵、徐世勣、尉迟恭、程知节四臣先进殿来朝见了，唐帝道："徐卿室人已召来了。朕思文王之政，内无怨女，外无旷夫，子独何人，而使有功大臣，尚中馈久虚耶！故差内监觅隋宫三位丽人，趁今日良辰，三人各人拈阄，天缘自定。"魏徵、尉迟恭、程知节齐跪下去道："臣等一身努力，难报皇恩万一；况四海未靖，何敢念及室家？"唐帝道："圣经云：家齐而后国治，国治而后天下平。"秦王道："这是父王教化无私，与众皆乐之意，诸卿无得固辞。"唐帝叫宫人取一个宝瓶，将江、罗、贾三位名字写在纸上，团成圆儿，放在瓶内，叫魏、程、尉迟三臣，对天祷祝，将银筋揭起，恰好魏徵拈了贾夫人，尉迟恭拈了罗夫人，程知节拈了江夫人，三臣各谢恩。只见张太监领了三位夫人进来朝见，唐帝问道："那个是贾素贞？那个是罗小玉？那个是江涛？"三夫人各上前应了，唐帝对三臣道："这三个佳人，虽非国色，而体态幽妍，三卿勿遽忽之。三妃且进内见了娘娘出来，同谐花烛。"宫人领三位夫人进去了。

又见秦琼领了儿子怀玉、媳妇爱莲，上前来朝见。时唐帝见了秦琼，分外优礼，便道："爱卿父子平身。"因指爱莲道："就是你媳妇单氏，可曾结缡否？"叔宝应道："尚未。"唐帝见此女梨花白面，杨柳纤腰，香尘稳重，居然大家，便赞道："好个女子。"即叫近侍亦引去见窦后，又对叔宝道："刚才窦线娘说，曾与汝媳结为姊结，先有书荐此女与罗成，此言有之乎？"叔宝答道："当初窦女改了罗成的书附来，臣儿已许婚单氏，因臣与单雄信有生死之交，不敢背盟，故以子许之。"唐帝道："卿子得配此女，可称佳儿佳妇矣，为何尚未成婚？"叔宝答道："因儿媳单爱莲，立意要归家营葬父亲，然后完婚。"唐帝道："这也难得，朕今做主，趁众缘齐偶，赐汝子完婚，满月后赐归殡葬其父。"对近侍道："窦线娘给二品冠带，诸女俱给四品冠带，快去宣他们出来，莫负良辰，好去共谐花烛。"近侍进去领了七个女子出来，唐帝先叫魏徵、徐世勣、尉迟恭、程知节同袁、江、贾、罗四夫人成对站定，赐了花红。四对夫妇谢了恩，就有鼓乐迎出苑去；第二起就是秦怀玉与单爱莲，谢恩，迎送出去；第三起却是罗成，两旁站着窦线娘、花又兰，谢恩下去。唐帝笑道："罗成，大便宜了你，也亏你当时老成，今宵却有联璧相亲。"罗成同二佳人跪下说道："圣恩浩荡无涯，使小臣亦沐洪庥；但臣妻线娘，既为圣母国戚，臣礼合同去谢恩，陛下可容臣叩谢否？"唐帝道："这个使得。"遂起身退朝，同罗成夫妻三人，到后苑拜见窦后。窦后深喜罗成年少知礼，赐宫奴二名，内监二名，并许多金珠衣饰，又将温车一乘，赐与二女坐了，命撤御前金莲烛并鼓乐送出苑来，惹得满京城军民人等，拥挤观看，无不欣羡。

欲知后事如何，且听下回分解。

第六十三回

王世充忘恩复叛 秦怀玉翦寇建功

古人云:唯妇人之言不可听。书亦戒曰:唯妇言是听。似乎妇人再开口不得的。殊不知妇人中智慧见识,尽有胜过男子。如明朝宸濠谋逆,其妃娄氏泣谏,濠不从,卒至擒灭,喟然而叹曰:"昔纣听妇人之言失天下,朕不听妇人之言亡国。"故知妇人之言,足听不足听,惟在男子看其志向以从违耳。

当时唐帝叫宫监弄这几个隋宫妃子来,原打算要自己受用,只因窦后一言,便成就了几对夫妇,省了多少精神;若是萧后,就要逢迎上意,成君之过。唐帝乱点鸳鸯的,把几个女子赐与众臣配偶,不但男女称意,感戴皇恩,即唐帝亦觉处分得畅快,进宫来述与诸妃听。说到单女亦欲葬父完婚,窦后叹道:"不意孝义之女,多出在草莽。"只见宇文昭仪堕下泪来,唐帝骇问道:"妃子何故悲伤?"昭仪答道:"妾母灵柩尚在洛阳,妾兄士及未曾将他入土。"唐帝道:"明日汝兄进朝,待朕问他。"

且说张公谨在秦叔宝家,因罗公子新婚,不好催促,又因诸王妃与公侯诸大夫,皆因窦后认为侄女,又慕窦、花二位夫人孝义,争相结纳,日夕称贺。因此张公谨恐本地方有事,只得先上朝辞圣。秦王因爱公谨之才,不肯放他去,奏过唐帝,即将张公谨留授司马兼督捕司之职,幽州郡守改着罗成权署。旨意一下,张公谨留任长安，只得写禀启，差人去回覆燕郡王，并接家眷到京。罗公子亦因圣旨，擢他代张公谨之职，又牵挂父母，等不及满月，便去辞了唐帝、窦后，到西府拜辞秦王，与众官僚话别了；因线娘嘱说，又到宇文士及家去谢别，见士及家车骑列庭，正在那里束装，罗公子进去相见了，便问道："尊驾有何荣行，在此束装？"士及道："弟因先母之柩未葬，告假两月，将往洛阳整理坟茔，此刻就要起身，恐不及送兄台荣归了。"罗公子道："弟亦在明后日就要动身。"说了出门。罗公子归来，连夜收拾，与窦公主、花又兰拜别了秦母、叔宝与张氏夫人，怀玉夫妻亦出来拜别，护送出门。尉迟南、尉迟北并太后赐的两名太监，及随来潘美等，做了前队，罗公子与窦公主、花夫人并宫人妇女，及金铃、吴良等做了后队。徐惠妃差西府内监；袁紫烟亦差青琴；江、罗、贾三夫人，俱差人来送别。时冠盖饯别，塞满道路，送一二十里，各自归家。

罗公子急忙要赶到雷夏墓所，迎请窦建德到幽州去，吩咐日夕赶行。不多几日，已出潼关，将至陕州界口，一个大村镇上。那日起身得早，尚未朝餐，前队尉迟南兄弟，正要寻一个大宽展的饭店，急切间再寻不出；又去了里许，只见一个酒帘挑出街心，上写一联道："暂停车马客，权歇利名公。"尉迟南众人看见了，就下马，把马系好进店去，打扫洁净，整治酒肴，又出店来盼望后队。只见街坊上来来往往，许多人挤在间壁一个庵院门首，尉迟南问土人为着何事，答道："不晓得，你们自进庵里去看便知。"尉迟兄弟忙挤进庵来，只见门前一间供伽蓝的，进去三间佛堂，门户窗棂，台桌器皿，多打得齑粉，三四个老尼坐在一块儿涕泣。尉迟南问着老尼，老尼也只顾下泪未答。只闻得耳边嘈嘈杂杂的，地方上人议论道："那个公主，也是个金枝玉叶，不意国亡家破，被那官儿欺负。"尉迟兄弟未及细问，恐怕罗公子后队到了，即便抽身出来，恰好罗公子与众人骡马一哄而至，这旁窦公主与花夫人便下了骡轿，进店去了。

罗公子下马，见街坊上热闹。叫尉迟兄弟进去，问地方上为着何事。尉迟南把土人的言语，与庵中的光景说了；窦公主见说，心中想道:“莫非隋魏后人,流落在这里。”便叫左右去唤那个老尼来,那吴良、金铃出外,到底是军人打扮,他两个是好事生风的,忙出店走进庵来,对老尼说道:“我家公主与小王爷,唤你师父快去。”那老尼见说,忙站起来问道:“是那个爷,又是什么公主?”金铃道:“你过去便知明白。”老尼没奈何,只得一头走,一头向众人问明来历。来到店中,见了公主、公子,打了几个稽首。窦公主问道:“你庵中被何人罗唣?有哪朝公主在里边。”老尼答道:“当初隋朝有个南阳公主,少寡守节,有一子名曰禅师,因夏王讨宇文化及时,夏将于士澄见公主美貌欲娶,公主不从,士澄诬禅师与化及同党,竟坐杀之。公主向夏王哀请为尼,暂寓洛阳,因山寇窃发,回长安访亲,中途又被贼劫,故此投到小庵来住。昨晚有一官府宇文士及,在此下店,不知被那个多嘴的说了,那宇文官府走过庵来,必要请见南阳公主。公主再三不肯相见,那宇文官府立于户外说道:‘公主寡居,下官丧偶,中馈尚虚,公主若肯俯从,下官当以金屋贮之。’论来这样青年大官府,随了他去,也完了终身,不想南阳公主听说,不但不肯从他,反大怒起来,在内发话道:‘我与汝本系仇家,今所以不忍加刃于汝首,因谋逆之日,察汝不预知耳;今若相逼,有死而已。’宇文官府知不可屈,即便去了,他手下道我窝顿了亡隋眷属,逼勒着要诈我们银子,没有故此打得这般模样。”窦公主道:“宇文士及当初杨太仆知他有品行的,故此遗计教他投唐,以妹子进献,方得宠眷;不意他渔色改行,以至于此,可见这班咬文嚼字之人,盖棺后方可定论。”遂叫左右三四个妇女,即同老尼进庵去,请南阳公主到来一见。

众妇女去不多时,拥着南阳公主到店来;但见一个云裳羽衣,未满三旬的佳人,窦公主同花夫人忙出来接见了,逊礼坐定。窦公主道:“刚才老尼说姐姐要往长安探亲,未知何人?”南阳公主道:“唐光禄大夫刘文静系妾亡夫至亲,今为唐家开国元勋,意欲往长安依附他,以毕余生。不想闻得刘公与裴监不睦,诬以他事,竟遭惨戮,国家殄灭,亲戚凋亡,故使狂夫得以侵辱。”说罢,泪下数行。

窦公主见了这般光景，不胜怜恤道："既是姐姐欲皈依三宝，此地非止足之所，愚妹到有个所在，未知尊意可否？"南阳公主道："敢求公主指引。"窦公主道："雷夏有个女贞庵，现有炀帝十六院中秦、狄、夏、李四位夫人，在内守志焚修；若姐姐肯去，谅必志同道合。"南阳公主道："若得公主提携，妾当朝夕顶礼慈悲，以祝公主景福。"窦公主道："我们也要到雷夏，若尊意已允，快去收拾，便同起身。"南阳公主大喜，即起身去草草收拾停当，谢了众尼，又到店中。窦公主把十两银子赏了老尼，又叫手下雇了一乘骡轿与南阳公主坐了，一同起行。潘美与金铃往柜上去会钞，只见柜内站着一个方面大耳一部虬髯的人笑道："钞且慢会，敢问方才上车的，可就是夏王窦建德之女么？"潘美答道："正是。"又问道："那个小王爷又是谁？"金铃道："就是幽州罗燕郡王之子讳成，如今皇爷赐婚与他的。"那汉又问道："当初夏王的臣子孙安祖，未知如今可在否？"金铃答道："现从我们王爷，在山中修行。"那汉点头说道："可惜单员外的家眷，如今不知怎样着落？"潘美道："单将军的女儿，前日皇爷已与我家窦公主同日赐婚，配与秦叔宝之子小将军，皇爷赐他扶柩殡葬父亲，即日要回潞州去了。"那汉见说，拍手大笑道："快活快活，这才是个明主。"潘美忙要称还饭钱，催他算帐，那汉道："夏王与孙安祖，俱系我们昔年好友，今足下们偶然赐顾一饭，何足介意。"潘美取银子称与他，那汉坚执不肯收，推住道："不要小气，请收了；但不知足下说的那单员外的灵柩，即日要回潞州，此言可真否？"金铃道："怎么不真，早晚也要动身了。"那汉道："好，请便吧！"潘美问他姓名，那汉不肯说，拱拱手反踱进去了。潘、金二人，只得收了银子，跨上马望前赶去。看官们，你道那店中的大汉是谁？也是江湖上一个有名的好汉，姓关名大刀，辽东人，昔年曾贩私盐，做强盗无所不为的。他天性鄙薄仕宦，不肯依傍人寻讨出身，近见李密、单雄信等俱遭惨戮，他便收心，在这里开一个大饭店，遇着了贪官污吏，他便不肯放过，必要罄囊打橐，方才住手。好处不肯杀人，不肯做官，他道："我祖上关公，是个正直天神，我岂

可妄杀人?”又道:“关公当日不肯降曹,我今亦不去投唐。”因此四方的豪杰人多敬服他。正是:

海内英雄不易识,肺肠自与庸愚别。
可笑之乎者也人,虚邀声气张其说。

今说窦公主要他父亲一同到幽州来,先打发又兰同众宫人到雷夏,自与罗公子到隐灵山要接父亲起身;无奈窦建德与三藏和尚讲论,看破尘世,再不肯下山,公主只得哭别了,仍旧到雷夏来;贾润甫与齐善行俱来接见。女贞庵四位夫人,是时又兰早已接到家中,各各相见。杨义臣如夫人与馨儿,徐懋功先已差人接去了。公主祭奠了曹后,墓上田产,交托两个老家人看管,收拾行装,差人送南阳公主与四位夫人,到女贞庵去,便同罗公子、花又兰往北进发。贾润甫送公子起身之后,晓得单雄信家眷扶柩回潞州,因想:“雄信当初许多情谊,多少人受了他的厚惠;我曾与他为生死之交。雄信临刑时,秦、徐诸人,割股定姻,报他的恩德;我贾润甫也是个有心肠的,尚未酬其万一。今日闻得他女儿女婿,扶柩归葬,焉有不迎上去,至灵前一拜之理?”便收拾行囊,拉了附近受过单雄信恩惠的豪杰,竟奔长安不题。且说秦怀玉与爱莲小姐满月后,辞了祖母父母起身,叔宝差四名家将,点四五十营兵护送。怀玉因他父亲的功勋,唐已擢为殿前护卫右千牛之职,时众官辈亦来送行,怀玉各各辞别,拥着一车起身。行了几日,已出长安,天将傍晚,众家将加鞭去寻宿店。只见七八个大汉子,俱是白布短衣,罗帕缠头,向前问道:“马上大哥,借问一声,那二贤庄单员外的丧车,可到这里来么?”家将停着马答道:“就在后面来了。”那几个大汉听见,如飞去了。家将见那几个大汉已去,心上疑惑起来,恐是歹人,忙兜转马头,追赶那几个大汉,赶了里许,只见尘烟起处,一队车马头导,两面奉旨赐葬金字牌,中间一副大红金字铭旌,上写“故将军雄信单公之柩”,冲天的招摇而来。众好汉看见,齐拍手道:“好了,来了!”齐到柩前趴在地下,拍地呼天的大哭起来。家将见了,知不是歹人,秦怀玉忙跳下马还礼;单夫人听见,推开轿门,细认七八个人中,只有一个姓赵,绰号叫做莽男儿,当初杀了人,亏雄信藏他在家,费了银子解救,其余多不认得,想必多是受过恩的。单夫人不觉伤感大哭起来。众好汉也哭了一回,磕了几个响头,站起来问道:"那一个是单员外的姑爷秦小将军?"秦怀玉答道:"在下就是。"一个大汉走上前来,执着秦怀玉的手,看了说道:"好个单二哥的女婿!"那一个又道:"秦大哥好个儿子!"赞了几声,又问道:"令岳母与尊夫人可曾同来?"怀玉指道:"就在后车。"那汉便道:"众兄弟,我们去见了单二嫂。"众人齐到车前,单夫人尚未下车,众好汉七上八落的在下叩头,单夫人如飞下车还礼。众人起来说道:"二嫂,我们闻得二哥被戮,众兄弟时常挂念,只是不好来问候;如今你老人家好了,招了这个好女婿,终身有靠了。"单夫人道:"先夫不幸,有累公等费心。"莽男儿道:"天色晚了,把车推到店中去罢,贾兄们在那里候久了!"怀玉道:"那个贾兄?"众人道:"就是开鞭杖行头贾润甫,他晓得令岳的丧车回来,便拉了十来个兄弟们在那里等候。"说了,便赶开护兵,七八个好汉用力拥着丧车,风雷闪电的去了。原来贾润甫拉齐众好汉,恰好也投在关大刀店中,当时见丧车将近,便同众人迎到柩前,又是一番哭拜。单夫人同秦怀玉各各叩谢了,关大刀同众人把丧车推在一间空屋里去。

贾润甫领秦怀玉与单夫人、爱莲小姐,到后边三四间屋里去,说道:"这几间,他们说还是前日窦公主到他店里来歇宿,打扫洁净在此,二嫂姑娘们正好安寝,尊从就在外边两旁住了罢。"单夫人问贾润甫:"贾叔叔,那班豪杰那里晓得我们来,却聚在此?"贾润甫道:"头里那一起,是关兄弟先打听着实,知会了聚在此的,后边这一路,是我一路迎来说起欣然同来的。这班人都是先年受过单兄恩惠的,所以如此。"说了即同怀玉出来,只见堂中正南一席,上边供着一个纸牌,写着"义友雄信单公之位"。关大刀把盏,领众好友朝上叩首下去,秦怀玉如飞还礼。关大刀把杯箸放在雄信纸位面前,然后起来说道:"贾大哥,第二位就该秦姑爷了。"贾润甫道:"这使不得。他令岳在上,也不好对坐;二来他令尊也曾与众兄弟相与,怎好僭坐?不如弟与秦姑爷坐在单二哥两旁,众兄弟入席,挨次而坐,乃见我们只以义气为重,不以名爵为尊,才是江湖上的坐法。”众人齐声道:“说得是。”大家入席坐定,关大刀举杯大声说道:“单二哥,今夜各路众兄弟,屈你家令坦,在小店奉陪,二哥须要开怀畅饮一杯。”一堂的人,大杯巨觥,交错鲸吞,都诉说当年与雄信相交的旧话,也有说到得意之处,狂歌起舞;也有说到伤心之处,出位向灵前捶胸跌足哭起来。只听见莽男儿叫道:“秦姑爷,我记得那年九月间,你令祖母六十华诞,令岳差人传绿林号箭到我们地方来,我们那时不比于今本分,正在外横行的日子,不便陪众登堂。”把手指道:“只得同那三个弟兄,凑成五六百金,来到齐州,日里又不敢造宅,直守至二更时,寻着了尊府后门跳进来,把银子放在蒲包内,丢在兄家内房院子里头。这事想必令尊也曾与兄说过。”秦怀玉道:“家母曾道来。”

正说得高兴,只听得外面叩门声急,关大刀如飞赶出来,开门一看,便道:“原来是单主管,来得正好,你们主儿的丧车,与太太姑爷姑娘多在里面。”原来单全,当时随雄信在京,见家主惨变后,即便辞了单夫人要回乡里。秦叔宝、徐懋功,知他是个义仆,要抬举他,弄一个小前程与他做,他必不从,径归二贤庄。喜的是单雄信平昔做人好,没有一个不苦惜他。所以这些房屋田产,尽有人照管在那里,见的单全一到,多交付与他。单全毫无私心,田产利息,悉登册籍,今闻夫人们扶柩回乡,连夜兼程赶来,在路上打听,晓得投在关家店里,故此赶来。当时关大刀闭上门,领单全到堂中来,贾润甫见了喜道:“单主管,你也来了。”单全见上边供着主人牌位,先上去叩了四叩,又要向众人行礼下去。众好汉大家推住道:“闻得你也是有义气的男子,岂可如此!”单全只得向秦怀玉叩首,怀玉连忙扶起。众人道:“主管快来坐了,我们好吃酒了。”单全道:“各位爷请便,我家太太不知下在那一房,我去见了来。”说时早有妇女领了进去,不移时出来坐了。贾润甫道:“单主管,我们众兄弟,念你主人生前之德,齐来扶他灵柩还乡,到那里还要盘桓几日，但不知你庄上如何光景？”单全道：“庄上我已一色停当，但未择地耳；只是如今王世充在定州，纠合了邴元真复叛，罗士信被他用计杀害，占了三四个城池，前日闻他已到潞安，如今将到平阳来，只恐路上难行奈何？”贾润甫道：“当初我家魏公与伯当兄，好好住在金墉，被他用计送死，单二哥又被他累及身亡，几个好弟兄，皆因他弄得七零八落。今士信兄弟，又被他杀害。我若遇着他，必手刃之，方快我心。”

秦怀玉见说士信被杀，便垂泪道：“士信叔叔与父亲结为兄弟，小侄与他相聚数年，今一旦惨亡，家父闻知，是必请兵剿灭此贼，以报罗叔叔之仇。”单全道：“我昨夜在七星岗过夜，三更时分，梦见我家先老爷，叫了我姓名说道：‘我回去了，可恨王世充，杀我好友义弟，又是我同起手的心交，我知此贼命数已绝，你去叫姑爷灭了他，干了这场功。’”关大刀道：“我们众兄弟同去除了这贼，替罗家兄弟报了仇如何？”贾润甫道：“若诸兄弟肯齐心，管叫此贼必灭。”众人道：“计将安出？”贾润甫道：“计策自有，必须临时着便，今且慢说，但必要关兄去方好，只是没人替他开店。”关大刀说道：“店中生意，就歇两日何妨？但要留单主管在此。”单全道：“我是要随太太回去的。”贾润甫道：“太太姑娘，权屈在店中住几日，仗单二哥之灵，我们去干了这场功，回店扶柩未迟。”众好汉踊跃应道：“好。”单夫人在内听见，忙叫人请贾润甫进去说道：“小婿年幼，恐怕未逢大敌，还是打听他过了再走罢。”贾润甫道：“二嫂但放心，干事皆是众兄弟去，我与令坦只不过在途中接应，总在我身上无妨。”说了出来，对众人说道：“既是明早大家要去干正经，我们早些安寝罢！”过了一宵，五更时分，关大刀向贾润甫耳上说了几句，又叮嘱了单全一番，先与众好汉悄然出门而去；贾润甫同秦怀玉领了家将，亦离店去了。

却说关大刀同莽男儿一班，走了两三日，将到解州地方，恰遇着了王世充的前站，见了一二十个穿白衣服的人来问道：“你们是那里来的百姓？”众人道：“我们是迎单将军的柩回去的。”马上将官问："那个单将军？"众好汉答道："就是单雄信。"那将官道："单雄信是我家的勇将，被唐朝杀的，你们都是他什么人，去扶他灵柩？"众好汉道："我们俱是他当年管辖的兵卒，感他的恩德，故此不惮路途而来，爷们可是守这里地方的？"那将官道："不是，郑王爷就在后面来了，你们站一回儿，便知分晓。"正说时，只见后面尘头起处，一簇人马行近前来，众好汉看了，拍手喜道："正是我家的旧王爷。"那将官带了一干好汉，到王世充面前说了。王世充问道："单将军的灵柩，你们扶他到那里？"众人道："到二贤庄。"邴元真在旁边马上说道："只怕是奸细。"叫人各人身上收检，众人神色不变，便不疑惑。王世充道："你们都是行伍出身，何不去投唐图个出身？"众人道："唐家既不肯赦我们的恩主，我们安肯背义从唐？"王世充道："你们既是我家旧兵卒，我这里正少人，何不就住在我帐下效用，当初你们是步兵还是马兵？"众好汉道："当时是马兵。"王世充问了各人姓名，叫书记上了册籍，给付马匹衣甲器械，派入第二队。

今说贾润甫同秦怀玉与两个家将一行人等，慢慢的已行了三日，将近解州；贾润甫叫秦怀玉差一个伶俐小卒，假装了乞丐，前去打听，自己守在一个关王庙里。隔了两日，只见差去的小卒归来报道："小的初去打听我们这几位爷，被王世充信任收用，已派入第二队。昨夜他们已破平阳，今要进解州，一路百姓多逃避一空，只剩房屋，他们下寨在猫儿村，不知为甚，四更时分，只听见军中喧喊，哗道有贼，故此小的忙来报知。"贾润甫见说，忙起一课大喜道："众兄弟成功了，快备马我们迎上去。"秦怀玉即便领二家将，跨马前行。未及一二里，早望见一二十个白衣的人，头里那人却是莽男儿，提着两个首级，飞奔前来，叫道："贾大哥，王世充、邴元真二人首级在此，后面追兵来了，快去帮他们厮杀。"贾润甫叫人把首级挑在枪杆上，同莽男儿飞赶去，只见众好汉在一个山前与王家兵马，正在那里厮杀。莽男儿跑向前大声喊道："我家大唐兵马来了！"秦怀王扯满弓，一连射死了两三个。贾润甫叫道："王世充、邴元真两个逆贼，首级已枭在此，你们何苦自来送死！”王家兵将见了，即便败将下去。秦怀玉与众人，直追至猫儿村；贼兵只得弃了辎重，各自逃生。贾润甫将贼兵掳掠遗弃之物。装载了几车，尚恐怕余贼未散，又追赶三四十里，然后转来。早有人来报道：“单二爷丧车，已被二贤庄许多庄户，赶到关家店里，载进潞州去了。”众好汉此时不是步行了，俱骑了马，连日夜兼程，赶上丧车，护进二贤庄。

地方官员晓得秦叔宝名位俱尊，其子怀玉现任千牛之职，目下又建奇功，多要想来吊候。贾润甫在庄前择一块丰厚之地，定了主穴。关大刀对贾润甫道：“贾大哥，我们这场功皆仗单二哥的阴灵，得以万全，为什么呢？弟前夜与赵兄弟两个，乘王世充、邴元真酒醉熟睡时，潜踪入幕，盗了两人的首级，众兄弟齐上马出来，惊动了帐房内，只道是劫营的，齐起身来追赶。时天尚昏黑，众弟兄因记不出路径，只见黑暗中隐隐一人骑着马领路，众弟兄认是我，又不好高声相问，只是随着他走了三四里，天将发白，那前头骑马的倏然不见了，岂不是单二哥阴灵护佑我们？如今把这些衣饰银钱，分做两堆，一堆赠与姑爷为殡葬之资；一堆散与二贤庄左右邻居小民，念他们往日看守房屋，今又远来迎柩营葬，少酬其劳。”贾润甫与众好汉齐声道：“关大哥说得是。”秦怀玉道：“岂有此理，这些东西，诸君取之，自该诸君剖之，我则不敢当，何况敝邻。”

正在推让时，只见潞州官府抬了猪羊到灵前来吊唁，秦怀玉同贾润甫出来接住，引到灵前去拜过，见院中罗列着两堆银钱衣饰，问是何故。贾润甫答道：“有几十商贾朋友，是昔年曾与单公知交，今来迎丧，恰逢王世充逆贼临阵。众友推爱，齐上前用力剿灭，贼掳之物，遗弃而去。这些东西，理合众友收领，不意众友仗义不从，反欲赐惠小民。”那个郡守笑道：“这也算一班义士了；但是小民无功，岂可收领逆赃，既云好义，何不寄之官库，题请了，替单公建祠立碑，以为世守，亦是美事。”那衙官见说，心中想道：“我们做了一个官儿，要百姓们一两五钱的书帕，尚费许多唇舌，今这主大财,那班人反不肯收,不知是何肺肠?”官儿们挨了一回,见秦怀玉不言语,只得别过去了。众好汉便招地方上这些看的穷人,近前来说道:“这一堆东西,是秦姑爷赐你们的,以当酬劳之意。你们领去从公分惠,不许因此些微之物,争竞起来,到官府责罚。自今以后,你们待秦姑爷如待单员外一般便了。”众邻里齐跪下去,欢呼拜谢,领了出去。

关大刀对贾润甫说道:“贾大哥,我们的事已毕去罢!”又对秦怀玉道:“众弟兄不及拜别令岳母了!”大家拱拱手欲别,秦怀玉道:“这货利不好,有污诸公志行,请各乘骑而去何如?”众好汉道:“我们如此而来,自当如此而去。”尽皆岸然不顾而行,看的人无不啧啧称羡。秦怀玉督手下造完了坟墓,择了吉日,安葬好了丈人,又见主管单全,忠心爱主,就劝单夫人把他作为养子,以继单氏的宗祧,将二贤庄田产,尽付单全收管,以供春秋祭扫,自同单夫人与爱莲小姐,束装起身。家将们带领了王世充、郦元真二人首级,忙进了长安不提。

欲知后事如何,且听下回分解。

第六十四回

小秦王宫门挂带
宇文妃龙案解诗

今且慢说秦怀玉剿灭了王世充、邴元真回来，将二人首级献功，唐帝赏劳。再说武德七年间，四方诸丑，亏了世民击灭将完，时唐皇晚年，总多内宠，生儿者二十余人，无子者不计其数，靡不思迭寻宠爱，各献奇功；然其间好事生风敢作敢为的，无如张、尹二妃。他本是隋文帝宠用过的，忽然间唐帝又把他两个弄起手来，今幸一统天下，虽不能做正位中宫，却也言听计从，无欲不遂；更值窦皇后福禄不均，先已驾崩，因此两人的心肠更大了些。但唐帝因宫中年少佳丽甚多，便在他两个身上，也就平淡；何知妇人家这节事，如竹帘破败，能有几个自悔检束的，但看时势之逆与顺耳。

时值唐帝身子不爽，在丹霄宫中静养，相戒诸嫔妃，非宣召不得进来，因此那些环佩袅娜之人，皆在宫中静守。惟有那张、尹二夫人，年纪却在三旬之外，谑浪意味，愈老愈佳；平昔虽与建成、元吉眉来眼去，情意往来，恨无处可以相承款曲。那日恰好尹夫人差侍儿小莺，去请杨美人蹴毬耍子，只见建成、元吉两个小宫监跟了走来。小莺见了，笑逐颜开问道："二位王爷在何处来?"建成、元吉认得小莺是尹夫人的丫环，便道："我两个特来寻你们二位夫人说句话儿，你到何处去?"小莺笑着摇头道："不是二位王爷是丹霄宫中出来，如今回去快活，为什么寻我们夫人起来；若是有正经要会,何不再前日昨日,今却说这样话来骗我?”建成听见,欢喜不胜道:“为什么该在前日昨日来?”小莺笑道:“罢了,有人来撞见,又要搭出是非来,请各便罢,我要去干正经了。”就要走动,当不起建成是个酒色之徒,见那丫环说话伶俐,一把扯到侧首一个花槛内,叫小监门首站着,执着小莺双手道:“小妮子,你从实说与我们听了,我把东西来送你。”小莺笑道:“东西我不敢领,既承二位爷下问,待我对你说了罢。前日初十,是张夫人诞日;昨日十三,是我家尹夫人诞日。这两天被众夫人闹得好厌,今日甚是清闲,张夫人又道无聊,约了我家夫人,叫我去请杨夫人来蹴毬耍子,故此我说二位王爷,既有话要会二位夫人,何不也在前两日来,大家相聚,岂不是一场胜会?”元吉道:“众夫人拜寿,我们怎好来亲热孝顺。今日无事,正好来补贺,岂不是两便?”建成道:“说得有理,我们弟兄两个,回去备了礼物就来,你与我们说声。”小莺道:“二位王爷认真要来,我也不去请杨夫人了,在宫专候驾临;但恐不准,叫我那里当得起?”建成、元吉道:“岂有此理,你道我虚言么,我们先将一物与你取去,送二夫人收了如何?”小莺道:“若得如此,方好相候。”二位王爷各在身上解下一条八宝十锦合欢丝鸾带,付与小莺收了,又道:“我们现今不能用情赠你,少顷到宫来,断不虚你的盛情。”小莺道:“恁说快去了来,竟到后宰门走进,更觉近些。”三人别去。正是:

慢跨富贵三春景,且放梅梢玩月明。

不说小莺去通知张、尹二夫人,且说建成、元吉,听见小莺之言,欢喜不胜,疾忙赶到府中,收拾了珍珠美玉,把两个金龙盒子盛了,叫宫监捧着,一同忙到后宰门来。门官见是二位殿下,忙把门开了;二王跨下马,叫人牵了在外面伺候,小宫监捧着礼物,二王走到分宫楼,只见小莺咬着指头,站在门首悬望,见了二王喜道:“王爷们来了。”建成道:“小莺,你可曾与二夫人说知?”小莺点点头儿,引二王进去,到中堂坐下,叫两三个宫奴,把礼物收了进去。一盏茶时,只见张、尹二位夫人跟着三四个宫娥,轻移莲步,走将出来。二王如飞叫人把毯子铺下,要行大礼。二位夫人那里肯受,自己忙走进身来拖住。张夫人道:“二王怎么要行起这个礼来,岂不要折杀我们?元吉道:“二位夫人,如同母子,焉有圣寿不行恭拜之礼?”尹夫人道:“求二位以常礼相见,我们两个心上方安。”二王没奈何,只得顺从了。张夫人道:“屈二王到楼上去坐坐,省得这里不便。”尹夫人道:“姐姐主张不差。”

大家同到楼上来,二王看那三间楼的景致,宛如曲江开宴赏,玉峡映繁华。二王坐定,用点心茶膳,彼此细陈款曲。张夫人道:“向蒙二王时常照拂,使我二姊妹梦寐不能去怀,不意复承厚贶,叫我两个何以克当?”元吉笑道:“张夫人说甚话来,骨肉之间,不能时刻来孝顺,这就是我们的罪了,怎说那个话来?”建成道:“我们心里,时常要来奉候,一来恐怕父皇撞见,不好意思;二来又恐夫人见罪,不当稳便,故此今日慢慢的走来,恰好遇着小莺,叫他先来通知了,方才放心。”尹夫人道:“我家张姐姐,常常对我说,三位殿下,都是万岁所生,不知为甚秦王见了我们,一揖之外,毫无一些好处。他倚着父皇宠爱,骄矜强悍,意气难堪。故此前日皇上,要他迁居洛阳,幸得二位王爷叫人来说了,被我姊妹两个,在万岁爷面前再四说了,方才中止。”张夫人道:“总是有我四人一块儿做事,不怕秦王飞上天去。”元吉道:“若得二位如此留心,真是我们的母后了。”两夫人多笑起来。时绮席珍馐,雕盘异果,无所不有;四人猜谜行令,说说笑笑。英、齐二王都是酒色中人,起初还循些礼貌,到后来各人有了些酒,谑浪欢呼,无所不至。古人云:酒是色之媒。二王酒量原是好的,只因他们醉翁之意俱不在酒,便假装醉态。元吉道:“我们酒是有了,求二位夫人稍停一会儿,再饮何如?”正是:

万恶果然淫是首,从教手足自相残。

少停,建成笑对元吉说道:“清风玉磬,音响余筝,正如巫山云梦,难以言传。”元吉也笑道:“风牌月阵,莺啭猿吟,总是我粗浅之人也学不出。”自此英、齐二王满心畅快,打发宫监与外面伺候的回去了,便同二妃欢呼弹唱不题。再说秦王因唐帝在丹霄宫养病,他就不回西府，晨昏定省，每日调奉汤药，整顿了六七日。时日色已暝，月上花枝，唐帝身子略已痊可，便对秦王道："吾病今日身体稍觉安稳，你依朕回府去看看。"秦王不敢推却，只得领了父皇旨意，辞驾出宫。行至分宫楼，忽听见弹筝歌唱，轻一声高一声，韵致悠扬。秦王站了一回，见是张、尹二妃寝宫，便道："他晓父皇有病，正该忧闷沉思，为甚歌唱起来？"就要行动，忽听见里面喊道："这一大杯，该是大哥饮的，我却先干了！"秦王道："他们弟兄两个，平昔有人在我跟前说许多话，我尚猜疑；不意如今这时候，还在这里吹弹歌唱，不特不念父皇之疾，反来淫乱宫闱，理实难容。我若敲门进去，对他训论一番，也是正理；倘然父皇晓得，又增起病来，反为不美。"停足想了一回道："也罢，暂将我的腰间玉带，解下来挂在他宫门上，待他们出来见了，好叫他痛改前非。"打算停当，即将腰间玉带解来，挂在蟠龙彩凤之门，自即挪步而出。

却说英、齐二王，五更时候忙起身来，收拾完备了；夭夭、小莺，各送上汤点。建成对二妃道："我二人承你二位如此恩情，时刻不能去怀，倘秦王这事稍可下手，我们外边必传进来。替你二夫人说，如里边有什么机会，也须差人报与我们得知。"张、尹二妃道："秦王这事，总是你我四人身上之事，不必叮咛，但是离多会少，叫我二人如何排遣？"建成犹执着二妃之手，哽咽难言。元吉道："你们不必愁烦，我与大兄倘一得便，即趋来奉陪。"张、尹二妃拭泪，直送至玉宫门首，开出来猛见守门宫监，将玉带呈上云："是昨夜不知何人挂在宫门上的。"建成忙取来一认，却是秦王身上的，二王吓得神色俱变，便道："这是秦王之物，毕竟昨夜他回去，在此经过，晓得我们在内顽耍，故留此以为纪念，如今怎样好？"张艳雪说道："不必慌张。秦王既有如此贼智，拚我一口硬咬着他，这罪名看他逃到那里去？"便向建成耳上说了几句，建成欢喜放心，即与元吉勉强散别归府。张、尹二妃忙进宫去打扮停当，将秦王玉带边镶，四围割断了几处，跟了夭夭、小莺齐上玉辇，同到丹霄宫来朝见唐帝。唐帝吃了一惊，便问道："朕没有来宣他们，何故特然而来?”二妃道:“一来妾等挂念龙体,可能万安;二来有不得已事,要来见驾。”唐帝道:“有何事必要来见朕?”张、尹二妃不觉流泪道:“妾等昨夜更深,忽然秦王大醉,闯进妾宫中来,许多甜言媚语,强要淫污,妾等不从,要扯他来见陛下,奈力不能支,被他走脱,只把他一条玉带扯落在此,请陛下详看,以定其罪。”唐帝道:“世民这几日时刻在此侍奉,昨因朕病体小愈,故黄昏时候,叫他回府将息,何曾用过酒来,说甚大醉?”将玉带细玩,又是秦王之物,便道:“玉带虽是他的,其中必有缘故,或者是他走急了,撩在何处,你们宫奴拾了便将来诬陷他,这是使不得的呢!”尹瑟瑟道:“妾等几年侍奉陛下,何曾诬陷他人,说这样话来。”两个装出许多妖态,满面流泪,挨近身旁,哀哭不止。唐帝不得已,只得说道:“既如此,二妃且回,待朕着人去问他。”即写几字着内监传旨,命御史李纲,去会问秦王闯宫情由,明白奏闻。因此张、尹二妃,只得谢恩回宫。

却说秦王夜间挂带之后,忙归府中,心中着恼,那里睡得着,绝早起身,把家政料理了一番,便要进宫去问候。只见左右报道:“御史李纲在外要见王爷。”秦王只道是要问父皇病体,便出来相见,参谒后坐定。李纲道:“圣上龙体如何?”秦王道:“孤昨夜回来,身子已觉好些,不知今日如何,正要定省。”李纲道:“今早有个内监传出旨意,发到臣处,要臣来请问殿下,故臣不得不来冒渎。”秦王忙叫左右,摆着香案来开读了。此时秦王颜色惨淡,便想道:“昨夜我一时听见,故借此以警他们,却反来诬陷我!”即对李纲道:“孤昨夜在父皇宫中回来,楼前偶有所闻,故将玉带系挂于宫门,使彼以警将来,况此系孤等家事,亦难明白诉卿。只问先生,孤何如人也,而欲以涅作淄乎?”李纲道:“殿下功高望重,岂臣下所敢措辞;今只具一情节来,封副与臣去回覆圣旨,便可豁然矣!”秦王道:“说得有理。”便写了几句,封好付与李纲袖了,便辞出府去,回覆了圣旨。时唐帝忙叫内臣扶出,便殿坐下。李纲朝拜已毕,叩问了圣体,然后将秦王所封之书呈上。唐帝展开来一看,只见上写道:

家鸡野鸟各离巢，丑态何须次第敲。
难说当时情与景，言明恐惹圣心焦。

唐帝看了一遍道："这是一首绝句，叫朕那里晓得？"李纲道："秦王秉性忠正严烈，陛下素知，此词必不敢空写。闻玉带挂于宫门，谅必有故。陛下龙体初安，且放在那里，慢慢详察，自然明白。"唐帝道："既如此，卿且去，待朕思之。"李纲不敢复奏，辞帝而出。当初汉萧何治律云：捉奸捉双，捉贼捉赃，这样事体，必要亲身看见，无所推敲，方可定案；若听别人刁唆，总难拟断，且大人家，一日尚有许多事体纠缠，何况朝廷。当时唐帝见李纲出宫了，正要将此诗揣摩，只见宇文昭仪同刘婕妤出来朝见。唐帝道："奇怪，你们二妃子为甚也出来，莫非亦有什么事体？"二妃笑道："刚才晓得张、尹二夫人出来奉候，故此妾等亦走来定省。今日龙体想已万全，还该寻些什么乐事，排遣排遣才是。"唐帝见说，微叹不言。宇文昭仪瞥见了那张字纸在龙案上，便道："此诗乃郑卫之音，陛下书此何用？"唐帝道："妃子何以知其是郑卫？"宇文昭仪道："陛下岂不看他四句字头上，列着'家丑难言'四字，明白书陈，为甚不是？"唐帝到底是老实好人，便将张、尹二妃出来告诉，以至叫李纲去问秦王，故此秦王写这几个字来回覆，说了一遍。宇文昭仪道："这样事体，岂可乱谈，必须亲自撞见，方可定案。张、尹二夫人在隋，如此胡乱朝政，他亦能甘忍。这几年，秦王四海纵横，岂无一女胜于此者，何今日特然驾言污及；况前月陛下差秦王平定洛阳，又差妾等阅选隋宫美人，收府库珍奇，娇艳数千，秦王从不一顾，至于赀财或者有之。陛下可记得：当时妾与张、尹二夫人等，曾请各给田数十顷，与妾父母为业，已蒙陛下手敕赐与，秦王竟与淮安王神通，封还诏敕，不肯给田。以此看来，贤王等皆是惜财轻色之人，安能如陛下钟情娇怯者也。张、尹二夫人，或者犹以此记怀，未能释然耶！"刘婕妤道："三十六宫，四十八院，粉黛数千，娇娥盈列，并无三尺之童在内，何苦以此吹毛求疵，能不免动太穆皇后泉下之悲乎？"这句话打动了唐帝的隐情，便道："我也未必就去推问，二妃且莫论他。”正说时,有个内监进来报道:“平阳公主薨。”唐帝叹道:“公主当初亲执金鼓,兴义兵以辅成大业,至有今日,不意反不克享,先我而亡。”说了不觉泪下。宇文、刘二夫人道:“陛下切念公主,尤宜善视三王;况龙体初安,诸事总系大数,陛下还宜调护。”唐帝点头。二妃正要扶唐帝到丹霄宫去,忽兵部传本进来,说夷寇吐谷浑结连突厥可汗,直犯岷州,请师救援。唐帝想了想,援笔批道:“着驸马兵部总管柴绍,火速料理丧事后,率领精兵一万前往岷州,会同燕郡刺史罗成,征剿二逆,毋得延误。”即叫内监传旨出去,回到丹霄宫,颐养起居,龙体平复。

一日,在苑囿闲玩,英、齐二王在那里驰马试剑,秦王亦率领西府诸臣见驾。言论间,英、齐二王与秦王,各说武艺超群,唐帝对尉迟敬德道:“本领高低各人练习,若说膂力刚强,单鞭划马,人所难能,不意敬德独擅,真古今罕有。”齐王挺身说道:“敬德所言,恐皆虚诳,他道满朝将士,尽是木偶,故此夸口,已知我众不能使槊,今儿与他较一胜负何如?”唐帝道:“儿与敬德比试,何所取意?”敬德道:“臣自幼学习十八般枪马之法,并无虚发,但以理论之,殿下是君主,恭乃臣下,岂可比试使槊?”元吉道:“不妨,此刻不论品秩贵贱,只较槊法,暂试何害?”原来元吉亦喜马上使槊,一闻敬德夸口,必要与他较一胜负,便请二哥全装贯甲,一如榆窠败走之状,自假单雄信飞马来追:“看你单鞭划马,能夺我槊否?”敬德道:“愿赦臣死罪,恭贱手颇重,恐有伤损,只以木槊去其锋刃,虚意相拒,独让殿下加刃来迎,臣自有避刃之法。”

元吉大怒,私与部下一将黄太岁说了几句,便上马持大杆铁槊大呼道:“敢与我较槊么?”秦王听见,便挺枪勒马而走,元吉持槊追赶,将有里许,举槊要刺秦王。敬德乘马赶上,喊道:“敬德在此,勿伤吾主!”元吉遂弃了秦王,挺槊来战敬德;被敬德拦住,夺过槊来,元吉坠马而走。只见黄太岁直赶过了元吉,挺槊来刺秦王,秦王奋不顾身而斗,将要败时,敬德飞马赶来,黄太岁忙把槊来刺敬德,敬德把身一侧,忙举手中鞭打去。恰好那条槊又到面前,敬德夺过槊来一刺,可怜那黄太岁坠马而死。敬德忙去回奏唐帝道:“黄太岁欲害秦王,故臣杀之。”元吉向前奏道:“秦王故令敬德杀我爱将,有违圣旨,乞斩敬德,以偿太岁之命。”秦王道:“眼见你使太岁来害我,如此饰词抵罪,敬德不杀太岁,吾命亦丧于太岁之手矣!”唐帝道:“黄太岁朕未尝使之,何得尚擅自提槊追逐秦王,敬德有救主之功,朕甚惜之;况且你要他比槊,宜赦其罪,以旌忠义之心。汝弟兄当自相亲爱,患难相扶,庶不失友于之意,使吾父寸心窃喜,胜于汝等定省多矣。”说了,即便散朝不提。

欲知后事如何,且听下回分解。

第六十五回

赵王雄踞龙虎关
周喜霸占鸳鸯镇

谚云：一失足成千古恨，再回头是百年身。不要说男子处逆境，有怨天尤人，即使妇人亦多嗟叹。一日之间，就有无穷怨尤，总是难与人说的。

这回且不说唐宫秦王兄弟夺槊之事，再说隋宫萧后，与沙夫人、薛冶儿、韩俊娥、雅娘住在突厥处，突厥死后，韩俊娥、雅娘住了年余，水土不服，先已病亡。义成公主见丈夫死了，抑郁抱痾，年余亦死。王义的妻子姜亭亭，又因产身亡。沙夫人把薛冶儿赡与王义为继室。罗罗虽然大了赵王五六年，却也庄端沉静，又且知书识礼，沙夫人竟将罗罗配与赵王。那突厥死后无嗣，赵王便袭了可汗之位，号为正统，踞守虎关，智勇兼备，政令肃清，退朝闲暇时，奉沙夫人等后苑游玩，曲尽孝道。

一日交秋时候，萧后独自闲行，伫立回廊绿杨底下，见苑外马厩中，有个后生马夫，在那里割草上料，闲观那马吃草。萧后看他相貌，好像中国人，因唤近前来，问："你姓甚名谁，是何处人？"马夫道："小的扬州人，姓尤名永。"萧后道："我说像中国人，你有妻小么？为何来到此处？"马夫道："小的向随王世充出征，因流落聊城，与一个相知周逢春同住，不期遇着宇文化及宫中三个女人，说是隋朝晨光院周夫人、积珍院樊夫人、明霞院杨夫人，那周夫人说起来,原来就是周逢春的族妹,因此逢春便叫周夫人嫁了小的,那樊夫人与杨夫人都嫁了周逢春。”萧后惊讶道:“有这等事!如今三位夫人呢?”马夫道:“周氏随了小的年余,因难产死了,那樊夫人也害弱症死了;只有杨夫人还随着周逢春在临清鸯鸳镇上,开招商客店。”萧后道:“你既与周逢春同住,为何又独自来到这里?”马夫道:“小的因周氏已死,孤身漂泊,同伍中拉来这里投军,因羁留在此。”萧后又问:“你今年几岁了?”马夫道:“小的三十岁。”萧后想了一想说道:“我就是隋朝萧后,我怜你也是中国人,故看周夫人面上,要照顾你,且还有话要细问;只是日间在此不便说得,待夜间我着人来唤你。”马夫叩头应诺而去。是夜萧后正欲唤那尤永进去,不想被人知觉,传与赵王知道。赵王疑有私情勾当,勃然大怒,立将尤永处死,正言规谏了萧后一番,严谕宫奴,伺察其出入。萧后十分的惭闷。正是:

只因数句闲言语,致令人亡已受惭。

今说柴绍领了圣旨,随即发文书,着令部下游击李如珪,提兵一千,知会罗成,叫他先领兵去到岷州,抵住吐谷浑,我却提师来翦灭二寇。不一日,李如珪到了幽州,见了罗成,罗成拆开文书看了,即奏知郡王罗艺道:“岷州远,突厥可汗那里去近;况突厥可汗已死,今嗣子正统可汗系隋朝沙夫人之子赵王,闻得萧后也在那里,王义又在那里做了大臣,俱是我们先朝的旧人。你今只消领一枝兵马,与他讲明了,吐谷浑不见正统可汗助兵来,也就罢了。”罗成道:“父皇之言甚善。”便归到署中,与窦线娘说了。线娘道:“萧后当初曾到我家,见他好一个人材,闻沙夫人是一个有志女子,我要见他,同你去走遭。”罗成道:“若得夫人同去,尤为威武。”花又兰道:“妾也同二儿去,上上父母的坟。”原来窦线娘已养了一个儿子,叫阿大;花又兰亦养了一个儿子,叫阿二,差得半月,各有八岁了。遂叫金铃、吴良大家收拾,辞别了燕郡王起身。行不多时,已到岛口。正统可汗得了信息,忙与沙夫人商议道:“吐谷浑约我国助兵,同到中原去骚扰,两日正在这里选将,不想唐朝到差燕郡王之子罗成来问罪,如今怎么样好?”沙夫人道:“罗艺原是我先帝的重臣,其子罗成,因他勇敢,就做了唐家的大臣;况还有个窦建德的女儿线娘,赐与他夫妻,他夫妻二人,原是能征惯战之将,不可小觑了他。”萧后道:“不是这句话;若是他人夺了我们天下去,不要说他来征伐,就不来也合伙儿去征剿一番。如今这李渊,你们不知,他与我家有中表之亲,他家太穆窦皇后与我家先太后,是同胞姊妹,岂不是亲戚;况窦线娘我也认得,是一个袅娜之人,只是嘴头子利害些,不见他什么本事,他若来此,我也要去会他。”

正统可汗听了,忙出去与王义商议,使他先领一枝兵出去,自己慢慢的摆第二队出城。李如珪要抢头功,做了先锋,被王义用计杀输了,败将下去。窦线娘第二队已冲上来,见前面尘头起处,好像败下来的光景;线娘挺着方天画戟,且赶向前,见战将那条枪离李如珪后心不远。着了忙,便拔壶中箭,拽满弓射去,正中战将枪头上。那将着了一惊,只见王义妻子薛冶儿,舞着双刀,迎将上来。线娘把方天戟招架,两个斗上一二十合,薛冶儿气力不加,便纵马跳出圈子外来问道:“你可是勇安公主么?”窦线娘道:“你既知我名,何苦来寻死?”薛冶儿道:“你可认得萧娘娘么?”线娘道:“那个萧娘娘?”薛冶儿道:“就是先朝炀帝的正宫娘娘。”线娘道:“我们父皇曾与他诛过逆贼宇文化及,萧后曾到我国来一次。”薛冶儿道:“既如此,我也不来杀你,我家可汗来了!”窦线娘笑道:“我也不来擒你,我家做官的来了。”各自归阵。

不说薛冶儿归寨与赵王说知。窦线娘兜转马头,行不多几步,只见罗成飞马而来,线娘把杀阵与他说了。罗成道:“既是赵王领兵出来,我自去对付他。”忙到阵前,叫小卒去报知阵中,快请正统可汗出来,俺家主帅有话问他。小卒进去说了,赵王忙叫兵卒摆队伍出来。正是:

冲天软翅映龙袍,扎紫貂珰影自招。
玉带腰围紧绣甲,金枪手腕动明标。
白面光涵凝北极,乌睛遥曳定蛮蛟。

何似玉龙修未稳，一方权掌扬人曹。

罗成见了举手道："尊驾可就是先帝幼子赵王么？"赵王道："然也，你可是燕郡王之子罗成？"罗成道："正是。昔为君臣，今为秦楚，奈为上命所逼，不得不来一问，不知何故要助吐谷浑来侵唐？"赵王道："这句话系是吐谷浑借来长威，实在我没有发兵，况唐之得天下，得之宇文化及之手，并未得罪于父皇，气数使然，我亦不恨他。今母后萧娘娘尚在此，汝令正窦公主，想必也在这里，烦尊夫人进宫一会，便知端的。"罗成道："还有一位义士王义，可在这里？"赵王指着后面一个金盔的战将说道："这个就是。"王义在马上鞠躬道："小将军请了。"罗成道："请殿下先回，臣愚夫妇同王兄进城来便了。"赵王见说，便率兵先自回宫。罗成使李如珪督理军马在城外，王义使夫人薛冶儿来迎接窦线娘，自同罗成摆队进城。

罗成夫妇一进城来，见人居稠密，市镇骈辏，那些民家，多是张灯挂绣，蜀采叮咄，把那驼狮象齿叫不出的奇珍古玩，摆列门庭。罗成夫妇在马上看了，称羡不已。说赵王进宫，见了萧后与沙夫人，即将王义如何与他对寨厮杀，他们败了下去，薛冶儿与窦线娘又如何较量，冶儿乖巧，他要输了，幸我出去得快，罗成也到，大家说了一番，罗成肯同线娘进宫来见萧母后。萧后道："他们既要入宫，你快吩咐膳所，好好备宴，每事齐整些。"赵王道："这个晓得。"出去叫文武宾僚，点二千兵把守各处，直到宫门内，明枪亮刀，摆设齐整；又叫城中百姓，张灯结彩，迎天使；又叫两个小蛮吩咐道："你两个快快到城外去对王爷说，如窦公主进宫，命薛夫人送至宫中。"小蛮去了不多几时，只见四个内监进来报道："天使到了。"赵王因罗成是个天使差官，只得到二门上接了进去，罗国后也跟二宫奴接了窦线娘，薛冶儿随了进去。萧后、沙夫人与窦线娘见过了礼。罗成到了龙升殿，见有香案在内，就把赤符诰命，供在上面，赵王朝拜了。罗成道："殿下请进问声萧娘娘，可要出来接旨？"赵王如飞进去，与萧后说知。萧后想了一想，叹口气道："嗳，当初人拜我，如今我拜人，天下原不是他夺的；况又是亲戚，做了一统之主，如今俨然朝命纶音，便去参谒也罢，只是没有朝服在此奈何？”赵王道：“当初公主的法服，尚在箧中，何不取来穿上，岂不是好。”赵王叫宫奴取出，替萧后穿好，与寻常绚彩迥别，出来拜了圣旨。罗成要请萧后上坐朝拜，萧后垂泪道：“国灭家亡，今非昔比，何云讲礼，请小将军不必。”赵王、王义皆劝常礼，罗成见说，只得常礼相见了。

萧后进去，也请线娘上坐内席。萧后对线娘道：“我当初乱亡之日，曾到过上宫，那时公主年方二九，于今有三旬内外了，不知有几位令郎？”线娘道：“妾痴长三十一岁了；两个小犬俱是八岁，一个是妾所生，一个是花二娘所生。”沙夫人道：“正是还有个花木兰的妹子又兰，闻得也是个有义气的女子，想是伴着两个小相公，住在家里么？”窦线娘道：“那两儿顽劣，见我出来，他怎肯住在家。如今随着二娘，也在寨中。”萧后道：“既如此，何不请到宫中一会？”沙、罗二夫人忙叫人进来，差他拿两个宝辇，到罗老爷大寨里去请花夫人同二位小相公进来。小蛮领而去。窦线娘亦叫金铃出去对罗成说知，叫他着人回寨保送进来。萧后道：“普天混乱之时，不意你们这些若男若女，自立经济，各得其所，但不知女贞庵内四位夫人可安否？”窦线娘道：“娘娘不知，他四位夫人，起初只有杨、徐、秦三家供膳，如今因江惊波赐与程知节；贾林云赐与魏徵，罗佩声赐与尉迟敬德，这三家都是徐、秦通家好弟兄，各出己财，替他置买田地，供养他安逸得紧。”沙夫人道：“三位夫人在何处，得以朝廷宠赐？”线娘就把又兰到女贞庵回来遇雨，住在殷寡妇家，遇了三位夫人，钦差太监得知江、罗、贾三位夫人，同至京中，细细述了一遍。沙夫人道：“江、罗、贾三位夫人，该享厚福；若是当初同我们走出，如今也在一处，因他命中该招贵夫，故此不幸中得了宠幸。”罗国母道：“如今这四位钦赐夫人可好么？”线娘道：“想比当时更觉得意些。袁紫烟生了一子，闻要聘贾林云的女儿；江惊波生了一女，闻许罗佩声的儿子，都是相爱相敬的。”萧后道：“我也常在此念,巴不能中国有人来,同我回家去,看看先帝的坟墓。如今好了,我同你们回去,死也死在中国。”

正说时,只见一个小蛮进来报道:“花二夫人到了!”沙夫人同罗国母迎了上去,窦线娘见了说道:“小大、小二,快同做娘的来拜见了萧娘娘三位。”花又兰忙请萧后上去坐了见礼,萧后不肯道:“快请常礼见了,我们讲话。”花又兰道:“草茅贱质,有辱娘娘赐召。”萧后道:“说那里话来,璠玙共载,何妨倚壁侵光?”又兰与沙夫人、罗国母及薛冶儿见了礼,萧后见两个孩子恭恭敬敬,也在那里作揖,忙叫抱来,双手搿了两个,坐在膝上道:“何物双珠,生此宁馨联璧?”线娘道:“娘娘可放那两个小犬,到殿上去见了殿下。”罗国母道:“妾同二位相公去看如何见礼。”萧后说:“我们大家去走走。”到了外面,正在那里坐席,赵王看见了,甚是欢喜,就叫把椅儿来坐了,众夫人亦进来饮酒。萧后看线娘面貌,不要说人材端正,兼之倜傥风流,更自可人,看又兰体段,与线娘差不多,那肌肤的白怯,真似柔荑瓠犀,但觉楚腰宽褪了些。萧后叫宫奴,取历日来看一看说道:“后日是出行日期,老身便同公主夫人,回中原去走遭。”线娘笑道:“娘娘若到了中原去,恐怕中原人,不肯放娘娘转来奈何?”萧后道:“除非是我先帝九泉回阳,或者可以做得些主。”停回吃完了酒,赵王领了罗家两个孩子进来,萧后对赵王说了,要回南去看先帝的坟墓,沙夫人再三不肯。赵王等萧后陪了线娘去说话,便对沙夫人道:“母后好不凑趣,这里有母后足矣,他在这里也无干,既要回去,由他回去。”说了出来,如飞与王义说知。王义道:“娘娘要去看先帝坟墓,极是有志的事,臣亦要同去哭拜先帝。”

赵王进来,恰好窦线娘等要辞别起行,赵王道:“家母后总是后日要回南去,公主请住在这里一两天,同行如何?”萧后、沙夫人亦再三挽留。线娘住在萧后宫中,萧后对线娘道:“当初我见公主外边军律严精,闺中行动规矩,凛然不可犯,为甚如今这般温柔和软,使人可爱可敬?”线娘道:“当初妾随母后的时节,母后治家严肃，言笑不拘，不知为甚跟了罗郎之后，被他提醒了几句，便觉温和敬爱，时刻为主，喜笑怒骂别有文章。”萧后道：“如此说，你们燕婉之情想笃的了。”因不觉堕下泪来道：“先皇帝当年与我亦是如此，他撇我在此，弄得如槁木死灰，老景难堪。”线娘道：“我闻得当今唐天子，一统山河，也喜快活的了，不多几时，选了几个美人进去。”萧后点点头儿，吩咐宫奴打点叠行。倏忽过了两日，罗成已先差潘美写文书，关会柴绍了。自同线娘做了前队，李如珪与王义夫妇做了后队，指拨停当，便谢别起行。萧后与沙夫人、罗国母亦各大哭一场上辇。罗成在路上，换了赵王旗号，如接应吐谷浑的光景。不提。

再说柴绍得了旨意，忙完了丧葬，即点兵起程，到了岷州，将地图摆列着，看了一遍，叫土人询问一番，毫无虚谬，即便进征。那吐谷浑晓得了，也便择一个高山，名曰五姑山，那山有许多好处。但见：

层峦掩映，青松郁郁。连锦叠石潆回，翠柏森森乱舞。云间风寂，喧天雷鼓居中；日脚霞封，震地鸣锣成吼。说甚盔缨五色，一派长戈利刃，犹如踏碎雷车；不过驼马八方，许多杀气寒烟，宛似掣开闪雷。正是交兵不暇挥长剑，难退英雄几万师。

柴郡王与此山，止远一二箭地，扎住营寨；又暗调许多将士，将一个胡床坐了，呆看那山峰高叠翠，果然好景。那吐谷浑蛮兵，见他这般举动，恐怕柴绍是个劲敌，倏忽间要冲上山来，便飞箭如雨，攒将下来。柴郡马将士，毫无惊惶之意，按阵站定，箭至面前，一步不移，口衔手掉，各各擒拿，绝无一个损伤。柴绍叫两个女子，年方十七八，娇姿妙态，手拨琵琶，长短轻喉，相对歌舞。吐谷浑见了大骇，各停戈细看，那一对翻江倒海，蝶乱花飞，歌舞好一回，又一对上场，愈出愈奇的装演撮弄，赛过弋阳女子，走索佳人，将有了两三个时辰；只听得五姑山后，一声炮响，忽然四下呐喊。柴郡马知罗成率领人马已到，忙率精兵杀上山来，前后夹攻，虏众大溃退去。柴、罗二军追至三四十里，方才凯捷班师。王义见了柴绍，说是萧后回南。柴绍亦见了萧后，一队儿同行。柴绍恐怕朝廷疑忌，即于奏捷疏中，说起萧后要回南省墓，预差李如珪速行上闻，自因要去会齐国远在山东做官，故与罗成同走，窦线娘要到雷夏拜墓，一同起行。

一日行至临清，天色傍晚，萧后问王义道："可到鸳鸯镇过么？"左右回道："这是必由之路。"萧后道："闻得鸳鸯镇有个周家饭店，我们在那里去歇罢。"众人应声，赶到前面，见一个招牌，写着："周逢春招商客店。"众人歇了。柴绍、罗成恐怕一个店里住不下，各寻一店歇了。萧后坐在轿中，看见店外站着一个大汉，约有三旬之外，柜内坐着一个好妇人，仔细一看，正是明霞院杨翩翩，见他对着那大汉说道："当家的，你去问他是谁家宝眷，接了进来。"那时薛冶儿先下马来，把杨夫人定眼一看，便失声道："这是杨夫人，为什么在此？"杨夫人见说，忙走出一看，见是薛夫人，忙各相见道："一向在那里？今同那个来？前面是谁？"薛冶儿道："就是萧后娘娘。"时杨翩翩对外喊道："走堂的，把萧娘娘行李，接到关的那一间屋里去！"萧后下轿来，杨翩翩接了萧后、薛冶儿进去，到堂屋内，要叩见萧后，萧后不要，常礼见了，执着那杨翩翩手道："我只道梦里与你相会，不意这里遇着。"大家慰问一番，萧后道："我进门来，见那柜外站的，可是你丈夫么？"翩翩道："正是，他原是一个武弁出身，妾随他有六七年了。"萧后假意问道："你独自一个出来的，还有别个？"翩翩道："还有周夫人、樊夫人。"萧后道："他两个如今在那里？"翩翩道："樊夫人与我同住，染病而亡；周夫人嫁了尤永，一二年就死了。"萧后道："你房做在那里？"翩翩把手向前指道："就是这一间里。"听见外面丈夫叫，就走了出去。萧后追思往昔，不胜伤感，落下泪来，再睡不着；不想明日火炭般发起热来，女眷们拥着问候，柴、罗忙叫人请医生看治。住了两日，萧后胸中塞紧，尚行动不得；柴绍阅得递报，说宫中许多不睦，遂与罗成话别，先起身覆旨去了。

欲知后事如何，且听下回分解。

第六十六回

丹霄宫嫔妃交谮
玄武门兄弟相残

人生最难是以家为国，父子群雄振起一时，使谋定计，张兵挺刃，传呼斩斫，不知废了多少谋画，担了无数惊惶，命中该是他任受，随你四方振动，诸丑跳梁，不久终归殄灭。至于内廷诸事，谅无他变，断不去运筹处置，可知这节事，总是命缘天巧，气数使然。不要说建成、元吉，疾世民功高望重，与张、尹二妃共为奸谋，就再有几个有才干的，亦难曲挽天心。

今慢说萧后在周喜店中害病，且说秦王当时以玉带传于张、尹二妃宫门，原是要他们知警改过，各各正道为人。不意唐帝误信谗言，反差李纲去问他；若说父子不过是情理，若说朝廷却有律法，那时怎个剖分？亏得李纲教秦王书一词以复奏，幸亏唐帝宽宏大度，一则是有功嫔妃；一则是嫡亲瓜葛，又亏宇文、刘二妃，平昔受过英、齐二王的东西，便轻轻淡淡，把这件事说得冰冷，唐帝把此事也就抹杀。秦王见父皇不来究问，也便不提。建成、元吉竟纳了嫔妃，以通消息。张、尹二妃晓得平阳公主会葬，宗戚大臣尽要去护送，便透消息出来，叫英、齐二王行事。那建成、元吉，是个丧心病狂之人，得此机会，送了公主之葬，便在途中普救禅院相候着了，假意殷勤，团聚在一处，急忙摆下筵席。秦王是个豁达之主，只道他们警醒，毫不介意，被英、齐二王以鸩酒相劝。刚饮半杯，只见梁间乳燕呢喃，飞鸣而过，遗秽杯中，沾污秦王袍服。秦王起身更衣，便觉心疼腹痛，急忙回府，终宵泄泻，呕血数升，几乎不免。西府群臣闻知，都来问安，力劝早除二王。

其时上宫中，秦王亦有心腹，唆与唐帝晓得了，吃了一惊，念江山人物，都是他的功劳，如飞驾幸西宫问疾。唐帝执手问道："儿自有生以来，从无此疾，何今忽发，莫非此中有故么?"秦王眼中垂泪，就把昨日送葬，中途遇着英、齐二王，同至寺中饮酒，细细述了一遍，不觉喟然长叹道："六宫喧笑，三井传呼，日丽风和，花香酒热，彼此夺枣争梨，岂非友于欢爱，奚羡汉家长枕，姜氏大被？岂意变起仓卒，心碎血奔！儿数该如此，则天乎已酷，人也奚辜；但恐其中未必然耳。今幸赖父皇高厚之福，圣母在天之灵，得以无恙，庶可仰慰皇恩矣。"说了，洒下泪来。唐帝见了这般光景，心中亦觉不安，因对秦王道："朕昔年首建大谋，削平海内，当时原欲立汝为嗣，汝又固辞。今建成年已及长，为嗣日久，朕不忍夺之。观汝兄弟似不相容，如若同处京邑，必有争竞，当遣汝建行台居洛阳，自陕以东皆汝主之，仍命汝建天子旌旗，如汉梁孝王故事可也。"秦王垂泪辞道："父子相依，人伦佳况，岂可远离膝下，有违定省?"唐帝道："天下一家，东西两都，道路甚迩；朕若思汝，即往汝处一见，又何悲凉?"说罢，便上辇回宫。

秦王眷属宾僚，听见此言，以为脱离火坑，无不踊跃欢喜。建成晓得了，只道去此荆棘，可以无忧，忙去报与元吉知道。元吉听了跌脚道："罢了，此旨若下，我辈俱不得生矣！"建成大骇道："何故?"元吉道："秦王功大谋勇，府中文武备足，一有举动，四方响应；如今在此家庭相聚，彼虽多谋，只好痴守，英雄无用武之地，若使居洛阳，建天子旗号，妄自尊大起来，土地已广，粮饷又足，凡此提拔荐引将士，大半陕东之人，倘若谋为不轨，不要说大哥践位，即父皇治事，亦当拱手让子。那时你我俱为几上之肉，尚敢与之挫抑乎？建成道："弟论甚当，今作何计以止之?"元吉道："如今大哥作速密令数人上封事，言秦王左右，闻往洛阳，无不喜悦，观其志趣，恐不复来，更遣近幸之臣，以利害说上；我与大哥如飞到内宫去，叫他们日夜谮愬世民于上，则上意自然中止，仍旧将他留于长安，如同一匹夫何异。然后定计罪他，岂不容易？”建成听说笑道：“吾弟之言，妙极，妙极。”于是两个人，便去差人做事不提。正是：

采薪已断峰前路，栖亩空怀郭外林。

世间随你英雄好汉，都知妇人之言不可听；不知席上枕边，偏是妇人之言入耳，说来婉婉曲曲，觉得有着落又有疼热，任你力能举鼎，才可冠军，到此不知不觉，做了肉消骨化，只得默默忍受；倘若更改，偏生许多烦恼，弄得耳根不静。唐帝此时，因年纪高大，亦喜安居尊重，凭受他们许多莺言燕语，更兼太子齐王，买嘱他们刁唆谋画，把一个绝好旨意，竟成冰消瓦解，还要虚诬驾陷，要唐帝杀害秦王。幸得唐帝仁慈，便不提起。那些秦王僚属，无不专候明旨。时天气炎热，秦王绝早在院子里赏兰，只见杜如晦、长孙无忌排闼而入，秦王惊问道：“二卿有何事，触热而至？”如晦尚未开口，无忌皱着双眉说道：“殿下可知东宫图谋，势不容缓，恐臣等不能终事殿下奈何？”秦王道：“何所见而云然？”如晦道：“前东宫差内史到楚中，招引了二三十个亡命之徒，早养入府中去了；又有河州刺史虞士良，送东宫长大汉子二十余人，这是月初的事，我在驿前目见的。昨夜黄昏时候，又有三四十个人，说是关外人，要投东宫去的。殿下试思他又不掌禁兵，又不习武征辽，又不募勇敌国，巍巍掖廷，要此等人何用？”秦王正要答话，又见徐义扶同程知节、尉迟敬德进来见礼过了，知节把扇子摇着身体说道：“天气炎热，人情急迫，阋墙之衅，延及柴门，殿下何尚安然而不为备耶！”秦王道：“刚才如晦也在这里对吾议论，但是骨肉相残，古今大恶，吾诚知祸在旦夕，意欲俟其先发，然后以义讨之，庶罪不在我。”敬德道：“殿下之言，恐未尽善。人情谁不爱其死，今众人以死供奉殿下，乃天授也。祸机垂发，而殿下犹若罔闻，殿下纵自轻，如宗庙社稷何？殿下不用臣之言，臣将窜身草泽，不能留居大王左右，束手受戮也。”无忌道：“殿下不从敬德之言，事大败矣；倘敬德不能仰体于殿下,即无忌亦相随而去,不能服侍殿下矣!”秦王道:“吾所言亦未可全弃,容更图之。”知节道:“今早臣家小奴程元,在熟面铺里,看见公座边七八个人,在那里吃面,都是长大强汉。程元挤在一个厢房里边,听他内中有个人说:‘大王爷怎么样待我们好。’那几个道大王爷如何怎样厚典。又有个人道就是二王爷,也甚慷慨多恩。正说得高兴,只见二人走进来说道:‘叫咱各处找寻,你们却在这里用面饭。王爷起身了,快些去罢。’众人留他吃面,那人面也不要吃,大家一哄出门。小厮认得那人,是世子府中买办的王尅杀,归家与臣说知。臣看此行径,火延旦夕,岂容稍缓。”徐义扶道:“二王平昔寻故,贻害殿下,已非一次,只看他将金银一车,赠与护军尉迟,尉迟幸赖不从;又以金帛赐段志元,志元却之;又谮总管程知节出为康州刺史,幸知节抵死不去。这几个人都是殿下股肱翼羽,至死不易,倘有不测,其何以堪?”说了,禁不住涕泗交流。秦王道:“既如此说,你同知节火速到徐勣处,长孙无忌与杜如晦到李靖那里去,把那些话,备细述与他们听,看他们两个的议论如何。”众人听了,即便起身。

且不说徐义扶同程知节到徐懋功处。且说长孙无忌与杜如晦,都是书生打扮,跟了两个能干家人,星夜来到安州大都督李药师处。药师见了,一则以喜,一则以惧,喜的是自己相聚,惧的是二公易服而至,忙留他们到书房中去,杯酒促膝谈心。杜如晦忙把朝里头的事体,细细述与药师听了。药师道:“军国重务,我们外廷之臣,尚好少参末议;况有明主在上,臣等亦不敢措词。至于家庭之事,秦王功盖天下,勋满山河,将来富贵,正未可量,今值阋墙小衅,自能权衡从事,何必要问外臣?烦二兄为弟婉言覆之。”无忌、如晦再三恳求,李靖微笑谢罪而已。如晦没奈何,只得住了一宵,将近五更,恐怕朝中有变,写一字留于案上,同无忌悄悄出门。走了四十五里,绝好一个天气,只见山脚底下推起一阵乌云上山。霎时四面狂风骤起。无忌道:“天光变了,我们寻一个人家去歇息一回方好。”如晦的家人杜增说道:“二位老爷紧赶一步,不上二三里转进去,就是徐老爷的住居了。”如晦道:“正是,我们快赶一步。”无忌问:“那个徐老爷?”如晦道:“就是徐德言,他的妻子就是我家表姊乐昌公主。”无忌道:“哦,原来就是破镜重圆的,这人为什么不做官,住在这里?”如晦道:“他不乐于仕官,愿甘林泉自隐。”无忌道:“这夫妇两个,是有意思的人,我们正好去拜望他们。”大家加鞭纵马,赶到村前,只见一湾绿水浔浔,声拂清流;几带垂杨袅袅,风回桥畔。远望去好一座大庄房,共有四五百人家,在田畴间耕耘不止。一行人过桥来,到了门首便下了牲口,门上人就出来问道:“爷们是那里?”杜增应道:“我们是长安杜老爷,因到安州在此经过,故来拜望老爷。”那门上人道:“我家老爷,今早前村人家来接去了。”杜如晦道:“你同我家人进去禀知公主,说我杜如晦在此,公主自然明白。”就对杜增道:“你进去看见公主,说我要进来拜见。”门人应声,同杜增进去了一回,只见开了一二重门出来,请如晦、无忌到中堂坐下。少顷,见两个垂髫女子,请如晦进内室中去,只见公主:

雅躭铅椠,酷嗜缥缃。妆成下蔡,纱偏泥泥似阳和;人如初日,容映纷纷似流影。好个天装艳色,皱成双阙之红,岫抹云蓝,滴作万家之翠。真是画眉楼畔,即是书林傅粉,房中便为家塾。

如晦见了,要拜将下去。乐昌公主曰:“天气炎热,表弟请常礼罢。”如晦揖毕,坐了问道:“姊姊,姊夫往那里去了?”公主道:“这里村巷,每三七之期,有许多躬耕子弟,邀请当家的去讲学,申明孝悌忠信之义,因此同我宁儿前去。我已差人去请了,想必也就回来。”两个又问了些家事,公主便道:“闻得表弟在秦王府中做官,为何事出来奔走,莫非朝中又有什么缘故么?”如晦道:“姊姊真神仙中人也。”遂将秦王与建成、元吉之事,细细述了一遍。公主道:“这事我已知略一二,今表弟又欲何往?”如晦皱眉道:“秦王叫我二臣,往安州都督李药师处,问他以决行止,不意他却一言不发,你道可恨否?”公主道:“依愚姊看来,此是药师深得大臣之体,何恨之有？况药师的张夫人，前日曾差人来问候，因说药师惟以国事为忧，亦言早晚朝中必有举动。"如晦道："姊姊识见高敏，何知药师深得大臣之体？为甚先已略知一二？"公主道："当初我在杨府中，张、尹二夫人曾慕我之名，与我礼尚往来，今稍希疏。其嫔妃中尚有昔年与我结为姊妹，一个是徐王元礼之母郭婕妤；一个是道王元霸之母刘婕妤，他两个与我甚是情密。刘夫人前日差人来送东西与我，我曾问他朝政，他说张、尹二夫人与英、齐二王，如何要害秦王，把金银买嘱了有儿子的夫人，在朝廷面前撺唆。我家郭、刘二妹还好些，那张、尹与这班都紧趁着帮衬他，晓得秦府智略之士，心腹可惮者，如李靖、徐懋功之俦，皆置之外地；房玄龄与弟长孙无忌等，今皆日夕谮之于上而思遂之，倘一朝尽去，独剩一秦王在彼，如摧枯拉朽，诚何所用。况吾弟朝夕居其第，食其禄，不思尽忠，代为筹画，以尽臣职，反东奔西走，难道徐、李真有田光之智么？"如晦尚要分辨，只见家人报道："老爷回来了。"徐德言忙进来见了礼，便问道："老舅久违了，外面何人？"如晦道："是长孙无忌。"徐德言道："他从没有到我这里，岂可让他独坐在外，弟同老舅到厅上去。"便对公主道："快收拾便饭来。"

大家到厅上来，徐德言与无忌相见了，真是英雄欢聚，非比泛常。一霎儿摆出酒饭来，大家入席。无忌将二王之事，述与徐德言听。德言道："这是家事，不比国政。常人尚有经纬从权处之；何况天挺雄豪，又有许多名贤辅佐，何患不能成事；不知令姊如何教兄？"如晦将公主之言述了一遍。德言道："此言不差，但我前日看见报上说，突厥郁射设将数万骑屯河北，此事只怕早晚就要出兵，更变你们了。"无忌听了，心上觉得要紧，忙吃完了饭，见雨阵已过，如飞催促如晦起身。德言道："本该留二公在此宽等几日，只是此时非闲聚之日，二兄返长安，每事还当着紧，迟则有变矣！"如晦进房去谢了公主，即同无忌等出门，跨马而行。

不到一日，来到长安，进见秦王，无忌将李靖之言说了，又说起遇见了如晦姊丈徐德言。秦王道："乐昌公主与徐德言，也是个不凡的人,他夫妇怎么说?”如晦将公主之言,及德言之话说了。秦王道:“正是,燕王罗艺因突厥郁射凶勇,在此请兵,英、齐二王特将我西府士臣要荐一半去。前日义扶与知节回来,述徐勣之言,亦与李靖无二;但甚称张公谨龟卜如神,孤叫敬德去召他,想此刻就来。”正说时,只见张公谨到来,见了秦王,便问道:“殿下召臣何事?”秦王即将建成、元吉淫乱宫中之言,说了一遍,又将众臣欲靖宫秽之慫也说完了,便指着香案上道:“灵龟在此,望卿一卜以决之。”张公谨大笑,以龟投地道:“卜以决疑,今事在不疑,尚何卜乎!倘卜而不吉,庸得已乎?况此事外臣已知,如转静养宫秽,成何体统!”李淳风等亦极言相劝。秦王道:“既如此,孤意已决,明日朝参时,即当帅兵去问二人之罪矣!”时张公谨已为都捕,守玄武门,对秦王道:“殿下,臣等虽系腹心,每事须当谨密。明日早朝时,臣自有方略应候。”说了便出府而出。

却说李如珪,奉了柴绍的将令,行了月余,已到长安,将柴郡马本章,传进唐帝看了,即宣如珪进去,朝拜了。唐帝问了些战阵军旅并萧后回南之事,如珪一一对答了,唐帝道:“你助战有功,就在此补一缺罢。”如珪谢恩出朝。

时当己未,太白复又经天,傅奕密奏太白见秦分,秦王当有天下。唐帝以其状密授秦王。秦王便奏建成、元吉,淫乱宫闱,且言臣于兄弟,无丝毫有负,今欲杀臣,以为李密、世充报仇,臣今枉死,永违君亲,魂归地下,实耻见诸贼,亦密奏上。唐帝览之愕然,批道:“明当鞫问,汝宜早参。”秦王便将柬帖儿封,叫人驰付西府僚属,打点明早行事。张、尹二夫人窃知秦王表章之意,忙遣人与建成、元吉说知。建成速召元吉计议,元吉以为宜勒宫府精兵,托疾不朝,以观动静。建成道:“我们兵备已严,怕他什么,明早当与弟入朝面质。”

时已庚申,将到四更时候,秦王内甲外袍,同尉迟敬德、长孙无忌、房玄龄、杜如晦内皆裹甲,带了兵器,将要出门,秦王道:“且慢,有个信符在此,叫家将快些放起三个炮来。”那个花炮,是征外国带来的,大有五六寸,响彻云泥,一连放了三个信炮。只听见四下里,就有三四个照应放起来。走过了两三条街,远远望见一队人马将近,杜如晦叫把号炮放起一个来,那边也放一个来接应,原来是程知节、尤俊达、连巨真等几人;斜刺里又有一队人马,放一个炮出来,却是于志宁、白显道、史大奈、陆德明一行人;只听见又有一个信炮放将起来,竟不见有人,未知何故,众人都静悄悄集在天策门楼停住。只见西府两个小卒来报,东府也有四五百人来了,秦王急把袍服卸下,单穿锦甲,执剑先向前迎。敬德纵马说道:“不须主公动手。”便带十来骑杀向前去,与这班敢死之士,大斗起来。那些死士,怎斗得这些虎将过,被敬德先搠翻了三四个,就都败将下去。刚到临湖殿,秦王一骑马赶上建成,建成连发三矢,射秦王不中;秦王亦发一矢,却中建成后心,翻身落将下来。长孙无忌如飞抢上前来,一刀斩讫。元吉着了忙,骑着马往后乱跑,秦王紧赶。只听见一声信炮,趱出一个小将军,喝道:“逆贼到那里去?”一枪刺着,元吉把马一侧,掀将下来。秦王如飞赶上斩了。秦王看那小将,却是秦怀玉,把元吉的头与怀玉拿了,便道:“刚才听见信炮之声,隐隐相近,又不见来汇齐,我正不解;只是你家父亲又不在家,你那里晓得我行事,在这里相候?”秦怀玉道:“这是昨夜程知节老伯来与小臣说的。”秦王听了,带转马头,对敬德、知节说道:“二贼已诛,诸公无妄杀戮。”因此众人让东府兵刃退了下去。

时翊卫军骑将军冯翊、冯立,闻建成死信,叹曰:“岂有生受其恩,而死逃其离乎?”乃与副护军薛万撤、屈咥、直府左车骑万年、谢方叔帅东宫齐府精兵一千,驰骤玄武门,正值张公谨与云麾将军敬君弘、中郎将军吕世衡,相持厮杀。张公谨把吕世衡搠死,又值冯立军来时,公谨又把冯立射亡,独闭关拒绝,彼军虽众则不得入。时唐帝方泛舟海池,闻宫外人乱,正召裴寂、萧瑀议事,恰好秦王使尉迟敬德入宿卫侍,持矛擐甲,直至天子面前。唐帝大惊问道:“今日乱者是谁,卿来此何为?”敬德道:“秦王以太子与齐王作乱,举兵诛之,恐惊动陛下,遣臣宿卫。”唐帝道:“英、齐二子安在?”敬德道："俱被秦王殄灭矣！"唐帝拍案大哭，对裴寂等道："不图今日乃见此事。"裴寂、萧瑀道："英、齐二王本不豫义谋，又无功于天下，疾秦王功高望重，共为奸谋，今秦王已讨而诛之，陛下不必伤悲。秦王功盖宇宙，率土归心，若处以元良，委之国事，无复虑矣。"唐帝道："这原是朕的本心。"敬德请降手敕，合诸军并受秦王处分。唐帝即使裴寂同敬德出去晓谕诸将。时秦兵尚与东府乱杀，裴寂、敬德竟到玄武门来，晓谕了薛万彻等，即解兵逃遁。秦府诸将，欲尽诛余党，敬德固争道："罪在二凶，既伏其辜，可以休矣；若滥及羽党，非所以求安也。"乃止。唐帝下诏，赦天下凶逆之罪，止于建成、元吉，其余党众，一无所问，立秦王为皇太子，诏以军国庶事，无论事之大小，悉委太子处分，然后奏闻。

欲知后事如何，且听下回分解。

第六十七回

女贞庵妃主焚修
雷塘墓夫妇殉节

天下事自有定数，一饮一酌，莫非前定，何况王朝储贰，万国君王，岂是勉强可以侥幸得的？又且王者不死，如汉高祖鸿门之宴，荥阳之围，命在顷刻，而卒安然逸出，楚霸王何等雄横，竟至乌江自刎。使建成、元吉安于义命，退就藩封，何至身首异处。

今说秦王杀了建成、元吉，张、尹二妃初只道两个风流少年，可以永保欢娱，又道掇转头来，原可改弦易辙，岂知这节事不破则已，破则必败，一回儿宫中行住坐卧，都是谈他们的短处。唐帝晓得原有些自差，只得将张、尹二妃退入长乐宫，连这老皇帝也没得相见了，只与夭夭、小莺等，抹牌鞠球，消遣闷杯而已。时秦王立为太子，将文武宾僚，个个陞陟得宜，就是建成、元吉的旧臣，亦各复其职位。惟魏徵当年在李密时，是有恩于秦王，因归唐之后，唐帝见建成学问平常，叫魏徵为太子师傅，今必要驾驭一番。即召魏徵，徵至。秦王道："汝在东府时，为何离间我兄弟，使我几为所图？"魏徵举止自乐，毫不惊异，答道："先太子早从徵言，安有今日之祸？"秦王大怒道："魏徵到此，尚不自屈，还要这般光景，拿出斩了！"左右正要动手，程知节等跪下讨饶。秦王道："吾岂不知其才，但恐以先太子之故，未必肯为我用耳！"遂改容礼之，拜为詹事主簿；王珪、韦挺亦召为谏议大夫。唐帝见秦王每事仁政，举措合宜,众臣亦各抒忠事之,因即让位太子。武德九年八月,秦王即位于东宫显德殿,尊高祖为太上皇,诏以明年为贞观元年,立妃长孙氏为皇后;追封故太子建成为息隐王,齐元吉为海陵刺王,立子承乾为皇太子;政令一新。

且说萧后在周喜店中,冒了风寒,只道就好,无奈胸膈蔽塞,遍体疼热,不能动身,月余方痊;将十两银子,谢了杨翩翩,同王义、罗成等起程。路上只听见人说道:"朝中弟兄不睦,杀了许多人。"萧后因问王义:"宫中那个弟兄不睦?"王义道:"罗将军说建成、元吉与秦王不和,已被秦王杀死,唐帝禅位于秦王了。"自此晓行夜宿,早到潞州。王义问萧后道:"娘娘既要到女贞庵,此去到断崖村,不多几步。臣与罗将军兵马停宿在外,只同女眷登舟而去甚便。"萧后道:"女贞庵是要去的,只检近的路走罢了。"王义道:"既如此,娘娘差人去问窦公主一声,可要同行么?"萧后便差小喜同宫奴到窦公主寓中问了,来回覆道:"窦公主与花二娘多要去的。"

正说时,许多本地方官府,来拜望罗成。罗成就着县官,快叫一只大船,选了十个女兵,跟了窦公主、花二娘、两位小相公。线娘差金铃来接了萧后。薛冶儿过船去,小喜儿宫奴跟随,真是一泓清水,荡浆轻摇。过了几个湾,转到断崖村,先叫一个舟子上去报知。且说女贞庵中,高开道的母亲已圆寂三年了,今是秦夫人为主;见说吃了一惊问道:"萧后怎样来的? 同何人在这里?"舟子道:"船是在本地方叫的,一个姓罗,一个姓王的二位老爷,别的都不晓得。"秦、狄、夏、李四位夫人听了,大家换了衣裳,同出来迎接。刚到山门,只见袅袅婷婷,一行妇人,在巷道中走将进来。到了山门,秦夫人见正是萧后、窦公主,眼眶里止不住要落下泪来。大家接到客堂上,萧后亦垂泪说道:"欲海迷踪,今日始游仙窟。"秦夫人道:"借航寄迹,转眼即是空花。请娘娘上坐拜见。"萧后道:"妾与夫人辈,俱在邯郸梦中,驹将鸣矣,何须讲礼?"秦夫人辈俱以常礼各相见了。萧后把手指道:"这是罗小将军、窦夫人的令郎,这位是花夫人的令郎。"又指薛冶儿道:"你们还认得么?"狄夫人道:"那位却象薛冶儿的光景。”夏夫人道:“怎么身子肥胖长大了些?”萧后道:“夫人们不知那姜亭亭已故世,沙夫人就把他配了王义,王义已做了彼国大臣,他也是一位夫人了。”四位夫人重要推他在上首去,薛冶儿道:“冶儿就是这样拜了。”四位夫人忙回拜后,各各抱住痛哭。桌上早已摆列茶点,大家坐了。窦线娘道:“怎不见南阳公主?”李夫人道:“在内面楞坊主忏,少刻就回。”萧后道:“他在这里好么?”秦夫人道:“公主苦志焚修,身心康泰。”狄夫人道:“娘娘,为什么沙夫人与赵王不来?”萧后把突厥夫妻死了无后,立赵王为国王,罗为国母一段说了。狄夫人道:“自古说,有志者事竟成。沙夫人有志气,守着赵王,今独霸一方,也算守出的了。”秦夫人道:“梦回知己散,人静妙香闻,到盖棺时方可论定。”夏夫人道:“娘娘的圣寿增了,颜色却与两个小相公一般。”萧后道:“说甚话来?我前日在鸳鸯镇周家店里害病,几乎死在那里,有什么快活。”李夫人笑道:“娘娘心上无事,善于排遣。”薛冶儿道:“夏夫人、李夫人的容颜依旧,怎么秦夫人、狄夫人的脸容这等清黄?”小喜儿在背后笑道:“到是杨夫人的宠儿,一些也不改。”李夫人道:“那里见杨翩翩?”萧后把杨、樊二夫人随了周喜,周夫人随了尤永,周、樊二夫人都已死了,那杨夫人与周喜开着饭店在鸳鸯镇那里,说了一遍。李夫人道:“杨翩翩与那周喜可好?”萧后道:“如胶似漆。”夏夫人叹道:“周、樊二夫人也死了!”窦线娘道:“四位夫人,有多少徒弟?”秦夫人道:“我与狄夫人共有三个,夏夫人,李夫人俱未曾有。”花又兰道:“如今的忏事,是何家作福?”秦夫人道:“今年是秦叔宝的母亲八十寿诞,我庵是他家护法,出资置产供养,故在庵中遥祝千秋。”窦线娘道:“可晓得单家妹子夫妻好么?”李夫人道:“后生夫妻有甚不好。”狄夫人道:“单夫人已添了两个令郎在那里。”萧后起身道:“我们同到坛中,去看看法事。”

大家握手,正要进去,只听见钟鼓声停,冉冉一个女尼出来。线娘道:“公主来了。”萧后见也是妙常打扮,但觉脸色深黄,近身前却正是他,不觉大恸起来。南阳公主跪在膝前,呜呜咽咽,哭个不止。萧后双手挽他起来说道:“儿不要哭,见了旧相知。”南阳公主拜见窦线娘道:“伶仃弱质,得蒙鼎力提携,今日一见,如同梦寐。”线娘拜答道:“滚热蚁生,重觌仙姿,不觉尘嚣顿释。”又与花又兰、薛冶儿相见了。萧后执着南阳公主的手道:“儿,你当初是架上芙蓉,为甚今日如同篱间草菊?”南阳公主道:“母后,修身只要心安,何须皮活?”秦夫人引着走到坛中来,灯烛辉煌,幢幡灿烂,好一个齐整道场,众人瞻礼了大士。萧后对五个尼姑,各各见礼过。窦线娘道:“这三位小年纪的,想是二位夫人的高徒了。”秦夫人道:“正是,这两位真定、真静师太,还是高老师太披剃的,高老师太的龛塔,就在后边,停回用了斋去随喜随喜。”众人道:“我们去看了来。”

秦夫人引着,过了两三带屋,只见一块空地上,背后墙高插天,高耸一个石台,以白石砌成龛子在内,雕牌石柱,树木阴翳;中间飨堂拜堂,甚是齐整。线娘道:“这是四位夫人经营的,还是他的遗赀?”秦夫人道:“不要说我们没有,就是师太也没有所遗赀,多亏着叔宝秦爷替他布置。”萧后道:“这为什么?”秦夫人把秦琼昔年在潞州落难时,遇着了高开道母亲赠了他一饭,故此感激护法报恩。”众人啧啧称羡。线娘道:“秦夫人,领我们到各位房里去认认。”萧后忙转身一队而行,先到了秦夫人的卧室,却是小小三间,庭中开着深浅几朵黄花。那狄夫人与南阳公主同房,就在秦夫人后面,虽然两间,到也宽敞。狄夫人道:“我们这里,真是茅舍荒庐,夏、李二夫人那里,独有片云埋玉。”萧后道:“在那里?”狄夫人道:“就在右首。”花夫人道:“快去看了,下船去罢!”秦夫人道:“且用了斋,住在这里一天,明早起身,若今晚就回去,你罗老爷道是我们出了家薄情了。”一头说时,走到一个门首,秦夫人道:“这是李夫人的房。”萧后走进去,只见微日挂窗,花光映榻,一个大月洞,跨进去却有一株梧桐,罩着半窗,窗边坐一个小尼,在那里写字。萧后问是谁人。李夫人道:“这是舍妹,快来见礼。”那小尼向各人拜见了。里面却是一间地板房,铺着一对金漆床儿被褥,衣饰尽皆绚彩。萧后出来,向写字的桌边坐下,把疏笺一看,赞道:“文理又好,书法更精,几岁了,法号叫什么?”小尼低着头答道:“小字怀清,今年十七岁了。”萧后道:“几时会见令姊,在这里出家几年了?”李夫人道:“妹子是在乡间出家的,记挂我,来这里走走。”薛冶儿道:“娘娘,到夏夫人房中去。”萧后道:“二师父同去走走。”遂挽着怀清的手,一齐走到夏夫人房里,也是两间,却收拾得曲折雅致,其铺陈排设,与李夫人房中相似。夏夫人问起萧后在赵王处的事体,李夫人亦问花又兰别后事情,只见两个小尼进来,请众人出去用斋。萧后即同窦线娘,到山堂上来坐定。

众妇人多是风云会合过的,不是那庸俗女子,单说家事粗谈,他们抚今思昔,比方喻物,说说笑笑,真是不同。萧后道:“秦夫人的海量,当初怎样有兴,今日这般消索,岂不令人懊悔!”秦夫人道:“只求娘娘与公主夫人多用几杯,就是我们的福了。”狄夫人道:“我们这几个不用,李夫人与夏夫人,怎不劝娘娘与众夫人多用一杯儿?”原来秦、狄、南阳公主都不吃酒。李、夏夫人见说,便斟与萧后,公主夫人猜拳行令,吃了一回,大家多已半酣。萧后道:“酒求免罢,回船不及,要去睡了。”秦夫人道:“不知娘娘要睡在那里?”萧后道:“到在李夫人那里歇一宵罢。”秦夫人道:“我晓得了,娘娘与薛夫人住在李夫人房里,窦公主与花夫人下榻在夏夫人屋里罢。”狄夫人道:“大家再用一大杯。”各各满斟,萧后吃了一杯,余下的劝与怀清吃了起身。夏夫人领了线娘、又兰与两个小相公去,萧后、薛冶儿同李夫人进房,见薛夫人的铺陈,已摊在外间,丫环铺打在横头。小喜问萧后道:“娘娘睡在那一张床上?”萧后一头解衣,一头说道:“我今夜陪二师父睡罢。”怀清不答,只弄衣带儿。李夫人道:“娘娘,不要他孩子家睡得顽,还说梦话,恐怕误触了娘娘。”萧后道:“既如此说,你把被窝铺在李夫人床上罢,大家好叙旧情。”小喜把自己铺盖,摊在怀清床边,萧后洗过了脸,要睡尚早,见案上有牙牌,把来一摖,便对李夫人道:“我只晓得摖牌,不晓得打牌,你可教我一教。”二人坐定,打起牌来,你有天天九,我有地地八，此有人七七，彼有和五五。两个一头打牌，一头说话，坐了二更天气，上床睡了。

到了五更，金鸡三唱，李夫人便披衣起身，点上灯火，穿好衣裳，走到怀清床边叫道："妹妹，我去做功课，你再睡一回，娘娘醒来，好生陪伴着。"怀清应了，又睡一忽，却好萧后醒来叫道："小喜，李夫人呢？"小喜道："佛殿上做功课去了。"萧后道："二师父呢？"怀清道："在这里起身了。"慌忙到萧后床前，掀开帐幔道："阿呀，娘娘起身了，昨夜可睡得安稳？"萧后道："我昨夜被你们弄了几杯酒，又与李妹子说了一会儿的话，一觉直睡到这时候了。"正说着，只听见小喜道："秦夫人来了，起得好早。"秦夫人在外房对薛夫人道："你们做官的，在外边要见你呢。"萧后道："我家谁人在那里？"秦夫人道："就是王老爷，跟了四五个人，绝早来要会薛夫人，如今坐在东斋堂里。"说罢出房去了。夏、狄、李三位夫人亦进来强留，薛冶儿出去，会了王义，亦来催促。萧后道："这是我的正事，就要起身，待我祭扫与陛下见过，再来未迟。"众夫人替萧后收拾穿戴了，窦公主、花夫人亦进来说道："娘娘，我们谢了秦夫人等去罢。"萧后把六两银子封好，窦公主亦以十两一封，俱赠与秦夫人常住收用，薛冶儿也是四两一封。秦夫人俱不敢领。萧后又以二两一封赠李夫人，李夫人推之再三，方才收了。萧后又与南阳公主些土仪物事，叮咛了几句，大哭一场，齐到客堂里来。秦夫人请萧后同众夫人用了素餐，萧后把礼仪推与秦夫人收了，忙与公主几位谢别出门。南阳公主与四位夫人亦各洒泪，看他们下了船，然后进去。却好小喜直奔出来，狄夫人道："你为何还在这里？"小喜道："娘娘一个小妆盒忘在李夫人房中，我取了来。夫人们，多谢。"说了，赶下船中，一帆风直到濮州。驴轿乘马，罗成都已停当，差五十名军丁，护送娘娘到雷塘墓所去，约在清江甫会齐进京，大家分路。正是：

江河犹喜逢知己，情客空怀吊故坟。

不说罗成同窦线娘、花又兰，领着两个孩儿，到雷夏墓中去祭奠岳母。单说萧后与王义夫妻一行人,走了几日,到了扬州,就有本地方官府来接。萧后对王义道:“此是何时,要官府迎接,快些回他不必劳顿。”那些人晓得了,也就回去。独有一人神清貌古,三绺髯须,方巾大服,家人持帖而来,拜王义。王义看了帖骇道:“贾润甫我当初随御到扬州,曾经会他一面,后为魏司马之职,声名大著,如今不屑仕唐也算有志气的人,去见见何妨。”忙跳下马来迎住,大家寒温叙过礼。贾润甫道:“小弟前年从雷夏迁来,住在这里,与隋陵未有二里之遥,何不将娘娘车辇,暂时停止舍下,待他们收拾停当,然后去未迟。”王义正要吩咐,只见两个老公公,走到面前大叫道:“王先儿,你来了么?娘娘在何处?”王义把手指道:“后面大轮里,就是娘娘在内。”二太监紧走一步,跪在车旁叫道:“娘娘,奴婢们在此叩首。”萧后掀开帘来,看了问道:“你是我们上宫老奴李云、毛德,为什么在此?”二监道:“今天子着我们两个,守隋先炀帝的陵。”萧后道:“想当初他两个,在宫中何等威势,如今却流在这里,看守孤坟。”二监道:“旂帐鼓乐,礼生祭礼,都摆列停当,只候娘娘来祭奠。”萧后道:“旗鼓礼生,我都用不着,这是那里来的?”太监道:“这是三日前,有罗将军的宪牌下来伺候的。”萧后就对自己内丁道:“你去对王老爷说,先帝陵前,止用三牲酒醴楮锭,余皆赏他一个封儿,叫他们回去,我就来祭奠了。”内丁如飞去与王义说知,王义忙同贾润甫走到贾家,封好了赏包儿,便到陵前,把这些人都打发回去,自己悄悄叩了四个头,与贾润甫各处安排停当。

萧后当初正位中宫时,有事出宫,就有銮舆扈从,宝盖旌旗,这些人来供奉,今日二太监没奈何,只在贾润甫处,借了二乘肩舆,在那里伺候。萧后易了素服羽衣,上了轿子,心中无限凄惨,满眼流泪,到了墓门,萧后就叫住了下来,小喜等扶着,同薛冶儿一头哭,一头走;只见碑亭坊表,冲出云霄,树影披横,平空散乱。见主穴下边,尚有数穴,中间玉柱高出,左首一石碑,是烈妇朱贵儿美人灵位,右首是烈妇袁宝儿美人灵位,两旁数穴,俱有石碑,是谢夫人、梁夫人、姜夫人、花夫人、薛夫人及吴绛仙、杳娘、妥娘、月宾等，这是广陵太守陈棱，搜取各人棺木来埋葬的。王义领娘娘逐个宣读看过，萧后见了巍然青冢，忙扑倒地上去，大哭一场，低低叫道："我那先帝呀，你死了尚有许多人扈从，叫妾一人怎样过？"凄凄楚楚，又哭起来，独有薛冶儿捧着朱贵儿石兰，把当初分别的话，一一诉将出来；我如何要随驾，你如何吩咐我许多话，必要我跟沙夫人，再三以赵王托我，今赵王已为正统可汗，不负你所托了。横身放倒，咬住牙关，好像要哭死的一般。

王义见妻子哭得悲伤，萧后甚觉哭得平常，料想没有他事做出来，对小喜并宫奴说道："你们快扶娘娘起来。"众妇女齐上前，挽了萧后起身，化了纸，奠了酒，先行上轿。王义走到陵前，高声叫道："先帝在上，臣矮民王义，今日又在此了。臣当时即要来殉国从陛下九泉，因陛下有赵王之托，故此偷生这几年。今赵王已作一方之王，立为正统可汗，先帝可放心，臣依旧来服侍陛下。"说完站起来，望碑上奋力一扑，自后跌倒。众人喊道："王老爷，怎么样？"时薛冶儿正要上轿，听见了掉转身来，飞赶上前，对众人道："你们闪开。"冶儿看时，只见王义天亭华盖，分为两半，血流满地，只见那双眼睛，瞪开不闭。薛冶儿道："丈夫也算是隋家臣子，你快去伺候先帝，我去回覆贵姐的话儿了来。"薛冶儿见王义登时双目闭了，即向朱贵儿碑，尽力一撞，一回儿香消玉碎，血染墓草，已作泉下幽魂矣。贾润甫同众人忙去报知萧后，萧后坐在小轿上，吃了一惊，想道："好两个痴妮子，他们死了，叫我同何人到清江浦去？"贾润甫道："不知娘娘果要去检视？"萧后想道：去看他，还是同他们死好，还是撇了他们去好？把五十两银子，急付于贾润甫道："烦大夫买两口棺木，葬于二人，但是我如今要到清江浦同罗老爷进京，如何是好？"贾润浦道："娘娘不要愁烦，臣到家去一次就来，送娘娘去便了。"萧后道："如此说，有劳大夫。"润甫到家，把银子付与儿子，叫他买棺木殡殓，自即骑了牲口，同萧后起行。

欲知后事如何，且听下回分解。

第六十八回

成后志怨女出宫
证前盟阴司定案

凡人好行善事，而人不之知，则为阴德；或一时一念之感发，或真心诚意之流行，无待勉强，不事矫饰，盖有不期然而然者。语云：有阴德者，必有阳报。

昔长兴顾氏宦成无子，娶姬妾十余人，一日与内君酌，诸姬皆侍，叹曰："我平生事皆阴德，何以绝我嗣乎？"一姬曰："阴德不在远。"某悟曰："我今行阴德，当嫁汝辈。"姬曰："我岂自言，理固如是，我死从夫子耳！"某尽嫁十余人，已而生三子，毋即言死从者。何况朝廷举动，有关宗庙社稷，其获报又何可量哉。话说罗成将到长安，叫潘美率督兵丁，护着家眷，慢行，自己先入京会见秦叔宝。闻知柴绍已于去年夏间复命，随同叔宝进去，拜见秦老夫人，先把寿仪补送。叔宝道："表弟远隔几千里，家母寿期至今不忘。"罗成便把征北一段，至同萧后回南，贱内到女贞庵会见秦、狄、夏、李四位夫人，知是舅母八十整寿，在那里遥祝千秋，及萧后到扬州祭奠，撞死了王义夫妻的话来说完。秦老夫人道："罗家甥儿，既是你二位娘子并令郎多在这里，快叫人把轿马去接了进来。"叔宝道："母亲，萧后尚在旅中，待他陛见了安顿过，好接两位表嫂来。"秦老夫人道："既如此，且叫怀玉到城外去接萧娘娘、二位夫人到承福寺中，暂住一二日。"怀玉如飞带了家丁出城，去安顿萧后及罗成家眷。

罗成朝见过太宗，赏劳再三，赐宴旌功，早有旨意出来，差四个内监，宣萧后进宫。窦、花二夫人到叔宝家，又献上寿仪，拜过老夫人的寿，与张夫人交拜。单小姐亦拜见，命二子出来，与罗家二子拜见了，互相问候。袁紫烟及江、罗、贾三位夫人闻知，亦时差人馈送礼物。住了月余，罗成辞朝回去，便道到花弧墓上祭扫不提。

却说太宗自登极以后，四方平定，礼乐迭兴，魏徵、房元龄辈，知无不言，言无不尽，君臣相得。一日奉太上皇，置酒未央宫，时当秋暑，那日恰逢天气晴朗，金紫辉映。上皇命颉利可汗起舞，冯智戴咏诗，既而笑道："胡越一家，古未有也！"太宗捧觞上寿说道："此皆陛下教化，非臣智力所及。昔汉高祖亦从太上皇宴此宫，妄自矜大，臣不取也。"上皇大悦，问秦叔宝："你母亲好么？今多少年纪了？"叔宝跪答道："臣母今年八十有三，托赖上皇陛下洪福，得以粗安。"遂命众臣自皇族以下，各依品级而坐，无得喧哗失礼。众臣皆循序列班坐定，命黄门行酒，琴瑟齐鸣，歌声盈耳。君臣正在欢饮，不意尉迟敬德，坐在任城王下首，忽大怒起来，便道："汝有何功，却坐在我上！"任城王却不理他，他便伸出一只大拳头打来，正中道宗左目，众人起身劝时，道宗目睛反转，青肿几眇，便逃席而出。上皇问什么缘故，众臣以直奏上。上皇心上不悦道："任城王道宗，是朕宗支，不要说有功无功，就是他僭越了，今日是个良会，也该忍耐，为甚就动起手来！"太宗率众臣谢罪，便命罢宴，奉上皇还宫。

到了次日，太宗视朝，对群臣道："昨日朕同上皇君臣相乐，一时良会，敬德有失人臣之礼，朕甚不乐；况任城王实朕之亲族，彼便如是行凶，况其他乎！朕之此言，甚非有私道宗也。"言未毕，左右奏敬德自缚请罪，众臣怀惧，皆为跪请道："敬德武臣，本不习儒雅，今无礼有忤圣旨，乞陛下念其汗马之劳，而生全之。"太宗召敬德入，命左右去其缚，对敬德道："朕欲与卿等共保富贵，然卿居官数犯法，朕不以过而掩卿之功，乃知汉室韩彭一旦菹醢，非高祖之过也。”敬德叩头谢罪。太宗道：“国家纪纲，惟赏与罚，非分之恩，不可数得，勉自修饰，无致后悔。”敬德再拜而出，由是强暴顿敛。

贞观九年五月，上皇有疾，崩于太安宫；颁诏天下，谥曰神尧。一日，太宗闲暇，与长孙皇后众嫔妃游览至一宫，即有许多宫女承应，看去虽多齐整，然老弱不一。太宗见了，觉得有些厌憎。有几个奉茶上来，皇后问道：“你们这些宫奴，都是几时进宫的？”众宫人答道：“也有近时进宫的，隋时进宫的居多。”皇后道：“隋时进宫有二十余年了。”众宫奴道：“十二三岁进宫，今已三十五六岁了。”皇后道：“当初隋炀帝嫔妃虽广，为甚要这许多人伺候？”宫人道：“当初炀帝有夫人、美人、昭仪、充华、婕妤、才人等名，安顿各宫；安得如万岁与娘娘仁慈俭素，合宫无不共沐天恩。”太宗道：“朕想天子一人，就是嫔御，象朕不过三四人足矣，精力有限，何苦用着这许多人伺候，使这班青春女子，终身禁锢宫中。”徐惠妃道：“看他们情景，原觉可悯。”太宗对皇后道：“御妻，朕欲将此辈放些出去，让他们归宗择配，完他下半世受用。”皇后笑道：“恩威悉听上裁，妾何敢仰参；不要说真个放他们出去，就是这点念头，亦是一种大阴德。”太宗笑道：“朕岂戏言耶！”只见众宫娥俱跪下谢恩，娘娘与嫔妃等都大笑起来。太宗对内侍说道：“你去对掌宫的内监说，把这些宫女，都造册籍进呈来。”内侍对掌宫监臣魏荆玉说了，那一夜各宫中宫娥彩女，如同鼎沸。天明造完，交与魏荆玉。荆玉伺天子视朝毕，将册籍呈上，太宗看了一回道：“你去叫他们多到翠华殿来。”那魏监领旨去了。太宗回宫指着册籍，对皇后道：“那些宫女，不知糜费了民间多少血泪，多少钱粮，今却蔽塞在此，也得数日工夫去查点他。”皇后道：“不难，陛下点一半，妾同徐夫人点一半，顷刻就可完了。”

太宗便同皇后登了宝辇，徐惠妃坐了平舆，到翠华殿来，见这班宫娥，拥挤在院子里。太宗与皇后，各自一案坐了，徐惠妃坐在皇后旁边。宫女均为两处点名，点了一行，又是一行，都是搽脂抹粉，妍媸参半。太宗拣年纪二十内者，暂置各宫使唤，其年纪大者，尽行放出,约有三千余人。叫魏监快写告示,晓谕民间,叫他父母领去择配,如亲戚远的,你自择对头,与他配合。三千宫娥,欢天喜地,叩谢了恩,携了细软出宫。魏监将一所旧庭院,安放这些宫女,即出榜晓谕。一月之间,那些百姓晓得了,近的领了去,远的魏监私下受了些财礼嫁去,到也热闹。不上两月,将及嫁完,只剩夭夭、小莺两个,他是关外人,亲戚父母都不见来;又因夭夭出宫时,害起病来,小莺伏侍他,住在魏太监寓中三四个月,依旧养得身子肥壮。

偶然一日,魏太监有个好友,锦衣卫挥使姓韦名元贞来拜,年纪将近四旬,妻子竟不生嗣,着实要替他娶妾,他竟不肯。那日魏监留在书房中小饮,说起放宫女事,魏太监道:"韦老先,你尚无子,闻得你嫂子又贤惠,前日何不来娶一个好些的,生个种儿出来,也是韦门之幸。"元贞摇手道:"妻子生得出也好,生不出也就罢了。"魏太监道:"如今剩得两个,就像一父母所生,生得甚好,待我叫他出来,你赏鉴一赏鉴。"就对小太监说了。不一时那两个走将出来,朝着韦官儿行礼下去,元贞如飞站起来回礼,见他两个身材袅娜,肌肤嫩白,忙说道:"请进。"魏监道:"韦老先如何?"元贞道:"使不得,这是上用过的,我们做官儿的娶去为妾,就是失体统了。"魏太监笑道:"真是老婆子的话儿!前日那李官儿,也娶了蔡修容,张官儿也讨了赵玉娇去。偏你娶不得!"便也不提。吃完了酒,韦元贞别去了。过了一日,魏太监打听韦挥使不在家中,便唤一个车儿,叫小莺、夭夭坐了,对一个小太监说道:"你到韦家进去,看见他夫人,说我晓得韦老爷无子,故此公公特送这两个美人来。"小莺、夭夭到了韦家,见了韦夫人,韦夫人欢喜不胜,等元贞进门时,将他两个藏在书房碧纱窗里。元贞看见了,知是夫人美意,就在书房内睡了一回,忙同进去谢了夫人。自是妻妾相得,后来各生下子女,小莺生一女,为中宗皇后,封元贞为上洛王,这是后话休提。

时房玄龄因谏诤之事,见上颇疏,便告老回去。贞观十年六月间,长孙皇后疾病起来,渐觉沉重,遂嘱太宗道:"妾疾甚危,料不能起，陛下宜保圣躬，以安天下。房元龄事陛下久，小心谨密，且无大故，不可弃之。妾之家族，因缘以致禄位，既非德举，易致颠危，愿陛下保全之，慎勿与之权要。妾生无益于人，若死后勿高邱垅，劳费天下，因山为坟，器用瓦木可也。更愿陛下亲君子，远小人，纳忠谏，屏谗佞，省作役，止游畋，妾虽死亦无恨。"又对太子道："尔宜竭尽心力，以报陛下付托之重。"太子拜道："敢不遵母后之命。"后嘱咐罢，是夜崩于仁静宫。

次日，宫司将皇后采择自古得失之事，为女则三十卷进呈。太宗览之悲恸，以示近臣道："皇后此书，足以垂范百世。朕非不知天命，而为无益之悲；但入宫不闻规谏之言，失一良佐，故不能忘怀耳。"乃遣黄门召房玄龄复其位。冬十一月，葬文德皇后于昭陵，近窦太后献陵里许。上念后不已，乃于苑中作层楼观以望昭陵。尝与魏徵同登，使徵视之。徵熟视良久道："臣昏眊不能见。"上指视之，魏徵道："臣以为陛下望献陵，若昭陵则臣固见之矣！"上泣为之毁观，然心中终觉悲伤。

一日，太宗忽然病起来，众臣日夕问候，太医勤勤看视。过四五日不能痊可，恍惚似有魔祟。惟秦琼、尉迟恭来问安时，颇觉神清气爽，因命画二人之像于宫门以镇之。及病势沉重，乃召魏徵、李勣等入宫受顾命，李勣道："陛下春秋正富，岂可出此不吉之言。"魏徵道："陛下勿忧，臣能保龙体转危为安。"太宗道："吾病已笃，卿如何保得？"说罢转面向壁，微微的睡去了。魏徵不敢惊动，与李勣等退至宫门前。李勣问道："公有何术，可保圣躬转危为安？"魏徵道："如今地府，掌生死文簿的判官，乃先帝驾下旧臣，姓崔名珏，他生前与我有交，今梦寐中时常相叙。我若以一书致之，托他周旋，必能起死回生。"李勣闻言，口虽唯唯，心却未信。少顷，宫人宣传皇爷气息渐微，危在顷刻矣。魏徵即于宫门厢阁中，写下一封书，亲持至太宗榻前焚化了，吩咐宫人道："圣体尚温，切勿移动，静候至明日此时定有好意。"遂与众官住宫门前伺候。

且说太宗睡到日暮时，觉渺渺茫茫。一灵儿竟出五风楼前，只见一只大鹞飞来，口中衔着一件东西。太宗平昔深喜佳鹞，见了欢喜，定睛一看，心上转惊道："奇怪！此鹞乃是魏徵奏事时，我匿死怀中之物，为甚又活起来？"忙去捉他，那鹞儿忽然不见，口中所衔之物，坠于地上。太宗拾起看时，却是一封书柬，封面上写着："人曹官魏徵，书奉判兄崔公。"下注云："崔珏系先朝旧臣，伏乞陛下面致此书，以祈回生。"太宗看了欢喜，把书袖了，向前行去。好一个大宽转的所在，又无山水，又无树木，正在惊惶，见有一个人走将来，高声叫道："大唐皇帝往这里来。"太宗闻言一看，那人纱帽蓝袍，手执象笏，脚穿一双粉底皂靴，走近太宗身边，跪拜路旁，口称："陛下，赦臣失误远迎之罪。"太宗问道："卿是何人？是何官职？"那人道："微臣是崔珏，存日曾在先皇驾前为礼部侍郎，今在阴司为酆都判官。"太宗大喜，忙将御手挽起来道："先生远劳，朕驾前魏徵有书一封，欲寄先生，却好相遇。"崔判官问："书在何处？"太宗在袖中取出，递与崔珏。崔珏接来，拆开看了说道："陛下放心，魏人曹书中，不过要臣放陛下回阳之意，且待少顷见了十王，臣送陛下还阳，重登玉阙便了。"太宗称谢。又见那边走两个软翅的小官儿来，说道："阎王有旨，请陛下暂在客馆中宽坐一回，候勘定了隋炀帝一案，然后来会。"太宗道："隋炀帝还没有结卷么？"二吏道："正是。"太宗对崔珏道："朕正要看隋炀帝这些人，烦崔先生引去一观。"崔珏道："这使得。"大家举步前行，忽见一座大城，城门上边写着"幽明地府鬼门关"七个大字。崔珏道："微臣在前引着，陛下去恐有污秽相触。"领太宗入城，顺街而行，看那些人蓬头跣足，好似乞丐一般。走了里许，只见道旁边走出先帝李渊，后边随着故弟元霸，太宗见了，正要上前叩拜父皇，转眼就不见了。又走了几步，忽见建成引着元吉、黄太岁而来，大声喝道："世民来了，快还我们命来！"崔判官忙把象笏擎起说道："这是十殿阎王君请来的，不得无礼！"三人听了，倏然不见。太宗问道："翟让、李密、王伯当、单雄信、罗士信想还在此？"崔珏道："他们早已托生太原荆州数年矣！"还要问太穆皇后、文德皇后在何处，只见一座碧瓦楼台,甚是壮丽,外面望去,见里面环佩叮当,仙香奇异。正在疑眸之际,见三个长大汉子,后面有七八个青面獠牙鬼使押着。崔珏道:“陛下可认得那三个么?”太宗道:“有些面善,只是叫他不出。”崔珏道:“那第一个披猪皮的是宇文化及;第二个穿牛皮的是宇文智及;第三个穿狗皮的是王世充。他们俱定了案,万劫为猪牛狗,受后来的千刀万剐,以偿生前弑逆之罪。”正是:

有恶到头终有报,只争来早与来迟。

太宗正在那里观看,听见两边人说道:“又是那一案人出来了?”崔珏看是何人,见一对青衣童子执着幢幡宝盖,笑嘻嘻的引着一个后生皇帝,后面随着十余个纱帽红袍的,两个官吏随着。崔珏叫道:“张寅翁,这一宗是什么人?”那官吏说道:“是隋炀帝的宫女朱贵儿,他生前忠烈,骂贼而死,曾与杨广马上定盟,愿生生世世为夫妇。后面这些是从亡的袁宝儿、花伴鸿、谢天然、姜月仙、梁莹娘、薛南哥、吴绛仙、妥娘、杳娘、月宾等。朱贵儿做了皇帝,那些人就是他的臣子,如今送到玉霄宫去修真经一纪,然后降生王家。”太宗听了笑道:“朕闻朱贵儿等尽难之时,表表精灵,至今述之,犹为爽快;但生为天子,不知是在那个手里?”又见两个鬼卒,引着一个垂头丧气的炀帝出来,后面跟着三四个黑脸凶神。崔珏又问跟出来的鬼吏押他到那里去。那鬼吏答道:“带他到转轮殿去,有弑父弑兄一案未结,要在畜生道中受报。等四十年中,洗心改过,然后降阳世,改形不改姓,仍到杨家为女,与朱贵儿完马上之盟。”崔珏问道:“为何顶上白绫还未除去?”鬼吏道:“他日后托生帝后,受用二十余年,仍要如此结局。”崔珏点头。太宗道:“炀帝一生残虐害民,淫乱宫闱,今反得为帝后,难道淫乱残忍,倒是该的?”崔珏道:“残忍,民之劫数;至若奸杰,此地自然降罚。今为妃后,不过完贵儿盟言。”太宗正要细问,见一吏走来对太宗道:“十王爷有请。”太宗忙走上前,早有两对提灯,照着十位阎王降阶而至,控背躬身迎接;太宗谦让,不敢前行。十王道:“陛下是阳间人王,我等是阴间鬼王,分所当然,何须过让?”太宗道:“朕得罪麾下,岂敢论阴阳人鬼之道。”逊之不已。

太宗前行，竟入森罗殿上，与十王礼毕坐定。秦广王拱手说道：“先年有个泾河老龙，告殿下许救，而终杀之何也？”太宗道：“朕当时曾梦老龙求救，实是允他生全，不期他犯罪当刑，该人曹官魏徵处斩。朕宣魏徵在殿下棋，岂知魏徵倚案一梦而斩，这是龙王罪犯当死，又是人曹官出没神机，岂是朕之过咎。”十王闻言伏礼道：“自那老龙未生之前，南斗生死簿上已注定，该杀于魏人曹之手，我等皆知，但是他折辩定要陛下来此，三曹对质，我等将他送入轮藏转生去了。但令兄建成、令弟元吉，旦夕在这里哭诉陛下害他性命，要求质对，请问陛下这有何说？”太宗道：“这是他弟兄合谋，要害朕躬，假言夺槊，使黄太岁来刺朕，若非尉迟敬德相救，则朕一命休矣。又使张、尹二妃设计挑唆父皇；若非父皇仁慈，则朕一命又休矣。置鸩酒于普救禅院，满斟欢饮，若非飞燕遗秽相救，则朕一命又休矣。屡次害朕不死，那时又欲提兵杀朕，朕不得已而救死，势不两立，彼自阵亡，于朕何与？昔项羽置太公于俎上以示汉高，汉高曰：‘愿分吾一杯羹。’为天下者不顾家，父且不顾，何有于兄弟，愿王察之。”十王道：“吾亦对令兄令弟反复晓谕，无奈他执诉愈坚，吾暂将他安置闲散，俟他时定夺，今劳陛下降临，望乞恕我等催促之罪。”言毕，命掌生死簿判官：“快取簿来，看唐王阳寿天禄该有多少。”

崔判官急转司房，将天下万国之王天禄总簿一看，只见南赡部洲大唐太宗皇帝注定贞观一十三年。崔判官看了，吃了一惊，急取笔蘸墨将一字上添上两画，忙出来将文簿呈上。十王从头一看，见太宗名下注定三十三年，十王又问：“陛下登基多少年了？”太宗道：“朕即位已经一十三年。”十王道：“陛下还有二十年阳寿，此一来已是对案明白，请还阳世。”太宗听见，躬身称谢。十王差崔判官、朱太尉送太宗还魂。

太宗谢别出殿。朱太尉执着一枝引魂幡在前引路，只见一座阴山，觉得凶恶异常。太宗道：“这是何处？”崔判官道：“这是枉死城,前日那六十四处烟尘草寇,众好汉头目,枉死的鬼魂,都在里头,无收无管,又无钱钞用度,不得超生,陛下该赏他些盘缠,才好过去。"太宗道:"朕空身在此,那里有钱钞。"崔判官道:"陛下的朝臣尉迟恭有制钱三库,寄存在阴司,陛下若肯出名立一契,小判作保,借他一库,给散与这些饿鬼,到阳间还他;那些冤鬼,便得超生,陛下可安然竟过。"太宗大喜,情愿出名借用。崔判官呈上纸笔,太宗遂立了文书,崔判官袖着,将到山边,听得神嚎鬼哭,乱哄哄拥出许多鬼来,尽是拖腰折臂,也有无头的,也有无脚的,都喊道:"李世民来了,还我命来!"太宗吓得胆战心惊,拖住崔判官。崔判官道:"你们不得无礼,我替大唐皇爷借一库银子的票儿在此,他们去叫那魔头来领票去支付分给便了。唐皇爷阳寿未终,到阳间去还要做水陆道场,超度你们哩!"众鬼听了,如飞去叫那魔头来,崔判官吩咐了,把票儿付与魔头,众鬼欢喜而去。三人又走了里许,见一条青石大桥,滑润无比,太宗向桥上走去,刚要下桥,听得天庭一个霹雳,吃了一惊,跌将下来,忙叫道:"跌死我也!跌死我也!"开眼看时,见太子嫔妃,都在旁伺候。

太子忙传魏徵等,魏徵走近御床,牵衣说道:"好了,陛下回阳了。"太宗醒了片时,太医进定心汤吃了,站起身来。魏徵问道:"陛下到阴司可曾会见崔珏?"太宗点头道:"亏他护持。"便将幽梦所见,细细述与众人听了;众人拜贺而出。太宗即传旨,宣隐灵山法师唐三藏、窦巨德至京。天使到时,窦巨德已圆寂四五天了。使者随唐三藏到京,建水陆道场,超度幽魂;又命以金银一库还尉迟恭,恭辞不受,太宗再三勉谕,敬德拜受而出。库吏将银盘交敬德,照册缺了五百贯,库吏惊惶,只见梁上堕下一帖,取视之,乃大业十二年,敬德打铁时,支付书生票也,闻者奇异。太宗在宫中,调养了三四天,御体比前愈觉强健,不期被火焚了大盈库,魏徵道:"天灾流行,皆由宫中阴气抑郁所致,乞将先帝所御嫔妃尽行放出。"太宗见说,深以为是,即将老宫女尽数放出;复有三千余人连张、尹二妃,亦出宫归家,宫禁为之一空。遂差唐俭往民间点选良家女子,年十四五岁者，只许百名，预使太常少卿祖孝孙教习音乐。将近四五月，唐俭选秀女回来，太宗散给后宫，只选武媚娘为才人，安顿福绥宫，宠幸无比。

欲知后事如何，且听下回分解。

第六十九回

马宾王香醪濯足
隋萧后夜宴观灯

宋时维扬秦君昭，妙年游京师，有一好友姓邓，载酒祖饯，畀一殊色小环，至前令拜。邓指之道："某郡主事某所买妾也，幸君便航附达。"秦弗诺，邓恳之再三，勉从之。舟至临清，天渐热，夜多蚊，秦纳之帐中同寝，直抵都下。主事知之取去，三日方谒谢道："足下长者也，弟昨已作简，附谢邓公矣！"此真不近女色之奇男子。还有商时九侯，有女色美而庄重，献于纣，奈此女不好淫，触纣怒，杀女而醢九侯；鄂侯谏，并烹之，此真不喜近男子之美妇人。是知男女好恶，原有解说不出的。

太宗是个天挺豪杰，并不留情于色欲，不想长孙皇后仙逝，又选了武氏进宫，色宠倾城，欢爱无比。却说那武氏，他父亲名士彠，字行之，住居荆州；高祖时，曾任都督之职，因天性恬淡，为宦途所鄙，遂弃官回来。妻子杨氏，甚是贤能，年过四十无子，杨氏替他娶一邻家之女张氏为妾。月余之后，张氏睡着了，觉得身上甚重，拿手一推，却把自己推醒，自此成了娠孕。过了十月，时将分娩，行之梦见李密，特来拜访云："欲借住十余年，幸好生抚视，后当相报。"醒来却是一梦。张氏遂尔脱身，行之意是一儿，即看时却是女儿。张氏因产中犯了怯症，随即身亡。武行之夫妇，把这女儿万分爱护。到了七岁，就请先生教他读书。先生见他面貌端丽，叫做媚娘。及至十二三岁，越觉妖艳异常，便与同学读书的相通，茶余饭罢，行步不离。又过年余，是他运到，唐俭点选进宫，敕赐才人，性格聪敏，凡诸音乐，一习便能，敢作敢为，并不知宫中忌惮。太宗行幸之时，好像与家中知己一般，才动手就叫他、搂他、亲他、媚他，太宗从没有经过这般光景，愈久愈觉魂消，因此时刻也少他不得。

如今且说太子承乾，是长孙皇后所生，少有躄疾，喜声色畋猎驰骋，有妨农事。魏王名泰，太子之弟，乃韦妃所生，多才能，有宠于帝，见皇后已崩，潜有夺位之意，折节下士，以求声誉，密结朋党为腹心。太子知觉，阴遣刺客纥于承基，谋杀魏王。正值吏部尚书侯君集，怨望朝廷，见太子暗劣，欲乘衅图之，因劝太子谋反，太子欣然从之，遂将金宝厚赂中郎将季安俨等，使为内应。不意太宗闻知，便把太子承乾，废为庶人，侯君集等典刑。时魏王泰日入侍奉，太宗面许立为太子。褚遂良、长孙无忌固请立晋王治。太宗谓侍臣道："昨青雀投我怀云：臣今日始得为陛下子，臣有一子，臣死之日，当为陛下杀之，传于晋王，朕甚怜之。"褚遂良道："陛下失言。此国家大事，存亡所系，愿熟思之；且陛下万岁后，魏王据天下之重，肯杀其爱子，以授晋王哉！今必立魏王，愿先措置晋王，始得安全耳。"太宗流涕，因起入宫，想起太子二王，不觉懊恨填胸，击床大叹。徐惠妃、武才人问道："陛下有何闷事，发此长叹？"太宗把太子与魏王、晋王之事说了，又道："朕临敌万阵，屡犯颠危，未尝稍挂胸臆，不意家室之间，反多狂悖，何以生为？"徐惠妃道："陛下平定四海，征伐一统，得有今日，何苦以家政细务，常生忧戚。"太宗道："妃子岂不知向日建成、元吉，淫乱于前，二王欲步武于后，所为如此，我心诚无聊赖。"因自提于床，拔佩刀欲自刺。武氏忙上前夺住道："陛下何轻易如此，不肖者已废之，图谋者亦未妥，何不收此蛤蚌，尽付渔人之利。晋王亦皇后所生，立之未为不可。"徐惠妃道："晋王仁孝，立之为嗣，可保无虞。"太宗闻言甚悦，即御太极殿，召群臣说道："承乾悖逆，泰亦凶险，诸子谁可立者？"众皆叹乎道："晋王仁孝，当为嗣。"太宗遂立晋王治为皇太子，时年十六。太宗谓侍臣道:“我若立泰,则是太子之位,可经营而得。自今太子失道,藩王窥伺者,皆两弃之,传诸子孙永为世法。”晋王既立,极尽孝敬,上下相安。

时维九月,正直秦叔宝母亲九十寿诞,太宗亲自临幸,见琼宅无堂,命辍小殿之材以构之,五日而成,手书“仁寿堂”以赐之,又赐锦屏褥几杖等;徐惠妃赏赍亦甚厚。琼上表申谢,太宗手诏道:“卿处至此,盖为太上皇报德,何事过谢?”话分两头。却说有清河茌平人,姓马名周,字宾王,少孤贫好学,精于诗赋,落拓不为州里所敬。曾补傅州助教,日饮醇醪,不以讲授为务,刺史屡加咎责,周乃拂衣,游于长安,宿新丰市中。主人唯供诸商贩,有失款待,宾王自己无聊,把青田石制汉将李陵一牌,战国时孙膑一牌,供在桌上,沽酒饮醉了,便击桌大哭道:“李陵呵,汝有何负,而使汝辱及妻孥;汉王何心,而使汝终于沙漠!”哭了一番,吃一回酒,又向孙膑的牌位哭道:“孙膑呵,汝何修未得,以致结怨于好友;汝何罪见招,以致颠踬于终身!”哭了又吃酒,总是处逆境之人,若狂若痴,好象掷下了东西,坐卧不安的光景,其激烈处,恨不化为博浪椎,为秦庭筑,为田将军泪;感愤处,恨不化为斩马剑,为散盗车,为荆轲匕首。因是不与世俗伍。

一日遇见中郎将常何,虽是武官无学,颇有知人之识,知马宾王必成大器,延至家中,待为上宾,一应翰墨之事,尽出其手。是时星变异常,下诏文武官,极言得失。常何遂烦马周,代陈便宜二十余事进上。马周旅邸无聊,袖了些杖头,散步出门。那日恰是三月三日上巳佳节,倾城士女,皆至曲江祓禊,杂剧吹弹,旗亭都张灯结彩。马周也到那里去闲玩,上了店中,踞了一个桌儿,在那里独酌畅饮。那些公侯驸马,帝子王孙,都易服而来嬉耍。只见一个宦者,跟了几个相知,许多仆从,也在座头吃酒。见马周饮得爽快,便对马周道:“你这个狂生,独酌村醪,这般有兴,我有一瓶葡萄御酒在此,赠与你吃了罢。”家人把一瓶酒,送与马周。马周把酒,揭开一看,却有七八斤,香喷无比,把口对了瓶,饮了一回;饮下的,瞥见桌边有一拌面的瓦盆儿在，便把酒倾在里头，口中说道："高阳知己，不意今日见之。"一头说，一头将双袜脱下，把两足在盆内洗濯。众人都惊喊道："这是贵重之物，岂可如此轻亵？"马周道："我何敢轻亵？岂不闻身体发肤，受之父母，不敢毁伤。曾子云：启予足，启于手，我何敢媚于上而忽于下？"洗了，抹干了足，把盆拿起来，吃个罄尽。刚饮完时，只见七八个人，抢进店来，说道："好了，马相公在此了！"马周道："有何事来寻我？"常何家里二人说道："圣上宣相公进朝。"原来太宗在宫，翻阅臣僚本章，见常何所上二十条，申说详明，有关政治，因思常何是个武臣，那有此学问，就出宫来召问常何。常何只得奏云："是臣客马周所代作。"太宗大喜，即着内监出来宣召。当时马周见说，忙到常何寓中，换了衣衫靴帽，来到文华殿。太宗把二十条事，细细详问，马周抗词质辩，一一剖析，真个是学富五车，才高八斗。太宗大喜，即拜他为刺史之职，赐常何彩绢二十四出朝。

太宗即散朝进宫，行至凤辉宫前，只见那里笑声不绝，便跟了两个宫奴，转将进去，见垂柳拖丝，拂境清幽；姹紫嫣红，迎风弄鸟，别有一种赏心之境。听见笑声将近，却是一队宫女奔出来，有的说打得好，竟象一只紫燕斜飞，有的说这般年纪，一些也不吃力，还似个孤鹤朝天，盘旋来往。太宗叫住一个宫奴问道："你们那里来？为什么笑声不绝？"那宫奴奏道："在倚春轩院子里，看萧娘娘打秋千耍子。"太宗道："如今还在那里打么，可打得好？"宫奴道："打得甚好，如今还在那里玩。"太宗见说，即便来到凤辉宫来下辇偷觑，见院子里站着许多妇女，在那里望着大笑。看见秋千架上，站着一个人，浅色小龙团袄，一条松色长裙扣了两边，中间扎着大红缎裤，翻天的飞打下来，做一个蝴蝶穿花；又打起来，做一个丹凤朝阳，改了个饥鹰掠食势，扑将下来；真个风流袅娜，体态轻狂。太宗正侧着身子，掩在石屏间细看，只见一个宫奴瞥眼看见，忙说道："万岁爷来了！"那些宫奴一哄而散。

太宗此时，不好退出，只得走将进去。萧后如飞下了架板，小喜忙把萧后头上一幅尘帕,取了下来,又除下裙扣。萧后直到太宗膝前,跪下说道:“臣妾不知圣驾降临,有失迎接,罪该万死。”太宗把手扶起道:“萧娘娘有兴,寻此半仙之乐。”萧后道:“偶乐排遣,稍解岑寂,有污龙目,实为惶悚。”太宗携着萧后进宫,觉得异香馥郁,因坐下,萧后泣对太宗道:“妾以衰朽之姿,得蒙恩宠,实出意外,但生前常望眷顾,死后得葬于吴公台下,妾愿毕矣。”太宗许诺,因说:“今日清明佳节,宫中张灯设宴,娘娘可同玩赏。”萧后道:“今日清明,民间都打扫坟墓,妾先帝墓,无人祭扫,言之痛心。”太宗道:“朕当为置守冢三百户,并拨田五顷,以供春秋祭祀。”后遂谢恩。太宗道:“少顷朕来宣你。”又道:“为何适闻香气,今却寂然?”萧后笑而不言。原来此香,乃外国制的结愿香,在突厥可汗那里带来的。当下太宗回宫传旨,宣萧娘娘看灯。萧后即唤小喜跟随,来到太宗宫中,朝见毕,与徐惠妃、武才人等相见了。太宗坐首席,请萧后坐左边第一席。武才人因说道:“娘娘何不就与陛下同席?”萧后道:“妾蒲柳衰质,强陪至尊,甚非所宜,就是这席还不该坐。”太宗笑道:“总是一家,不必推逊。”于是坐定,行酒奏乐,至晚合宫都张起花灯,光彩夺目。萧后道:“清明不过小节,怎么宫掖间这般盛设名灯?”太宗道:“朕自四方平定以后,凡遇令节与除夜上元,一样摆设庆赏。”萧后道:“金翠光明,燃同白昼,佳丽得紧;只是把那些灯焰之气,消去了更妙。”

太宗问萧后道:“朕之施设,与隋主何如?”萧后笑而不答。太宗固问,萧后道:“彼乃亡国之君,陛下乃开基之主,奢俭固自不同。”太宗道:“奢俭到底,各具其一。”萧后道:“隋主享国十余年,妾常侍从,每逢除夜,殿前与诸院,设火山数十座,每山焚沉香数车,火光若暗,则以甲煎沃之,焰起数丈,其香远闻数十里。一夜之中,则用沉香二百余车,甲煎二百余石。殿内宫中,不燃膏火,悬大珠一百二十颗以照之,光比白日。又有外国岁献明月宝夜光珠,大者六七寸,小者犹径三寸,一珠之价,值数十万金。今陛下所设,无此珠宝,殿中灯烛,皆是膏油,但觉烟气薰人,实未见其清雅。然亡国之事，亦愿陛下远之。”太宗口虽不言，遥思良久，心服隋主之华丽道：“夜光珠，明月宝，改日当为娘娘致之。”于是觥筹交错，传杯弄盏，足有两更天气。武才人看那萧后无限抑扬、婉转丰韵关情处，竟不似五十多岁的光景，暗想：“他那种事儿，不知还有许多勾引人的伎俩。”萧后亦只把武才人细看，越看越觉艳丽，但无一种窈窕幽闲之意；徐惠妃与众妃，见他三人顽成一块，俱推更衣，各悄悄的散去。萧后亦要辞出，太宗挽着萧、武二人说道：“且到寝室之中，再看一回灯去。”

欲知后事如何，且听下回分解。

第七十回

隋萧后遗榇归坟
武媚娘披缁入寺

人之遇合分离,自有定数,随你极是智巧,揣摩世事,意则屡中的,却度量不出。萧后在隋亡之时,只道随波逐浪,可以快活几时,何知许多狼狈?今年将老矣,转至唐帝宫中,虽然原以礼貌相待,却是身不由己。今日太宗突然临幸,在妇女家最难得之喜,他则不然,曾经沧海难为水,除却巫山岂是云。晓得太宗宠一个如花似玉的武媚娘,自知又不能减灭了一二十年年纪,返老还童起来,与他争上去;故此太宗虽然一幸,觉得付之平淡。不想被太宗看灯接去,通宵达旦,媚娘见他风流可爱,便生起妒忌心来,却极力的撺掇太宗冷淡了。他又把两个蠢宫奴,换了小喜,去与太宗幸了。因此萧后日常饮恨,眉头不展,凭你佳肴美味,拿到面前,亦不喜吃;即使清歌妙舞,却也懒观,时常差宫奴去请小喜到来,指望说说隐情。那武才人却又奸滑,叫两个心腹跟了,他衷肠难吐,彼此慰问了一番,即便别去。萧后只得自嗟自叹,拥衾而泣,染成怯症,不多几时,卒于唐宫。太宗闻知,深为惋惜,厚加殡殓,诏复其位号,谥曰"愍",使行人司以皇后卤簿,扶柩到吴公台下,与隋炀帝合葬。小喜要送至墓所,武才人不许,只得回宫。

武才人因萧后已死,欢喜不胜,弄得太宗神魂飞荡,常饵金石。会高士廉卒,太宗将往哭之,长孙无忌、褚遂良谏道:"陛下饵金石，于方不得临丧，奈何不为宗庙社稷自重?”太宗不听，无忌中道伏卧，流涕固谏，太宗乃还，入东苑南望而哭，涕下如雨，遂命图画功臣二十四人于凌烟阁，列其姓名爵里，已故者书谥。适徐勣得一疾，太医说唯须灰可疗，太宗亲自剪须，为之和药，勣顿首泣谢。太宗又因勣妻袁紫烟新逝，姬妾甚少，恐他无人侍奉，意欲选一二宫奴，赐他作伴。勣再三辞谢，太宗道：“朕为社稷，非为卿也，何须逊谢?”即日着内监，选两个有年纪的宫奴，赐与徐勣不提。时太白屡昼见，太史令占道女主昌，民间又传秘记云：“唐三世之后，女主武王代有天下。”太宗闻言，深恶之。

一日，会诸武臣于宴于宫中，行酒令使言小名。左武卫将军李君羡，自言小名五娘，其官称封邑皆有武字，出为华州刺史。御史复奏，君羡谋不轨，遂坐诛。因密问太史令李淳风：“秘记所云信有之乎?”淳风对道：“臣仰稽天象，俯察历数，其人已在陛下宫中，自今不过三十年，当有天下，杀唐子孙殆尽，其兆既成。”太宗道：“疑似者尽杀之何如?”淳风对道：“天之所命，人不能违，王者不死，徒多杀无辜；况自今以往三十年，其人已老，或者颇有慈心，为祸或浅。今若得而杀之，天或更生壮者，肆其怨毒，恐陛下子孙无遗类矣！”太宗听言乃止，心中虽晓得才人姓武有碍，但见媚娘性格柔顺，随你胸中不耐烦，见了他就回嗔作喜，顷刻不忍分手，因此虽放在心上，亦且再处。武才人也晓得大臣的议论，谅天子意思，必不加刑，但欲逊避，恨无其策。日复一日，太宗因色欲太深，害起病来，那太子晋王朝夕入侍，瞥见武才人颜色，不胜骇异道：“怪不得我父皇生这场病，原来有这个尤物在身边，夜间怎能个安静。”意欲私之，未得其便，彼此以目送情而已。

一日晋王在宫中，武才人取金盆盛水，捧进晋王盥手。晋王看他脸儿妖艳，便将水洒其面，戏吟道：

乍忆巫山梦里魂，阳台路隔恨无门。

武才人亦即接口吟道：

未曾锦帐风云会，先沐金盆雨露恩。

晋王听了大喜，便携了武才人的手，同往宫后小轩僻处，武才人道："陛下闻知，取罪不小。"晋王笑道："我今与你也是天缘，何人得知。"武才人扯住晋王御衣泣道："妾虽微贱，久侍至尊，今日欲全殿下之情，遂犯私通之律；倘异日嗣登九五，置妾于何地？"晋王见说，便矢誓道："倘宫车异日晏驾，册汝为后，有违誓言，天厌绝之。"武才人叩谢道："虽如此说，只是廷臣物议不好，倘皇爷要加罪于妾身，何计可施？"晋王想了一想道："有了，倘父皇着紧问你，你须如此如此说，自可免祸，又可静以待我了。"武才人点首，晋王乃解九龙羊脂玉钩赠武才人，才人收了，随即别出。时京中开试，放榜未定日期，太宗病间，召李淳风问道："今岁开科取士，不知状元系何地何人，料卿必知。"淳风道："臣昨夜梦入天廷，见天榜已放，臣看完，只见迎榜首出来，他彩旗上面有诗一首。"太宗道："诗句怎样说？"淳风道："臣犹记得。"遂朗吟：

美色人间至乐春，我淫人妇妇淫人。
色心若起思亡妇，遍体蛆钻灭色心。

太宗听了说道："诗后二句，甚不解其意，不知何处人，什么姓名？"淳风道："圣天子洪福不浅，今科三鼎甲，乃是忠直之士，大有裨于社稷；姓名虽知，不便说出，恐泄漏于臣，上帝震怒不浅，乞陛下赐臣于密室，写其姓名籍贯，封固盒中，俟揭榜后开看便知。"太宗叫太监取一个小盒，淳风写了封在盒内，太宗又加上一封，藏于柜中。淳风辞了出来，不一日开榜时，太宗取柜中李淳风写的一对，却是状元狄仁杰，山西太原人；榜眼骆宾王，浙江义乌人；探花李日知，京兆万年人。不胜骇异，始信淳风所言非诳，谶数之言必准。因思："今已如此大病，何苦留此余孽，为祸后人。"便对才人武氏说道："外廷物议，道你姓应图谶，你将何以自处？"武才人跪下泣奏道："妾事皇上有年，未尝敢有违误。今皇上无故，一旦置妾于死，使妾含恨九泉，何以瞑目？况妾当时同百人选进宫，蒙皇上以众人为宫娥，妾独赐为才人，受恩无比；今日若赐妾死，反为他人笑话，望陛下以好生为心，使妾披剃入空门，长斋拜佛，以祝圣躬，以修来世，垂恩不朽。”说罢大恸。太宗心上原不要杀他，今见他肯削发为尼，不胜大喜道：“你心肯为尼，亦是万幸的事；宫中所有，快即收拾回家，见父母一面，随即来京，赐于感业寺削发为尼。”武才人同小喜谢恩，收拾出宫。正是：

玉龙且脱金钩伺，试把于思付与谁。

时武士彟闻知媚娘要出宫为尼，忙差人去接到家中相聚。家人领命，不多几日，接到家中。杨氏母亲，见媚娘当年怎么样进宫，今日这般样出来，不觉大哭一场；小喜亦思量起父母死了，如今要见他，怎能够了，亦哭了一场。大家拜见过，武媚娘道：“闻得父亲过继个三思侄儿，怎么不见？”杨氏道：“他怎比当初，近来准日有许多朋友，不是会文，定是讲学，日日在外面，吃得大醉回来。”媚娘道：“我忘记今年几岁了？”杨氏道：“当年你父亲过继他来时，已是三岁，如今已一十五岁了，看去象个人，不知他胸中如何？”

正说时，只见武三思半醉的回来。杨氏道：“三思，你家姑娘回来了，快来拜见。”媚娘与小喜忙起身，与三思见了礼。三思道：“姑娘在宫中受用得紧，为什么朝廷听信那廷臣之议，把姑娘退出宫来，却要去削发为尼。这皇帝也算无情了，亏他舍得放你出来。”媚娘止不住落下泪来。三思道：“姑娘你不要愁烦，我看那些尼姑到快活，并无忧愁。”媚娘心上初出宫的时节，到觉难过，今见了三思相貌姣好，也就罢了。吃了夜饭，三思见父母与小喜走开，即走近媚娘身边，带醉的说道：“姑娘，我看你好股青丝发的，日后怎舍得剃将下来？”媚娘因是自家骨肉，又见他年纪幼小，搂在怀里。三思道：“姑娘睡在那里？”媚娘道：“就在母房内。”三思道：“我有许多话要问姑娘，今夜我陪姑娘睡了罢。”媚娘道：“有话待我母亲睡着了，你可以进房来说。”三思道：“如此却切记，不要闩了门。”媚娘点点头儿。

那夜武三思，候父母睡着，悄悄挨进媚娘房中，成了鹑鹊之乱。过了几日，武士彟恐怕弄出事来，只得打发媚娘、小喜出门。武三思送了一二里，媚娘悄对他说道：“侄儿，你若忆念我，到了考试之期,竟到感业寺中来会我。”三思唯唯,洒泪而别。在路上行了几日,到了感业寺中。那庵主法号长明,出来接了武媚娘与小喜进去,见媚娘千娇百媚,花枝般一个佳人,又见小喜年纪,二十四五,丰神绰约,也不是安静主顾,想道:“如此风流样子,怎出得家?”领到佛堂中,四五个徒弟在那里动响器,长明老尼叫武媚娘参拜了佛,便与他祝了发,小喜也改了打扮,佛前忏悔过。停了音乐,各人下来见礼。小喜看到第四个,宛如女贞庵里二师父,心里是这般想,因初相见不好说破,大家定睛看了一回。长明道:“这四个俱是小徒。”指着怀清道:“这位是去岁冬底来的。”就领武夫人进去说道:“这两间是夫人喜姐住的房,间壁就是这位四师父的卧室。”媚娘听了,暂时收拾,安心住着。

到了黄昏时候,只见小喜笑嘻嘻的走进来。媚娘道:“你这个女儿,倒象惯做尼姑的,到这个地位,还有什么好笑?”小喜道:“夫人不知,那位四师父,就是女贞庵李夫人的妹子怀清,是我认得的,刚才不好叫出来,如今在他房里,问了别后的事情,故此好笑。”媚娘道:“什么女贞庵李夫人?”小喜把当初隋萧后回南上坟,到女贞庵与隋南阳公主、秦、狄、夏、李四位夫人相会,说了一遍。媚娘道:“如此说他好了,为什么又到这里来?”小喜道:“濮州连岁饥荒,又染了疫症,秦、夏、李三位夫人,相继病亡。他被一个士子挈了要同到京,不想中途士子被盗杀了,他却跳在水中,被商船上救了,带至京都,送在此地暂寓。”媚娘道:“他们果有人来往么?”小喜道:“他说有个姓冯的表弟,住在蓝桥开张药铺,常来走走。”媚娘点点头儿。一日媚娘正在佛堂内看怀清写对,听得外面叩门,恰好长明老尼不在庵中,领众徒到人家念经去了;怀清出来,问道:“是谁?”那人道:“阿妹,是我。”怀清知是冯小宝,欢喜不胜,忙开了进来。怀清道:“为什么多时不来?”冯小宝道:“闻得你们庵中,有甚么朝廷送的武夫人,在此出家,故此我不敢来。今见寺门闭着,想是徒弟不在家,我悄悄来会你一会。”怀清道:“那武夫人在堂中,你要去见见么?”那冯小宝随了怀清进来,见武夫人倚在桌上看怀清写的榜对。怀清道："五师父，我们的兄弟在这里看我，见个礼儿。"媚娘掉转身来一看，只见：

身躯寡弱，态度幽娴。鼻倚琼瑶。眸含秋水。眉不描而自绿，唇不抹而凝朱。生成秀发，尽堪盘云髻一窝；天与娇姿，最可爱桃花两颊。慢道落水中宵梦，欲卜巫山一段云。

媚娘忙答一礼道："这个就是令弟么？"恰好小喜寻媚娘进去，小宝见了，也与他揖过。小喜问道："此位尊姓？"怀清道："就是前日说的冯家表弟。"小喜道："原来就是令弟，失敬了。"说罢，怀清同着小宝，走到自己的房中，只见小宝走到桌边，取一幅花笺，写一绝道：

天赋痴情岂偶然，相逢已自各相怜。
笑予好似花间蝶，才被红迷紫又牵。

怀清笑道："妾亦有一绝赠君。"提起笔来，写在后面道：

一睹芳容即耿然，风流雅度信翩翩。
想君命犯桃花煞，不独郎怜妾亦怜。

写完，怀清出房，到厨下去收拾酒菜，同小宝在房中吃酒玩耍。媚娘在房，细想了一回，随同小喜走到怀清房门首，悄悄立着，只听得外面敲门声响，晓得老师父领众回来。媚娘便走进房，小喜出去开门。那怀清亦出来。只见长明领了四个徒弟，婆子背着经忏，怀清与那几个说些闲话，小喜恐怕媚娘冷淡，即便归房去，只见媚娘展开了鸾笺，上写道：

花花蝶蝶与朝朝，花既多情蝶更妖。
窃得玉房无限趣，笑他何福可能销。
从来乐事恨难长，倏尔依回恣采香。
讨尽花神许多债，慢留几点未亲尝。

两人正在那里看诗，见怀清进来说道："武上师，你同六师父到我房里去谈谈。"媚娘道："你有令弟在那里，我怎好来？"怀清道："自古说，四海之内皆兄弟。何况你我？"媚娘道："既如此说，何不同我到房里来坐坐,我泡好茶相候。”怀清道:“我同六师父去挽他来。”携了小喜出房,不一时先把酒肴送到,小喜也先进来;媚娘道:“你可曾拿我的诗么?”小喜道:“诗在案上,没有人动。我刚才在他房里,见桌上一幅字,也是什么诗儿,被我袖在这里,与夫人看。”放了东西,在袖子里取出来,媚娘接来细看,乃是怀清与小宝唱和的两首绝句。忽见怀清与小宝走进来,媚娘悄悄将诗藏过,便道:“四师父,我在这里没有破钞,怎好相扰?”怀清道:“几个小菜,叫人笑死。”便将烛放在中间,叫小宝朝南坐了,自向媚娘对席,叫小喜也坐在横头,大家满斟细酌,狎邪嘲笑,饮酒欢乐,不提。

贞观二十三年五月,太宗疾甚,召长孙无忌、褚遂良、徐钔辈,至榻前说道:“朕与卿等,扫除群丑,费了无数经营,始得归于一统。今四方宁靖,正欲与卿等共享太平,不意二竖忽侵,魏徵、房玄龄先我而去,近又丧我李靖、马周,朕今将分手,别无他嘱。太子躬行仁俭,言动礼仪,可谓佳儿佳妇,卿等共辅佐之。”说了大恸,无忌等拜谢道:“陛下春秋正富,正好励精图治,今龙体偶不豫,出此不祥之语。”太宗道:“朕已预知,故为叮咛耳。”诸臣辞了出宫。是夜上崩,太子即位,是为高宗,颁白诏于天下,诏以明年为永徽元年。时武氏在感业寺,闻之亦为之恸泣。后因太宗忌日,高宗诣感业寺行香,恰值冯小宝在庵,回避不及,长明无奈,只得把小宝落了发。高宗问及,说是侄儿,在土地堂里出家,才来看我。高宗道:“白马寺中,田地甚多,僧众甚少,朕给度牒一纸与他,限他明日即往白马寺住扎。”武氏见了高宗大恸,高宗亦为之泣下,悄悄吩咐长明,叫武氏束发,朕即差人来取。嘱咐了即起行。

欲知后事如何,且听下回分解。

第七十一回

武才人蓄发还宫
秦郡君建坊邀宠

情痴婪欲，对景改形，原是极易为的事；若论储君，毕竟非礼勿视，非礼勿听，非礼勿言，非礼勿动，从幼师传涵养起来，自然悉遵法则。不意邪痴之念一举，那点奸淫，如醉如痴，专在五伦中丧心病狂做将出来，反与民间愚鲁，火树银台，桑间濮上，尤为更甚。

今不说高宗到感业寺中行香回宫。再说武夫人到了房中，怀清说道："夫人好了，皇爷驾临，特嘱夫人蓄发，便要取你回宫；将来执掌昭阳，可指日而待，为何夫人双眉反蹙起来？"媚娘道："宫中宠幸，久已预料必来，可自为主；只是如今一个冯郎，反被我三人弄得他削发为僧，叫我与你作何计筹之？"怀清道："我们且不要愁他，看他进来怎么样说。"只见冯小宝进房来问道："你们为什么闷闷的坐在此？"小喜道："武夫人与四师父，在这里愁你。"小宝道："你们好不痴呀，夫人是不晓得，我姐姐久已闻知，我小宝上无父母，下无兄弟妻室，又不想上进，只想在温柔乡里过活，今日逢着夫人，难得怀清姐姐分爱，得沾玉体，又兼喜姑娘帮衬；这种恩情，不要说为你三人剃了头发，就死亦不足惜。"怀清道："只是出了家，难得妇人睡在身边，生男育女。"小宝道："姐姐，你不知那些妇人，巴不得有个和尚，整日夜搂住不放出来。"武夫人道："若如此说，你将来有了好处，不想我们的了。"小宝道："是何言欤！若要如夫人这般倾城姿色，世所罕有；即如二位之尚义情痴，亦所难得；但只求夫人进宫时，撺掇朝廷，赏我一个白马寺主，我就得扬眉了，料想和尚没有什么官儿在里头，可以做得。”怀清道：“你这话就差了，难道皇帝只是男子做得，或者武夫人掌了昭阳，也做起来，亦未可知。”武夫人笑道：“这且慢与他争论，只要你们心中有我就够了。”小宝跪下发誓道：“苍天在上，若是我冯怀义，日后忘了武夫人与怀清师父、小喜姑娘的恩情，天诛地灭。”武夫人脱下一件汗衫，怀清解下玉如意，小喜也脱一件粗衣，三件东西，赠与冯小宝，正在叮咛之际，只见长明执着一壶酒，老婆子捧了夜膳，摆在桌上。长明道：“冯师父，我斟一壶酒与你送行，你不可忘了我。论起刚才在天子面前，我认了你是个侄儿，你今夜该睡在我房里才是；但是我老人家年纪有了，不敢奉陪，只要你到白马寺中去，收几个好徒弟来下顾就是。快些吃杯酒儿睡了，明日好到寺里去。”说了，出房去了。小宝与媚娘等三人到五更时，听见钟声响动，只得起身收拾，大家下泪送别怀义出庵不提。

再说高宗过了几日，即差官选纳武才人与小喜进宫，拜才人为昭仪。高宗欢喜不胜。亦是武昭仪时来运至，恰好来年就生一子，年余又生一女，高宗宠幸益甚。王皇后、萧淑妃，恩眷已衰，会昭仪生女，后怜而弄之。后出，昭仪潜扼杀之，上至昭仪宫，昭仪阳为欢笑，发被观之，女已死矣，惊啼问左右，皆言皇后适来此。高宗大怒道：“后杀吾女！”昭仪也泣数其罪。后无以自明，由是有废立之意。

高宗一日退朝，召长孙无忌、李勣、褚遂良、于志宁于殿内，遂良道：“今日之事，多为宫中。既受顾托，不以死争之，何以下见先帝？”勣称疾不入。无忌等至内殿，高宗道：“皇后无子，武昭仪有子，今欲立昭仪为后何如？”遂良道：“先帝临崩，执陛下手，谓臣道：‘朕佳儿佳妇，今以付卿。’此陛下所闻，言犹在耳，皇后未闻有过，岂可轻废。”上不悦而罢。明日又言之，遂良道：“陛下必欲易皇后，伏请妙择天下令族，何必武氏，况武氏经事先帝，众所共知，万代之后，谓陛下为何如?”因置笏于殿阶，免冠叩头流血。高宗大怒，命宫人引出。昭仪在帘中大言曰：“何不扑杀此獠?”无忌道：“遂良受先帝顾命，有罪不敢加刑。”韩瑗因间奏事，泣涕极谏，高宗皆不纳。隔了几日，中书舍人李义府叩阁，表请立武昭仪，适李勣入朝，高宗道：“朕欲立武昭仪为后，前问遂良，以为不可，子当何如?”李勣道：“此陛下家事，何必更问外人?”许敬宗从旁赞道：“田舍翁多收十斛麦，尚欲易妇，况天子乎?”帝意遂决，废王皇后、萧淑妃为庶人，命李勣赍玺绶，册武氏为皇后。贬褚遂良为潭州都督，又贬为受州刺史，寻卒。怎样自后僭乱朝政，出入无忌，每与高宗同御殿阁听政，中外谓之二圣。高宗被色昏迷，心反畏惧武后，即差人封怀义为白马寺主。又令行人司，迎请母亲来京，赠父武士彟司徒，赐爵周国公，封母杨氏为荣国太夫人，武三思等俱令面君，亲赐官爵，置居京师。因恨王皇后、萧淑妃，令人断其手足，投二酒瓮中道：“二贱奴，在昔骂我至辱，今待他骨醉数日，我方气休。”因此日夜荒淫。

武后怀着那点初心，要高宗早过，便百般献媚，弄得高宗双目枯眩，不能票本。百官奏章，即令武后裁决。武后曾经涉猎文史，弄些聪明见识，凡事皆称圣意，因遂徽号曰天后。一日，高宗因目疾枯塞，心下烦闷，因对天后道：“朕与你终日住在宫中，目疾怎能得愈?闻得嵩山甚是华丽，朕与你同去一游，开爽眼界如何?”天后亦因在宫中，时见王、萧为祟，巴不能个出去游幸，便道：“这个甚好。”高宗令宫监出来说了，不一时銮仪卫摆列了旗帐队伍，跟了许多宫女。高宗同天后上了一个双凤銮舆坐下，天后道：“文臣自有公务，要他们跟来做甚，只带御林军四五百就够了。”高宗遂传旨大小文臣，不必随御，一应文臣便自回衙门办事。銮仪卫把那些旗帐，齐齐整整摆将出来，甚是严肃。在路晓行夜宿，逢州过县，自有官员迎接供奉。

不日已到嵩山，但见奇峰叠出，高耸层云，野鸟飞鸣，齐歌上下；寺门前一条石桥，沸滚的长川冲将下来。奈是秋杪的时候，只有红叶似花，飘零石砌。又见那寺里日宫月殿，金碧辉煌；只可恨那寺后一两进小殿，被了火灾，还没有收拾。因天已底暮，在寺门前看那红日落照，游了一回，便转身上辇。天后呆坐了仔细凝思。高宗道："御妻想什么？"天后道："聊有所思耳！"因取鸾笺一幅，上写道：

陪銮游禁苑，侍赏出兰闱。
云掩攒峰盖，霞低捶浪旂。
日宫疏涧户，月殿启岩扉。
金轮转金地，香阁曳香衣。
铎吟轻吹发，幡摇薄露稀。
昔遇焚芝火，山红迎野飞。
花台无半影，莲塔有金辉。
实赖能二力，攸资善世威。
慈缘兴福绪，于此欲皈依。
风枝不可静，泣血竟何为？

高宗看天后写完，拿起来念了一遍，赞道："如此词眼新艳，用意古雅，道是翰苑大臣应制之作，岂属佳人游戏之笔？妙极，妙极。"行了数日，已到宫门首，几个大臣来接驾奏道："李勣抱疴半月，昨夜三更时已逝矣！"高宗见说，为之感伤，赐谥贞武；其孙敬业，袭爵英公。高宗因天后断事平允，愈加欢喜。天后览臣工奏章，见内有薛仁贵讨突厥余党，三箭定了天山，因叹道："几万雄师，不如仁贵之三箭耳！"遂问高宗道："此人有多少年纪？"高宗道："只好三十以内之人。"天后道："待他朝见时，妾当觑他。"高宗临朝，薛仁贵进朝覆旨，天后在帘内私窥，见其相貌雄伟，心中甚喜，撺掇高宗以小喜赠之。时天后设宴于华林园，宴其母荣国夫人并三思，高宗饮了一回，有事与大臣会议去了。杨氏换了衣服，同天后、三思，各处细玩园中景致。但见：

楼阁层出，树影离奇。纵横怪石，嵌以精庐；环池以憩，万片游鱼；绀树镂楹，视花光为疏密。长栿复道，依草态以萦回。既燠房之奥穾，亦凉室之虚无。乃登峭阁，眺层邱，条八窗之竞开，洗万壑之争流。能不结遥情之亹亹，真堪增逸兴之悠悠。

游玩一遍，荣国夫人辞别天后升舆回第。三思俟杨氏去后，换了衣服，也来殿上游玩一遍，各自散归。武后回宫不提。

且说沛王名贤，周王名显，因宫中无事，各出资财，相与斗鸡为乐，以表输赢。时王勃为博士，年少多才，二王喜与之谈笑。每至斗鸡时，王勃亦为之欢饮，因作斗鸡檄文云：

盖闻昴日，著名于列宿，允为阳德之所钟。登天垂象于中孚，实惟翰音之是取。历晦明而喔喔，大能醒我梦魂；遇风雨而寥寥，最足增人情思。处宗窗下，乐兴纵谈；祖逖床前，时为起舞。肖其形以为帻，王朝有报晓之人，节其状以作冠，圣门称好勇之士。秦关早唱，庆公子之安全；齐境长鸣，知群黎之生聚。决疑则存诸卜，颁赦则设于竿。附刘安之宅以上升，遂成仙种；从宋卿之窠而下视，常伴小儿。唯尔德禽，固非凡鸟。文顶武足，五德见推于田饶；杂霸雄王，二宝呈祥于嬴氏。迈种首云祝祝，化身更号朱朱。苍蝇恶得混其声，蟋蟀安能窃其号。即连飞之有势，何断尾之足虞？体介距金，邀荣已极；翼舒爪奋，赴斗奚辞？虽季郈犹吾大夫，而埘桀隐若敌国。两雄不堪并立，一啄何敢自安？养威于栖自之时，发愤在呼号之际。望之若木，时亦趾举而志扬；应之如神，不觉尻高而首下。于村于店，见异己者即攻；为鹳为鹅，与同类者争胜。爰资枭勇，率遏鸱张。纵众寡各分，誓无毛之不拔；即强弱互异，信有喙之独长。昂首而来，绝胜鹤立；鼓翅以往，亦类鹏抟。搏击所施，可即用充公膳，翦降略尽，宁犹容彼盗啼。岂必命付庖厨，不啻魂飞汤火。羽书捷至，惊闻鹅鸭之声；血战功成，快睹鹰鹯之逐。于焉锡之鸡幛，甘为其口而不羞；行且树乃鸡碑，将味其肋而无弃。

倘违鸡塞之令，立正鸡坊之刑。牝晨而索家者有诛，不复同于彘畜；雌伏而败类者必杀，定当割以牛刀。此檄。

高宗见了檄文，便道："二王斗鸡，王勃不行谏诤，反作檄文，此乃交构之际。"遂斥王勃出沛府。王勃闻命，便呼舟省父于洪都。舟次马当山下，阻风涛不得进。那夜秋杪时候，一天星斗，满地霜华。王勃登岸纵观，忽见一叟坐石矶上，须眉皓白，顾盼异常，遥谓王勃道："少年子何来？明日重九，滕王阁有高会；若往会之，作为文词，足垂不朽，胜于斗鸡檄文矣！"勃笑道："此距洪都，为程六七百里，岂一夕所能至！"叟道："兹乃中元，水府是吾所司，子欲决行，吾当助汝清风一帆。"勃方拱谢，忽失叟所在。勃回船，即促舟子发舟，清风送帆，倏抵南昌。舟人叫道："好呀，谢天地，真个一帆风已到洪州了！"王勃听见，欢喜不胜。

时宇文钧新除江州牧，因知都督阎伯屿，有爱婿吴子章，年少俊才，宿构序文，欲以夸客，故此开宴宾僚。王勃与宇文钧，亦有世谊，遂更衣入谒，因邀请赴宴，勃不敢辞，与那群英见礼过，即上席。因他年方十四，坐之末席。笙歌迭奏，雅乐齐鸣，酒过几巡，宇文钧说道："忆昔滕王元婴，东征西讨，做下多少功业，后来为此地刺史，牧民下士，极尽抚绥。黎庶不忘其德，故建此阁，以为千秋仪表；但可惜如此名胜，并无一个贤人做一篇序文，镌于碑石，以为壮观。今幸诸贤汇集，乞尽其才，以纪其事何如？"遂叫左右取文房四宝，送将下去。诸贤晓得吴子章的意思，各各逊让，次第至勃面前。勃欲显己才，受命不辞。阎公心中转道："可笑此生年少不达，看他做什么出来！"遂起更衣，命吏候于勃旁。"看他做一句报一句，我自有处。"王勃据了一张书案，提起笔来，写着："南昌故郡，洪都新府。"书吏认真写一句报一句，阎公笑道："老生常谈耳。"次云："星分翼轸，地接衡庐。"阎公道："此故事也。"又报至："襟三江而带五湖，控蛮荆而引瓯越。"阎公即不语。俄而数吏沓报至，阎公即颔颐而已。至"落霞与孤鹜齐飞，秋水共长天一色"，阎公不觉矍然道："奇哉此子，真天才也！快把大杯去助兴。"顷而文成,左右报完,忽见其婿吴子章道:“此文非出自王兄之大才,乃赝笔也;如不信,婿能诵之,包你一字不错。”众人大惊;只见吴子章从“南昌故郡”背起,直至“是所望于群公”,众人深以为怪。王勃说道:“吴兄记诵之功,不减陆绩诸人矣;但不知此文后,小弟还有小诗一首,吴兄可诵得出么?”子章无言可答,抱惭而退。只见王勃又写上一言均赋,四韵俱成:

滕王高阁临江渚,佩玉鸣鸾罢歌舞。
画栋朝飞南浦云,朱帘暮卷西山雨。
闲云潭影日悠悠,物换星移几度秋。
阁中帝子今何在?槛外长江空自流。

阎公与宇文钧见之,无不赞美其才,赠以五百缣,才名自此益显。

却说高宗荒淫过度,双目眩眊。天后要他早早归天,时刻伴着他玩耍,朝中事务,俱是天后垂帘听政。一日看本章内,礼部有提请建坊旌表贞烈一疏。天后不觉击案叹道:“奇哉!可见此等妇人之沽名钓誉,而礼官之循声附会也。天下之大,四海之内,能真正贞烈者,代有几人?设或有之,定是蠢然一物,不通无窍之人,不是为势所逼,即为义所束。闺阁之中,事变百出,掩耳盗铃,谁人守着。可笑这些男子,总是以讹传讹,把些银钱,换一个牌坊,假装自己的体面,与母何益?我如今请贞烈建坊的一概不准,却出一诏,凡妇人年八十以上者,皆版授郡君,赐宴于朝堂,难道此旨不好是前朝?”遂写一道旨意于礼部颁谕天下,时这些公侯驸马以及乡绅妇女,闻了此言,各自高兴,写了履历年庚,递进宫中。天后看了一遍,足有数百,天后拣那在京的年高者,点了三四十名,定于十六日到朝堂中赴宴。至日,席设于宝华殿,连自己母亲荣国夫人亦预宴。时各勋戚大臣的家眷,都打扮整齐而来。

独有秦叔宝的母亲宁氏,年已一百有五,与那张柬之的母亲滕氏,年登九十有余,皆穿了旧朝服,来到殿中。各各朝见过,赐坐饮酒。天后道:“四方平静,各家官儿,俱有家静养,想精神愈觉健旺。”秦太夫人答道：“臣妾闻事君能致其身，臣子遭逢明圣之主，知遇知荣，不要说六尺之躯，朝廷豢养，即彼之寸心，亦不敢忘宠眷。”天后道：“令郎令孙，都是事君尽礼，岂不是太夫人训诲之力？”张柬之的母亲道：“秦太夫人寿容，竟如五六十岁模样，百岁坊是必娘娘敕建的了。”荣国夫人道：“但不知秦太夫人正诞在于何日，妾等好来举觞。”秦母道：“这个不敢，贱诞是九月二十三日，况已过了。”酒过三巡，张母与秦母等，各起身叩谢天后。明日，秦叔宝父子暨张柬之辈，俱进朝面谢，天后又赐秦母建坊于里第，匾曰：“福寿双高”。此一时绝胜。

欲知后事如何，且听下回分解。

第七十二回

张昌宗行傩幸太后
冯怀义建节抚硕贞

谚云饱暖思淫欲，是说寻常妇人；若是帝后，为天下母仪，自然端庄沉静，无有邪淫的。乃古今来，却有几个？秦庄襄后晚年淫心愈炽，时召吕不韦入甘泉宫；不韦又觅嫪毒，用计诈为阉割，使毒如宦者状，后爱之，后被杀，不韦亦车裂。汉吕后亦召审食其入宫，与之私通。晋夏侯氏，至与小吏牛金通，而生元帝，流秽宫内，遗讥史策。可惜月下老布置姻缘，何不就拣这几个配偶，使他心满意足，难道他还有什么痴想？

如今再说天后在宫中淫乱，见高宗病入膏肓，欢喜不胜。一日高宗苦头重，不堪举动，召太医秦鸣鹤诊之。鸣鹤请刺头出血可愈。天后不欲高宗疾愈，怒道："此可斩也，乃欲于天子头刺血！"高宗道："但刺之未必不佳。"乃刺二穴出少血。高宗道："吾目似明矣！"天后举手加额道："天赐也。"自负彩百匹，以赐鸣鹤。鸣鹤叩头辞出，戒帝静养。天后好象极爱惜他，时伴着依依不舍。岂知高宗病到这时，还不肯依着太医去调理，还要与太后亲热，火升起来，旋即驾崩，在位三十四年。天后忙召大臣裴炎等于朝堂，册立太子英王显为皇帝，更名哲，号曰中宗；立妃韦氏为皇后，诏以明年为嗣圣元年，尊天后为皇太后，擢后父韦元贞为豫州刺史，政事咸取决于太后。

一日，韦后无事，在宫中理琴，只见太后一个近侍宫人，名唤上官婉儿，年纪只有十二三岁，相貌娇艳，性格和顺；生时母梦人畀大秤而生，道使此女称量天下，后遂颇通文墨，有记诵之功。偶来宫中闲耍，韦后见于便问道："太后在何处，你却走到这里来？"婉儿道："在宫中细酌。我不能进去，故步至此。"韦后道："岂非冯、武二人耶！"婉儿点头不语。韦后道："你这点小年纪，就进去何妨？"婉儿道："太后说我这双眼睛最毒，再不要我看的。"韦后道："三思犹可，那秃驴何所取焉！"正说时，只见中宗气忿忿的走进宫来，婉儿即便出去。韦后道："朝廷有何事，致使陛下不悦？"中宗道："刚才御殿，见有一侍中缺出，朕欲以与汝父，裴炎固争，以为不可。朕气起来对他们说，我欲以天下与韦元贞，何不可，而惜侍中耶！众臣俱为默然。"韦后道："这事也没要紧，不与他做也罢了，只是太后如此淫乱奈何？听见冯武又在宫中吃酒玩耍。"中宗道："诗上边说有子七兮，莫慰母心；母要如此，叫我也没奈何。"韦后道："你到有这等度量；只是事父母几谏，宁可悄悄的谏他一番。"中宗道："不难，我明日进宫去与他说。"到了明日，中宗朝罢，先有宫监将中宗要与韦元贞为侍中并欲与天下，与太后说了。太后道："这般可恶。"不期中宗走进宫来，令诸侍婢退后，悄悄奏道："母后恣情，不过一时之乐，恐万代后青史中不能为母后隐耳，望母后早察。"太后正在含怒之际，见他说出这几句话来，又恼又惭，便道："你自干你的事罢了，怎么毁谤起母来？怪不得你要将天下送与国丈，此子何足与事！"遂召裴炎废中宗为庐陵王，迁于房州；封豫王旦为帝，号曰睿宗，居于别宫。所有宫内大小政事，咸决于太后，睿宗不得与闻。太后又迁中宗于均州，益无忌惮，心甚宽畅。又知宗室大臣怨望，心中不服，欲尽杀之。盛开告密之门，有告密称旨者，不次除宫。用索元礼、周兴、来俊臣共撰《罗织经》一卷，教其徒网罗无辜。中宗在均州闻之，心中惴惴不安，仰天而祝，因抛一石子于空中道："我若无意外之虞，得复帝位，此石不落。"其石遂为树枝勾挂。中宗大喜，韦后亦委曲护持之。中宗道："他日若复帝位，任汝所欲，不汝制也。”这是后事不提。

且说洛阳有张易之、张昌宗兄弟二人，他父亲原是书礼之家，一日因科举到京应试，寓在武三思左近。恰好三思与怀义不睦，要夺他宠爱，遂荐昌宗兄弟于太后，不提。

却说怀清见怀义到白马寺里去，料想他不能个就来，适有一睦州客人陈仙客，相貌魁伟，更兼性好邪术，怀清竟蓄了发，跟他到睦州；那寺侧毛皮匠，也跟去做了老家人。恰值那年睦州亢旱，地里忽裂出一个池来，中间露出一条石桥，桥上刻着“怀仙”两字，人到池边照影，一生好歹，都照出来。因此怀清夫妻也去照照，那知池中现出竟如天子皇后的打扮，并肩而立。怀清深以为怪，对仙客道：“桥上‘怀仙’二字，合着你我之名；又照见如此模样，武媚娘可以做得皇帝，难道我们偏做不得？”遂与仙客开起一个崇义堂来，只忌牛犬，又不吃斋，所以人都来皈依信服。男人怀清收为徒，女人仙客收为徒，不上一两年，竟有数千余人。怀清自立一号曰硕贞，拣那些精壮俊俏后生，多教了他法术，皆能呼风唤雨。不期被县尹晓得了，要差兵来捕他，那些徒弟们慌了，报知陈仙客、硕贞。硕贞见说，选了三四百徒弟，拥进县门，把县尹杀了，据了城池，竖起黄旗，自称文佳皇帝。仙客称崇义王，远近州县，望风纳款。扬州刺史阴润，只得申文报知朝廷。

是日太后闲着无事，恰值差人去请怀义在宫中二雅轩宴饮；见了奏章，太后微笑道：“天下只道唯我在女子中有志敢为，可谓出类拔萃者矣；不意此女亦欲振起巾帼之意，擅自称帝。”怀义道：“莫非就是睦州文佳皇帝陈硕贞么？前日有两个女尼，对臣说那陈硕贞凶勇无比，说起来就是感业寺里怀清，未知确否？”正说时，只见象州刺史薛仁贵，申文请发兵讨陈硕贞，附有夫人小喜一幅私礼，禀启中备说陈硕贞就是怀清，在睦州起义，曾遇异人，得了天书箓符，凶锋难犯，或抚或剿，恩威悉听上裁。太后笑道：“我说那里有这样斗气的女子，原来果是令姊。”怀义亦笑道：“罢了，男人无用的了，怎么一个柔弱女子，便做得这个田地？”太后笑道：“这样话只算得放屁。舜何人也,子何人也,有为者亦若是。难道女子只该与男子践如敝屣的?我前日的意思,建官分职,原要都用女子,男人只充使令;举朝皆妇人,安在不成师济之盛?我今烦你去招安他,难道他不肯来?"怀义道:"臣无官职,怎能个去招他?"太后道:"我封你一个大将军之职,你去如何?"即传旨封怀义为右卫大将军之职,星夜往睦州,招抚陈硕贞。咨文发下,怀义便辞朝,太后又叮咛了许多话,差御林军三千助之。又移咨象州刺史薛仁贵,会兵接应。仁贵得了旨意,亦发兵进剿。

原来陈硕贞夫妻两个近日不睦,仙客嫌妻拥着精壮徒弟,不与他管;硕贞亦嫌其抢虏娇娃,带了随处宣淫。你道我兵强,我道己兵强,因此大家分路,各自建功。仁贵将到淮上,早有细作来报道:"崇义王陈仙客,带了一二千人马,离此地只有三十余里,要到徐州借粮,伏乞老爷主裁。"薛仁贵即便驻扎,点三百精兵,扮作逃难百姓,星夜赶去伏着,又发一百精兵,扮做贩酒煮的客人,又发三百精兵,扮作香客,看前头下得手处埋伏。吩咐完了,各自起行。仁贵自己统领大军,连夜追赶,离贼只有二三里,便停住。候至半夜,只听得一声号炮,仁贵如飞赶上前去,只见后边火星迸起,炮起不绝。仁贵持枪,直杀到寨门,可怜那些贼兵,从未逢这样精锐,各自卸了甲胄走了。陈仙客尚在炕上安寝,睡梦中听得杀喊,正要想逃走,那晓得仁贵一条枪直刺进来,被后边四五个精兵杀进,逃走不及,被仁贵一枪刺死在地,枭了首级。还有七八百人,见主帅被诛,只得弃戈投降。

却说怀义同了三千御林军起行,预先差四五个徒弟,扮作游方僧人,去打听可是怀清还俗的。众徒弟领命去了,自己却慢慢而行。过了几日,只见那四五个徒弟同了一个老人家转来,怀义问道:"所事可有着实么?"徒弟道:"文佳皇帝一个亲随家人,被我们哄到这里,师爷去问他便知。"怀义出来问道:"你是那里人?姓什么?"那老者道:"难道老爷不认得小的了?小的姓毛,名二,长安人,当年住在感业寺侧首,做皮匠为活。小的单身,时常家怀清师父热汤茶饭，总承我的；不想被那睦州陈仙客王爷，到寺中拐了六师父，竟往睦州蓄了发，做了夫妻，小的也只得随他去了。"怀义问道："他们有什么本事，哄骗得这些人动？"毛二道："那陈仙客，喜的是诅咒邪术，不想遇着六师父更聪明，把这些书符秘诀，练习精熟，着实效验，故此远近男女知道，都来降服皈依。"怀义道："你知陈仙客勇力如何？"毛二垂泪道："老爷，我们的主儿已死，还要问他什么勇力？"怀义听见喜道："几时死的？"毛二道："前日薛仁贵来剿他，不意路上撞见，黑夜里杀进寨来。我那主人正在睡梦中，不及穿甲，被他杀了。"怀义道："你这话不要调谎。"毛二道："小的若是调谎，听凭老爷处死。"怀义道："你如今要往那里去？"毛二道："小的要去报知王爷的死信。"怀义道："你不晓得，你文佳皇帝与我是亲戚。"毛二道："小的怎么不晓得？"怀义道："朝廷晓得他造反，故此差我来招安。你今要去报知他崇义王死信，可同我的人去，他便明白了。"说罢，怀义就写一封书，一件东西，付与四个徒弟，又叮咛了一番，徒弟同毛二起身去了。

行不多几日，到了沛县，只见他们摆着许多营盘，在城外把守，守营军卒看见了问道："毛老伯，你为何回来了？"你们那里何如？"毛二摇手道："少顷便知，皇爷在何处？"小卒道："在中军。"毛二如飞走到中军报知，叫毛二进去，毛二跪在地上，只是哭泣。陈硕贞心焦道："你这老儿好不晓事，好歹说出来罢了，为什么只管啼哭？"毛二将崇义王如何行兵，薛仁贵如何举动，不想王爷正在宴乐之时，杀进来死了。陈硕贞不觉大恸。正哭时，毛二又说道："皇爷且莫哭，有一件事在此，悉凭皇爷主裁。"取出那怀义的一封书来。陈硕贞接了书，看见封面上写着："白马寺主家报。"便问："你如何遇见了怀义？"毛二将骗去一段说了。陈硕贞将怀义的书拆开，只见上写道：

忆昔情浓宴乐，日夕佳期，不意翠华临幸，忽焉分手，此际之肠断魂消，几不知有今日也。自贤姊乔迁，细访至今，始知比丘改作花王，雨师堪为敌国，虽杨枝之水，一滴千条,反不如芸香片席,共沐莲床也。良晤在即,先此走候。统惟慈照不宣。怀清贤姊妆次,辱爱弟冯怀义顿首拜。

毛二道:“他那里差四个童子在外。”硕贞便叫唤他进寨来。毛二出去不多时,领着四个徒弟,走进寨门,两边刀枪密密,剑戟重重,上边一个柔弱女子,相貌端肃,珠冠宝顶,著一件暗龙羢色战袍,大红花边镶袖口。四个徒弟,见了这般光景,只得跪下叩头道:“家爷启问娘娘好么?”陈硕贞道:“你家老爷,朝廷待得好么?”徒弟答道:“好。家爷有一件东西在此,奉与娘娘,须屏退众人。”陈硕贞道:“多是我的心腹。”那徒弟就在大袖中取将出来。硕贞接在手中一看,却是前日临别时赠与怀义的白玉如意,见了双泪交流便道:“我只道我弟永不得见面的了,谁知今日遭逢。”便对四个徒弟道:“这里总是一家,你们住在此,待你老爷来罢。”四人只得住下。

过了一宵,五更时分,听得三个轰天大炮,早有飞马来报道:“敌兵来了!”陈硕贞道:“这是我家师爷,说甚敌兵!”各寨穿了甲胄,如飞摆齐队伍,也放三声大炮,放开寨门,硕贞差人去问:“是何处人?”怀义的兵道:“我们是白马寺主右卫大将军冯爷,你们来的是何人?”军卒答道:“是文佳皇帝在此。”说了,就转身去报与陈硕贞。硕贞选了三四十人跟了,跨上马,来接圣旨。怀义叫三千御林军驻扎站立,自同三四十个徒弟,背了玉旨,昂然而来。到硕贞寨中,香案摆列。硕贞接拜了圣旨,两个相见过,拥抱大哭,到后寨中去各诉衷情。正欲摆酒上席,城内各官俱来参谒。怀义差人辞谢了,对硕贞道:“贤姊既已受安,部下兵马如何处置?”硕贞道:“我既归降,自当同你到京面圣,兵马且屯扎睦州再处。”怀义道:“如此绝妙。”硕贞传众头目说了,军马只得暂在睦州驻扎候旨,只带三四十亲随,同怀义亲切的慢慢而行。行不及两三日,遇见了薛仁贵兵马,怀义把招安事体,对他说了。仁贵道:“既是事体已妥,师爷同令姊面圣,学生具疏上闻,去守地方了。”大家相别,仁贵自回象州去了。怀义同硕贞一路而行，到了京中，报知太后。太后晓得陈硕贞到了，怀义先进宫去说明，差个官儿去接，即召陈硕贞进宫。太后一见，悲喜交集，大家把别后事情说了，留在宫中，住了两三日，赠了金银缎匹，买一所民房居住，敕赐硕贞为归义王，与太后为宾客；怀义赐封鄂国公。

欲知后事如何，且听下回分解。

第七十三回

安金藏剖腹鸣冤
骆宾王草檄讨罪

从古好名之士，为义而死；好色之人，为情而亡。然死于情者比比，死于义者百无一二。独有春秋时卫大夫宏演，纳懿公之肝于腹中；战国时齐臣王蠋，闻闵王死，悬躯树枝，自夺绝脰而亡。立心既异，亦觉耳目一新，在宇宙中虽不能多，亦不可少。

今说太后在宫追欢取乐，倏忽间又是秋末冬初。太平公主，乃太后之爱女，貌美而艳，丰姿绰约，素性轻佻，惯恃母势胡作敢为。先适薛绍，不上两三年即死；归到宫中，又思东寻西趁，不耐安静。太后恐怕拉了他心上人去，将他改适大夫武攸暨，不在话下。是日恰值太后同武三思在御园游玩，太后道："两日天气甚是晴和。"三思道："天气虽好，只是草木黄落，觉有一种凋零景象，终不如春日载阳，名花繁盛之为浓艳耳！"太后道："这又何难？前日上林苑丞，奏梨花盛开，梨花可以开得，难道他花独不可开；况今又是小春时候，明日武攸暨必来谢亲，赐宴苑中，当使万花齐放，以彰瑞庆。"三思道："人心如此，天意恐未必可。"太后笑道："明日花若开了，罚你三大玉杯酒。"三思亦笑道："白玉杯中酒，陛下时常赐臣饮的，只是如今秋末冬初的天气，那得百花齐放来？"太后怒目而视，别了三思回宫，便传旨宣归义王陈硕贞入朝，将前事与他说了，叫他用些法术，把苑中树木尽开顷刻之花，以显瑞兆。硕贞道：

“若是明日筵宴，陛下要一二种花，臣或可向花神借用，若要万花齐发，这是关系天公主持，须得陛下诏旨一道，待臣移檄花神，转奏天廷，自然应命。”太后展开黄纸，写一诏道：

明朝游上苑，火速报春知。

花须连夜发，莫待晓风吹。

太后写完，将诏付陈硕贞；硕贞又写了一道檄文，别了太后，竟到苑中，施符作法，焚与花神不题。太后又传旨着光禄寺正卿苏良嗣，进苑整治筵席。

再说武三思回家，途遇了怀义。怀义问道：“上卿何不宿于宫，而跋涉道途耶？”三思道：“可笑太后要向花神借春，使明早万花齐放。我想人便生死由你，这发蕊放花系上帝律令，岂花神可以借得。我与你到明日看苑中之花，便知天意。”两人大笑而别。到了明日，天气愈觉融和，怀义放心不下，忙进苑来；只见万卉敷荣，群枝吐艳；一转转到畅华堂来，一个官儿在那里主持。原来苏良嗣为因旨意，叫他检点筵席，故早到此。怀义被他看见，便道：“何物秃驴辄敢至此！”怀义见他说这两句话，道他眼睛有些近视，只得忍着气对苏良嗣道：“苏老先，彼此朝廷正卿，难道学生来不得的？”苏良嗣道：“今日是武驸马谢亲，是一席喜筵，朝廷差我在此料理。你是何科目出身，居为正卿，妄自尊大？你若不走，我就把朝笏来批你的颊，看你把我如何？”怀义挣着眼睛，要发出话来，不意苏良嗣向着怀义把牙笏照脸批来，打了几下。怀义着了忙，只得逃进太后宫中，双膝跪下。太后道：“你为何这般光景？”怀义道：“苏良嗣无礼，见了臣僧，便批臣的颊。”太后道：“他在何处打你？”怀义道：“在苑中畅华堂。”太后即挽他起来道：“是朕叫他在那里主持酒席的，你为什么到那里闲走起来？南衙宰相往来，今后阿师当从北门出入。”便叫内侍吩咐司北宰门的官儿：“今后上师进来，不可禁止。”又对怀义道：“你今日住在此，待他们酒席散了，朕与你去游赏如何？”且说苏良嗣在畅华堂检点，屏开孔雀，座映芙蓉，满山百花齐放，照耀的好不热闹。只见御史狄仁杰，领着各官进来,见了这些花朵;不胜浩叹道:"奇哉,天心如此,人意何为?"内史安金藏道:"不知万卉中可有不开的?"众臣各处闲看,唯有槿树,杳无萌芽,仍旧凋零,不觉赞叹道:"妙哉槿树,真可谓持正不阿者矣!"正说时,只见驸马武攸暨进宫去朝见了,到畅华堂来领宴;又见许多宫女,拥着太后进来,叫大臣不必朝参,排班坐定。太后道:"草木凋零,毫无意兴,故朕昨宵特敕一旨,向花神借春,不意今朝万花齐放,足见我朝太平景象;此刻饮酒,须要尽兴回去,或诗或赋做来,以记盛事。"又吩咐内侍去看万卉中可有违诏不开的,左右道:"万花齐放,只有槿树不开。"太后命左右剪除枝干,谪在野间,编篱作障,不许复植苑中。

那武三思辈,这些谄佞之徒,无不谀词赞美。独有狄仁杰等俱道:"春荣秋落,天道之常。今众花特发,亦陛下威福所致;但冬行春令,还宜修省。"酒过三巡,众臣辞谢。太后也因怀义在内,命驾进宫。武三思看见太后不邀他到宫里去,心中疑惑,走到旁边,穿过了玩月亭,将到翠碧轩转来,只见上官婉儿倚栏呆想。正是:

淡白梨花面,轻盈杨柳腰。
倚栏惆怅立,妩媚觉魂消。

三思在太后处,时常见他,也彼此留心。今日见他独自在此,好不欢喜,便道:"婉姐,你独自在此想着甚来,敢是想我么?"婉儿撇转头来,见是三思,笑道:"我是不想你,另有个心上人在那里想着。"三思道:"是那个?"婉儿道:"我且问你,今日在畅华堂中赴宴,为何闯到这里?"三思道:"你莫管我,同你到翠碧轩里去,有话问你。"婉儿道:"有话就在此说罢。"三思笑道:"我偏要到轩里去说。"婉儿没奈何,只得随了他到轩里来。三思问道:"谁在太后宫中玩耍?"婉儿道:"是怀僧。"三思便把婉儿搂住道:"亲姐姐,你方才说有人想我,端的是那个?"婉儿道:"韦后在宫时,我常在他面前赞你如何风流,如何温存,又说你同太后在宫,如何举动,他便长叹一声,好似痴呆的模样道:'怪不得太后爱他!'这不是他想你么?可惜如今同圣上移驾房州去了;他若得回来,我引你去,岂不胜过上官么?”三思道:“韦后既有如此美情,我当在太后面前竭力周全,召还庐陵王便了。”说了,分手而别。

时索元礼、周兴、来俊臣辈,同在畅华堂与宴,觉得狄仁杰、安金藏诸正人,意气矜骄,殊不为礼,心中饮恨;怀义又怪苏良嗣批其颊,大肆发怒。适虢州人杨初成,矫制募人迎帝于房州。太后敕旨捕之。怀义买嘱周兴,诬苏良嗣、狄仁杰与安金藏等同谋造反,来俊臣又投一扇于匭上,有《醉花阴》词二首,云是皇嗣讥讪母后,同谋不轨,词云:

花到春开其常耳,破腊花有几,除却一枝梅,再要花开,只恐无其二。

上苑催花丹诏至,不许拘常例,草木亦何知,役使随入,博得天颜喜。

违例开花花何意?要把君王媚。昨夜诏花开,今早来看,却果都开矣。槿树一枝偏独异,不肯随凡卉。篱下尽悠然,万紫千红,对此因含媿。

太后见了大怒,然知狄仁杰乃忠直之臣,用笔抹去,余谕索元礼勘问。元礼临审酷烈,不知诬害了多少人,把苏良嗣一夹,要他招认谋反。良嗣喊道:“天地九庙之灵在上,如良嗣稍有异心,臣等愿甘灭族。”又把安金藏要夹起来。金藏道:“为子当孝,为臣当忠;如君欲臣死,孰敢不死?但欲勘臣去陷君,臣不为也。今既不信金藏之言,请剖心以明良嗣不反。”即引佩刀,自剖其胸,五脏皆出,血涌法堂。杜景俭、李日知他两个尚存平恕,见了忙叫左右夺住佩刀,奏闻太后。太后即传旨,着俊臣停推,叫太医院看视。

安金藏此事远近传闻。眉州刺史英公徐敬业同弟敬猷,行至扬州,忽闻此报,不胜骇怒道:“可惜先帝天挺英雄,数载亲临鏖战,始得太平;至今日被一妇人安然坐享,把他子孙,翦灭殆尽。难道此座,竟听他归之武氏乎?举朝中公卿,何同木偶也!”敬猷献道:“吾兄是何言欤?众臣俱在辇毂之下,各保身家,彼虽淫乱,朝廷之纪纲尚在,但可恨这班狐鼠之徒耳。如今日有忠义之士,出而讨之,谁得而禁哉!”正说时,只见唐之奇、骆宾王进来。原来唐、骆因坐事贬谪,皆会于扬州,二人听见了,便道:“好呀,你们将有不轨之志,是何缘故?”敬业道:“二兄来得甚妙,有京报在这里,请二兄去看便知。”二人看了一遍,唐之奇只顾叹气。骆宾王对敬业道:“这节事,令祖先生若存,或者可以挽回;如今说也徒然。”敬业道:“贤兄何必如此说,人患不同心耳,设一举义旗,拥兵而进,孰能御之?”唐之奇道:“既如此说,兄何寂然?”骆宾王道:“兄若肯正名起义,弟当作一檄以赠。”敬业道:“兄若肯扶助,弟即身任其事,即日祭告天地,祀唐祖宗,号令三军,义旗直指耳。且把酒来吃,兄慢慢的想起来。”骆宾王道:“这何必想,只要就事论事说去,已书罪无穷矣。”敬猷道:“只就断后妃手足,这种利害之心,实男子所无。”一回儿摆上酒来,大家用巨觞饮了数杯,宾王立起身来说道:“待弟写来,与诸兄一看,悉凭主裁。”忙到案边。展开素纸写道:

伪周武氏者,人非和顺,地实寒微。昔充太宗下陈,曾以更衣入侍。洎手晚节,秽乱春宫,潜隐先帝之私,阴图后庭之嬖。入门见妒,蛾眉不肯让人;掩袖工谗,狐媚偏能惑主。践元后于翚翟,陷吾君于聚麀;加以虺蜴为心,豺狼成性,近狎邪僻,残害忠良,杀姊屠兄,弑君鸩君,人神之所共嫉,天地之所不容。犹复包藏祸心,窥窃神器。君之爱子,幽之于别宫;贼之宗盟,委之以重任。呜呼霍子孟之不作,朱虚侯之已亡。燕啄王孙,知汉祚之就尽;龙漦帝后,识夏庭之递衰。敬业皇唐旧臣,公侯冢子,奉先君之承业,荷朝廷之厚恩。

敬业坐在旁边,看他一头写,一头眼泪落将下来,忍不住移身去看,只见他写道:

公等或居汉地,或叶周亲;或膺重寄于话言,或受顾命于王室,言犹在耳,忠岂忘心?一抔之土未干,六尺之孤何托?请看今日之域中,竟是谁家之天下!

敬业看完,不觉杯儿落将下来,双手击案大恸。宾王写完,把笔掷于地上道:"如有看此不动心者,真禽兽也!"众人亦走来念了一遍,无不涕泗交流。岂知一道檄文,如同治安策,可为痛哭者一,可为流涕者二,可为长叹息者六,弄得一堂之上,彼此哀伤。敬猷道:"这节事不是哭得了事的,只要诸公商议做去便了。"大家复坐。敬业道:"明日屈二兄早来,尚有几个好相知,邀他同事。"骆、唐二人,唯唯而别。时狄仁杰为相,见狱中引虚伏罪者,尚有八百五十余人。仁杰俱疏,将索元礼等残酷之事,奏闻太后,命严思善按问。思善与周兴方推事对食,谓兴道:"囚多不承,当为何法?"兴道:"令囚入瓮,以火炙之,何事不承?"思善乃索大瓮,炽炭如兴法,因起谓兴道:"有内状推公,请公入此瓮。"兴叩头伏罪,流岭南为仇家所杀。索元礼、来俊臣弃市,人争啖其肉,斯须而尽。太后知天下恶之,乃下制数其罪恶,加以赤族之诛。这些残酷之事,一朝除灭殆尽,军民相贺道:"自今眠者背始贴席矣。"

一日,武三思进宫,将徐敬业檄文,并裴炎回敬业书,与太后看。太后看罢,不觉悚然长叹,问:"此檄出自谁手?"三思道:"骆宾王。"太后道:"有才如此,而使之流落不偶,则前此宰相之过也。"三思因问敬业约炎为内应,而炎书只有"青鹅"二字,众所不解。太后道:"此何难解;青者十二月也,鹅者我自与也,言十二月中至京,我自策应也。今裴炎出差在外,且不必追捉,只遣大将李孝逸,征讨敬业便了;但我想庐陵王在房州,他是我嫡子,若有异心,就费手了,要着一个心腹去看他作何光景?只是没有人去得。"三思想起婉儿说韦后慕我之意,便道:"我不是陛下的心腹么,就去走遭。"太后道:"你是去不得的。"三思道:"此行关系国家大事,若他人去,真假难信。"太后唯唯,只见宫娥报说:"师爷进来了!"太后叫婉儿:"你且送武爷出去。"婉儿对三思道:"我同你到右首转出去罢。"三思道:"为什么不往东边走?"婉儿道:"西边清净些。"三思会意,勾住他的香肩,取乐一回,又把太后要差人往房州去的事说了,叫他撺掇我去。婉儿道:"这在我,我有些礼物,送与韦娘娘,待我修书一封,打动他便了,只是日后不要把我撇在脑后。”三思道:“这个自然。”随即分手出宫。到了次日,太后有旨,着武三思速往房州公干。三思得了旨意,进宫辞别太后,太后叮咛数语,婉儿暗将礼物并书递与三思;三思随即起身。不多几日,已到房州,天色已晚,上店歇了,随叫手下假说是文爷在这里买些小货。

三思到了夜间,闲语中问及:“庐陵王在这里可好么?”店主人道:“王爷甚好,惟与比丘时常往来。这里有感德寺大和尚,号慧范,王爷朔望必到寺中,听他讲经说法;至于百姓,真是秋毫无犯。可惜这个好皇爷,不知为了什么事,他母后不喜欢,赶了出来。”三思心上想道:“庐陵如此举动。无异心可知的了,更喜今日是十四,明日是望日,待他出门,我去方妙。”过了一宵,明日捱到日中,跟了三四个小使,肩舆而至。门上人知是武三思,不知为什么事体,忙去报知韦后。韦后叫太监进去问:“那武爷是怎样来的?还有何人奉陪?”太监答了。韦后道:“既如此,他与我们是至戚,不妨请进宫来相见。”太监出去请进宫来。三思看见韦后走将出来,但见:

身躯袅娜,艳态娉婷。鼻倚琼瑶,眸含秋水。生成秀发,尽堪盘窝龙髻;天与娇姿,谩看舞袖吴宫。

三思连忙拜将下去,韦后也回拜了坐定。韦后问道:“太后好么?”三思笑道:“比先略觉宽厚些。”韦后垂泪道:“我们皇爷,偶然触了母后一句,不想被逐,如今我夫妇不知何日再得瞻依膝下?”三思道:“想皇爷不在宫中么?”韦后道:“今早往感德寺,已差人去请了。不知武爷何来?”三思道:“因上官婉儿思念娘娘,故赍书到此。”向靴里取出书来送与韦后,左右就把礼物放下。韦后把婉儿的书拆开,看了微笑,忽见女奴进来报道:“王爷回来了。”韦后进去,中宗出来,与三思叙礼坐定。中宗先问了母后的安,又叙了寒喧,彼此把朝政家事说了。中宗道:“兄如今何往?寓在何处?”三思道:“在府前饭店,暂过一宵,明日即行。”中宗道:“岂有此理,兄不以我为弟耶,何欲去之速也!弟还有许多话问兄。”对左右说:

"武爷行李在寓所，你去吩咐他们取了来。"一回儿请到殿上饮酒，三思把安金藏剖腹屠肠说了，又把目今徐敬业讨檄一段，太后差李孝逸去剿灭，今差我到扬州，命娄师德去合剿，故此枉道来问候。中宗听了大怒道："李勣是太后的功臣，母后何等待他，不想他子孙如此倡乱，若擒住他，碎尸万段，不足以服其辜。"更命整席在后书斋，中宗进内更衣去了。三思见内已摆设茶果，又见刚才随韦后的宫奴，捧上茶杯，近身悄悄对三思道："武爷不要用酒醉了，娘娘还要出来与武爷说活。"正说时，中宗出来入席，大家猜谜行令，到把中宗灌醉，扶了进去。

三思见里边一间床帐，已摆设齐整，两个小厮，住在厢房；三思叫他们先睡了，自己靠在桌上看书。不多时韦后出来，三思忙上前接住道："下官何幸，蒙娘娘不弃？"韦后道："噤声。"把手向头上取那明珠鹤顶与袖中的碧玉连环，放在桌上。韦后道："你却不要薄情待我。"三思道："我回去如飞在太后面前，说王爷许多孝敬，包你即日召回。"韦后道："如此甚好，妾鹤顶一枝，聊以赠君，所言幸勿负我。婉儿我不便写书，替我谢声；碧玉连环一副，乞为致之。"别了三思进去。三思在府中三日，恐住久了，太后疑心，就与中宗话别，上路回京。

欲知后事如何，且听下回分解。

第七十四回

改国号女主称尊
闯宾筵小人怀肉

国势颠危之际,还亏那有手段的出来,支倾振坠,做个中流砥柱;若都象那一班猪狗之徒,未有不把祖宗栉风沐雨之天下,拱手而付之他人。国号则改为周,宗庙则易武氏,视中宗、睿宗如几上之肉。岂知天不厌唐,拨乱反正之玄宗,早已挺生宫掖矣。

今且不说武三思在房州,别了中宗回来。且说有个傅游艺,原系无籍,因其友杜肃与怀义相好,怀义荐二人于太后,遂俱得幸,擢为侍御。游艺耸谀太后,更改国号,又请立武承嗣为太子。太后大喜,遂改唐为周,改元天授,自称圣神皇帝,立武氏七庙。正是:

皇后称皇帝,小君作大君。
绝无仅有事,亘古未曾闻。

武三思回到京中,闻武承嗣欲谋为天子,心怀不平;及入宫复命,突遇上官婉儿,三思问:“太后安否?”婉儿道:“太后日来偶患目疾,如今叫沈南璆在那里医。王爷处怎么光景?”三思道:“王爷日夕奉佛,作事甚好。韦娘娘已谐素愿,他说不及写书,送你碧玉连环一双,叫我多多致谢。”袖中取出连环付与婉儿收了。婉儿道:“此时太后闲着,你快去见了。两日武承嗣在此营求为太子,你须小心承奉。”三思依言,随即进宫,朝见太后,称贺毕,把中宗如何思念太后。如何佛前保佑太后,细细说完;见太后默然,半晌不语。

一日太后夜梦不详，召狄仁杰详解。太后道："朕夜来梦见先帝授我鹦鹉一只，双翼披垂，朕抚弄移时，两翼再不能起。"仁杰道："武者陛下国姓，召回佳儿佳妇，则两翼振矣。"太后道："卿言甚是；但武承嗣求为太子，事当如何？"仁杰对道："文皇帝亲冒锋镝，以定天下，传之子孙。先帝以二子托陛下，今乃欲移之他族，无乃非天意乎。且姑侄与母子孰亲？陛下立子，则千秋万岁后，配飨太庙，承继无穷；陛下欲立侄，未闻有侄为天子，而祔姑于庙者也。"后悟，由是召回中宗。母子相见，悲喜交集不提。

一日太后与三思在窗前细语，恰好昌宗兄弟进来。太后笑道："我正拟几个美人题在此，要众人分做。"昌宗在案上取来一看，却是美人浴、美人睡、美人醉许多好题目。尚未看完，只见太平公主携着婉儿的手走进来。原来昌宗、易之，久与太平公主有染，太后亦微知其事。当日大家上前见了，太平公主道："苑中荷花大放，母后怎不去看，却在此弄这冷淡生活？"太后笑道："正是同去看来。"遂命摆宴在苑中，大家同到苑中来，只见啸鹤堂前，那荷花开得红一片，绿一堆，芳香袭人。太后道："妙呀！两日荷花正在不浓不淡之间。"四围看了一遍，入席饮了一回酒。太后道："今日之宴，实为赏心，宁可有诗无花，岂可有花无诗？"婉儿道："正是花、酒、诗四美具矣，岂可使它虚负！"太平公主道："花、酒、诗只有三样，为何说四美具？"婉儿道："难道人算不得一美的？"大家笑了一回，易之道："荷花吟咏甚多，何不以人喻之，方不盗袭。"太后道："五郎之言甚善。刚才诗题尚在上宫，快写出来。"昌宗道："在臣袖中。"取来送与太后，太后接了笑道："题目恰好十二个，只要随意描写，不要写出宫闱中身分，可拈阄取题，六人在此，一人做两首。"便命婉儿写了十二个阄子，成团儿放在盒儿里。先是太后拈了两个，其余各各拈齐。太后先向上边桌上，执笔而写；公主与婉儿两个，向旁边东首桌上做；三思与易之、昌宗，向近窗桌上凝思。太后不多时已做完，起身道："聊以涂鸦，殊失命题之意。"众人齐来看，只见上写道《美人醉》：

细酌流霞尽少年，宜都春好自陶然。
玉山荡影无坚壁，银海光摇欲拽天。
黾勉添香还裹足，艰难临镜又凭肩。
听郎啐语和郎笑，丐尔温存一霎眠。

第二题是《美人睡》：

罗家夫妇太轻狂，如许终宵一半忙。
晓起自嫌星眼倦，午余犹觉锦衾凉。
朦胧楚国行云雨，撩乱梁家堕马妆。
耳衅俏呼身乍转，粉腮凝汗枕痕香。

众人正在那里赞美，只见昌宗与婉儿的诗亦完。太后先把昌宗的来看，是《美人坐》：

咄咄屏窗对落晖，飞花故故点春衣。
支颐静听林莺语，抱膝遥看海燕归。
爱把玉钗撩鬓发，闲将金尺整腰围。
卖花墙外声声唤，懒得抬身问是非。

再有第二首是《美人忆》：

记得离亭折柳条，风姿何处玉骢骄？
春情得梦虚鸳枕，世态依人几绨袍？
其雨日高谁适沐，日归河广不容刀。
金钱卜惯难凭准，乱剪灯花带泪抛。

太后赞道："这二首得题之神，清新俊逸，兼而有之。"看婉儿的诗，第一首是《美人浴》：

秋炎扶梦倚阑干，小婢传言待浴兰。
絛脱渐松衫半掩，步摇徐解髻重盘。
春含豆蔻香生暖，雨晕芙蓉腻未干。
怪底小姑垂劣甚，俏拈窗纸背奴看。

第二首是《美人谑》：

盈盈十五惯娇痴，正是偷闲谑浪时。

方胜叠香移月姊，绣裙围树笑风姨。
申严仲子三章法，细数诸姑百两期。
何事俏将巾带裹？教人错认是男儿。

太后看了笑道："我说你是惯家，自与人不同；即使梓行于世，人亦不认是宫闱中做的。"只见三思也写完，呈将上来。太后一看，却是《美人语》：

何人输却口脂香，骂尽东风负海棠。
连袂踏青忆款曲，临池对影自商量。
频嫌东陆行长日，未许西邻听隔墙。
不尽喁喁绣幕外，细教鹦鹉数檀郎。

第二题是《美人病》：

悄裹常州透额罗，画床绮枕皱凌波。
原因忆梦成消瘦，错认伤春受折磨。
剪彩情怀今寂寞，踏青竟况久蹉跎。
几家夫婿谁知道？减却腰围剩几多？

只见太平公主也呈上来，却是《美人影》：

何事追随不暂离？惯将肥瘦与人和。
日中斜傍花阴出，月下横移草色披。
避雨莫窥眉曲曲，摇风多见袖垂垂。
堪怜临水萍开处，白小吹波乱嗳伊。

第二题乃《美人步》：

款蹴香尘冉冉移，畏行多露滑春泥。
花阴点破来无迹，月影冲开去有期。
觅句推敲何觉懒？寻芳摇曳故教迟。
玉奴步步莲花地，应为东风异往时。

太后未及品题，张易之也完了呈上，却是《美人立》：

凝睇中天顾影明，迟回却望最含情。
斜抱琵琶空占影，稳垂环佩不闻声。
闲将衣带和衫整，懒为花枝绕砌行。

露湿弓鞋犹待月，小鬟频唤未将迎。

第二题是《美人歌》：

雍门三日有余声，不为骊驹唱渭城。
子夜言情能婉转，罗敷诉怨最分明。
朱唇乍启千人静，皓齿才分百媚生。
谱尽香山长恨句，听来真与燕莺争。

太后看了笑道："你四人的诗，不但俱得香奁之体，如出一人之手。"正说时，只见宫奴捧着莲花三四枝进来，三思把一枝置于昌宗耳边戏道："六郎面似莲花。"太后笑说道："还是莲花似六郎耳。"饮酒笑说了一回，三思、昌宗、易之等散出，太后着内监牛晋卿去召怀义。那晓得怀义自做了鄂国公之后，积蓄多金，倚势骄蹇，私藏着极美的妇人，日夜取乐。这日正吃得大醉，忽见牛晋卿传太后有旨宣召，怀义怒道："这里娇花嫩蕊，尚不暇攀折；况老树枯藤乎？你且回去，我当自来。"晋卿无奈，只得回宫，以怀义之言实告。太后听了，不觉大怒道："秃子恁般无礼！前者火烧天堂，延及明堂，都因此秃；今又如此可恶！"正在大怒之际，恰好太平公主进来，见太后大怒，忙问其故。晋卿将怀义之言说知。公主道："秃奴无礼极矣！母后不须发怒，待儿明日处死他便了。"太后道："须处得泯然无迹。"太平公主领命而出。

明日绝早起身，选了二三十个壮健宫娥去苑中伏着，又叫两个太监，往召怀义，哄他进苑来。那怀义因宵来酒醉失言，懊悔无及，又闻差人来召他，正要粉饰前非，即同二太监从后宰门进宫。太平公主先令宫娥于半路传谕道："太后在苑中等着，可快进去。"怀义并不疑心，忙进苑来，宫娥引到幽僻之处，只见太平公主坐着，将一纸叫他看。怀义拿来一看，却是王求礼请阉怀义的疏。两个内监，即时动手割阉，又加痛打，不消半刻，怀义气绝身亡，将尸首装入蒲包内，送到白马寺中，放火烧了，回奏太后不提。

且说太后因明堂火灾，天堂中所供佛像，都已损坏；又四方水旱频仍，各处奏报灾异，遂下诏着百官修省，禁止民间屠宰，甚至鱼虾之类，亦不许捕捉。这禁屠之令一下，军民士庶，无不凛遵。其时翼国公秦叔宝，致仕家居，尚有老母在堂，叔宝极尽孝养。其子秦怀玉，蒙高祖赐婚单雄信之女，生二子，长名秦琮，次名秦瑀。瑀娶拾遗张德之女，一胎双生二子，叔宝与叔宝之母，俱甚欢喜。到满月时，为汤饼之会，朝中各官，都往称贺。叔宝父子开筵宴客，张德亦在座，傅游艺与杜肃也随众往贺，一同饮宴；只见杯盘罗列，水陆毕具，极其丰腆。张德对着众官道："若论奉诏禁屠，今日本不该有此陈设；只因敝亲翁老年得这曾孙，不胜欢喜，又承诸公枉顾，不敢亵慢，故有此席，违禁之愆，仰祈容庇。"叔宝父子也一齐拱手道："总求诸兄见原。"众官俱唯唯，只有傅游艺、杜肃这两个小人，口虽答应，心里不然，要想去太后面前出首献功。游艺目视杜肃而笑；杜肃会意，乘着众人酌酒酬酢之时，暗将盘中肉馅包子一枚，藏于袖内，至晚散席，各自别去。

次日早朝已罢，百官俱退，游艺、杜肃独留身奏事，随太后至便殿。太后问道："二卿欲奏何事？"杜肃笑道："陛下遇灾修省，禁止屠宰，人皆奉法，不敢有犯；大臣之家，尤宜凛遵诏旨。乃翼国公之子秦怀玉，因次子秦瑀生男宴客，臣与傅游艺俱往赴宴，见其珍羞毕备，干犯明禁。臣已窃怀其一物为证，乞陛下治其违旨之罪，庶臣民知畏，诏令必行。"奏罢，将昨日所袖的肉馅包子献上。傅游艺亦奏道："拾遗张德徇庇姻私，嘱托众官使相容隐，殊属不法，亦宜加罪。"太后闻奏，微微而笑，即传旨召秦怀玉、张德。少顷，二人宣至。太后问秦怀玉道："闻卿次子秦瑀之妻张氏，连举二雄；秦家得子，张家得甥，大是喜事。"怀王与张德，俱顿首称谢。太后道："昨日在家宴客乎？"怀玉奏道："臣父因祖母年高，欲弄孙以娱之，偶召亲故小饮，不识陛下何以闻之？"太后命左右将那肉馅包子与他看，笑道："此非卿家筵上之物耶，张拾遗虽欲为卿隐蔽，其如有怀肉出首之人何？"怀玉与张德俱大惊，叩头道："臣等干犯明禁，罪当万死。"太后道："朕禁止屠宰，为小民无端聚饮，残害物命故耳。至于吉凶庆吊之所需，原不在禁内。卿父为开国功臣，且又年老;况有老母在堂,今喜连得二曾孙,汤饼嘉会,击鲜烹肥,理固宜然,岂朕所禁;但卿自今请客,亦须择人。”因指着傅游艺、杜肃道:“如此等辈,不必再请也。”怀玉、张德叩头谢恩而退。傅游艺、杜肃羞惭无地,太后挥之使出。二人出得朝门,众官无不唾骂。正是:

莫道老妖作怪,有时却甚通情。
犯禁不准出首,小人枉作小人。

太后思念昔日功臣,死亡殆尽,又闻程知节亦谢世,凌烟阁上二十四人,惟秦叔宝一人尚在,喜其得了曾孙,特命以彩缎二十端,金钱二贯,赐与新生的二小儿;又赐二名,一名思孝,一名克孝。叔宝父子,俱入朝谢恩。不及一月,叔宝之母身故,叔宝因哭母致病,未几亦亡。太后闻讣,为之辍朝三日,赐祭赐谥。正是:

开国元勋都物故,空留画像在凌烟。

欲知后事如何,且听下回分解。

第七十五回

释情痴夫妇感恩
伸义讨兄弟被戮

天下治乱尝相承，久治或可不至于乱，而乱极则必至于复治；虽无问世首出之王者，亦必有拨乱反正之英主，挺生于其间。有英主，即有一二持正不阿之元宰，遇事敢言之侍从，应运而兴，足以挽回天意，维持世道，其关系岂浅尠哉！

今日不说中宗到京，尚在东宫，太后依旧执掌朝政，年齿虽高，淫心愈炽；又以张昌宗为奉宸令，每内廷曲宴，辄引诸武、二张饮博嘲谑；又多选美少年，为奉宸内供奉，品其妍媸，日夜戏弄。魏元忠为相，奏道："臣承乏宰相，使小人在侧，臣之罪也。"元忠秉性忠直，不畏权势，由是诸武、二张深怨，太后亦不悦元忠。昌宗乃谮元忠私议道："太后年老，且淫乱如此；不若挟太子为久长，东宫奋兴，则狎邪小人，皆为避位矣！"太后知之大怒，欲治元忠。昌宗恐怕事不能安，乃密引凤阁舍人张说，赂以多金，许以美官，使证元忠。张说思量要推不管，他就变起脸来，不好意思；倘若再寻了别个，在元忠宰相身上，有些不妥；我且许之，且到临期再商，只得唯唯而别。

太后明日临朝，诸臣尽退，止留魏元忠与张昌宗廷问。太后道："张昌宗，你几时闻得魏元忠私议的？却与何人说之？"昌宗道："元忠与凤阁舍人张说相好，前言是对张说说的，乞陛下召张说问之,便知臣言不谬。”太后即命内监去召张说。是时大臣尚在朝房探听未归,闻太后来召张说,知为元忠事,说将入,吏部尚书宋璟谓说道:“张老先生,名义至重,魂神难期,不可徇情行止,以求苟免,获罪流窜,其荣多矣;倘事有不测,璟等叩阍力争,与子同生死,努力为之,万代瞻仰,在此一举也!”又有左史刘知几道:“张先生无污青史,为子孙累。”张说点头唯唯,遂入内庭。太后问之,张说默然无语。昌宗从旁促使张说言之。张说便道:“臣实不闻元忠有是言,但昌宗逼使臣证之耳。”太后怒道:“张说反复小人,宜一并治之!”于是退朝。

隔了几日,太后叫张说又问,说对如前。太后大怒,元忠贬高要尉,说流岭表。昌宗因张说不肯诬证元忠,挟太后之势,连夜要促他起身。却说张说有爱妾姓宁,名怀棠,字醒花;生时母梦人授海棠一枝,因而得孕,其诸母戏道:“海棠睡未足耶!”其母道:“名花宜醒不宜睡。”故号醒花。及归张说,时年十七,姿容艳丽,文才敏捷,张说所有机密事故,俱他掌管。一日有个同年之子,姓贾名全虚,父亲贾恪,官拜礼部尚书。全虚年方弱冠,应试来京,特来拜望张说,因见全虚年少多才,留为书记,凡书札来往,皆彼代笔。住在家中,忽忽过了一夏,秋来风景,甚是可人:残梧落叶,早桂飘香。全虚偶至园中绿玉亭前闲玩,劈面撞见了醒花;全虚色胆如天,竟上前深深作揖道:“小生苏州贾全虚,偶尔游行,失于回避,望娘子恕罪。”那醒花也不回言,答了一礼,竟往里边进去了。醒花心上思想起来:“吾家老爷,只说贾相公文学富赡、家世贵显,并不提起他丰姿秀雅,性格温和,看他举止安静,决不象个落薄之人,吾今在此,虽然享用,终无出头之日。”到有几分看上他的意思。全虚虽然一见,并不知此是何人,又无从那里访问,胸中时刻想念,只索付之无可如何。

过了一日,正直张说有事,全虚出去打听了回家,独坐书斋;月色如昼,听见窗外有人嗽声。全虚出来一看,见一女郎缓步而至,全虚惊问。女郎答道:“吾乃醒娘侍女碧莲。曩日醒娘亭前一见,偶尔垂情,至今不忘。兹因老爷在寓,即日起行,醒娘欲见郎君一面,特命妾先容。”语未完,只见醒花移步而来,满身香气氤氲。全虚迎上一揖道:“绿玉亭前,瞥然相遇,度娘子决不是凡人,所以敢于直通款曲。今幸娘子降临,天遣奇缘;若是娘子不弃,便好结下百年姻眷了。”那醒花却也安雅,徐徐的答道:“我在府中一二年,所见往来贵人多矣,未有如君者;君若不以妾为残花败絮,请长侍巾栉,承此多故之际,如李卫公之挟张出尘,飘然长往,未识君以为可否?”全虚道:“承娘子谬爱,全虚有何不可;只是年伯面上不好意思。”醒花道:“你我终身大事,那里顾得,须自为主张。”碧莲携着酒肴,二人对酌。全虚道:“卿字醒花,只恐夜深花睡去奈何?”醒花笑道:“共君今夜不须睡,否则恐全虚此一刻千金也。”相与大笑。碧莲道:“隔墙有耳,为今之计,三十六着,走为上着。”疾忙敛拾,连夜逃遁。正是:

婚姻到底皆前定,但得多情自有缘。

早已有人将此事报知张说,张说差人四下缉获住了,来见张说。张说要把全虚置之死地,全虚厉声道:“睹色不能禁,亦人之常情。男子汉死何足惜,只是明公如此名望素著,如此爵禄尊荣,今虽暂谪,不久自当迁擢,安知后日宁无复有意外之虞,缓急欲用人乎?何靳一女子而置大丈夫于死地,窃谓明公不取也。且楚庄王不究绝缨之事,袁盎不追窃姬之书生,杨素亦不穷李靖之去向,后来皆获其报,岂明公因一女子,而欲杀国士乎?”张说奇其语,遂回嗔作喜道:“汝言似亦有理,今以醒花赠汝,并命家人厚具奁资赠之。”全虚也不推辞,携之而去。太后闻知,以张说能顺人情,不独不究前事,且命以原官兼为睿宗第三子隆基之傅。这隆基即后来中兴之主玄宗皇帝也;但那时节正未得时,太后亦等闲视之。其时太后所宠爱的人,自诸武而外,只有太平公主与安乐公主。那安乐公主乃中宗之女,下嫁于太后之侄武崇训。太后从武氏一脉推爱,故亦爱之。他倚了夫家之势,又会谄媚太后,得其欢心,因便骄奢淫逸,与太平公主一样的横行无忌。

一日，两个公主同在宫中闲坐，偶见壁上挂着一轴美人斗百草的画图，且是画得有趣，有“西江月”词道得好：

春草春来交茂，春闺春兴方浓。争教小婢向园中，
偏觅芳菲种种。各出多般多品，争看谁异谁同。
因何一笑展欢容，斗着宜男心动。

太平公主看了画图，对安乐公主说道：“美人斗草，春闺韵事；今方二月，百草未备，待春深草茂之时，我和你做个斗草会，大家赌些什么何如？”安乐公主欣然应诺。到得三月初旬，正欲预遣宫女们去御苑中采觅各种异草，适上官婉儿来闲话，闻知其事，因说道：“公主若但使人觅草，只怕你会觅，他也会觅，何能取胜？必须觅得一件他人所必无之物方好。”公主道：“你道那一件是他人所无的？”婉儿道：“这倒不必拘定是草不是草，只要与草相类的便了。”公主道：“你且说何物与草相类？”婉儿道：“草为地之毛，人身有五毛，亦如地之有草，五毛之中须为贵。吾闻南海祇洹寺塑的维摩诘之像，其须乃晋朝名公谢灵运面上的，此真世间有一无二的东西，得此一物，定可取胜。”安乐公主闻言大喜。原来晋时谢灵运，一代名人，官封康乐郡公，生得一部美髯，不但人人欣羡，自己亦甚爱惜。后因犯罪罹刑，临死之时，不忍埋没此须，亲自剪付众人。其时适当南海祇洹寺内装塑维摩诘像，遗命将此须舍为维摩诘法像之须。后世因相传为此寺中一件胜迹。那维摩诘是释迦牟尼佛同时的人，他与文殊菩萨最相善，其往来问答之语，载在内典，今藏经中有维摩诘所说经，此乃西天一个未出家不落发的居士，所以塑其像者，要用须髯。

闲话少说。且说安乐公主听了上官婉儿之言，立即密遣内侍林茂飞骑往南海祇洹寺，将维摩诘之须，剪取一半，以备斗草之用。林茂既行之后，公主又想：“我若取须之半，倘太平公主知道，也遣人去剪了那一半来，却不大家扯直了；不如一并剪取，一则斗草必胜，二则留此一部全须，以为奇事，却不甚妙？”遂令遣内侍阳春景，星夜前往。比及到半途，已见林茂转来了。阳春景一面自去剪

取余须，林茂自将先剪之须，回宫复命。原来太平公主，正约定这一日与安乐公主，各出珍奇宝玩，在长春宫内满绿轩中斗草赌胜，请上官婉儿监局。却好正值见林茂到了，料道须已取得，心中欢喜；且不说破，便先将各样异草相比，只见他多的，我也不少；我有的，他也不无，两家赌个持平。安乐公主道："地上的草，不如人身上的草。我有一种草，是古人身上遗留下来的，岂非世上无双之物？"太平公主问是何物。安乐公主道："是晋人谢灵运之须。"太平公主道："吾闻谢灵运死时，已将此须舍与祇洹寺装塑在维摩诘面上了，你何从得之？"安乐公主笑道："灵运能舍，我能取，今已取得在此了。"便叫林茂快把来看。林茂捧过一个锦囊，于中取出须来，放在桌上，果然好须，却像在生人颏下剪下来的，极其光润。正看间，可煞作怪，忽地轩前起一阵香风，把须儿吹向空中，悠悠扬扬的飘散了。林茂不知高低，赶着风，向空捉搦，指望抢得几茎，却被阶石绊了一跌，把右臂跌坏，卧地不能起。众内侍扶之出宫，太平公主道："佛面上的须，原不该去剪他，今此报应，必是佛心不喜。"上官婉儿闻言，自想："这件事，是我说起的。"心上好生惊骇不安，默然无语。安乐公主还强争道："且莫闲讲，斗草要算我胜了。"太平公主笑道："莫说须原当不得草，只今须在那里哩！正好大家不算输赢罢了。"当时嬉笑宴饮而散。安乐公主虽然未赢，却也不输，只可惜须儿被风吹去，不曾留得；还想那一半，即日取到，好留为珍秘。

又过了好几日，阳春景方取得余须回报。原来那阳春景，也于路上跌坏了右臂，故而归迟。公主既得了须，十分欢喜；正拿在手中细看，却又作怪，霎时香风又起，又把须儿吹入空中去了。香风过后，继以狂风，将庭前树上开的花卉，尽皆吹落，不留一朵，众俱大骇。有词为证：

灵运面，维摩面，何妨佛面如人面。此须借作彼须留，怎因嬉戏轻相剪？才喜见，吹不见，不许妖淫女子见。谁将金剪向慈容，剪得须时两臂断。

当下安乐公主,惊惧之极,合掌向空忏悔。太平公主与上官婉儿闻知,更加骇异,于是三个女子各捐帑千金,给与祇洹寺,增修殿宇,重整金身,不在话下。

且说那时朝中大臣,自狄仁杰死后,只有宋璟极其正直,丰采可畏,太后亦敬礼之,诸武都不敢怠慢他。至于张易之、张昌宗两个,其畏惮宋璟与向日畏惮狄仁杰一般。当初狄仁杰存日,适海国进贡一裘,名曰集翠裘,乃集翠鸟身上软毛做成的,最轻暖鲜丽,是一件奇珍难得之物。张昌宗见而欲之,恃爱乞恩求赐,太后便把来赐与他。昌宗谢了恩,便就御前穿著起来,太后看了笑道:"你著于此裘,越觉妩媚了。"昌宗欣欣得意。适狄仁杰入宫奏事,太后既准其所奏之事,意欲引仁杰与昌宗亲昵,因见几案之上,有棋局棋子,遂命二人对坐弈棋。二人领旨,彼此坐定。太后道:"棋高者用白棋,昌宗棋颇高。"仁杰起身奏道:"臣自信是精白一心,涅而不淄之人,弈虽小数,愿从其类,请用白者。"太后道:"任卿取用可也,但你二人,须各赌一物,今所赌何物?"仁杰道:"请即赌昌宗身所穿之裘。"太后道:"卿以何物为对?"仁杰道:"臣亦即以身所穿紫袍为对。"太后笑道:"此集翠裘,价逾千金,卿袍安能与相抵?"仁杰道:"此袍乃大臣朝见奏对之衣,昌宗此裘,乃嬖佞宠幸之服。以袍对裘,臣犹不屑也。"太后闻言,笑而不答,昌宗心赧气沮,遂累局连北。仁杰即对御褫其裘,披于身上,谢恩而出。至光范门,便脱下来,付家奴服之而归。太后知之,亦置不问。因此群小都畏惮他。在廷正人,如张柬之、桓彦范、敬晖、袁恕己、崔元啼等,又皆仁杰所荐引,与宋璟共矢忠心,誓除逆贼。

一日同中宗南山出猎,张柬之五人随骑而行,到了山中幽僻之处,五人下马奏道:"臣等幽怀向欲面奏,因耳目众多,不敢启齿;今事势已迫,不能再隐。臣思陛下年德皆备,太后惑二张言语,贪位不还。近闻二张宠幸太过,太后欲将宝位让与六郎,万一即真,则置陛下于何地?臣等情急,只得奏闻。陛下筹之。"中宗闻言大惊道:"为今奈何?"柬之道:"直须杀却张武乱臣,方得陛下复位。"

中宗道："太后尚在，怎生杀得？"柬之道："臣定计已久，无烦圣虑，但恐惊动圣情，故先与闻。"中宗道："二张可杀；武氏之族，系我中表之亲，望看太后之面留之。"柬之道："臣兵至宫闱，不遇则已，如或遇着，恐刀剑无情，不能自主。"中宗道："孤若得位，反周为唐，当封汝等为王。"柬之称谢。遂草草猎毕而回，归至朝门，各各散去。中宗回至宫中，恰好武三思那日晓得中宗出猎，正与韦后在宫顽耍，见左右报说王爷回来，三思惊得身子战栗。韦后道："不须害怕，我同你在外头书室里去打一盘双陆，他进来看见了，包你不说一声，还要替我们指点。"三思没奈何，只得随韦后出来，坐了对局。中宗走进来，看见笑道："你两个好自在，在此打双陆。"三思忙下来见了。中宗道："你们可赌什么？"韦后道："赌一件玉东西。"中宗坐在旁边道："待我点筹，看你们谁赢。"下了两局，大家一胜一北，第三盘却是三思输了。中宗道："什么玉东西，拿出来。"三思道："粗蠢之物，陛下看不得的，改日还要与娘娘复局。天已昏黑，臣要回去了。"中宗道："今夜且在此用了夜宴，然后回去何妨？"

三思同中宗到内书房里，只见灯烛辉煌，宴已齐备，二人坐了。三思道："我们怎么样吃酒？"中宗想道："我且卜一卦，看外廷之事如何？"便道："掷个状元罢！"三思道："状元虽好，只是两个人有何意味？"中宗道："你与我总是亲戚，我请娘娘与上官昭仪出来，四人共掷，岂不有趣。"三思见说，心中大喜，道："妙。"中宗吩咐左右。只见韦后与上官昭仪俱素净打扮，另有一种袅娜韵致，大家坐了掷起，不多几掷，中宗就是一个幺浑纯，三人鼓掌笑道："妙呀！状元还是殿下占着。"中宗道："好便好，只是幺色，若是纯六，再无人夺去。"三思道："说甚话来，一是数之始，绝妙的了，所谓一元复始，万象更新，快奉一巨觞与殿下。"中宗饮干，三人又掷。上官昭仪掷了四个四，说道："好了，我是榜眼。"韦后道："不要管榜眼探花，也该吃一杯；待我掷六个四出来，连殿下都扯下来。"两个在那里掷，中宗心上想："此时初更时分，怎么还不见动静；若是他们做不来,不如且放三思回家去,我今叫人去打听一回。”就叫婉儿道:“你看他两个再掷,有了探花,我就要考了。我去一回就来。”

三思见中宗去了,把椅子移近了韦后,名虽掷色,免不得蹑手蹑脚。昭仪知趣,笑道:“娘娘,妾去看看王爷来。”韦后恨不得昭仪起身去了。韦后连侍女们也都遣开,正待与三思做些勾当,只见昭仪嚷将进来道:“娘娘不好了!”二人听见,忙走开坐了,问道:“有什么不好?”话未说完,只见中宗已在面前叫道:“武大哥,我叫婉儿陪你,暂且后边阁中坐一回儿。”三思道:“此时为甚人声鼎沸?”中宗道:“张柬之等五人,要斩绝张、武二氏,我再三劝他,不要加害于你,二张想已诛矣!”三思听见,忙双膝跪下道:“万岁爷救臣之命!”只见身上战栗不已。韦后道:“皇爷留你在此,自有主意,何必惊惧?”说时只见许多宫奴,跑进来禀道:“众臣在外,请皇爷出去。”中宗忙叫婉儿,推三思到阁中去了,即便来到外面。原来张柬之等统兵已到中宫,恰好二张正与武后酣寝,躲避不及,被军士们一刀一个,双双杀了。太后大惊,柬之等请太后即日迁入上阳宫,取了玺绶,来见中宗奏道:“太后已迁,玉玺已在此,众臣都在殿上,请陛下速登宝位。”中宗升殿,柬之等先献上玺绶,又将张昌宗、张易之首级呈验,然后各官朝贺,复国号曰唐,仍立韦后为皇后;封后父元贞为上洛王,母杨氏为荣国夫人;张柬之等五人,俱封为王。柬之道:“武三思一门,必欲如二张之罪诛之。前蒙陛下吩咐,只得姑免,今若仍居王位,臣等实难与为僚。”中宗听了,不得已削三思王位为司空。众人谢恩出朝。洛州长史薛季昶对五王说道:“二凶虽除,产禄犹存,去草不除根,终当复生。”五王道:“大事已定,彼犹几肉耳,何复能为?”季昶叹道:“三思不死,我辈不知死所矣!”中宗改元神龙,尊武后号曰则天大圣皇帝,封弟旦为湘王,大赦天下,万民欢悦。

太后被柬之等迁到上阳宫去,思想前事,如同一梦,时常流泪,患病起来,日加沉重。三思心上不好意思,只得进宫去问候,见太后睡卧,颜色黄瘦,不胜骇叹道:“臣因多故,不便时常进宫,不意圣容消瘦如此。”便把手来着体抚摩。太后对三思道：“我的儿呀，你许久不进来，可知我已病入膏肓，只在旦夕要长别了，不知我宗族可能保全否?”三思道：“不必陛下忧烦，圣上已面许生全武氏，尊体还当着意调摄，自然痊愈。”三思又诉张柬之等凶恶，所以不能时进宫来，说罢大哭。太后叹一声道：“儿呀，近闻得韦后与你私通，甚是欢爱，你去诉与他知，叫他设计，除此五恶，我属可高枕矣。”三思点首，太后道：“你去请皇上来，我有话吩咐他。”三思出去，与中宗说知；中宗忙到上阳宫，太后叮咛了一回。过了两日，太后驾崩，中宗颁诏天下，整治丧礼不提。

且说三思门下，兵部尚书宗楚客、御史中丞周利用、侍御史冉祖雍、太仆李俊、光禄丞宋之逊、监察御史姚绍之，为之耳目，是为五狗；与韦后、婉儿日夜谮柬之等五王不已。三思阴令人疏皇后秽行，榜于天津桥，请加废黜。中宗知之，不胜大怒，命监察御史姚绍之，穷究其事。绍之奏言敬晖等五王使人为之，虽曰废后，实谋大逆，请族诛张柬之等，以雪皇后之愤。中宗命法司结其罪案，将柬之等五名流边远各州；三思又遣人矫制于途中杀之。三思方得放心，于是权倾天下，谁不惧着他；中宗也没了主意，每事反去问他，亦听其节制；况韦后一心爱他，常对他说道：“我欲如你姑娘，自得登临宝位，方遂我心。”

欲知后事如何，且听下回分解。

第七十六回

结彩楼嫔御评诗
游灯市帝后行乐

人亦有言,男子有德便是才,女子无才便是德,盖以男子之有德者,或兼有才,而女子之有才者,未必有德也。虽然如此说,有才女子,岂反不如愚妇人?周之邑姜序于十乱,惟其才也。才何必为女子累,特患恃才妄作,使人叹为有才无德,为可惜耳。夫男子而才胜于德,犹不足称,乃若身为女子,秽德彰闻,虽夙具美才,创为韵事,传作佳话,总无足取。故有才之女,而能不自炫其才,是即德也;然女子之炫才,皆男子纵之之故,纵之使炫才,便如纵之使炫色矣。此在士庶之家且不可;况皇家嫔御,宜何如尊重,岂可轻炫其才,以至亵士林而渎国体乎?无奈唐朝宫禁不严,朝臣俱得见后妃公主,侍宴赋诗,恬不为怪,又何有于嫔御之流?甚或宦官宫妾与俳优侏儒,杂聚谐谑,狂言浪语,不忌至尊,殊堪嗤笑。

如今且不说中宗昏阘,韦后弄权,且说那时朝臣中有两个有名的才子:一姓宋,名之问,字延清,汾州人氏,官为考功员外郎;一姓沈,名佺期,字云卿,内黄人氏,官为起居郎。若论此二人的文才,正是一个八两,一个半斤。那宋之问,更生得丰雅俊秀,兼之性格风流,于男女之事,亦甚有本领。他在武后时已为官,因见张易之、张昌宗辈,俱以美丈夫为武后所宠幸,富贵无比,遂动了个羡慕之心;又每于御前奏对之时,见武后秋波频转,顾盼着他,似有相爱之意，却只不见召他入内；他心痒难忍，托一个极相契的内监于武后前从容荐引，说他内才外才都妙。武后笑道：“朕非不爱其才，但闻其人有口臭，故不便使之入侍耳。”原来宋之问，人虽俊雅，却自小有口臭之疾，曾有人在武后前说及，故武后不欲与之亲近。当时内监将武后所言，述与宋之问听了，之问甚是惭恨，自此日常含鸡舌香于口中，以希进幸，即此一端，可知是个有才无品行的人了。那沈佺期亦与张易之辈交通，后又在安乐公主门下走动，曾因受赃被劾，长流欢州，夤缘安乐公主，复得召用。安乐公主强夺临川长宁公主旧第，改为新宅，邀中宗御驾游幸，召沈佺期陪往侍宴，因命赋诗，以纪其事，限韵天字。佺期应制，即成一律云：

皇家贵主好神仙，别业初开云汉边。
山出尽如鸣凤岭，池成不让饮龙川。
妆楼翠幌教春住，舞阁金铺借日悬。
敬从乘舆来至此，称觞献寿乐钧天。

中宗与公主见诗十分赞赏。公主道：“卿与宋之问齐名，外人竞称沈宋，今日赋诗，既有沈不可无宋。”遂遣内侍，立宣宋之问到来，也要他作诗一首；先将佺期所咏，付与他看过。公主道：“沈卿已作七言律诗，卿可作五言排律罢。”宋之问道：“佺期蒙皇上赐韵，臣今亦乞公主赐一韵。”公主笑道：“卿才空一世，便用空字为韵何如？”之问领命，即赋一律云：

英藩筑外馆，爱主出皇宫。
宾至星槎落，仙来月宇空。
玳梁翻贺燕，金埒倚长虹。
箫奏秦台里，书开鲁壁中。
短歌能驻日，艳舞欲娇风。
闻有淹留处，山阿花满丛。

诗成，公主叹赏，中宗看了，亦极称赞，命各赐彩币二端，公主又另有赏赉；二人谢恩而出。那沈佺期心甚怏怏，你道为何？盖因当时沈宋齐名，不相上下，今见公主独称宋之问才空一世，为此心中不服。

至景龙三年,正月晦日,中宗欲游幸昆明池,大宴朝臣。这昆明池,乃是汉武帝所开凿。当初汉武帝好大喜功,欲征伐昆明国,因其国有滇池,方三百里,极为险要,故特凿此昆明池,以习水战。此池阔大洪壮,池中有楼台亭阁,以备登临。当下中宗欲来游幸宴集,先两日前,传谕朝臣,是日各献即事五言排律一篇,选取其中佳者,为新翻御制曲。于是朝臣都争华竞胜的去做诗了。韦后对中宗道:“外庭诸臣,自负高才,不信我宫中嫔御,有才胜于男子者。依妾愚见,明日将这众臣所作之诗,命上官昭容当殿评阅,使他们知宫廷中有才女子,以后应制作诗,俱不敢不竭尽心思矣。”中宗大喜道:“此言正合吾意。”上官婉儿启奏道:“臣妾以宫婢而评品朝臣之诗,安得他们心服。”中宗笑道:“只要你评品得公道确当,不怕他们不心服。”遂传旨于昆明池畔,另设帐殿一座;帐殿之间,高结彩楼,听候上官昭容登楼阅诗。

此旨一下,众朝臣纷纷窃议,也有不乐的,以为亵渎朝臣;也有喜欢的,以为风流韵事。到那日,中宗与韦后及太平公主、安乐公主、长宁公主、上官昭容等,俱至昆明池游玩,大排筵宴,诸臣毕集朝拜毕,赐宴于池畔。帝后与公主辈,就帐殿中饮宴。酒行既罢,诸臣各献上诗篇。中宗传谕道:“卿等虽俱美才,然所作之诗,岂无高下。朕一时未暇披览,昭容上官氏,才冠后宫,朕思卿等才子之诗,当使才女阅之,可作千秋佳话,卿等勿以为亵也。”诸臣顿首称谢。中宗命诸臣俱于帐殿彩楼之前,左边站立,其诗不中选者,逐一立向右边去。少顷,只见上官婉儿,头戴凤冠,身穿绣服,飘轻裙,曳长袖,恍如仙子临凡。先向中宗与韦后谢了恩,内侍宫女们簇拥着上彩楼,临楼槛而坐。楼前挂起一面硃书的大牌来,上写道:

昭容上官氏奉诏评诗,只选其中最佳者一篇,进呈御览;不中选者,即发下楼,付还本官。

槛前供设书案,排列文房四宝,内侍将众官诗篇呈递案上。婉儿举笔评阅。众官都仰望着楼上。须臾之间，只见那些不中选的诗，纷纷的飘下楼来，每一纸落下，众人争先抢看，见了自己名字，即便取来袖了，默默无言的立过右边去。只有沈佺期、宋之问二人，凭他落纸如飞，只是立着不动，更不去拾来看。他自信其诗，与众不同，必然中选。不一时，众诗尽皆飘落，果然只有沈宋二人之诗，不见落下。沈佺期私语宋之问道："奉旨只选一篇，这二诗之中，毕竟还要去其一。我二人向来才名相埒，莫分优劣，只看今日选中哪一个的诗，便以此定高下，以后勿得争强。"宋之问点头笑诺。良久，只看又飘飘的落下一纸，众人竞取而观之，却是沈佺期的诗。其诗云：

法驾乘春转，神池象汉回。
双星遗旧石，孤月隐残灰。
战鹢逢时去，恩鱼望幸来。
山花缇绮绕，堤柳帐城开。
思逸横汾唱，歌流宴镐杯。
微臣雕朽质，差觏豫章才。

诗后有评语云：

玩沈、宋二诗，工力悉敌；但沈诗落句辞气已竭，宋作犹陡然健举，故去此取彼。

众人方聚观间，婉儿已下楼复命，将宋之问的诗呈上。中宗与韦后及诸公主传观，都称赞好诗，并称赞婉儿之才。中宗即召诸臣至御前，将宋之问的诗，传与观看。其诗云：

春豫灵池会，沧波帐殿开。
舟凌石鲸动，槎拂斗牛回。
节晦蓂全落，春迟柳暗催。
象溟看浴景，烧劫辨沉灰。
镐饮周文乐，汾歌汉武才。
不愁明月尽，自有夜珠来。

原来汉武帝当初凿此昆明池之时，池中掘出黑灰数万斛，不知是何灰,乃召东方朔问之。东方朔道:“此须待西域梵教中人来问之便晓。”后来西方有人号竺法兰者,入中国,因以此灰示之,问是何灰。竺法兰道:“世界终尽,劫火洞烧,此乃劫烧之余灰也。东方朔固已知之矣,何待吾言耶!”又池中有台,名豫章台,台下刻石为鲸鱼,每至雷雨,石鱼鸣吼震动。旁有二石人,传闻是星陨石,因而刻成人像。有此许多奇迹,故二诗中都言及之。当下众官,见了宋之问的诗,无不称羡;沈佺期也自谓不及。中宗并索佺期之诗来看,又看了婉儿的评语,因笑道:“昭容之评诗,二卿以为何如?”二人奏言评阅允当。中宗又问:“众卿之诗,多被批落了心服否?”众官俱奏道:“果是高才卓识,即沈宋二人,尚且服其公明,何况臣等。”中宗大悦,当日饮宴极欢而罢。自此沈佺期每逊让宋之问一分,不敢复与争名。正是:

漫说诗才推沈宋,还凭女史定高低。

且说中宗为韦后辈所玩弄,心志蛊惑,又有那些俳优之徒,谄佞之臣,趋承陪奉,因此全不留心国政,惟日以嬉游宴乐为事。时光荏苒,不觉腊尽春回,又是景龙四年正月,京师风俗,每逢上元灯夕,灯事极盛,六街三市,花围锦簇,大家小户,都张灯结彩,游人往来如织,金鼓喧阗,笙歌鼎沸,通宵达旦,金吾不禁。曾有《念奴娇》一词为证:

煌煌火树,正金吾弛禁,漏声休促。月照六街人似蚁,多少紫骝雕毂。红袖娇姬,双双来去,妖冶浑如玉。坠钗欲觅,见人羞避银烛。但见回首低呼,上元佳胜,只有今宵独。一派笙歌何处起?笑语徐归华屋。斗转参横,暗尘随马,醉唱升平曲。归来倦倚,锦衾帐里芬馥。

韦后闻知外边灯盛,忽发狂念,与上官婉儿及诸公主,邀请中宗,一同微服出外观灯。中宗笑而从之。于是各换衣妆,打扮做街市男妇模样,又命武三思等一班近臣,也易服相随,打伙儿的遍游街市,与这些看灯的人,挨挨挤挤,略无嫌忌。军民士庶,有乖觉的,都窃议道:“这班看灯的男妇,象是大内出来的,不是公主,定是嫔妃；不是王子王孙，定是公侯驸马。可笑我那大唐皇帝，难道宫中没有好灯赏玩，却放他们出来，与百姓们饱看。如此人山人海，男女混杂，贵贱无分，成何体统！”众人便如此议论，中宗与韦后却率领着一班男妇，只拣热闹处游玩，全不顾旁人瞩目骇异；又纵放宫女几千人，结队出游，任其所往；及至回宫查点，却不见了好些宫女。因不便追缉，只索付之不究，糊涂过了。正是：

韦后观灯街市行，市人瞩目尽惊心。
任他宫女从人去，赢得君王大度名。

灯事毕后，渐渐春色融和，中宗与后妃公主，俱幸玄武门，观宫女为水戏，赐群臣筵宴，命各呈技艺以为乐。于是或投壶，或弹鸟，或操琴，或击鼓，一时纷纷杂杂，各献所长。独有国子监祭酒祝钦明，自请为八风舞，卷袖趋至阶前，舞将起来：弯腰屈足，舒臂耸肩，摇曳幌目，备诸丑态。中宗与韦后、诸公主见了，俱抚掌大笑；内侍宫女们，亦无不掩口。吏部侍郎卢藏用，私向同坐的人说道：“祝公身为国子先生，而作此丑态，五经扫地尽矣！”时国子监司业郭山晖在坐，见那做祭酒的如此出丑，不胜惭愤。少顷，中宗问及：“郭司业亦有长技，可使朕一观否？”郭山晖离席顿首答道：“臣无他技，请歌诗以侑酒。”中宗道：“卿善歌诗乎，所歌何事？”山晖道：“臣请为陛下歌诗经鹿鸣蟋蟀之篇。”遂肃容抗声而歌。先歌鹿鸣之篇云：

呦呦鹿鸣，食野之苹。我有嘉宾，鼓瑟吹笙。吹笙彭簧，承筐是将。人之好我，示我周行。呦呦鹿鸣，食野之蒿。我有嘉宾，德音孔昭。视民不恌，君子是则是效。我有旨酒，嘉宾式燕以敖。呦呦鹿鸣，食野之芩。我有嘉宾，鼓瑟鼓琴。鼓瑟鼓琴，和乐且湛。我有旨酒，以燕乐嘉宾之心。

又歌蟋蟀之篇云：

蟋蟀在堂，岁聿其莫。今我不乐，日月其除。无已太康，职思其居。好乐无荒，良士瞿瞿。蟋蟀在堂，岁聿其逝。今我不乐，日月其迈。无已太康，职思其外。好乐无荒，良士蹶蹶。蟋蟀在堂，役居其休。今我不乐，日月其滔。无已太康，职思其忧。好乐无荒，良士休休。

郭山晖歌罢，肃然而退。中宗闻歌，回顾韦后道："此郭司业以诗谏也，其意念深矣。"于是不复命他人呈技，即彻宴而罢。正是：

祭酒身为八风舞，堪叹五经扫地尽。
鹿鸣蟋蟀抗声歌，还亏司业能持正。

时安乐公主乘间，请昆明池为私沼。中宗曰："先帝未有以与人者。"公主不悦，遂开凿一边，名曰定昆池，其意欲胜过昆明池，故取名定昆，言可与昆明抗衡之也。司农卿赵履温为之缮治，不知他耗费了多少民财，劳动了多少民力，方得凿成这一池。又于池上起建楼台，极其巨丽。中宗闻池已告成，即率后妃及内侍俳优杂技人等，前来游幸。公主张筵设席，款留御驾；从驾诸臣，亦俱赐宴。中宗观览此池，果然宏阔壮观，胜似昆明，心中甚喜，传命诸臣，就筵席上各赋一诗，以夸美之。诸臣领命，方欲构思，只见黄门侍郎李日知离席而起，直趋御前启奏道："臣奉诏赋诗，未及成篇，先有俚言二句，敢即奏呈。"遂高声朗诵云：

所愿暂思居者逸，勿使时称作者劳。

中宗听了笑道："卿亦效郭山晖以诗谏耶！"因沉吟半晌，命内侍传谕："诸臣不必赋诗了，且只饮酒。"及酒酣，优人共为回波之舞。中宗看了大喜，遂命诸臣，各吟回波辞以侑酒。那日宋之问因病告假，沈佺期却在赐宴诸臣之列。他原任给事中考功郎，自落职流徙后，虽幸复得召用，却还未有迁擢，今欲乘机借回波自嘲，以感动君心。因遂吟云：

回波尔如佺期，流向岭外生归。
身名幸蒙齿录，袍笏未复牙绯。

中宗听了微微而笑。安乐公主道："沈卿高才，牙笏绯袍，诚不为过。"韦后道："陛下当即有以命之。"中宗道："行将擢为太子詹事。”沈佺期便叩首谢恩。时有优人臧奉，向中宗、韦后前叩头奏道：“臣亦有俚语，但近乎谐谑，有犯至尊；若皇帝皇后赦臣万死，臣敢奏之。”中宗与韦后都道：“汝可奏来，赦汝无罪。”臧奉乃作曼声而吟云：

回波尔如栲栳，怕婆却也大好。
外头只有裴谈，内里无过李老。

原来那时有御史大夫裴谈，最奉释教，而其妻极妒悍，裴谈畏之如严君。尝云妻有可畏者三：当其少好之时，视之如生菩萨，安有人不畏生菩萨者；及男女满前之时，视之如九子魔母，安有人不畏九子魔母者；及其年渐老，薄施脂粉，或青或黑，视之如鸠盘荼，安有人不畏鸠盘荼者。此言传在人耳，共为笑谈，因呼之为裴怕婆。时韦后举动，欲步趋武后一般，也会挟制夫君，中宗甚畏之，因此臧奉敢于唱此词，他为韦后张威，不怕中宗见罪。正是：

欺夫婆子怕婆夫，笑骂由人我自吾。
却怪当年李家老，子如其父媳如姑。

当下中宗闻歌大噱，韦后亦欣然含笑，意气自得。座间却恼了一个正直的官员，乃谏议大夫李景伯，他因看不上眼，听不入耳，蹶然而起，进前奏道：“臣亦有一词奏上。”道是：

回波尔持酒卮，微臣职在箴规。
侍宴不过三爵，欢哗或恐非议。

中宗听罢，有不悦之色。同三品萧至忠奏道：“此真谏官也，愿陛下思其所言。”于是中宗传命罢宴，起驾回宫。次日朝臣中，也有欲责治优人臧奉者，却闻韦后到先使人赍金帛赏赐臧奉，因叹息而止。

俳优谑浪胆如天，帝不敢嗔后加奖。
纪纲扫地不可问，堪叹阳消阴日长。

欲知后事如何，且听下回分解。

第七十七回

鸩昏主竟同儿戏
斩逆后大快人心

从来宫闱之乱，多见于春秋时。周襄王娶翟女为后，通于王弟叔带，致生祸患。其他侯国的夫人，如鲁之文姜、卫之南子辈，不可枚举。至于秦汉晋，以及前五代，亦多有之。总是见之当时，则遗羞宫闱；传之后世，则有污史册，然要皆未有如唐朝武韦之甚者也。有了如此一个武后，却又有韦后继之，且加以太平、安乐等诸公主，与上官婉儿等诸宫嫔，却是一班寡廉鲜耻、败检丧伦的女人。好笑唐高宗与中宗，恬然不以为羞辱，不惟不禁之，而反纵之，使酿成篡窃弑逆之统，一则几不保其子孙，一则竟至殒其身，为后人所嗤笑唾骂，叹息痛恨。

如今且说上官婉儿，自彩楼评诗之后，才名大著，中宗愈加宠爱，升他做了婕妤，其穿的服饰与住的宫室，都如妃子一般。他愈恃宠骄恣，又倚着皇后与诸公主都喜欢他，更自横行无忌。中宗又特置修文馆，选择公卿中之善为诗文者，如沈佺期、宋之问、李峤等二十余人，为修文馆学士，时常赐宴于内庭，吟诗作赋，争华竞美，俱命上官婉儿评定其甲乙，传之词林，或播之乐府。由是天下士子，争以文采相尚，一切儒学正人与公谠正言，俱不得上达。正是：

不求方正贤良士，但炫风云月露篇。

上官婉儿又与韦后公主们私议，启奏中宗，听说婉儿自立私第于外，以便诸学士时常得以诗文往还评论，因此那些没品行的官员，多奔走出入其私第，以希援引进用。婉儿因遂勾结其中少年精锐者，潜入宫掖，与韦后公主们交好。于是朝臣中崔湜、宗楚客等，俱先通了婉儿，后即为韦后与公主们的心腹。中宗自观灯市里之后，时或微服出游，或即游幸上官婉儿私第，或与韦后公主们同来游幸。婉儿既自有私第在外，宫女们日夕来往，宫门上出入无节，物议沸腾，却没人敢明言直谏。只有黄门侍郎宋璟独上一密疏，其略曰：

> 臣前者闻诸道路，天子与后妃公主，微服夜游市里观灯，士庶瞩目称异。臣初以为必无是事，既而知人言非妄，不胜骇诧。周礼云：夫人过市罚一幕，世子过市罚一帟，命夫过市罚一盖，命妇过市罚一帷，国君过市则刑人赦。诚以市里嚣尘，逐利者之所趋，非君子所宜入也！夫国君世子，命夫、命妇、夫人等一过市中，尚且有罚；况帝后妃主之尊，而可改妆易服，结队夜游，招摇过市乎！至于怨女三千，放之出宫，乃太宗皇帝之美政，陛下既不此之法，而纵宫人数千，任其出游，以致逋逃者，无可追查，成何体统？且宫妃岂容居外第，外臣岂容于与宫妃往还，此皆大亵国体之事，伏乞陛下立改前失，速下禁约，严别内外，稽察宫门出入；更不可白龙鱼服，非时游幸；亦不可无端宫集，使谄媚者流，闲吟浪咏，更唱迭和；尤不可使俳优侏儒，与朝臣混杂于帝后妃主之前，戏谑无忌。轻万乘而渎百僚，致滋物议也。

中宗览疏，也不批发，也不召问，竟置之不理，宋璟也无可如何。韦后等愈无忌惮，太平公主、安乐公主久已奉诏，各自开府第，自置官属。这班无耻倖进之徒，多营谋为公主府中官员。

安乐公主府中，有两个少年的官儿，一个姓马，名秦客；一个姓杨，名均。那马秦客深通医术，杨均却最善于烹调食品。二人都生得美貌，为安乐公主所宠爱，因荐与韦后，又极蒙爱幸。由是马秦客，夤缘得升为散骑常侍；杨均亦得升为光禄少卿。那崔湜与宗楚客，既私通上官婉儿，又转求韦后公主，于中宗面前，交口称赞，说此二人可作宰相。中宗遂以宗楚客为中书令，崔湜同平章事。自此小人各援引其党类，滥官日多，朝堂充溢，时人以为三无坐处。谓有三样官，因做的人多，朝堂中坐不下也。你道那三样官？却是宰相、御史、员外郎，这三样官是何等官职，乃至人多而无坐处，则其余众官之滥可知矣！时吏部侍郎郑愔掌选，赃污狼藉，有选人系百钱于靴带上，愔问其故，答曰："当今之选，非钱不行。"愔默不言。中宗又惑于小人之说，谓朝廷当不次用人，遂于吏部铨选之外，另用墨敕除授官职，于是太平公主、安乐公主与长宁公主、上官婉儿俱招权。

时突厥默啜，侵扰边界，屡为朔方总管张仁愿所败。默啜密与宗楚客交通，楚客受其重贿，阻挠边事。监察御史崔琬上疏劾之，当殿朗读弹章。原来唐朝故事，大臣被言官当殿面劾，即俯躬趋出，立于朝堂待罪。是日宗楚客竟不趋出，且忿怒作色，自陈宗鲠为崔琬所诬。宋璟厉声道："楚客何得强辨，故违朝廷法制！"中宗更弗推问，只命崔琬与宗楚客结为兄弟，以和解之。时人传作笑谈，因呼为和事天子。

时处士韦月将抗疏，直言武三思私通宫掖，必生逆乱。韦后闻知大怒，劝中宗速杀之。宋璟道："彼言中宫私于武三思，陛下不究其所言，而即杀其人，何以服天下；若必欲杀月将，请先杀臣，不然臣终不敢奉诏。"中宗乃命贷其死，长流岭南。自此中宗心里亦颇怀疑，传旨查察宫门出入之人，群小因此亦多不自安；太子重俊，亦有明断，中宗唯唯不决。次日魏元忠入内殿奏事，中宗以立太女废太子之说密询之。元忠道："太子初无失德，陛下岂可轻动国本。皇太女之称向未曾有，且公主称太女，驸马作何称号？此断不可。"中宗意悟，将此二事俱置不行。韦后与公主好生不悦；那安乐公主，又急欲韦后专政，使自己得为皇女，却一时无计可施。

一日杨均以烹调之事，入内供应，韦后因召他至密室中，屏退左右，私相谋议。韦后道："此老近来多信外臣之言，而有疑惑宫中之意，此不可不虑。"杨均道："我看娘娘玉貌生光，将来必有喜庆。皇上千秋万岁后，娘娘自然临朝称制了，何必多虑。"韦后惊讶道："他若心变，我怎等得他千秋万岁后？"杨均沉吟半晌道："若依娘娘如此说，此事要用着些人谋了。"韦后附耳道："有甚好药，可以了此事否？"杨均道："药是问马秦客便有；但此事非同小可，当相机而行，未可造次。"

不说二人密谋。且说太子重俊，闻知韦后欲要谋废，他心怀疑惧，又恐为三思、婉儿辈所陷，因欲先发制人，与东宫官属李多祚等，矫诏引羽林军杀入武三思私第。恰值武崇训在三思处饮酒，都被拿住，太子仗剑手刃之，更命军士乱剁其尸，合家老幼男女，尽都诛死；又勒兵至宫门欲杀上官婉儿。中宗闻变大惊，急登玄武门楼，宣谕军士；一面令宫闱令杨思勗与李多祚交战。多祚战败兵溃，自刎而死，太子亦死于乱军中。正是：

太子拚身诛逆贼，休将成败论英雄。
此时若便清宫阃，何待临淄建大功？

武崇训既诛死，中宗命武延秀为安乐公主驸马，延秀即崇训之弟也，以嫂妻叔，伦常扫地矣！自此韦武之权愈重。时有许州参军燕钦融上疏，言韦后淫乱干政，宗楚客等图危社稷。中宗览疏，未及批发，韦后即传旨，将燕钦融扑杀。中宗心下怏怏不悦，未免露之颜色，韦后十分疑忌，密谓杨均道："此老渐已心变，前所云进药之说，若不急行，祸将不测。"杨均道："马秦客有一种末药，人服之腹中作痛，口不言，再饮人参汤，即便身死，不露伤迹。"韦后道："既有此药，可速取来。"杨均笑道："事成之后，要封我为武安君哩！"韦后道："不必多言，同享富贵便了。"杨均遂与马秦客密谋取药进宫。韦后知中宗喜吃三酥饼，即将药放入饼馅里，乘中宗那日在神龙殿闲坐，尚未进膳，便亲将饼儿供上。中宗连吃了几枚，觉得腹胀微微作痛，少顷大痛起来，坐立不宁，倒于榻上乱滚。韦后佯为惊问，中宗说不出话，但以手自指其口。韦后急呼内侍道：

“皇爷想欲进汤，可速取人参汤来！”此时人参汤早已备着，韦后接手，急来灌入中宗口中；中宗吃了人参汤，便滚不动了。淹至晚间，呜呼崩逝。正是：

昔日点筹烦圣虑，今将一饼报君王。
可怜未死慈亲手，却被贤妻把命伤。

韦后既行弑逆，秘不发丧。太平公主闻中宗暴死，明知死得不明白，却又难于发觉，只得且隐忍，急与上官婉儿议草遗诏，意欲扶立相王；韦后与安乐公主都不肯，乃议立温王重茂。遗诏草定，然后召大臣入宫，韦后托言中宗以暴疾崩，称遗诏立温王重茂为天子嗣，即皇帝位。时年方十五，韦后临朝听政，宗楚客劝韦后依武后故事，以韦氏子弟典南北军，深忌相王与太平公主，谋欲去之；又妄引图谶，谓韦氏当革唐命，遂与安乐公主及都知兵马使韦温等密谋为乱，将约期举事。时相王第三子临淄王隆基，曾为潞州别驾，罢官回京，因见群小披猖，乃阴聚才勇之士，志图匡正。兵部侍郎崔日用，向亦依附韦党，今畏临淄王英明，又忌宗楚客独擅大权，知其有逆谋，恐日后连累着他，遂密遣宝昌寺僧人普润，至临淄王处告变。临淄王大惊，即报与太平公主知道，一面与内苑总监锺绍京、果毅校尉葛福顺、御史刘幽求、李仙凫等，计议乘其未发，先事诛之。众皆奋然，愿以死自效。太平公主亦遣其子薛崇行、崇敏、崇简来相助。葛福顺道：“贤王举事，当启知相王殿下。”临淄王道：“吾举大事为社稷计，事成则福归父王；如或不成，吾以身殉之，不累及其亲。今若启而听从，则使父王预危事；倘其不从，将败大事计，不如不启为妥。”于是易服，率众潜入内苑。时夜将半，忽见天星落如雨。刘幽求道：“天意如此，时不可失。”葛福顺拔剑争先，直入羽林营典军，韦温、韦塔、韦璠、高嵩等出其不意，措手不及，俱被福顺所杀。刘幽求大呼道：“韦后鸩弑先帝，谋危宗社，今夕当共诛奸逆，立相王以安天下。敢有怀两端助逆党者，罪及三族。”羽林军士稽颡听命，临淄王引众出南苑门，锺绍京率苑中匠丁二百余人，执斧锯以从，诸卫兵俱来接应。

其时中宗的梓宫停于太极殿，韦后亦在殿中。临淄王勒兵至玄武门，斩关而入；那些宿卫梓宫的军士，鼓噪应之。韦后大骇，一时无措，只穿得小衣单衫，奔出殿门，正遇杨均、马秦客，韦后急呼救援，二人左右搀扶，走入飞骑营，指望暂避，却被本营将卒，先把杨均、马秦客斩首，砍其尸为肉泥。韦后哀求饶命，众人都嚷道："弑君淫贼，人人共愤！"一齐举刀乱砍，登时砍死于乱刀之下。临淄王闻韦后已为众所诛，传令扫清宫掖。武延秀方与云从私宿于玉树轩，被李仙凫搜出，双双斩首。刘幽求将上官婉儿挟至临淄王前，说他曾与太平公主共草遗诏，议立相王，可免其一死。临淄王道："此婢妖淫，渎乱宫闱，不可轻恕。"即命斩讫；遂遣刘幽求收安乐公主。时天已晓，安乐公主深居别院，还不知外变；方早起新沐，对镜画眉，刘幽求率众突入，即挥兵从后砍之，头破脑裂而死，并将其家属都诛死。宗楚客逃奔至通化门，被门吏擒献，即时腰斩于市。内外既定，临淄王乃叩见相王，谢不先禀白之罪。相王道："社稷宗庙不坠于地，皆汝功也。"刘幽求等请相王早正大位。是日早朝，少帝重茂，方将升座，太平公主手扶去之说道："此位非儿所宜居，当让相王。"于是众臣共奉相王为皇帝，是为睿宗，改号景云元年。重茂仍为温王；进封临淄王为平王；祭故太子重俊；赠恤李多祚、燕钦融等；追复张柬之等五人官爵；追废韦后、安乐公主为庶人，搜捕韦党诸人。惟崔日用以出首叛逆有功，仍旧供职，其余俱治罪。韦后之妹崇国夫人，为秘书监王滗邕之妻，王滗恐因妻被祸，以鸩酒毒死其妻，自白于官。御史大夫窦从一之妻，乃韦后之乳母，俗呼乳母之夫为阿奢。窦从一每自称皇后阿奢，恬然不以为耻，至此乃自杀其妻以献。正是：

昔依妇势真堪耻，今杀妻身太寡恩。
岂是有心学吴起，阿奢妹丈总休论。

景云元年，议立东宫，睿宗以宋王成器居嫡长，而平王隆基有大功，迟疑不决。宋王涕泣叩首固辞道："从来建储之事，若当国家安则先嫡长，国家危则先有功；今隆基功在社稷，臣死不敢居其上。”刘幽求奏道：“平王有大功，宋王有让德，陛下宜报平王之功，以成宋王之让。”睿宗乃降诏，立平王隆基为太子。后人有诗，称赞宋王之贤道：

储位本宜推嫡长，论功辞让最称贤。
建成昔日如知此，同气三人可保全。

欲知后事如何，且听下回分解。

第七十八回

慈上皇难庇恶公主
生张说不及死姚崇

酒色财气四字，人都离脱不得，而财色二者为尤甚。无论富贵贫贱，聪明愚钝之人，总之好色贪财之念，皆所不免。那贪财的，既爱己之所有，又欲取人之所有，于是被人笼络而不觉。那好色的，不但男好女之色，女亦好男之色；男好女犹可言也，女好男，遂至无耻丧心，灭伦败纪，靡所不为，如武后、韦后、安乐公主、太平公主等是也。

且说太平公主与太子隆基，共诛韦氏，拥立睿宗为帝，甚有功劳。睿宗既重其功，又念他是亲妹，极其怜爱。公主性敏，多权略，凡朝廷之事，睿宗必与他商酌；自宰相以下，进退系其一言。其所引荐之人，骤登清要者甚多，附势谋进者，奔趋其门下如市。薛崇行、崇敏、崇简，皆封为王，田园家宅，偏于畿甸。公主怙宠擅权，骄奢纵欲，私引美貌少年至第，与之淫乱；奸僧慧范，尤所最爱。那班倚势作威的小人，都要生事扰民。亏得朝中有刚正大臣，如姚崇、宋璟辈侃侃谔谔，不畏强御；太子隆基，更严明英察，为群小所畏忌，因此还不敢十分横行。

却说太子原以兵威定乱，故虽当平静之时，不忘武事。一日闲暇，率领内侍及护卫东宫的军士们，往郊外打围射猎。一行人来到旷野之处，排下一个大大的围场。太子传令，众人各放马射箭，发纵鹰犬，闹了多时，猎取得好些飞禽走兽。正驰骋间，只见一只黄獐，远远的在山坡下奔走。太子勒马向前，亲射一箭，却射不着，那獐儿望前乱跑。太子不舍，紧紧追赶，直赶至一个村落，不见了黄獐；但见一个女人，在那里采茶。太子勒马问道："你可曾见有一只黄獐跑过去么？"那女人并不答应，只顾采茶。此时太子只有两个内侍跟随，那内侍便喝道："兀那妇人好大胆，怎的殿下问你话，竟不回答！"女人不慌不忙，指着茶篮道："我心只在茶，何有于獐也，哪知什么殿下？"说罢，便提着篮走进一个柴扉中去了。太子见那女子举止不凡，吩咐内侍，不许罗唣，望那柴扉中也甚有幽致。

正看间，只见一个书生，跨着蹇驴而来；他见太子头戴紫金冠，身披锦袍，知是贵人，忙下驴伏谒。内侍道："此即东宫千岁爷。"书生叩谢道："村僻愚人，不知殿下驾临，失于候迎，乞赐宽宥。"太子道："孤因出猎，偶尔至此。"因指着柴扉内问道："此即卿所居耶？"书生道："臣暂居于此，虽草庐荒陋，倘殿下鞍马劳倦，略一驻足，实为荣幸。"太子闻言，欣然下马，进了柴扉，见花石参差，庭阶幽雅，草堂之上，图书满案，囊琴匣剑，排设楚楚，太子满心欢喜坐定，便问书生何姓何名。书生答道："臣姓王名琚，原籍河南人。"太子道："观卿器宇轩昂，门庭雅饬，定然佳士。顷见采茶之妇，言笑不苟，想即卿之妻也。"王琚顿首道："村妇无知，失于应对，罪当万死。"太子笑道："卿家既业采茶，必善烹茶，幸假一杯解渴。"王琚领命，忙进去取。太子偶翻看他案上书籍，见书中夹着一纸，乃姚崇劝他出仕写与他的手札，其略云：

> 足下奇才异能，愚所稔知，乘时利见，此其会矣；若终为韫匮之藏，自弃其才能于无用，非所望于有志之士也。一言劝驾，庶几幡然。

太子看罢，仍旧把来夹在书中，想道："此人与姚崇相知，为姚崇所识赏，必是个奇人。"少顷王琚捧出茶来献上，太子饮了一杯，赐王琚坐了，问道："士子怀才欲试，正须及时出仕，如何遁迹山野？"王琚道："大凡士人出处，不可苟且，须审时度势，必可以得行其志,方可一出。臣窃闻古人易退难进之节,不敢轻于求仕,非故为高隐以傲世也。”太子点首道:“卿真可云有品节之士矣。”正闲话间,那些射猎人马轰然而至,太子便起身出门,王琚送于门外;太子上马,珍重而别,不在话下。

且说太平公主,畏忌太子英明,谋欲废之,日夜进谗于睿宗,说太子许多不是处;又妄谓太子私结人心,图为不轨。睿宗心中怀疑,一日坐于便殿,密语侍臣韦安石道:“近闻中外多倾心太子,卿宜察之。”韦安石道:“陛下安得此亡国之言,此必太平公主之谋也。太子仁明孝友,有功社稷,愿陛下无惑于谗人。”睿宗悚然道:“朕知之矣!”自此谗说不得行,太平公主阴谋愈急,使人散布流言,云目下当有兵变。睿宗闻知,谓侍臣道:“术者言五日内,必有急兵入宫,卿等可为朕备之。”张说奏道:“此必奸人造言,欲离间东宫耳。陛下若使太子监国,则流言自息矣!”姚崇亦奏道:“张说所言,真社稷至计,愿陛下从之。”睿宗依奏,即日下诏,命太子监理国事。太子既受命监国,便遣使臣赍礼,往聘王琚入朝。王琚不敢违命,即同使臣来见。时太子正与姚崇在内殿议事,王琚入至殿庭,故意纡行缓步。使臣摇手止之道:“殿下在帘内,不可怠慢。”王琚大声说道:“今日何知所谓殿下,只知有太平公主耳!”太子闻其言,即趋出帘外见之,王琚拜罢,太子道:“适有卿之故人在此,可与相见。”便引王琚入殿内,指着姚崇道:“此非卿之故人耶?”王琚道:“姚崇实与臣有交谊,不识陛下何由知之。”太子笑道:“前日在卿家,案头见有姚卿手札,故知之耳。其手札中所言,卿今能从之否?”王琚顿首道:“臣非不欲仕,特未遇知己耳。今蒙陛下恩遇,敢不致身图报;但臣顷者所言,殿下亦闻之乎?”太子道:“闻之。”王琚因奏道:“太平公主擅权淫纵,所宠奸僧慧范,恃势横行,道路侧目。公主凶狠无比,朝臣多为之用,将谋不利于殿下,何可不早为之计?”姚崇道:“王琚初至,即能进此忠言,此臣所以乐与交也。”太子道:“所言良是;但吾父皇只此一妹,若有伤残,恐亏孝道。”王琚道:“孝之大者,当以社稷宗庙为事,岂顾小节。”太子点头道:“当徐图之。”遂命王琚为东宫待班,常与计事。

太极元年七月,有彗星出于西方,入太微,太平公主使术士上密启于睿宗道:“彗所以除旧布新,且逼近帝座,此星有变,皇太子将作天子,宜预为备。”欲以此激动睿宗,中伤太子。那知睿宗正因天象示变,心怀恐惧,闻术士所言,反欣然道:“天象如此,天意可知,传德弭灾,吾志决矣!”遂降诏传位太子。太平公主大惊,力谏以为不可;太子亦上表力辞。睿宗皆不听,择于八月吉日,命太子即皇帝位,是为玄宗皇帝。尊睿宗为太上皇,立妃王氏为皇后,改太极元年为先天元年,重用姚崇、宋璟辈,以王琚为中书侍郎,黜幽陟明,政事一新,天下欣然望治。只有太平公主,仍恃上皇之势,恣为不法。玄宗稍禁抑之,公主大恨,遂与朝臣萧至忠、岑羲、窦怀贞、崔湜等结为党援,私相谋画,欲矫上皇旨,废帝而别立新君,密召侍御陆象先同谋。象先大骇连声道:“不可不可,此何等事,辄敢妄为耶!”公主道:“弃长立幼,已为不顺;况又失德,废之何害?”象先道:“既以功立,必以罪废;今上新立,天下向顺,彼无失德,何罪可废?象先不敢与闻。”言罢,拂衣而出。

公主与崔湜等计议,恐矫旨废立,众心不服,事有中变,欲暗进毒,以谋弑逆,遂私结宫人元氏,谋于御膳中置毒以进。王琚闻其谋。开元元年七月朔日早期毕,玄宗御便殿,王琚密奏道:“太平公主之事迫矣,不可不速发!”玄宗尚在犹豫,时张说方出使东都,适遣人以佩刀来献。长史崔日用奏道:“说之献刀,欲陛下行事决断耳!陛下昔在东宫,或难于举动,今大权在握,发令诛逆,有何不顺,而迟疑若是?”玄宗道:“诚如卿言,恐惊上皇。”王琚道:“设使奸人得志,宗社颠危,上皇安乎?”正议论间,侍郎魏知古直趋殿陛,口称臣有密启。玄宗召至案前问之。知古道:“臣探知奸人辈,将于此月之四日作乱,宜急行诛讨。”于是玄宗定计,与岐王范、薛王业、兵部尚书郭元振、龙武将军王毛仲、内侍高力士,及王琚、崔日用、魏知古等,勒兵入虔化门,执岑羲、萧至忠于朝堂斩之,窦怀贞自缢,崔湜及宫人元氏俱诛死,太平公主逃入僧寺,追捕出,赐死于家，并诛奸僧慧范；其余逆党死者甚多。上皇闻变惊骇，乘轻车出宫，登承天门楼问故。玄宗急令高力士回奏，言太平公主结党谋乱，今俱伏诛，事已平定，不必惊疑。上皇闻奏，叹息还宫。正是：

公主空号太平，作事不肯太平。

直待杀此太平，天下方得太平。

玄宗既诛逆党，闻陆象先独不肯从逆，深嘉其忠，擢为蒲州刺史，面加奖谕道："岁寒然后知松柏也。"象先因奏道："书云：歼厥渠魁，胁从罔治。今首恶已诛，余党乞从宽典，以安人心。"玄宗依其言，多所赦宥。又以太平公主之子薛崇简常谏其母，屡遭挞辱，特旨免死，赐姓李，官爵如故。其他功臣爵赏有差。自此朝廷无事。玄宗意欲以姚崇为相，张说忌之，使殿中监姜皎入奏道："陛下欲择河东总管，而难其选，臣今得之矣。"玄宗问为谁。姜皎道："姚崇文武全才，真其选也。"玄宗笑道："此张说之意，汝何得面欺？"姜皎惶恐，叩头服罪。玄宗即日降旨，拜姚崇为中书令。张说大惧，乃私与岐王通款，求其照顾。姚崇闻知，甚为不满。一日入对便殿，行步微蹇。玄宗问道："卿有足疾耶！"姚崇因乘间奏言："臣有腹心之疾，非足疾也。"玄宗道："何谓腹心之疾？"姚崇道："岐王乃陛下爱弟，张说身为大臣，而私与往来，恐为所误，是以忧之。"玄宗怒道："张说意欲何为？明日当命御史按治其事。"

姚崇回至中书省，并不提起。张说全然不知，安坐私署之中。忽门役传进一帖，乃是贾全虚的名刺，说道有紧急事特来求见。张说骇然道："他自与宁醒花去后，久无消息；今日突如其来，必有缘故。"便整衣出见。贾全虚谒拜毕，说道："不肖自蒙明公高厚之恩，遁迹山野，近因贫困无聊，复至京师，移名易姓，佣书于一内臣之家。适间偶与那内臣闲话，谈及明公私与岐王往来，今为姚相所奏，皇上大怒，明日将按治，祸且不测。不肖惊闻此信，特来报知。"张说大骇道："如此为之奈何？"全虚道："今为明公计，惟有密恳皇上所爱九公主关说方便，始可免祸。"张说道："此计极妙，但急切里无门可入。”全虚道：“不肖已觅一捷径，可通款于九公主；但须得明公所宝之一物为贽耳。”张说大喜，即历举所藏珍玩。全虚道：“都用不着。”张说忽想起：“鸡林郡曾献夜明帘一具可用否?”全虚道：“请试观之。”张说命左右取出，全虚看了道：“此可矣，事不宜迟，只在今夕。”张说便写一情恳手启，并夜明帘付与全虚。全虚连夜往见九公主，具言来历，献上宝帘并手启；九公主见了帘儿，十分欢喜，即诺其所请。正是：

前日献刀取决断，今日献帘求遮庇。

一是为公矢忠心，一是为私行密计。

明日九公主入宫见驾，玄宗已传旨，着御史中丞同赴中书省究问张说私交亲王之故。九公主奏道：“张说昔为东宫侍臣，有维持调护之功，今不宜轻加谴责；且若以疑通岐王之故，使人按问，恐王心不安，大非吾皇上平日友爱之意。”原来玄宗于兄弟之情最笃，尝为长枕大被与诸王同卧，平日在宫中相叙，只行家人礼。薛王患病，玄宗亲为煎药，吹火焚须，左右失惊。玄宗道：“但愿王饮此药而即愈，吾须何足惜。”其友爱如此，当闻九公主之言，恻然动念，即命高力士至中书省，宣谕免究，左迁张说为相州刺史。张说深感贾全虚之德，欲厚酬之；谁知全虚更不复来见，亦无处寻访他，真奇人也。正是：

拯危排难非求报，只为当年赠爱姬。

姚崇数年为相，告老退休，特荐宋璟自代。宋璟在武后时，已正直不阿，及居相位，更丰格端庄，人人敬畏。那时内臣高力士、闲厩使王毛仲，俱以诛乱有功，得幸于上。王毛仲又以牧马蕃庶，加开府仪同三司，荣宠无比，朝臣多有奔趋其门者，宋璟独不以为意。王毛仲有女与朝贵联姻，治装将嫁，玄宗闻之问道：“卿嫁女之事，已齐备否?”王毛仲奏道：“臣诸事都备，但欲延嘉宾，以为光宠，正未易得耳。”玄宗笑道：“他客易得，卿所不能致者一人必宋璟也，朕当为卿致之。”乃诏宰相与诸大臣，明日俱赴王毛仲家宴会。

次日，众官都早到，只有宋璟不即至，王毛仲遣人络绎探视。

宋璟托言有疾，不能早来，容当徐至，众官只得静坐拱候。直至午后，宋璟方才来到，且不与主人及众客讲礼，先命取酒来，执杯在手说道："今日奉诏来此饮酒，当先谢恩。"遂北面拜罢，举杯而饮，饮不尽一杯，忽大呼腹痛，不能就席，向众官一揖，即升车而去。王毛仲十分惭愧，奈他刚正素著，朝廷所礼敬，无可如何，只得敢怒而不敢言，但与众官饮宴，至晚而散。正是：

作主固须择宾，作宾更须择主；

恶宾固不可逢，恶主更难与处。

后王毛仲恃宠而骄，与高力士有隙；其妻新产一子，至三朝，玄宗遣高力士赍珍异赐之，且授新产之儿五品官。毛仲虽然谢恩，心甚怏怏，抱那小儿出来与力士看，说道："此儿岂不堪作三品官耶！"力士默然不答，回宫覆命，将此言奏闻，再添上些恶言语。玄宗大怒道："此贼受朕深恩，却敢如此怨望！"遂降旨削其官爵，流窜远州。力士又使人讦告他许多骄横不法之事，奉旨赐死，此是后话。

且说姚崇罢相之后，以梁国公之封爵，退居私第。至开元九年间，享寿已高，偶感风寒，染成一病，延医调治，全然无效；平生不信释道二教，不许家人祈祷。过了几日，病势已重，自知不能复愈，乃呼其子至榻前，口授遗表一道，劝朝廷罢冗员、修制度、戢兵戈、禁异端，官宜久任，法宜从宽，亹亹数百言，皆为治之要道，即誊写奏进。又将家事嘱咐一番，遗命身故之后，不可依世俗例，延请僧道，追修冥福，永著为家法。其子一一受命。及至临终，又对其子说道："我为相数年，虽无甚功业，然人都称我为救时宰相，所言所行，亦颇多可述，我死之后，这篇墓碑文字，须得大手笔为之，方可传于后世。当今所推文章宗匠，惟张说耳；但他与我不睦，若径往求他文字，他必推托不肯。你可依我计，待我死后，你须把些珍玩之物，陈设于灵座之侧。他闻讣必来吊奠，若见此珍玩，不顾而去，是他记我旧怨，将图报复，甚可忧也；他若逐件把弄，有爱羡之意，你便说是先人所遗之物，尽数送与他，即求他作碑文，他必欣然许允,你便求他速作,待他文字一到,随即勒石,一面便进呈御览方妙。此人性贪多智,而见事稍迟;若不即日镌刻,他必追悔,定欲改作,既经御览,则不可复改;且其文中既多赞语,后虽欲寻瑕摘疵,以图报复,亦不能矣,记之记之!”言罢,瞑目而逝。公子躄踊哀号,随即表奏朝廷,讣告僚属,治理丧具。

大殓既毕,便设幕受吊,在朝各官,都来祭奠。张说时为集贤院学士,亦具祭礼来吊。公子遵依遗命,预将许多古玩珍奇之物,排列灵座旁边桌上。张说祭吊毕,公子叩颡拜谢;张说忽见座旁桌上排列许多珍玩,因指问道:“设此何意?”公子道:“此皆先父平日爱玩者,手泽所存,故陈设于此。”张说道:“令先公所爱,必非常物。”遂走近桌上,逐件取来细看,啧啧称赏。公子道:“此数物不足供先生清玩,若不嫌鄙,当奉贡案头。”张说欣然道:“重承雅意,但岂可夺令先公所好?”公子道:“先生为先父执友,先父今日若在,岂惜贻赠;且先父曾有遗言,欲求先生大笔,为作墓道碑文;倘不吝珠玉,则先父死且不朽,不肖方当衔结图报,区区玩好之微,何足复道。”说罢,哭拜于地。张说扶起道:“拙笔何足为重,既蒙嘱役,敢不揄扬盛美。”公子再拜称谢。张说别去。公子尽撤所陈设之物,遣人送与;又托人婉转求其速作碑文;预使石工磨就石碑一座,只等碑文镌刻。张说既受了姚公子所赠,心中欢喜,遂做了一篇绝好的碑文,文中极赞姚崇人品相业,并叙自己平日爱慕钦服之意。文才脱稿,恰好姚公子遣人来领,因便付于来人。公子得了文字,令石工连夜镌于碑上。正欲进呈御览,适高力士奉旨来取姚崇生时所作文字,公子乘机便将张说这篇碑文,托他转达于上。玄宗看了赞道:“此人非此文不足以表扬之!”正是:

救时宰相不易得,碑文赞美非曲笔。
可惜张公多受贿,难说斯民三代直。

却说张说过了一日,忽想起:“我与姚崇不和,几受大祸;今他身死,我不报怨也彀了,如何倒作文赞他?今日既赞了他,后日怎好改口贬他?就是别人贬他,我只得要回护他了,这却不值得。”

又想文字付去未久，尚未刻镌，可即索回，另作一篇，寓贬于褒之文便了。遂遣使到姚家索取原文，只说还要增改几笔。姚公子面语来使道："昨承学士见赐鸿篇，一字不容易移，便即勒石；且已上呈御览，不可便改了。铭感之私，尚容叩谢。"使者将此言回覆了主人。张说顿足道："吾知此皆姚相之遗算也，我一个活张说，反被死姚崇算了，可见我之智识不及他矣！"

连声呼中计，退悔已嫌迟。

姚崇死后，朝廷赐谥文献。后张说与宋璟、王琚辈，相继而逝。又有贤相韩休、张九龄二人，俱为天子所敬畏者，亦不上几年，告老的告老，身故的身故，朝中正人渐皆凋谢。玄宗在位日久，怠于政事，当其即位之初，务崇节俭，曾焚珠玉锦绣于殿前，又放出宫女千人；得到后来，却习尚奢侈，女宠日盛。诸嫔妃中，惟武惠妃最亲倖；皇后王氏遭其谗谮，无故被废。又谮太子瑛及鄂王、光王，同日俱赐死，一日杀三子，天下无不惊叹。不想武惠妃，亦以产后血崩暴亡，玄宗不胜悲悼。自此后宫无有当意者。高力士劝玄宗广选美人，以备侍御。玄宗遂降旨采选民间有才貌的女子入宫。正是：

靡不有初，鲜克有终。

开元天宝，大不相同。

欲知后事如何，且听下回分解。

第七十九回

江采苹恃爱追欢
杨玉环承恩夺宠

人生处世,无过情与理而已。忠臣孝子,作事循理,不消说得;而大奸极恶之人,行事背理,亦不消说得。至于情总属一般,孟夫子所云:知好色则慕少艾,有妻子则慕妻子,今古同然,无有绝情者。试看苏子卿穷居海上,啮雪吞氈,死生置于度外,犹不免娶胡妇生子。胡澹庵贬海外十年,比其归,日饮于湘潭胡氏园,喜侍姬黎倩,作诗赠之。乃知情欲移人,贤者不免,而况生居盛世贵为天子乎?

今且不说玄宗遣人点选美女。且说闽中兴化县珍珠村,有一秀才,姓江名仲逊,字抑之,人物轩昂,家私富厚,年过三旬,尚无子嗣;夫人廖氏,单生一女,小名阿珍,九岁能诵二南,语父道:"吾虽女子,期以此为志。"仲逊奇之,遂名采苹,生得花容月貌,便是月里嫦娥,也让他几分颜色;更兼文才渊博,诸子百家,无不贯串,琴棋书画,各件皆能。他性喜梅花,仲逊遣人于江浙山中,遍觅各种最古梅,植于庭除,额曰梅亭。采苹朝夕观玩,遂自号梅芬,性耽文艺,有萧兰、梨园、梅亭、丛桂、凤笛、玻杯、剪刀、绮窗八赋,为时传诵,名闻籍甚。高力士自湖广历两粤,各处采选,并无当意者;至兴化,闻采苹名,得之以进。采苹年方二八,美貌无双,玄宗一见,喜动天颜,即令嫔妃随侍入宫,赐江仲逊黄金千两,彩缎百端,回家养老；命高力士陪他赴光禄寺饮宴，仲逊含泪出朝。玄宗入宫，即命左右摆宴，与江妃共饮，饮了一回，遂共宿焉。又早鸡鸣钟动，天光欲曙，玄宗免不得起身出朝听政。

一日回到宫中，见江妃在那里看梅亭赋，因知江妃喜梅，遂命宫中各处栽梅，朝夕游玩，赐名梅妃。玄宗道："朕几日为朝政所困，今见梅花盛开，清芬拂面，玉宇生凉，襟期顿觉开爽；嫔色花容，令人顾恋，纵世外佳人，怎如你淡妆飞燕乎？"梅妃道："只恐落梅残月，他时冷落凄其。"玄宗道："朕有此心，花神鉴之。"梅妃道："但愿不负此言，妾虽碎身，不足以报。"玄宗道："妃子高才，前所作八赋，翰林诸臣无不叹赏；卿今可为梅花赋，待朕颁示词臣。"梅妃道："贱妾蓬闺陋质，安敢艺苑鸿才，既辱钧旨，谨当献丑。"言未毕，只见内侍报道："岭南刺史韦应物、苏州刺史刘禹锡，各选奇梅五种，星夜进呈。"玄宗甚喜，吩咐高力士用心看管，以待宴赏，遂同梅妃回宫。不一日，玄宗宴诸王于梅园，命梨园子弟承应，丝竹迭奏，果然清音缓节。有诗为证：

金屋画堂光闪闪，烹龙炮凤敲檀板。
歌喉宛转绕雕梁，琼浆满泛玻璃盏。

诸王饮至半席间，忽闻宫中笛声嘹亮。诸王问道："笛声清妙，不知何人所吹，似从天上飞来。"玄宗道："是朕梅妃所吹；诸兄弟若不弃嫌，宣他一见何如？"诸王道："臣等愿洗耳请教。"命高力士宣梅妃来。不一时梅妃宣到，诸王见礼毕，玄宗道："朕常称妃子乃梅精也，吹白玉笛作惊鸿舞，一座生辉；今宴诸王，梅妃试舞一回。"梅妃领旨，装束齐整，向筵前慢舞。有"西江月"词为证：

紫燕轻盈弱质，海棠标韵娇容。罗衣长袖慢交横，络绎回翔稳重。

纤谷蛾飞可爱，浮腾雀跃仙踪。衫飘绰约动随风，恍似飞龙舞凤。

舞罢，诸王连声赞美。玄宗道："既观妙舞，不可不快饮。今有嘉州进到美酒，名瑞露珍，其味甚佳，当共饮之。"即命内侍取酒至,斟于金盏,命梅妃遍酌诸王。时宁王已醉,见梅妃送酒来,起身接酒,不觉一脚踢着了梅妃绣鞋。梅妃大怒,登时回宫。玄宗道:“梅妃为何不辞而去?”左右道:“娘娘珠履脱缀,换了就来。”等了一回,又来再宣。梅妃道:“一时胸腹作疾,不能起身应召。”玄宗道:“既如此罢了。”即命撤席而别。宁王惊得魂不附体,猛然想起驸马杨回,足智多谋,又是圣上宠爱的,密地差人请来商议。不一时杨回到来,礼毕,宁王道:“寡人侍宴梅园,只因多吃几杯酒,干了一桩天大不明白的事。”杨回道:“不是戏梅妃的事么?”宁王道:“你为何知道?”杨回道:“若要不知,除非莫为;如今那一个不晓得,只有圣上不知。”宁王道:“请你来商议此事,倘若梅妃在圣上面前,说些是非,叫我怎得安稳哩!”杨回想了一想,说道:“不妨,我有二计在此,包你无事。”附宁王耳低言道,只须如此如此。宁王大喜,依了他计,相约次日早朝,肉袒膝行,请罪道:“蒙皇上赐宴,力不胜酒,失错触了妃履。臣出无心,罪该万死。”玄宗道:“此事若计论起来,天下都道我重色,而轻天伦了。你既无心,朕亦付之不较。”宁王叩头谢恩而起,杨回乃密奏玄宗道:“臣见诸宫嫔妃,约有三万余人,又令高力士遍访美人何用?”玄宗道:“嫔妃固多,绝色者少,愿得倾国之色,以博一生大乐耳。”杨回道:“陛下必欲得倾城美貌,莫如寿王妃子杨玉环,姿容盖世,实是罕有。”玄宗道:“与梅妃何如?”杨回道:“臣未曾亲见,但闻寿王作词赞他,中一联云:三寸横波回幔水,一双纤手语香弦。开元二十一年冬至寿邸时,有人见了赞道:‘只有天在上,更无山与齐。’陛下莫若召来便见。”玄宗闻之喜甚,即差高力士快去宣杨妃来。

力士领旨,即到寿王宫中,宣召杨妃。杨妃道:“圣上宣我何干?”力士道:“奴婢不知,娘娘见驾,自有分晓。”杨妃惨然来见寿王道:“妾事殿下,祈订白头,谁知圣上着高力士宣妾入朝;料想此去,必与殿下永诀矣!”寿王执杨妃之手大哭道:“势已如此,料不可违;倘若此去,不中上意,或者相逢有日,百凡珍重。”力士催促不过,杨妃只得拜别寿王,流泪出宫。正是:

宣谕多娇珍重甚，回轩应问镜台无。

高力士领着杨妃来覆旨。杨妃含羞忍耻参拜毕，俯伏在地，玄宗赐他平身。此时宫中高烧银烛，阶前月影横空，玄宗就在灯月之下，将杨妃定睛一看。但见：

黛绿双蛾，鸦黄半额。蝶练裙不短不长，凤绡衣宜宽宜窄。腰枝似柳，金步摇曳。戛翠鸣珠，鬓发如云。玉搔头掠青拖碧，乍回雪色，依依不语。春山脉脉，幽妍清倩，依稀似越国西施；婉转轻盈，绝胜那赵家合德。艳冶销魂，容光夺魄。真个是回头一笑百媚生，六宫粉黛无颜色。

玄宗吩咐高力士，令妃自以其意，乞为女道士，赐号太真，住内太真宫。对杨回道："二卿暂回，明日朕有重赏。"宁王方才放心，与杨回叩谢出朝。天宝四载，更为寿王娶左卫将军韦昭训女为妃。潜纳太真于宫中，命百官于凤凰园，册太真宫女道士杨氏为贵妃。其父杨元琰，弘农华阴人，徙居蒲州之独头村，开元初为蜀州司户，贵妃生于蜀，早孤，养于叔父河南府士曹元珪家。册妃日，赠元琰兵部尚书；母李氏，凉国夫人；叔元珪，为光禄卿；兄铦，侍御史；从兄钊，拜侍郎。那杨钊原系张昌宗之子，寄养于杨氏者。玄宗以钊字有金刀之象，改赐其名为国忠。杨氏权倾天下。贵妃进见之夕，奏霓裳羽衣曲，授金钗钿盒。玄宗自执丽水镇库紫磨金琢成步摇，至妆阁亲与插鬓。自宠了贵妃，便疏了梅妃。

梅妃问亲随的宫女嫣红道："你可晓得皇上两日为何不到我宫中？"嫣红道："奴婢那里得知，除非叫高力士来，便知分晓。"梅妃道："你去寻来，待我问他。"嫣红领旨出宫询问，走到苑中，见力士坐在廊下打瞌睡。嫣红道："待我耍他一耍。"见一棵千叶桃花，娇红鲜艳，便拆下一小枝来，将花插在他头上，取一嫩枝，塞向力士鼻孔中去。力士陡然惊醒，见是嫣红，问道："嫣红妹子，你来做甚？"嫣红笑道："我家娘娘特来召你。"力士便同嫣红，走到梅妃宫中，叩头见过。梅妃问力士道："圣上这几日，为何不进我宫中？"

力士道："阿呀，圣上在南宫中，新纳了寿王的杨妃，宠幸无比，娘娘难道还不知么？"梅妃道："我那里晓得。且问你圣上待他意思如何？"力士道："自从杨妃入宫之后，龙颜大悦，亲赐金钿珠翠，举族加官，宫中号曰娘子，仪体侔于皇后。"梅妃听了这句话，不觉两泪交流道："我初入宫之时，便疑有此事，不想果然。你且出去，我自有道理。"高力士出宫去了。嫣红将适间苑内所见如何行径，如何快活，说与梅妃知道。梅妃听了，不胜怨恨。嫣红道："娘娘不要愁烦，依奴婢愚见，娘娘莫若装束了，步到南宫去看皇爷怎么样说。"梅妃见说，便向妆台前整云鬓。梅妃对了菱花宝镜，叹道："天乎，我江采苹如此才貌，何自憔悴至此，岂不令人肠断！"说了双泪交流，强不出精神来梳妆。嫣红与宫女再三劝慰，替他重施朱粉，再整花钿，打扮得齐齐整整，随了七八个宫奴，向南宫缓步而来。

却见玄宗独立花阴，梅妃上前朝见。玄宗道："今日有甚好风，吹得你来？"梅妃微微的笑道："时布阳和，忽南风甚竞，故循循至此，以解寂寥耳。"玄宗道："名花在侧，正要着人来宣妃子，共成一醉。"梅妃道："闻得陛下纳宠杨妃，贱妾一来贺喜，二来求见新人。"玄宗道："此是朕一时偶惹闲花野草，何足挂齿。"梅妃定要请见。玄宗不得已道："爱卿既不嫌弃，着他来参见你就是，但他来时，卿不可着恼。"梅妃道："妾依尊命，须要他拜见我便了。"玄宗道："这也不难。"即召杨妃出来。杨妃望着梅妃叩头毕。玄宗即命摆宴，酒过三巡，玄宗道："梅妃有谢女之才，不惜佳句，赞他一首何如？"梅妃道："惟恐不能表扬万一，望乞恕罪。"杨妃道："妾系蒲姿柳质，岂足当娘娘翰墨揄扬？"玄宗道："二妃不必过谦。"叫左右快取一幅锦笺，放在梅妃面前。梅妃只得提起笔来，写上七绝一首：

撇却巫山下楚云，南宫一夜玉楼春。
冰肌月貌谁能似？锦绣江天半为君。

梅妃写完，呈于玄宗。玄宗看了，连声赞美，付与杨妃。杨妃接来看了一遍，心中暗想：此词虽佳，内多讥讽。他说撇却巫山下楚云，笑奴从寿邸而来；锦绣江天半为君，笑奴肥胖的意思。待我也回他几句，看他怎么说？便对梅妃道："娘娘美艳之姿，绝世无双，待奴回赞一首何如？"梅妃道："俚词描写万一，若得美人不吝名言，妾所愿也。"杨妃亦取笺写道：

美艳何曾减却春，梅花雪里亦清真。
总教借得春风早，不与凡花斗色新。

玄宗见杨妃写完，赞道："亦来的敏快得情。"拿与梅妃道："妃子你看如何？"梅妃取来一看，暗想道：他说梅花雪里亦清真，笑我瘦弱的意思；不与凡花斗色新，笑我已过时了。两下颜色有些不和起来。高力士道："娘娘们诗词唱和，奴婢有几句粗言俗语解分。"玄宗道："你试说来。"高力士道："皇爷今日同二位玉美人，步步娇，走到高阳台，二位娘娘双劝酒，饮到月上海棠。奴婢打一套三样鼓，唱一套贺新郎，大家沉醉东风。皇爷卸下皂罗袍，娘娘解下红衲袄，忽闻一阵锦衣香，同睡在销金帐，那时节花心动将起来，只要快活三，那里管念奴娇惜奴娇。皇爷慢慢的做个蝶恋花，鱼游春水，岂不是万年欢天下乐？"只见二妃听到他说到"花心动，快活三"，不觉的都嘻嘻微笑起来。玄宗道："力士之言有理。朕今日二美既具，正当取乐，休得争论。"遂挽手携着二妃回宫。梅妃性柔缓，后竟为杨妃所谮，迁于上阳东宫。

一日玄宗闲步梅园，忽想起梅妃来，差高力士去探望。力士领旨到上阳宫，只见梅妃正在那里伤感。力士连忙叩头。梅妃道："高常侍，我自别圣驾已来，久无音问，今日甚事有劳你来？"力士道："圣上今日偶步梅园，十分思念娘娘，特着奴婢来探望。"梅妃闻言，便欢欢喜喜问力士道："圣上着你来探望，终非弃我，汝可为我叩谢皇恩，说我无日不望睹天颜，还祈皇恩始终无替。"力士领命，随即回至梅园，将梅妃所言奏上。玄宗闻言，不觉嗟叹道："我岂遂忘汝耶！高力士，你可选梨园最快戏马，密召梅妃到翠华西阁相叙，不可迟误。"力士应声而去。玄宗连声叫道："转来，你须悄地里去,不可使杨妃知道。”力士道:“奴婢晓得。”便到梨园选了一匹上等骏马,竟到东楼,见了梅妃。梅妃道:“高常侍,你为何又来?”力士道:“奴婢将娘娘之言,述与皇爷听了,皇爷浩叹道:‘我岂忘汝。’就令奴婢选上等骏马,密召娘娘到翠华西阁叙话。”梅妃道:“既是君王宠召,缘何要暗地里来?”力士道:“只恐杨娘娘得知,不是当耍。”梅妃道:“陛下为何怕着这个肥婢?”力士道:“娘娘快上马,皇爷等久了。”

梅妃便上马而来,到了阁前,玄宗抱下马来道:“爱卿,我那一日不想你来。”梅妃参拜道:“贱妾负罪,将谓永捐,不料又得复睹天颜。”玄宗就命宫女摆酒,饮至数巡,梅妃斟上一杯,敬与玄宗道:“陛下果终不弃贱妾,幸满饮此杯。”玄宗吃了,也斟一杯回赐。梅妃饮至半醉,玄宗双手捧着他面庞细看道:“妃子花容,略觉消瘦了些。”梅妃道:“如此情怀,怎免消瘦?”玄宗道:“瘦便瘦,却越觉清雅了。”梅妃笑道:“只怕还是肥的好哩!”玄宗也笑道:“各有好处。”又饮了几杯,便同梅妃进房,忽忽一睡,不觉失晓。

杨妃在宫,不见玄宗驾来,问念奴道:“圣上何在?”念奴道:“奴婢闻万岁着高力士,召梅娘娘至翠华西阁。”杨妃听了,忙自步到阁前,惊得那些常侍飞报道:“杨娘娘已到阁前,当如之何?”玄宗披衣,抱梅妃藏夹幙间。杨妃走到里面见礼毕,问道:“陛下为何起得迟?”玄宗道:“还是妃子来得早。”杨妃道:“贱妾闻梅精在此,特此相望。”玄宗道:“他在东楼。”杨妃道:“今日宣来,同至温泉一乐。”玄宗只是看着左右,也不去回答他。杨妃怒道:“肴核狼藉,御榻下有妇人珠舄,枕边有金钗翠钿,夜来何人侍陛下寝,欢睡至日出,还不视朝,是何体统?陛下可出见群臣,妾在此阁,以俟驾回。”玄宗愧甚,拽衾向屏复睡道:“今日有疾,不能视朝。”杨妃怒甚,将金钗翠钿掷于地,竟归私第。不想小黄门见杨妃势急,恐生余事,步送梅妃回宫。玄宗见杨妃已去,欲与梅妃再图欣庆,却被黄门送去,大怒,斩之,亲自拾起金钗翠钿珠钗包好,又将夷使所贡珍珠一斛,着永新领去,并赐梅妃。永新领旨,前往东楼。梅妃问道:"圣上着人送我归来,何弃我之深乎?"永新道:"万岁非弃娘娘,恐杨娘娘性恶,所送黄门,已斩讫矣。"梅妃道:"恐怜我又动这肥婢情,岂非弃我也?原物俱已拜领,所赐珍珠不敢受,有诗一首,烦你进到御前道,妾非忤旨不受珍珠,恐怕杨妃闻知,又累圣上受气耳。"永新领命而去,将珍珠并诗献上。玄宗拆开一看,念道:

柳叶蛾眉久不描,残妆和泪湿红绡。
长门自是无梳洗,何必珍珠慰寂寥?

玄宗览诗,怅然不乐,又喜其诗之妙,令乐府以新声度之,号一斛珠。杨妃既怀前恨,又知此事,逐日思量害他。

欲知后事如何,且听下回分解。

第八十回

安禄山入宫见妃子
高力士沿街觅状元

从来士子的穷通显晦,关乎时命,不可以智力求;即使命里终须通显,若还未遇其时,犹不免横遭屈抑,此乃常理,不足为怪。独可怪那女子的贵贱品格,却不关乎其所处之位。尽有身为下贱的,倒能立志高洁;那位居尊贵的,反做出无耻污辱之事。即如唐朝武后、韦后、太平公主、安乐公主,这一班淫乱的妇女,搅得世界不清,已极可笑、可恨,谁想到玄宗时,却又生出个杨贵妃来。他身受天子宠眷,何等尊荣;况那天子又极风流不俗,何等受用,如何反看上了那塞外蛮奴安禄山,与之私通,浊乱宫闱,以致后来酿祸不小,岂非怪事。

且说那安禄山,乃是营州夷种,本姓康氏,初名阿落山,因其母再适安氏,遂冒姓安,改名禄山,为人奸猾,善揣人意,后因部落破散,逃至幽州,投托节度使张守珪麾下。守珪爱之,以为养子,出入随侍。

一日守珪洗足,禄山侍侧,见守珪左脚底有黑痣五个,因注视而笑。守珪道:“我这五黑痣,识者以为贵相,汝何笑也?”禄山道:“儿乃贱人,不意两脚底都有黑痣七枚,今见恩相贵人脚下亦有黑痣,故不觉窃笑。”守珪闻言,便令脱足来看,果然两脚底俱有七痣,状如七星,比自己脚上的更黑大,因大奇之,愈加亲爱,屡借军功荐引,直荐他做到平卢讨击使。时有东夷别部奚契丹,作乱犯边,守珪檄令安禄山,督兵征讨。禄山自恃强勇,不依守珪方略,率兵轻进,被奚契丹杀得大败亏输。原来张守珪军令最严明,诸将有违令败绩者,必按军法。禄山既败,便顾不得养子情分,一面上疏奏闻,一面将禄山提至军前正法。禄山临刑,对着张守珪大叫道:"大夫欲灭贼,奈何轻杀大将!"守珪壮其言,即命缓刑,将他解送京师,候旨定夺。禄山贿嘱内侍们,于玄宗面前说方便。当时朝臣多言禄山丧师失律,法所当诛,且其貌有反相,不可留为后患。玄宗因先入内侍之言,竟不准朝臣所奏,降旨赦禄山之死,仍赴平卢原任,戴罪立功。禄山本是极乖巧善媚,他向在平卢,凡有玄宗左右偶至平卢者,皆厚赂之。于是玄宗耳中,常常闻得称誉安禄山的言语,遂愈信其贤,屡加升擢,官至营州都督、平卢节度使;至天宝二年,召之入朝,留京侍驾。禄山内藏奸狡,外貌假装愚直。玄宗信为真诚,宠遇日隆,得以非时谒见,宫苑严密之地,出入无禁。

一日,禄山觅得一只最会人言的白鹦鹉,置之金丝笼中,欲献与玄宗。闻驾幸御苑,因便携之苑中来。正遇玄宗同着太子在花丛中散步。禄山望见,将鹦鹉笼儿挂在树枝上,趋步向前朝拜,却故意只拜了玄宗,更不拜太子,玄宗道:"卿何不拜太子?"禄山假意奏说:"臣愚,不知太子是何等官爵,可使臣等就当至尊面前谒拜?"玄宗笑道:"太子乃储君,岂论官爵,朕千秋万岁后,继朕为君者,卿等何得不拜?"禄山道:"臣愚,向只知皇上一人,臣等所当尽忠报效;却不知更有太子,当一体敬事。"玄宗回顾太子道:"此人朴诚乃尔。"正说间,那鹦鹉在笼中便叫道:"安禄山快拜太子。"禄山方才望着太子下拜,拜毕,即将鹦鹉携至御前。玄宗道:"此鸟不但能言,且晓人意,卿从何处得来?"禄山扯个谎道:"臣前征奚契丹至北平郡,梦见先朝已故名臣李靖,向臣索食,臣因为之设祭。当祭之时,此鸟忽从空飞至,臣以为祥瑞,取而养之,今已驯熟,方敢上献。"言未已,那鹦鹉又叫道:"且莫多言,贵妃娘娘驾到了。"

禄山举眼一望,只见许多宫女簇拥着香车,冉冉而来。到得将近，贵妃下车，宫人拥至玄宗前行礼。太子也行礼罢，各就坐位。禄山待欲退避，玄宗命且住着。禄山便不避，望着贵妃拜了，拱立阶下。玄宗指着鹦鹉对贵妃说道："此鸟最能人言，又知人意。"因看着禄山道："是那安禄山所进，可付宫中养之。"贵妃道："鹦鹉本能言之鸟，而白者不易得；况又能晓人意，真佳禽也。"即命宫女念奴收去养着。因问："此即安禄山耶，现为何官？"玄宗道："此儿本塞外人，极其雄壮，向年归附朝廷，官拜平卢节度。朕爱其忠直，留京随侍。"因笑道："他昔曾为张守珪养子，今日侍朕，即如朕之养子耳。"贵妃道："诚如圣谕，此人真所谓可儿矣。"玄宗笑说道："妃子以为可儿，便可抚之为儿。"贵妃闻言，熟视禄山，笑而不答。禄山听了此言，即趋至阶前，向着贵妃下拜道："臣儿愿母妃千岁。"玄宗笑道："禄山，你的礼数差了，欲拜母先须拜父。"禄山叩头奏道："臣本胡人，胡俗先母后父。"玄宗顾视贵妃道："即此可见其朴诚。"说话间，左右排上宴来，太子因有小病初愈，不耐久坐，先辞回东宫去了，玄宗即命禄山侍宴。禄山于奉觞进酒之时，偷眼看那贵妃的美貌，真个是：

施脂太赤，施粉太白。增之太长，减之太短。看来丰厚，却甚轻盈。极是娇憨，自饶温雅。洵矣胡天胡帝，果然倾国倾城。

那安禄山久闻杨妃之美，今忽得睹花容，十分欣喜；况又认为母子，将来正好亲近，因遂怀下个不良的妄念。这贵妃又是个风流水性，他也不必以貌取人，只是爱少年，喜壮士；见禄山身材充实，鼻准丰隆，英锐之气可掬，也就动了个不次用人的邪心。正是：

色既不近贵，冶容又诲淫。

三郎忒大度，二人已同心。

话分两头，且不说安禄山与杨贵妃亲近之事。且说其时适当大比之年，礼部奏请开科取士，一面移檄各州郡，招集举子来京应试。当时西属绵州，有个才子，姓李名白，字太白，原系西凉主李暠九世孙；其母梦长庚星入怀而生，因以命名。那人生得天姿敏妙，性格清奇，嗜酒耽诗，轻财狂侠，自号青莲居士。人见其有飘然出世之表，称之为李谪仙。他不求仕进，志欲遨游四方，看尽天下名山大川，尝遍天下美酒。先登峨嵋，继居云梦，后复隐于徂徕山竹溪，与孔巢父、韩准、裴政、张叔明、陶沔，日夕酣饮，号为竹溪六逸。因闻人说湖州乌程酒极佳，遂不远千里而往，畅饮于酒肆之中，且饮且歌，旁若无人。适州司马吴筠经过，闻狂歌之声，遣人询问，太白随口答诗四句道：

青莲居士谪仙人，酒肆逃名三十春。
湖州司马何须问？金粟如来是后身。

吴筠闻诗惊喜道："原来李谪仙在此，闻名久矣，何幸今日得遇。"当下请至衙斋相叙，饮酒赋诗，留连了几时，吴筠再三劝他入京取应。太白以近来科目一途，全无公道，意不欲行。正踌躇间，恰好吴筠升任京职，即日起身赴京，遂拉太白同至京师。

一日，偶于紫极宫闲游，与少监贺知章相遇，彼此通名道姓，互相爱慕。知章即邀太白至酒楼中，解下腰间金鱼，换酒同饮，极欢而罢。到得试期将近，朝廷正点着贺知章知贡举，又特旨命杨国忠、高力士为内外监督官，检点试卷，录送主试官批阅。贺知章暗想道：吾今日奉命知贡举，若李太白来应试，定当首荐；但他是个高傲的人，若与通关节，反要触恼了他，不肯入试。他的诗文千人亦见的，不必通甚关节，自然入彀；只是一应试卷，须由监督官录送，我今只嘱托杨、高二人，要他留心照看便了。于是一面致意杨国忠、高力士，一面即托吴筠，力劝太白应试。太白被劝不过，只得依言，打点入场。哪知杨、高二人，与贺知章原不是一类的人，彼以小人之心，度君子之腹，只道知章受了人的贿赂，有了关节，却来向我讨白人情，遂私相商议，专记着李白名字的试卷，偏不要录送。到了考试之日，太白随众入场，这几篇试作，那彀一挥，第一个交卷的就是他。杨国忠见卷面上有李白姓名，便不管好歹，一笔抹倒道："这等潦草的恶卷，何堪录送？"太白待欲争论，国忠谩骂道："这样举子，只好与我磨墨。"高力士插口道："磨墨也不适用，只好与我脱靴。”喝令左右将太白扶出。正是：

文章无口，争论不得。堪叹高才，横遭挥斥。

太白出得场来，怨气冲天，吴筠再三劝慰。太白立誓，若他日得志，定教杨国忠磨墨，高力士脱靴，方出胸中恶气。这边贺知章在闱中阅卷，暗中摸索，中了好些真才，只道李白必在其内，及至榜发，偏是李白不曾中得，心中十分疑讶。直待出闱，方知为杨、高二人所摈，其事反因叮嘱而起。知章懊恨，自不必说。

且说那榜上第一名是秦国桢，其兄秦国模，中在第五名，二人乃是秦叔宝的玄孙，少年有才。兄弟同掇巍科，人人称羡。至殿试之日，二人入朝对策，日方午，便交卷出朝，家人们接着，行至集庆坊，只听得锣鼓声喧，原来是走太平会的。霎时，看的人拥挤将来，把他兄弟二人挤散；及至会儿过了，国桢不见了哥哥，连家人们也都不见，只得独自行走。正行间，忽有一童子叫声：“相公，我家老爷奉请，现在花园中相候。”国桢道：“是哪个老爷？”童子道：“相公到彼便知。”国桢只道是哪一个朝贵，或者为科名之事，有甚话说，因不敢推却。童子引他入一小巷，进一小门，行不几步，见一座绝高的粉墙；从墙边侧门而入，只见里面绿树参差，红英绚烂，一条街径，是白石子砌的，前有一池，两岸都种桃花杨柳，池畔彩鸳白鹤，成对儿游戏，池上有一桥，朱栏委曲；走进前去，又进一重门，童子即将门儿锁了，内有一带长廊，庭中修竹千竿，映得廊檐碧翠；转进去是一座亭子，匾额上题着四虚亭三字，又写西州李白题；亭后又是一带高墙，有两扇石门，紧紧的闭着。童子道：“相公且在此略坐，主人就出来也。”说罢，飞跑的去了。国桢想道：“此是谁家，有这般好园亭？”正在迟疑，只见石门忽启，走出两个青衣的侍女，看了国桢一看，笑吟吟的道：“主人请相公到内楼相见。”国桢道：“你主人是谁，如何却教女使来相邀？”侍女也不答应，只是笑着，把国桢引入石门；早望见画楼高耸，楼前花卉争妍，楼上又走下两个侍女来，把国桢簇拥上楼。只听得楼檐前，笼中鹦鹉叫道：“有客来了。”国桢举目看那楼上，排设极其华美，琉璃屏，水晶帘，照耀得满楼光亮;桌上博山炉内,爇着龙涎妙香,氤氲扑鼻,却不见主人。忽闻侍女传呼夫人来,只见左壁厢一簇女侍们拥着一人美人,徐步而出,那美人怎生模样?

眼横秋水,眉扫春山。可怜杨柳腰,柔枝若摆。堪爱桃花面,艳色如酣。宝髻玲珑,恰称绿云高挽;绣裙稳贴,最宜翠带轻垂。果然是金屋娇姿,真足称香闺丽质。

国桢见了,急欲退避,侍女拥住道:"夫人正欲相会。"国桢道:"小生何人,敢轻与夫人觌面?"那夫人道:"郎君果系何等人,乞通姓氏。"国桢心下惊疑,不敢实说,将那秦字桢字拆开,只说道:"姓余名贞木,未列郡庠,适因春游,被一童子误引入潭府,望夫人恕罪,速赐遣发。"说罢深深一揖。夫人还礼不迭,一双俏眼儿,把国桢觑看,见他仪容俊雅,礼貌谦恭,十分怜爱,便移步向前,伸出如玉的一只手儿,扯着国桢留坐。国桢逡巡退逊道:"小生轻造香阁,蒙夫人不加呵斥,已为万幸,何敢共坐?"夫人道:"妾昨夜梦一青鸾,飞集小楼,今日郎君至此,正应其兆。郎君将来定当大贵,何必过谦。"国桢只得坐下,侍女献茶毕,夫人即命看酒。国桢起身告辞。夫人笑道:"妾夫远出,此间并无外人,但住不妨;况重门深锁,郎君欲何往乎?"国桢闻言,放心坐定。少顷侍女排下酒席,夫人拉国桢同坐共饮,说不尽佳肴美味,侍女轮流把盏。国桢道:"不敢动问夫人何氏?尊夫何官?"夫人笑道:"郎君有缘至此,但得美人陪伴,自足怡情,何劳多问。"国桢因自己也不曾说真名字,便也不去再问他。两个一递一杯,直饮至日暮,继之以烛,彼此酒已半酣,国桢道:"酒已阑矣,可容小生去否?"夫人笑道:"酒兴虽阑,春兴正浓,何可言去?今日此会,殊非偶然,如此良宵,岂宜虚度。"

至次日,夫人不肯就放国桢出来,国桢也恋恋不忍言别。流连了四五日,哪知殿试放榜,秦国桢状元及第,秦国模中二甲第一,金殿传胪,诸进士毕集,单单不见了一个状元,礼部奏请遣官寻觅。玄宗闻知秦国模,即国桢之兄,传旨道:"不可以弟先兄,国桢既不到,可改国模为状元,即日赴琼林宴。”国模启奏道:“臣弟于廷试日出朝,至集庆坊,遇社会拥挤,与臣相失,至今不归。臣遣家僮四处寻问未知踪迹,臣心甚惶惑。今乞吾皇破例垂恩,暂缓琼林赴宴之期,俟臣弟到时补宴,臣不敢冒其科名。”玄宗准奏,姑宽宴期,着高力士督率员役于集庆坊一带地方,挨街挨巷,查访状元秦国桢,限二日内寻来见驾。这件奇事,哄动京城,早有人传入夫人耳中,夫人也只当做一件新闻,述与秦国桢道:“你可晓得外边不见了新科状元,朝廷差高太监沿路寻访,岂不好笑。”国桢道:“新科状元是谁?”夫人道:“就是会榜第一的秦国桢,本贯齐州,附籍长安,乃秦叔宝的后人。”国桢闻言,又喜又惊,急问道:“如今状元不见,琼林宴怎么了?”夫人道:“闻说朝廷要将那二甲第一秦国模,改为状元;国模推辞,奏乞暂宽宴期,待寻着状元,然后覆旨开宴哩!”国桢听罢,忙向夫人跪告道:“好夫人,救我则个。”夫人一把拖起道:“这为怎的?”国桢道:“实不相瞒,前日初相见,不敢便说真名姓,我其实就是秦国桢。”

夫人闻说,呆了半晌,向国桢道:“你如今是殿元公了,朝廷现在追寻得紧,我不便再留你,只得要与你别了,好不苦也。”一头说,一头便掉下泪来。国桢道:“你我如此恩爱,少不得要图后会,不必愁烦;但今圣上差高太监寻我,这事弄大了,倘究问起来,如何是好?”夫人想了一想道:“不妨,我有计在此。”便叫侍女取出一轴画图,展开与国桢看,只见上面五色灿然,画着许多楼台亭阁,又画一美人,凭栏看花。夫人指着画图道:“你到御前,只说遇一老媪云:奉仙女之命召你,引至这般一个所在,见这般一个美人,被他款住。所吃的东西,所用的器皿,都是外边绝少的,相留数日,不肯自说姓名,也不问我姓名,今日方才放出行动,都被他以帕蒙首,教人扶掖而行,竟不知他出入往来的门路。你只如此奏闻,包管无事。”国桢道:“此何画图,那画上美人是谁,如何说遇了他,便可无事?”夫人道:“不必多问,你只仔细看了;牢牢记着,但依我言启奏;我再托人贿嘱内侍们,于中周旋便了。本该设席与你送行,但钦限二日寻到，今已是第二日了，不可迟误，只奉三杯罢。”便将金杯斟酒相递，不觉泪珠儿落在杯中，国桢也凄然下泪。两人共饮了这杯酒。国桢道：“我的夫人，我今已把真名姓告知你了，你的姓氏也须说与我知道，好待我时时念诵。”夫人道：“我夫君亦系朝贵，我不便明言；你若不忘恩爱，且图后会罢。”说到其间，两下好不依依难舍。夫人亲送国桢出门，却不是来时的门径了，别从一曲径，启一小门而出。看官，你道那夫人是谁？原来他复姓达奚，小字盈盈，乃朝中一贵官的小夫人。这贵官年老无子，又出差在外，盈盈独居于此，故开这条活路，欲为种子计耳。正是：

欲求世间种，暂款榜头人。

当下国桢出得门来，已是傍晚的时候，踉踉跄跄，走上街坊；只见街坊上人，三三两两，都在那里传说新闻。有的道：“怎生一个新科状元，却不见了，寻了两日，还寻不着？”有的道：“朝廷如今差高公公于城内外寺观中，及茶坊酒肆妓女人家，各处挨查，好像搜捕强盗一般。”国桢听了，暗自好笑。又走过了一条街，忽见一对红棍，二三十个军牢，拥着一个骑马的太监，急急的行来。国桢心忙，不觉冲了他前导。军牢们呵喝起来，举棍欲打。国桢叫道：“呵呀，不要打。”只听得侧首一小巷里，也有人叫道：“呵呀，不要打！”好似深山空谷中，说话应声响的一般。原来那马上太监，便是奉旨寻状元的高力士，他一面亲身遍访，一面又差人同着秦家的家僮，分头寻觅，此时正从小巷出来。那家僮望见了主人，恰待喊出来，却见军牢们扭住国桢要打，所以忙嚷不要打，恰与国桢的喊声相应。当下家僮喊说：“我家状元爷在此了！”众人听说，一齐拥住。力士忙下马相见说道：“不知是殿元公，多有触犯，高某哪处不寻到。殿元两日却在何处？”国桢道：“说也奇怪，不知是遇怪逢神，被他阻滞了这几时，今日才得出来，重烦公公寻觅，深为有罪。今欲入朝见驾，还求公公方便。”力士道：“此时圣驾在花萼楼，可即到彼朝参。”

于是乘马同行，来至楼前，力士先启奏了，玄宗即宣国桢上楼朝参毕,问:"卿连日在何处?"国桢依着达奚盈盈所言,宛转奏上。玄宗闻奏,微微含笑道:"如此说,卿真遇仙矣,不必深究。"看官,你道玄宗为何便不究了?原来当时杨贵妃有姊妹三人,俱有姿色。玄宗于贵妃面上,推恩三姊妹,俱赐封号,呼之为姨:大姨封韩国夫人,三姨封虢国夫人,八姨封秦国夫人。诸姨每因贵妃宣召入宫,即与玄宗谐谑调笑,无所不至;其中惟虢国夫人,更风流倜傥,玄宗常与相狎,凡宫中的服食器用,时蒙赐赉,又另赐第宅一所于集庆坊,这夫人却甚多情,常勾引少年子弟,到宅中取乐,玄宗颇亦闻之,却也不去管他。那达奚盈盈之母曾在虢国府中,做针线养娘,故备知其事。这轴图画,亦是府中之物,其母偶然携来,与女儿观玩的。画上那美人,即虢国夫人的小像。所以国桢照着画图说法,玄宗竟疑是虢国夫人的所为,不便追究,那知却是盈盈的巧计脱卸。正是:

张公吃酒李公醉,郑六生儿盛九当。

当下玄宗传旨,状元秦国桢既到,可即刻赴琼林宴。国桢奏道:"昨已蒙皇上改臣兄国模为状元,臣兄推辞不就,今乞圣恩,即赐改定,庶使臣不致以弟先兄。"玄宗道:"卿兄弟相让,足徵友爱。"遂命兄弟二人,俱赐状元及第,国桢谢恩赴宴。内侍赍着两副官袍,两对金花,至琼林宴上,宣赐秦家昆仲,好不荣耀。时已日暮,宴上四面张灯,诸公方才就席。从来说杏苑看花,今科却是赏灯;且玉殿传金榜,状元忽有两个,真乃奇闻异事。次日,两状元率诸亲贵赴阙谢恩,奉旨秦国模、秦国桢俱为翰林承旨;其余诸人,照例授职,不在话下。

且说宫中一日赏花开宴,贵妃宣召虢国夫人入宫同宴,明皇见了虢国夫人,想起秦国桢所奏之语,遂乘贵妃起身更衣时,私向夫人笑问道:"三姨何得私藏少年在家?"那知虢国夫人,近日正勾引一个千牛卫官的儿子,藏在家中。今闻此言,只道玄宗说着这事,乃敛衽低眉含笑说道:"儿女之情,不能自禁,乞天恩免究罢!"玄宗戏把指儿点着道:"姑饶这遭。"说罢,相视而笑。正是:

阿姨风骚，姨夫识窍。

大家错误，付之一笑。

欲知后事如何，且听下回分解。

第八十一回

纵嬖宠洗儿赐钱
惑君王对使剪发

人生七情六欲,惟有好色之念,最难祛除。艳冶当前而不动心者,其人若非大圣贤,大英雄,定是个愚夫莽汉。所以古人原不禁人好色;但好色之中,亦有礼焉:苟徒逞男女之情欲,不顾名义,渎乱体统,上下宣淫以致丑声传播,如何使得?

且说秦国模、秦国桢兄弟二人,都在翰林供职,这秦国模为人刚正,只看他不肯占其弟之科名,可知是个有品有志之人。他见贵妃擅宠,杨氏势盛,禄山放纵,宫闱不谨,因激起一片嫉邪爱主之心,便同其弟计议,连名上一疏,谓朝廷爵赏太滥,女宠太盛;又道安禄山本一塞外健儿,谬膺节钺,宜令效力边疆,不可纵其出入宫闱,致滋物议,其言甚切直。疏上,玄宗不悦。群小交进谗言,说他语涉讪谤,宜加重谴。有旨着廷臣议处,亏得贺知章与吴筠上疏力救,玄宗乃降旨道:"秦国模、秦国桢越职妄言,本当治罪,念系勋臣后裔,新进无知,姑免深究,着即致仕去;今后如再有渎奏者,定行重处。"此旨一下,朝臣侧目。时奸相李林甫,欲乘机蔽主专权,对众谏官说道:"今上圣明,臣子只宜将顺,岂容多言?诸君不见立仗之马乎,日食三品料;若一鸣,便斥去矣。"自此谏官结舌不言。玄宗只道天下承平无事,又尝亲阅库藏,见财货充盈,一发志骄意满,视金帛如粪土,赏赐无限,一切朝政,俱委之李林甫。那李林甫奸狡异常，心虽甚忌杨国忠，外貌却与和好；又畏太子英明，常思与国忠潜谋倾陷；又能揣知安禄山之意，微词冷语，说着他的心事，使之心服惊佩；却又以好言抚慰之，使之欣感不忘，因而朋比为奸，迎合君心，以固其宠。玄宗深居宫中，日事声色，以为天下承平无事，那知道杨贵妃竟与安禄山私通。正是：

大腹肥躯野汉，千娇百媚宫娃。
何由彼此贪恋，前生欢喜冤家。

自此安禄山肆横无忌。玄宗又命安禄山与杨国忠兄妹结为眷属，时常往来，赏赐极厚，一时之贵盛莫比；又加赐韩国、虢国、秦国三夫人，每月各给钱十万，为脂粉之资。三位夫人之中，虢国夫人尤为妖艳，不施脂粉，自然天生美丽。当时杜工部有首诗云：

虢国夫人承主恩，平明骑马入宫门。
却嫌脂粉污颜色，淡扫蛾眉朝至尊。

一日，值禄山生日，玄宗与杨贵妃俱有赐赉。杨家兄弟姊妹们，各设宴称庆。闹过了两日，禄山入宫谢恩，御驾在宜春院。禄山朝拜毕，便欲叩见母妃杨娘娘。玄宗道："妃子适间在此侍宴，今已回宫，汝可自往见之。"禄山奉命，遂至杨妃宫中。杨妃此时方侍宴而回，正在微酣半醉之间，见禄山来拜谢恩，口中声声自称孩儿。杨贵妃因戏语道："人家养了孩儿，三朝例当洗儿，今日恰是你生日的三朝了，我今日当从洗儿之例。"于是乘着酒兴，叫内监宫女们都来，把禄山脱去衣服，用锦缎浑身包裹，作襁褓的一般，登时结起一彩舆，把禄山坐于舆中，宫人簇拥着绕宫游行。一时宫中多人，喧笑不止。那时玄宗尚在宜春院中闲坐看书，遥闻喧笑之声，即问左右："后宫何故喧笑？"左右回奏道："是贵妃娘娘，为洗儿之戏。"玄宗大笑，便乘小车，来至杨妃宫中观看，共为笑乐，赐杨妃金钱银各十千，为洗儿之钱。正是：

樗蒲点筹，洗儿赐钱。
家法相传，启后承前。

话分两头，那杨妃便宠眷日隆，这边梅妃江采苹，却独居上阳宫,十分寂寞。一日偶闻有海南驿使到京,因问宫人:“可是来进梅花的?”宫人回说是进荔枝与杨贵妃娘娘的。原来梅妃爱梅,当其得宠之时,四方争进异种梅花;今既失宠,自此无复有进梅者。杨妃是蜀人,爱吃荔枝,海南的荔枝,胜于蜀种,必欲生致之,乃置驿传,不惮数千里之远,飞驰以进。此正杜牧之所云:

一骑红尘妃子笑,无人知是荔枝来。

当下梅妃闻梅花绝献,荔枝远来,不胜伤感,即召高力士来问道:“你日日侍奉皇爷,可知道皇爷意中还记得个江采苹三字么?”力士道:“皇爷非不念娘娘,只因碍着贵妃娘娘耳!”梅妃道:“我固知肥婢妒我,皇上断不能忘情于我也。我闻汉陈皇后遭贬,以千金赂司马相如作长门赋献于武帝,陈皇后遂得复被宠遇。今日岂无才人若司马相如者,为我作赋,以邀上意耶?我亦不惜千金之赠,汝试为我图之。”力士畏杨妃势盛,不敢应承,只推说一时无善作赋者。梅妃嗟叹道:“这是古今人之不相及也!”力士道:“娘娘大才,远胜汉后,何不自作一赋以献上?”梅妃笑而点首,力士辞出,宫人呈上纸墨笔砚,于是梅妃即自作楼东赋一篇,其略云:

玉鉴尘生,凤奁香殄。懒蝉鬓之巧梳,闲缕衣之轻练。苦寂寞于蕙宫,但注思乎兰殿;信标梅之尽落,隔长门而不见。况乃花心飏恨,柳眼弄愁。暖风习习,春鸟啾啾。楼上黄昏兮,听风吹而回首;碧云日暮兮,对素月而凝眸。温泉不到,意拾翠之旧事;闲庭深闭,嗟青鸟之信修。缅夫太液清波,水光荡浮;笙歌赏宴,陪从宸游。奏舞鸾之妙曲,乘画鹢之仙舟。君情缱绻,深叙绸缪。誓山海而常在,似日月而靡休。何期嫉色庸庸,妒心冲冲,夺我之爱幸,斥我乎幽宫。思旧欢而不得,相梦著乎朦胧。度花朝与月夕,慵独对乎春风。欲相如之奏赋,奈世才之不工。属愁吟之未竟,已响动乎疏钟。空长叹而掩袂,步踌躇乎楼东。

赋成,奏上。玄宗见了,沉吟嗟赏,想起旧情,不觉为之怃然。

杨妃闻之大怒,气忿忿的来奏道:“梅精江采苹庸贱婢子,辄敢宣言怨望,宜即赐死。”玄宗默然不答,杨妃奏之不已。玄宗说道:“他无聊作赋,全无悖慢语,何可加诛? 为朕的只置之不论罢了。”杨妃道:“陛下不忘情于此婢耶,何不再为翠华西阁之会?”玄宗又见提其旧事,又惭又恼,只因宠爱已惯,姑且忍耐着。杨妃见玄宗不肯依他所言,把梅妃处置,心中好生不然,侍奉之间,全没有个好脸色,常使性儿,不言不语。

一日,玄宗宴诸王于内殿,诸王请见妃子,玄宗应允,传命召来,召之至再,方才来到;与诸王相见毕,坐于别席。酒半,宁王吹紫玉笛为念奴和曲,既而宴罢,席散,诸王俱谢恩而退。玄宗暂起更衣,杨妃独坐,见宁王所吹的紫玉笛儿,在御榻之上,便将玉手取来把玩了一番,就按着腔儿吹弄起来。此正是诗人张祜所云:

深宫静院无人见,闲把宁王玉笛吹。

杨妃正吹之间,玄宗适出见之,戏笑道:“汝亦自有玉笛,何不把它拿来吹着。此枝紫玉笛儿是宁王的,他才吹过,口泽尚存,汝何得便吹?”杨闻言,全不在意,慢慢的把玉笛儿放下,说道:“宁王吹过已久,妾即吹之,谅亦不妨;还有人双足被人勾踹,以致鞋帮脱绽,陛下也置之不问,何独苛责于妾也?”玄宗因他酷妒于梅妃,又见他连日意态蹇傲,心下着实有些不悦,今日酒后同他戏语,他却略不谢过,反出言不逊,又牵涉着梅妃的旧事,不觉勃然大怒,变色厉声道:“阿环何敢如此无礼!”便一面起身入内,一面口自宣旨:“着高力士即刻将轻车送他还杨家去,不许入侍!”正是:

妒根于心,骄形于面。
语言触忤,遂致激变。

杨贵妃平日恃宠惯了,不道今日天威忽然震怒,此时待欲面谢哀求,恐盛怒之下,祸有不测;况奉旨不许入侍,无由进见。只得且含泪登车出宫,私托高力士照管宫中所有的物件。当下来至杨国忠家,诉说其故;杨家兄弟姊妹忽闻此信,吃惊不小,相对涕泣,不知所措。安禄山在旁,欲进一言以相救,恐涉嫌疑,不得轻奏;且不

敢入宫,也不敢亲自到杨家来面候,只得密密使人探问消息罢了。正是:

一女人忤旨,群小人失势。
祸福本无常,恩宠固难恃。

却说玄宗一时发怒,将杨贵妃逐回,入内便觉得宫闱寂寞,举目无当意之人;欲再召梅妃入侍,不想他因闻杨妃欲谮杀之,心中又恼恨,又感伤,遂染成一病,这几日正卧床上,不能起来。玄宗寂寞不堪,焦躁异常,宫女内监们多遭鞭挞。高力士微窥上意,乃私语杨国忠道:"若欲使妃子复入宫中,须得外臣奏请为妙。"时有法曹官吉温,与殿中侍御史罗希奭,用法深刻,人人畏惮,称为罗钳、吉纲。二人都是酷吏,而吉温性更贪忍,最多狡诈。宰相李林甫尤爱之,因此亦为玄宗所亲信。杨国忠乃求他救援,许以重贿。

吉温乃于便殿奏事之暇,从容进言曰:"贵妃杨氏,妇人无识,有忤圣意,但向蒙恩宠,今即使其罪得死,亦只合死于宫中,陛下何惜宫中一席之地,而忍令辱于外乎?"玄宗闻其言,惨然首肯;及退朝回宫,左右进膳,即命内侍霍韬光,撤御前玉食及珍玩诸宝贝奇物,赍至杨家,宣赐妃子。杨贵妃对使谢恩讫,因涕泣说道:"妾罪该当万死,蒙圣上的洪恩,从宽遣放,未即就戮;然妾向荷龙宠,今又忽遭弃置,更何面目偷生人世乎?今当即死,无以谢上,妾一身衣服之外,无非圣恩所赐;惟发肤为父母所生,窃以一茎,聊报我万岁。"遂引刀自剪其发一绺,付霍韬光说道:"为我献上皇爷,妾从此死矣,幸勿复劳圣念。"霍韬光领诺,随即回宫覆旨,备述妃子所言,将发儿呈上。玄宗大为惋惜,即命高力士以香车乘夜召杨妃回宫。杨贵妃毁妆入见,拜伏认罪,更无一言,惟有呜咽涕泣。玄宗大不胜情,亲手扶起,立唤侍女,为之梳妆更衣,温言抚慰,命左右排上宴来。杨贵妃把盏跽献说道:"不意今夕得复睹天颜。"玄宗掖之使坐,是夜同寝,愈加恩爱。

至次日,杨国忠兄弟姊妹,与安禄山俱入宫来叩贺。太华公主与诸王亦来称庆。玄宗赐宴尽欢。看官听说,杨贵妃既得罪于被遣，若使玄宗从此割爱了，禁绝不准入幸，则群小潜消，宫闱清净，何致酿祸启乱；无奈心志蛊惑已深，一时摆脱不下，遂使内竖得以窥视其举动，交通外奸，逢迎进说，心中如藕断丝连，遣而复召，终贻后患。此虽是他两个前生的孽缘未尽，然亦国家气数所关。正是：

手剪青丝酬圣德，顿教心志重迷惑。

回头再顾更媚主，从此倾城复倾国。

杨贵妃入宫之后，玄宗宠幸比前更甚十倍，杨氏兄弟姊妹，作福作威，亦更甚于前日，自不必说了。

欲知后事如何，且听下回分解。

第八十二回

李谪仙应诏答番书
高力士进谗议雅调

自古道:凡人不可貌相;况文人才子,更非凡人可比,一发难限量他。当其不得志之时,肉眼不识奇才,尽力把他奚落;谁想他一朝发达,就吐气扬眉了;那奚落他的人,昔日肆口乱道诽谤之言,至今日一一身自为之。可知道有才之人,原奚落他不得的。他命途多舛,遇人不淑,终遭屈抑;然人但能屈其身,不能遏其才华,损其声誉,遇虽蹇而名传不朽,彼奚落屈抑之者,适为天下后世所讥笑耳。

今且不说杨妃复入宫中,玄宗愈加宠爱。且说那时四方州郡节镇官员,闻杨贵妃擅宠,天子好尚奢华,皆迎合上意,贡献不绝于道路。以致殊方异域,亦闻风而靡;多有将灵禽怪兽,异宝奇珍及土产食物,梯山航海而来贡献者。玄宗欢喜,以为遐迩咸宾。忽一日,有一番国,名曰渤海国,遣使前来,却没甚方物上贡,只有国书一封,欲入朝呈进。沿边官员,先飞章奏闻。不几日间,番使到京,照例安歇于馆驿。玄宗皇帝命少监贺知章为馆伴使,询其来意。那通事番官答道:"国王致书之意,使臣不得而知,候中朝天子启书观看,便能知其分晓了。"到得朝期,贺知章引番使入朝面圣,呈上一封国书,阁门舍人传接,递至御前。玄宗皇帝命番使臣且回馆驿,候朕谕旨,一面着该值日宣奏官,将番书拆开宣奏上闻。那日

该值宣奏官儿,却是侍郎萧炅。当下萧炅把番书拆看,大大的吃了一惊,原来那番书上写的字,正是:

非草非隶非篆,迹异形奇体变。
便教子云难识,除是苍颉能辨。

萧炅看了数次,一字不识,只得叩头奏说道:"番书上字迹,皆如蝌蚪之形,臣本庸愚,不能辨识,伏候圣裁。"玄宗笑道:"闻卿尝误读伏腊为伏猎,为同僚所笑。是汉字且多未识,何况番字乎?可付宰相看来。"于是李林甫、杨国忠二人,一齐上前取看,只落得有目如盲,也一字看不出来,踢蹐无地。玄宗再叫专掌翻译外国文字的官来看,又命传示满朝文武官僚,却并无一人能识者。玄宗发怒道:"堂堂天朝,济济多官,如何一纸番书,竟无人能识其一字!不知书中是何言语,怎生批答?可不被小邦耻笑耶!限三日内若无回奏,在朝官员,无论大小,一概罢职。"是日朝罢,各官闷闷而散。

贺知章且往馆驿陪侍番使,更不提起番书这事;至晚回家,郁郁不乐。那时李太白正寓居贺家,见贺知章纳闷不乐,当即问其缘故。知章因把上项事情,述了一遍道:"如今钦限严迫,急切得很,怎生回奏;若有能识此字者,不问何等人,举荐上去,便可消释上怒。"太白听说此,微微笑道:"番字亦何难识,惜我不得为朝臣,躬逢一见此书耳。"知章惊喜说道:"太白果能辨识番书,我当即奏上闻。"太白笑而不答。次日早朝,知章出班启奏说道:"臣有一布衣之交,西蜀人士,姓李名白,博学多才,能辨识番书,乞陛下召来,以书示之。"玄宗准奏,遣内侍至贺家,立召李白见驾。李白即对天使拜辞道:"臣乃远方贱士,学识浅陋,所以文字且不足以入朝贵之目,何能仰对天子乎?谬蒙宠命,不敢奉诏。"内侍以此言回奏。知章复起奏道:"臣知此人文章盖世,学问惊人,诸子百家,无书不览;只因去年入试,被外场官抹落卷子,不与录送,故未得一第,今以布衣入朝,心殊惭愧,所以不即应召故也。乞陛下特恩,赐以冠带,更使一朝臣往宣,乃见圣主求贤下士之至意。"杨国忠与高力士听了,方欲进些谗言阻挠,只见汝阳王、左相李适之、京兆尹吴筠、集贤院待制杜甫，一齐同声启奏道："李白奇才，臣等知之稔矣，乞陛下速召勿疑。"

玄宗见众口交荐李白之才，便传旨赐李白以五品冠带朝见，即着贺知章速往宣来。杨国忠、高力士二人，遂不敢开口。知章奉旨，到家宣谕李白，且备述天子惓惓之意。李白不敢复辞，即穿了御赐的冠带，与知章乘马同入朝中。三呼朝拜毕，玄宗见李白一表人才，器度超俊，满心欢喜，温言抚慰道："卿高才不第，诚为惋惜，然朕自知卿可不至终屈也。今者番国遣使臣上书，其字迹怪异，无人能识者，知卿多闻广见，必能为朕辨之。"便命侍臣将番书付李白观看。李白接来看了一遍，启奏说道："番字各不相同，此正渤海国之字也；但旧制番书上表，悉遵依中国字体，别以副函，写本国之字，送中书存照。今渤海国不具表文，竟以国书上呈御览，已属非礼之极；况书中之语言悖慢，殊为可笑。"玄宗道："他书中所求何事，所说何言？卿可明白宣奏于朕听。"李白闻命，当时持番书于手中，立在御座之前，将中国唐音，一一译出，即高声朗诵于御座之前。其番书说略曰：

> 渤海大可毒，书达唐朝官家：自你占却高丽，与我国逼近，边兵屡次侵犯疆界，想出自官家之意。俺今不可耐者，差官赍书来说，可将高丽一百七十六城让与我国，我有好物相送：太白山之兔、南海之昆布、栅城之鼓、扶余之鹿、郊颉之豕、率宾之马、沃野之绵、河沱湄之鲫、九都之李、乐游之梨，你家都有分，一年一进贡；若还不肯，俺国即起兵来厮杀，且看谁胜谁败。

众文武官员，见李白看着番书，宣诵如流，无不惊异。玄宗听了书中之言，龙颜不悦，问众官说道："番邦无道，辄欲争占高丽，财力俱耗，将何以应之？"李林甫奏道："番人虽肆为大言，然度其兵力，岂能抗衡天朝；今宣谕边将，严加防守，倘有侵犯，兴师诛讨可也。"杨国忠说道："高丽辽远，原在幅员之外，与其兵连祸结，争此鞭长不及之地，不如将极边的数城弃置，专力固守内边的地方为便。”时朔方节度使王忠嗣，适在朝中，闻二人之言，因奏道：“昔太宗皇帝三征高丽，财力俱竭；至高宗皇帝时，大将薛仁贵以数十万雄兵，大小数十战，方才奠定。今日岂容轻于议弃？但今日承平日久，人几忘战，倘或复动干戈，亦不可忽视小邦而轻敌也。”诸臣议论不一。玄宗沉吟未决，李白奏道：“此事无烦圣虑，臣料番王慢辞渎奏，不过试探天朝之动静耳，明日可召番使入朝，命臣面草答诏，另以别纸，亦即用彼国之字示之，诏语恩威并著，慑伏其心，务使可毒拱手降顺。”玄宗大悦，因问：“可毒是彼国王之名耶？”李白道：“渤海国称其王曰可毒，犹之回纥称可汗、吐蕃称赞普、南蛮称诏、诃陵称悉莫威，各从其俗也。”玄宗见他应对不穷，十分欢喜，即擢为翰林学士，赐宴于金华殿中，着教坊乐工侑酒。是夜即命于殿侧寝宿。众官见李白这般隆遇，无不叹羡，只有杨国忠、高力士二人，心下不乐，却也无可如何。

次早玄宗升殿，百官齐集。贺知章引番使入朝候旨。李白纱帽紫袍，金鱼象笏，雍容立于殿陛，飘飘然有神仙凌云之致，手执一封番书，对番使官说道：“小邦上书，词语悖慢，殊为无礼，本当加兵诛讨，今我皇上圣度如天，姑置不较，有诏批答，汝宜静候恭听。”番使战战兢兢，鹄立于丹墀之下。玄宗命设七宝文几于御座之旁，铺下文房四宝，赐李白坐锦绣墩草诏。李白即奏说道：“臣所穿的靴子，深恐不净，怕污茵席，乞陛下宽恩，容臣脱靴易履而登。”玄宗便传旨，将御用的吴绫巧样云头朱履，着小内侍与学士穿著。李白叩头说道：“臣有一言，乞陛下恕臣狂妄，方敢奏闻圣听。”玄宗准奏道：“任卿言之。”李白道：“臣前应试，横遭右相杨国忠、太尉高力士斥逐，今见二人列班于陛下之前，臣气不旺；况臣今日奉命草诏，手代天言，宣谕外国，事非他比，伏乞圣旨着杨国忠磨墨，高力士脱靴，以示宠异，庶使远人不敢轻视诏书，自然诚心归附。”玄宗此时正在用人之际，且心中深爱李白之才，即准其所奏。杨、高二人暗想：“前日科场中轻薄了他，今日乘此机关便来报复，我们心中甚为恨切；况番书满朝无人可识，皇上全赖他能，不敢违旨。”只得一个与他脱靴，一个与他磨墨，二人侍立相候。李白见此境况，才欣然就坐，举起兔毫笔一枝，手不停挥，须臾之间，草成诏书一道，另将别纸一幅，写作副封，一并呈于龙案之上。

玄宗览毕，大喜说道：“诏语堂皇，足夺远人之魄。”及取副封一看，咄咄称奇，原来那字迹与他来书无异，一字不识，传与众官看了，无不骇然。玄宗道：“学士可宣示番邦使官听罢，然后用了大宝入函。”遂命高力士仍与李白换了双靴。李白下殿，呼番使听诏，将诏书朗宣一遍。其诏曰：

大唐皇帝诏谕渤海可毒：本朝应命开天，抚有四海，恩威并用，中外悉从。颉利背盟，旋即被缚。是以新罗奏织锦之颂，天竺致能言之鸟，波斯进捕鼠之蛇，沸献曳马之狗；白鹦鹉来自诃陵，夜光珠贡于林邑，骨利干有名马之纳，泥婆罗有良鲊之馈，凡诸远人，毕献万物，要皆畏威怀德，买静求安。高丽拒命，天讨再加，传世九百，一朝残灭，岂非逆天衡大之明鉴欤！况尔小国，高丽附庸，比之中朝，不过一郡，士马刍粮，万不及一。若螳臂自雄，鹅痴不逊，天兵一下，玉石俱焚，君如颉利之俘，国为高丽之续。今朕体上天好生之心，恕尔狂悖，急宜悔过，洗涤其心，勤修岁事，毋取羞辱于前，翻悔诛戮于后，为同类者所笑尔。所上书不遵天朝书法，盖因尔邦所居之地，遐荒僻陋，未睹中华文字，故朕兹答尔诏言，另赐副封，即用尔国字体，想宜知悉，敬读不怠。

李白宣读诏书，声音洪朗，番国使官俯首跽听，不敢仰视，听毕受诏辞朝。贺知章送出都门，番使私问道：“学士何官，可使右相磨墨，太尉脱靴。”贺知章道：“右相大臣，太尉近臣，不过是人间贵官，那个李学士乃上界谪仙，偶来人世，赞助天朝，自当异数相待。”番使咄嗟叹诧而别。回至本国，见了国王，备述前言。那可毒看了诏书及副封字大惊，与本国在朝诸臣商议：“天朝有神仙帮助，如何敌得他过?”遂写了降表，遣使官入朝谢罪，情愿按期朝

贡,不敢复萌异志,此是后话。正是:

干戈不动远人服,一纸贤于十万师。

且说玄宗敬爱李白,欲赐以金帛珍玩,又欲重加官职。李白俱辞谢不受道:"臣一生但愿逍遥闲散,供奉左右,如东方朔事汉之故事;且愿日得美酒痛饮足矣!"玄宗乃下诏光禄寺,日给与上方佳酿,不拘以职业,听其到处游览,饮酒赋诗;又时常召入内庭,赏花赐宴。是时宫中最重大芍药花,是扬州所贡,即今之牡丹也,有大红、深紫、淡黄、浅红、通白,各色名种,都植于兴庆池东,沉香亭下。时值清和之候,此花盛开,玄宗命内侍设宴于亭中,同杨贵妃赏玩。杨贵妃看了花说道:"此花乃花中之王,正宜为皇帝所赏。"玄宗笑说道:"花虽好而不能言,不如妃子之为解语花也。"正说笑间,只见乐工李龟年,引着梨园中一班新选的一十六色子弟,各执乐器,前来承应,叩拜毕,便待皇上同贵妃娘娘饮酒命下,奏乐唱曲。玄宗道:"且住,今日对妃子赏名花,岂可复用旧乐耶!"即着李龟年:"将朕所乘玉花骢马,速往宣召李白学士前来,作一番新词庆赏。"

龟年奉旨飞走,连忙出宫,牵了玉花骢马,自己也骑了马,又同着几个伙伴,一直走到翰林院衙门里来,宣召李白学士。只见翰林院中人役回说道:"李学士已于今日早晨,微服出院,独往长安市上酒肆里吃酒去了。"李龟年于是便叫院中当差人役,立刻拿了李白学士的冠袍玉带象笏,一同寻至市中,四处找寻;许多时候,忽听得前街一座酒楼上,有人高声狂歌道:

三杯通大道,一斗合自然,但得酒中趣,莫为醒者传。

当时李龟年听了,说道:"这个高歌诗的声言,不是李学士么?"遂下了马,同众人入酒肆,大踏步走上楼来了;果见李白学士占着一副临街座头,桌上瓶中供着一枝儿绣球花,独自对花而酌,已吃得酩酊大醉,手中尚持杯不放。龟年上前高声说道:"奉圣旨宣李学士至沉香亭见驾。"众酒客方知是李学士,又听说有圣旨,都起身站过一边。李白全然不理,且放下手中杯,向龟年念一句陶渊明的诗来道："我醉欲眠君且去。"念罢，便瞑然欲睡。龟年此时无可奈何，只得忙叫跟随众人，一齐上前，将李白学士簇拥下楼来，即扶搀上玉花骢马，众人左护右持，龟年策马后随。到得五凤楼前，有内侍传旨，赐李白学士走马入宫。龟年叫把冠带袍服，就马上替他穿著了，衣襟上的钮儿，也扣不及。霎时走过了兴庆池，直至沉香亭，才扶下了马，醉极不能朝拜。玄宗命铺紫氍毹毯子于亭畔，且教少卧一刻，亲往看视，解御袍覆其体；见他口流涎沫，亲以衣袖拭之。杨贵妃道："妾闻冷水沃面，可以解醒。"乃命内侍取兴庆池中之水，使念奴含而噀之，李白方在睡梦中惊醒，略开双目，见是御驾，方挣扎起来，俯伏于地奏道："臣该万死。"玄宗见他两眼朦胧，尚未苏醒，命左右内侍，扶起李白学士，赐坐亭前；一面叫御厨光禄庖人，将越国所贡鲜鱼鲊，造三分醒酒汤来。

须臾，内侍以金碗盛鱼羹汤进上来。玄宗见汤气太热，手把牙筯调之良久，赐李白饮之。彼时李白吃下，顿觉心神为之清爽，即叩头谢恩说道："臣过贪杯斝，遂致潦倒不醒，陛下此时不罪臣躬疏狂之态，反加恩眷，臣无任惭感，虽后日肝脑涂地，不足报陛下今日于万一也。"玄宗说道："今日召卿来此，别无他的意思。"当即指着亭下说："都只为这几本芍药花儿盛开，朕同妃子赏玩，不欲复奏旧乐，故伶工停作，待卿来作新词耳。"李白领命，不假思索，立赋"清平调"一章呈上，道是：

云想衣裳花想容，春风拂槛露华浓。
若非群玉山头见，会向瑶台月下逢。

玄宗看了，龙颜大喜，称美道："学士真仙才也！"便命李龟年与梨园子弟，立将此词谱出新声，着李谟吹羌笛，花奴击羯鼓，贺怀智击方响，郑观音拨琵琶，张野狐吹觱栗，黄幡绰按拍板，一齐儿和唱起来，果然好听得狠。少顷乐阕，玄宗道："卿的新词甚妙，但正听得好时，却早完了，学士大才，可为我再赋一章。"李白奏道："臣性爱酒，望陛下以余樽赐饮，好助兴作诗。"玄宗道："卿醉方醒，如何又要吃酒，倘卿又吃醉了，怎能再作诗呢？"李白道："臣有诗云：

酒渴思吞海，诗狂欲上天。臣妄自称为酒中仙，惟吃酒醉后，诗兴愈高愈豪。”玄宗大笑，遂命内侍将西凉州进贡来的葡萄美酒，赐与学士一金斗。李白叩受，一口气饮毕，即举起兔毫笔再写道：

一枝红艳露凝香，云雨巫山枉断肠。
借问汉宫谁得似？可怜飞燕倚新妆。

玄宗览罢，一发欢喜，赞叹道：“此更清新逡逸，如此佳词雅调，用不着众乐工嘈杂。”乃使念奴啭喉清歌，自吹玉笛以和之，真个悠扬悦耳。曲罢又笑，说与李白道：“朕情兴正浓，可烦学士再赋一章，以尽今日之欢娱。”便命以御用的端溪砚，教杨贵妃亲手捧着，求学士大笔。李白逡巡逊谢，顷刻之间，濡其兔毫笔来，又题了一章献上。其诗云：

名花倾国两相欢，常得君王带笑看。
解释春风无限恨，沉香亭北倚栏杆。

玄宗大喜道：“此诗将花面人容，一齐都写尽，更妙不可言；今番歌唱，妃子也须要相和。”乃即命永新、念奴，同声而歌，玄宗自吹玉笛，命杨妃弹琵琶和之。和罢，又命李龟年，将三调再叶丝竹，重歌一转，为妃子侑酒；玄宗仍自弄玉笛以倚曲，每曲遍将换一调，则故迟其声以媚之。曲既终，杨妃再拜称谢，玄宗笑道：“莫谢朕，可谢李学士。”杨贵妃乃把玻璃盏，斟酒敬李学士，敛衽谢其诗意。李白转身退避不迭，跪饮酒讫，顿首拜赐。玄宗仍命以玉花骢马，送李白归翰林院。自此李白才名愈著，不特玄宗爱之，杨妃亦甚重之。

那高力士却深恨脱靴之事，想道：我蒙圣眷，甚有威势，皇太子也常呼我为兄；诸王伯侯辈，都呼我为翁，或呼为爷。叵耐李白小小一个学士，却敢记着前言，当殿辱我。如今天子十分敬爱他，连贵妃娘娘也深重其才华，万一此人将来大用，甚不利于吾辈，怎生设个法儿，阻其进用之路才好。因又想道：我只就他所作的清平调儿中，寻他一个破绽，说恼了贵妃娘娘之心，纵使天子要重用他，当不得贵妃娘娘子中间阻挠，不怕他不日远日疏了。计策已定，一日入宫见杨贵妃娘娘,独自凭栏看花,口中正微吟着清平调,点头得意。高力士四顾无人,乘间奏道:“老奴初意娘娘闻李白此词,怨之刻骨,何反拳拳如是?”杨妃惊讶道:“有何可怨处?”力士道:“他说可怜飞燕倚新妆,是把赵飞燕比娘娘。试想那飞燕当日所为何事,却以相比,极其讥刺,娘娘岂不觉乎?”原来玄宗曾阅赵飞燕外传,见说他体态轻盈,临风而立,常恐吹去,因对杨妃戏语道:“若汝则任其吹多少。”盖嘲其肥也。杨妃颇有肌体,故梅妃诋之为肥婢,杨妃最恨的是说他肥。李白偏以飞燕比之,心中正喜,今却被高力士说坏,暗指赵飞燕私通燕赤凤之事,合着他暗中私通安禄山,以为含刺,其言正中其他的隐微,于是遂变为怒容,反恨于心。正是:

小人谗谮,道着心病。
任你聪明,不由不信。

自此杨妃每于玄宗面前,说李白纵酒狂歌,放浪难羁,无人臣礼;玄宗屡次欲升擢其官,都为杨妃所阻。杨国忠亦以磨墨为耻,也常进谗言。玄宗虽极爱李白,却因宫中不喜他,遂不召他内宴,亦不留宿殿中。李白明知为小人中伤,便即上疏乞休。玄宗那里就肯放他回去,温旨慰谕了一番,不允所请。李白自此以后,乃益发狂饮放歌。正所谓:

安得山中千日酒,酩然直到太平时。

欲知后事如何,且听下回分解。

第八十三回

施青目学士识英雄
信赤心番人作藩镇

古来立鸿功大业，享高爵厚禄的英雄豪杰，往往始困终亨，先危后显，所谓天将降大任，必先拂乱其所为。不但大才常屈于小用，甚至无端罹重祸，险些把性命断送了，那时却绝处逢生，遇着有眼力、有意思的人，出力相救，得以无恙，然后渐渐时来运转，建功立业，加官晋爵，天下后世，无不赞他的功高一代，羡他的位极人臣，那知全亏了昔日救他的这位君子；能识人，能爱人才，能为国留得那英雄豪杰，为朝廷扶危定乱。若彼小人，便始而互相依托，后则互相忌嫉，始而养痈蓄疽，后则纵虎放鹰，只顾巧言惑主，利己害人，那顾国家后患，真可痛可恨也。

话说李白被高力士进谗，以致杨妃嗔怪，因此玄宗不复召他到内殿供奉。李白见机，即上疏乞休。玄宗原极爱其才，温旨慰留，不准休致。李白乃益自放纵于酒，以避嫌怨，其酒友自贺知章以外，又有汝阳王琎、左相李适之以及崔宗之、苏晋、张旭、焦遂诸人，都好酒豪饮，李白时常同他们往来饮酒。杜工部尝作饮中八仙歌云：

知章骑马似乘船，眼光落井水底眠。汝阳三斗始朝天，
路逢曲车口流涎，恨不遣封向酒泉。左相日兴费万钱，
饮如长鲸吸百川，衔杯乐圣称避贤。宗之潇洒美少年，

举觞白眼望青天，皎如玉树临风前。苏晋长斋绣佛前，
醉中往往爱逃禅。李白斗酒诗百篇，长安市上酒家眠，
天子呼来不上船，自称臣是酒中仙。张旭三杯草圣传，
脱帽露顶王公前，挥毫落纸如云烟。焦遂五斗方卓然，
高谈雄辩惊四筵。

李白日逐与这几个酒友饮酒吟诗，不觉又在京师混过了几时。一日酒后，偶遇安禄山于朝门外。安禄山欺他是醉人，言语戏谑，未免唐突。李白乘着酒兴，把禄山一场痛骂，禄山十分忿怒，无奈他是天子爱重之人，难以加害，只得含忍。李白自料为女子小人辈所忌，若不早早罢官归去，必有后祸；又见杨国忠、李林甫等，各自结党弄权，蛊惑君心，政事日坏，身非谏官，势不能直言匡救，何取乎备位朝端；因恳恳切切的上了一个辞官乞归之疏。玄宗知其去志已决，召至御前，面谕道："卿必欲舍朕而去，未便强留，许卿暂回田里；但卿草诏平番，有功与国，岂可空归；然朕知卿高雅，必无所需求，卿所不可一日缺者，惟独酒耳。"遂御笔亲写敕书一道以赐之。其敕略云：

敕赐李白为闲散逍遥学士，所到之处，官司支给酒钱，文武官员军民人等毋得怠慢；倘遇有事当上奏者，仍听其具疏奏闻。

李白拜受敕命。玄宗又赐与锦被金带与名马安车。李白谢恩辞朝。他本无家眷在京，只有仆从人等；当下收了行装，别了众僚友，出京而去。在朝各官，俱设宴于长亭饯送。惟杨国忠、高力士、安禄山三人，怀恨不送；贺知章等数人，直送至百里之外，方分袂而别。李白因圣旨许他闲散逍遥，出京之后，不即还乡，且只向幽燕一路，但有名山胜景的所在，任意行游，真个逢州支钞，过县给钱，触景题诗，随地饮酒，好不适意。一日行至并州界中，该地方官员，都来迎候。李白一概辞谢，只借公馆安顿行李，带了几个从人，骑马出郊外，要游览本处山川。正行之间，只见一伙军牢打扮的人，执戈持棍，押着一辆囚车，飞奔前来。见李学士马到，闪过一边让

路。李白看那囚车中,囚着一个汉子,那个汉子怎生模样儿?

头如圆斗,鬓发蓬蓬;面似方盆,目光闪闪。身遭束缚,若站起长约丈余;手被拘挛,倘舒开大应尺许。仪容甚伟,未知何故作困囚。相貌非常,可卜他年为大物。

原来那人姓郭名子仪,华州人氏,骨相魁奇,熟谙韬略,素有建功立业,忠君爱国之志;争奈未遇其时,暂屈在陇西节度使哥舒翰麾下,做个偏将。因奉军令,查视余下的兵粮,却被手下人失火把粮米烧了,罪及其主,法当处斩。时哥舒翰出巡已在并州地界,因此军政司把他解赴军前正法。当下李白见他一貌堂堂,便勒住马问是何人,所犯何事何罪,今解往何处。郭子仪在囚车中,诉说原由,其声如洪钟。李白想道:这个人恁般仪表,定是个英雄豪杰;今天下方将多事,此等品格相貌,正是为朝廷有用之人才,国家之柱石,岂容轻杀。便吩咐手下众人:“尔等到节度军前且莫解进去,待我亲自见节度,替他说情免死。”众人不敢违命,连声应诺。李白回马,傍着囚车而行。一头走,一头慢慢的试问他些军机武略,子仪应答如流,李白愈加敬爱。

说话之间,已到哥舒翰驻节上所。李白叫从人把个名帖传与门官,说李学士来拜,门官连忙禀报。那哥舒翰也是当时一员名将,平昔也敬慕学士之才名,如雷贯耳,今见他下顾,诚以为荣幸万一,随即将营门大开,延入,宾主叙坐,各道寒暄。献茶毕,李白即自述来意,要求他宽释郭子仪之罪。哥舒翰听罢,沉吟半晌说道:“学士公见教,本当敬从;但学生平时节制部下军将,赏罚必信,今郭子仪失火烧了兵粮,法所难贷,且事关重大,理合奏闻天子,学生未敢擅专,便自释放,如之奈何?”李白说道:“既如此,学生不敢阻挠军法,只求宽期缓刑,节度公自具疏请旨;学生原奉圣上手敕,听许飞章奏事,今亦具一小折,代奏乞命如何?”哥舒翰欣然允诺道:“若如此,则情法两尽矣!”遂传令将郭子仪收禁,候旨定夺。李白辞谢而出。于是哥舒翰一面具奏题报,李白亦即缮疏,极言郭子仪雄才伟略,足备干城腹心之选,失火烧粮,乃手下仆夫不谨,实非子仪之罪，乞赐矜全，留为后用。将疏章附驿递，星驰上奏。自己且暂留于并州公馆中候旨，日日闲散逍遥；哥舒翰遂同手下文官武将，连本州地方上的官员，天天遂设宴款待，李学士吟诗饮酒作乐。不则一日，圣旨已下，准学士李白所奏，只将郭子仪手下仆人失慎的，就地正法，赦郭子仪之罪，许其自后立功自效。正是：

若不遇识人学士，险送却落难英雄。
喜今日幸邀宽典，看他年独建奇功。

郭子仪感激李白活命之恩，誓将衔环图报。李白别了郭子仪，并哥舒翰等众官，自往他处行游去了；临行之时，又谆属哥舒翰青目郭子仪。自此子仪得以军功，渐为显官，此是后话。且说朝中自李白去后，贺知章也告休致去了；左相李适之，因与李林甫有隙，罢相而归；林甫又陷他以事，逼之自尽。林甫倚着天子信任，手握重权，安禄山亦甚畏之，杨国忠也心怀嫉忌，然其势不得不互为党援。玄宗往年连杀三子之后，林甫劝立寿王瑁为太子，玄宗从高力士之言，立忠王玙为太子。林甫疑忌，谋倾陷之。时有户曹官杨慎矜依附杨国忠，自认为杨氏同族，又与罗希奭、吉温等，俱为李林甫门下鹰犬，林甫因与计议，教他上密疏，诬告刑部尚书韦坚，与节度使皇甫惟明，同谋废帝，而立太子，引杨国忠为证。原来那韦坚，乃太子妃韦氏之兄，皇甫惟明是边方节度使，偶来京师，曾参谒太子，又曾面奏天子，说宰相弄权。林甫怀恨，因借端诬捏，并以动摇东宫。玄宗览疏大怒，亏得高力士力辩其诬，乃不显言二人之罪，只传旨贬削二人之官。太子闻知，惊惶无措，上表请与韦氏离婚。玄宗亦因高力士劝谏，不允太子所请。李林甫又密奏，乞将此事付杨慎矜与罗希奭、吉温等鞫问，并请着杨国忠监审。玄宗降旨，只将韦坚、皇甫惟明赐死，事情不必深究，于是太子之心始安。

过了几时，适有将军董延光，奉诏征伐吐蕃，不能奏功，乃委罪于朔方节度使王忠嗣，说道他阻挠军计。李林甫乘机，使杨国忠诬奏王忠嗣，欲拥兵奉太子。玄宗遂召王忠嗣入京，命三司鞫之。太子又惊惶无措，幸王忠嗣系哥舒翰所荐，哥舒翰素有威望，玄宗甚重其人品，却未曾面观其人；今因王忠嗣之事，特召哥舒翰陛见，欲面问此事之虚实。哥舒翰闻召，当时星夜赴京，其幕僚都劝他多将金帛到京使用，以救王忠嗣。哥舒翰说道："吾岂惜金帛，但若公道尚存，君主必不致冤死其人；若无公道，金帛虽多，用之何益？"遂轻装往京而来，及至京师面君，玄宗先问了些边务事情，哥舒翰一一奏对。玄宗甚为欢喜，哥舒翰乃力言王忠嗣之负冤，太子之被诬，语甚激切。玄宗感悟，乃云："卿且退，朕当思之。"

次日，即召三司面谕道："吾儿居深宫之中，安得与外藩交通，此必妄说也！尔其勿复问；但王忠嗣阻挠军计，宜贬官爵以示罚。"遂贬王忠嗣为汉阳太守，将军董延光亦削爵。哥舒翰回镇并州，太子匍匐御前涕泣，叩首谢恩。玄宗好言慰之，自此父子相安。可恨这李林甫屡起大狱，以杨国忠有掖庭之亲，凡事有微涉东宫者，辄使之劾奏，或援以为证。幸因太子是高力士劝玄宗立的，他常在天子前保护；太子又仁孝谨静，不敢得罪于杨贵妃，以此得无恙。那知道杨家兄弟姊妹，骄奢横肆，日甚一日，总之倚着妃子之势。当时民间有几句谣言道：

生男勿欢喜，生女勿悲酸。
男不封侯女作妃，君看女却是门楣。

杨国忠、杨铦与韩、虢、秦三夫人宅院，都在宜阳里中，甲第之盛，拟于宫中。国忠与这三个夫人，原不是真兄弟妹；三个夫人中，虢国夫人尤为淫荡奢靡，每造一堂一阁，费资巨万；若见他家所造，有更胜于己者，即自拆毁复造，土木之工，无时休息。其所居宅院，与杨国忠宅院相连，往来最近，便当得很，遂与国忠通奸。杨国忠入朝，或有时竟与虢国夫人并舆同行，见者无不窃笑，而二人恬然不以为耻。安禄山亦乘间与虢国夫人往来甚密，夫人私赠以生平所最爱的玉连环一枚。禄山喜极，佩带身旁，不意于宴会之中，更衣时为国忠所见。国忠只因禄山近日待他简傲，心甚不平，今见此玉连环，认得是虢国夫人之物，知他两下有私，遂恨安禄山切骨，时于言语之间，隐然把他暗中私通贵妃之事，为危词以恐吓之；又常密语杨妃，说禄山行动不谨，外议沸然，万一天子知觉了，这是些什么事，为祸非同小可。杨妃闻国忠所言，着实心怀疑惧。正是：

贵妃不自贵，难为贵者讳。

无怪人多言，人言大可畏。

一日，玄宗于昭庆宫闲坐，禄山侍坐于侧旁，见他腹过于膝，因指着戏说道："此儿腹大如抱瓮，不知其中藏的何所有？"禄山拱手对道："此中并无他物，惟有赤心耳；臣愿尽此赤心，以事陛下。"玄宗闻禄山所言，心中甚喜。那知道：

人藏其心，不可测识。自谓赤心，心黑如墨。

玄宗之待安禄山，真如腹心；安禄山之对玄宗，却纯是贼心、狼心、狗心，乃真是负心、丧心；人方切齿痛心，恨不得即剖其心，食其心，亏他还哄人说是赤心。可笑玄宗还不觉其狼子野心，却要信他是真心，好不痴心。闲话少说。且说当日玄宗与安禄山闲坐了半晌，回顾左右，问："妃子何在？"此时正当春深时候，天气尚暖，杨妃方在后宫，坐兰汤洗浴，宫人回报玄宗说道："妃子洗浴方完。"玄宗微微笑说道："美人新浴，正如出水芙蓉，令宫人即宣妃子来，不必更梳妆。"少顷，杨妃来到，你道他新浴之后，怎生模样？有一曲"黄莺儿"说得好：

皎皎如玉，光嫩如莹。体愈香，云鬓慵整偏娇样。罗裙厌长，轻衫取凉，临风小立神骀宕。细端详，芙蓉出水，不及美人妆。

当下杨妃懒妆便服，翩翩而至，更觉风艳非常；玄宗看了，满脸堆下笑来。适有外国进贡来的异香花露，即取来赐与杨妃，叫他对镜匀面，自己移坐于镜台旁观之。杨妃匀面毕，将余露染掌扑臂，不觉酥胸略袒，宝袖宽退，微微露出二乳来了。玄宗见了，说道："妙哉！软温好似鸡头肉。"安禄山在旁，不觉失口说道："滑腻还如塞上酥。"

他说便说了，自觉唐突，好生局促；杨妃亦骇其失言，只恐玄宗疑怪，捏着一把汗。那些宫女们听了此言，也都愕然变色。玄宗却全不在意,倒喜孜孜的指着禄山说道:“堪笑胡儿亦识酥。”说罢哈哈大笑。于是杨贵妃也笑起来了,众宫女们也都含着笑。咦!

若非亲手抚摩过,那识如酥滑腻来?
只道赤心真满腹,付之一笑不疑猜。

安禄山只因平时私与杨妃戏谑惯了,今当玄宗面前,不觉失口戏言,幸得玄宗不疑;但杨妃已先为国忠危言所动,只恐弄出事来,自此日以后,每见安禄山,必切切私嘱,叫他语言慎密,出入小心。禄山亦晓得国忠嗔怪他,恐为他所算,又想国忠还不足惧,那李林甫最能窥察人之隐微,这不是个好惹的。今杨李之交方合,倘二人合算我一人,老大不便,不如讨个外差暂避,且可徐图远大之业。但恐贵妃与虢国夫人不舍他,因此踌躇未决。那边杨国忠暗想:安禄山将来必与我争权,我必当翦除之;但他方为天子所宠幸,又有贵妃与虢国夫人等助之,急切难以摇动;只不可留他在京,须设个法儿,弄他到边上去了,慢慢的算计他便是。正在筹量,却好李林甫上奏一疏,请用番人为边镇节度使。原来唐时边镇节度使,都用有才略、有威望的文臣,若有功绩,便可入为宰相。今林甫独自专权,欲绝边臣入相之路,奏称文人为边帅,怯于矢石,无心御侮;不若尽用番人,则勇而习战,可为国家捍卫。玄宗允其所奏,于是边镇节度使,都要改用番人。国忠乘此机会,要发遣安禄山出去,便上疏说道:“河东重地,固须得番人为帅;然亦必以番人之中有才略、有威望者镇之,非安禄山不足以当此重任。”玄宗览疏,深以为然,即召安禄山来面谕说道:“汝以满腹赤心事朕,本应留汝在京,为朕侍卫;但河东重镇,非汝不可,今暂遣出为边帅,仍许不时入朝奏对。”遂降旨以安禄山为平卢、范阳、河东三镇节度使,赐爵东平郡王,克期走马赴任。禄山闻命,倒也合着他的意思,叩头领旨,即日入宫拜辞杨妃,两下依依不舍。杨妃叫入密室,执手私语道:“你今此行,皆因为吾兄相猜忌之故。我和你欢叙多时,一旦远离,好生不忍。但你在京日久,起人嫌疑,出为外镇,未必非福;你放心前去,我自当使心腹人来通信与你,早晚奴在天子面前,留心照顾着你。你只顾自去图功立业,不必疑虑。”安禄山点头应诺。正说间,宫人传报说道:“三位夫人已入宫来了。”杨贵妃接见叙礼毕,安禄山也各各相见。虢国夫人闻知安禄山今将远行,甚为怏怏;奈朝命已下,无可如何。禄山也不敢久留宫中,随即告辞出宫。到临行之时,玄宗又赐宴于便殿,禄山谢过了恩,辞朝赴镇。

李林甫等设宴饯行。饮酒之间,林甫举杯相嘱道:“安公为节度,出镇大藩,责任非轻,凡所作为,须熟计详审,合情中理。林甫身虽在朝,而各藩镇利弊,日夕经心,声息俱知。今三大镇得安公为节度使,正足为朝廷屏障,唯善图之。”这几句话,明明笼络挟制。禄山平日素畏林甫,今闻此言,惟有唯唯听命,且逡巡逊谢道:“禄山才短气粗,当此大镇,深惧不能胜任,敢不恪遵明训,诸凡不到之处,全赖相公照拂。”说罢作揖,拜辞起行。

前一日,杨国忠曾设宴请禄山饯别,禄山托故不往。这日国忠也假意来相送。禄山怀忿,傲倨不为礼。国忠大怒,自此心中愈加衔怨。禄山既至任所,查点军马钱粮,训练士卒,囤积粮草,坐镇范阳,兼制平卢、范阳、河东,自永平以西至太原,凡东北一带要害之地,皆其统辖,声势强盛,日益骄恣。后人有诗云:

番人顿使作强藩,只为奸臣进一言。
今日虎狼轻纵逸,会看地覆与天翻。

欲知后事如何,且听下回分解。

第八十四回

幻作戏屏上婵娟
小游仙空中音乐

自来神怪之事不常有，然亦未尝无，惟正人君子，能见怪不怪，而怪亦遂不复作，此以直心正气胜之也。孔子不语怪，亦并不语神，盖怪固不足语，神亦不必语。人但循正道而行，自然妖孽不能为患，即鬼神亦且听命于我矣；若彼奸邪之辈，其平日所为，都是变常可骇之事，只他便是国家之妖孽了，何怪乎妖孽之忽见？此所谓妖由人兴，孽自己作也。至若身为天子，不务修实德，行实政，而惑于神仙幽怪之说，便有一班方士术者来与之周旋，或高谈长生久视，或多作游戏神通，总无益于身心，而适足为其眩惑，前代如秦皇、汉武，俱可为殷鉴。

且说杨国忠乘机遣发了安禄山出去，少了争权夺宠之人，眼前止让得李林甫一个人了。这一个人却摇动他不得的，他既生性阴险，天子又十分信他，宠眷隆重。一日降旨，着百官公阅岁贡之物于尚书省，阅毕回奏；玄宗命将本年贡物，以车载往李林甫家中赐之，其宠眷如此。林甫之子林岫，亦官于朝，颇怀盈满之惧，尝从林甫闲步后园，见一役夫倦卧树下，因密告林甫道："大人久专朝政，仇怨满天下；倘一旦祸患忽作，欲似此役夫之高卧，岂可得乎？"林甫默然不答。自此常恐有刺客侠士暗算他，出则步骑百余人，左右翼卫，前驰在数百步外，辟人除道；居则重门复壁，如防大敌，一夕屡徙其卧榻，虽家人莫知其处，那个杨国忠却又不然，他自恃椒房之戚，爵居右相之尊，一味骄奢淫逸，也不怕人嗔恨，也不管人耻笑。

时值上巳之辰，国忠奉旨，与其弟杨铦及诸姨姊妹，齐赴曲江修禊。于是五家各为一队，各著一色衣，姬侍女从不计其数，新妆炫服，相映如百花焕发，乘马驾车，不用伞盖遮蔽，路傍观者如堵。国忠与虢国夫人，并辔扬鞭，以为谐谑，众人直游玩至晚夕，秉烛而归，遗簪坠舄，遍于路衢。杜工部有“丽人行”云：

三月三日天气清，长安水边多丽人。态浓意远淑且贞，肌肤细腻骨肉匀。绣罗衣裳照暮春，蹙金孔雀银麒麟。头上何所有，翠微匐叶垂鬓唇。背后何所见，珠压腰衱稳称身。就中云幕椒房亲，赐名大国韩虢秦。紫驼之峰出翠釜，水晶之盘行素鳞。犀箸厌饫久未下，鸾刀缕切空纷纶。黄门飞鞚不动尘，御厨络绎送八珍。箫鼓哀吟感鬼神，宾从杂沓实要津。从来鞍马何逡巡，当轩下马立锦茵。杨花雪落覆白苹，青鸟飞去衔红巾。炙手可热勉绝伦，慎莫近前丞相嗔。

当日一行人游玩过了，次日俱入宫见驾谢恩。玄宗赐宴内殿，国忠奏道：“臣等奉旨修禊，非图燕乐，正为圣天子及诸宫眷，迎祥迓福。昨赴曲江，威仪美盛，万姓观瞻，众情欣悦，具见太平景象，臣等不胜庆幸。”玄宗大喜道：“卿等于游戏之中，不忘君上，忠爱可嘉，当有赏赉。”宴罢，至明日，出内府珍玩，颁赐诸人，赐韩国夫人照夜玑，赐虢国夫人锁子帐，赐秦国夫人七叶冠。当时杨妃奏道：“陛下前以宝屏赐妾，屏上雕刻前代美人容貌，以妾对之，自觉形秽，今请陛下转赐妾兄国忠如何？”玄宗笑道：“朕闻国忠婢妾极多，每至冬月，选婢妾之肥硕者，环立于后，谓之肉屏遮也；今以此屏赐之，殊胜他家肉屏也。”原来这屏名号为虹霓屏，乃隋朝遗物，屏上雕镂前代美人的形像，宛然如生，各长三寸许，水晶为地，其间服玩衣饰之类，都用众宝嵌成，极其精巧，疑为鬼工，非人力所能造作的。后人有词为证：

屏似虹霓变幻，画非笔墨经营。浑将杂宝当丹青，雕刻精工莫并。

试看冶容种种，绝胜妙画真真。若还逐一唤娇名，当使人人低应。

玄宗将此屏赐与国忠，又命内侍传述贵妃奏请之意。国忠谢恩拜受，将屏安放内宅楼上，常与亲友族辈家眷等观玩，无不叹美欣羡，以为希世之珍。

一日，国忠独坐楼上纳凉，看看屏上众美人，暗想道：世间岂真有此等尤物，我若得此一二人，便为乐无穷矣。正想念间，不觉困倦，因就榻上偃卧；才伏枕，忽见屏上众美人，一个个摇头动目，恍惚间都走下屏来，顿长儿尺，宛如生人，直来卧榻前，一一称名号，或云我裂缯人也，或云我步莲人也，或云我浣纱人也，或云我当炉人也，或云我解珮人也，或云我是许飞琼，或云我是薛夜来，或云我是桃源仙子，或云我是巫山神女，如此等类，不可枚举。杨国忠虽睁着眼儿历历亲见，却是身体不能动一动，口中不能发一声。诸美女各以椅列坐，少顷有纤腰倩妆女妓十余人，亦从屏上下来，云是楚章华踏谣娘也，遂连袂而歌，其声极清细；歌罢诸女皆起，那一个自称巫山神女的，指着国忠说道："你自恃权相，实乃误国鄙夫，何敢亵玩我等，又辄作妄想，殊为可笑可恶！"诸女齐拍手笑说道："阿环无见识，三郎又轻听其言，以致虹霓宝屏，见辱于庸奴。此奴将来受祸不小，吾等何必与他计较，且去且去。"于是一一复回屏上。国忠方才如梦初醒，吓得冷汗浑身，急奔下楼，将家下的用人，将此屏掩过，锁闭楼门。自此每当风清月白之夜，即闻楼上有隐隐许多女人，歌唱笑语之声，家内大小上下男女，无一人敢登此楼者。国忠入宫，密将此事与杨贵妃说知，只隐过了被美人责骂之言。杨妃闻此怪异，大为惊诧，即转奏玄宗，欲请旨毁碎此屏。玄宗说道："屏上诸女，即系前代有名的佳人美女，且有仙娥神女列在其内，何可轻毁？吾当问通元先生与叶尊师，便知是何妖祥。"

你道通元先生同叶尊师是谁？原来玄宗最好神仙，自昔高宗尊奉老君为玄元皇帝，至玄宗时又求得李老君的遗像，十分敬礼，命天下都立庙，招住持奉侍。于是方士辈竞进，有人荐方士张果，是当世神仙，用礼召至京师，拜为银青光禄大夫，赐号通元先生；又有人荐方士叶法善，有奇术，善符咒，玄宗亦以礼召来至京师，称为尊师。其他方士虽多，惟此二人为最。当下玄宗将国忠屏上所言美人出现之说问之。张果道："妖由人兴，此必杨相看了屏上的娇容，妄生邪念，故妖孽应念而作耳，叶师治之足矣！"叶法善说道："凡宝物易为精怪，况人心感触，自现灵异。臣当书一符，焚于屏前以镇之。今后观此屏者，勿得玩亵，每逢朔望，用香花供奉，自然无恙。"玄宗便请法善手书正乙灵符一道，遣内侍赍付国忠，且传述二人之言。国忠闻说妖由邪念而生，自己不觉毛骨悚然，随即登楼展屏，将符焚化；焚符之顷，只见满楼电光闪烁。自此以后，楼中安静，绝无声响。至朔望瞻礼时，说也奇异，见屏上众美人愈加光彩夺目，但看去自有一种端庄之度，甚觉比前不同了。正是：

正能治邪，邪不胜正。以正治邪，邪亦反正。

玄宗闻知，愈信叶法善之神术。一日私问法善道："张果先生道德高妙，朕常询其生平，但笑而不答，何也？"法善道："他的生平，即神仙辈亦莫能推测，但知他在唐尧时，曾官为侍中耳；若其出处履历，惟臣知之，余人不知也。"玄宗欣然道："尊师请试言之。"叶法善说道："臣惧祸及，故不敢直言奏听。"玄宗道："尊师神仙中人，有何祸之可惧，幸勿托词隐秘。"法善沉吟道："陛下必欲臣直言，臣今言之必立死。陛下幸怜臣，可立召张先生，不惜屈体求之，臣庶可更生矣。"玄宗连声许诺，法善请屏退左右，密奏说道："他是混沌初分时，白蝙蝠精也。"言未已，忽然口吐鲜血，昏绝于地。玄宗即呼内侍，速传口敕，立召张果入宫见驾。少顷张果携杖而至，玄宗降座迎之，说道："叶尊师得罪于先生，皆朕之过，朕今代为之请，幸看薄面恕之。"说罢，便欲屈膝下去。张果忙起道："何敢劳陛下屈尊，但小子不当饶舌耳！"遂以手中杖，连击法善三下道:“可便转来!”只见法善蹶然而醒,即时站起,整衣向玄宗谢恩,遂向张果谢罪。张果笑道:“吾杖不易得也。”法善再三称谢。玄宗大喜,各赐之茶果而退。

过了几日,适有使者从海上来,带得一种恶草,其性最毒,海上人传言,虽神仙亦不敢食此草。玄宗以示法善,问识此草否。法善道:“此名乌堇草,最能毒人,使臣食之,亦当小病也。他仙若中其毒,性命不保;惟张果先生,或不畏此耳。”玄宗乃密置此草于酒中,立召张果至内殿赐宴,先饮以美酒。玄宗问:“先生实能饮几何?”张果说道:“臣饮不过数爵,臣寓中有一道童,可饮一斗,多亦不能也。”玄宗道:“可召来否?”张果道:“臣请呼之。”乃向空中叫道:“童子,可速来见驾!”叫声未绝,只见一个童子,从房檐飞下,年可十四五岁,头尖腹大,整衣肃容,拜于御前。玄宗惊异,即命以大斗酌酒赐之;童子谢了恩,接过酒来,一口气吃干。玄宗皇帝见他吃得爽快,命更饮一斗,童子又接来便吃,却吃不上两三口,只见那吃的酒,从头顶上骨都都滚将出来。张果笑道:“汝量有限,何得多饮。”遂取桌上桃核一枚掷之,阁阁有声,应手而仆,酒流满地,仔细一看,却原来不是童子,是一个盛酒的葫芦,其中仅可容一斗酒。玄宗看了大笑道:“先生游戏,神通甚妙,可更进一觞。”乃密令内侍把乌堇酒,斟与他吃。张果却不推辞,一饮而尽。少顷,只见张果垂头闭目,就坐席上,昏然睡去。玄宗当时吩咐内侍说,不要惊动他,由他熟睡。没半个时辰,即欠伸而起笑道:“此酒非佳酒也,若他人饮此酒,不复醒矣!”袖中出一小镜子自照道:“恶酒竟坏我齿。”玄宗看时,果见其齿都黑了。张果不慌不忙,双手向两颐一拍,把口中黑齿尽数都吐出来了,登时又重生了一口雪白的好牙齿。玄宗一见,惊喜赞叹道好。正是:

戏将毒草试神仙,只博先生一觉眠。
不坏真身依旧在,齿牙落得换新鲜。

自此玄宗愈信神仙之术。

时至上元之夕,玄宗于内庭高扎彩楼,张灯饮宴,不召外臣陪饮,亦不召嫔妃奉侍,只召张果、叶法善二人。张果偶他往未即至,法善先来。玄宗赐坐首席,举觞共饮,一时灯月交辉,歌舞间作,十分欢喜。玄宗酒酣,指着灯彩笑道:“此间灯事,可谓极盛,他方安能有此耶!”法善举眼,四下一看,用手向西指道:“西凉府城中,今夜灯事极胜,不亚于京师。”玄宗道:“先生若有所见,朕不得而见也。”法善道:“陛下欲见,亦有何难。”玄宗连忙问道:“尊师有何法术,可使朕一见胜境乎?”法善道:“臣今承陛下御风而往,转回不过片时。”玄宗欣然而起。高力士走过来,俯伏奏道:“叶尊师虽有妙法,皇爷岂可以身为试,愿勿轻动。”玄宗道:“尊师必不误朕,汝切勿多言,我亦不须汝同行,你只在此候着便了。高力士不敢再说,唯唯而退。

法善请玄宗暂撤宴更衣;小内侍二人,亦更换衣服,俱出立庭中,都叫紧闭双目;只觉两足腾起,如行霄汉中。俄顷之间,脚已着地,耳边但闻人声喧闹,都是西凉府语音。法善叫请开眼。玄宗开目一看,只见彩灯绵亘数里,观灯之人,往来杂沓;心上又惊又喜,杂于稠人之中,到处游看,私问法善道:“尊师得非幻术乎?”法善道:“陛下若不信今夜之游,请留证验。”遂问内侍:“你等身边带有何物件?”内侍道:“有皇爷常把玩的小玉如意在此。”法善乃与玄宗入一酒肆中,呼酒共饮,须臾饮讫,以小玉如意,暂抵酒价,请唐皇写了一纸手照,约几日遣人来取赎。出了店门,步至城外,仍教各自闭目,顷刻之间,腾空而回,直到殿前落地。高力士接着,叩头口称万岁,看席上所燃的金莲宝烛,犹未及半也。

玄宗正在惊疑,左右传奏张果先生到,玄宗即时延入。张果道:“臣偶出游,未即应召而至,伏乞陛下恕臣之罪。”玄宗道:“先生辈闲云野鹤,岂拘世法,有何可罪之有;但未知先生适间何往?”张果道:“臣适往广陵访一道友,不意陛下见召,以致来迟。”玄宗道:“广陵去此甚远,先生之往来,何其速也!”张果笑道:“朝游北海,暮宿苍梧,仙家常事,况如西凉广陵,直跬步间耳。”因问法善道:“西凉灯市若何?”法善道:“与京师略同。”玄宗问道:“先生适从广陵来，广陵亦行灯事否?”张果道:“广陵灯事亦极盛，此时正在热闹之际。”法善道:“臣不敢启请陛下，更以余兴至彼一观，亦颇足以怡悦圣情。”玄宗欣喜道:“如此甚妙。”因问张果道:“先生肯同往么?”张果道:“臣愿随圣驾，此行可不须腾空御风，亦不须游行城市。臣有小术，上可以不至天，下可不着地，任凭陛下玩赏。”玄宗道:“此更奇妙，愿即施行神术。”张果道:“请陛下更衣，穿极华美冠裳。”叫高力士亦著华服，又使梨园伶工数人，亦都著着锦衣花帽。张果老却解下自己腰间丝绦向空一掷，化成一座彩桥，起自殿庭，直接云霄。怎见得这桥的奇异?有“西江月”词一阕为证:

白玉莹莹铺就，朱栏曲曲遮来，凌云驾汉近瑶台，一望霞明云霭。稳步无须回顾，安行不用疑猜。临高视下叹奇哉，恍若身居天界。

当下张果老与法善前导，引玄宗徐步上桥。高力士及伶工等俱从，但戒勿回头反顾，只管向前行去。行不数百步，张果、法善二人早立住了脚，说道:“陛下请止步，已至广陵地。”城中灯火之多，陈设之盛，不减于西凉。那些看灯的士女们，忽观空中有五色彩云，拥着一簇人各样打扮，衣冠华丽，疑是星宫仙子出现，都向空中瞻仰叩拜。玄宗及高力士等立于桥上，仰看天汉，月明如昼，低头下视广陵城市灯火，大喜。法善请敕伶工，奏霓裳羽衣一曲。奏毕，张果老同法善，仍引玄宗与高力士伶工众人等，于桥上步回宫禁;才步下桥，张果老即把袖一拂，桥忽然不见，只见张果老手中，原拿着丝带一条，仍旧把来系于腰间。高力士伶工众人等，皆大惊异。玄宗此时说道:“此是仙家游戏小术，何足多羡。”玄宗再命洗杯赐酒，直至天晓时候，方才罢宴各散。后人有诗叹道:

仙家游戏亦神通，却使君王学御风。
万乘至尊宜自重，怎从术士步空中?

次日，玄宗密遣使者，即将西凉府酒店中主人写的手照，到彼酒店取赎小玉如意。使者行了几日，却果然取赎回来，乃信上元十五夜之游,是真非幻。过了几月,广陵地方官上疏奏称:“本地于正月十五夜二更后,天际中忽见五色祥云万朵,云中仙灵,历历可睹;又闻仙乐嘹亮,迥非人间声调,此诚圣世瑞征,合应奏闻。”玄宗览疏,暗自称奇,即不明言此事,只批个知道了。原来这霓裳羽衣曲,乃是玄宗于开元之时,尝梦游月宫,见有仙女数十,素练宽衣,环珮丁冬,歌舞于广寒宫中,声调佳妙,非人世所能有。玄宗因问:“此何曲名?”众女答道:“名为霓裳羽衣曲。”玄宗梦中密记其声调,及醒来一一记得,遂传示乐工,谱成此曲,果然不是人间声调也。玄宗益信二人为神仙;又闻张果每出,必乘一白驴,其行如飞,及归便把此驴,折叠如纸,置于巾箱中,欲乘则以水噀之,依旧成驴。玄宗愈奇其术,思欲与之联为姻眷,要将玉真公主下嫁与他。张果说道:“臣有别业在王屋山中,向曾以太平钱三十万聘娶章氏女在彼,今岂容更娶?况臣疏野成性,不慕荣禄,入京已久,念切远山,伏乞天恩放回,实为至幸。”玄宗说道:“先生不肯尚主,朕亦不敢相强;却如何便欲舍朕而去耶!先生与叶尊师同在朕左右,二位不可缺一。方思朝夕就教,幸勿遽萌去志。”张果感其诚意,遂与叶法善仍留京邸。

法善昔年尝隐于松阳,与刺使李邕相契。李邕极是多才,既能作文,又善写字,法善曾求他为其祖作碑文一篇,及被召入京时,李邕也升了京官,心中却不喜法善弄术,恐其眩惑君心。法善要把他前日所作碑文,求他一写,李邕再三不肯,说道:“吾方悔为公作,岂能更为公写!”法善笑道:“公既为吾作,岂能不为吾写;今日且不必相强,容后更图之。”当下含笑而别。是夜法善乃于密室中,陈设纸墨笔砚,至三更时,仗剑步罡,焚符一道,口中念念有词,把令牌一拍,只见李邕忽从壁间步出。法善更不同他言语,只把剑来指挥,一面叫他将纸墨笔砚写碑文,一面使道童剪烛磨墨。须臾之间,碑文写完,法善再写一符焚化,口中念动咒语,把剑一指,喝一声,李邕攸然不见。原来因日间求他写文不肯,故于夜间摄他的魂魄来写了。至明日亲往拜谢,以其所书示之,笑说道:“此即公昨夜梦中所书也。”李邕看了，吓得目瞪口呆，通身汗下。法善道：“既重公之文，不欲屑以他人之笔，故即求公大笔一书；因公未许，故而聊以相戏，多有开罪之处，幸恕不恭。”李邕又惊又恼，未发一言。法善仍具一分厚礼，以为润笔之资，李邕也不肯受。玄宗闻知此事，惊叹说道：“神仙固不可与相抗也。”李邕所写此碑，当时就名为追魂碑。自此朝廷益信神仙之道，那些方士，亦日进益。一日，鄂州地方守臣上疏，荐方士罗公远，广极神通，大有奇术，特送来京见驾。正是：

朝里仙人尚未归，远方仙客又来到。
莫道仙人何太多，只因天子有酷好。

欲知后事如何，且听下回分解。

第八十五回

罗公远预寄蜀当归
安禄山请用番将士

从来为人最忌贪、嗔、痴三字,况为天子者乎。自古圣帝贤王,惟是正己牵物,思患防微,励精图治,必不惑于异端幽渺之说;若既身为天子,富贵已极,却又想长生不老术,因而远求神仙,甚且以万乘之尊严,好学他家的幻术,学之不得,而至于怨怒,妄行杀戮,岂非贪而又嗔。究竟其人若果可杀,即非神仙;若是神仙,杀亦不死,不惟不死而已,他还把日后之事,预先寄个哑谜儿与你;还不省悟,依然从信奸邪,以致变更旧制,贻害于后,毕竟认定恶人为好人,这又是极痴的了。

且说玄宗款留住了张果、叶法善,不放还山,鄂州守臣又荐罗公远,表奏他的术法神通,起送到京师。那罗公远,不知何处人也,亦不知为何代人,其容貌常如十六七岁一个孩子,到处闲游,踪迹无定。一日游至鄂州,恰值本州官府,因天时亢旱,延请僧道于社稷坛内启建法事,祈求雨泽;祷告的人甚多,人丛中有个穿白的人,在那里闲看,其人身长丈余,顾盼非常,众皆属目,或问其姓名居处,答道:“我姓龙,本处人氏。”正说间,罗公远适至,见了那人,怒目咄嗟道:“这等亢旱,汝何不去行雨济人,却在此闲行?”那人敛容拱手道:“不奉天符,无处取水。”公远道:“汝但速行,吾当助汝。”那人连声应道是,疾趋而去。众人惊问:“此是何人?”罗公远道:“此乃本地水府龙神也,吾敕令速行雨,以救亢旱;奈他未奉上帝之敕令,不敢擅自取水。吾今当以滴水助之,救济此处的禾稻。”一面说,一面举眼四观看,见那僧道诵经的桌上,有一方大砚,因才写得疏文,砚台池中积有这些墨水。公远上前把口向砚中池里,一口吸起,望空一喷,喝道:“速行雨来!”只见霎时间,日掩云腾,大风顿作。公远即对众人说道:“雨将至矣! 列位避着,不要被雨打湿了衣服。”说犹未了,雨点骤至,顷刻之间,如倾盆倒瓮,落了半晌,约有尺余,方才止息。却也作怪,那雨落在地上,沾在衣上,都是黝黑的一般。原来龙神全凭仗仙力,就这口墨水化作雨泽,以救亢旱,故雨色皆黑。当下人人嗟异,个个欢喜,问了罗公远的姓名,簇拥去见本州太守,具白其事。太守欲酬以金帛,公远笑而不受。太守说道:“天子尊信神仙,君既有如此道术,吾定当存引至御前,必蒙敬礼。”公远道:“吾本不喜遨游帝庭,但闻张、叶二仙在京师,吾正欲一识其面,今乘便往见之,无所不可。”于是太守具疏,遣使伴送。公远来至京中,使者将疏章投进,玄宗览疏,即传旨召见。

那日玄宗坐庆云亭下。看张果与叶法善对弈;内侍引公远入来,将至亭下,玄宗指着张、叶二仙道:“此鄂州送来异人罗公远,二位先生试与一谈。”张、叶二人举目一看,遥见公远体弱容嫩,宛如小孩童,将要成冠一般的样儿,都笑道:“孩提之童,有何知识,亦称异人。”公远不慌不忙,行至亭阶之下。玄宗敕免朝拜,命升阶赐坐,因指张、叶二仙师道:“卿识此二人否,此即张果先生、叶法善尊师也。”公远道:“闻名未曾谋面,今日幸得相晤。”张果笑道:“小辈固当不识我。”叶法善道:“安有神仙中人,而不识张果先生者乎?”公远道:“世无不知礼让之神仙,况今二师简傲如此,仆之不相识,亦未足为恨也。”张果大笑说道:“吾且不与子深谈,人人都称子为异人,想必当有异术。吾今姑以极鄙浅之技相试,倘能中窍,自当刮目相待。”便与法善各取棋子几枚,握于手中问道:“试猜我二人手中棋子各几枚。”公远道:“都无一枚。”二人哈哈大笑,即开手来看时,却果一个也不见了。只见罗公远袖中,伸出双手,棋子满把的笑说道:"棋子已入吾手中矣;二位老仙翁遇着小辈,直教两手俱空的了。"张、叶二仙师,方大惊异,各起身致敬。正是:

学无前后达为先,莫恃高年欺少年。
混沌初分张果老,还同小辈并称仙。

当下玄宗大喜,即赐宴于庆云亭上,给以冠袍,又赐与邸第,尊称为罗仙师。自此公远常与张、叶二人,谈论仙家宗旨,彼此敬服。过了几日,张果、叶法善具疏,坚请还山道:"罗公远道术殊胜臣辈,留彼在京,足备陛下咨访。臣等出山已久,思归念切,乞赐放还,以遂臣等野性。"玄宗知其归志已决,不便强留,准其暂回家山,有间之处,再候宣召。二人谢恩出京,凡玄宗天子所赐之物,及各官员所赠之珍奇,一无所受,二人遂各飘然而去。正是:

闲云野鹤,海阔天空。来去自由,不受樊笼。

自此之后,在京方士辈,只有罗公远为玄宗所尊信,时常召见,叩问长生不死之方。公远道:"长生无方,只要清心寡欲,便可却病延年。"玄宗勉从其说,或时独处一宫,嫔妃不御,后庭宴会,比前也略稀疏了。杨妃意中甚不欢喜。时值中秋月明之夜,玄宗不召嫔妃宴集,独自与公远对月闲谈,说起去年上元佳节,曾同张、叶二位仙师腾空远游,甚是奇异,因问:"先生亦有此道术否?"公远道:"此亦何难之有?陛下昔年曾梦游月宫,却不曾身亲目睹,臣今请陛下亲见月宫之景可乎?"玄宗大喜。公远即起身,向庭前桂树上折取数枝,用彩线相结,置于庭中,吹口气化做一乘彩舆,请玄宗升舆端坐;又将手中所执如意,化作一只大白鹿,驾车而行,往观月殿。时当高力士奉差他往,又有一个得宠的太监,叫做辅氍琳,叩头启奏道:"前张、叶二仙师,奉驾行游,曾多带内侍同行,今奴辈愿随驾而往。"罗公远道:"月宫非比他处,汝辈何得往观,只我一人护驾足矣!"说罢,即喝一声道起,只见那白鹿驾着彩舆,腾空而起,直入霄汉。公远步于空中,紧紧相随,教玄宗只把双眼望着月，千万不可回顾，亦不可他视。

转瞬间已近月宫，公远扶住车子，玄宗凝眸一望，只见月中宫殿重重，门户洞开，遥见里面琪花瑶草，映耀夺目，远胜昔日梦中所见。玄宗道：“可入去否？”公远道：“陛下虽贵为天子，却还是凡躯，未容遽入，只可在外面观望。”少顷只闻得异香氤氲，一派乐声嘹亮，仔细听之，正是霓裳羽衣曲。玄宗听罢，低声问道：“世人称美貌女子，必比之月里嫦娥，今嫦娥已在咫尺，可使朕一睹其冶容乎？”公远道：“昔穆天子与王母相会，夙有仙缘故也，陛下非此之比，今得至此，瞻仰宫殿，已是奇福，岂可妄生轻亵之念。”言未已，忽见月中门户尽闭，光彩四散，寒风袭人。公远即唤白鹿来驾彩舆，以羽扇障风而行，少顷冉冉有声及地。公远道：“陛下几触嫦娥之怒，且喜万安。”玄宗才下车，只见彩舆仍化为桂枝，白鹿亦不见，如意仍在公远手中。玄宗又惊又喜。当下公远告辞回寓。玄宗还独坐呆想，啧啧叹异。那内监辅璆琳，因怪公远不许他同往，便进言道：“此幻术惑人，何足惊异，愿皇爷切勿轻信。”玄宗道：“就是幻术，亦殊可喜，朕当学其一二，以为娱悦。”辅璆琳便逢迎道：“幻术中惟隐身法可学，皇爷若学得时，便可暗察内外人等机密之事。”玄宗喜道：“汝言甚是。”

次日，即召公远入宫，告以欲学隐身法之意。公远道：“隐身法乃仙家借以避俗情缠扰，或遇意外仓卒相逼之事，聊用此法自全耳。陛下一身天下之主，正须向阳出治，如易经云：圣人作而万物睹，如何要学起隐身法来？”玄宗道：“朕学此法，亦藉以防身耳。”公远道：“陛下尊居万乘，时际太平，车驾所至，百灵呵护，有何不乐，何欲以此法防身耶！陛下若学得此法，只于宫中偶一为之，尚且不可；况日后以为常情，定将怀玺入人家，为所不当为，万一更遇术士，能破此法者，那时白龙鱼腹，必为豫且所困矣。”玄宗道：“朕学得此法，不过在宫中聊为偶戏，决不轻试于外，幸即相传，望先生万勿吝教。”公远此时，当不过玄宗再三恳求，只得将符咒秘诀，一一传授，并教以学习之法。玄宗大喜，便就宫中如法教习。及至习熟试演，始则尚露半身，既而全身俱隐，但终不能泯然无迹，或时露一履，或时露冠髻，或时露衣裾，往往被宫人觉见。玄宗立召公远入宫，要他面作此法来看。公远把手向空书符，口中念念有词，即时不见其形，少顷却见他从殿门外入来。玄宗便也学他书空作符，捻诀念咒，却只是隐了身子，露出衣冠。内侍们都含着笑。玄宗问道："同此符咒，如何自我做来，独不能尽善？"公远道："陛下以凡躯而遽学仙法，安能尽善？"玄宗因演隐身法不灵，致被左右窃笑，已是怀惭无地了，见公远对着众人，说他是之凡，好生不悦道："便是神仙少不得也是凡躯，如何凡躯便学不得仙法，还是传法者，不肯尽传其诀耳！"说罢拂衣而入，传命公远且退。自此玄宗心中怀怒。

恰值宰相李林甫因夫人患病垂危，闻得公远常以符药救人危疾，因亲自来求他，救治夫人之病。公远说道："夫人禄命已尽，不可救疗；况夫人幸得善终于相公之前，生荣死哀，其福过相公十倍矣，何必多求。"李林甫怪其言慢，也心中怀怒，是夜其妻果死。过了一日，秦国夫人忽然患病沉重，杨国忠奉着贵妃之命，来见公远，要求他救治。公远道："神仙只救得有缘分之人与能修行之人，夫人夙世既无仙缘，今生又无美行，享非分之福，还不自知修省，恶孽且未易忏除，今得命寿终于内寝，较之诸姊妹，已为万幸矣；岂复有方有术可疗？七日之后，名登鬼箓矣！"国忠怒道："不能相救也罢，何得妄言谤毁？"遂回报杨妃。杨妃大怒，泣奏天子，说道："罗公远谤毁宫眷，且加咒诅，大不敬上。"李林甫也便乘间奏他妖妄惑众。玄宗已是不悦，况又内外谗言交至，激成十分大怒来了，传旨立即将罗公远斩首西市。公远在寓邸闻命，呵呵大笑，也不肯绑缚，直飞步至西市中伸颈就刑，钢刀落处，并无点血；但见一道青气，从头顶中直出，透上重霄。正是：

如罽宾国王，斩师子和尚。
是亦善知识，以杀为供养。

玄宗一时恨怒，立即命斩罗公远，旋即自思他是个有道术之人,何可轻杀,连忙呼内侍快传旨停刑;及到时却已早杀过了。玄宗懊悔不已,命收其尸首,用香木为棺椁成殓。至七日之后,秦国夫人果然病死。玄宗闻讣,不胜嗟悼,赠恤极其丰厚。正是:

三姨如鼎足,秦国命何促?

死或贤于生,寿终还是福。

玄宗因秦国夫人之死,益信公远之言不谬,念念不忘,然已无可如何。因思到张果、叶法善,不知今在何处,遂命辅璆琳往王屋山迎请张果老,他若不肯复来,便往访叶法善,二人之中,必得其一。璆琳奉了圣旨,带着仆从车马,出京赶行,忽闻路人传说:"张果老先生,已死于扬州地方了。"璆琳正在疑信之际,却接得京报,扬州守臣某人上疏,奏张果于本年某月某日,在琼花观中端坐而逝,袖中有谢恩表文一道,其尸身未及收殓,立时腐败消化。璆琳得了此信,遂不往王屋山去了,只专心访问叶法善居处。有人说曾在蜀中成都府见过他来,辅璆琳即令仆从人等,望蜀中道上一路而行。既入蜀境,山路崎岖,甚是难走得很。忽见山岭上,一个少年道者迤逦而来,口中高声歌唱道:

山路崎岖那可行,仙人往矣纵难迎。

须知死者何曾死,只愁生者难长生。

那道者一头歌,一头走,渐渐行至马前。辅璆琳仔细一看,大吃一惊,原来不是别人,却是一个罗公远。辅璆琳连忙下马作揖,问:"仙师无恙?"公远笑道:"天子尊礼神仙,却如何把贫道恁般相戏;如今张果老先生怕杀,已诈死了;叶尊师也怕杀,远游海外,无处可寻,不如回京去罢。"辅璆琳道:"天子方悔前过,伏祈仙师同往京中见驾,以慰圣心。"公远笑道:"我去何如天子来,你可不必多言;我有一封书并一信物寄上于天子,你可为我致意。"即刻于袖中取出一封书来,内有累然一物,外面重重缄题,付与璆琳收了。璆琳道:"天子正有言语,欲叩问仙师,还求师驾一往。"公远道:"无他言,但能远却宫中女子,更谨防边上女子,自然天下太平。"璆琳私问朝中诸大臣休咎何如。公远道:"李相恶贯满盈,死期近矣,还有身后之祸。杨相尚有几年玩福,其后可想而知也。”戡琳又问自己将来休咎。公远道:“凡人能不贪财,便可无祸患。”说罢,举手作揖而别,腾空直去。戡琳同从人等,无不咄咄称异,想道:叶法善既难寻访,不如回京复奏候旨罢。主意已定,遂趱程回京;直到宫里,见了玄宗,细细备奏过岭遇罗公远之事,把书信呈上。玄宗大为惊诧,拆视其书,却无多语,只有四个大字,下注一行小字。道是:

安莫忘危外有一药物名曰蜀当归谨附上

玄宗看了书同药物,沉吟不语。戡琳又密奏公远所云宫中女子、边上女子之说。玄宗想道:他常劝我清心寡欲,可以延年;今言须要远女子,又言莫忘危,疑即此意;那蜀当归或系延年良药,亦未可知;但公远明明被杀,如何却又在那里?遂命内侍速启其棺视之,原来棺中一无所有。玄宗嗟叹说道:“神仙之幻化如此,朕徒为人所笑耳!”看官,你道他所言宫中女子,明明指是杨妃;其所云边上女子,是说安禄山也,以安字内有女字故耳。蜀当归三字,暗藏下哑谜,至言安莫忘危,已明说出个安字了,玄宗却全不理会。此时安禄山正兼制范阳、平卢、河东三镇,坐拥重兵,久作大藩;又有宫中线索,势甚骄横。但常自念当时不拜太子,想太子必然见怪。玄宗年纪渐高,恐一旦晏驾,太子即位,决无好处到我,因此心志不安,常怀异想。禄山平日所畏忌的,只有一个李林甫,常呼李林甫为十郎,每遇使者从京师来,必问李十郎有何话说;若闻有称奖他的言语,便大欢喜;若说李丞相寄语安节度,好自检点,即便攒眉嗟叹,坐卧不安。李林甫也时常有书信问候他,书中多能揣知其情,道着他的心事,却又预为布置,安放于此,受其笼络,不敢妄有作为。那知林甫自妻亡之后,自己也患病起来了。适当辅戡琳回京时,林甫已卧床上不能起来,病中忽闻罗公远未死,这个吃惊非同小可,自说道:“我曾劾奏他的,不意他果是一个神仙,杀而不死,今倘来修怨,不比凡人可以防备,却如何解救?”自此日夕惊惶恐惧,病势愈重,不几日间呜呼死了。正是:

天子殿前去奸相，阎王台下到凶囚。

可恨那李林甫自居相位，惟有媚事左右，迎合上意，以固其宠；杜绝言路，掩蔽耳目，以成其奸；妒贤嫉能，排抑胜己，以保其位；屡起大狱，诛逐贤臣，以张其威；自东宫以下，畏之侧目。为相一十九年，养成天下之乱，玄宗到底不知其奸恶，闻其身死，甚为叹悼。太子在东宫，闻林甫已死，叹道："吾今日卧始贴席矣！"杨国忠本极恨李林甫，只因他甚得君宠，难与争权，积恨已久，今乘其死，复要寻事泄忿，乃劾奏林甫生前多蓄死士于私第，托言出入防卫，其实阴谋不轨；又道他屡次谋陷东宫，动摇国本，其心叵测；又讽朝臣交章追劾他许多罪款。杨妃因怪他挟制安禄山，也于玄宗面前说他多少奸恶之处。玄宗此时，方才省悟，下诏暴其恶逆之状，颁贴天下，追削官爵，剖其棺，籍其家产；其子侍郎李岫，亦即革职，永不复用。果然应了罗公远所言这身后之祸。正是：

生作权奸种祸殃，那知死后受摧戕。

非因为国持公论，各快私心借宪章。

李林甫死后，杨国忠兼左右相，独掌朝权，擅作威福，内外文武各官，莫不震畏；惟有安禄山不肯相下，他只因李林甫狡猾胜于己，故心怀畏忌；那杨国忠是平日所相狎，一向藐视他的，今虽专权用事，禄山全不在意。四处藩镇，都遣人赍礼往贺，独禄山不贺。杨国忠大怒，密奏玄宗道："安禄山本系番人，今雄据三大镇，殊非所宜，当有以防之。"玄宗不以为然，国忠乃厚结陇右节度使哥舒翰，要与他并力排挤安禄山。时陇右富庶甲天下，自安远门西尽唐境，凡一万二千余里，闾阎相望，桑麻遍野，国忠奏言，此皆节度使哥舒翰抚循调度之功，宜加优擢。诏以哥舒翰兼河西节度使，抚制两镇。禄山闻知，明知是国忠藉为党援，愈加不乐，常于醉后，对人前将国忠谩骂。国忠微闻其语，一发恼恨，又密奏玄宗，说："安禄山向同李林甫狼狈为奸，今林甫死后，罪状昭著，安禄山心不自安，目前必有异谋。陛下若不肯信，诏遣使往召入觐，彼且必不奉诏，便可察其心矣。

玄宗唯唯而起，退入宫中，沉吟不决。杨妃问："陛下有何事情，萦于心中？"玄宗道："汝兄国忠，屡奏安禄山必反，我未之深信；今劝朕遣使往召入觐，若他不来，其意可知，便当问罪。我意此儿受我厚恩，未必相负于我，故心中筹画未定。"杨妃着惊道："吾兄何遽意禄山必反耶！彼既如此怀疑，陛下当如其所奏，遣一内侍往召安禄山；若禄山肯来，妾兄同陛下便可释疑矣。"玄宗依其言，即作手敕，遣辅璆琳赍赴范阳召安禄山入朝见驾。辅璆琳领了敕命，正将起行，杨妃私以金帛赐之，付手书一封密致安禄山，教他闻召即来，凡事有我在此，从中周旋，包管他有益无损，切勿迟回观望，致启天子之疑。璆琳一一领命，星夜不息，来至范阳；禄山拜迎敕谕。辅璆琳当堂宣读道：

> 皇帝手敕东平郡王范阳、平卢、河东节度使安禄山：卿昔事朕左右，欢叙如家人，乃者远镇外藩，遂尔睽隔。朕甚念卿，意卿亦必念朕，顾卿即相念，非征召何缘入见？兹于敕到，即可赴阙，暂来即反，无以跋涉为劳，朕亦欲面询边庭事也。见谕速赴来京毋怠。

安禄山接过手敕，设宴款待天使，问道："天子召我何意？"璆琳道："天子不过相念之深耳！"禄山沉吟道："杨相有所言否？"璆琳道："相召是天子意，非宰相意也。"禄山笑道："天子意即宰相意也。"璆琳屏退左右，密致杨妃手书并述其所言，禄山方才欢喜，即日起马星驰到京，入朝面圣。玄宗大喜道："人言汝未必肯来，独朕信汝必至，今果然也。"遂命行家人礼，赐宴于内殿。禄山涕泣道："臣本番人，蒙陛下宠擢至此，粉身莫报。奈为杨国忠所嫉忌，臣死无日矣！"玄宗抚慰说道："有朕在，汝可无虑也。"是夜留宿内庭。

次日，入见杨妃，赐宴宫中，深情畅叙。禄山道："儿非不恋，但势不可久留，明日便须辞行。"杨妃道："吾亦不敢留你，明日辞朝后速走勿迟。"禄山点头会意，次日奏称边政重任，不敢旷职，告辞回镇。玄宗准奏，亲解御衣赐之，禄山涕泣拜受，即日辞朝谢恩。

随行之时,走马至杨国忠府第,匆匆一见,即刻飞星出京,昼夜兼行,不日到镇。他恐国忠请奏留之,故此急急回任。自此玄宗愈加亲信,人有首告禄山欲反者,玄宗命将此人缚送范阳,听其究治,由是人无敢言者。禄山自此益无忌惮,因想:三镇之中,守把各险要处的将士,都是汉人;倘他日若有举动,必不为我所用,不如以番将代之为妙。遂上疏奏称,边庭险要之处,非武健过人者,不能守御;汉将柔弱,不若番将骁勇,请以番将三十一人,代守边汉将。疏上,同平章事韦见素,进言说道:"禄山久有异志,今上此疏,反状明矣,其所请必不可许。"玄宗不悦,说道:"向者边政俱用文臣,渐至武备废弛;今改用番人为节度,边庭壁垒一新,即此看来,安见番人不可以代汉将?禄山为国家计,欲慎固封守,故有此请,卿等何得动言其反?"遂不听韦见素之言,即就批旨:依卿所请奏,三镇各险要处,都用番将戍守;其旧戍汉将,调内地别用。自此番人据险,禄山愈得其势,边事不可问矣。正是:

番人使为汉地守,汉地将为番人有。

君王偏独信奸谋,枉却朝臣言苦口。

欲知后事如何,且听下回分解。

第八十六回

长生殿半夜私盟
勤政楼通宵欢宴

却说佛氏之教,最重誓愿一道;若是那人发一愿,立一誓,冥冥之中,便有神鬼证明,今生来世必要如其所言而后止。说便是这等说,也须看他所立之愿,合理不合理,可从不可从;难道那不合理、不可从的誓愿,也必如其所言不成?大抵人生誓愿,唯于男女之间最多。然山盟海誓,都因幽期密约而起,其间亦有正有不正,有变有不变;至若身为天子,六宫妃嫔以时进御,堂堂正正,用不着私期密约,又何须海誓山盟;惟有那耽于色、溺于爱的,把三千宠幸萃于一人,于是今生之乐未已,又誓愿结来生之欢,殊不知目前相聚,还是因前生之节义,了宿世之情缘,何得于今生又起妄想。且既心惑于女宠,宜乎惟妇言是用,以奢侈相尚,以风流相赏,置国家安危于不理,天下将纷纷多事,却还只道时平世泰,极图娱乐,亦何异于处堂之燕雀乎?

且说玄宗听信安禄山之言,将三镇险要之处,尽改用番人戍守,韦见素进谏不从。一日,韦见素与杨国忠同在上前,高力士侍立于侧。玄宗道:“朕春秋渐高,颇倦于政,今以朝事付之宰相,以边事付之将帅,亦复何忧?”高力士奏道:“诚如圣谕,但闻南诏反叛,屡致丧师;又旁将拥兵太盛,朝廷必须有以制之,方能无有后患。”玄宗说道:“汝且勿言,宰相当自有调度。”原来那南诏,即今云南地方,南蛮人称其王为诏,本来共有六诏,其中有名蒙舍诏者,地在极南,故曰南诏。五诏俱微弱,南诏独强,其王皮逻阁,行贿于边臣,请合南地六诏为一。朝廷许之,赐名归义,封之为云南王,后竟自恃强大,举兵反叛。剑南节度使鲜于仲通率兵与战,被他杀败,士卒死者甚多。杨国忠与鲜于仲通有旧好,掩其败状,仍叙其功;后又命剑南留守李密,引兵七万讨之,复被杀败,全军覆没。国忠又隐其败,转以捷闻,更发大兵前往征讨,前后死者,不计其数,人莫有敢言者。高力士偶然言及,国忠连忙掩饰道:"南蛮背叛,王师征讨,自然平定,无烦圣虑;至若边将拥兵太盛,力士所言是也。即如安禄山坐制三大镇,兵强势横,大有异志,不可不慎防之。"玄宗闻其言,沉吟不语。韦见素奏道:"臣有一策,可潜消安禄山之异志。"玄宗问道:"卿有何策?"韦见素道:"今若内擢安禄山为平章事,召之入朝,而别以三大臣为范阳、平卢、河东三镇,则安禄山之兵权既释,而奸谋自沮矣。杨国忠道:"此策甚善,愿陛下从之。玄宗口虽应诺,意犹未决。

当日朝退回宫,把这一席话说与杨妃知道。杨妃意中虽极欲禄山入朝,再与相叙,却恐怕到了京师,未免为国忠所谋害,乃密启奏玄宗道:"安禄山未有反形,为何外臣都说他要反?他方今掌握重兵在外,无故频频征召,适足启其疑惧;不如先遣一中使往觇之,若果有可疑之处,然后召之,看他如何便了。"玄宗依其言,即遣内侍辅氈琳,赍极美果品数种,往赐安禄山,潜察其举动。氈琳当奉玄宗之命,直至范阳。禄山早已得了宫中消息,知其来意,遂厚款氈琳,又将金帛宝玩送与氈琳,托他好为周旋。氈琳受了贿赂,一力应承,星夜回来复旨,极言安禄山在边,忠诚为国,并无二心。玄宗听说,信以为然,乃召杨国忠入宫面谕道:"国家待安禄山极厚,安禄山亦必能尽忠报国,决不敢于相负,朕可自保其无他,卿等不必多疑。"国忠不敢争论,只得唯唯而退。正是:

奸徒得奥援,贿赂已神通。
莫漫愁边事,君王作保人。

自此玄宗竟以边境无事,安意肆志,且又自计年已渐老,正须及时行乐,遂日夕与嫔妃内侍,及梨园子弟们,征歌逐舞,十分快活。杨妃与韩国夫人、虢国夫人辈,愈加骄奢淫逸。华清宫中,更置香汤泉一十六所,俱极精雅,以备嫔妃侍女们不时洗浴。其奉御浴池,俱用文瑶宝石砌成,中有玉莲温泉,以文木雕刻凫雁鸳鹭等水禽之形,缝以锦绣,浮于泉水之上,以为戏玩。每至天暖之时,酒阑之后,池中温暖,玄宗与杨妃各穿单袷短衣,乘小舟游荡于水中,游至幽隐之处,或正炎热难堪,即令宫人扶杨妃到处就浴。每自宫眷浴罢之后,池中水退出御沟,其中遗珠残珥,流过街渠,路人时有所获,其奢靡如此。杨妃因身体颇丰,性最怕热,每当夏日,只衣轻绡,使侍儿交扇鼓风,犹挥汗不止。却又奇怪得很,他身上出的汗,比人大不相同,红腻而多香,拭抹于巾帕之上,色如桃花,真正天生尤物,绝不犹人。又因有肺渴之疾,常含一玉鱼儿于口中,取凉津润肺。一日偶患齿痛,玉鱼儿也含不得,于是手托香腮,闷闷的闲坐窗前。玄宗看了,愈见其妩媚,可怜可爱,说道:"为朕的恨不能为妃子分痛也!"后人有画杨妃齿痛图者,冯海粟题其上云:

华清宫一齿动,马嵬坡一身痛。渔阳鼙鼓动地来,天下痛。

天宝十载之夏,玄宗与杨妃避暑于骊山宫;那宫中有一殿,名曰长生殿,极高爽凉快。其年七月七日夜,乞巧之夕,天气正当炎热,玄宗坐于长生殿中纳凉,杨妃陪着同坐,直至二更以后,方才入寝室中同卧,宫女亦都散去歇息。杨妃苦热,睡不安稳,乃拉着玄宗起来,再同出庭前乘凉,更不呼唤宫娥侍女们伏侍。二人坐到更深,天热未卧,手挥轻扇,仰看星斗。此时万籁无声,夜景清幽,坐了一回,渐觉凉爽,玄宗低声密语道:"今夜牛女二星相会,未知其乐何如?"杨妃道:"鹊桥渡河之说,未知果有此事否;若果有之,天上之乐,自然不比人间。"玄宗笑道:"若论他会少离多,倒不如我和你日夕欢聚。"杨妃说道:"人间欢乐,终有散场,怎如天上双星,永久成配。"说罢不觉怆然嗟叹。玄宗感动情怀,说道:"你我恁般恩爱，岂忍相离；今就星光之下，你我二人密相誓愿，心中但愿生生世世，长为夫妇。”杨贵妃听了玄宗之说，点头道：“阿环同此誓言，双星为证。”玄宗听了此说，不觉大喜之极。后来白居易“长恨歌”中，曾咏及此事，有句云：

七月七日长生殿，夜半无人私语时。
在天愿作比翼鸟，在地愿为连理枝。

后人有诗讥刺玄宗，溺宠偏爱，私心妄想，道是：

皇后无端遭废斥，今生夫妇且乖张。
如何妃子偏承宠，来世还期莫散场。

又有诗讥刺杨贵妃云：

长生私语长成恨，空自盟心牛女前。
若与三郎永配合，禄山密约岂无缘？

且说玄宗自此把杨妃更加恩爱。是年秋九月，蓬莱宫中那柑橘结实。这种柑橘是开元年间，江陵进贡来的，味极甘美。玄宗命将数枚种于蓬莱宫中，一向只开花不结实，还有时鲜花也不开，那年忽然结实二百余颗，与江南及蜀中进贡者，毫无异味。玄宗欣喜，亲自临视，命摘来颁赐各朝臣，杨国忠率众官上表，俯伏金阶之下称贺，其表略云：

伏以自天所育者，不能改有常之质；旷古所无者，乃可谓非常之祥。橘柚所植，南北异名，惟陛下元风真纪，六合为一家。雨露攸均，混天区而齐被；草木有性，凭地气以潜通。故兹江外之珍果，结成禁中之佳实。绿蒂含霜，芳流绮殿；金衣烂日，色丽彤庭。欣荷宠颁，惭无补报。臣等欣瞻之至，不胜景仰之诚，谨上表以闻。

玄宗览表大悦，温旨批答。那柑橘中，却有一个是合欢的，左右进上。玄宗见了，愈加欢喜，与杨妃互相把玩。玄宗说道：“此果早知人意，我与妃子同心一体，所以结此合欢之实。我二人可共食之，以应其祥。”乃促其坐同剖，交口而食；因命画工写合欢柑橘图，传之于后世。杨国忠于此又复献谀词，以为此乃非常之祥瑞，陛下宜颁酺称庆。正是：

屈轶曾生黄帝时，革能指佞最称奇。

唐家柑橘成何用？翻使谀臣进佞词。

玄宗听了杨国忠谀佞之言，遂降旨以宫中有珍果之祥，赐民大酺。于是选择吉日，率嫔妃及诸王辈御勤政楼，大张声乐，陈设百戏，听人纵观，与民同乐。京城内百姓中，士民男女，拥集楼前，好不热闹。教坊女人，有一个王大娘者，其技能为舞竿，将一丈八尺长的一根大竹竿，捧置头顶，竿儿上缀着一座木山，为瀛洲方丈之状，使一小儿手扶绛节，出入其间，口中歌唱。王大娘头顶着竿，旋舞不辍，却正与那小儿的歌声节奏相应。玄宗与嫔妃诸王等看了，俱啧啧称奇。时有神童刘晏，年方九岁，聪颖过人，因朝臣举荐登朝，官为秘书省正字。是日玄宗召于楼中侍宴，命王大娘舞竿，因刘晏咏王大娘舞竿的诗一首。刘晏应声即吟道：

楼前百戏竞争新，惟有长竿妙入神。

说道绮罗偏有力，犹嫌轻便更着人。

玄宗同嫔御及诸王，见刘晏吟诗敏捷，词中又有隐带谐谑之意，都欢喜赞叹。杨贵妃抱他坐于膝上，亲为之梳发。梳罢，玄宗招之近前，亲执其手戏问道："汝以童年，官为正字，未知正得几字？"刘晏应口说道："诸字都正，只有一个朋字未正。"这句话分明说那些一班朝臣，各立朋党，难于救正，恰好合着朋字形体，偏而不正之意。玄宗闻其言，连声称善，顾左右道："此儿非特聪慧，且识力异人，将来居官任事，必有可观者焉！"众人俱称贺朝廷得佳士。玄宗大喜，即命以牙笏锦袍赐之，说道："朕知汝他年必能自立，必不傍人门户也。"后人有诗云：

同道为朋何有党，正因邪正两途分。

漫言朋字终难正，欲正臣时先正君。

是日欢宴到晚夕，楼上挂起花灯，各样名色不同，光彩炫目。玄宗正与众官赏玩间，只听得楼前人声鼎沸，也有嬉笑的，也有争嚷的，也有你呼我应者的，声音极其嘈杂。玄宗问是何故，内侍众人启奏,说楼下百姓,争看花灯,拥挤喧哗,呵斥不止,伏候圣裁。玄宗道:“可着该管官严饬禁约,再着卫士振威弹压;如再不止,拿几个责治示众便了。”刘晏忙奏道:“人聚已众,不可轻责;况陛下与民同乐,许其众看,如何又加责治。以臣愚见,莫如使梨园乐工,当楼奏技,传谕众人静听,无令喧哗,彼百姓喜于闻所未闻,则人声自息矣。”玄宗点头道:“此言极善。”遂命内侍先传圣旨,晓谕众人,随后命梨园众子弟,一个个的锦衣花帽,手执乐器,出至楼头,齐齐整整的都站立于花灯之下。众人拥着观望,那欢笑之声虽未即止,然不似从前的喧闹了。高力士奏道:“众乐工之中,惟李谟的羌笛尤为擅名,是乃众人之所最为喜听,宜令楼下众人,清听一曲,以息众喧。”玄宗依其所奏,传命李谟先独自当楼吹笛。李谟领旨,当楼面前向下把手一指,高声说道:“我李谟奉圣旨先自吹笛,使与你们众人听听;你们若果知音,须静听者。”说罢,双手按着一枝紫纹云梦竹的竹儿,嘹亮呖呖,吹将起来了。这一笛儿,真吹得响彻云霄,鸾翔鹤舞,楼下万万千千的人,都定睛侧耳,寂然无声。玄宗大喜。正是:

莫道喧哗难禁止,一声可息万千声。

你道李谟的那笛,如何恁般入妙?盖缘玄宗洞晓音律,丝竹管弦,无不各尽其妙。有时自制曲调,随意即成,清浊疾徐,回环转变,自合节奏。于诸乐器中,独不喜琴声,闻人鼓琴,便欲别奏他乐以洗耳,谓之解秽。其所最爱者,羯鼓与笛,以此为八音之领袖,为诸乐之所不可少。每当宫中私宴,梨园奏曲,玄宗或亲自击鼓,或吹玉笛以和之。杨妃亦善吹玉笛。

先是天宝初年,尝遇二月初旬,晨起巾栉方毕,时值宿雨初晴,景色明丽,内殿庭中,柳杏将芽。玄宗闲坐四顾,咄嗟而起道:“对此景物,岂可不与他判断?”遂命杨妃先吹玉笛一遍,随后亲自临轩,击羯鼓一通,其名曰春光好,亦是玄宗自制的雅调。鼓音才歇,回顾庭前柳杏都已叶舒花放,天颜大喜,指向众嫔妃看了笑道:“此一事可不唤我作天工耶!”众皆顿首,口称万岁。

又一日，玄宗昼寝于玉清宫中，忽梦有仙女数人，从空而降，容貌俱极美丽，手中各执一乐器，向着玄宗舞吹了一回，声音之绝妙异常，其中笛声，尤为佳妙。仙女道："此乃神仙之乐，名曰紫云回。陛下既深通音律，可传受了去。"玄宗醒来，音乐犹然在耳，遂自吹玉笛习之，尽得其节奏。过了两三日，偶乘月明之夜，与高力士改换了衣服，出宫微行游戏，走过了几处街坊，回走至宫墙外一座大桥之上，立着看月，忽闻远远的地方儿有笛声嘹亮，仔细听之，却正是紫云回的声调。玄宗惊讶道："吾梦中所传受，亲自谱就的新翻妙曲，并未曾传授他人，何故外间亦有此调？"大为可怪，遂密谕高力士道："明日可与我查访那个吹笛的人，不要惊吓了他，好好引来见我。"高力士领旨，至次日早晨带着从人，依昨夜笛声所在，挨户查过，有人说："此间有个姓李的少年，最善吹笛，昨夜吹笛的就是他。"力士着人引至李家，以天子之命，召那少年入宫见驾。玄宗问他："昨夜所吹的笛曲，从何处得来？"那少年奏道："臣姓李名谟，自幼性好吹笛，因精于其技。前两三夜，偶于宫墙外大桥上步月，闻得宫中笛声，细听节奏，极其新异，非复人间所有，因用心暗记，以指爪书谱，回家即依调试吹之，愈知其妙。昨夜便自演习，不料有污圣耳，臣该万死，望陛下恕之。"玄宗喜其聪慧知音，遂命为押班梨园之长，时常得供奉左右。此正"连昌宫词"所云：

李谟压笛傍宫墙，悟得新翻数般曲。

自此李谟更得尽传内府新声，其技愈加精妙。当夜在勤政楼头奏技，万民乐闻，天子称赏。笛声既毕，众乐齐作，继以清歌妙舞，楼下众人，都静观寂听，更无喧闹。玄宗直至欢宴到晓钟初鸣起来，方才罢散。正是：

俱向楼头勤取乐，何尝肯把政来勤。

欲知后事如何，且听下回分解。

第八十七回

雪衣娘诵经得度
赤心儿欺主作威

圣人云:死生有命,富贵在天。此不但人之死生有命,即一物之微,其死生亦有命存焉。人当死期将至,往往有个预兆。以此推之,一切众生,凡有情有识之物,当其将死,亦必先有预兆,人虽不知之,彼必自惊觉,但口不能言耳。大抵死生有定限,凡事既不能与命争,则生寄死归,听其自然,惟须稍种福因,以作后果可也。至于富贵为人所同欲,却又不是人力所可强求;若说大富大贵,固主之在于天,就是一命之荣,一钱之获,亦无非天意主之,天者理而已矣。可笑那无理之人,作非理之想,为非理之事,以图非理之富贵,却不自思现在所享之富贵,已属非分,如何还要逆天而行,欺君背德,肆志作威,此真获罪于天,后祸不小。

且说玄宗御勤政楼,赐民大酺,通宵宴乐,自以为天下太平,天上休祥无事。杨国忠总理朝政,一味逢君欺君,招权纳贿。这些贪位慕禄趋炎附势之徒,奔走其门如市;只有个陕郡进士张彖,在京候选,见此光景,慨然叹息道:"此辈倚杨右相如泰山,以我视之,乃冰山耳。皎日一出,附之者即失所恃矣!吾褰裳避之,犹恐波及其身,何可与同事耶!"逐绝意仕进,即日出京,隐居嵩山去了。那时有识者,都知天下将乱。玄宗却自恃承平,安然无虑,惟日夕在宫中取乐。杨妃亦愈加骄纵,内庭掌管贵妃位下,织锦刺绣,及雕镂器物者数百人,以供其贺生辰庆时节之用。玄宗又常遣中使,往各处采办新奇可喜之物进奉。各处地方官,有以奇巧珍玩衣物等物贡献贵妃者,俱得不次升迁。玄宗游幸各处,多与杨妃同车并辇而行。杨妃平常不喜坐舆,欲试乘马,因命御马监选择好马,调养得极其纯良,以备妃子坐骑。每当上马时,众宫娥侍女,扶策而上,高力士执辔授鞭,内宫女伏侍者数十人,前后拥护。杨妃倩妆紧束,窄袖轻衫,垂鞭缓走,媚态动人。玄宗亦自乘马,或前或后,扬鞭驰骋,以为快乐。杨妃见了笑道:"妾舍车从骑,初次学乘,怎及陛下常事游猎,鞍马娴熟,驰逐之际,固当让着先鞭。"玄宗戏道:"只看骑马,我胜于你,可知风流阵上,你终须让我一筹。"杨妃也戏说道:"此所谓老当益壮。"说罢,二人相顾,皆大笑不止。后人有诗云:

虢国朝天走马来,蛾眉淡扫见骄才。
今看肥婢骄乘马,预兆他年到马嵬。

自此宫中饮宴,即创为风流阵之戏。你道如何作戏?玄宗与杨妃酒酣之后,使杨妃统率宫女百余人,玄宗自己统率小内侍百余人,于掖庭之中排下两个阵势,以绣帏锦被张为旗旛,鸣小锣,击小鼓,两下各持短画竹竿,嬉笑呐喊,互相戏斗,若宫女胜了,罚小内侍各饮酒一大觥,要玄宗先饮;若内侍们胜了,罚宫女们齐声唱歌,要杨妃自弹琵琶和曲。此戏即名之曰风流阵。时人以为宫中之游戏,忽一变为战争之状,乃不祥之兆。有诗云:

宫人学作战场人,阵号风流乐事新。
他日渔阳鼙鼓动,堪嗟嬉戏竟成真。

一日风流阵上,宫女战胜了,杨妃命照例罚内侍们二斗酒,将金斗奉于玄宗先饮。玄宗亦将金杯赐与杨妃说道:"妃子也须陪饮一杯。"杨妃道:"妾本不该饮,既蒙恩赐,请以此杯与陛下掷骰子赌色;若陛下色胜于妾,妾方可饮。"玄宗笑而许之,高力士便把色盆骰子进上。玄宗与杨妃各掷了两掷,未有胜负,至第三掷,杨妃已占胜色,玄宗将次输了,惟得重四,可以转败为胜。于是再赌赛一掷，一头掷，一头吆喝道："要重四。"只见那骰儿辗转良久，恰好滚成重四双双。玄宗大喜笑向杨妃道："朕呼卢之技如何？你可该饮酒么？"杨妃举杯说道："陛下洪福齐天，妾虽不胜杯斝，何敢不饮。"玄宗道："朕得色，卿得酒，福与共之。"杨妃拜谢立饮，口称万岁。玄宗回顾高力士说道："此重四殊合人意，可赐以绯。"当时高力士领旨，便将骰子第四色，都用些胭脂点染，如今骰子上红四自此始。正是：

骰子亦蒙赐绯，可谓泽及枯骨。
如以赤心相托，君恩至今不没。

当日玄宗因掷骰得胜，心中甚为欣喜，同杨妃连饮了几杯，不觉酣醉，乘着醉兴，再把骰子来掷；收放之间，滚落一个于地，高力士忙跽而拾之。玄宗见高力士爬在地下拾骰子，便戏将骰子盆儿，摆在他背上，扯着杨妃席地而坐，就在他背上掷骰。两个一递一掷，你呼六，我喝四，掷个不停。高力士双膝跽地，双手撑地，一动也不敢转动，正正好吃力，只听得屋梁上边，咿咿哑哑，说话之声道："皇爷与娘娘只顾要掷四掷六，也让高力士起来直直腰。"谁知他说的，不是直直腰，却是说的掷掷么，这掷掷么三字，正隐着说直直腰。玄宗与杨妃听了，俱大笑而起，命内侍收过了骰盆，拉了高力士起来；力士叩头而退。玄宗与杨妃亦便同入寝宫去了。

看官，你道那梁间说话的是谁？原来是那能言的白鹦鹉。这鹦鹉还是安禄山初次入宫，谒见杨妃之时所献，畜养宫中已久，极其驯扰，不加羁绊，听其飞止，他总不离杨妃左右，最能言语，善解人意，聪慧异常，杨妃爱之如宝，呼雪衣女。一日飞至杨妃妆台前说道："雪衣女昨夜梦兆不祥，梦己身为鸷鸟所逼，恐命数有限，不能常侍娘娘左右了。"说罢惨然不乐。杨妃道："梦兆不能凭信，不必疑虑；你若心怀不安，可将般若心经，时常念诵，自然福至灾消。"鹦鹉道："如此甚妙，愿娘娘指教则个。"杨妃便命女侍炉内添香，亲自捧出平日那手书的心经来，合掌庄诵了两遍，鹦鹉在旁谛听，便都记得明白，朗朗的念将出来，一字不差。杨妃大喜。自此之后，那鹦鹉随处随时念心经，或朗声念诵，或闭目无声默诵，如此两三个月。

一日，玄宗与杨妃游于后苑，玄宗戏将弹弓弹鹊，杨妃闲坐于望远楼上观看，鹦鹉也飞上来，立于楼窗横槛之上。忽有个供奉游猎的内侍，擎着一只青鹞，从楼下走过；那鹞儿瞥见鹦鹉，即腾地飞起，望着楼槛上便扑。鹦鹉大惊，叫道："不好了！"急飞入楼中，亏得有一个执拂的宫女，将拂子尽力的拂，恰正拂着了鹞儿的眼，方才回身展翅，飞落楼下。杨妃急看鹦鹉时，已闷绝于地下，半晌方醒转来。杨妃忙抚慰之道："雪衣女，你受惊了。"鹦鹉回说道："恶梦已应，惊得心胆俱碎，谅必不能复生，幸免为他所啖，想是诵经之力不小。"于是紧闭双目，不食不语，只闻喉颡间，喃喃呐呐的念诵心经。杨贵妃时时省视。三日之后，鹦鹉忽张目杨妃娘娘说道："雪衣女全仗诵经之力，幸得脱去皮毛，往生净土矣。娘娘幸自爱。"言讫长鸣数声，耸身向着西方，瞑目戢翼，端立而死。正是：

人物原皆有佛性，人偏昧昧物了了。
鹦鹉能言更能语，何可人而不如鸟。

鹦鹉既死，杨妃十分嗟悼，命内侍监殓以银器，葬于后苑，名为鹦鹉冢。又亲自持诵心经一百卷，资其冥福。玄宗闻之，亦叹息不已，因命将宫中所畜的能言鹦鹉，共有几十笼，尽数多取出来问道："你等众鸟，颇自思乡否？吾今日开笼，放你们回去何如？"众鹦鹉齐声都呼万岁。玄宗即遣内侍持笼，送至广南山中，一齐放之，不在话下。

且说杨妃思念雪衣女，时时堕泪。他这一副泪容，愈觉嫣然可爱。因此宫中嫔妃侍女之辈，俱欲效之，梳妆已毕，轻施素粉于两颊，号为泪妆，以此互相衒美。识者已早知其以为不祥之兆矣。有诗云：

无泪佯为泪两行，总然妩媚亦非祥。
马嵬他日悲凄态，可是描来作泪妆？

杨妃平日爱这雪衣女，虽是那鹦鹉可爱可喜，然亦因是安禄山所献，有爱屋及乌之意，在今日悲念，亦是感物思人。那边安禄山在范阳，也常想着杨妃与虢国夫人辈，奈为杨国忠所忌，难续旧好。他想若非夺国篡位，怎能再与欢聚，因此日夜欲提兵造反，只为玄宗待之甚厚，要俟其晏驾，方才起事。叵耐那杨国忠时时寻事来撩拨他，意欲激他反了，正欲以实己之言。于是安禄山也生了一个事端来，撩拨朝廷，遂上一章疏来，请献马于朝廷。其疏上略云：

臣安禄山承乏边庭，所属地方，多产良马。臣今选得上等骏骑三千余匹，愿以贡献朝廷。臣虽不如昔日王毛仲之牧马蕃庶，然以此上充天厩，他年或大驾东封西狩，亦足稍壮万乘观瞻。计每马一匹，用执鞍军二人，臣更遣番将二十四员部送，俟择吉日，即便起行。伏乞敕下经历地方，各该官吏，预备军粮马草供应，庶不致临期缺误，谨先以表奏闻。

安禄山此疏，明明是托言献马，谋动干戈，要乘机侵据地方，且看朝廷如何发付他。当下玄宗览疏，也沉吟道：“禄山欲献马，固是美事；只却如何要这许多军将遣送？”因将此疏付中书省议覆。杨国忠次日入奏道：“边臣献马于朝廷，亦是常事；今禄山固意要多遣军将部送三千匹，而执鞭随送者，反有六千人，那二十四员番将，又必各有跟随的番汉军士，共计当有万余人，行动与攻城夺地者何异！其心叵测，不可轻信，当降严旨切责，破其狡谋。”玄宗道：“彼以贡献为本，伪托所请，无所问罪；即云部送人多，亦未必便有异志，不可遽加切责，只须谕令减少人役罢了。”国忠道：“彼名请贡献，实欲叛逆耳；若非严旨切责，说破他不轨之谋，彼将以为朝廷无人。”玄宗道：“事勿急遽，朕当更思之。”国忠怏怏而退。玄宗正在犹豫时，有河南尹达奚珣，即达奚盈盈的宗族，他因闻邸报，见了安禄山请献马之疏，大为惊异，即飞章密奏说：“安禄山表请献马，而欲多遣部送军将，事有可疑，乞以温言谕止之。”

玄宗看了达奚珣的密疏，还沉吟未决。是日燕坐于便殿，高力士侍立于殿阶之下，玄宗呼之近前，对他说道：“朕之待安禄山，可谓至厚,彼既受我厚恩,当必不相负,朕意不以为然,前者朕曾遣辅氍琳到彼窥察,回奏说道他是忠诚爱国,并无二心,难道如今便忽然改变了不成?”原来辅氍琳平日恃宠专恣,与高力士不睦,因此高力士便乘间叩头奏说道:“人心难测,陛下亦不可过信其无他。以老奴所耳闻,辅氍琳两番奉使差到范阳,多曾私受安禄山贿赂,故此饰词覆旨,其所言未可信也。”玄宗听说惊讶道:“有这等事!辅氍琳受贿,汝何以知之?”高力士奏:“老奴向已微闻其事,而未敢深信,近因氍琳奉差采回来,老奴往候之,值其方浴,坐以待其出,因于其书斋案头上,见有安禄山私书一封,书中细询朝中举动与宫中近事;又托他每事须曲为周旋遮饰,又须每事密先报知。那时老奴方窃窥未完,氍琳遽出,连忙取来藏过。据此看来,他内外交结贿赂,故此相通,信有其事矣。老奴正欲密将此事上闻,适蒙上谕,敢此启知。”玄宗大怒道:“辅氍琳这个恶奴,我以何等之事相托,乃敢大胆受贿欺主,好生可恨!”遂传旨立唤辅氍琳来面讯;又即着高力士率羽林官校至其第中,搜取私书物件。不一时,氍琳唤到,其所取的私书与所受的贿赂,都被搜出,上呈御览。原来氍琳与禄山,往来的私书甚多。高力士检看其中有关涉杨妃说话的,即行销毁去了,因此宫中私情之事,幸未有败露。当下玄宗怒甚,欲重处辅氍琳立死,高力士密启奏道:“皇爷即欲加罪氍琳,就于内庭立时扑杀,须托言他事以惩之,且请陛下万勿发露通私信之事及受贿之举动,不然恐有激变。”玄宗点头道是,遂命将琳正法。只说因采办不奉旨赐死。可笑那辅氍琳因贪贿赂,丧了性命。当初罗公远先师,原是曾对他说来道只莫贪贿,自然免祸,彼自不能悟耳。正是:

不贪乃为宝,有贿必焚身。
忘却仙师语,时时与祸邻。

玄宗平日认定安禄山,是个满腹赤心的好人,今见他贿结辅氍琳,去探朝廷与宫闱之事,方才有些疑心起来。杨妃也不能复为之解,惟有暗地咨嗟叹息罢了。玄宗依着达奚恂所奏,温言谕止禄山献马，遣中使冯神威，赍手诏往谕之。其略云：

览卿表献马于朝廷，具见忠悃，朕甚嘉悦。但马行须冬日为便，今方秋初，正田稻将成，农务未毕之时，且勿行动。俟至冬日，官自给夫部送来京，无烦本军跋涉之劳，特此谕知。

冯神威赍了诏书，星夜来至范阳，禄山已窥测朝廷之意，且又探知杨国忠有这许多说话，心中十分恼怒；及闻诏到，竟不出迎。冯神威不见安禄山接诏，竟自赍诏到他府第来。禄山乃先于府中大陈兵仗，排列得刀枪密密，剑戟层层，旌旗耀日，鼓角如雷。冯神威见了，心甚惊疑。安禄山踞胡床而坐，见冯神威赍诏而来，也不起身迎接；冯神威开诏宣读毕，禄山满面怒容说道："传闻贵妃近日于宫中，也学乘马。吾意官家亦必爱马，我这里最有好马，故欲进献几匹，今诏书既如此，我不献亦可。"冯神威见他恁般做势，意态骄傲，语言唐突，必不怀好意，遂不敢与他争论，只有唯唯而已。禄山也不设宴款待他，且教他出就馆舍。

过了几日，冯神威欲还京复命，入见禄山，问他可有回奏的表文否。禄山道："诏上云马须俟冬日，至十月间我即不献马，亦将亲诣京师，以观朝臣近政，今亦不必用表文，为我口奏可也。"冯神威不敢多言，逡巡而别；兼程直行，回京见驾，将他这些无礼之状与无礼之言，一一奏闻皇上。玄宗听了，又惊，又羞，又恼。时杨妃侍坐于侧，玄宗向他怒说道："我和你待此倭奴不薄，今乃如此无状，其反叛之形情已露，无怪人之多言也。自今人言不可不信！"说罢，抚几叹息；杨妃也低着头，嗟叹不已。正是：

今日方嗟负心汉，从前误认赤心儿。

欲知后事如何，且听下回分解。

第八十八回

安禄山范阳造反
封常清东京募兵

自古以来，乱臣贼子，人人得而诛之，所赖为君者，能觉察于先，急为翦除，庶不致滋蔓难图；更须朝中大臣，实心为国，烛奸去恶，防奸于未然，弥患于将来，方保无虞。若天子既误认奸恶为忠良，乱贼在肘腋之间而不知，始则养痈，继则纵虎。朝中大臣，又徇私背公；其初则朋比作奸，其后复又彼此猜忌；那乱贼尚未至于作乱，却以私怨，先说他必作乱，反弄出许多方法，去激起变端，以实己之言，以快己之意。但能致乱，不能定乱，徒为大言，欺君误国，以致玩敌轻进之人，不审事势，遽议用兵；于是旧兵不足，思得新兵，召募之事，纷纷而起，岂不可叹可恨！

且说玄宗因内监冯神威，奏言安禄山不迎接诏书，倨傲无礼，心中甚怒。神威又奏道："据他恁般情状，奴婢那时如入虎口，几乎不能复见皇爷天颜矣！"说罢呜咽流涕，玄宗愈加恼怒。自此日夕在宫中，说安禄山负恩丧心，恨骂一回，又沉吟凝想一回。杨妃没奈何，只得从容解劝道："安禄山原系番人，不知礼数；又因平日过蒙陛下恩爱宠极，待之如家人父子一般，未免习成骄傲惰慢之故态，不觉一时狂肆，何足恼乱圣怀。他前日表请献马，或者原无反意，现今他有儿子在京师，结婚宗室，他若在外谋为不轨，难道不自顾其子么？"原来禄山的长子名庆宗，次子名庆绪。那庆宗聘玄宗宗室之女荣义郡主为配，因此禄山出镇范阳时，留他在京师就婚；既成婚之后，未到范阳，尚在京师，故杨妃以此为解。当下玄宗听说，沉吟半晌道："前日安庆宗与荣义郡主完婚之时，朕曾传谕礼官，召禄山到京来观礼，他以边务倥偬为辞，竟不曾来；如今可即着安庆宗上书于其父，要他入朝谢罪，看他来与不来，便可知其心矣。"遂命高力士谕意于安庆宗，着速写书，遣使送往范阳去；又道朕近于清华宫新置一汤泉，专待禄山来洗浴，彼岂不忆昔年洗儿之事乎，书中可并及此意。

庆宗领旨，遂写下一书呈上御览，即日遣使赍去，只道禄山自然见书便来。谁知杨国忠心里，却恐怕禄山看了儿子的书，真个来京时，朝廷必要留他在京；他有宫中线索，将来必然重用，夺宠夺权，与我不便；不如早早激他反了，既可以实我之言，又可永绝了与我争权之人，岂不甚妙。时有禄山的门客李超在京中，国忠诬害他，打通关节，遣人捕送御史台狱，按治处死，使禄山危不能自安。又密奏玄宗说："庆宗虽奉旨写书，一定自另有私书致父，臣料禄山必不肯来；且不日必有举动。"又一面密差心腹，星夜潜往范阳一路，散布流言，说道："天子以安节度轻亵诏书，侮慢天使，又察出他的交通宫中私事，十分大怒，已将其子安庆宗拘囚在宫，勒令写书，诱他父亲入朝谢罪，便把他们父子来杀了。"禄山闻此流言，甚是惊怕可惧。不一日，果然庆宗有书信来到，禄山忙拆书观看，其书略云：

前者大人表请献马，天子深嘉忠悃，止因部送人多，恐有骚扰，故谕令暂缓，初无他意。乃诏使回奏，深以大人简忽天言，可为怪。幸天子宽仁，不即督过，大人宜便星驰入朝谢罪，则上下猜疑尽释，谗口无可置喙，身名俱泰，爵位永保，岂不善哉！昨又奉圣谕云：华清宫新设泉汤，专等尔父来就浴，仿佛往时耍戏洗儿之戏，此尤极荷天恩之隆渥也。况男婚事已毕，而定省久虚，渴思仰睹慈颜，少申子妇之诚心。不孝男庆宗，书启到日，即希命驾。

禄山看了书信,询来使道:“吾儿无恙否?”使者回说道:“奴辈出京时,我家大爷安然无事;但于路途之间,闻说门客李超,犯罪下狱。又闻人传说,近日宫里边。有什么事情发觉了,大爷已被朝廷拘禁在那里,未知此言何来?”禄山道:“我这里也是恁般传说,此言必有来由。”因又密问道:“你来时,贵妃娘娘可有甚密旨着你传来么?”使者道:“奴辈奉了大爷之命,赍着书未停就走,并不闻贵妃娘娘有甚旨意。”安禄山闻言,愈加惊疑。看官,你道杨妃是有心照顾他安禄山的,时常有私信往来,如何这番却没有?盖因安庆宗遵奉上命,立逼着他写书遣使,杨妃不便夹带私信,心中虽甚欲禄山入京相叙,只恐他身入樊笼,被人暗算;若竟不来,又恐天子发怒,因欲密遣心腹内侍,寄书与禄山,教他且勿亲自来京,只急急上表谢罪便了。书已写就,怎奈杨国忠已先密地移檄范阳一路,关津驿递所在,说边防宜慎,须严察往来行人,稽查奸细。杨妃有密信不敢发,探闻如此,深怕嫌疑,是非之际,倘有泄露,非同小可,因此迟疑未即遣使。这边安禄山不见杨贵妃有密信来,只道宫中私事发觉之说是真,想道:若果觉察出来,我的私情之事,却是无可解救处。今日之势,且不得不反了!遂与部下心腹孔目官太仆丞严庄、掌书记屯田员外郎高尚、右将军阿史那承庆等三人,密谋作乱。

严庄、高尚极力撺掇道:“明公拥精兵,据要地,此时不举大事,更待何时?”禄山道:“我久有此意,只因圣上待我极厚,俟其晏驾,然后举动耳。”严庄道:“天子今已年老,荒于酒色,权奸用事,朝政舛错,民心离散,正好乘此时举事,正可得计;若待其晏驾之后,新君即位,苟能用贤去佞,励精图治,则我不但无衅可乘,且恐有祸患之及。”阿史那承庆道:“若说祸患,何待新君,只目下已大可虞。但今不难于举事,而难于成事,须要计出万全,庶几一举而大勋可以集。”高尚道:“今国家兵制日坏,武备废弛,诸将帅虽多,然权奸在内,使不得其道,必不乐为之用,徒足以偾事耳。我等只须同心协力,鼓勇而行,自当所向无敌,不日成功,此至万全之策耳！"禄山大喜，反志遂决。

次日，即号召部下大小将士，尽集于府中，禄山戎服带剑，出坐堂上，却先诈为天子敕书一道，出之袖中，传示诸将说道："昨者吾儿安庆宗处有人到来，传奉皇帝密敕，着我安禄山统兵入朝，诛讨奸相杨国忠，公等务当努力同心，助我一臂之力，前去扫清君侧之恶；功成之后，爵赏非轻，各宜努力。"诸将闻言，愕然失色，面面相觑，不敢则声。严庄、高尚、阿史那承庆三人，按剑而起，对着众人厉声说道："天子既有密敕，自应奉敕行事，谁敢不遵！"禄山亦按剑厉声道："有不遵者，即治以军法。"诸将平日素畏禄山凶威，又见严庄等肯出力相助，便都不敢有异言。禄山即刻遂发所部十五万众兵卒，反自范阳，号称二十万，即日大飨军将，使范阳节度副使贾循守范阳，平卢副使吕知诲守平卢，又令别将高秀岩守大同，其余诸将，俱引兵南下，声势浩大，此天实十四载十一月事也。后人有诗叹云：

番奴反相人曾说，天子偏云是赤心。
漫道猪龙难致雨，也能骤使水淋淋。

原来当初宰相张九龄在朝之时，曾说过安禄山有反相，若不除之，必为后日心腹之患，玄宗不以为然。又尝于勤政楼前，陈设百戏，召禄山观之。玄宗坐在一张大榻上，即命安禄山坐于榻旁，一样的朝外坐着，皇太子倒坐在下面。少顷，玄宗起身更衣，太子随至更衣之处，密奏说道："历观古今，从未有君与臣南面并坐而阅戏者，父皇宠待禄山，毋乃太过乎？众人属目之地，恐失观瞻。"玄宗微笑道："传闻禄山，外人都说他有异相，吾故此让之耳！"禄山侍宴尝在于宫中，醉而假寐，宫人们窃而窥之，只见其身变为龙，而其首却似猪，因大奇异，密奏于玄宗知道。玄宗略无疑忌，以为此猪龙耳，非兴云致雨之物，不足惧也，命以金鸡帐张之。那知他到今日，却是大为国家祸患。所以后人作诗，言及此事。且说当日禄山反叛，引兵南下，步骑精锐，烟尘千里。那时海内承平已久，百姓累世不见兵革，猝然闻知范阳兵起，远近惊骇。

河北一路，都是他的一路统属之地，所过州县，望风瓦解；地方官员，或有开门出迎的，或有弃城逃走的，或有为他擒戮的，无有一处能拒之者。安禄山以太原留守杨光翙依附杨国忠为同族，欲先杀之。乃一面发动人马，一面预遣部将何千年、高邈，引二十余骑，托言献射生手，乘驿至太原。杨光翙此时尚未知安禄山的反信，只道范阳有使臣经过，出城迎之，却被劫掳去了，解送禄山军前杀了。玄宗初闻人言安禄山已反，还疑是怪他的讹传其事，及闻杨光翙被杀，太原报到，方知安禄山果然反了，大惊大怒。杨妃也惊得目瞪口呆。玄宗于是召集在朝诸臣，共议此事。众议纷纷不一，也有说该剿的，也有说该抚的，惟有杨国忠扬扬得意说道："此奴久萌反志，臣早已窥其肺腑，故屡渎天听，陛下乃今日方知臣言之不谬。"玄宗道："番奴负恩背叛，罪不容诛，今彼恃士卒精锐，冲突而前，当何以御之？"国忠回奏说道："陛下勿忧，今反者只禄山一人而已，其余将士，都不欲反，特为安禄山所逼耳。朝廷只须遣一旅之师，声罪致讨，不旬日之间，定当传首京师，何足多虑。"玄宗信其言，遂坦然不以为意。正是：

奸相作恶，乃致外乱。大言欺君，以寇为玩。

却说安庆宗自发书遣使之后，指望其父入京，相会有日。不想倒就反起来了，一时惊惶无措，只得肉袒面缚，诣阙待罪。玄宗怜他是宗室之婿，意欲赦之。杨国忠奏说道："安禄山久蓄异志，陛下不即诛之，致有今日之叛乱。今庆宗乃叛人之子，法不可贷，岂容复留此逆子以为后患乎？"玄宗意犹未决，国忠又奏说道："安禄山在京城时，蒙圣旨使与臣为亲，平日有恩而无怨，乃无端切齿于臣。杨光翙偶与臣同姓，禄山且还怨及于彼，诱而杀之。庆忠为禄山亲子，陛下今倒赦而不杀，何以服天下人心乎？"玄宗乃准其所奏，传旨将安庆宗处死。国忠又奏请将其妻子荣义郡主，亦赐自尽。正是：

未将元恶除，先将逆孽去。
他年弑父人，只须一庆绪。

玄宗既诛安庆宗，即下诏布宣安禄山之罪状，遣将军陈千里，往河东招募民兵，随使团练以拒之。其时适有安西节度使封常清，入朝奏事，玄宗问以讨贼方略，那封常清乃是封德彝之后裔，是个志大言大之人，看的事体轻忽，便率意奏道："今因承平已久，世不知兵，武备单弱，所以人多畏贼，望风而靡；然事存顺逆，势有奇变，不必过虑。臣请走马赴东京，开府库，发仓廪，召募骁勇，跳马箠渡河，击此逆贼，计日取其首级，献于阙下。"玄宗大喜，遂命以封常清为范阳平卢节度使，即日驰赴递驿，直赶到东京，募兵讨贼，听其便宜行事。

说话的，自古道：养兵千日，用在一朝。那兵是平时备着用的，如何到变起仓卒，才去募兵；又如何才有变乱，便要募兵起来，难道安禄山有兵，朝廷上到没有兵么？看官，你有所不知。原来唐初时，府兵之制甚妙，分天下为十道，置军府六百三十四，而关内居其半，俱属诸卫管辖，各有名号，而总名为折冲府。凡府兵多寡，其数分上中下三等：一千二百人为上等；一千人为中等；八百人为下等。民自二十岁从军，至六十岁而免，休息有时，征调有法。折冲府都设立木契铜鱼，上下府照，朝廷若有征发，下敕书契鱼，都督郡府参验皆合，然后发遣。凡行兵则甲胄衣装俱自备，国家无养兵之费，罢兵则归散于野，将帅无握兵之权。其法制最为近古。只因从军之家，不无杂徭之累，后来渐渐贫困，府兵多逃亡。张说在朝时建议，另募精壮为长从宿卫兵，名曰彍骑，于是府兵之志日坏，死亡者有司不复添补，府兵调入宿卫者，本卫官将役使之如奴隶，其守边者，亦多为边将虐使，利其死而竟没其资财，府兵因此尽都逃匿。李林甫当国，奏停折冲府上下鱼书，自是冲卫府无兵，空设官吏而已。到天宝年间，并彍骑之制，亦皆废坏，其所召募之兵，俱系市井无赖子弟，不习兵事；且当此时承平已久，议者多谓国中之兵，可销禁约，民间挟持兵器，人家子弟有为武官者，父兄摈弃不齿。猛将精兵，多聚于边塞，而西北尤甚，中国全无武备，所谓一旦有变，无兵可用，其势不得不出于召募。盖祖宗之善制，子孙不能修弊补废,振而起之,轻自更张,以致大坏兵政。乃安禄山所用兵马,本来众盛;又因番人部落突厥阿布司为回纥攻破,安禄山诱降其众,所以他的部下,兵精马壮,天下莫及。

闲话少说。且言封常清奉诏募兵,星夜驰至东京,动支仓库钱粮,出榜召募勇壮。一时应募者如市,旬日之间募到六万余人,然皆市井白徒,并非能战之士;又探听得安禄山的兵马强壮,竟是个劲敌,方自悔前日不该大言于朝,今已身当重任,无可推委,只得率众断河阳桥,以为守御之备。玄宗又命卫尉卿张介然,为河南节度使,统陈留等十三郡,与封常清互为声援。禄山兵至灵昌,时值天寒,禄山令军士以长绳连束战船并杂草木,横截河流,一夜冰冻坚厚,似浮梁一般,兵马遂乘此渡河,来陷灵昌郡。贼兵步骑纵横,莫知其数,所过残杀。张介然到陈留才数日,安禄山兵众突至,介然连忙督率民兵,登城守御;怎奈人不及战,民心惧怕,天气又极其苦寒,手足僵冷,不能防守。太守郭讷径自率众开城出降,禄山入城,擒获张介然,斩于军门之下。

次日,又探马来报说道:"天子诏谕天下,说安禄山反叛,罪极大恶,其长子安庆宗,在京已经伏诛;文武官员军民人等,有能斩安禄山之头来献者,封以王爵;罪只及安禄山一人而已,其余附从诸将文武官员兵卒等归顺,俱赦宥一概不问。"安禄山听说其子安庆宗在京被杀,大怒,大哭道:"吾有何罪,而今竟杀吾子,是所势不两立也!"遂纵大兵大杀降人,以泄胸中之忿。正是:

身亲为叛逆,还说吾何罪。
迁怒杀无辜,罪更增百倍。

陈留失守,张介然被害之信,报到京师,举朝震怒。玄宗临朝,面谕杨国忠与众官道:"卿等都说安禄山之造反,不足为虑,易于扑灭;今乃夺地争城,斩将害民,势甚猖獗,此正劲敌,何可轻视?朕今老矣,岂可贻此患于后人?今当使皇太子监国,朕亲自统领六师,躬自带兵将出征,务要灭此忘恩负义之逆贼!"正是:

天子欲亲征，太子将监国。
奸臣惊破胆，庸臣计无出。

欲知后事如何，且听下回分解。

第八十九回

唐明皇梦中见鬼
雷万春都下寻兄

大凡有德之人，无论男女与富贵贫贱，总皆为人所敬服，即鬼神亦无不钦仰，所谓德重鬼神钦敬是也。若无德可钦敬，徒恃此势位之尊崇以压制人，当其盛时，乘权握柄，作福作威，穷奢极欲，亦复洋洋志得意满，叱咤风生；及至时运衰微，禄命将终之日，不但众散亲离，人心背叛，即魑魅魍魉也都来了，生妖作怪，播弄着你，所谓人衰鬼弄人是也。惟有那忠贞节烈之人，不以盛衰易念，即或混迹于俳优技艺之中，厕身于行伍偏裨之列，而忠肝义胆天性生成，虽未即见之行事，要其志操，已足以塞天地而质诸鬼神，此等人甚不可多得，却又有时钟于一门，会于一家。

如今且说玄宗，因安禄山陷陈留郡，张介然遇害报到京师，方知贼势甚猛，未易即能扑灭，召集朝臣共议其事，众论纷纷，并无良策。杨国忠前日故为大言，到那时也俛首无计。玄宗面谕群臣道："朕在位已经五十载，心中久已要退闲去作便事，意欲传位于太子；只因水旱频仍，不欲以余灾遗累后人，故而迟迟。今不意逆贼横发，朕当亲自统兵征讨之，使太子暂理国事，待寇乱既平，即行内禅，朕将高枕无忧矣！"遂下诏御驾亲征，命太子监国。群臣莫敢进一言。

杨国忠乃大吃了一惊，想道：我向日屡次与李林甫朋谋，陷害东宫，太子心中好不怀恨，只碍着贵妃得宠，右相当朝，他还身处储位，未揽大权，故隐忍不发；今若秉国政，必将报怨。吾杨氏无噍类矣！当日朝罢，急回私宅，哭向其妻裴氏与韩、虢二夫人道："吾等死期将至矣！"众夫人惊问其故。国忠道："天子欲亲征讨，将使太子监国，行且禅位于太子；奈太子素恶于吾家，今一旦大权在手，我与姊妹都命在旦夕矣，如之奈何？"于是举家惊惶泣涕，都说道："反不如秦国夫人先死之为幸也。"虢国夫人说道："我等徒作楚囚，相对而泣，于事无益；不如同贵妃娘娘密计商议，若能劝止亲征，则监国禅位之说，自不行矣。"国忠说道："此言极为有理，事不宜迟，烦两妹入宫计之。"两夫人即日命驾入宫，托言奉候贵妃娘娘，与贵妃相见，密启其事，告以国忠之言。杨妃大惊道："此非可以从容缓言者！"乃脱去簪珥，口衔黄土，匍匐至御前，叩头哀泣。玄宗惊讶，亲自扶起问道："妃子何故如此？"杨妃说道："臣妾闻陛下，将身亲临战阵，是亵万乘之尊，以当一将之任，虽运筹如神，决胜无疑；然兵凶战危，圣躬亲试凶危之事，六宫嫔御闻之，无不惊骇。况臣妾尤蒙恩宠，岂忍远离左右？自恨身为女子，不能随驾从征，情愿碎首阶前，欲效侯生之报信陵君耳！"说罢又伏地痛哭。玄宗大不胜情，命宫人掖之就坐，执手抚慰说道："朕之欲亲征讨，原非得已之计，凯旋之日，当亦不远，妃子不须如此悲伤。"杨妃道："臣妾想来，堂堂天朝，岂无一二良将，为国家殄灭小丑，何劳圣驾亲征？"正说间，恰好太子具手启，遣内侍来奏辞监国之命，力劝不必亲征，只须遣一大将或亲王督师出剿，自当成功。

玄宗看了太子奏启，沉吟半晌道："朕今竟传位于太子，听凭他亲征不亲征罢，我自与妃子退居别宫，安享余年何如？"杨妃闻言，愈加着惊，忙叩头奏道："陛下去秋欲行内禅之事，既而中止，谓不忍以灾荒遗累太子也；今日何独忍以寇贼，遗累太子乎？陛下临御已久，将帅用命，还宜自揽大权，制胜于庙堂之上，传位之说，待徐议于事平之后，未为晚也。"玄宗闻言点头道："卿言亦颇是。"遂传旨停罢前诏，特命皇子荣王琬为元帅，右金吾大将军高仙芝副之,统兵出征;又欲与高力士为监军,力士叩头固辞,乃以内监边令诚为监军使。诏旨一下,杨贵妃方才放心,拭泪拜谢。当时玄宗命宫中宫人,为妃子整妆,且令宫中排宴与妃子解闷;韩国、虢国二位夫人也都来见驾,一同赴席饮宴。后人有诗叹云:

脱簪永巷称贤后,为欲君王戒色荒。
今日阿环苦肉计,毁妆亦是学周姜。

那日筵席之上,玄宗心欲安慰妃子;杨妃姊妹三人,又欲使玄宗天子开怀,真个是愁中取乐,互相劝饮。梨园子弟同宫女们,歌的歌,舞的舞,饮至半酣,兴致勃发,玄宗自击鼓,杨妃弹一回琵琶,吹一回玉笛,直饮至夜深方罢。两夫人辞别出宫。是夜玄宗与杨妃同寝,毕竟因心中有事,寤寐不安。朦胧之际,忽若己身在华清宫中,坐一榻上,杨妃坐于侧旁椅上,隐几而卧,其所吹玉笛悬于壁上挂之。却见一个奇形怪状的魑魅,不知从何而至,一直来到杨妃身畔,就壁上取下那一枝玉笛按上口边,呜呜咽咽的吹将起来。玄宗大怒,待欲叱咤他,无奈喉间一时哽塞,声唤不出。那个鬼竟公然不惧,把笛儿吹罢,对着杨妃嘻笑跳舞。玄宗欲自起来逐之,身子再立不起,回顾左右,又不见一个侍从;看杨妃时,只是伏在桌上,睡着不醒。恍惚间,见那伏在桌上的却不是杨妃,却是一个头戴冲天巾、身穿滚龙袍的人,宛然是个一朝天子模样,但不见他面庞;那鬼尚在跳舞不休,看看跳舞到自己身前,忽然他手执着一圆明镜把玄宗一照。玄宗自己一照,却是个女子,头挽乌云,身披绣袄,十分美丽,心中大惊。正疑骇间,只见空中跳下一个黑大汉来。你道他怎生打扮,怎生面貌?

头上元冠翅曲,腰间角带围圆。黑袍短窄皂靴尖,执笏还兼佩剑。眼竖交睁豹目,发蓬连接虬髯。专除邪祟治终南,魑魅逢之丧胆。

那黑大汉,把这跳舞的鬼只一喝,这鬼登时缩做一团,被这黑大汉一把提在手中,好像做捉鸡的一般。玄宗急问道:“卿是何官?”黑大汉鞠躬应道:“臣乃终南不第进士钟馗是也。生平正直,死而为神,奏上帝命令治终南山,专除鬼祟;凡鬼有作祟人间者,臣皆得啖之。此鬼敢于乘虚惊驾,臣特来为陛下驱除。”言讫,伸着两手,把那个鬼的双眼挖出,纳入口中吃了,倒提着他的两脚,腾空而去。玄宗天子悚然惊醒,却是一场大梦,凝神半晌,方才清楚。

那时杨妃从睡梦中惊悸而寤,口里犹作咿哑之声。玄宗搂着便问道:“阿环为甚不安么?”杨妃定了一回,方才答说道:“我梦中见一鬼魅从宫后而来,对着我跳舞,旁有一美貌女子,摇手止之,鬼只是不理;他却口口声声称我陛下,我不敢应他,他便把一条白带儿扑面的丢来,就兜在我项颈上,因此惊魇。”玄宗听说,便也把自己所梦的述了一遍,杨妃咄咄称怪。玄宗宽解道:“总因连日心绪不佳,所以梦寐不安,不足为异;但我所梦钟馗之神甚奇,不知终南果有其人否?”杨妃道:“梦境虽不足凭,只是如何女变为男,男变为女;又怎生我梦中,也见一女子,也恰梦见那鬼,呼我为陛下,这事可不作怪么?”玄宗戏道:“我和你恩爱异常,原不分你我,男女易形,亦鸾颠凤倒之意耳!”说罢大家都笑起来。看官,你可知杨贵妃本是隋炀帝的后身,玄宗本是贵儿再世。梦中所见的,乃其本来面目。此亦因时运向衰,鬼来弄人,故有此梦。正是:

时衰气不旺,梦中鬼无状。
帝妃互相形,现出本来相。

次日玄宗临朝,传旨问:“在朝诸臣,可知终南有已故不第进士,姓钟名馗字么?”文班中,只见给事中王维出班奏曰:“臣维向曾侨居终南,因终南有进士钟馗于高祖武德皇帝年间,为应举不第,以头触石而死,故时人怜之,陈请于官,假袍笏以殉葬之;嗣后颇著灵异,至今终南人奉之如神明。”玄宗闻奏,一发惊异,遂宣召那最善图画的吴道子来,当面告以梦中所见钟馗之形像,使画一图,传为真像;特追赐袍笏,兼赐钟馗状元及第;又因杨妃梦鬼从宫后而来,遂命以钟馗之像,永镇后宰门,如昔年太宗皇帝,画尉迟敬德、秦叔宝之像于宫门的故事一样。至今人家后门上,都贴钟馗画像,自此始也。又时人至今呼之为钟状元。正是:

当年秦尉两将军，曾为文皇避邪祲。
今日还看钟状元，前门后户遥相对。

玄宗因画钟馗之像，想起昔年太宗画秦叔宝、尉迟敬德二人之像，喟然说道："我梦中鬼魅，得钟馗治之，那天下的寇贼，未知何人可治？安得再有尉迟敬德、秦叔宝的玄孙秦国模、秦国桢兄弟二人："当年他兄弟曾上疏谏我，不宜过宠安禄山，极是好话。我那时不惟不听他，反加废斥，由此思之，诚为大错，还该复用他为是。"遂以手敕谕中书省，起复原任翰林承旨秦国模、秦国桢仍以原官入朝供职。

却说那秦氏兄弟两个人，自遭废斥，即屏居郊外，杜门不出，间有朋友过访，或杯酒叙情，或吟诗遣兴，绝口不谈及朝政。国桢有时私念起那当初集庆坊所遇的美人，却怕哥哥嗔怪，只是不敢出诸口；也有时到那里经过，密为访问，并无消息。那美人也不知何故，竟不复来寻访。忽然一日，有一个通家旧朋友款门而来，姓南名霁云，排行第八，魏州人氏；其为人慷慨有志节，精于骑射，勇略过人。他祖上也是个军官出身，与秦叔宝有交，因此他与国模兄弟是通家世交，投契之友；幼年间，也随着祖父来过两次，数年以来踪迹疏阔，那日忽轻装策马而来。秦氏兄弟十分欢喜，接着叙礼罢，各道寒暄。秦国模道："南兄久不相晤，愚兄弟时刻思念，今日甚风吹得到此？"南霁云说道："小弟自祖父背弃，一身沦落不偶，无所依托，行踪靡定。前者弟闻贤昆仲高发，方为雀跃，随又闻得仕途不利，暂时受屈，然直声著闻，天下不胜钦仰。今日小弟偶尔浪游来京，得一快叙，实为欣幸。"秦国模道："以兄之英勇才略，当必有遇合；但斯世直道难容，宜乎所如不偶。今日未谂我兄欲何所图？"霁云道："原任高要尉许远，是弟父辈相知，其人深沉有智，节义自矢，他有一契友是南阳人，姓张名巡，博学多才，深通战阵之法，开元中举进士，先为清河县尹，改调真源，许公欲使弟往投之。今闻其朝觐来京，故此特来访他。"秦国桢道："张、许二公，是世间奇男子，愚兄弟亦久闻其名。"秦国模道："吾闻张巡乃文武全才，更有一奇处,人不可及:任你千万人,一经他目,即能认其面貌,记其姓名,终身不忘,真奇士也。那许远乃许敬宗之后人,不意许敬宗却有此贤子孙,此真能盖前人之愆者。”霁云道:“弟尚未得见张公,至于许公之才品,弟深知之久矣,真可为国家有用之人,惜尚未见其大用耳!”国模道:“兄今因许公而识张公,自然声气相投,定行见用于世,各著功名,可胜欣贺。”国桢道:“难得南兄到此,路途辛苦,且在舍下休息几日,然后往见张公未迟。”当下置酒款待,互叙阔情,共谈心事。

正饮酒间,忽闻家人传说,范阳节度使安禄山举兵造反,有飞驿报到京中来了。秦氏兄弟拍案而起说道:“吾久知此贼,必怀反叛,况有权奸多方以激之,安得不遽至于此耶!”霁云拍着胸前说道:“天下方乱,非我辈燕息之时,我这一腔热血须有处洒了!却明日便当往候张公,与议国家大事,不可迟缓。”当夜无话。

次日早膳饭罢,即写下名帖,怀着许远的书信,骑马入京城,访至张巡寓所问时,原来他已升为雍邱防御使,于数日前出京上任去了。霁云乘兴而来,败兴而返,快快的带马出城,想道:我如今便须别了秦氏兄弟,赶到雍邱去,虽承主人情重,未忍即别,然却不可逗留误事。一头想,一头行,不觉已到秦宅门首;才待下马,只见一个汉子,头戴大帽,身穿短袍,策着马趱行前来;看他雄赳赳甚有气概,霁云只道是个传边报的军官,勒着马等他;行到面前,举手问道:“尊官可是传报的军官么?范阳的乱信如何?”那汉见问,也勒住马把霁云上下一看,见他仪表非俗,遂不敢怠慢,亦拱手答道:“在下是从潞州来,要入京访一个人;路途间闻人传说范阳反乱,甚为惊疑。尊官从京中出来,必知确报,正欲动问。”霁云道:“在下也是来访友的,昨日才到;初闻乱信,尚未知其详。如今因所访之友不遇,来此别了居停主人,要往雍邱地方走走,不知这一路可好往哩?”那汉道:“贵寓在何处?主人是谁?”霁云指道:“就是这里秦府。”那汉举目一看,只见门前有钦赐的兄弟状元匾额,便问道:“这兄弟状元可是秦叔宝公的后人,因直言谏君罢官闲住的么?”霁云道:“正是。这兄弟两个,一名国模,一名国桢的了。”一面说,一面下马;那汉也连忙下施礼道:“在下久慕此二公之名,恨无识面,今岂可过门不入?敢烦尊公,引我一见何如?只是造次得很,不及具柬了。”霁云道:“二公之为人,慷慨好客,尊官便与相见何妨,不须具柬。”

那汉大喜,遂各问了姓名,一同入内,见了秦氏兄弟,叙礼毕,就相邀坐。霁云备述了访张公不遇而返,门首邂逅此兄,说起贤昆仲大名,十分仰敬,特来晋谒。二秦逡巡逊谢,动问尊客姓名居处。那汉道:“在下姓雷名万春,涿州人氏,从小也学读几行书,求名不就,弃文习武;颇不自揣,常思为国家效微力,争奈未遇其时。今因访亲特来到此,幸遇这一位南尊官,得谒贤昆仲两先生,足慰生平仰慕之意。”霁云与二秦,见他言词慷慨,气概豪爽,甚相钦敬,因问:“雷兄来访何人?”万春道:“要访那乐部中雷海青。”霁云听说,怫然不悦道:“那雷海青不过是梨园乐部的班头,俳优之辈,兄何故还来访他,难道兄要屈节贱工耶?以为谋进身之地,似乎不可。”万春笑道:“非敢谋进身之地,因他是在下的胞兄,久不相见,故特来一候耳。”霁云道:“原来如此,在下失言了。”秦国模说道:“令兄我也常见过,看他虽屈身乐部,大有忠君爱主之心,实与侪辈不同,南兄也不可轻量人物。”万春因问:“南兄,你说访张公不遇,是那个张公?”霁云道:“是新任雍邱防御使张巡是也。”雷万春说道:“此公是当今一奇人,兄与他是旧相知么?”霁云道:“尚未识面,因前高要尉许公名远的荐引来此。”万春道:“许公亦奇人也。兄弟此两奇人相周旋,定然也是个奇人。今即欲去雍邱,投张公麾下么?”霁云道:“今禄山反乱,势必猖狂,吾将投张公共图讨贼之事。”雷万春慨然说道:“尊兄之意,正与鄙意相合,倘蒙不弃,愿随侍同行。”秦国桢说道:“二兄既有同志,便可结盟,拜为异姓兄弟,共图戮力皇家。”南雷二人大喜,遂大家下了四拜,结为生死之交,誓同报国,患难相扶,各无二心。正是:

为寻同胞兄,得结同心友。

笃友爱兄人，事君心不苟。

当下秦氏兄弟设席相待。万春道："南兄且暂往此一两日，待小弟入城去见过家兄，随即同行。"霁云道："方才秦先生说令兄亦非等闲人，弟正欲与令兄一会。今晚且都住此，明日我同兄入城，拜见令兄一会何如？"雷万春应诺。

至次日早晨，用过点心，二人一齐骑马进城，来到雷海青住宅，下了马，万春先入宅，拜见了哥哥，随同海青出来迎迓霁云到宅内，叙礼而坐。万春略说了些家事，并述在秦家结交南霁云，要同往雍邱之意。海青欢喜，向霁云拱手道："秦家两状元是正人君子，尊官和他两个相契，自非凡品。舍弟得与尊官作伴，实为万幸。"霁云逊谢道："此是令弟谬爱，量小子有何才能。"海青对着万春道："贤弟你听我说，我做哥哥的，虽然屈身俳优之列，却多蒙圣上恩宠，只指望天下无事，天子永享太平之福。谁知安禄山这个逆贼，大负圣恩，称兵谋反，闻其势甚猖獗，以诛杨右相为辞；那知这个杨右相，却一味大言欺君，全无定乱安邦之策，将来国家祸患，不知伊于胡底。我既身受君恩，朝夕盘桓，自当拚得捐躯图报。贤弟素有壮志，且自勇略胜人，今又幸得与南官人交契，同往投张公，自可相与有成，实当竭力报国。从今以后，我自守我的分，你自尽你的忠，你自今不必以我为念。"说罢泪下如雨，万春也挥泪不止。霁云在旁，慨然叹息不止。海青着人取出酒肴，满酌三杯，随即起身说道："我逐日在内庭供奉，无暇久叙，国家多事，正英雄建功立节之时也，不必作儿女留恋之态了。"遂将一包金银，赠为路费，大家各自洒泪而别。霁云嗟叹道："雷兄，你昆仲二人，真乃难兄难弟，我昨日狂言唐突，正所谓以小人之心度君子之腹矣！"当日二人同回至秦家，兄弟又置酒相待。毕后便束装起行，秦氏兄弟送至十里长亭，又饮酒饯别，各赠赆仪。二人别了主人，自取路径，直往雍邱去了。

且说秦国模、秦国桢二人，自闻安禄山反信，甚为朝廷担忧，两个人日夕私议征讨之策，后又闻官军失利，地方不守，十分忿怒，意欲上疏条陈便宜;又想不在其位,不当多言取咎。正踌躇间,恰奉特旨降下,起复秦氏兄弟二人原官。中书省行下文书来,秦国模、秦国桢兄弟二人拜恩受命,即日入朝,面君谢恩。正是:

只因梦中一进士,顿起林间两状元。

欲知后事如何,且听下回分解。

第九十回

矢忠贞颜真卿起义
遭妒忌哥舒翰丧师

从来忠臣义士，当太平之时，人都不见得他的忠义；及祸乱既起，平时居位享禄，作威倚势，摇唇鼓舌的这一班人，到那时无不从风而靡。只有一二忠义之士，矢丹心，冒白刃，以身殉之，百折不回，而今而后，上自君王，下至臣庶，都闻其名而敬服之，称叹之不已，以为此真是有忠肝义胆的人；然要之非忠臣义士之初心也。他的本怀，原只指望君王有道，朝野无虞，明良遇合，身名俱泰，不至有捐躯殉难之事为妙；若必到时穷世乱，使人共见其忠义，又岂国家之幸哉！至国家既不幸祸患，不得已而命将出师，那大将以一身为国家安危所系，自必相度时势，可进则进，不可进则暂止，其举动自合机宜。阃以外，当听将军制之，奈何惑于权贵疑忌之言，遥度悬揣，生逼他出兵进战，以致堕敌人之计中，丧师败绩，害他不得为忠臣义士，真可叹息痛恨，怆天呼地而不已也！

却说玄宗天子复召秦国模、秦国桢仍以原官起用，二人入朝面君。谢恩毕后，玄宗温言抚慰一番，即问二人讨贼之策。兄弟二人以次陈言，大约以用兵宜慎，任将宜专为对。正议论间，吏部官启奏说："前者睢阳太守员缺，逆贼安禄山乘间伪进其党张通悟为睢阳太守，遂被单父尉贾贲率吏民斩之，今宜即选新官前去接任。特推朝臣数员，恭候圣旨选用。"秦国模奏道："睢阳为江淮之保障，今当贼氛扰乱之后，太守一官，非寻常之人所能胜任，宜勿拘资格擢用。以臣所知，前高要尉许远，既有志操，更饶才略，堪充此职，伏乞圣裁。”玄宗听说准奏，即谕吏部以许远为睢阳太守。又问：“二卿，亦知今日可称良将者为谁人?”秦国桢奏道：“自古云：天下危，注意帅。今陛下所用之将，如封常清、高仙芝之辈，虽亦娴于军旅之事，未必便称良将。昔年翰林学士李白，曾上疏奏待罪边将郭子仪，足备干城之选，腹心之寄，陛下因特原其所犯之罪，许以立功自效。郭子仪屡立战功，主帅哥舒翰表荐，已历官至朔方右厢兵马使、九原太守，此真将才也。李白之言不谬。”玄宗点头道是，因又问：“哥舒翰将才何如?”秦国模奏道：“哥舒翰素有威名，只嫌用法太峻，不恤士卒。朝廷若专任此，所其便宜行事，当亦不负所委托；但近闻其抱病不治事。”玄宗道：“彼自能为我力疾办事。”遂降旨即升郭子仪为朔方节度使，又命哥舒翰为兵马副元帅。哥舒翰上奏告病，玄宗不准所告，令将兵十万，防御安禄山。那时，安禄山既陷灵昌及陈留，声势益张，并攻破荥阳，直逼东京。封常清屯兵武牢以拒之，无奈部下新募的官军，都是市井白徒，不习战阵，见贼兵势猛，先自惶惧。安禄山特以铁骑冲来，官军不能抵当，大败而走。正是：

早知今日取胜难，追悔当初出大言。

当下封常清收合余众，再与厮杀，又复大败，贼兵乘势奋击，遂陷东京。河南尹达奚恂，出城投降，独留守李憕、中丞卢奕、采访判官蒋清，不肯投降，城破之日，穿朝服坐于堂上。安禄山使人擒至军前，三人同声骂贼，一时三人都被杀。封常清收聚败残兵马，西走陕州。时高仙芝屯兵于陕，封常清往见之，涕泣而言道：“在下连日血战，贼锋锐不可当。窃计潼关兵少，倘贼冲突入关，则长安危矣！不如引屯陕之兵，先据潼关以拒贼。”高仙芝从其言，即与封常清引兵退守潼关，修完守备。贼兵果然复至，不得入而退，这也算是二人守御之功了。谁知那监军宦官边令诚，常有所干求于仙芝，不遂其欲，心中怀恨；又怪封常清时时无所馈献，遂密疏劾奏封常清，以贼摇众，未见先奔，高仙芝轻弃陕地数千里，又私减军粮，以入己囊，大负朝廷委任之意。玄宗听信其言，勃然震怒，即赐令诚密敕，使即军中斩此二人。令诚乃佯托他事，请二人面议；二人既至，未及叙礼，边令诚举手道："有圣旨敕赐二位大夫死。"遂喝左右："代我拿下！"宣敕示之。常清道："败军之将，死罪奚逃；但朝议俱以禄山之众为不难殄戮，非确论也。臣死之后，愿勿轻视此贼，宜专任良将，多练精兵以图之。"仙芝道："吾遇贼而退，罪固当死不辞，谓我私侵军粮，岂不冤哉！"二人就刑之时，部下士卒，皆大呼称冤枉，其声震动天地。后人有诗叹云：

宦者监军军气沮，何当轻杀两将军。
此时偏听犹如此，那得人心肯向君？

二人既死，命哥舒翰统其众，并番将火拔归仁部卒，亦属统辖，号称二十万，镇守潼关。

且说安禄山既陷河南，遣其党段子光赍李澄、卢奕、蒋清之首，传示河北，令速纳款，传至平原郡。平原郡的太守，乃临沂人，姓颜名真卿，字清臣，复圣颜子之后裔，是个忠君爱国的人。他于禄山未反之先，预早知其必反，时值久雨之时，借此为由，筑城浚濠，简练丁壮，积贮仓廪，暗作准备。禄山以书生目真卿，不把他放在心中；及到反叛之时，河北郡县俱披靡，只道平原亦必降顺，乃檄令真卿，为本郡兵防守河津。真卿佯受其檄，密遣心腹，怀牒驰赴诸郡，暗约其举兵讨贼，一面招募勇士得万余人，涕泣谕以大义，众皆感愤，愿效死力。那贼党段子光，冒冒失失的将那三个忠臣的头来传示，被真卿拿住缚于城上，腰斩示众；取三个头续以蒲身，棺殓葬之，祭哭受吊。于是清池尉贾载、盐山尉穆宁，闻真卿举义，乃共杀伪景城太守刘道元，获其甲仗五十余船并其首级，送至长史李玮处。玮以禄山叛党严庄是景城人，遂收其宗族数十人口，尽行杀戮，将刘道元的首级与甲仗等物，转送平原太守颜真卿处。饶阳太守卢全诚、河间司法李奂，济阳太守李随，都将禄山所署的伪太守长史等官，多皆杀了，各有兵数千，推颜真卿为盟主。真卿即遣本州司法兵马使李平赍表文，并伪檄，从间道直入京师，奏闻玄宗。

初禄山作乱时，河北震恐，无一能与之抗者。玄宗闻之，嗟叹说道："二十四郡曾无一义士耶！"及李平赍表章至，乃大喜道："朕不识颜真卿作何状，乃能如此！"遂即降道御旨，诏加颜真卿河北采访使，在任即升，仍领平原等处事务，免其来京陛见。后来宋朝忠臣文天祥，过平原有诗云：

平原太守颜真卿，长安天子不知名。一朝渔阳动鼙鼓，大河以北无坚城。君家兄弟奋戈起，二十七郡同连盟。贼闻失色分军还，不敢长驱入两京。明皇父子得西狩，由是灵武起义兵。唐家再造李郭力，逆贼牵制公威灵。哀哉常山贼钩舌，公归朝廷气不折。崎岖坎坷不得去，出入四朝老忠节。当年幸脱安禄山，白首竟陷李希烈。希烈安能遽杀公，宰相卢杞欺日月。乱臣贼子归何听？茫茫烟草中原土。公视于今六百年，忠精赫赫雷行天！

那诗中所云"白首竟陷李希烈"，是说颜真卿至德宗时，奸相卢杞忌其忠直，使往宣慰逆贼李希烈，其时竟为其所害，时年已七十有七矣。此是后话。所云"常山钩舌"之事，乃颜真卿的族兄颜杲卿，其人之忠义，与真卿无异。当禄山叛乱之时，他为常山太守，禄山兵至藁城，常山危急，杲卿自度常山兵力不足，一时难以拒守；乃以长史袁履谦计议，姑先往以迎之，以缓其锋。禄山喜其来迎，赐以紫袍金带，使仍旧守常山。杲卿遂与履谦密谋起义，恰好真卿遣甥卢逖至常山，与杲卿相约，欲连兵断禄山的归路。那时安禄山方僭号称大燕皇帝，改元圣武，杲卿乃假传禄山的恩命，召伪井陉守将李钦凑率众前来，受那登极的犒赏，俟其来至，与之痛饮至醉，缚而斩之，宣谕解散其众。贼将高邈、何千年，适奉禄山之命，往北方征兵；路过常山，亦为杲卿所杀。时部将在禄山手下名张献诚，正统兵围困饶阳，杲卿先声言，朔方节度使郭子仪令兵马使李光弼与武锋使仆固怀恩，统众兵卒出井陉来了。献诚闻之大惧，杲卿乃遣人往说之,使解饶阳之围,献诚遂引兵遁去。杲卿令袁履谦入饶阳,慰劳将士,传檄诸郡,于是河北响应。杲卿以李钦凑的首级与高邈、何千年二人献于京师,使其子颜泉明与内邱丞张通幽,赍表文赴京师奏报。那张通幽即张通悮之弟,他恐因其兄降贼,祸及家门,思为保全之计,知太原尹王承业,与杨国忠有交,欲藉以为援;乃力劝王承业留住颜泉明,表其奏文,攘其功为己功。杲卿起义才数日,贼将史思明引兵突至城下,杲卿使人往太原告急,王承业既攘其功,正利于杲卿之死,拥兵不救。杲卿悉力拒战,粮兵尽疲,城遂陷,为贼所执,解送禄山军前。安禄山大喝一声道:"你何背我而反!"杲卿瞋目大骂,禄山怒甚,令人割其舌,并袁履谦一同遇害。二人至死,骂不绝口。正是:

通幽顾家不顾国,承业冒功更忌功。
坐使忠良被兵刃,空将血泪洒西风。

杲卿尽节而死,却因王承业掩冒其功,张通幽诡诞其事,杨国忠蒙蔽其说,朝廷竟无恤赠之典。直至肃宗乾元年间,颜真卿泣涕诉于肃宗,转达上皇。那时王承业已为别事,被罪而死;张通幽尚在,上皇命杖杀之;追赠杲卿为太子太保,谥曰忠节。其子泉明,为贼所掠,后于贼中逃脱,求得其父尸,并求得袁履谦之尸,一体棺殓以归。凡颜氏族人及其父之旧将吏妻子流落者,都出赀赎回五十余家,共三百余口,人皆称其高义。此亦是后话。

且说真卿一日闻杲卿之死,大哭大惊,哭是哭其兄,惊的是常山失守,贼据要冲,深为可虑。忽探马来报,说郭子仪奉诏进取东京,特荐李光弼为河东节度使,分兵万余,从井陉而来,一路进取。颜真卿喜道:"如此则常山可复矣!"时清河县吏民,使其邑人李萼至平原,奉粟帛器械,以资军用,且乞借兵以为战守之助。那李萼年方弱冠,器宇轩昂,言词明快。真卿奇其人,以兵五千借之。李萼因进言说道:"朝廷已遣兵出崞口,贼拒险相拒,官军不得前。公今引兵先击魏郡,公兵开崞口以引出官军,因讨平汲邺以北诸郡县,然后合诸镇兵,南临孟津,据守要害,制其北走之路;但须表奏朝廷，坚壁勿战，不过月余，贼必有内溃相图之事矣！”真卿然其说，命参军李择交等，将兵会清河、博平，兵屯于堂邑。伪魏郡太守袁知泰率众来战，官军奋力击之，贼众溃败，遂拔魏郡，军声大振。北海太守贺兰进明兵会屯于平原城之南，真卿待之甚厚，且以堂邑之功让之。进明居之不疑，竟自具表上奏，真卿亦不以为怪。又闻李光弼已恢复常山，郭子仪与李光弼合兵一处；贼将史思明来战，子仪用计，思明露髻跣足，持折枪步行，私自逃去，河北十余郡皆下。又闻雍邱防御使张巡与贼连界战，屡败贼众。正欢喜间，忽闻朝廷上有诏，催促副元帅哥舒翰出战。

原来哥舒翰屯军潼关，为长安屏障之计，按兵不动，待时而进。河源军副使王思礼乘间进言曰：“今天下以杨国忠召乱，莫不切齿，公当上表，请斩杨国忠之头，以谢天下，则人心皆快，各效死力矣！”哥舒翰摇头不应。王思礼又道：“若是上表，未必便如所请，仆愿以三十骑，劫取杨国忠至潼关斩之。”哥舒翰愕然道：“若如此，真是哥舒翰反，不是安禄山反了。此言何可出诸君口？”思礼乃不敢复言。那边杨国忠也有人对他说：“朝廷重兵，尽在哥舒翰掌握之中；倘假人言为口实，如拔旗西指，为不利于公，将若之何？”国忠听说乃大惧，方寻思无计，忽人报贼将崔乾佑在陕，兵不满四千，羸弱不堪，甚属无备。国忠即奏启玄宗，遣使催哥舒翰进兵恢复陕洛。哥舒翰飞章奏言道：“安禄山习于用兵，岂真无备，今特示其弱者，诱我出兵耳！我兵若轻出敌，正堕他的诡计。且贼远来，利在速战，我兵据险，利于坚守；况贼残虐，失众民心，势已日蹙，将有内变，因而乘之，可不战而自戢。要在成功，何必务速？今诸道征兵，尚多未集，请姑待之。”郭子仪、李光弼亦上言：“请引兵北攻范阳，覆其巢穴，擒贼党之妻孥为质，以招之，贼必内溃。潼关大兵，惟宜固守，不可轻出。”颜真卿亦上言：“潼关险要之地，屏障长安，固守为尚。贼羸师以诱我，幸勿为闲言所惑。”奏章纷纷而上，无奈国忠疑忌特深，只力持进战之说。玄宗信其言，连遣中使，往来不绝的催出战，且降手敕切责云：

卿拥重兵，不乘贼无备，急图恢复要地，而欲待贼自溃，按兵不战，坐失事机，卿之心计，朕所未解。倘旷日持久，使无备者转为有备，我军迁延，或无成功之绩，国法具在，朕自不敢狥也。

哥舒翰见圣旨降下，严厉切责，势不能止，抚膺恸哭一回，遂整饬队伍，引兵出关；与崔乾佑之兵，遇于灵宝西原。贼兵据险以待，南向阻山，北向阻河，中向隘道，七十余里；王思礼等将兵五万俱前，副将庞忠等引兵十万继进。哥舒翰自引兵三万，登河南高阜，扬旗擂鼓，以助其势。崔乾佑所率不过万人，部伍不整，官军望见，都皆笑之；谁知他已先伏精兵于险要之处，未及交兵，佯为偃旗曳戈，好像要逃遁的一般。官军懈不为备，方观望间，只听连声炮响，一齐伏兵多起，贼众乘高抛下木石，官军被击死者甚多，隘道之中，人马受束，枪杆俱不施用；哥舒翰以毡车数十乘为前驱，欲藉以为冲突；崔乾佑却以草车数十乘，塞于毡车之前，纵火烧焚。恰值那时东风暴发，火趁风威，风因火势，烟焰沸腾，官军不能开目，妄自相杀，只道贼兵在烟焰中，一齐把箭射将去，及知箭尽，方知无贼。乾佑遣将，率精骑数万，从山南转出官军之后，首尾夹攻，官军骇乱，大败而奔，或弃甲窜匿，而逃入山谷；或抛枪奔走，而误入河中，溺死者不计其数。后军见前军如此败走，亦皆自溃，河北军望见，也都逃奔，一时两岸官军俱空。这一场好厮杀，但见：

初焉诱敌，作为散散疏疏；乍尔交锋，故作荒荒缩缩。一霎时后兵拥至，转瞬间伏兵齐起。炮响连天，鼓声动地。相逢狭路，用不着大剑长枪；独占高冈，乱抛下木头石块。风能助火，顿教双目被烟迷；前未伤人，却笑一时都射尽。眼见全军既覆，足令大将获擒。

官军既败，哥舒翰独与麾下百余骑，自首阳山渡河，向西入关；余众奔至关外，时已昏夜，关前原有三个极阔极深的大坑堑，以防贼人冲突的，那时败兵逃归，争先入关，慌乱里黑暗中，不觉连人带马，多被跌入坑堑内；须臾之间，坑堑填满，后来者践之而过，如履平地。二十万人马出战,败后得归者,八千余人。崔乾佑乘胜攻破潼关,哥舒翰退至关西驿中,揭榜收合败卒,欲图再战。部下番将火拔归仁心欲降贼,及声言贼兵将至,促哥舒翰出驿上马。火拔归仁言道:"主帅以二十万众,一战而尽,有何颜复见天子;况又权相所疑忌,独不见高仙芝、封常清之事乎?即请东行,以图自全之策。"哥舒翰道:"吾身为大将,岂肯降贼。"便欲下马。归仁叱部卒,系哥舒翰两足于马腹,不由分说,加鞭而行,诸将有不从者,都被缠缚。遇贼将田乾真,引兵来接应,遂将哥舒翰等执送禄山军前。禄山本与哥舒翰不睦的,那时却不记旧怨,用言劝他降顺。哥舒翰只得降了,火拔归仁自夸其功,大言于众,以为哥舒翰之降,我之力也。禄山闻之大怒道:"归仁背朝廷,逼主帅,不忠不义!"命即斩其首以示众。当年安禄山奏请用番将守边,后来反叛,多得番将之力;火拔归仁自夸是番将,故敢大言夸功,亦不想竟为禄山所杀。正是:

反贼亦难容反贼,小人枉自为小人。

哥舒翰既降贼,禄山命为司空,逼令作书,招李光弼等来降。光弼等皆复书切责之。禄山知其无效,乃囚之于后院中。后人有诗叹云:

哥舒本名将,丧师非其罪。
权奸能制命,大帅如傀儡。
战所不宜战,我心先自馁。
辱身更辱国,千载有余悔。

这一场丧师,非同小可。此信报到京师,吃惊不小。正是:

将军失利边疆上,天子惊心宫禁中。

欲知后事如何,且听下回分解。

第九十一回

延秋门君臣奔窜
马嵬驿兄妹伏诛

自古贤君与贤妃后，无不谨身修德，克俭克勤，上体天心，下合人意，所以能防患于患未作之先，转祸于福将至之日，庶几四方可以无虑，万民因而得所。如所不然，为上者骄奢淫逸，不知敬天劝民；而权恶庸劣之臣，与那怙宠恃势、败检丧节的嫔妃戚婉，擅作威福，只徇一己之私，不顾国家之事，以致天怒人怨，干戈顿起，地方失守，宗社几倾；彼卖国权臣，以及蛊惑君心的女子小人固终不免于诛戮，然万民已受其涂炭，天子且至于蒙尘。到那时，方咨嗟叹悼，追悔前非，则亦何益之有哉！

却说玄宗听信杨国忠之言，催逼哥舒翰出战，遂至全军覆没，主帅遭殃，潼关失陷，于是河东、华阴、冯翊、上洛等处，守将都弃城而走。唐朝制度，各边镇每三十里设立一烟墩，每日黄昏时分，放烟一炬，接递至京，以报平安，谓之平安火。那时平安火三夜不至，玄宗心甚惶惑。忽飞马连报，说哥舒翰丧师失地，贼兵乘胜而进，势不可当。玄宗大惊，立即召集廷臣商议。

杨国忠怕人埋怨他催战之误，倒先大言道："哥舒翰本当早战，以乘贼之无备；只因战之不早，使贼转生狡谋，堕彼之计。"同平章事韦见素道："轻敌而败，悔已无及；为今之计，宜速征诸道兵入援，更命大将督率京中新募丁壮守卫京城。"翰林承旨秦国桢道："还须速救郭子仪、李光弼等，急移兵以御贼入京之路。"杨国忠却只沉吟不语。玄宗问："宰相之见若何？"国忠奏道："征兵御贼，督兵守城，固皆要著；但潼关既陷，长安危甚，贼势方张，渐逼京师，外兵未能遽集，所谓远水难救近火。以臣愚见，莫如车驾暂幸西蜀，先使圣躬安稳，不为贼氛所侵扰，然后徐待外兵之至，乃为万全之策。"玄宗闻奏，未及开言，只见翰林承旨秦国桢出班奏道："逆贼犯顺，势难猖披，然岂能敌天朝兵力；即今郭子仪、李光弼、颜真卿、张巡等，皆屡战屡胜。近又报东平太守吴王祇义师，屡次杀贼甚多。闻安禄山诟骂其党严庄、高尚说：'汝前日劝我反，以为计出万全，今我屡为官军所逼，万全何在？'高、严二贼无言可对。禄山欲杀之，左右劝解而止。是贼气已挫，行当殄灭。今我兵潼关之败，失在违众议而催出战，非尽哥舒翰之罪也。若外兵云集，恢复有期；奈何以一败之故，遽思奔避？大驾一行，京都孰守？独不为宗庙社稷计乎？幸蜀之说，臣愚以为不可。"玄宗传谕，在廷诸臣各抒所见，诸臣都唯唯莫对，但回奏道："容臣等赴中书共议良策覆旨。"玄宗闷闷不悦，随罢朝回宫。

看官，你道杨国忠为何忽有幸蜀之说？却原来他向曾为剑南节度使，西川是他的熟径；前日一闻禄山反叛，他即私遣心腹，密营储蓄于蜀中，以备缓急，故今倡议幸蜀，图自便耳。正是：

只因自己营三窟，强欲君王驻六飞。

当下国忠见众论不一，上意未决，想道：前日天子又欲亲征，又欲禅位，多亏我姊妹们劝止。今日幸蜀之计，也须得他们去撺耸才妙。遂乘间打从便门来到虢国夫人府中，相与密议其事来。那时虢国夫人，正从宫中宴会出，同韩国夫人各归私第；每家一队，队著五色衣，车仗仪从，灯火辉煌，相映如百花之焕发，正在那里下辇，步到厅堂；恰好国忠慌慌张张的来到，口中只连声道："急走为上！急走为上！"虢国夫人忙问："有何急事？"国忠道："潼关失守，贼兵将至，为今之计，莫如劝圣驾速幸蜀中。我们有家业在彼，到那里可不失富贵，争奈众论纷纭，圣意不决，须得你姊妹急入宫去，与贵妃一同劝驾为妙。若更迟延，贼信紧急，人心一变，我辈齑粉矣！”虢国夫人闻言着了慌，把家中这桩怪事，且丢过一边，急约了韩国夫人，一齐入宫，见了杨妃，密将国忠所言述了一遍。姊妹三个同见玄宗，力劝早早幸蜀。你一句，我一言，继以涕泣，不由玄宗不从；遂密召国忠入宫共议。国忠又极言幸蜀之便，且云：“陛下若明言幸蜀，廷臣必多异议，必至迟延误事，今宜虚下亲征之诏，一面竟起驾西行。”玄宗依言，遂下诏亲征，以京兆尹魏方进为御史大夫兼置顿使，少尹崔光远为西京留守将军，命内官边令诚掌管宫门锁钥，又特命龙武将军陈元礼，整敕护驾军士，给与钱帛，选闲厩马千余匹备用，总不使外人知道。是日玄宗密移驻北内。

至次日黎明，独与杨妃姊妹、皇太子并在宫中的皇子、妃主、皇孙、杨国忠、韦见素、魏方进、陈元礼，及亲近宦官宫人出延秋门而去。临行之时，玄宗欲召梅妃江采苹同行。杨妃止之道：“车驾宜先发，余人不妨另日徐进。”玄宗又欲遍召在京的王孙王妃，随驾同行。杨国忠道：“若如此，则迟延时日，且外人都知其事了；不如大驾先行，除降密旨，召赴行在可也。”于是玄宗遂行。梅妃与诸王孙妃主之在外者，俱不得从。车驾既行，人犹未知；百官犹入朝，宫门尚闭，犹闻漏声，三卫立仗俨然。及宫门一启，宫人乱出，嫔妃奔窜，喧传圣驾不知何往，中外扰攘。秦国模、秦国桢料玄宗必然幸蜀，飞骑追随，其余官员士庶，四出逃避；小民争入宫禁及官宦之家，盗取财宝，或竟骑驴上殿。公子王孙，有一时无可逃避者，号泣于路旁。后来杜工部曾有《哀王孙》诗云：

长安城头白头乌，夜飞延秋门上呼。又向人家啄大屋，屋底达官走避胡。金鞭断折大将死，骨肉不得同驰驱。腰下宝鲭珊瑚，可怜王孙泣路隅。问之不肯道姓名，但道困苦乞为奴。已经百日窜荆棘，身上无有完肌肤。高帝子孙尽隆准，龙种自与常人殊。豺狼在邑龙在野，王孙善保千金躯。不敢长语临交衢，且为王孙立斯须。昨夜春风吹血腥，东来橐驼满旧都。朔方健儿好身手，昔何勇锐今何愚。窃闻太子已传位，圣德北服南单于。花门厘面请雪耻，慎勿出口他人狙。哀哉王孙慎勿疏，五陵佳气无时无。

且说玄宗仓卒西幸，驾过左藏，只见有许多军役，手中各执草把在那里伺候。玄宗停车问其故，杨国忠奏道："左藏积财甚多，一时不能载去，将来恐为贼所得，臣意欲尽焚之，无为贼守。"玄宗愀然道："贼来若无所得，必更苛求百姓，不如留此与之，勿重困吾民。"遂叱退军役，驱车前进；才过了便桥，国忠即使人焚桥，以防追者。玄宗闻之，咄嗟道："百姓各欲避贼求生，奈何绝其生路？"乃敕高力士率军士速往扑灭之。后人谓玄宗于患难奔走之时，有此二美事，所以后来得仍归故乡，终享寿考。正是：

三言星退舍，天意原易回。
仓卒不忘民，庶几国脉培。

玄宗驾至咸阳望贤宫，地方官员俱先逃避，日已晌午，犹未进食；百姓或献粝饭，杂以麦豆；王孙辈争以手掬食之，须臾而尽。玄宗厚酬其值，好言慰劳，百姓多哭失声，玄宗亦挥泪不止。众百姓中有个白发老翁，姓郭名从谨，涕泣进言道："安禄山包藏祸心，已非一日，当时有赴阙若言其反者，陛下辄杀之，使得逞其奸逆，以致乘舆播迁。所以古圣王务延访忠良，以广聪明也。犹记宋璟为相，屡进直言，天下赖以安；然频岁以来，诸臣皆以言为讳，唯阿谀取容，是以阙门之外，陛下俱不得而知。草野之人，早知有今日久矣；但九重严邃，区区之心无路上达，事不至此，何由得睹天颜而诉语乎？"玄宗顿足嗟叹道："此皆朕之不明，悔已无及。"温言谢遣之。从行军士乏食，听其散往各庄村觅食；是夜宿金城馆驿，甚是不堪。

次日，驾临至马嵬驿，将士饥疲，都怀愤怒。适河源军使王思礼从潼关奔至，玄宗方知哥舒翰被擒，因即以思礼为河西陇右节度使，令即赴镇收集散卒，以候东讨。思礼临行，密语陈元礼道："杨国忠召乱起衅，罪大恶极，人人痛恨，仆曾劝哥舒翰将军上表，请杀之，惜其不从我言；今将军何不扑杀此贼，以快众心？"陈元礼道：

“吾正有此意。”遂与东宫内侍李辅国商议，正欲密启太子；恰值有吐蕃使者二十余人，因来议和好，随驾而行。这一日遮杨国忠马前，诉以无食；国忠未及回答，陈元礼即大呼：“杨国忠交通番使谋反，我等何不杀反贼！”于是众军一齐鼓噪起来。国忠大骇，急策马奔避，众军蜂拥而前，兵刃乱下，登时砍倒，屠割肢体，顷刻而尽，以枪揭其首于驿门外，并杀其子户部侍郎杨暄。正是：

任是冰山高万丈，不难一旦付水流。

国忠才被杀，凑巧韩国夫人乘车而至，众军一齐上前，也将韩国夫人砍死。虢国夫人与其子斐徽并国忠的妻子幼儿，都逃至陈仓，被县令薛景仙率吏民追捕着，也都被诛戮。正是：

昔年淡扫眉，今日血污颈。
可怜天子姨，卒难保首领。
恨不如沐猴，幻化潜踪影。

玄宗当日闻杨国忠为众军所杀，急出至驿门，用好言安慰众军，令各收队。众军只是喧闹扰攘，围住驿门不散。玄宗传问：“尔等为何还不散？”众军哗然道：“反贼早杀，贼根犹在，何敢便散？”陈元礼奏道：“众人之意，以国忠既诛，贵妃不宜复侍至尊，伏候圣断。”玄宗惊讶失色道：“妃子深居宫中，国忠即谋反，与他何干？”高力士奏道：“贵妃诚无罪，但众将士已杀国忠，而贵妃犹在帝左右，岂能自安；愿皇爷深思之，将士安则圣躬方万安。”玄宗默然点头，转步回驿，不忍入行宫，只于驿旁小巷中，倚杖垂首而立。京兆司录韦谔，即韦见素之子，那时正侍立于侧，乃跪奏道：“众怒难犯，安危在顷刻间，愿陛下割恩忍忧，以宁国家。”玄宗乃步入行宫，见了贵妃，一字也说不出口，但抚之而哭；门外哗声愈甚，高力士道：“事宜速决。”玄宗携着贵妃，出至驿道北墙口，大哭道：“妃子，我和你从此永别矣！”杨妃亦涕泣呜咽道：“愿陛下保重，妾负罪良多，死无所恨，乞容礼佛而死。”玄宗哭道：“愿仗佛力，使妃子善地受生。”回顾高力士：“汝可引至佛堂善处之。”说罢，大哭而入。杨妃上佛堂礼佛毕，高力士奉上罗巾，促令自缢于佛堂前一果树下，年三十有八，时天宝十五载六月也。噫，此正白乐天《长恨歌》中所云：

九重城阙烟尘生，千乘万骑西南行。翠华摇摇行复止，西出都门百余里。六军不发无奈何，宛转蛾眉马前死。

后人题咏马嵬坡甚多，惟杜真卿一诗极佳。诗云：

杨柳依依水拍堤，春城茅屋燕争飞。

海棠正好东风恶，狼籍残红衬马蹄。

杨妃既死，高力士即出驿门，对众宣言道："妃子杨氏，已奉圣旨赐死了！"众军还未肯信，高力士奉谕将杨妃之尸，用绣衾覆于榻上，置之驿庭中，敕陈元礼率领众军将入视。元礼揭其半衾抬其首，以示众人，于是众人知其果死，都免甲释胄顿首呼万岁而出。玄宗命高力士速具棺殓，草草的葬之于西郊之外，道北坎下；才葬毕，适南方进荔枝到来。玄宗触物思人，放声大哭，即命以荔枝祭于冢前。张祐有诗云：

旌旗不整奈君何，南去人稀北去多。

尘土已残香粉艳，荔枝犹到马嵬坡。

玄宗因顾谓高力士道："妃子向常有异梦，今日应矣！"力士道："贵妃何梦，老奴未知。"玄宗道："妃子曾说来，梦与朕同游骊山，至兴元驿对食。后院忽火发，仓卒出走，回望驿门中，树木俱为烈焰，俄有二龙至，朕跨白龙，其行甚速；妃子跨黑龙，其行甚迟。左右无人，惟见一蓬头黑面之物，状如鬼魅，自云：是此峰之神，承上帝之命，授妃子为益州牧蚕元后。悚然而觉，明日即闻渔阳叛信。如今想起来，与朕游骊山，骊者离也，方食火发，失食之兆；火为兵象，驿木俱焚，驿与易同，加木于旁杨字也。朕跨白龙，西行之象，妃子跨黑龙，幽阴之象；峰神者，山鬼也，山鬼乃嵬字；益州牧蚕元后，牧蚕所以致丝，益旁加丝，缢字也，正缢死于马嵬之兆。"高力士道："梦兆不祥，诚如圣谕。老奴犹记昔年遇一术士李遐周，彼曾咏一诗云：燕市人皆去，函关马不归。若逢山下鬼，环上系罗衣。彼说此诗所言应在后日，由今思之，燕市一句，指禄山之叛；函关句谓哥舒翰之败；山下鬼乃嵬字，即马嵬驿也；贵妃小字玉环，今日老奴奉以罗巾自缢，所谓环上系罗衣也。定数如此，圣上宜自宽，不必过于伤情。"正说间，陈元礼入奏，请旨约饬军队起行。玄宗传谕即行。时乐工张野狐在侧，玄宗挥泪向他说道："此去剑门，鸟啼花落，水绿山青，无非助朕悲悼妃子之由也。"正是：

好景不堪愁里看，偶然触目更伤情。

欲知后事如何，且听下回分解。

第九十二回

留灵武储君即位
陷长安逆贼肆凶

国家当太平有道之时，朝廷之上，既能君君臣臣，则宫闱之间，自然父父子子；由是从一本之亲，推而至于九族之众，凡属天潢，无不安享尊荣，共被一人惇叙之德。流及既衰，为君者不能正其身，为臣者专务惑其主，因而内宠太甚，外寇滋生；一旦变起仓卒，遂至流离播迁，犹幸天命未改，人心未去，天子虽不免蒙尘，储君却已得践祚；然而事势已成，仓皇内禅，毕竟授者不能正其终，受者不能正其始；何况势当危迫，匆匆出奔，宗庙社稷，都不复顾，其所顾恋不舍者，惟是一二嬖幸之人，其余骨肉之戚，俱弃之如遗，遂使王孙公子，都至飘零，玉叶金枝，悉遭戕贼；如唐朝天宝末年之事，真思之痛心，言之发指者也。

且说玄宗驾至马嵬，众将诛杀杨国忠及韩、虢二夫人，玄宗没奈何，只得把杨妃赐死，陈元礼方才约饬众军，请旨启行。众人以杨国忠部下将吏，俱在蜀中，不肯西行；或请往河陇，或请往太原，或请复还京师，众论纷纷不一。玄宗意在入蜀，却又恐拂众人之意，只顾低头沉吟，不即明言所向。韦谔奏道："太原河陇，俱非驻跸之地；若还京师，必须有御贼之备。今士马甚少，未易为计；以臣愚见，不如且至扶风，徐图进止。"玄宗闻言首肯，命以此意传谕众人，众皆从命，即日从马嵬发驾起行。及临行之时，有许多百姓父老,遮道挽留,纷纷扰攘,都道:“宫阙是陛下家居,陵寝是陛下坟墓,今日舍此,将欲何往?”玄宗用好言抚慰,一面宣谕,一面前行,百姓却越聚得多了。

玄宗乃命太子于车驾之后,谕止众百姓。于是众百姓拥住太子的马说道:“皇父既不肯留驾,我等愿率子弟,从太子东向去破贼,保守长安。”太子道:“至尊冒险而行,我为子者,岂忍一日暂离左右?”众百姓道:“若皇太子与至尊都往蜀中去了,中原百姓谁为之主?”太子道:“尔等众百姓即欲留我,奈何尚未面辞,亦须还白至尊,更禀进止。”说罢,策马欲行,却被众百姓簇拥住了,不得行动。那时太子之子广平王俶、建宁王倓,俱乘马随后;此二王都是极有智勇的,当下建宁工见人情如此,乃前执太子之鞍进谏道:“逆贼犯阙,四海分崩,不因人情,何以兴复?今殿下若从至尊入蜀,倘贼兵烧绝栈道,则中原土地,拱手授贼;人情既离,岂能复合,他日虽欲复至此,不可得矣!为今之计,不如收集西北守边之兵,如郭子仪、李光弼于河北,与之并力东讨逆贼,克复二京,削平四海,扫除宫禁,以迎至尊,使社稷危而复安,宗庙毁而复存,此岂非孝之大者;何必徒事区区温清定省之文,为儿女子之慕恋乎?”广平王亦从旁赞言道:“人心不可失,倓之言甚善,愿殿下审思之。”东宫侍卫李辅国至皇太子马前,叩首请留;众百姓又喧呼不止。太子乃使广平王俶,驰马往驾前启奏,请旨定夺。

此时玄宗方执辔停车,以待太子,久不见至,正欲使人侦探;恰好广平王来见驾,具述百姓遮留之状。玄宗道:“人心如此,即是天意。朕不使焚绝便桥,朕与百姓同奔,正为人心不可失耳!今人心属太子,是朕之幸也。”遂命将后军二千人,及飞龙厩马匹,分与太子;且传谕将士云:“太子仁孝,可奉宗庙,汝等宜善辅之。”又传语太子道:“西北诸部落,吾抚之素厚,今必得其用,汝勉图之,吾即当传位于汝也。”太子闻诏,西向号泣。广平王即宣谕众百姓道:“太子已奉诏留后抚安尔等。”于是众百姓都呼万岁,欢然而散。太子既留,莫知所适,李辅国道:“日已晏矣,此地非久驻,今众意将欲往何处?”众皆莫对。建宁王道:“殿下昔日曾为朔方节度使,彼处将吏,岁时致启,倓略识其姓名;今河陇之众多败降于贼,其父兄子弟,多在贼中,恐生异志。朔方道近,士马全盛,河西行军司马裴冕在彼,此人乃衣冠名族,必无二心,可往就之,徐图大举。贼初入长安,未暇徇地,乘此急行,乃为上策。”众皆以为然,遂向朔方一路而行。至渭水之滨,遇着潼关来的败残人马,误认为贼兵,与之厮杀,死伤甚众;及收聚余卒,欲渡渭水,苦无舟楫,乃择水浅之处,策马涉水而渡。步卒无马者,都涕泣而返。太子至新平,连夜驰三百余里,士卒器械失亡过半,所存军众不过数百而已。正是:

从来太子堪监国,若使行军号抚军。
此日流离国难守,无军可抚愧储君。

话分两头。且说玄宗既留下太子,车驾向西而进,来至岐山,讹传贼兵前锋将到;玄宗催趱众军,星夜驰至扶风郡宿歇。众士卒因连日饥疲,都潜怀去就之志,流言频兴,语多不逊。陈元礼不能挟制,玄宗甚以为忧。秦国桢奏道:“众心汹汹之际,非可以威驱势迫,当以情意感动之。”玄宗然其说。适成都守臣贡常例春彩十万余匹至扶风,玄宗命陈列于庭,召众将士入至庭下,亲自临轩宣谕道:“朕年来昏耄,任托失人,以致逆贼作乱,势甚披猖,不得不暂避其锋。卿等仓卒从行,不及别父母妻子,跋涉至此,劳苦已极,此由朕政之不德所致,心甚愧之。今将入蜀,道路阻长,人马疲瘁,远行不易,卿等可各自还家,朕自与子孙及中官内人辈,勉力前往。今日与卿等别,可共分此春彩,以助资粮,归见父母妻子及长安父老,为朕致意,幸好自爱,无烦相念也。”言罢,涕泪沾襟。众人闻言伤感,亦都涕泣,叩头奏道:“臣等死生,愿从陛下,不敢有贰。”玄宗亦挥泪不止,良久起身入内,犹回顾众人道:“去留听卿,不忍相强。”秦国模在后宣言道:“天子仁爱如此,众心岂不知感?”于是众人大哭而出。玄宗命陈元礼,将春彩尽数给赏于军士,流言自此顿息。正是:

三军一时忽欲变，谁说威尊命必贱？
不用势迫与刑驱，仁心入人心可转。

军心既定，玄宗即于次日起驾，望蜀中进发。行至河池地方，蜀郡长史崔圆前来迎驾，且说蜀士丰稔，甲士全备。玄宗欢喜，即令于驾前为引道，既入蜀境。路过一大桥，玄宗问是何桥，崔圆道："此名万里桥。"玄宗闻言，恍然点首道："一行僧之言验矣，朕可无忧矣！"你道甚么一行僧之言？原来唐朝有一神僧，法名一行，精通天文历法，曾造浑天仪覆矩图，极为神妙；其数学与袁天罡、李淳风不相上下。玄宗尝幸东都，与他同登天宫寺西楼，徘徊瞻眺，慨然发叹道："朕抚有此山川，必得长享无虞方好。"因问一行道："朕得终无祸患否？"一行道："陛下游行万里，圣寿无疆。"玄宗当时闻此言，只道是祝颂之语，谁知今日远行西川，所过此桥，恰名万里，因想一行之言，至今始验；又想他说圣寿无疆，可知朕躬无恙，所以心中欣喜说道："朕可无忧矣！"正是：

万里桥名应远游，神僧妙语好推求。
幸然圣寿还无量，珍重前途可免忧。

当下玄宗催趱军士前行，不则一日，来至成都驻跸；其殿宇宫室，与一切供御之物，虽都草创，不堪齐整；却喜山川险峻，城郭完固，贼氛已远，且暂安居；只是眼前少了一个最宠爱的人，想起前日马嵬驿之事，时时悲叹。高力士再三宽解。韦见素、韦谔、秦国模、秦国桢等，俱上表请亟为讨贼之计。玄宗降诏，以皇太子分总节制，然都不即使出镇，特敕永王璘充山南东道岭南黔中江南西道节度都使，以少府西监窦绍为之傅；以长沙太守李岘为副都大使，即日同赴江陵坐镇。又诏以太子充天下兵马大元帅，领朔方、河北、平卢节度都使，收复长安、洛阳。

那知此诏未下之先，太子已正位为天子了。你道如何便正位为天子？原来太子当日渡过渭水，来到彭城，太守李遵出迎，以衣粮奉献，至平凉阅监牧马，得几万匹；又召募得勇士三千余人，军势稍振。时有朔方留后杜鸿渐、六城水陆运使魏少游、节度判官崔漪、度支判官卢简金、监池判官李涵等五人，相与谋议道：“太子今在平凉，然平凉散地，非屯兵之所。灵武地方，兵食完富，若迎请太子至此，北收诸城兵，西发河陇劲骑，南向以定中原，此万世一时也。”谋议既定，李涵上笺于太子，且籍朔方士马甲兵粟帛军需之数以献。杜鸿渐、崔漪亲至平凉，面启太子道：“朔方乃天下劲兵之处，今吐蕃请和，回纥内附，四方郡县俱坚守拒贼，以俟兴复。殿下若治兵于灵武，移檄四方，收揽忠义，按辔长驱，逆贼不足屠也。臣等已使魏少游、卢简金，在彼葺治宫室，整备资粮，耑候殿下驾幸。”广平王、建宁王，俱以两人之言为然，于是太子遂率众至灵武驻扎。

过了数日，适河西司马裴冕奉诏入为御史中丞，因至灵武参谒太子，乃与杜鸿渐等定议，上太子笺，请遵大驾发马嵬时欲即传位之命，早正大位，以安人心。太子不许道：“至尊方驰驱道途，我何得擅袭尊位？”裴冕等奏道：“将士皆关中人，岂不日夜思归？其所以不惮崎岖，远涉沙塞者，亦冀攀龙附凤，以建尺寸之功耳；若殿下守经而不达权，使人心一朝离散，大勋不可复集矣！愿即勉徇众情，为社稷计。”太子犹未许允，笺凡五上，方准所奏。天宝十五载秋七月，太子即位于灵武，是为肃宗皇帝，即改本年为至德元载，遥遵玄宗为上皇天帝；裴冕、杜鸿渐等，俱加官进秩。

正欲表奏玄宗，恰好玄宗命太子为元帅的诏到了。肃宗那时方知玄宗车驾已驻跸蜀中，随即遣使赍表入蜀，将即位之事奏闻。玄宗览表喜道：“吾儿应天顺人，吾更何忧？”遂下诏：“自今章奏，俱改称太上皇。军国重事，先请皇帝旨，仍奏闻朕。俟克复两京之后，朕不预事矣。”又命文部侍郎平章事房琯，与韦见素、秦国模、秦国桢赍玉册玉玺赴灵武传位；且谕诸臣不必复命，即留行在，听新君任用。肃宗涕泣拜领册宝，供奉于别殿，未敢即受。正是：

宝位已先即，宝册然后传。
授受原非误，只差在后先。

后来宋儒多以肃宗未奉父命，遽自称尊，谓是乘危篡位，以子叛父。说便这等说，但危急存亡之时，欲维系人心，不得已而出此；况玄宗屡欲内禅传位之说，已曾宣之于口，今日肃宗灵武即位之事，只说恪遵前命，理犹可恕，篡叛之说，似乎太过。若论他差处，在即位之后，宠嬖张良娣，当军务倥偬之际，与之博戏取乐，此真可笑耳。正是：

若能不以位为乐，便是真心干蛊人。

然虽如此，即位可也，本年便改元，是真无父矣；若使此时邺侯李泌早在左右，必不令其至此。后人有诗叹云：

灵武遽称尊，犹曰遭多故。
本岁即改元，此举真大错。
当时定策者，无能正其误。
念彼李邺侯，咄哉来何暮？

闲话少说。且说当日天子西狩，太子北行，那些时为何没有贼兵来追袭？原来安禄山不意车驾即出，戒约潼关军士勿得轻进。贼将崔乾祐顿兵观望，及车驾已出数日之后，禄山闻报，方遣其部将孙孝哲，督兵入京。贼众既入京城，见左藏充盈，便争取财宝，日夜纵酒为乐，一面遣人往洛阳报捷，专候禄山到来；因此无暇遣兵追袭，所以车驾得安行入蜀，太子往朔方亦无阻虞，此亦天意也。正是：

左藏不焚留饵贼，遂教今日免追兵。

禄山至长安，闻马嵬兵变，杀了杨国忠，又闻杨妃赐死了，韩、虢二夫人被杀，大哭道："杨国忠是该杀的，却如何又害我阿环姊妹？我此来正欲与他们欢聚，今已绝望，此恨怎消！"又想起其子安庆宗夫妇，被朝廷赐死，一发忿怒；乃命孙孝哲大索在京宗室皇亲，无论皇子皇孙，郡主县主，及驸马郡马等国戚，尽行杀戮。又命将宗室男妇，被杀者悉刳去其心，以祭安庆宗。禄山亲临设祭，那日于崇仁坊高挂锦帐，排下安庆宗的灵座，行刑刽子聚集众尸，方待动手刳心；说也奇怪，一霎时天昏地暗，雷电交加，狂风大作，剑子手中的刀，都被狂风刮去，城垛儿上插着；霹雳一声，把安庆宗的灵位击得粉碎，锦帐尽被雷火焚烧。禄山大惧，向天叩头请罪，于是不敢设祭，命将众尸一一埋葬。正是：

治乱虽由天意，凶残大拂天心。
不意雷霆警戒，这番惨痛难禁。

看官听说，前日玄宗出奔时，原要与众宗室皇亲同行的，因杨国忠谏阻而止。今日众人尽遭屠戮，皆国忠害之也，此贼真死有余辜矣。正是：

一言遗大害，万剐不蔽辜。

当日众尸虽免刳心之惨，然凡禄山平日所怨恶之人，都被杀戮，还道："李太白当日乘醉骂我，今日若在此，定当杀之！"又凡杨国忠、高力士所亲信的人，也都杀戮；朝官从驾而出者，其家眷在京，亦都被杀；只有秦国模、秦国桢的家眷，俱先期远避，未遭其害。内侍边令诚投降，以六宫锁钥奉献。禄山遣人遍搜各宫，搜到梅妃江采苹的宫畔，获一腐败女人之尸，便错认梅妃已死，更不追求。天幸梅妃不曾被贼人搜去，上皇归后，因得团圆皆老。可笑杨妃于仓皇被难之时，犹怀嫉妒，谏阻天子，不使梅妃同行；那知马嵬变起，自己的性命倒先断送了。后人有诗云：

自家姊妹要同行，天子嫔妃反教弃。
马嵬聚族而歼旃，笑杀当初空妒忌。

禄山下令，凡在京官员，有不即来投顺者，悉皆处死。于是京兆尹崔光远、故相陈希烈，与刑部尚书张均、太常卿张垍等，俱降于贼。那张均、张垍，乃燕国公张说之子也，张垍又尚帝女宁亲公主，身为国戚，世受国恩，名臣后裔，不意败坏家声，一至于此！

父爵燕国公，子事伪燕帝。
辱没燕世家，可称难兄弟。

禄山以陈希烈、张垍为相，仍以崔光远为京兆尹，其余朝士都授以伪官，其势甚炽。然贼将俱粗猛贪暴，全无远略；既克长安，志得意满，纵酒婪财，无复西出之意。禄山亦心恋范阳与东京，不喜居西京，正是：

贪残恋土贼人态，妄窃燕皇圣武名。

欲知后事如何，且听下回分解。

第九十三回

凝碧池雷海青殉节
普施寺王摩诘吟诗

自古忠臣义士,都是天生就这副忠肝义胆,原不论贵贱的;尽有身为尊官,世享厚禄,平日间说到忠义二字,却也侃侃凿凿;及至临大节当危难,便把这两个字撇过一边了,只要全躯保家,避祸求福。于是甘心从逆,反颜事仇。自己明知今日所为,必致骂名万载,遗臭万年,也顾不得。偏有那位非高品,人非清流,主上平日不过以俳优畜之,即使他当患难之际,贪生怕死,背主降贼,人也只说此辈何知忠义,不足深责;不道他到感恩知报,当伤心惨目之际,独能激起忠肝义胆,不避刀锯斧钺,骂贼而死。遂使当时身被拘囚的孤臣,闻其事而含哀,兴感形之笔墨,咏成诗词,不但为死者传名于后世,且为己身免祸于他年。可见忠义之事,不论贵贱,正唯贱者,而能尽忠义,愈足以感动人心。却说安禄山虽然僭号称尊,占夺了许多地方,东西两京都被他窃据,却原只是乱贼行径,并无深谋大略,一心只恋着范阳故土,喜居东京,不乐居西京。既入长安,命搜捕百官宦者宫女等,即以兵卫送赴范阳,其府库中的金银币帛,与宫闱中的珍奇玩好之物,都辇去范阳藏贮。又下令要梨园子弟,与教坊诸乐工,都如向日一般的承应,敢有隐避不出者,即行斩首。其苑厩中所有驯象舞马等物,不许失散,都要照旧整顿,以备玩赏。

看官听说,原来当初天宝年间,上皇注意声色;每有大宴集,先设太常雅乐,有坐部,有立部:那坐部诸乐工,俱于堂上坐而奏技;立部诸乐工,则于堂下立而奏技。雅乐奏罢,继以鼓吹番乐,然后教坊新声与府县散乐杂戏,次第毕呈。或时命宫女,各穿新奇丽艳之衣,出至当筵清歌妙舞,其任载乐器往来者,有山车陆船制度,俱极其工巧;更可异者,每至宴酣之际,命御苑掌象的象奴,引驯象入场,以鼻擎杯,跪于御前上寿,都是平日教习在那里的;又尝教习舞马数十匹,每当奏乐之时,命掌厩的口幸人,牵马到庭前,那些马一闻乐声,便都昂首顿足,回翔旋转的舞将起来,却自然合着那乐声的节奏。宋儒徐节孝先生曾有舞马诗云:

开元天子太平时,夜舞朝歌意转迷。
绣榻尽容骐骥足,锦衣浑盖渥洼泥。
才敲画鼓预先奋,不假金鞭势自齐。
明日梨园翻旧曲,范阳戈甲满关西。

当年此等宴集,禄山都得陪侍。那时从旁谛观,心怀艳羡,早已萌下不良之念;今日反叛得志,便欲照样取乐。可知那声色犬马,奇技淫物,适足以起大盗觊觎之心。正是:

天子当年志太骄,旁观目眩已播摇。
漫夸百兽能率舞,此日奢华即盗招。

那时禄山所属诸番部落的头目,闻禄山得了西京,都来朝贺。禄山欲以神奇之事,夸哄他们;乃召集众番赐宴于便殿,对众人宣言道:"我今受天命为天子,不但人心归附,就是那无知的物类,莫不感格效顺。即如上林苑中所畜的象,见我饮宴,便来擎杯跪献;那个厩中的马,闻我奏乐,也都欣喜舞蹈,岂非神奇之事!"众番人听说,俱俯伏呼万岁。那禄山便传令,先着象奴牵出象来看。不一时,象奴将那十数头驯象,一齐都牵至殿庭之下,众番人俱注目而观,要看他怎么样擎杯跪献。不想这些象儿,举眼望殿上一看,只见殿上南面而坐者,不是前时的天子,便都僵立不动,怒目直视。象奴把酒杯先送到一个大象面前,要他擎着跪献;那象却把鼻子卷过酒杯来,抛去数丈。左右尽皆失色,众番人掩口窃笑。禄山又羞

又恼,大骂道:“孽畜,恁般可恶!”喝把这些象都牵出去,尽行杀讫。于是辍宴罢席,不欢而散。当时有人作诗讥笑道:

有仪有象故名象,见贼不跪真倔强。
堪笑纷纷降贼人,马前屈膝还稽颡。

禄山被象儿出了丑,因疑想那些舞马,或者也一时倔强起来,亦未可知,不如不要看它罢。遂命将舞马尽数编入军营马队去。后来有两匹舞马,流落在逆贼史思明军中。那思明一日大宴将佐,堂上奏乐;二马偶系于庭下,一闻乐声,即相对而舞。军士不知其故,以为怪异,痛加鞭箠;二马被鞭,只道嫌他舞得不好,越发摆尾摇头的舞个不止。军士大惊,棍棒交加,二马登时而毙。贼军中有晓得舞马之事者,忙叫不要打时,已都打死了。岂不可笑?正是:

象死终不屈节,马舞横被大杖。
虽然一样被杀,善马不如傲象。

话分两头,不必赘言。只说禄山在西京恣意杀戮,因闻前日百姓乘乱,盗取库中所藏之物;遂下令着府县严行追究,且许旁人讦告。于是株连蔓引,搜捕穷治,殆无虚日。又有刁恶之人,挟仇诬首,有司不问情由,辄便追索,波及无辜,身家不保。民间虽然无日不思念唐王,相传皇太子已收聚北方劲兵,来恢复长安,即日将至;或时喧称太子的大兵已到了,百姓们便争相奔走出城,禁止不住,市里为之一空。贼将望见北方尘起,也都相顾惊惶。禄山料长安不可久居,何不早回洛阳;乃以张通儒为西京留守,安忠顺为将军,总兵镇守关中;又命孙孝哲总督军事,节制诸将,自己与其子安庆绪,率领亲军,及诸番将还守东都,择日起行。却于起行之前一日,大宴文武官将,于内府四宜苑中凝碧池上,先期传谕梨园子弟,教坊乐工,一个个都要来承应。这些乐工子弟们,惟李谟、张野狐、贺怀智等数人,随驾西走,其余如黄幡绰、马仙期等众人,不及随驾,流落在京,不得不凭禄山拘唤,只有雷海青托病不至。

那日凝碧池头,便殿上排设下许多筵席。禄山上坐,安庆绪侍坐于旁,众人依次列坐于下。酒行数巡,殿陛之下,先大吹大擂,奏过一套军中之乐，然后梨园子弟、教坊乐工，按部分班而进。第一班按东方木色，为首押班的乐官，头戴青霄巾，腰紧碧玉软带，身穿青锦袍，手执青幡一面，幡上书东方角音四字，其字赤色，用红宝缀成，取木生火之意；幡下引乐工子弟二十人，都戴青纱帽，著青绣衣，一簇儿立于东边。第二班按南方火色，为首押班的乐官，头戴赤霞巾，腰系珊瑚软带，身穿红锦袍，手执红幡一面，幡上书南方征音四字，其字黄色，用黄金打成，取火生土之意；幡下引乐工子弟二十人，都戴绛绡冠，着红绣衣，一簇儿立于南边。第三班按西方金色，为首押班的乐官，头戴皓月巾，腰系白玉软带，身穿白锦袍，手执白幡一面，幡上书西方商音四字，其字黑色，用乌金造成，取金生水之意；幡下引乐工子弟二十人，都戴素丝冠，著白绣衣，一簇儿立于西边。第四班按北方水色，为首押班的乐官，头戴玄霜巾，腰系黑犀软带，身穿黑锦袍，手执黑幡一面，幡上书北方羽音四字，其字青色，用翠羽嵌成，取水生木之意；幡下引乐工子弟二十人，各戴皂罗帽，著黑绣衣，一簇儿立于北边。第五班按中央土色，为首押班的乐官，头戴黄云巾，腰系蜜蜡软带，身穿黄锦袍，手执黄幡一面，幡上书中央宫音四字，其字以白银为质，兼用五色杂宝镶成，取土生金，又取万宝土中生之意；幡下引乐工子弟四十人，各戴黄绫帽，著黄绣衣，一簇儿立于中央。五个乐官，共引乐人一百二十名，齐齐整整，各依方位立定。

才待奏乐，禄山传问："尔等乐部中人，都到在这里么？"众乐工回称诸人俱到，只有雷海青患病在家，不能同来。禄山道："雷海青是乐部中极有名的人，他若不到，不为全美；可即着人去唤他来。就是有病，也须扶病而来。"左右领命，如飞的去传唤了。禄山一面令众乐人，且各自奏技。于是凤箫龙笛，象管鸾笙，金钟玉磬，秦筝羯鼓，琵琶箜篌，方响手拍，一霎时，吹的吹，弹的弹，鼓的鼓，击的击，真个声韵铿锵，悦耳动听。乐声正喧时，五面大幡，一齐移动，引着众人盘旋错纵，往来飞舞，五色绚烂，合殿生风，口中齐声歌唱。歌罢舞完，乐声才止，依旧各自按方位立定。禄山看了心中大喜，掀髯称快，说道："朕向年陪着李三郎饮宴，也曾见过这些歌舞，只是侍坐于人，未免拘束，怎比得今日这般快意。今所不足者，不得再与杨太真姊妹欢聚耳。"又笑道："想我起兵未久，便得了许多地方，东西二京，俱为我取，赶得那李三郎有家难住，有国难守，平时费了许多心力，教成这班歌儿舞女，如今不能自己受用，到留下与朕躬受用，岂非天数。朕今日君臣父子，相叙宴会，务要极其酣畅，众乐人可再清歌一曲侑酒。"

那些乐人，听了禄山说这番话，不觉伤感于心，一时哽咽不成声调，也有暗暗堕泪的。禄山早已瞧见，怒道："朕今日饮宴，尔众人何得作此悲伤之态！"令左右查看，若有泪容者，即行斩首。众乐人大骇，连忙拭去泪痕，强为欢颜；却忽闻殿庭中有人放声大哭起来。你道是谁？原来是雷海青。他本推病不至，被禄山遣人生逼他来；及来到时，殿上正歌舞的热闹，他胸中已极其感愤，又闻得这些狂言悖语，且又恐吓众人，遂激起忠烈之性，高声痛哭。当时殿上殿下的人，尽都失惊。左右方待擒拿，只见雷海青早奋身抢上殿来，把案上陈设的乐器，尽抛掷于地，指着禄山大骂道："你这逆贼，你受天子厚恩，负心背叛，罪当万剐，还胡说乱道！我雷海青虽是乐工，颇知忠义，怎肯伏侍你这反贼！今日是我殉节之日，我死之后，我兄弟雷万春，自能尽忠报国，少不得手刃你等这班贼徒！"禄山气得目瞪口呆，一句话也说不出，只教快砍了。众人扯下举刀乱砍，雷海青至死骂不绝口。正是：

昔年只见安金藏，今日还看雷海青。
一样乐工同义烈，满朝愧此两优伶。

雷海青已死，禄山怒气未息，命撤去筵席，将众乐人都拘禁候发落。正传谕时，忽探马来报：皇太子已于灵武即位，年号都有了；今以山人李泌为军师，命广平王、建宁王与郭子仪、李光弼等，分统军马，恢复两京。又报令狐潮屡次攻打雍邱，奈雍邱防御使张巡，又善守，又善战，令狐潮屡为所败。禄山闻此惊报，遂下令即日起马回东京，另议调遣军将应敌；其西京所存宫女宦官、奇珍玩物，及一切乐器与众乐人，尽数带往东京去。临行之时，禄山乘马过太庙前，忽勒住马，命军士将太庙放火焚烧。军士们领命，顷刻间四面放起火来。禄山立马观之；火方发，只见一道青烟直冲霄汉。禄山方仰面观看，不想那烟头随即环将下来，直冒入禄山眼中，登时两眼昏迷，泪流如注，不便乘马，另驾轻车而去。自此禄山害了眼病，日甚一日，医治不痊，竟双瞽了。正是：

逆贼毁宗庙，先皇目不瞑。

旋即夺其目，略施小报应。

禄山至东京后，二目失视，不见一物，心中焦躁，时常想要唤那些乐人来歌唱遣闷；又因雷海青这一番，心中疑虑，不敢与他们亲近，欲待把他们杀了，又惜其技能，且留着备用。

且说雷海青死节一事，人人传述，个个颂扬，因感动了一个有名的朝臣。那臣子不是别人，就是前日于上皇前奏对钟馗履历的给事中王维。他表字摩诘，原籍太原人氏，少时尝读书终南山，开元年间进士及第，天性孝友；与其弟王缙，俱有俊才。王维更博学多能，书画悉臻其妙，名重一时，诸王驸马，俱礼之为上实。尤精于乐律，其所著乐章，梨园教坊争相传习，曾有友人得一幅奏乐画图，不识其名，王维一见便道：“此所画者，乃霓裳第三叠第一拍也。”当时有好事者，集众乐工，奏霓裳之乐；奏到第三叠第一拍，一齐都住着不动，细看那些乐工，吹的弹的敲的击的，其手腕指尖起落处，与画图中所画者，一般无二。众人无不叹服。天宝末年，官为给事中。当禄山反叛，上皇西幸之时，仓卒间不及随驾，为贼所获，乃服药取痢佯为瘖疾，不受伪命。禄山素重其才名，不加杀害，遣人伴送到洛阳，拘于普施寺中养病。王维性本极好佛，既被拘寺中，惟日以禅诵为事，或时闲坐，想起昔年上皇梦中，见钟馗挖食鬼眼，今禄山丧其二目，正应此兆。如此看来，鬼魅不久即扑灭矣，独恨我身为朝臣，不及扈从车驾，反被拘困于此，不知何时再得瞻天仰圣。正在悲思，忽闻人言雷海青殉节于凝碧池，因细询缘由，备悉其事，十分伤感，望空而哭。又想那梨园教坊，所习的乐章中，多是我的著作,谁知今日却奏与贼人听,岂不大辱我文字。又想那雷海青虽屈身乐部,其平日原与众不同,是个有忠肝义胆的人,莫说那贼人的骄态狂言,他耳闻目见,自然气愤不过;只那凝碧池在宫禁之中,本是我大唐天子游幸的所在,今却被贼人在彼宴会,便是极伤心惨目的事了。想到其间,遂取过纸笔来,题诗一首云:

万户伤心生野烟,百官何日再朝天?
秋槐叶落空宫里,凝碧池头奏管弦。

王维这首诗,只自写悲感之意,也不曾赞到雷海青,也不曾把来与人看。不想那些乐工子弟,被禄山带至东京,他们都是久仰王维大名的,今闻其被拘在普施寺,便常常到寺中来问候。因有得见此诗者,你传我诵,直传到那肃宗行在。肃宗闻知,动容感叹,因便时时将此诗吟讽。只因诗中有凝碧池三字,便使雷海青殉节之事愈著。到得贼平之后,肃宗入西京褒赠死节诸臣,雷海青亦在褒赠之中。那些降贼与陷于贼中官员,分别定罪。王维虽未曾降贼,却也是陷于贼中,该有罪名的了。其弟王缙,时为刑部侍郎,上表请削己之官,以赎兄之罪。肃宗因记得凝碧池这首诗,嘉其有不忘君之意,特旨赦其罪,仍以原官起用,这是后话。正是:

他人能殉节,因诗而益显。
己身将获罪,因诗而得免。

且说禄山自目盲之后,愈加暴戾,虐待其下,人人自危;且心志狂惑,举动舛错,于是众心离散,亲近之人,皆为仇敌矣。正所谓:

恶贯已将满,天先褫其魄。

欲知后事如何,且听下回分解。

第九十四回

安禄山屠肠殒命
南霁云啮指乞师

君之尊犹天也,犹父也;而逆天背父,罪不容于死。然使其被戮于王师,伏诛于国法,犹不足为异。唯是逆贼之报,即报之以逆子。臣方背其君,子旋弑其父,既足使人快心,又足使人寒心。天之报恶人,可谓巧于假手矣。乃若身虽未尝为背逆之事,然手握重兵,专制一方,却全不以国家土地之存亡为念,只是心怀私虑,防人暗算,忌人成功,坐视孤城危在旦夕,忠臣义士,枵腹而守,奋身而战,力尽神疲,疼心泣血,哀号请救,不啻包胥秦庭之哭,而竟拥兵不发,漠然不关休戚于其心,以致城池失陷,军将丧亡,百姓罹灾,忠良殒命,此其人与乱臣贼子何异,言之可为发指!

且说安禄山自两目既盲之后,性情愈加暴戾,左右供役之人,稍不如意,即痛加鞭挞,或时竟就杀死。他有个贴身伏侍的内监,叫做李猪儿,日夕不离左右,却偏是他日夕要受些鞭挞。更可笑者,那严庄是他极亲信的大臣了,却也常一言不合,便不免于鞭挞。因此内外诸人,都怀怨恨。禄山深居宫禁,文武官将希得见其面。向已立安庆绪为太子,后有爱妾段氏,生一子,名唤庆恩,禄山因爱其母,并爱其子,意欲废庆绪而立庆恩为嗣。

庆绪因失爱于父,时遭楚箠,心中惊惧,计无所出;乃私召严庄入宫,屏退左右,密与商议,要求一自全之策。严庄这恶贼,是惯劝人反叛的,近又受了禄山鞭挞之苦,忿恨不过。平日见庆绪生性愚騃,易于播弄,常自暗想:若使他早袭了位,便可凭我专权用事。今因他来求计,就动了个歹心,要劝他行弑逆之事;却不好即出诸口,且只沉吟不语。庆绪再三请问道:“我目下受父皇的打骂,还不打紧,只恐偏爱了少子,将来或有废立之举;必得先生长策,方可无虑,幸勿吝教。”严庄慨然发叹道:“从来说母爱者子抱,主上既宠幸段妃,自然偏爱那段氏所生之子,将来废位之事,断乎必有。殿下且休想承大位了;只恐还有不测之祸,性命不可保。”庆绪愕然道:“我无罪何至于此?”严庄道:“殿下未曾读书,不知前代的故事。自古立一子废一子,那被废之子,曾有几个保得性命的?总因猜嫌疑忌之下,势必至驱除而后止,岂论你有罪无罪。”庆绪闻言,大骇道:“若如此则奈何?”严庄道:“以父而临其子,惟有逆来顺受而已。”庆绪道:“难道便无可逃避了?”严庄道:“古人有云:小杖则受,大杖则走。此不过谓一家父子之间,教训督责,当父母盛怒之时,以大杖加来,或受重伤,反使父母懊悔不安,且贻父母以不慈之名;不若暂行逃避,所以说大杖则走。今以父而兼君之尊,既起了忍心,欲杀其子,只须发一言,出片纸,便可完事,更无走处,待逃到那里?”庆绪道:“此非先生不能救我!”严庄道:“臣若以直言进谏,必将复遭鞭挞;且恐激恼了,反速其祸,教我如何可以相救!”庆绪道:“我是嫡出之子,苟不能承袭大位,已极可恨,岂肯并丧其身?”严庄道:“殿下若能自免于死亡之祸,便并不致有废立之事矣!”庆绪道:“愿先生早示良策,我必不肯束手待死!”

严庄假意踌躇了半晌,说道:“殿下,你不肯束手待死么?你若束手,则必至于死;若欲不死,却束不得手了。俗谚云:君要臣死,不得不死;父要子亡,不得不亡。说便如此说,人极则计生。即如主上与唐朝皇帝,岂不是君臣;况又曾为杨妃义子,也算君臣而兼父子了;只因后来被他逼得慌了,却也不肯束手待死,竟兴动干戈起来,彼遂无如我何,不但免于祸患,且自攻城夺地,正位称尊,大快生平之志。以此推之,可见凡事须随时度势,敢作敢为,方可转祸为福;但不知殿下能从此万无奈何之计,行此万不得已之事否?”庆绪听说低头一想,便道:“先生深为我谋,敢不敬从。”严庄道:“虽然如此,必须假手于一人,此非李猪儿不可,臣当密谕之。”庆绪道:“凡事全仗先生大力扶持,迟恐有变,以速为贵。”严庄应诺,当下辞别出宫,恰好遇见李猪儿于宫门首,遂面约他晚间乘闲到府中来,有话相商。

至夜李猪儿果至,严庄置酒肴于密室,二人相对小饮。严庄笑问道:“足下日来,又领过几多鞭子了?”李猪儿忿然道:“不要说起,我前后所受鞭子,已不计其数,正不知鞭挞到何日是了?”严庄道:“莫说足下,即如不佞忝为大臣,也常遭鞭挞,太子以储贰之贵,亦屡被鞭挞。圣人云:君使臣以礼。又道:为人父,止于慈。上恁般作为,岂是待臣子之礼,岂是慈父之道?如今天下尚未定,万一内外人心离散,大事去矣!”李猪儿道:“太子还不知道哩!今主上已久怀废长立幼,废嫡立庶之意,将来还有不可知之事。”严庄道:“太子岂不知之,日间正与我共虑此事。我想太子,为人仁厚,若得他早袭大位,我和你正有好处,不但免于鞭辱而已。怎地画个妙策,强要主上禅位于太子才好。”李猪儿摇手道:“主上如此暴戾,谁敢进此言,如何勉强得他。”严庄道:“若不然呵,我是大臣,或者还略存些体面,不便屡加挞辱。足下屈为内侍,将来不止于鞭挞,只恐喜怒不常,一时断送了性命。”李猪儿听说,不觉攘臂拍胸道:“人生在世,总是一死,与其无罪无辜,俛首被戮,何如惊天动地做一场,拚得碎尸万段,也还留名后世!”严庄引他说出此言,便抚掌而起,说道:“足下若果能行此大事,决不至于死,到有分做个佐命的功臣哩!只是你主意已定否?”李猪儿道:“我意已决,但恐非太子之意,他顾着父子之情,怎肯容我胡为?”严庄道:“不瞒你说,我已启过太子了;太子也因失爱于父,怕有祸患,向我说道:‘凡事任你们做去罢。’我因想着足下必与我同心,故特约来相商。”李猪儿道:“既然如此,事不宜迟,只明夜便当举动。趁他两日因双眸作痛,不与女人同寝,独宿于便殿,正好动手;但他常藏利刃于枕畔,明晚先窃去之,可无虑矣!”言毕作别而去。

次日,严庄密与庆绪,约会到黄昏时候,庆绪与严庄各暗带短刀,托言奏事,直入便殿门来,值殿官不敢阻挡。禄山此时已安寝于帏帐之内,不防李猪儿持刀突入帐中,禄山目盲,不知何人;方欲问时,李猪儿已揭去其被,灯火之下,见禄山袒着大腹;说时迟,那时快,把刀直砍其肚腹。禄山负痛,急伸手去枕畔摸那利刃,却已不见了,乃以手撼帐竿道:“此必是家贼作乱!”口中说话,那肚肠已流出数斗,遂大叫一声,把身子挺了两挺,呜呼哀哉了。时肃宗至德二载正月也。可恨此贼背君为乱,屠戮忠良,虐害百姓,罪恶滔天,今日却被弑而死。乱臣受弑逆之报,天道昭彰。后人有两只“挂枝儿”词说得好,道是:

安禄山,你做张守珪的走狗,犯死刑,姑饶下这驴头,却怎敢持兵强,要学那虎争龙斗,你不是狼子野心肠,人道是猪首龙身兽,到今日作孽的猪龙,也倒死在猪儿手!

安禄山,你负了唐明皇的宠眷,不记得拜母妃,钦赐洗儿钱,怎便把燕代唐,要将江山占。可笑你打家贼的鞭何重,那禁他斫大腹的刀太尖。则见你数斗的肠流,也为甚赤心儿没一点!

禄山既被杀,左右侍者方惊骇间,庆绪与严庄早到,手中各持短刀,喝叫不许声张。众人一则平日被禄山打毒,今日正幸其死;二来见庆绪与严庄作主,便都不敢动。严庄令人就床下掘地深数尺,以毡裹其尸而埋之,戒宫中勿漏泄。次早宣言禄山病骤危笃,命传位于庆绪。于是庆绪僭即伪位,密使人将段氏与庆恩缢死,伪尊禄山为太上皇,重加诸将官爵,以悦其心。过了几日,方传禄山死信,命众臣不必入宫哭灵,密起其尸于床下。尸已腐烂,草草成殓,发丧埋葬。严庄见庆绪昏庸,恐人不服,不要他见人。庆绪日以酒色为事,凡禄山所宠的姬侍,都与淫乱;凡大小诸事皆取决于严庄,封他为冯翊王。严庄以庆绪之命,使伪汴州刺史尹子奇引兵十三万攻睢阳城,睢阳太守许远求救于雍邱防御使张巡。

且说张巡在雍邱，那南霁云与雷万春，已投入麾下为郎将。当车驾西幸之时，贼将令狐潮来攻雍邱，张巡率许、雷二人，及诸将佐，悉力拒贼。令狐潮与张巡原系旧同学，因遣使致书，申言夙契，且云：天下存亡未卜，守此孤城何益，不如早降为上。张巡部下有大将六人，亦劝张巡出降。张巡大怒，设天子画像于堂，率众朝拜涕泣，谕以大义，众皆感奋。张巡乃斩来使，并斩劝降六将。于是人心愈坚，拒守既久，城中缺少了箭，张公命作草人千余，蒙以黑衣，乘夜缒下城去。贼兵惊疑，放箭乱射，遂得箭无数。次夜，仍复以草人缒下，贼都大笑，更不为备。张巡乃选壮士五百人，缒将下去，径到贼营；贼出其不意，一时大乱，弃营而奔，杀伤甚众。令狐潮忿怒，亲自督兵攻城。张巡使雷万春登城探视，时万春因传闻得其兄雷海青殉难的消息，十分哀愤，才哭得过，便咬牙切齿的上城来，方举目而望，不防贼兵连发弩箭。雷万春面上连中六矢，仍是挺然立着不动。令狐潮遥望见，疑为木偶人；及见其用手拔箭，流血被面，方询知是雷万春，大为骇异。正是：

草人错认是真，真人反疑为木。
笑尔草木皆兵，羡他智勇具足。

少顷，张巡亲自临城，令狐潮望着楼上叫道："张兄，我见雷将军，知足下军令矣！然如天道何？"张巡说："足下未识人伦，安知天道？你平日也谈忠说义，今日忠义何在？勿更多言，可即决一胜负。"遂率兵与战，兵皆奋勇争先，生获贼将十四人，斩首八百余级。令狐潮败入陈留，余众屯于沙涡。张巡乘夜袭击，又大破之，奏凯而回。忽探马来报说："贼将杨朝宗，欲引兵袭取宁陵，断我归路。"张巡乃分兵守雍邱，自引兵将星夜至宁陵，恰直许远亦引兵到来，遂合与贼战，昼夜数十回合，大破杨朝宗之众，斩首数千级。

捷音至行在，肃宗诏以张巡为河南节度副使，许远亦加官进秩仍守睢阳。至是尹子奇来攻睢阳，许远因兵少，遣使至张巡处求救。张巡以睢阳要地，不可不坚守，乃自宁陵引兵三千至睢阳，合许远所部兵不过七千人。张巡与南霁云、雷万春等数将，并力出战，屡次得胜。张巡欲放箭射尹子奇，奈不识其面，乃以篙为矢射去，贼兵疑城中箭已尽，遂将篙矢呈于子奇。于是张巡识其状貌，命南霁云射之，中其左目。正是：

禄山两目俱盲，子奇一目不保。
相彼君臣之面，眼睛无乃太少。

自此许远将战守事宜，悉听张巡指挥。张巡真是文武全才，不但善战，又极善谋，行兵不拘古法，随机应变，出奇制胜。其生性忠烈，每临战杀贼，咬牙怒恨，牙齿多碎。却又能于军务倥偬之际，不废吟咏。因登城楼，遥闻笛声，遂作军中闻笛诗云：

苕荛试一临，敌骑附城阴。
不辨风尘色，安知天地心。
门开边月近，战苦阵云深。
旦夕更楼上，遥闻横笛音。

闲言少说。且说许远向于睢阳城中，积军粮百余万石，后被宗藩虢王巨调其半分给他郡，不由许远不肯。因此睢阳城中粮少。到那时渐已告匮，每人日只给米一二合，杂以茶纸树皮为食。贼兵攻城愈急，造为云梯，其状如虹，使勇卒三百立于上，推梯临城，欲便腾入。张巡预知，使人于城墙潜凿三穴，俟梯将近，每穴出一大木，以一木拄定其梯，使不得进；一木上有铁钩挽住其梯，使不得退；一木上置铁笼盛火药，发火焚之，梯即中断，梯上军士都被火烧，跌落地而死。贼兵又作木驴攻城，张巡命熔金汁灌之，登时消铄。凡此拒守之事，俱应机立办，贼服其智，不敢来攻，但于城外列营围困。张巡、许远分城而守，与众同食茶纸，亦不复下城。那时大帅许叔冀在谯郡，贺兰进明在临淮，俱拥兵不救，而临淮与睢阳尤近，张巡乃命南霁云赴临淮借粮，乞师援救。

霁云领命，引三十骑出城突围而走，贼众数万挡之，霁云直冲其众，左射右射，矢无虚发，贼皆披靡，遂出重围至临淮，见贺兰进明涕泣求救。谁知进明素与许叔冀不睦，恐分兵他出，或为所袭；

二来又心怀妒忌，不欲许远、张巡成功，竟不肯发兵，亦无粮米相借，说道："此时睢阳当已失陷，我即发兵借粮，亦无及矣！"霁云道："睢阳死守待救，大兵速去，必不至于陷；若果已失，我南八男儿，请以死谢大夫。"进明只不允。霁云奋然道："睢阳与临淮如皮毛之相依，睢阳若陷，即及临淮，岂可不救？"说罢仰天号恸。进明爱其忠勇，意欲留之，乃用温言抚慰，且命设宴款待，奏乐侑酒。霁云大哭道："仆来时睢阳城中，已不食月余矣，今即欲独食，安能下咽！大夫坐拥强兵，并无分灾救患之意，岂忠臣义士之所为乎？"因发狠自咬下一指，以示进明道："仆已不能达主将之意，请留此指以示信，归报主将，与同死耳！"一时指血泪血，有如泉涌，座客俱为之挥涕。进明决意不救，又度霁云不可留，竟谢遣之；此真千古可恨之事，所以至今张睢阳庙中，铜铸一贺兰进明之像，裸体绑缚，跪于阶下，任人敲打，来泄此恨。后人也有两只《挂枝儿》说得好，正是：

　　进明阿，你也食唐家禄否？人望你拯灾危，冒险的求救；谁知你拥强兵，竟不能相救。不曾见你兴师去，倒要将他勇士留。可怜那南八男儿也，十指儿只乘九。

　　进明阿，你不顾千年的唾骂，任南八苦求救，只不听他，眼睁睁看他将指头儿咬下。他当时临去空咬指，我今日说来亦咬牙，好把你睢阳庙里铜人，也尽力的狠敲打！

南霁云自临淮奔至宁陵，与偏将廉坦，引步骑数百，冒围至睢阳城下，与贼力战，砍坏贼营，方得入城门。城中人闻救兵不至，无不号哭，或议弃城而走。张巡、许远婉言晓谕众人道："睢阳乃江淮保障，若弃之而去，贼必长驱东下，是无江淮也；况我众饥疲，即走亦不能远，徒遭残杀耳！临淮虽不来相救，诸镇岂无一仗义者，不如坚守以待之；但是城中绝粮，何忍留尔众同受饥寒，今任尔众自便，我二人为朝廷守土，义当以身守之，不敢言去也！"众人闻言感激，愿同心竭力，以守此城。茶纸食尽，杀马而食；马食尽，罗雀掘鼠而食；雀鼠亦尽，张巡杀其爱妾，许远烹其家僮，以享士卒。人心愈加衔感,明知必死,终无叛志。

又挨过了数日,军将都羸瘦患病,不能拒守,贼遂登城。张巡西向再拜道:“臣力竭矣!不克全城以报朝廷,死当为厉鬼以杀贼!”今盛京慈仁寺,所塑青魈菩萨,赤发蓝面,口衔巨蛇,如夜叉之状,云即张睢阳自矢所为厉鬼像也。城既破,张、许二公及诸将俱被执。尹子奇将许远解赴洛阳,张巡与南霁云等共三十六人皆遇害。张巡至死,神色如常;万春、霁云俱骂不绝口而死;其余三十余人,亦无一肯屈节者。后人有诗赞曰:

张巡先殒固尽忠,许远后亡亦矢节。
从死不独有南雷,三十六人同义烈。

睢阳失陷三日之后,河南节度使张镐救兵到来。原来张镐闻睢阳危急,倍道来援,犹恐不及,先遣飞骑驰檄谯郡太守闾邱晓,使速引本部兵先往。闾邱晓素傲狠,不奉节制,竟不起兵;及张镐至,城已破三日矣。张镐大怒,令武士擒闾邱晓,至军前杖杀之。正是:

恨不移此闾邱杖,并杖临淮狠贺兰。

欲知后事如何,且听下回分解。

第九十五回

李乐工吹笛遇仙翁
王供奉听棋谒神女

人生世上，不特忠孝节义与夫功勋事业、道德文章，足以流芳后世，垂名不朽，就是那一长一技之微，若果能专心致志，亦足以轶类超群，独步一时；且其艺既精妙入神，不难邀知遇于君上，致感动于神仙，使其身所遭逢之事，传为千秋佳话。

却说张镐既杖杀闾邱晓，即移书于贺兰进明，责其不救睢阳。恰闻朝廷有旨，命张镐镇临淮，着进明移驻别镇。张镐乃率兵攻打睢阳城，与尹子奇大战。子奇正战之间，忽然阴云四合，寒风扑面，贼众都闻鬼哭神号之声，空中如有鬼兵来冲突，一时大乱，四散狂奔。正是：

死为厉鬼忠臣志，须信忠魂自有灵。

尹子奇兵溃，只得弃了睢阳城，退奔陈留；谁想陈留百姓，恨其荼毒睢阳，痛惜忠良被害，遂出其不意，杀将起来，斩了尹子奇，开城迎降。张镐安民已毕，分兵留守；一面引众回镇，一面将睢阳死难诸臣，具表奏闻朝廷。恰好上皇有手诏至肃宗行在，命褒录死节之人。

且说上皇在蜀中，眼前少了个杨妃，常怀愁闷。那些梨园子弟，又大半散失，供御者无多人，更加不快；还亏有高力士日夕侍侧，时为劝解。及闻安禄山焚毁祖庙，杀害宗室，残虐臣民，遂抚心顿足,十分哀痛;随又传闻禄山已死,乃叹恨道:“朕恨不及手自寸磔此贼也!”因追念故相张九龄,昔年曾说禄山有反相,不宜宥其死,此真先见之明,当时若从其言,何至有今日之祸。于是特遣中使往曲江,致祭于其墓,御制祭文一道,手书付中使赍赴墓前宣读。其文云:

惟卿昔者曾有谠言,谓安禄山反相昭然,不宜宥死,宜亟歼旃。朕听不聪,轻纵巨奸,既宽显戮,更予大藩,酿兹凶祸。追悔从前,卿今若在,朕复何颜!追念老臣,曷胜涕涟。特遣致祭,侑以短篇,嘉卿先见,志吾过愆。尚飨。

上皇既遣祭张九龄,且厚恤其家,因即降手诏,命朝臣查录一切死难忠臣,申奏新君,并加恤典,不得遗漏。又闻雷海青殉节于凝碧池,不胜嘉叹。张野狐因乘机启奏道:“梨园旧人黄幡绰,向羁贼中,今从东京逃来,欲请见驾;只因失身陷贼,恐上皇爷欲加之罪,故逡巡未敢。”上皇道:“汝等俳优之辈,安能尽如雷海青这般殉节?失身贼中,不足深责。黄幡绰既从贼中来,必知雷海青殉节之详,朕正欲问他,可便唤来。”左右领旨,即将黄幡绰宣到。幡绰叩首阶前,涕泣请罪。上皇赦其罪问道:“雷海青殉节于凝碧池之日,你也在那里么?”幡绰道:“此事臣所目睹。”上皇道:“汝可详细奏来。”幡绰便把那安禄山如何设宴奏乐,众乐工如何伤感坠泪,禄山如何要杀那坠泪的,雷海青如何大哭,如何抛掷乐器,骂贼而死,一一奏闻。上皇叹息道:“海青乃能尽忠如此,彼张均、张垍辈,真禽兽不若矣!”因问幡绰道:“汝于此时亦曾坠泪否?”幡绰道:“触目伤心,哪得不坠泪?”时内监冯神威在侧,向日幡绰曾于言语之间,戏侮了他,心中不悦,奏道:“此言妄也。奴婢闻人传说,幡绰在贼中,把安禄山极其谄奉。禄山在宫中梦纸窗破碎,幡绰解云:此为照临四方之兆。禄山又梦自身所穿袍袖甚长,幡绰又为之解云:此所谓垂衣而天下治。如此进谀,岂是肯坠泪者?”上皇即问幡绰:“汝果有此言否?”那黄幡绰本是个极滑稽善戏谑的人,平日在御前惯会撮科打诨,取笑作耍的,那时若惊惶抵赖,便没趣了,他却不慌不忙,从容奏道:"禄山果有此梦,臣亦果有此言;臣因禄山有此不祥之二梦,知其必败,故不与直言以取祸,只以巧言对之,正欲留此微躯,再睹天颜耳。"上皇道:"怎见得此二梦之不祥,汝便知其必败?"幡绰道:"纸窗破者,不容糊做也;袍袖长者,出手不得也。岂非必败之兆乎?"上皇听说,不觉大笑,遂命仍旧供御。正是:

闻之既堪为解颐,言者自可告无罪。

自此上皇时常使黄幡绰侍侧,询问东西二京之事。幡绰恐感动圣怀,应对之间,杂以诙谐,常引得上皇发笑。忽一日,又有一个梨园旧人到来,你道是谁?却是笛师李谟。原来李谟于圣驾西行时,同着一个从人奔走随驾,不想走迟了,却追随不及,失落在后,遇着哥舒翰的败残军马冲来。前路难行,急慌慌的奔窜,一时无处逃匿,只时权避入一山谷中。其中有古寺一所,寺僧询知是御前供奉之人,不敢怠慢,因留他暂寓,一连住了五七日。一夕月朗风清,从人先自去睡了,李谟心中烦闷,且不即睡,又爱那风清月白,徘徊观玩了一回,便向行囊中,取出平日那枝所吹的笛儿来,独自步出寺门,在一大树之下石台上坐着,把那笛儿吹起。真个声音嘹亮,响彻山谷。才吹罢,遥见园林中走出一个彪形大汉,大踏步行至前来,仔细视之,乃一虎头人也。李谟大骇,那虎头人身穿一件白袷单衣,露随赤足,就寺门槛上箕踞而坐,说道:"笛声甚妙,可再吹一曲。"李谟那时不敢不吹,只得按定了心神,吹起一套繁縻之调。虎头人听到酣适之际,不觉瞑然睡去,横卧于槛上,少顷之间,鼾声如雷。李谟欲待跨入寺门槛去,又恐惊醒了他不是要处;回首四顾,没处藏身,只得将笛儿安放草间,尽力爬上那大树,直爬到那极高的去处,借树叶遮身,做一堆儿伏着。

不移时虎头人醒来,不见了吹笛人,即懊悔道:"恨不早食之,却被他走了。"遂立起身来,向空长啸一声,便有十余只大虎,腾跃而至,望着虎头人俯首伏地,状如朝谒。虎头人道:"适有一吹笛小儿,乘我睡熟,因而逃脱。我方才当槛而卧,量彼不敢入寺,必奔他处,汝等可分路索之。"众虎遂四散奔去,虎头人依然踞坐不动。约五更以后,众虎俱回,都作人言道:"我等四路追寻不获。"正说间,恰值月落斜照,见有人影在树。虎头人笑道:"我道有云行雷掣,却原来在这里!"乃与众虎望着树上,跳身攫取。幸那树甚高,跃攫不及;李谟此时却吓得魂不附体,满身抖颤,几乎坠下,紧紧抱着树枝。正在危急,忽闻空中有人大喝道:"此乃御前之人,汝等孽畜,不得猖獗!"于是虎头人与众虎一时俱惊散。少间天曙,仆从来寻,李谟方才下树。且喜那笛儿原在草间无损,仍旧收得。正是:

箫能引凤,笛乃致虎。
岂学虞廷,百兽率舞。

李谟受此惊恐,卧病数日。病愈之后,方欲起身,适有旧日相知的京官皇甫政,新任越州刺史,因赴任途次,偶来山寺借宿,遇见了李谟,各叙寒暄,问李谟:"将欲何往?"李谟道:"将欲西行,追随大驾。"皇甫政道:"近日西边一路,兵马充斥,岂可冒险而行;不如且同我到越州暂住,俟稍平定,西行未迟。"李谟应诺,遂别了寺僧,随着皇甫政迤逦来至越州,即寓居于刺史署中。那越州有个镜湖,是名胜之处,皇甫政公事之暇,常与李谟到彼观览。李谟道:"湖光可人,尤宜月夜。"皇甫政点头道:"我亦正欲为月夜泛湖之游。"乃于月明之夜,具酒肴于舟中,约集僚友,同了李谟泛湖饮宴;但见月光如水,水光映月,放舟中流,如游空际,正合着苏东坡《赤壁赋》中两句,道是:

桂棹兮兰桨,击空明兮泝流光。

众官饮酒至半酣,都要听李谟的妙笛。有人说道:"昔年勤政楼头一曲笛音,止住了千万人的喧哗,天下传闻绝技。今夕幸得相叙,切勿吝教。"皇甫政笑道:"李君所用之笛,我已携带在此了。"众官都喜道:"可知妙哩!"李谟谦逊了一回,取出笛儿吹将起来,其声音之妙,真足以怡情悦耳,听者无不啧啧称叹。一曲方终,只见前面有扁舟一叶，一童子鼓棹而行，船上立着一个老翁，口中高声的叫道："大好笛音，肯容我登舟一听否？"众人于月下视之，见他：

数髯瑟瑟，一貌堂堂。野服葛巾，绝似仙家妆束；开襟挥尘，更饶名士风流。果然顾盼非凡，真乃笑谈不俗。

众官看了，知其非常人，不敢轻忽，即请过大船中，以礼相见。老翁道："山野之人，多有唐突，幸勿见罪。"众官揖之就坐，那老翁道："偶游月下，忽闻笛声甚佳，故冒昧至此，欲有所陈。"李谟道："拙技不足污耳，承翁丈闻声而来，定是知音，正欲请教大方。"老翁道："顷所吹者，乃紫云回曲也，此调出自天宫，今尊官已悉得其妙，但婉转之际，未免微涉番调，何也？"李谟惊叹道："翁丈真精于音律者，仆初学笛时所从之师，实系番人。"老翁道："笛者涤也，所以涤邪秽而归之于雅正也，岂可杂以番调邪！宜尽脱去为妙。"李谟拱手道："谨受教。"老翁道："尊官所吹之笛，是平日惯用的么？"李谟道："此笛乃紫纹云梦竹所造，出自上赐，正是平时用熟的。"老翁道："紫纹竹生在云梦之南，于每年七月望前生；但今年七月望前生，必须于明年七月望前伐，若过期而伐，则其音窒；先期而伐，则其音浮。适间细听笛音，颇有轻浮之意，当是先期而伐者。但可吹和平繁靡之音调，若吹金石清壮之调，笛管必将碎裂。"众官听了，都未肯信，李谟口虽唯唯，也还半信半疑。老翁道："公等如不信，老朽请一试之。"说罢，便取过李谟所吹的笛儿，吹起一曲金石调来，果然其声清壮，可以舞潜蛟而泣嫠妇。李谟与众官都听得呆了。及吹至入破之时，众人正听得好，忽地刮刺一声，笛儿裂作两半，众方惊叹信服。老翁笑道："损坏佳笛，如之奈何？老朽偶带得二笛在此，当以其一奉偿。"遂向衣裾中取出二笛，一极长，一稍短，乃以短者送李谟道："便请试吹。"李谟接过来，略一吹弄，果然应手应口，迥非他笛可比，心中欢喜，再三称谢。皇甫政笑道："从来说宝剑赠与烈士，红粉寄与佳人。老丈既以敝友为知音，何不并将那一枝惠赐之？"老翁道："非敢吝惜，其实那一笛，非人间所可吹者；即使相赠，亦未必能吹。”李谟道：“小子愿一试之。”

老翁便把那笛递过来，李谟吹之再四，都不入调，且亦不甚响亮。老翁道：“此非人间笛，固未易吹也。”李谟道：“此笛量非老丈不能吹，必求赐教。”老翁摇头道：“人间吹不得。”李谟道：“人间吹了便怎么？”老翁笑道：“尊官前日山谷中所吹，不过是人间之笛，尚有虎妖闻声而至；今于湖中吹动那一笛，岂不大惊蛟龙乎？”众人闻言，都道：“不信有这等事。”老翁道：“诸公如必欲吹，老朽试略吹之；倘有变动，幸勿惊讶。”于是取过那笛来，信口一吹，其声震耳，树头宿鸟俱惊飞叫噪；到五六声之后，只见月色惨黯，大风顿作，湖水鼓浪，巨鱼腾跃，举舟之人大骇，都道：“莫吹罢！莫吹罢！”老翁呵呵大笑，收过了笛，起身告别，众人挽留不住。李谟道：“还不曾拜问尊姓大名。”老翁笑道：“前宵于空中喝退虎妖者即我也，不须更问姓名。”言讫，耸身跃入小舟，童子鼓棹如飞，顷刻不见。众人又惊又喜，都赞叹李谟妙笛，能使仙翁来降。正是：

笛既能致虎，亦复可遇仙。
虎因畏仙去，仙还把笛传。

李谟自得了仙翁所授之笛，其技愈精。皇甫政因他是御前侍奉的人，不敢久留，打听得路途稍通，遂赍送盘费，遣发起行。不则一日，来到蜀中。先投谒高力士，引至上皇驾前朝见。上皇怜其间关跋涉而来，赐与衣帽，仍令供御。李谟将途中遇仙之事，从容启奏。上皇本是极好神仙的，闻其所奏，十分叹异。高力士因奏道：“老奴向闻翰林院弈棋供奉王积薪，亦曾于旅次遇仙。”上皇道：“此事朕所未闻，王积薪今在此，当面问之。”于是传旨，宣王积薪。

且说那王积薪乃长安人，原是世家巨族的后裔；从幼性好弈棋，屡求善弈者指教，遂成高手。少年时曾与一班贵介子弟四五人，于长安城外一个有名的园亭上宴会。正酣饮间，匆有一人乘马至园门首下了马，昂然而入，看他打扮，不文不武，对众举手笑道：“诸君雅集，本不当来吵扰；止缘渴吻，欲得杯酒润之，未识肯见赐否？”王积薪见其器宇轩昂，知非恒辈，不等众人开口，先自起身迎揖，逊之上座，那人也不推辞，便就坐了。积薪取大杯斟酒送上，那人接来饮讫，叫再斟来。王积薪一面再斟酒，一面供他举箸。那些众少年尽是贵公子，平日不看人在眼里的，今见此人突如其来，又甚简傲，俱心怀不平，不知他是何等人，又不敢向前问他。其中一少年，乃举杯出令道："我等各自道家世，其最贵显者，饮三杯，请客先道。"那人笑道："吾请先饮三杯而后言。"积薪便令童子快斟酒。那人连进三杯，起身出席，举手向众人道："我高祖天子，曾祖天子，祖天子，父天子，本身天子。"说罢，大步出门，上马疾驰而走。众人方相顾错愕，早有内监与侍卫等人，策着马来寻问。原来那时玄宗常为微行，这一日改换衣装，出城闲玩，因偶与众少年相遇。次日，命高力士访知，那敬酒的少年是王积薪，特召入见，厚有赏赐，且云："诸少年自矜家世，真乞儿相，汝独大雅可喜。"因命送翰林院读书，后知其善弈，遂令为弈棋供奉。正是：

不因杯酒力，安得侍君王？

王积薪有此遭遇，日侍至尊；及安禄山作乱，车驾西幸之时，多官随行。积薪带着一个老仆，随众奔走；奈蜀道险隘，每当止宿时，旅店多被贵官占住，积薪只得随路于民家借宿。一日迂道，大宽转沿山溪而行，不觉走入一荒村。时已薄暮，那村中只有一家人家，茅舍三间，柴扉半掩。积薪主仆扣扉求宿。内里走出一个老婆婆来，说道："此间只老身与一个媳妇儿住着，本不该留外客在此；但舍此更无宿处，客官可权就廊檐下宿一宵罢！"积薪谢道："只此足矣！"婆婆取些茶汤与几个面饼来供客，叫了安置，关了柴门，自进去了。积薪听得他姑媳二人各处一室，各自阖户而寝。积薪主仆卧于廊下，老仆先已睡着，积薪转辗未寐。忽闻那婆婆叫应了媳妇说道："良宵无以消遣，我和你对弈一局如何？"媳妇应道："既如此甚妙。"积薪惊异道："乡村妇女，如何知弈？且二人东西各宿，如何对弈？"便爬起来从门缝里张看，内边黑洞洞，已皆灭烛矣，乃附耳门扉细听之。闻得婆婆道："饶你先起。"媳妇道："我于东五南九置子起矣！"停了半晌，婆婆道："我于东五南十二置子矣！"又停了半晌，媳妇道：“我于西八南十置子矣！”又停了半晌，婆婆道：“我于西九南十四置子矣！”每置一子，必良久思索，夜至四更，共下三十六子，积薪一一密记。忽闻婆婆笑道：“媳妇你输了，我止胜你九枰耳！”媳妇道：“我错算了一着，固宜败北。”自此寂然。天明启扉，积薪整衣入见，看那婆婆鬓发斑斑，丰采奕奕，绝不似乡村老媪；积薪请见其媳，婆婆即呼媳妇儿出来相见，你道那媳妇怎生模样？

虽是村家装束，自然光采动人。举止安闲，不啻闺中之秀；丰姿潇洒，亦如林下之风。若遇楚襄王，定疑神女；即非蓝桥驿，宛似云英。

积薪相见过，即叩问弈理。婆婆道：“我姑媳无以遣此良宵，偶尔对局，岂堪闻于尊客？”积薪再三请教，婆婆道：“弈虽小数，其中自有妙理。尊客既好此，必善于此，今可率己意布局置子，使老身观之，或当进一言相商。”乃取棋局置子出来，积薪尽平生之长布置，未及四五十子，只见那媳妇微微含笑，对婆婆说道：“此客可教以人间常势。”婆婆遂指示攻守杀夺，救应防拒之法，其意甚略，然皆平时思虑所不及；积薪更欲请益，婆婆笑道：“只此已无敌于人间矣！大驾已前行，客官可速往。”积薪称谢而别。行不十数步，回头看时，茅舍柴扉，都已不见，方知是遇了仙人，不胜叹诧。正是：

奕通太极阴阳理，妙诀从来原不多。
好向人间称莫敌，笑他空烂手中柯。

积薪自此弈艺绝伦。当日上皇因高力士言及，特召积薪面询其事。积薪把上项事奏闻，黄幡绰在旁，听了插诨道：“奕称手谈，那家妈妈媳妇，却又口著，真是异事。”上皇笑道：“常人之弈，以手为口，必须目视；不若仙人之弈，以口为手，不须用目也。”积薪道：“臣常布置其姑媳对弈之势，虽罄竭心思，推算其所言九枰胜负之说，终不可得。”上皇道：“此必非人间常势，存此以待后之识者可耳。”高力士道：“积薪昔年饮酒，曾得遇圣人，今日弈棋又遇仙人，何其多佳遇也。”上皇道:“李谟所遇吹笛仙翁,积薪所遇弈棋姑媳,总是仙人;但未知是何仙,此时若张果、叶法善、罗公远辈有一人在此,必知其来历矣!”正闲谈间,肃宗遣使来奏言,永王谋反,称帝于江南。上皇大怒,命速遣将讨之。不一日,有中使啖廷瑶,赍奉肃宗告捷表文,奏称广平王与郭子仪屡胜贼兵,又得回纥助战,已恢复西京,今即移兵东向,将并恢复东京矣。上皇大喜。正是:

且喜耳闻好消息,会须眼看捷旌旗。

欲知后事如何,且听下回分解。

第九十六回

拚百口郭令公报恩
复两京广平王奏绩

从来能施恩者,未必望报;而能图报者,方不负恩。战国时的侯生,对信陵君说得好,道是:“公子有德于人,愿公子忘之;人有德于公子,愿公子无忘之,无忘之者,必思有以报之也。”孔子曰:“以直报怨,以德报德。”夫报德不曰以直,而曰以德者。报德与报怨不同,报怨不可过刻,以直足矣;且怨有当报者,有不当报者,有时以报为报,有时以不报为报,皆所谓直也。若夫德是必要报的,不可不厚报的,说不得个他如此来,我亦当如此答。一饭之恩,报以千金,岂是掂斤估两的事?我当危困之时,那人肯挺身相救,即时迫于事势,救我不成,他这段美意,也须终身衔感;况实能脱我于患难之中,真个生死而肉骨,我到后来建功立业,皆此人之赐。此等大恩,便舍身拚家以报之,诚不为过。推此报恩之念,其于君臣之间,虽不可与论报施,然人臣匡君定国,戡乱扶危,成盖世之奇勋,总也是不忘君恩,勉图报效而已。

却说肃宗自灵武即位后,即令郭子仪为武部尚书,灵武长史李光弼为户部尚书、北都留守、并同平章事;又特遣使征召李泌。那李泌字长源,京兆人氏,生而颖异,身有仙骨。幼时常闻空中有仙乐来相迎,其身飘飘欲举,家人共相抱持。后来每闻音乐,家人即捣蒜向空泼洒,自此音乐渐绝。至七岁,便能吟诗作赋,更聪慧异常。

上皇开元年间,下诏召集京中能谈佛老者,互相议论。有一童子姓员名俶年方十岁,与众问答词辩无穷,上皇嘉叹,因问员俶:“外边还有与你一般聪慧的童子么?”原来员俶乃是李泌的姑娘所生,与李泌为中表兄弟,当下便奏说:“臣母舅之子李泌,小臣三岁,而聪慧胜臣十倍。”上皇即遣中使召之,李泌应召而至,朝拜之际,礼仪娴雅。其时上皇方与燕国公张说弈棋,遂命张说出题试之。张说使赋方圆动静。李泌请言其略,以便措辞。张说指着案上棋枰说道:

方若棋局,圆若棋子,动若棋生,静若棋死。

说罢,张说还恐他年太幼,未能即解,又对他说道:“此是我借棋以为方圆动静之喻,汝自赋方圆动静四字,不可泥棋为说也。”李泌道:“这晓得。”即信口答道:

方若行义,圆若用智,动若骋才,静若得意。

张说听了,大为惊异道:“此吾小友也!”因起身拜贺朝廷得此神童。正是:

堪使老臣称小友,共夸圣主得神童。

上皇厚加赐赉,命于翰林院读书;及长,欲授以官职,李泌再三辞谢,乃赐与太子为布衣交,太子甚相敬爱。李林甫、杨国忠都忌之,李泌因遂告归,隐居颍阳。至是肃宗思念旧交,遣使征至行在,待以宾礼,出则联骑,寝则对榻,事无大小,皆与商酌;欲命为右相,李泌固辞,只以白衣随驾。

一日,肃宗与李泌并马而出,巡视军营。军士们窃相指道:“黄衣的是圣人,白衣的是山人。”肃宗微闻此语,因谓李泌道:“艰难之际,不敢以官职相屈;但且衣紫,以绝群疑。”遂出紫袍赐之,李泌只得拜受,肃宗即令左右为之换服。李泌换服讫,正欲谢恩,肃宗笑道:“且住,卿既服此,岂可无称?”乃于袖中取出敕书一道,以李泌为参谋军国元帅府行军长史。李泌犹固辞,肃宗道:“朕非敢相屈,期共济艰难耳;俟贼平,任行高志。”李泌拜受命。萧宗欲以建宁王倓为大元帅,李泌道:“建宁王果堪作元帅,然广平王居长;若建宁王功成,岂可使广平王为吴泰伯?”肃宗道:“广平王系家嗣,何必以元帅为重?”李泌道:“广平王未正位东宫,今艰难之际,人心所属在于元帅,若建宁王大功既成,陛下即欲不以为储贰,彼同立功者,其肯已乎?太宗、上皇即其事也。”肃宗点头道:“卿言良是,朕当思之。”李泌退朝,建宁王迎谢道:“顷传闻奏对之言,正合吾心,吾受其赐矣。”李泌道:“殿下孝友如此,真国家之福也。”于是肃宗以广平王俶为天下兵马大元帅,郭子仪、李光弼等所部之军,俱属统率。

时李光弼驻防太原,其麾下精兵俱调往朔方,在太原者仅万人。贼将史思明等共引兵十余万人来攻城,诸将皆议修城以待之。光弼道:“太原城周四十里,修之非易,贼垂至与兴役,是未见敌而先自困也。”乃令士卒于城外凿濠以自固,掘坑堑数千。及贼攻城于外,光弼即令以坑堑中掘出的泥土,增垒于内,为守御。贼围攻月余,无隙可乘。光弼访得钱冶内有铸钱的佣工兄弟三人,善穿地道,以重赏购之,使率其伙伴,掘地道以俟贼。有贼将于城下仰面侮骂城上人,光弼即遣人从地道拽其足而入,缚至城上斩之,自此贼行动必低头视地。光弼又作大炮,飞巨石,每一发必击死几十人,贼乃退营于数十步外。光弼遣使诈称城中粮尽,与贼相约刻期出降。史思明信以为真,不复为备。光弼暗使人穿地道,直至贼营,支之以木;至期使二千余人,走马出城,恰象要去投降的一般。贼方瞻望喜跃,忽然营中地陷,压死者无数,贼众惊乱,官军鼓噪而出,斩杀万计。史思明乃引众纷纷遁去。光弼上表奏捷。广平王正以太原要地被围,欲遣兵往救,因得捷报而止。郭子仪以河东居两京之间,得河东而后两京可图。时贼将崔乾祐守河东,郭子仪密使人入河东,与唐官陷于贼中者,约为内应,内外夹攻。崔乾祐不能抵敌,弃城而逃,子仪引兵追击,斩杀甚众,乾祐仅以身免。河东遂平。正是:

从来郭李称名将,战守今朝各奏功。

肃宗以郭子仪为天下兵马副元帅,正谋恢复两京,忽闻报永𤖸王反于江陵,僭称帝号。原来永王𤖸出镇江陵,自恃富强,骄蹇不恭;及闻肃宗即位灵武,乃与部将属官等共私议,以为太子既遽自称尊,我亦可据有江表,独帝一方。正在谋议起事,肃宗恶其骄蹇,诏使罢镇还蜀,永王竟不奉诏,至是举兵反,自称皇帝。思欲招致有名之士,以为民望。闻知李白退居庐山,距江陵不远,遣使征之。李白辞不应赴。永王使人伺其出游,要之于路,劫取至江陵,欲授以官。李白决意不受。永王不能屈其志,但只羁縻住他,不放还山。肃宗闻永王作乱,一面表奏上皇,一面遣淮南节度高适、副使李成式,共引兵征讨。时内监李辅国阴附宫中,张良娣专权用事,那降贼的内监边令诚,因为贼所忌,乃自贼中逃至行在,依托李辅国图复进用。李泌上言道:"令诚以宦官蒙上皇委任,外掌兵权,内掌宫禁,而贼至即降,且以宫门锁钥付贼,如此叛逆,罪不容诛!"肃宗遂命将边令诚斩首,为降贼者示警。于进李辅国奏称:"原任翰林学士李白,现为逆藩永王𤖸谋主,宜诏刑官注名叛党,俟事平日,按律治罪。"

你道李辅国为何忽有此奏?只因李白当初在朝时,放浪诗酒,品致高尚,全不把这些宦官看在眼里,所以此辈都不喜他。今辅国乘机劾奏,一来是私怨,二来迎合朝廷显诛叛党之意,三来怪李泌奏斩了边令诚。他今劾奏李白,见得那文人名士,受过上皇宠爱的,也不免从逆,莫只说宦官不好。当日肃宗准其奏,传旨法司。却早惊动了郭子仪,他想:昔年李白救我性命,大恩未报,今日岂容坐视?遂连夜草成表章,次日即伏阙上表。其表略云:

臣伏睹原任词臣李白,昔蒙上皇知遇之恩,将不次擢用,乃竟辞荣遁隐,高卧庐山,斯其为人可知。今不幸为逆藩所逼,臣闻其始而却聘,继乃被劫,伪命屡加,坚意不受,身虽羁困,志不少降;而议者辄以判人谋主目之,则亦过矣。臣请以百口保其无他。白故有恩于臣,然臣非敢以私恩为白游说也,事平之后,当有众目共见者可为援证;倘不如臣所言,臣与百口甘伏国法。

肃宗览表,命法司存案,待事平日察明定夺。后来永王璘兵败自尽,该地方有司拘系从逆之人,候旨处决,李白亦被系于浔阳狱中。朝廷因郭子仪曾为保救,特遣官查勘。回奏李白系被逼胁,与从逆者不同,罪宜减等。有旨李白长流夜郎,其余从逆者,尽行诛戮。至乾元年间,诏赦天下,李白乃得放归,行至当涂县界,于舟中对月饮酒大醉,欲捉取水中之月,堕水而卒。当时江畔之人,恍惚见李白乘鲸鱼升天而去,这是后话。正是:

有恩必报推英杰,无罪长流叹谪仙。
英杰拚家酬昔日,谪仙厌世再生天。

此事表过不提。且说肃宗既以广平王为元帅,即欲立为太子。李泌道:“陛下灵武即位,止为军事迫切,急须处分故耳;若立太子,宜请命于上皇,不然后世何由知陛下不得已之心乎?”广平王亦固辞道:“陛下尚未奉晨昏,臣何敢当储副?”肃宗因此暂停建储之事。建宁王私语李泌道:“我兄弟俱为李辅国、张良娣所忌,二人表里为恶,我当早除此害。”李泌道:“此非臣子所愿闻,且置之勿论。”建宁不听,屡于肃宗前,直言二人许多罪恶。二人乃互相谗谮,诬建宁王欲谋害广平王,急夺储位,激怒肃宗,立即传旨,赐建宁王死。李泌欲谏阻,已无及矣。可惜一个贤主,被谗殒命。想肃宗居东宫时,为李林甫所忌,受尽惊恐,岂不知戒;今巨寇未灭,先杀一贤子,何忍心昧理至此!后人有诗叹云:

信谗杀其子,作俑自上皇。
肃宗心忍父,可怜建宁王。
不记在东宫,时恐罹祸殃。
何今循故辙,谗口任噏张。
君子听不聪,佳儿被摧戕。
遗恨彼妇寺,寸磔宁足偿!

至德二载,肃宗驾至凤翔,命广平王与郭子仪等出师恢复两京。子仪以番人回纥的兵马甚精锐,请旨徵其助战。回纥可汗遣其子叶护，领兵一万前来助战，肃宗许以重赏。叶护请于克城之日，土地士庶归朝廷，金帛子女归回纥。肃宗急于成功，只得许诺，聚朔方等处军马，与回纥西域之众，共一十五万，刻日起行。李泌献策，拟先攻范阳，捣其巢穴。肃宗道："大军既集，正须急取长安，岂可反先劳帅以攻范阳？"李泌道："今所用者皆北兵，其性耐寒而畏暑，今乘其新至之锐，攻已老之帅，两京必克。然贼收其余众遁归巢穴，关东地热，春气一发，官军必困而思归，贼休兵秣马，伺官军一去，必复南来，是征战之未有已时也。不如先用之于寒乡，除其巢穴，贼退无所归，然后大兵合而攻之，必成擒矣！"肃宗道："此言诚善，但朕定省久虚，急欲先恢复西京迎回上皇，不能待此矣！"遂不用李泌之言，兵马望西京进发。

行至长安城西，列阵于澧水之东，李嗣业领前军，广平王、郭子仪、李泌居中军，王思礼统后军。贼众数万，列阵于澧水之北，贼将李归仁出挑战，子仪引前军迎敌，贼军尽起，官军少却。李嗣业肉袒执戈，身先士卒，大呼奋击，立杀数十人。于是官军气壮，各执长刀，如墙而进，贼众不能抵挡。都知兵马使王难得，被贼射中其眉，皮垂遮目，难得手自拔箭，扯去其皮，血流满面，力战不退。贼伏精骑于阵之东，欲击官军之后，子仪探得其情，急令朔方左厢兵马使仆固怀恩引回纥兵，突往击之，斩杀殆尽。李嗣业又引回纥兵出贼阵后，与大军夹击，王思礼亦引后军继进，并力攻杀；自午至酉，斩首六万余级，贼兵大溃，余众退入城中，一夜嚣声不息。至天明，探马来报，贼将李归仁、安守忠、田乾真、张通儒等俱已遁去，广平王遂率众入西京城，百姓老幼，夹道欢呼。叶护欲如前约，掠取金帛子女，广平王下马，拜于叶护马前道："今方得西京，若便俘掠，则东京之人，必为贼固守，难以复取了。请至东京，乃如约。"叶护惊跃下马答拜，跪捧王足道："愿为殿下即往东京。"遂与仆固怀恩引了西域及本部之兵，从城南过，更不停留，径向东京进发。众人见广平王为百姓下拜，无不涕泣感叹。

为民屈体非为屈，赢得人人爱戴深。

番众亦因仁义感,不缘贪利起戎心。

广平王驻西京三日,即留兵镇守,自引大军东出,捷书至行在,百官称贺。肃宗即日具表,遣中使啖廷瑶,赴蜀奏闻上皇,请驾回京复位;一面遣宫人西京祭告宗庙,宣慰百姓;一面以快马召李泌于军中。李泌星驰至凤翔入见,叩问何故召见。肃宗道:"朕得西京捷报,即表奏上皇,请驾东归复位,朕当退居东宫,以尽子职;未识卿意以为何如,欲急召面询。"李泌愕然道:"此表已赍去否?"肃宗道:"已去。"李泌道:"还可追转否?"肃宗道:"已去远矣,为何欲追转?"李泌咄嗟道:"上皇不肯东归矣!"肃宗惊问何故。李泌道:"陛下正位改元,已历二载,今忽奉此表,上皇心疑,且不自安,怎肯复归?"肃宗爽然自失,顿足道:"朕本以至诚求退,今闻卿言,乃悟其失,表已奏上,为之奈何?"李泌道:"今可更为群臣贺表,具言自马嵬请留,灵武劝进,及今克复两京,皇上思恋晨昏,请即还宫,以尽孝养;如此则上皇心安,东归有日矣。"肃宗连声道是,便命李泌草表,立遣中使霍韬光入蜀奏闻。

不则一日,啖廷瑶自蜀回,传上皇口谕云:"可与我剑南一道自奉,不复归矣。"肃宗惶惧无措。数日后,霍韬光还报,言上皇初得皇帝请退东宫之表,彷徨不能食,欲不东归;及群臣贺表至,乃大喜,命食作乐,下诰定行期了。肃宗大喜,召李泌入宫告之道:"此皆卿之力也!"因命酒与饮,是夜留宿于内,肃宗与之同榻而寝。正是:

御床并坐非王导,帝榻同眠胜子陵。

李泌本不乐仕进,久有去志,因乘间乞身道:"臣已略报圣恩,今请仍许作闲人。"肃宗道:"卿久与朕同忧,朕今将欲与卿同乐,何忽思去?"李泌道:"臣有五不可留:臣遇陛下太早,陛下宠臣太深,任臣太重,臣功太大,迹太奇。有此五者,所以断不可留也!"肃宗笑道:"且睡,另日再议。"李泌道:"陛下今就臣同榻同卧,尚不允臣所请,况异日香案之前乎?陛下不许臣去,是杀臣也!"肃宗惊讶道:"卿何疑朕至此,朕岂是欲杀卿者。"李泌道:"杀臣者非陛下,乃五不可也。陛下向日待臣如此之厚,臣于事犹有不得尽言者;况他日天下既安,臣未必能尚邀圣眷,尚敢言乎?”肃宗道:“卿此言必因朕不从卿先伐范阳之计也。”李泌道:“臣不因此,臣实有感于建宁王之事耳。”肃宗道:“建宁王欲害其兄,朕故不得已而除之耳。”李泌道:“建宁王若有此心,广平王当极恨之;今广平王每与臣言其冤,为之流涕;况陛下昔欲用建宁王为元帅,臣请用广平王,若建宁王果有害兄之意,宜深恨臣,乃当日以臣为忠,愈加亲信,即此可察其心矣。”肃宗闻言,不觉泪下道:“卿言是也,卿知误矣,然既往不咎。”李泌道:“臣非咎既往,只愿陛下警戒将来。昔天后无故酖杀太子弘,其次子贤忧惧,作黄台瓜词,其中两句云:一摘使瓜好,再摘使瓜稀。今陛下已一摘矣,幸勿再摘。”

李泌这句话,因知张良娣忌广平王之功也,常谗谮他,恐肃宗又为其所惑,故言及此。当下肃宗闻言,悚然道:“安有是事,卿之良言,朕当谨佩。”李泌复恳求还山。肃宗道:“且待东宫报捷,朕入西京时再议。”自此又过了几日,东京捷报到了,报说贼将自西京战败后,收合余众保陕城,安庆绪遣严庄引兵助之。郭子仪与贼战于新店,叶护引本部兵追击其后,腹背夹攻,贼兵大溃,尸横遍野,贼将弃陕而走,子仪遣兵分道追击。严庄奔回东京,劝安庆绪弃东京城,率其党走河北,临行杀前被擒唐将哥舒翰等三十余人,独许远自刎而死。子仪奉广平王入东京城,出府库中物与叶护,又命民间助输罗锦万匹与之,免于俘掠,百姓欢悦。正是:

大帅用番兵,贤王赖名将。
土地得恢复,其功同开创。

肃宗闻报大喜,即具表遣韦见素入蜀奏捷;随后又遣秦国模、秦国桢往成都迎接上皇。一面择日起驾,先入西京,候上皇回銮。李泌上表,请如前谕,恳放还山。肃宗知其去志已决,乃降温旨,许其暂归。李泌即日谢恩辞朝,隐居衡山去了。后来广平王嗣位,复征李泌出山,又历仕事两朝,正有许多嘉言嘉策,都不在话下。最可惜肃宗不曾从其先伐范阳之计,以致两京虽复,贼氛未殄,安家父子乱后,又继以史家父子之乱,劳师动众,久而后定。究竟安禄山既为其子庆绪所杀,而庆绪又为其臣史思明所杀,而史思明又为其子朝义所杀,乱臣贼子,历历现报。这些都是后话,如今且只说上皇还京之事。正是:

前日兴嗟行路难,今朝且喜回銮稳。

欲知后事如何,且听下回分解。

第九十七回

达奚女钟情续旧好
采苹妃全躯返故宫

大凡人情,莫不恶离而喜合,而于男女之间为尤甚。然从来事势靡常,不能有合而无离,但或一离而不复合,或暂离而即合,或久离而仍合,甚或有生离而认作死别,到后来离者忽合,犹如死者复生;此固自有天意,然于此即可以验人情,观操守。彼墙花路草,尚且钟情不舍,到底得合,况贵为妃嫔者乎!使当患难之际,果不免于殒身,诚可悲可恨,若还幸得保全此躯,重侍故主,岂不更妙。且见得那恃宠骄妒的平时不肯让人,临难不能自保;不若那遭妒夺宠的,平时受尽凄凉,到今日却原是他在帝左右,真乃快心之事。

话说肃宗闻东京捷报,即遣太子太师韦见素入蜀奏闻上皇,复请回銮。随后又遣翰林学士秦国模、奏国桢前往迎驾。秦国桢奏言东京新复,亦当特遣朝臣赍诏到彼,褒赏将士,慰安百姓。肃宗准其所奏,乃仍命中使啖廷瑶与秦国模赴蜀,迎接上皇。改命秦国桢以翰林学士,充东京宣慰使;又命武部员外郎罗采为之副,一同赍诏往东京,即日起行。

那罗采乃故将罗成的后裔,与秦国桢原系中表旧戚,二人作伴同行,且自说得着。罗采对国桢说道:“当初先高祖武毅公有两位夫人,一窦氏一花氏,各生一子,弟乃花氏所生一子一支的子孙。那窦氏所生一支,传至先叔祖没有儿子,只生一女,小名素姑,远嫁河南兰阳县白刺史家，无子而早寡，守志不再醮，性喜的是修真学道。得遇仙师罗公远，说与我罗氏是同宗，因敬素姑是个节妇，赠与丹药一粒，服之却病延年，今已六十余岁，向在本地白云山中一个修真观中焚修。彼处男女都敬信他。自东京乱后，不见有书信来，我今此去，公事之暇，当往候之。”国桢道：“他是兄的姑娘，就是小弟的表姑娘了。弟亦闻其寡居守节，却不知又有修道遇仙的奇事，明日到那里与兄同往一候便了。”当下驰驿趱行。不则一日，来到东京，各官迎接诏书，入城宣读。诏略云：

西京捷后，随克东京，且见将帅善谋，士卒用命，国家再造，皆卿等之力也。已经表奏上皇，当即论功行赏，所有士庶，宜加抚慰。其未下州郡，还宜速为收复；城下之日，府库钱粮，即以其半犒军，毋得骚扰百姓。又访有汲郡士甄济，及国子司业苏源明，向在东京，俱能不为贼所屈，志节可嘉。其以济为秘书郎，源明为考功郎、知制诰，即着来京供职。其降贼官员达奚珣等三百余人，都着解至西京议处。

原来那甄济，为人极方正，安禄山未反之时，因闻其名，欲聘为书记。甄济知禄山有异志，诈称疯疾，杜门不出；及禄山反，遣使者与行刑武士二人，封刀往召之，甄济引颈就刀，不发一语，使者乃以真病复命，因得幸免。那苏源明原籍河南，罢官家居；禄山造反之时，欲授以显爵，源明以笃疾坚辞，不受伪命。肃宗向闻此二人甚有志节，故今诏中及之。当时军民人等闻诏，欢呼万岁，不在话下。且说秦国桢与罗采宣谕既毕，退就公馆；安歇了两日，即便相约同往访候罗氏素姑。遂起身至兰阳县，且就馆驿歇下。

至次日，二人各备下一分礼物，换了便服，屏去驺从，只带几个家人，骑着马来至白云山前，询问土人。果然山中深僻处，有一修真观，名曰小蓬瀛，观中有个老节妇，在内修行，人都称他为白仙姑。土人说道：“这仙姑年虽已老，却等闲不轻见人，近来一发不容闲杂人到他观里去，二位客官要去见他，只恐未必。”罗采道：

"他是我家姑娘,必不见拒。"遂与国桢及家人们策马入山,穿岗越岭,直至观前下马。见观门掩闭,家人轻轻叩了三下,走出一个白发老婆婆来,开门迎住,说道:"客官何来?我们观主年老多病,闭关静养,有失迎接,请回步罢!"罗采道:"我非别客,烦你通报一声,说我姓罗名采,住居长安,是观主的侄儿,特来奉候姑娘,一定要拜见的。"那婆婆听说是观主的亲戚,不敢峻拒,只得让他们步入。观中的景象,果然十分幽雅。有"西江月"词儿为证。道是:

炉内香烟馥郁,座间神像端凝。悬来匾额小蓬瀛,委实非同人境。双鹤亭亭立对,孤松郁郁常青。云堂钟鼓悄无声,知是仙姑习静。

那婆婆掩了观门,忙进内边去通报。少顷出来,传观主之命,请客官于草堂中少坐,便当相见。又停了一会,钟声响处,只见素姑身穿一件蓝色镶边的白道服,头裹幅巾,足踏棕履,手持拂子,冉冉而出。看他面容和粹,举止轻便,全不象六旬以外的人,此因服仙家丹药之力也。正是:

少年久已谢铅华,老去修真作道家。
鬓发不斑身更健,可知丹药胜流霞。

罗采与秦国桢一齐上前拜见。素姑连忙答礼,命坐看茶。罗采动问起居,各叙寒喧。素姑举手向国桢问道:"此位何人?"罗采道:"此即吾罗氏的中表旧戚,秦状元名国桢的便是。"素姑道:"原来就是秦家官人。"说罢,只顾把那秦字来口中沉吟。国桢道:"愚表侄久仰表姑的贞名淑德,却恨不曾拜识尊颜,今日幸得瞻谒;向因山川间阻,以致疏阔,万勿见罪。"于是国桢与罗采各命从人,将礼物献上。素姑道:"二位远来相探,足见亲情,何须礼物?"二人道:"薄礼不足为敬,幸勿麾却。"素姑逊谢再三,方才收下,因问:"二位为何事而来?"罗采道:"我二人都奉钦差赍诏到此,请问姑娘前日贼氛扰乱之时,此地不受惊恐么?"素姑道:"此地幽僻,昔年罗公远还仙师,曾寄迹于此。他说道当初留侯张子房,也曾于此辟谷,居此者可免兵火。因你二位是我至戚,我又忝居长辈,既承相顾，不妨随喜一随喜。”便叫那老婆婆与几个女童，摆上点心素斋来吃了，随即引着二人，徐步入内边，到处观玩。

只见回廊曲槛，浅沼深林，极其幽胜。行过一层庭院，转出一小径，另有静室三间，门儿紧闭，重加封锁，只留一个关洞，也把板儿遮着。二人看了，只道是素姑习静之所，正看间，忽然闻得一阵扑鼻的梅花香。国桢道：“里边有梅树么？此时正是冬天，如何便有梅香，难道此地的梅花开得恁早？”素姑微微而笑，把手中拂子，指着那三间静室道：“梅花香从此室之中来，却不是这里生的，也不是树上开的。”罗采道：“这又奇了，不是树上开的，却是哪里来的哩？”国桢道：“室中既有梅花，大可赏玩，肯赐一观否？”素姑道：“室中有人，不可轻进。”二人忙问：“是何人？”素姑道：“说也话长，原请到外厢坐了，细述与二位贤侄听。”三人仍至堂中坐下，素姑道：“这件事甚奇怪，说来也不肯信，我也从未对人说，今不妨为二位言之。我当年初来此地，仙师罗公远曾云：日后有两个女人来此暂住，你可好生留着，二女俱非等闲之人，后来正有好处。及至安禄山反叛，西京失守之时，忽然有个女人，年约三十以外，淡素衣妆，骑着一匹白驴，飞也似跑进观来。我那时正独自在堂中闲坐，见他来得奇异，连忙起身扶住他下驴，他才下得来，那驴儿忽地腾空而起，直至半天，似飞鸟一般的向西去了。我心中骇异，问那女人时，他不肯明言来历，但云：‘我姓江氏，为李家之妇，因在西京遭难欲死，遇一仙女相救，把这白驴与我乘坐，叫我闭了眼，任他行走，觉得此身行在空中，霎是落下地来，不想却到这里。据那仙女说，你所到之处，便且安身，今既到此，不知肯相容否？’我因记着罗仙师的言语，知此女子必非常人，遂留他住在这静室中，不使外人知道，也不向观中人说那白驴腾空之事。那女人自在静室中，也足不出户，我从此将观门掩闭，无事不许开。不意过了几日，却又有个少年美貌的女子，叩门进来要住。那女人是原任河南节度使达奚珣的族侄女，小字盈盈，向在西京，已经适人。因其夫客死于外，父母俱都亡，故只得依托达奚珣，随他到任所来；不想达奚珣没志气，竟降了贼，此女知其必有后祸，立意要出家，闻说此间观中幽静，禀知达奚珣，径来到此。我亦因记着罗仙师有二女来住之言，遂留他与那姓江的女人，同居一室之中，闭关静坐，只在关洞里传递饮食。两月之前，仙师同着一位道者，说是叶法善尊师，来到此间，那姓江的女人却素知二师之神妙，乃与达奚女出关拜谒。叶尊师便向空中幻出梅花一枝，赠与江氏说道：'你性爱此花，今可将这一枝花儿供着，还你四时常开，清香不绝，更不凋残；直待还归旧地，重见旧主，享完后福，那时身命与此花同谢耳。'自此把这枝梅花，供在室中瓶里，直香到如今，近日更觉芬芳扑鼻，你道奇也不奇。"秦、罗二人听了，都惊讶道："有这等奇事！"因问："这二位仙师见了那达奚女，可也有所赠么？"素姑道："我还没说完。当下罗仙师取过纸笔来，题诗八句，付与达奚氏说道：'你将来的好事，都在这诗句中；你有遇合之时，连那江氏也得重归故土了。'言讫，仙师飘然而去。"国桢道："这八句怎么说，可得一见否？"素姑道："仙师手笔，此女珍藏，未肯示人；那诗句我却记得，待我诵来，二位便可代他详解一详解。"

其诗云：

避世非避秦，秦人偏是亲。
江流可共转，画景却成真。
但见罗中采，还看水上苹。
主臣同遇合，旧好更相亲。

二人听了，大家沉吟半晌，国桢笑道："我姓秦，这起两句倒像应在我身，如何说非避秦，又说秦人偏是亲？"素姑道："便是呢，我方才听得说是秦家官人，也就疑想到此。当日达奚女见了这诗句，也曾私对我说，在京师时，有个朝贵姓秦的，与他家曾有婚姻之议，今观仙师此诗，或者后日复得相遇，亦未可知也。这句话我记在心里，不道今日恰有个姓秦的来。"罗采道："这一发奇了，如今朝贵中姓秦的，只有表兄昆仲，赫赫著名，不知当初曾与达奚女有亲么？"国桢沉吟了一回，说道："此女既有此言，敢求表姑去问他一声,在京师的时节住居何处?所言姓秦的朝贵是何名字?官居何职?就明白了。”素姑道:“说得是,我就去问来。”遂起身入内。少顷欣然而出,说道:“仙师之言验矣,原来所言姓秦的,正是贤表侄。他说向住京师集庆坊,曾与状元秦国桢相会来。”国桢听了,不觉喜动颜色道:“原来我前所遇者,乃达奚盈盈,几年忆念,岂意重逢此地!”便欲请出相见。素姑道:“且住,我才说你在此,他还未信,且道:‘我既出家,岂可重提前事,复与相会。’”罗采笑道:“表兄昔日既有桑间之喜,今又他乡逢故,极是奇遇,如何那美人反多推阻。你二人当初相会之时,岂无相约之语,今日须申言前约,事方有就。”国桢笑道:“此未可藉口传言。”遂索纸笔题诗一首道:

记得当年集庆坊,楼头相约莫相忘。
旧缘今日应重续,好把仙师语意详。

写罢,折成方胜,再求素姑递与他看。盈盈见了诗,沉吟不语。素姑道:“你出家固好,但详味仙师所言,只怕俗缘未断,出家不了,不如依他旧好重新之说为是。”看官,你道盈盈真个立志要出家么?他自与国桢相叙之后,时刻思念,欲图再会,争奈夫主死了,母亲又死了,族叔达奚珣以其无所依,接他到家去,随又与家眷一同带到河南任所,因此两下隔绝,今日重逢,岂不欣幸?况此时达奚珣已拿京师去了,没人管得他,只是既来出了家,不好又适人,故勉强推却;及见素姑相劝,便从直应允了。国桢欣喜,自不必说;但念身为诏使,不便携带女眷同行,因与素姑相商,且叫盈盈仍住观中,等待我回朝复了命,告知哥哥,然后遣人来迎。当下只在关洞前相见,盈盈止露半身,并不出关。国桢见他丰姿如旧,道家妆束,更如仙子临凡,四目相视,含悲带喜,不曾交一言。正是:

相思无限意,尽在不言中。

是晚秦国桢、罗采不及出山,都就观中止宿。素姑挑灯煮茗,与二人说了些家庭之事,因又谈及罗公远这八句诗。国桢道:“起二句已应,却那画影一句,也不必说了,其余这几句却如何解?今盈盈虽与江氏同居,行将相别,却怎说江流可共转?”素姑道:“那江氏突如其来,所乘之驴,腾空而去;看他举止矜贵不凡,我疑他是个被谪的女仙,只是罗仙师道:‘达奚有遇合之时,连江氏也得归故土。’此是何意?”二人闲话间,只见罗采低头凝想,忽然跌足而起道:“是了是了,我猜着的了!”素姑道:“你猜着什么!”罗采低声密语道:“这江氏说是江家女李家妇,莫非是上皇的妃子江采苹么?你看诗句中,明明有江采苹三字,他便性爱梅花,宫中称为梅妃。前日传闻乱贼入宫,获一腐败女尸,认是梅妃,后又传闻梅妃未死,逃在民间;或者真个遇仙得救,避到这里,日后还可重归宫禁,再侍上皇,也像达奚女与秦兄复续旧好一般;不然,如何说主臣同遇合呢?”国桢点头道:“这一猜甚有理,但据我看来,表兄姓罗名采,诗语云:但见罗中采;还看水上苹。却像要你送他归朝的。”素姑道:“若果是江贵妃,他既在我观中,我侄儿恰到此,晓得贵妃在这里,自然该奏报请旨。”罗采道:“只要问明确是江贵妃,我即日就具表申奏便了。”素姑道:“要问不难。他见达奚氏矢志不随那降贼的叔叔,因此甚相敬爱,有话必不相瞒,我只问达奚,便知其实了。”当晚无话。

次日,素姑至静室中见了盈盈,说话之间,私问道:“小娘子,你不日便将与江氏娘子相别了,这娘子自到此,不肯自言其履历,他和你是极说得来,必有实言相告,你必知其详,毕竟是谁家内眷?”盈盈笑道:“他一向也不肯说,昨日方才说出。你莫小觑了他,他不是等闲的女人,就是上皇当日最宠幸的梅妃江采苹哩!我正欲把这话告知姑娘。”素姑闻言,又惊又喜,顿足道:“我侄儿猜得一些不错。”看官听说,原来梅妃向居上阳宫,甘守寂寞;闻安禄山反叛,天下骚然,时常叹恨杨玉环肥婢,酿成祸乱;及贼氛既近,天子西狩,欲与梅妃同行,又被杨妃阻挠,竟弃之而去。那时合宫的人,都已逃散,梅妃自思:昔日曾蒙恩宠,今虽见弃,宁可君负我,不可我负君;若不即死,必至为贼所逼。遂大哭一场,将白绫一幅,就庭前一株老梅树上自缢。气方欲绝,忽若有人解救,身子依然立地，睁开眼看时，却是一个星冠云帔的美貌女子立在面前。梅妃忙问："你是那一宫中的人?"那女子道："我非是宫中人，我乃韦氏之女，张果先生之妻也，家住王屋山中。适奉我夫之命，乘云至此，特地相救。你日后还有再见至尊之时，今不当便死，我送你到一处去，暂且安身，以待后遇。"遂于袖中取出一个白纸折成的驴儿，放在地上，吹口气，登时变成一匹极肥大的白驴，鞍辔全备，扶梅妃骑上，嘱咐道："你只闭着眼，任他行走，少不得到一个所在，自有人接待你。"说罢，把驴一拍，那驴儿冉冉腾空而起。

梅妃心虽骇怕，却欲下不能，只得手挽丝缰，紧闭双眸，听其行止，耳边但闻风声谡谡，觉得其行甚疾，且自走得平稳。须臾之间，早已落地，开眼一看，只见四面皆山，驴儿转入山径里，竟望小蓬瀛修真观中来，因此得遇罗素姑相留住下。当时不敢实说来历，素姑又见那白驴腾空而走，疑此女是天仙，不敢盘问。那罗公远诗中，藏下江采苹三字，他人不知，梅妃却自晓悟；今见诏使罗采姓名，与诗相合，盈盈又得与秦状元相遇，诗中所言，渐多应验；又闻两京克复，上皇将归，因把实情告知盈盈，要他转告素姑，使罗采表奏朝廷。恰好罗采猜个正着，托素姑来问；当下盈盈细说其事。素姑十分惊喜，随即请见梅妃，要行朝拜之礼。梅妃扶住道："多蒙厚意，尚未报谢，还仗姑姑告知罗诏使，为我奏请。"素姑应诺，便与罗采说知。

罗采与国桢商议，先上笺广平王，启知其事；广平王遂于东京宫中，选几个旧曾供御的内监宫女，都到观中参谒识认，确是梅妃无疑，乃具表奏闻。罗采亦即飞疏上奏，疏中并及国桢与达奚盈盈之事，竟说盈盈是国桢向所定之副室，因乱阻隔，今亦于修真观中相遇，虽系降贼官员达奚珣之族女，然能心恶珣之所为，甘作女冠，矢志自守，其节可嘉。肃宗览表，一面遣人报知上皇，一面差内监二人，率领宫女数人，赴白云山小蓬瀛迎请梅妃速归故宫，候上皇回銮朝见，并着该地方官厚赏罗素姑，仍候上皇诰谕褒奖；又降诏达奚盈盈，即归秦国桢为副室，给与封诰。那时国桢与罗采别过了素姑，起马回朝，中途闻诏，即差家人速至修真观中传语盈盈，叫他仍唤达奚珣家人仆妇女使随侍，跟着梅妃的侍从，一齐进京。当下梅妃与盈盈谢别了素姑，即日起程。梅妃自有内监宫女拥卫，香车宝马，望西京进发；盈盈与仆从女使们，亦即随驾而行。梅妃车前，有内侍赍捧宝瓶，供着那枝仙人所赠的梅花，香闻远近，人人叹异。梅妃于临行时，手书疏启，差中使星夜赍奉上皇驾前呈进。正是：

昔日楼东空献赋，今朝重上一封书。

欲知后事如何，且听下回分解。

第九十八回

遗锦袜老妪获钱
听雨铃乐工度曲

凡人于男女生死离别之际,不但当时的悲伤,不可言论;至事后追思,更难为情。倘那人竟如冰消雾散,一无流遗,徒使我望空怀想,摹影拟行,固极悲楚;若还那人,平日服御玩好之物,留得一件两件,这些余踪剩迹,一发使人触目伤心;此即旁人不关情的,犹且慕芳踪而愿睹,观遗物而兴嗟;何况恩爱宠幸之人,平时片刻不离,一旦变起意外,生巴巴的拆开,活剌剌的弄死,其悲痛何可胜言!到后来痛定思痛,凡身之所经,目之所睹,耳之所闻,无一不足以助其悲思,于是托之歌咏,寄之声音,此真以歌当哭,一声一泪。

话说梅妃自小蓬瀛修真观中,起行回西京,临行之时,先具手疏,遣内侍赴蜀进呈上皇。原来上皇在蜀中也常想念梅妃,因有人传说:贼人曾于宫中获一女尸,疑是梅妃之尸。上皇闻此信,只道梅妃已死,十分伤感。时有方士张山人在蜀,上皇召至宫中,命其探幽冥索,访求梅妃魂魄所在。那张山人结坛默坐一日一夜,回奏言:“臣飞魂遍游三界,搜访仙魂,俱无踪影。”上皇怅然道:“芳魂何往耶!若梅妃之魂可访,则太真之魂意亦可访,今皆不可得矣!”因挥泪不止。高力士见上皇悲思甚切,乃求得梅妃画真一幅进呈御览,上皇看了嗟叹道:“此画像绝肖,惜不活耳!”展看再三,御笔亲题绝句一首于其上云:

惜昔娇娃侍紫宸，铅华懒御得天真。
霜绡虽似当年态，怎奈秋波不顾人。

自此上皇时常展图观玩，后又有人说：梅妃并不曾死，前所获死尸，不是梅妃之尸。上皇闻之，疑其散失民间，乃下诏军民士庶，有知妃子江采苹所在者，即行奏报候赏；或有遇见奉送来京者，予六品官，赐钱百万。诰谕方下，恰好肃宗见了罗采的表章，遣使来奏闻。那时上皇已发驾起行，途次得奏，龙颜大悦，传旨罗采等俟驾回京颁赏，江采苹着回宫候见。过了一日，梅妃所遣的内使，亦途次迎着车驾，遂将梅妃的手疏进献。其疏略云：

臣妾自楼东献赋，多有触忌，荷蒙圣恩，不加诛戮，幸得屏处，以延一息；凄凉之况，甘之如饴。客岁之夏，逆贼犯阙，乘舆西狩，事起仓卒，圣心眷妾，欲与偕行，有言问之，使俟后命，事势既蹙，后命不及。当此之时，举宫骇散，妾之一命，轻于鸿毛，殉节投环，气已垂绝；忽有仙姬从空而降，手为解救，绝而复苏。询厥所由，来自王屋，韦家女子，张果其夫；云奉夫言，指妾远遁。袖出纸驴，化为骏骑，乘以行空，顷刻千里，任其所止，则在兰阳。白云深处，蓬瀛道院，中有女冠，实系节妇。素姑罗氏，公远族属，讶妾来踪，疑以为仙，引处奥密，奉事唯谨。妾亦韬晦，不与明言。有与同处，达奚闺秀，秦姓所聘，状元侧室，二女同居，人莫能知。前此公远，预言罗姑，谓有二女，暂来即去，各归其主，当在异日。两月以前，罗师忽来，所同来者，叶师法善，赠妾以梅，从厥攸好，阆苑天葩，常花不谢，更吟诗句，字里藏机。罗秦二使，访亲而来，妾缘达奚，因秦及罗，藉以奏报，适符仙语，奇迹怪踪，妾所身经，敢具手疏，上达天听。残喘馀生，不宜再渎，邀恩格外，许归故宫，旦夕之间，与梅同落，随逐花魂，渺焉空际；较之惨死，何啻天渊？是所深幸，夫复何求？若蒙异数，不忘旧眷，俾兹朽质，重睹天颜，有如落英，复缀枝头，非敢所期，伏候明诏。临疏涕泣，不知所云。

上皇前得肃宗奏报，已略知其事，今见梅妃手疏，更悉芳衷，深为叹异，遂温旨批云：

贤妃遇难自经，具见殉节之志；仙女临期相救，正因矢志之诚。千里行空，异焉蓬瀛之托迹；一枝寓意，美哉花萼之留香。朕方观画题诗，索芳魂而不得；卿已逢仙赠句，卜嘉会于将来。种种奇迹，历历动听，斯皆真诚感召，故有遇合因缘。今其遄返紫宸，勿复徒悲清夜。缅怀旧眷，伫俟新恩。

中使赍旨，驰报梅妃。此时梅妃已至西京，承肃宗之意，入居上阳宫了。上皇行至凤翔府，传命护从军士，将衣甲兵器，都交纳凤翔府库中。李辅国奏请肃宗发精骑三千迎驾。及驾将到，肃宗率百官出都门奉迎，百姓遮道罗拜，俱呼万岁。肃宗俯伏上皇车前，涕泣不止；上皇亦涕泣抚慰。肃宗奏请避位，上皇不允。时肃宗不敢穿黄袍，只穿紫袍，上皇立命取黄袍，令内侍与肃宗换了。车驾即日至太庙告谒，因见太庙残毁，仰天大哭，臣民无不感伤。告谒毕，车驾回朝，肃宗步行御车，上帝屡却之，方乘马傍车而行。上皇顾谓诸臣曰："朕为天子五十年，不自见为尊；今为天子父，乃真尊之至耳。"诸臣皆俯首称万岁。上皇车驾入朝，不御大殿，只就便殿暂只下诰："朕尊为太上皇，以南内兴庆宫为娱老之所，朝廷政事，不复与闻。"后人读史至此，谓上皇纳甲兵于府库，是何意思？肃宗子迎父驾，却用精骑三千，又是何意？有诗叹云：

甲兵输库非无意，父子之间亦远嫌。
迎驾只须仪从盛，何劳精骑发三千？

上皇既至兴庆宫，即召梅妃入宫见驾，梅妃朝拜之际，婉转悲啼。上皇意不胜情，好言慰劳，即以所题画真与看。梅妃拜谢道："圣人之情，见乎辞矣，臣妾虽死，亦当衔感九泉。"因又把当日投环，遇仙避难，逢仙之事，面奏一番道："妾若非张果先生，使其妻远来相救，安能今日复见天颜？"上皇道："昔年朕欲以玉真公主与张果为婚,他坚却不允,原说有妻韦氏在王屋山中,不意你今日蒙其救援;那纸驴儿想即张果巾箱中物也。”梅妃又将叶法善所赠梅花,呈于上皇观览。上皇见花色晶莹,清香袭人,不觉惊异道:“你得此仙梅,庶不愧梅妃之称矣!”梅妃又将罗公远诗句奏闻道:“此诗虽赠达奚女,而妾得罗采奏报之事,已寓于中。”上皇点头嗟叹道:“罗公远昔曾寄书与朕,说安不忘危,这安字明明说安禄山;又寄药物名蜀当归,是说朕避乱入蜀,后来仍当归京都。仙师之言,当时莫解其意,今日思之,无有不验。我正在这里想他。”

梅妃回奏,言罗采与罗素姑就是他的戚属,上皇遂传命,加罗采官三级,赐钱百万;封罗素姑为贞静仙师,赐钱二百万,增修观宇;又命塑张果、叶法善、罗公远三仙之像,于观中虔诚供奉。梅妃又念达奚盈盈同处多时,互相敬爱,情谊不薄,因奏请上皇,以虢国夫人旧宅赐与居住,这正应了罗公远诗中画景却成真一句。当初盈盈把虢国宅院的画图,与秦国桢看了,隐过了自家的事,谁想今日就把那画图中的宅院赐与他,却不是弄假成真?当下秦国桢接到了盈盈,一面告知亲兄秦国模,不说是旧好,只说在修真观中相遇,承罗采为媒两下订定的。国模因他已奏旨准娶,便也由他罢了。盈盈就于赐第中,与秦国桢相聚,重讲旧情,这一段的恩爱,非可言喻。有一曲《黄莺儿》为证:

重会状元郎,上秦楼,卸道装,从今勾却相思账。姓儿也双,名儿也双,前时瞒过难寻访。笑娘行,今须听我低叫耳边厢。

原来秦国桢的夫人徐氏,就是徐懋功的裔孙女,极是贤淑,因此妻妾相得,后来各生贵子。国桢与哥哥国模,俱以高官致仕。盈盈常得入宫,谒见梅妃;又常遣人往候罗素姑。那罗素姑寿至百有余岁,坐化而终。此皆后话,不必再说。

且说梅妃当日朝见上皇过了,便要辞回上阳宫。上皇道:“朕年已老,无人侍奉,得卿相叙,正好娱我晚景,如何还要到上阳宫去?”梅妃道:“臣妾自翠华西阁得侍至尊,触忌遭谗,自分永弃,今已未死余生,复觐天颜,已出望外。至于侍奉左右,当更择佳丽,以继前宠,妾衰朽之质,自宜退避。”说罢,挥泪如雨。上皇亲手抚慰道:“向来与卿疏阔,实朕之过;然珍珠投赠,未始无情,今当依仙师旧好从新之语,岂忍弃朕别居。”梅妃见上皇恁般眷顾,乃遵旨留于兴庆宫,与上皇同处。正是:

杨花已逐东风散,梅萼偏能留晚香。

上皇复得梅妃侍奉,甚可消遣暮年;但每常念及杨妃惨死,不胜悲痛。前自蜀中回京,路过马嵬,特命致祭,彼时便欲以礼改葬。礼部侍郎李揆奏云:“昔日龙武将士,因诛杨国忠,故累及妃子,今欲改葬故妃,恐龙武将士疑惧生变。”上皇闻奏,暂止其事;及回京后,密遣高力士潜往改葬,且密谕:若有贵妃所遗物件,可以取来。高力士奉了密旨,至马嵬驿西道之北坎下,潜起杨妃之尸移葬他处。其肌肤已都销尽,衣饰俱成灰土;只有胸前紫罗香囊一枚,尚还完好,那紫罗乃外国贡来冰丝所织,囊中又放着异香,故得不坏。力士收藏过了;又闻得有遗下锦裤袜一只,在马嵬山前一个老妪钱妈妈处,遂以钱十千买之。

原来杨妃当日缢死于马嵬驿中,匆匆瘗埋,车驾既发,众驿卒俱至驿中打扫馆舍,其中有一姓钱的驿卒,于佛堂墙壁之下,拾得锦裤袜一只,知道是宫中嫔妃所遗,遂背着众人,密自藏过,回家把与母亲钱妈妈看。那个妈妈见这裤袜上用五色锦绣成一对并头合蒂的莲花,光彩炫目,余香犹在,便道:“此必是那亡过的妃子娘娘所穿,这样好东西,不容易见的哩!”正看间,恰有个邻家的妈妈走过来闲话,因便大家把玩了一回,于是传说开了,就有那好事的人来借观,这个看了去,那个也要来看。钱妈妈初时还肯取将出来与人瞧瞧,后来要看的人多了,他便索起钱钞来,越索得钱多,越有人要看,直索至百文一看,那妈妈获钱几及数万,好不快活。原来杨妃的裤袜,有名叫做藕履。你道那藕履二字如何解?这因杨妃平日,最爱穿绣莲裤袜,天子常戏语之云:“你的裤袜上,正宜绣着莲花,若不是莲花,何故内中有此白藕?”杨妃因此自名其裤袜为藕履。不想身死之后，遗下一只于驿庭，为众人之所争看，到作成那钱妈妈着实得利。后来刘禹锡作《马嵬行》，也说及那遗袜之事。道是：

履綦无复有，文组光未灭。
不见岩畔人，空见凌波袜。
邮童爱踪迹，私手解鞶鞶结。
传看千万眼，缕绝香不绝。

又有人说，那遗袜毕竟有时销毁，不能长留于世，亦殊不足看。有诗云：

锦袜传观只一时，凌波今日有谁知？
不如西子留遗迹，人到灵岩便系思。

当下高力士闻遗袜在钱妈妈处，将钱来买。钱妈妈不敢不与。力士把这锦裤袜与那紫罗香囊，一并献与上皇覆旨。上皇见了这二物，嗟悼不已，即命宫人藏好，闲时念及，常取来观看叹惜。梅妃欲排遣圣怀，令高力士访求旧日那梨园子弟来应承。一夕，上皇乘月登勤政楼，凭栏眺望，烟云满目，追思昔日此楼中盛事，恍如隔世，不觉怆然，因抗声而歌道：

庭前琪树已堪攀，塞外征人殊未还。

歌未竟，只闻得远远地亦有歌唱之声。上皇静听良久，虽听不出他唱些什么，却觉得音声清亮，回顾左右道："此歌者莫非也是梨园旧人么？"高力士奏道："此或是民间男妇偶然歌唱，未必便是梨园旧人。昨闻黄幡绰已病故，梨园旧人供御的，亦渐稀少了。"上皇闻奏，愈觉怆然道："朕近日所作雨淋铃曲，幡绰唱来最好，今不可得闻矣！"时李谟、张野狐二人侍侧，力士因奏言此二人的技艺，并不亚于幡绰。上皇遂命野狐，将雨淋铃曲奏来，李谟可吹笛和之。二人领旨，野狐顿开喉咙唱将起来，李谟即将仙翁所赠短笛相和，声音清澈，真个如怨如慕，如泣如诉，足使近听增悲，远闻兴慨。

看官，你道那雨淋铃曲，为何而作？当时上皇自成都起驾回京,路途之间,思念杨妃,满腔愁绪。至斜谷口值连雨经旬,车驾过栈道,雨中闻车上铃声,隔山相应,其声甚觉凄凉,因顾黄幡绰道:"你听这铃声何如?"朕愁耳听来,甚是不堪。幡绰便插耳听道:"这铃儿不大敬,当治罪。"上皇道:"你又来作戏了,铃声如何是不敬?"幡绰道:"铃声如话,臣独解之,但不敢奏闻。"上皇晓得他是戏言,便道:"汝尽管说来,朕不罪汝。"幡绰道:"臣细听其声,明明说道三郎郎当,三郎郎当,岂非大不敬?"上皇闻言,不觉失笑,于是采其声,为雨淋铃曲,以自写其郎当之意。正是:

雨声铃响本凄凉,愁耳听来更断肠。

叹息马嵬人已杳,三郎空自怨郎当。

次日,上皇与梅妃闲话,谈及归途中闻铃声而兴感的事。因道:"联那时正心绪作恶,忽得小蓬瀛之信,顿开愁绪。"梅妃道:"妾闻上皇正下诰访求,妾身乃知圣心不弃旧人,衔恩无地。"正说间,内侍传到肃宗的表章,为欲请命赦宥两个降贼的朝官。正是:

欲屈皋陶法,愿施尧帝仁。

欲知后事如何,且听下回分解。

第九十九回

赦反侧君念臣恩
了前缘人同花谢

古人云:求忠臣必于孝子之门。又云:移孝可以作忠。夫事亲则守身为大,发肤不敢有伤;事君则致身为先,性命亦所不顾。二者极似不同,而其理要无或异。故不孝者,自然不忠,而尽忠者,即为尽孝。古者尚有其父不能为忠臣,其子干父为蛊,以盖前愆者;况忝为名臣之子,世受国恩,乃临难不思殉节,竟甘心降贼,堕家声于国宪。国之叛臣,即家之贼子,不忠便是不孝,罪不容诛,虽天子思想其父,曲全其命,然遗臭无穷,虽生犹死了。到不如那失恩的妃子,不负君恩,患难之际,恐被污辱,矢志捐躯,却得仙人救援,死而复生,安享后福,吉祥使终,足使后人传为佳话。

却说上皇正与梅妃闲话,内侍奏言:"皇帝有表章奏到。"上皇看时,却为处分从贼官员事。肃宗初回西京时,朝议便欲将此辈正法,同平章事李岘奏道:"前者贼陷西京,上皇仓卒出狩,朝廷未知车驾何往,各自逃生;不及逃者,遂至失身于贼,此与守土之臣,甘心降贼者不同,今一概以叛法处死,似乖仁恕之道。且河北未平,群臣陷于贼中者尚多,若尽诛西京之陷贼者,是坚彼附贼之心也。"肃宗准奏,诏诸从贼者,姑从宽典,后因法司屡请正叛臣之罪,以昭国法;上皇亦云,叛臣不可轻宥,肃宗乃命分六等议处。法司仪得达奚珣等一十八人应斩,家眷人口没官;陈希烈等七人,应勒命自尽;其余或流或贬或仗,分别拟罪具表。肃宗俱依所议,只于斩犯中欲特赦二人,那二人即故相燕国公张说之子原任刑部尚书张均,太常卿驸马都尉张珀。

你道肃宗为何欲赦此二人?只因昔日上皇为太子时,太平公主心怀妒嫉,朝夕伺察东宫过失纤微之事,俱上闻于睿宗,即宫中左右近习之人,亦都依附太平公主,阴为之耳目。其时肃宗尚未生,其母杨妃,本是东宫良媛,偶被幸御,身遂怀孕,私心窃喜,告知上皇。那时上皇正在危疑之际,想道:这件事,若使太平公主闻之,又要把来当做一桩话柄,说我内多嬖宠,在父皇面上谗谮,不如以药下其胎罢;只可惜其胎不知是男是女。左思右想,无可与商者。时张说为侍讲官,得出入东宫,乃以此意密与商议,张说道:“龙种岂可轻动?”上皇道:“我年方少,不患子嗣不广,何苦因宫人一胎,滋忌者之谤言。吾意已决,即欲觅堕胎药,却不可使闻于左右,先生幸为我图之。”张说只得应诺,回家自思:良媛怀胎,若还生子,非帝即王,今日轻易堕胎,岂不可惜,且日后定然追悔;但若不如此,谗谤固所不免。太子已决意欲堕,难与强争,他托我觅药,我今听之天数,取药二剂,一安胎,一堕胎,送与太子,只说都是堕胎药,任他取用那一剂,若到吃了那安胎药,即是天数不该绝,我便用好言劝止了。至次日,密袖二药,入宫献上道:“此皆下胎妙药,任凭取用一剂。”上皇大喜,是夜尽屏左右,置药炉于寝室,随手取一剂来,亲自煎煮好了,手持与杨氏,谕以苦情,温言劝饮。杨氏好生不忍,却不敢违太子命,只得涕泣而饮之。上皇看了饮了,只道其胎即堕,不意腹中全无发动,竟沉沉稳稳的,直睡至天明,原来到吃了那剂安胎药了。上皇心甚疑怪,那日因侍睿宗内宴,未与张说相见,至夜回东宫,仍屏去左右,密置炉火,再亲自煎起那一剂药来,要与杨氏吃。正煎个九分,忽然神思困倦,坐在椅上打盹,恍惚之间,见屋宇边红光闪闪,红光中现出尊神道,怎生模样?

赤面美髯,蚕眉凤眼。身长约一丈,披一领锦绣绿罗袍;腰大可十围,束一条玲珑白玉带。神威凛凛,法貌堂堂。疑是大汉寿亭侯，宛如三界伏魔帝。

那神道绕着火炉走了一转，忽然不见。上皇惊醒，急起身看时，只见药铛已倾翻，炉中炭火已尽熄，大为骇异。次日张说入见，告以夜来之事，且命更为觅药。张说再拜称贺，因进言道："此乃神护龙种也！臣原说龙种不宜轻堕，只恐重违殿下之意，故欲决之于天命；前所进二药，其一实系安胎之药，即前宵所服者是也。臣意二者之中，任取其一。其间自有天命，今既欲堕而反安，再欲堕则灵神护之，天意可知矣！殿下虽忧谗畏讥，其如天意何，腹中所怀，必非寻常伦匹，还须调护为是。"上皇从其言，遂息了堕胎之念，且密谕杨氏，善自保重。杨氏心中常想吃些酸物，上皇不欲索之于外，私与张说言之，张说常于进讲时，密袖青梅木瓜以献，且喜胎气平稳，未几睿宗禅位。至明年，太平公主以谋逆赐死，宫闱平静，恰好肃宗诞生，幼时便英异不凡，及长出见诸大臣。张说谓其貌类太宗，因此上皇属意，初封忠王；及太子瑛被废，遂立为太子。正是：

调元护本自胎中，欲堕还留最有功。

又道仪容浑类祖，暗教王子代东宫。

张说因此于开元年间，极被宠遇。肃宗即位时，杨妃已薨，追尊为元献皇后；他平日曾把怀胎时的事，说与肃宗知道，肃宗极感张说之恩。张家二子张均、张珀肃宗自幼和他嬉游饮食，似同胞兄弟一般。张说亡后，二子俱为显官，张珀又赘公主为驸马，恩荣无比，不意以从逆得罪当斩，肃宗不忘旧恩，欲赦其罪；却因上皇曾有叛臣不可轻宥之谕，今若特赦此二人，不敢不表奏上皇；只道上皇亦必念旧，免其一死。不道上皇览表，即批旨道：

张均、张珀世受国恩，乃丧心从贼，此朝廷之叛臣，即张说之逆子，罪不容逭。余老矣，不欲更闻朝政，但诛叛惩逆，国法所重，既来请命，难以徇情，宜照法司所拟行。

你道上皇因何不肯赦此二人？当日车驾西狩，行至咸阳地方，上皇顾问高力士道："朕今此行，朝臣尚多未知，从行者甚少，汝试猜这朝臣中谁先来,谁不来?”力士道:“苟非怀二心者必无不来之理。窃意侍郎房琯,外人俱以为可作宰相,却未蒙朝廷大用,他又常为安禄山所荐,今恐或不来。尚书张均、驸马张珀受恩最深,且系国戚,是必先来。”上皇摇首微笑道:“事未可知也。”及驾至普安,房琯奔赴行在见驾。上皇首问:“张均、张珀可见否?”房琯道:“臣欲约与俱来,彼迟疑不决,微窥其意,似有所蓄而不能言者。”上皇顾谓高力士道:“朕固知此二奴贪而无义也。”力士道:“偏是受恩者竟怀二心,此诚人所不及料。”自此上皇常痛骂此二人,今日怎肯赦他!肃宗得旨,心甚不安,即亲至兴庆宫,朝见上皇,面奏道:“臣非敢徇情坏法,但臣向非张说,安有今日?故不忍不曲宥其子,伏乞父皇法外推恩。”上皇犹未许,梅妃在旁进言道:“若张家二子俱伏法,燕国公几将不祀,甚为可伤;况张珀系驸马,或可邀议亲之典。”肃宗再三恳请,上皇道:“吾看汝面,姑宽赦张珀便了。张均这奴,我闻其引贼搜宫,破坏吾家,决不可活。”肃宗不敢再奏,谢恩而退。上皇即日乃下诰云:

> 张均、张珀,本应俱斩,今从皇帝意,止将张均正法,张珀姑免死,长流岭南。达奚珣于逆贼安禄山奏请献马之时,曾有密表谏阻,今止斩其身,其家免入官,余俱依所拟。

诰下,法司遵诰施行,张均遂与达奚珣等众犯,同日俱斩于市。正是:

> 昔日死姚崇,曾算生张说;
> 今日死张说,难顾生张均。

当初张说建造居住的宅第,其时有个善观风水的僧人,名唤法泓,来看了这所第宅的规模,说道:“此宅甚佳,富贵连绵不绝,但切勿于西北隅上取土。”张说当时却不把这句话放在意里,竟不曾吩咐家人。数日后,法泓复来,惊讶道:“宅中气候,何忽萧条,必有取土于西北隅者!”急往看时,果因众工人在彼取土,掘成三四个大坑,俱深数尺,张说急命众工人以土填之。法泓道:“客土无气。”因叹息不已，私对人说道：“张公富贵止及身而已，二十年后，其郎君辈恐有不得令终者。”至是其言果验。后人有诗云：

非因取土便成灾，数合凶灾故取土。
卜宅何须泥风水，宅心正直吾为主。

闲话少说。只说上皇自居兴庆宫，朝政都不管，惟有大征讨、大刑罚、大封拜，肃宗具表奏闻。那时肃宗已立张良娣为皇后，这张后甚不贤良，向从肃宗于军中，私与肃宗博戏打子，声闻于外；乃潜刻木耳为子，使博无声。其性狡而慧，最得上意；及立为后，颇能挟制天子，与权阉李辅国比附；辅国又引其同类鱼朝恩。时安、史二贼尚未殄灭，命郭子仪、李光弼等九节度各引本部兵往剿，乃以宦官鱼朝恩为观军容使，统摄诸军，于是人心不服。临战之时，又遇大风昼晦，诸军皆溃，郭子仪以朔方军断河阳桥守东京。肃宗听鱼朝恩之言，召子仪回朝，以李光弼代之。

子仪临发，百姓涕泣遮道请留，子仪轻骑竟行。上皇闻之，使人传语肃宗道：“李、郭二将，俱有大功，而郭尤称最，唐家再造，皆其力也。今日之败，乃不得专制之故，实非其罪。”肃宗领命，因此后来灭贼功成，行赏之典，李光弼加太尉中书令，郭子仪封汾阳王。子仪善处功名富贵，不使人疑，己虽握重兵在外，一纸诏书征之，即日就道，故谗谤不得行。其子郭暧尚代宗皇帝之女升平公主，尝夫妇口角，郭暧道：“你恃父亲为天子么？我父薄天子而不为。”公主将言闻奏天子，子仪即囚其子待罪；天子知之，置之不问；又恐子仪心怀不安，乃谕之曰：“不痴不聋，做不得阿家翁。儿女子闺阁中语，不必挂怀。”其历朝恩遇如此。子仪晚年退休私第，声色自娱，旧属将佐，悉听出入卧内，以见坦平无私。七子八婿，俱为显官；家中珍货山积，享年八十有五，直至德宗建中二年，方薨逝。朝廷赐祭，赐葬，赐谥，真个福寿双全，生荣死哀。《唐史》上说得好，道是：

天下以其身为安危者，殆三十年；功盖天下而主不疑，位极人臣而众不嫉，穷奢极欲，而人不非之。自古功臣之富贵寿考，无出于其右者。

这些都是后话，不必再述。且说上皇常于宫中想起郭子仪的大功，因道："子仪当初若不遇李白，性命且不可保，安能建功立业？李白甚有识英雄的眼力，莫道他是书生，只能作文字也。"此时李白正坐永王璘事流于夜郎，上皇特旨赦归，方欲使朝廷用之，旋闻其已物故，不觉叹息。梅妃常闻上皇称赞李白之才，因想起前事，私语高力士道："我昔年曾欲以千金买赋，效长门故事，汝以世间难得才子为辞；若李白者，宁遽逊于相如乎？"力士道："彼时李白尚未入京，老奴无从访求；且彼时贵妃之宠方深，亦非语言文字所能夺，若不然，娘娘楼东一赋，岂不大妙，然竟不能移其宠。"梅妃点头道："汝言亦良是。"正说间，内侍来禀说，江南进梅花到。原来梅妃服侍上皇之后，四方依旧进贡梅花；但梅妃既得了那枝仙梅，把人间凡卉，都看得平常了；这仙梅果然四季常开，愈久愈香，花色亦愈鲜洁，梅妃随处携带把玩。

忽一日早起，觉得那花的香气顿减，花色也憔悴了，把手去移动时，只见花瓣儿多飘飘零零的落将下来。梅妃惊骇道："仙师云：我命当与此花同谢，今花已谢矣，我命可知。"自此心中恍惚不宁，遂染成一病，卧床不起。太医院官切脉进药，梅妃不肯服药，道："命数当终，岂药石所能挽回？"上皇亲来看视，坐于床头，遍体抚摩，执手劝慰道："妃子偶病，遂尔瘦损，还须服药为是。"梅妃涕泣道："臣妾自退处上阳，自分永弃，继遭危难，命已垂绝，岂意复侍至尊，得此真万幸。今福缘已尽，仙师所云，与花同谢，此其期矣！妾死之后，那枝仙梅留在人间，难以种植；若然殉葬，又恐亵渎，宜取佛炉火焚之。"上皇道："妃子何遽言及此？"梅妃道："人谁无死，妾今日之死，可称令终，较胜于他人矣；况妾死后，性灵不泯，当入佳境，谅无所苦；但圣恩如天，图报无地，为可叹恨耳！"上皇道："以妃子之敏慧清洁，自是神仙中人，但何由自知身后的佳境？"梅妃道："妾前宵梦寐之间，复见那韦氏仙姑于云端中，手执一只白鹦鹉，指谓妾道："此鸟亦因宿缘善果，得从皇宫至佛国，今从佛国来仙境,可以人而不如鸟乎？汝两世托生皇宫,须记本来面目,今不可久恋人世,蕊珠宫是你故居,何不早去?”据此看来,或不致堕落恶道。”上皇垂泪道:“妃子若竟舍朕而仙去,使朕暮年何以为情?”梅妃就枕上顿首道:“愿上皇圣寿无疆,切勿以妾故,有伤圣怀。”言讫,忽然起身坐,举手向空道:“仙姬来了,我去也!”遂瞑目而逝。正是:

昔日纵教梅下死,胜他驿馆丧残躯。
于今幸与花同谢,还与芳魂到蕊珠。

上皇不意梅妃一病遽死,放声大哭,高力士极力劝慰。上皇道:“此妃与朕,几如再世姻缘,今复先我而逝,能无痛心?”遂命以贵妃之礼殓葬,又命其墓所多种梅树,特赐祭筵,自为文以诔之。其略云:

妃之容兮,如花斯新。妃之德兮,如玉斯温。余不忘妃,而寄意于物兮,如珠斯珍。妃不负余,而几丧其身兮,如石斯贞。妃今舍余而去兮,身似梅而飘零。余今舍妃而寂处兮,心如结以牵萦。

上皇记念梅妃的遗言,即命将这一枝仙梅,以佛炉中火,焚化于其灵前。说也奇怪,那梅枝一入火中,香气扑鼻,火星万点腾空而起,好似放烟火的一般。那些火星都作梅花之状,飞入云霄而没。正是:

仙种不留人世,琪花仍入瑶台。

昔人有以枯梅枝焚入炉中,戏作下火文,其文甚佳,附录于此:

寒勒铜瓶冻未开,南枝春断不归来。者番莫入梨花梦,却把芳心作死灰。恭惟炉中处士梅公之灵,生自罗浮,派分庾岭,形如槁木,棱棱,山泽之癯;肤似凝脂,凛凛雪霜之操。春魁占百花头上,岁寒居三友图中。玉堂茅屋总无心,调鼎和羹期结果。不料道人见挽,遂离有色之根;夫何冰氏相凌,遽返华胥之国。瘦骨拥炉呼不醒,芳魂剪纸竟难招。纸帐夜长,犹作寻香之梦;筠窗月淡,尚疑弄影之时。虽宋广平铁石心肠,忘情未得;使华光老丹青手段,摸索难真。却愁零落一枝春,好与茶毗三昧火。惜花君子,你道这一点香魂,今在何处?咦!炯然不逐东风去,只在孤山水月中。

且说当日肃宗闻知梅妃薨逝,上皇悲悼,遂亲来问慰;即于梅妃灵前设祭。各宫嫔妃辈,也都吊祭如礼。只有皇后张氏托病不至。上皇心甚不悦,因对高力士说道:"皇后殊觉骄慢。"力士密启道:"内监李辅国阿附皇后,凡皇后之骄慢,皆辅国导之使然。"上皇愕然曰:"朕久闻此奴横甚,俟吾儿来,当与言之。"力士道:"皇后侍上久,辅国握兵权,其势不得不为优容,所以皇帝亦多不与深较。太上即有所言,恐亦无益,不如且置勿论。"上皇沉吟不语。正是:

顽妻与恶奴,无药可救治。
纵有苦口言,恐反为不利。

欲知后事如何,且听下回分解。

第一〇〇回

迁西内离间父子情
遣鸿都结证隋唐事

百行莫先于孝，而天子之孝，又与常人之孝不同。孟子云：孝子之至，莫大乎尊亲，尊亲之至，莫大乎以天下养。尊之至，方为孝之至。顽如瞽瞍，而舜能尽事亲之道，故孔子称之为大孝。迨乎后世，偏是帝王之家，其于父子之间，偏是易起嫌疑，易生衅隙，此不必皆因亲之不慈，子之不孝，大抵多因势阻于妻子，情间于小人。即如唐肃宗之奉事上皇，原未尝不孝，上皇之待肃宗，亦未尝不慈；却因媳妇骄悍，宦竖肆横，遂致为父的老景失欢，为子的孝道有缺。乃或者云：上皇当年听信谗言，一日杀三子，且纳寿王之妃杨氏为贵妃，有伤伦理，后来受那逆妇逆奴的气，正是天之报施，然后如此。上皇与杨妃，原因宿世有缘，所以今生会合，其他诸人，或承宠幸，或被诛戮，当亦各有宿因，事非偶然，此系仙翁所言，见之逸史，今编述于演义之末，完结隋炀帝、唐明皇两朝天子的事，好教看官们明白这些前因后果。

话说上皇自梅妃死后，愈觉寂寥，又因肃宗的皇后张氏，骄蹇不恭，失事上之礼，上皇且闻宦官李辅国内外比附弄权，心上甚是不悦，要与肃宗说知，教他严加训饬。高力士再三谏阻，上皇只是忍耐不住。一日，肃宗来问安，上皇赐宴，饮宴之际，说了些朝务。上皇道："从来治国平天下，必先齐其家，今闻阉奴李辅国附比宫中，怙势作威，汝知之否？”肃宗闻言，悚然起应道：“容即查治。”上皇道：“此时若不即为防禁，恐后将不可复制。”肃宗唯唯而退。原来那皇后恃宠骄悍，肃宗因爱而生畏，不敢少加以声色；李辅国掌握兵权，阿附张后，恃势弄权，肃宗虽亦心忌之，却急切奈何他不得，故虽承上皇严谕，且只隐忍不发。正是：

堪笑君王也怕婆，奴乘婆势莫如何。
小人女子真难养，一任严亲相诋诃。

肃宗虽隐忍不发，那知上皇这几句言语，内侍们忽私相传说，早传入李辅国耳中。辅国密地启知皇后，各怀怨怒，相与计议道：“上皇深居宫禁，久已不预朝政，今何忽有烦言，此必高力士妄生议论，闻于上皇故也。力士为上皇耳目，当图去之，更须使官家莫要常与上皇相见，须迁上皇于西内为妙。”自此肃宗欲往朝上皇，都被张后寻些事情阻隔住了；上皇所居南内兴庆宫，与民间闾阎相近，其西北隅有一高楼，名长庆楼，登楼而望，可见街市。上皇时常临幸此楼，街市过往的人遥望叩拜，上皇有时以御膳余剩之物，命高力士宣赐街市中父老，人都欢欣，共呼万岁。李辅国便乘机借端密奏肃宗道：“上皇居兴庆宫，而高力士日与外人交通，恐其不利于陛下。且兴庆宫与民居逼近，非至尊所宜居，西内深严，当奉迎太上居之，庶可杜绝小人，无有他虞。”肃宗道：“上皇爱兴庆宫，自蜀中归，即退居于此，今无故迁徙，殊拂逆圣意，断乎不可。”辅国见肃宗不从其言，乃密启张后，使亦以此言上奏。肃宗恐惊动上皇，也不肯听。张后忿然道：“此妾为陛下计耳，今日不听良言，莫叫后日追悔！”说罢，拂衣而起。肃宗默默含怒，适又偶触风寒，身上不豫，暂罢设朝，只于宫中静养。

辅国遂乘此机会，与张后定计，矫旨遣心腹内侍及羽林军士整备车马，诣兴庆宫奉迎上皇，迁居西内，请即日发驾。上皇错愕不知所谓，内侍奏称皇爷以兴庆宫逼近民居，有亵至尊，故特奉请驾幸西内，皇爷现在西内，候太上驾到。上皇心下惊疑，欲待不行，又恐有他变。高力士奏道：“既皇帝有旨来迎，太上且可一往，俟至彼处,与皇帝面言,或迁或否,再作计议;老奴护驾前去。”上皇无奈,只得匆匆上辇。高力士令军士前导,内侍拥护,銮舆缓缓行动。将至西内,只见李辅国戎服佩剑,率领军士数百人,各执戈矛,排列道旁。上皇在辇上望见,大惊失色。高力士见这光景,勃然怒起,厉声大喝道:“太上皇爷驾幸西内,李辅国戎服引众而来,意欲何为?”辅国蓦被这一喝,不觉丧气,忙俯伏奏道:“奴辈奉旨来迎护车驾。”力士喝道:“既来护驾,可便脱剑扶辇!”辅国只得解下腰间佩剑,与力士一同护辇而行。力士传呼军士们且退,不必随驾。既入西内,至甘露殿,上皇下辇,升殿坐定,问:“皇帝何在?”辅国奏道:“皇爷适间正欲至此迎驾,因触风寒,忽然疾作,不能前来,命奴辈转奏,俟即日稍痊,便来朝见。”上皇道:“皇帝既有恙,不必便来,待痊愈了来罢。”辅国领旨,叩辞而去。上皇叹息,谓高力士道:“今日非高将军有胆,朕几不免。”力士叩头道:“因太上过于惊疑耳,五十年太平天子,谁敢不敬?”上皇摇首道:“此一时,彼一时。”力士道:“今日迁宫之举,还恐是辅国作祟,皇后主张,非皇帝圣意。”上皇道:“兴庆宫是朕所建,于此娱老,颇亦自适;不意忽又徙居此地,茕茕老身,几无宁处,真可为长叹!”上皇说罢,凄然欲泪。后人有诗叹云:

三子冤诛最惨凄,那堪又纳寿王妻?
今当逆妇欺翁日,懊悔从前志太迷。

李辅国既乘肃宗病中,矫旨迁上皇于西内,恐肃宗见责,乃托张后先为奏知。肃宗骇然道:“毋惊上皇乎?”张后奏道:“太上皇自安居甘露殿,并无他言。”肃宗方沉吟疑虑间,李辅国却率文武将校等,素服诣御前俯伏请罪。肃宗暗想:事已如此,追究亦无益。且碍着皇后,不便发挥;又见辅国挟众而来请罪,只得倒用好言安慰道:“汝等此举,原是防微杜渐,为社稷计;今太上既相安,汝等可勿疑惧。”辅国与将校都叩头呼万岁。后人有诗叹云:

父遣奴劫不加诛,好把甘言相肉嚅。
为见当年杀子惯,也疑今日有他虞。

那时肃宗病体未痊,尚未往朝西内;及病小愈,即欲往朝,又被张后阻住了。一日忽召山人李唐,入西殿见驾,肃宗抚弄着一个小公主,因谓李唐道:“朕爱念此女,卿勿见怪。”李唐道:“臣想太上皇之爱陛下,当亦如陛下之爱公主也。”肃宗悚然而起,立即移驾往西内,朝见上皇;起居毕,上皇赐宴,没甚言语,惟有咨嗟叹息。肃宗心中好生不安,逡巡告退,回至宫中,张后接见,又冷言冷语了几句,肃宗受了些闷气,旧病复发。

上皇闻肃宗不豫,遣高力士赴寝宫问安。肃宗闻上皇有使臣到,即命宣来。那知张后与李辅国正怨恨高力士,要处置他,便密令守宫门的阻住,不放入宫,遣小内侍假传口谕,教他回去罢。待力士转身回步后,方传旨宣召;力士连忙再到宫门时,李辅国早劾奏说:“高力士奉差问疾,不候旨见驾,辄便转回,大不敬,宜加罪斥。”张后立逼着肃宗降旨,流高力士于巫州,不得复入西内;一面别遣中官,奏闻上皇;一面着该司即日押送高力士赴巫州安置。可怜高力士夙膺宠眷,出入宫禁,官高爵显,荣贵了一生,不想今日为张后、李辅国所逐。他到巫州,屏居寂寞,还恐有不测之祸,栗栗危惧。后至上皇晏驾之时,他闻了凶信,追念君恩,日夜痛哭,呕血而死。后人有诗云:

唐李阉奴多跋扈,此奴恋主胜他人。
虽然不及张承业,忠谨还推迈等伦。

此是后话。且说上皇被李辅国逼迁于西内,已极不乐,又忽闻高力士被罪远谪,不得回来侍奉,一发惨然。自此左右使令者,都非旧人,只有旧女伶谢阿蛮,及旧乐工张野狐、贺怀智、李谟等三四人,还时常承应。一日,谢阿蛮进一红粟玉臂支,说道:“此是昔日杨贵妃娘娘所赐。”上皇看了凄然道:“昔日我祖太宗破高丽,获其二宝:一紫金带,一红玉支;朕以紫金带赐岐王,以红玉支赐妃子,即是物也。后来高丽上言本国失此二宝,风雨不时,民物枯瘁,乞仍赐还,以为镇国之宝器。朕乃还其紫金带,惟此未还。自遭丧乱,只道人与物已亡,不意却在汝处。朕今再观,益兴悲念耳!”言罢不觉涕泣。

又一日，贺怀智进言道："臣记昔年，时当炎夏，上皇爷与岐王于水殿围棋，令臣独自弹琵琶于座侧，其琵琶以石为槽，鹍鸡筋为弦，以铁拨弹之。贵妃娘娘手抱着康国所进的雪猧猫儿，立于皇爷之后，耳听琵琶，目视弈棋。上皇爷数棋子将输，贵妃乃放手中雪猧猫跳于棋局，把棋子都踏乱了，上皇爷大悦。时臣一曲未完，忽有凉风来吹起贵妃领带，缠在臣巾帻上，良久方落。是晚归家，觉得满身香气，乃卸巾帻贮锦囊中，至今香气不散，甚为奇异。今敢将所贮巾帻，献上御前。"上皇道："此名瑞龙脑香，外国所贡。朕曾以少许贮于暖池内玉莲朵中，至再幸时，香气犹馥馥如新；况巾帻乃丝缕润腻之物乎？"因嗟叹道："余香犹在，人已尢存矣！"遂凄怆不已，自此中怀耿耿。口中常自吟云：

刻木牵丝作老翁，鸡皮鹤发与真同。

须臾舞罢寂无事，还似人生一世中。

其时有一方士姓杨，名通幽，自称鸿都道士，颇有道法，从蜀中云游至西内；闻得上皇追念故妃，因自言有李少君之术，能致亡灵来会。李谟、张野狐俱素知其人，遂奏荐于上皇，召入西内，要他作法，招引杨妃与梅妃魂魄来相见。通幽乃于宫中结坛，焚符发檄，步罡诵咒，竭其术以致之，竟无影响。上皇不怿，咨嗟道："前者张山人访求梅妃之魂而不得，因其时梅妃实未死故也，今二妃已薨，而芳魂不可复致，岂真缘尽耶！"通幽奏道："二妃必非凡品，当是仙子降生。仙灵杳远，既难招求，定须往访。臣请游神驭气，穷幽极渺，务要寻取仙踪回报。"于是俯伏坛中，运出元神，乘云起风，游行霄汉；只见云端里有一只白鹦鹉，展翅飞翔，口作人言道："寻人的这里来。"通幽想道："此鸟能知人意，必是仙禽。"遂随其所飞之处而行，早望见缥缈之中，现出一所宫殿，那鹦鹉飞入宫殿中去了。看那这殿时，但见：

瑶台如画，琼阁凌空。栋际云生，恍似香烟霭霭，帘前霞映，浑疑宝气腾腾。果然上出重霄，真乃下临无地。

景象必非蜃楼海市，规模无异蓬岛瀛洲。

通幽来至宫门，见有金字玉匾，大书蕊珠宫三字。通幽不敢擅入，正徘徊间，忽见二仙女从内而出，一穿绣衣，手执如意，一穿素衣，手执拂子。那绣衣女子，把手中如意指着通幽道："下界生魂，何由来此？"通幽稽首道："下界道士，奉唐王命，访求故妃魂魄，适逢灵禽引路，来至此间，幸得见二位仙娥，莫非二仙娥即杨太真、江采苹乎？"绣衣仙女道："非也，我本郭子仪之小女，河伯夫人也。"通幽道："河伯夫人，如何却是郭公之女？又如何却在此间？"绣衣仙女道："昔日吾父出镇河中时，河流为患。吾父默祷于河伯，许于河治之后，以小女奉嫁；及河患既平，我即无疾而卒，我父葬我于河神庙后，我遂为河伯夫人。此事世人所未知。"指着那素衣仙女道："此位乃内苑凌波池中的龙女，昔日上皇曾于梦中见之，为鼓胡琴，作凌波曲，醒来犹能记忆，因立龙女庙于凌波池上，即此是也。龙女与河伯有亲，我常得与相会。后来龙女被选入蕊珠宫，我因是亦得常常至此。那梅妃江采苹，宿世原是蕊珠宫仙女，两番谪落人间，今始仍归本处。他尘缘已尽，今虽在此，汝未可得见。那杨玉环宿孽未偿，幸生人世，以了尘缘，却又骄奢淫逸，多作恶孽，今孽报正未已，安得在此？汝欲访他，可往别处去。"通幽道："梅妃既不可见，必须访得杨妃踪迹，才好覆上皇之命，望仙女指示则个。"素衣仙女道："你只顾向东行去，少不得有人指示你。"说罢，拉着绣衣仙女，转步入宫去了。

通幽果然趁着云气望东而行；来到一座高山上，说不尽那山上的景致，遥见苍松翠柏之下，坐着三位仙翁：二仙对弈，一仙旁观。通幽上前鞠躬参谒。二位辍弈而笑，通幽叩问二位姓氏，那坐上首的仙翁道："我即张果，此二人即叶法善、罗公远也。我等与上皇原有宿因，故尝周旋于其左右；奈他俗缘沉着，心志蛊惑，都忘却本来面目，故且舍之而去。他今已老矣，嬖宠已都丧亡，也该觉悟了；却又要你来访求魂魄，何其不洒脱至此？"通幽道："梅妃在蕊珠宫中，弟子适已闻之矣；只不知杨妃魂魄在何处，伏乞仙师指引一见，以便覆上皇之命。”张果道：“你可知上皇与贵妃的前因后果么？”通幽道：“弟子愚昧，多所未知，愿闻其详。”张果道：“上皇宿世，乃元始孔升真人，与我辈原是同道：只因于太极宫中听讲，不合与蕊珠宫女，相视而笑，犯下戒律，谪堕尘凡，罚作女身为帝王嫔妃，即隋宫中朱贵儿是也。贵儿在世，便是大唐开元天子了。”通幽道：“朱贵儿何故便转生为天子？”张果道：“贵儿忠于其主，骂贼殉节而死，天庭最重忠义，应得福报；况谪仙本宜即复还原位的，只因他与隋炀帝本有宿缘，又曾私相誓愿，来生再得配合，故使转生为天子，完此一段誓愿。”通幽道：“请问朱贵儿与隋炀帝有何宿缘？”张果道：“炀帝前生，乃终南山一个怪鼠，因窃食了九华宫皇甫真君的丹药，被真君缚于石室中一千三百年；他在石室潜心静修，立志欲作人身，享人间富贵。那孔升真人偶过九华宫，知怪鼠被缚多年，怜他潜修已久，力劝皇甫真君，暂放他往生人世，享些富贵，酬其夙志，亦可鼓励来生，悔过修行之念。有此一劝，结下宿缘。此时适当隋运将终，独孤后妒悍，上帝不悦，皇甫真人因奏请将怪鼠托生为炀帝，以应劫运；恰好孔升真人亦得罪降谪为朱贵儿，遂以宿缘而得相聚，不意又与炀帝结下再世姻缘，因又转生为唐天子，未能即复仙班。”通幽道：“贵儿便转生为唐天子了，那炀帝却转生为何人？”张果笑道：“你道炀帝的后身是谁，即杨妃是也！炀帝既为帝王，怪性复发，骄淫暴虐，况有杀逆之罪，上帝震怒，只判与十三年皇位，酬其一千三百年静修之志；不许善终，赦以白练系颈而死，罚为女身，仍姓杨氏，与朱贵儿后身完结孽缘，仍以白练系死，然后还去阴司，候结那杀逆淫暴的罪案。当他为妃时，又恃宠造孽，罪上加罪。如今他的魂魄，正好不得自在，你那里去寻他？”通幽道：“原来有这些因果，非仙师指示，弟子何由而知；但弟子奉上皇之命而来，如今怎好把这些话去回覆？”张果沉吟未答，叶法善道：“上皇也不久于人世了，他身故后自然明白前因，你今不妨姑饰辞以应之。”通幽道：“饰辞无据，恐不相信。”罗公远笑道：“你要有凭据，还去问适间所见的二仙女，不必在此闲谈，阻了我们的棋兴。

正说间,遥见一簇彩云,从空飞来。叶法善指着道:“你看二仙女早来也!”言未已,云头落处,二仙女向前与三仙讲礼罢,回顾通幽笑道:“你这魂道士,还在此听说因果么?”张果道:“我已将杨妃的两世因果与他说来,但他必欲亲见杨妃,以便覆上皇之命,烦二仙女引他到彼处一见罢!”二仙女领命,复引通幽驾云,望北而行,须臾来至一处。但见:

> 愁云幂幂,日色无光;惨雾沉沉,风声甚厉。山幽谷暗,浑如欲夜之天;树朽木枯,疑是不毛之地。恍来到阴司冥界,顿教人魄骇魂惊。

那边有一所宅院,门上横匾大书北阴别宅,两扇铁门紧闭,有两个鬼卒把守。二仙女敕令鬼卒开门,引通幽入去,只见里面景象萧瑟,寒气逼人。走进了两重门,遥见里面一个妇人,粗服蓬头,愁容可掬,凭几而坐。仙女指向通幽道:“此即杨妃也,你可上前一见,我等却不该与他相会。”通幽遂趋步进谒,杨妃起身相接,通幽致上皇之命,杨妃悲泣不止。通幽问:“娘娘芳魂,何至幽滞此间?”杨妃涕泣道:“我有宿愆,又多近孽,当受恶报。只等这些冤证到齐,结对公案,便要定罪。如今本合囚系地狱候审,幸我生前曾手书般若心经念诵;又承雪衣女白鹦鹉,感我旧恩,常常诵经念佛,为我忏悔,因得暂时软禁于此。多蒙上皇垂念,你今去回奏,切勿说我在此处,恐增其悲思,只说我在好处便了。”通幽道:“回奏须有实据,方免见疑。”杨妃道:“我殉葬之物,有金钗二股,钿盒一具,是我平日所爱;前托雪衣女衔取在此,今分钗之一盒之半,以为信物可也。”言罢,即取出钗盒付与通幽收了。通幽沉吟道:“此二物亦人间所有,未足为据;必得一事,为他人所未知者,方可取信。”杨妃低头一想道:“有了,我记得天宝十载,从上皇避暑骊山宫,于七月乞巧之夕,并坐长生殿庭中纳凉;时已夜半,宫婢俱已寝息,我与上皇密相誓心,愿世世为夫妇,此事更无一人知道,你只以此回奏,自然相信。”

通幽再欲问时，只见二鬼卒跑来催促道："快去，快去！"通幽不敢停留，疾趋出门，二仙女已不见了；一阵狂风，把通幽吹到一个所在，定睛一看时，却原来就是适间那山上，见三仙依然那里弈棋，方才收局哩！张果呼通幽近前说道："你既见杨妃，讨了凭据，可回去罢！"通幽道："还求仙师一发说明了梅妃江采苹的前因，好一并回奏。"张果道："梅妃即蕊珠宫仙女，也因与孔升真人一笑，动了凡念，谪降人间，两世都入皇宫：在隋时为候夫人，负才色而不遇主，以致自尽；再转生为梅妃，方与孔升真人了一笑之缘，却又遭妒夺宠，此皆上天示罚之意。后因临难矢节，忠义可嘉，故得仙灵救援，重返旧宫，复从旧主，正命考终，仍作仙女去了。"通幽又问道："朱贵儿与隋炀帝有私誓，遂得再合，今杨妃与上皇也有私誓，来生亦得再合否？"张果道："贵儿以忠义相感，故能如愿；杨妃无贞节，而有过恶，其私誓不过痴情欲念，那里作得准？即如武后、韦后、太平、安乐、韩、秦、虢国等，都狂淫无度，当其与狎邪辈纵欲之时，岂无山盟海誓，总只算胡言乱语罢了。"通幽道："如今武后、韦后等诸人，以及反贼安禄山等的魂魄，都归何处？"张果道："武后乃李密后身，故杀戮唐家子孙，以报宿愆，还是劫数当然，独可恨他荒淫残虐，作孽太甚，今已与韦后、太平、安乐等，并当时那些佞臣酷吏，都坠入于阿鼻地狱，永不超身。至如反贼安、史辈，与那助逆的叛臣，致乱的奸相，以及本朝前代这些谗妒的不仁的后妃宦竖，都是一班凶妖恶怪，应劫运而出，生前造了大孽，死后进入地狱，万劫只在畜生道中轮回。此等事未可悉数，你今回奏，只说杨妃所言，竟说他也是仙女，不必说他受苦；更须劝上皇洗心忏悔，勿昧前因，若能觉悟，至临终时，我等还去接引他便了。"言讫，把袖一挥，通幽却在方台上惊醒。

宁神定想了一回，摸衣袖内，果有钗钿二物；遂趋赴上皇御前启奏，将张果所说的前因，都隐过不提，只说梅妃、杨妃俱是那蕊珠宫仙女，梅妃未得一见，杨妃却曾见来，据云："上皇系仙真降世，与我有缘，故得聚会；今虽相别，后会有期，不须悲念，奉劝上皇及早明心养性，千秋万岁后，当仍复仙真之位，因将钗盒献上为信。上皇看了，虽极嗟叹，却还半信半疑；通幽再把七夕誓言奏上，说道："臣亦恐钗盒未足取信，便须一言；贵妃因言及此，但此系私语，并无人知，以此上奏，必不疑为新垣平之诈也。"上皇闻言，呜咽流涕，乃厚赏通幽而遣之。后来白乐天只据了通幽的假语，作长恨歌，竟道杨妃是仙女居仙境，遂相传为美谈，那知其实不然。正是：

讹以传讹讹作诗，不如野史谈果报。

阿环若竟得成仙，祸善福淫岂天道！

上皇自此屏去纷华，辟谷服气，日夜念诵经典。至肃宗宝应元年，孟夏月明之后，偶弄一紫玉笛，略吹数声，忽见双鹤飞来，庭中徘徊，翔舞而去。时有侍婢宫嫒在侧，上皇因对他说道："我昨夜梦见张果、叶法善、罗公远三位仙师来说，我宿世是元始孔升真人，谪在人间，已经两世，今命数已终，特来接我到修真观去修行，忏悔一甲子，然后复还原位。今双鹤来降，此其时矣！"遂命具香汤沐浴，安然就寝，谕令左右勿惊动我。至次早，宫嫒及诸嫔御辈，俱闻上皇睡中有嬉笑之声，骇而视之，已崩矣。正是：

两世繁华总成梦，今朝辞世梦初醒。

上皇既崩，肃宗正在病中，闻此凶信，又惊又悲，病势转重，不隔几时，亦即崩逝。张后意欲废太子，别立亲王。李辅国杀张后，立太子，是为代宗，于是辅国愈骄横。后来辅国被人杀死，这刺客实代宗所使也。那安史辈余贼，至代宗广德年间，方行殄灭。代宗之后，尚有十三传皇帝，其间美恶之事正多，当另具别编。看官不厌絮烦，容续刊呈教。今此一书，不过说明隋炀帝与唐明皇两朝天子的前因后果，其余诸事，尚未及载。有一词为结证：

闲阅旧史细思量，似傀儡排场。古今账簿分明载，还看取野史铺张。或演春秋，或编汉魏，我只记隋唐。隋唐往事话来长，且莫遽求详。而今略说兴衰际，轮回转，男女猖狂。怪迹仙踪，前因后果，炀帝与明皇。

上调《一丛花》